George Washington Gómez

Américo Paredes

George Washington Gómez

Américo Paredes

Arte Público Press
Houston, Texas

George Washington Gómez ha sido subvencionado por la Ciudad de Houston por medio del Houston Arts Alliance. Agradecemos al Instituto Franklin, Universidad Alcalá de Henares, por la traducción.

Recuperando el pasado, creando el futuro

Arte Público Press
University of Houston
4902 Gulf Fwy, Bldg 19, Rm 100
Houston, Texas 77204-2004

Diseño de la portada por Mora Des¡gn

Paredes, Américo, 1915-1999, author.
[George Washington Gómez. English]
George Washington Gómez / por Américo Paredes ; traducción al español de María Jesús Fernández-Gil.
p. cm.
ISBN 978-1-55885-790-2 (alk. paper)
1. Mexican Americans—Fiction. 2. Texas—Fiction. 3. Historical fiction.4. Adventure fiction. I. Fernández Gil, María Jesús, translator. II. Title.
PS3531.A525G413 2014
813'.54—dc23

2013038021
CIP

∞ El papel utilizado en esta publicación cumple con los requisitos del American National Standard for Permanence of Paper for Printed Library Materials Z39.48-1984.

Third Printing, 1994
Second Edition, 1993

Impreso en los Estados Unidos de América

14 15 16 17 18 19 20 10 9 8 7 6 5 4 3 2 1

Agradecimientos

Me gustaría darles las gracias a Ramón Saldívar y a Ricardo Romo por su aliento y a Rolando Hinojosa por haber invertido parte de su tiempo en escribir la introducción. Y quiero dedicar unas palabras especiales de agradecimiento a mi colega desde hace más de veinte años, Frances Terry, cuyo conocimiento de los procesadores de textos (su funcionamiento sigue siendo un misterio para mí) transformó un manuscrito arqueológico en uno presentable.

Introducción

Hace unos treinta años, alrededor de 1958, en la esquina de las calles Eleventh y Elizabeth, en Brownsville, en la que era la avenida principal de Texas, se erigía la librería de Daddy Hargrove. Por aquel entonces, era la única de su categoría, por lo que mi hermana Clarissa y yo nos acercamos hasta el centro de la ciudad para comprar (cada uno) una copia de *Con su pistola en la mano* de Américo Paredes. La librería de Hargrove había dedicado su escaparate al libro, una obra escrita por un muchacho de la ciudad al que le había ido bien, como se suele decir.

Paredes, sin embargo, no era un desconocido en su ciudad natal: había nacido y se había criado allí, se había graduado de Brownsville High y de un colegio comunitario llamado Brownsville Junior College. Hay que añadir que los miembros de la familia Paredes, desperdigados a ambos lados del río, habían vivido y trabajado toda la vida en la zona, el Río Abajo, desde el siglo XVIII. Y, como a muchas familias del Lower Rio Grande Valley, nos unían y nos unen lazos de sangre. Así que, teníamos que comprar el libro, aunque no fue movido por una obligación de amistad o de parentesco por lo que compramos *Con su pistola*. Lo conocíamos y conocíamos su obra.

De joven, Américo escribió poesía para *Los lunes literarios* de *La Prensa* de San Antonio, editado en Texas y para *The Brownsville Herald*, así como para otros periódicos, pero su última obra llegó cuando el autor era ya un hombre, un hombre hecho y derecho: un veterano de la Segunda Guerra Mundial, ex reportero para el *Stars and Stripes* de Japón, administrador de la

Cruz Roja internacional en China y Manchuria y licenciado y poseedor de un título de máster y otro de doctorado por la Universidad de Texas.

Los títulos académicos los obtuvo, por cierto, uno detrás de otro mientras, al mismo tiempo, él y su mujer, Amelia, criaban a sus hijos.

Con su pistola es, sin duda, una obra de corte intelectual que ha resistido el paso del tiempo. Es asimismo una obra que desde muy temprano influyó a muchos texanos mexicanos y a otros que siguieron su ejemplo como profesor, académico y escritor. Como músico también, pero volveré sobre esto último enseguida. *Con su pistola* continúa siendo, además, una de las publicaciones imperecederas de entre las editadas por U.T. Press.

Paredes empezó el presente trabajo, *George Washington Gómez*, en el año 1936 y lo concluyó en 1940. Se trata de una primera versión y se debería leer y apreciar en tanto que obra histórica, no como artefacto. Entre 1936 y 1940, prosiguió con su trabajo en el *Herald* y se tomaba descansos para dedicarse a su otra pasión: la música. De vez en cuando, dejaba a un lado el manuscrito para practicar al piano entre ocho y diez horas diarias. A ello le siguió la guitarra y el canto. Además de hacer contribuciones para las versiones inglesa y española de *Herald*, también trabajó como transportista conduciendo una furgoneta y tuvo otros empleos hasta que empezó sus estudios en Brownsville Junior College.

La suya es, pues, una vida de actividad febril, pero entregada también a la escritura de *George Washington Gómez*, a cuya redacción le dedicó tiempo, sin prisa pero sin pausa. Se trata de una obra que ha perdido actualidad, pero no en el sentido peyorativo del término, sino que es una primera versión de una obra ambientada en la Gran Depresión, los comienzos de la Segunda Guerra Mundial en Europa y en el conflicto centenario de culturas en el Valle de Texas, a no mucha distancia del lugar en el que el Río Grande desemboca en el Golfo.

Es cierto que el manuscrito se podría haber reescrito teniendo en cuenta el tiempo presente. Ahora bien, tal decisión hubiera sido errada; hubiera atentado contra su integridad. Américo Paredes es un escritor demasiado honrado como para forzar la historia a adoptar un molde o un punto de vista rígido, y, por ello, *George Washington Gómez* se publicó tal y como fue escrito, y el resultado es mejor: no accedemos a los años treinta a través del prisma de la nostalgia o de ese hermanastro suyo conocido con el nombre de romanticismo, sino a través de los ojos de un escritor joven, que se pliega a la verdad de su tiempo, a su familia y a sí mismo y, en última instancia, a nosotros, los lectores.

Rolando Hinojosa
Austin, Texas

George Washington Gómez

Américo Paredes

Parte I
Los sediciosos

1

Era una mañana de finales de junio. El llano, plano y salino, se extendía hacia delante y hacia la derecha, sin confines a la vista. A su izquierda lindaba con el chaparral, que invadía la llanura formando una línea irregular, ondulante. Siguiendo el trazo de los límites del chaparral, serpenteaba una carretera, por la que cabalgaban cuatro miembros de los Rangers. Los cascos de los caballos levantaron una polvareda de harina tamizada, que les cubrió hasta la altura de la barba y penetró por las camisas, a pesar de haberse protegido con pañuelos azules anudados al cuello. Una fina película cubrió la culata de sus rifles y la empuñadura de sus revólveres. Uno de ellos era un hombre de mediana edad con barba al estilo de John Brown; había otros dos, de unos treinta años y con cara de pocos amigos; el cuarto era un adolescente con más polvo en la cara que barba. Decir tanto no era exagerar.

A lo lejos se divisó una nube de polvo. En su interior, circulaba una calesa tirada por una pareja de elegantes mulas. Transportaba a dos hombres: uno de ellos sostenía un rifle en el recodo del brazo; el conductor viajaba sentado a la derecha, y, desde la distancia, los Rangers vieron que su rostro era muy oscuro. Picaron espuelas y los caballos salieron al galope para rodear a la calesa, pero el conductor dirigió el vehículo hacia el borde del chaparral, hasta que uno de los lados rozó con los espinosos arbustos de huizache. El Ranger de mediana edad maldijo entre dientes al tiempo que los cuatro se acercaron al lado de la calesa donde viajaba el tirador.

El tirador, un mequetrefe cetrino y flacucho, se había desplazado de forma imperceptible, de tal forma que ahora apuntaba con el cañón de su arma a los Rangers. El conductor era un hombre mucho más corpulento, de rasgos negroides. Sostenía las riendas con la mano izquierda; la derecha no estaba a la vista.

—Hola, MacDougal —saludó el tirador, moviendo con nerviosismo su nariz aguileña, en un amago de sonrisa—. ¿Te está pagando extra el viejo Keene?

—Mira nada más quién es, Lupe —dijo el Ranger de mediana edad—. ¿A quién le robas dinero últimamente?

—A nadie.

—¿Qué escondes ahí?

—Provisiones —contestó Lupe.

Y luego, en español, le ordenó al viajero —Enséñaselas, Negro.—Sí, cómo no —dijo el Negro.

Estiró hacia atrás la mano izquierda para descubrir una de las esquinas de la lona que cubría la parte trasera de la carreta. Debajo, había unos paquetes y varias cajas de jabón.

—¿Qué vas a hacer? —inquirió MacDougal, señalando las cajas con el látigo—. ¿Tienes pensado darte un baño diario?

Lupe se rio brevemente, y, luego, se produjo un silencio. El Negro soltó la esquina de la lona y volvió a agarrar las riendas con la mano izquierda. Los tres Rangers más jóvenes se pusieron a jugar con el borrén delantero de las monturas. Sus ojos claros iban de MacDougal a Lupe y otra vez a MacDougal. MacDougal miraba a Lupe; Lupe miraba a MacDougal, pero también a los otros tres. Finalmente MacDougal rompió el silencio:

—Está bien, Lupe; ya nos veremos.

Espoleó su caballo y los otros tres lo imitaron. La carreta continuó su camino hasta que se perdió en una de las curvas de la carretera.

Los cuatro Rangers iniciaron un trote cómodo, pero el más joven estaba visiblemente preocupado. No dejó de girar hacia atrás para mirar a la carreta mientras ésta fue visible. Tras repetir el gesto varias veces, MacDougal le preguntó:

—¿Hijo, ocurre algo?

—Puede que tuvieran munición —dijo el Ranger más joven.

MacDougal chasqueó la lengua en señal de aprobación.

—Ése era Lupe García —anunció.

El Ranger más joven se esforzó por recordar si conocía a Lupe García.

—También se le conoce con el nombre de "Lupe el Muñequito" —añadió MacDougal—. Es casi tan adorable como una serpiente de coral. Eso sí, Lupe es un hombre de negocios: roba dinero o ganado. Nunca formaría parte de una banda de locos como la integrada por De la Peña y su República del Suroeste. Ahí no hay dinero.

—Lupe es uno de los que participó en el asalto al tren Isabel —continuó MacDougal—. Se llevó ochenta mil en plata.

El Ranger más joven volvió a mirar hacia atrás, ahora al vacío. Su mirada destilaba tanta indignación que MacDougal se echó a reír.

—Déjame que te hable de aquellos tiempos —dijo—. Le siguieron la pista hasta la maleza que crece cerca de Alamo Creek. Se trataba de una banda compuesta por unos doce hombres y que lideraba el sheriff Critto, a quien mataron en una persecución dirigida por Red Hercules. Pero eso fue más tarde. Red

Hercules los guiaba en aquella ocasión, puesto que conocía el terreno. Seguía sus huellas y de repente se paró en seco y anunció: "Ahí está Lupe García".

Los otros dos Rangers, que cabalgaban a la cabeza, frenaron sus caballos y miraron a la distancia con los ojos entornados.

—Un negro —dijo uno de ellos—. Un seboso negro. ¿Qué te parece?

—En efecto —prosiguió MacDougal—, allí estaba el pequeño Lupe caminando por un descampado a unas cien yardas de distancia. Llevaba su carabina 30-30 en el recodo del brazo izquierdo, en la misma posición que hace un rato. Red Hercules le dijo al sheriff: "Ahí está, sheriff, pero matará a tres o cuatro de los nuestros antes de que tengamos tiempo de sacar los rifles. A esta misma distancia, lo he visto abatir un ciervo mientras el animal saltaba una alambrada". A continuación, Red Hercules se rio y dijo: "Y usted será el primero, sheriff".

Los Rangers que iban a la cabeza se habían detenido y estaban sacando sus rifles de las botas. MacDougal y el Ranger más joven frenaron el paso hasta alcanzar a sus compañeros.

—El sheriff Critto no era ningún tonto —precisó MacDougal—. "Déjalo que huya", dijo. "Lo agarramos cabeceando a cada rato".

MacDougal frenó y desenfundó su rifle.

El Ranger más joven se rio a carcajadas. —¿Me quiere hacer creer que en todos estos años nadie ha agarrado a Lupe García durmiendo? MacDougal chasqueó la lengua.

—En algún momento tendrá que dormir —insistió—. Deberías desenfundar el rifle.

La nube de polvo se hizo más densa. Se acercó un automóvil, un Ford Model T de última generación.

—Ese es Doc Berry —anunció MacDougal—. Guarden las armas.

Los otros dudaron un instante; luego guardaron con sigilo los rifles en las botas.

Conducía un anciano de una pequeña barba de chivo blanca y sombrero Panamá de ala ancha. Junto a él, sin sombrero, viajaba un hombre pelirojo bajo y fornido de unos treinta años de edad vestido con camisa de trabajo azul, desabrochada y remangada. El Model T rebasó a los Rangers y se detuvo.

—Buenos días, caballeros —dijo el anciano de la barba de chivo.

—Buenos días, Doc —contestó MacDougal—. ¿Ha visto algún rastro de De la Peña por los alrededores?

—¿Quién? ¿Yo? —preguntó el anciano—. ¿Lo sigues buscando? Yo estoy harto.

MacDougal se rio y el resto de los Rangers sonrieron de oreja a oreja.

—¿Tiene trabajo? —inquirió MacDougal.

—Un caso de obstetricia —respondió el Doc—. La mujer de este muchacho —añadió, apuntando con un pulgar al hombre que se sentaba a su lado.

—¿No me diga? —preguntó sorprendido MacDougal—. ¿Se trata de algo serio?

Doc Berry sonrió.

—No, no le pasará nada —aseguró.

Los dos Rangers con cara de pocos amigos observaron con detenimiento al pelirrojo, como si trataran de ponerle nombre y apellidos. El hombre se revolvía en su asiento y evitó mirarlos. Finalmente, uno de los Rangers habló:

—¿Cómo te llamas, muchacho?

—No habla mucho inglés —dijo Doc Berry.

—Es mexicano, ¿no? —inquirió MacDougal—. Por un momento pensé que era blanco.

Se quedó mirando fijamente al hombre, que empezó a dar muestras de nerviosismo.

—Es un buen mexicano —aseguró el Doc—. Doy fe de ello.

—Si responde por él, Doctor, está bien—sentenció MacDougal—. Cada vez es más complicado distinguir a los buenos de los malos. En los tiempos que corren, no se pueden correr riesgos. Ahora bien, si usted lo dice, le creeré.

—Gracias —dijo Doc Berry.

Pisó el embrague y el Model T comenzó a desplazarse.

—Hasta la vista, caballeros —se despidió.

Se despidió con la mano y MacDougal y el Ranger más joven le respondieron del mismo modo. El Ford siguió su camino.

El hombre que viajaba con Doc Berry se rascó la barba rojiza que le crecía en la barbilla.

—Más rápido, doctor —le instó en español—. ¡Por favor!

El doctor se rio.

—No hay ninguna prisa, Gumersindo. Ya no te harán daño.

Gumersindo apretaba los puños y los soltaba.

—No es por eso; es por mi mujer. ¿No puede ir más rápido?

—Tanto como puede el coche. No te preocupes.

Viajaron en silencio hasta que se empezaron a divisar los ranchos de las afueras de San Pedrito.

—Ya casi hemos llegado —anunció con entusiasmo el doctor.

Gumersindo se humedeció los labios.

Cuando faltaba alrededor de media milla para llegar al pueblo, el Ford se desvió de la carretera para seguir su ruidoso camino por un sendero lleno de surcos. El vehículo se detuvo delante de un rancho de una sola habitación, construido con barro, palos y trozos de madera y techado con latas aplastadas. Lo flanqueaban, unos metros más allá, una pocilga y una cabaña de paja, y, junto a la entrada, crecía un rosal. Al otro lado, había un papayero, bien cargado y esbelto, como una muchacha con varios pechos. Algo más atrás y hacia un lado, había un pequeño corral construido en torno a un mezquite que proporcionaba sombra y en cuyo interior había un caballo bien alimentado y un par de mulas flacuchentas.

Al descender del coche, los dos hombres escucharon el llanto de un bebé que, entremezclados con los gemidos de una mujer, provenían del interior del rancho. Gumersindo corrió hacia el interior y, de inmediato, apareció una anciana en el umbral de la puerta, que le gritó al doctor:

—¡Viejo cabrón! ¡Pendejo! ¡Ándale!

—Chitón —susurró el doctor y le entregó su maletín.

Entró, dejando caer la arpillera que servía de puerta. En el interior, la mujer seguía gimiendo. De detrás de la casa, apareció un hombre, de alto pecho liso, pero ancho de hombros; largo y robusto como un látigo de piel. El bigote negro le caía mustiamente a los dos lados de las mejillas. Con paso lento y meditabundo, sacó un cigarro envuelto en hojas de maíz del bolsillo de la camisa. Se puso de cuclillas a poca distancia de la entrada y encendió el cigarro con los ojos puestos en la arpillera. Ahora la mujer chillaba; la voz del doctor hablaba en tono quedo y tranquilizador. La cortina se descorrió y apareció Gumersindo, con la cara pálida y sudorosa.

—Feliciano —dijo con inseguridad.

El otro hombre saltó de las ancas sin esfuerzo. La mujer pegó un grito desgarrador desde dentro del rancho y Gumersindo se agitó nerviosamente y dirigió la mirada hacia la arpillera. Luego giró y miró suplicante a Feliciano.

—La está cosiendo —dijo tembloroso.

Los músculos del rostro de Feliciano se tensaron. Gumersindo tropezó con el carro y se dejó caer sobre el estribo. Feliciano se acercó y se sentó junto a él.

—Está bañada en sangre —se quejó con voz queda Gumersindo— en mucha sangre, en mucha sangre.

—Deberías haber traído a la matrona como hiciste con las otras dos —le recriminó duramente Feliciano—, pero te empeñaste en traer a un médico gringo.

Con más tacto añadió:

—A veces es necesario coser.

La mujer había dejado de gritar. Gumersindo miró a Feliciano con curiosidad.

—¿Cómo sabes eso? —le preguntó.

Feliciano se encogió de hombros.

—¿Qué tuvo?

—¡Esta vez tuvo un niño!

Gumersindo pasó de la tristeza a la alegría de manera súbita.

—Un niño, un niño. El doctor dice que pesa por lo menos nueve libras.

Feliciano le dio una palmada en la espalda a Gumersindo.

—¡Estupendo! —exclamó mientras se le dibujaba una sonrisa en la cara.

—Es como el juego gringo en el que hay que golpear una vez, una segunda y a la tercera se da en el clavo.

—Sí —Gumersindo se puso triste de nuevo—. Un hijo, tal vez un huérfano.

—¡No seas imbécil! Es su tercer hijo. ¿Has traído algún periódico?

—Están en el coche.

Feliciano se acercó hasta el Model T y trajo un puñado de periódicos. Los agitó con rabia.

—¡Volviste a comprar periódicos gringos! —exclamó—. ¿Por qué no trajiste algo para leer en cristiano?

Gumersindo sonrió.

—Tengo que practicar —respondió.

—Pues bien —dijo Feliciano—, ponte a practicar ahora mismo y dime, por lo menos, que dicen las letras grandes. Ahí dice Austria, Austria—. ¿Qué pasa con Austria?

Gumersindo estudió las letras con detenimiento.

—No puedo descifrarlo todo —admitió—. Pero dice algo sobre que le han pegado unos tiros al duque de Austria. Sara Jevo. No, eso suena a nombre de mujer.

—¿Un duque? —preguntó Feliciano—. Eso está bien. Deberían matar a todos esos hijos de puta. Sigue leyendo y cuéntame qué dice sobre Carranza.

2

Había caído una intensa helada sobre el Golden Delta, una de esas heladas matadoras que los mexicanos llaman *hielo prieto*. Era precioso de ver. Todo estaba enfundado en una capa de hielo que destellaba con la luz del atardecer. El zacate formaba una alfombra de pequeñas astillas cristalinas y uno esperaba a que tintineara al contacto con el viento. El papayo se había cubierto de un manto de trasparencia resplandeciente. Mañana, cuando el hielo se derritiera, se convertiría en un cadáver marrón, quemado paradójicamente por el frío. Pero mañana; bueno, mañana es mañana.

El viento era puro y cortante como una cuchilla afilada. Embestía de forma inesperada contra la desgarbada estructura del rancho, haciendo que se tambaleara y que chasqueara. Buscaba entrometerse por las grietas, remendadas con harapos y papel de periódico, así como por la ventana sin cristal, taponada con una vieja almohada. Por debajo de la arpillera que cubría la entrada se colaba un repentino aliento gélido que estremecía la única estancia de la casa, pese a que ésta estaba orientada hacia el sur y que la arpillera estaba sostenida con bloques de cemento.

Aunque todavía no se había producido el crepúsculo, la familia se preparaba para meterse en la cama. En el lado de la habitación más alejado de la ventana y la puerta, había una cama de hierro oxidado, elevada del suelo polvoriento por medio de bloques de madera. En ella dormían Gumersindo, su mujer y el recién nacido. Un biombo, hecho con sacos de yute y sujeto con postes, la separaba de una cama de madera más grande, donde descansaban la abuela y las dos niñas. Feliciano, que dormía al descubierto cuando hacía buen tiempo, había desplegado su catre de lona en la zona de la habitación donde había más corriente de aire. Había empujado la mesa contra la pared y colocado su catre cerca de la estufa de madera, que crepitaba de forma agradable; seguía caliente y grasienta de la cena, preparada hacía una hora. En el centro había una bañera estropeada a medio llenar de tierra y de cenizas, y, encima, ardía un fuego de carbón, a cuyo alrededor estaban sentados los adultos. Las dos niñas, la rubia, Maruca, y la morena, Carmen, ya estaban en la cama, estremeciéndose de frío bajo las sábanas; tan sólo asomaban sus cabecitas por fuera de la colcha azul y roja que las cubría. La abuela, sentada junto al fuego, contaba con sus dedos artríticos.

—Ya casi tiene siete meses —anunció—. Hay que bautizarlo pronto.

Gumersindo resopló y la anciana se volvió hacia él enfadada.

—¡Hijo de Satanás!

Gumersindo se rio.

—No he dicho ni una sola palabra —protestó.

La abuela se quejó entre dientes del ateísmo de ciertos hombres y dijo algo sobre su destino al morir.

El bebé mamaba con avaricia de los pechos de su madre. Nacido extranjero en su propia tierra, estaba destinado a vivir una vida controlada por otros. En el preciso instante en el que se estaba configurando su sino, ya había personas que tomaban decisiones respecto a su vida, pero él no lo sabía. Nadie se detuvo a pensar si deseaba o no ser bautizado. Nadie le había preguntado si él, mexicano, había querido nacer en Texas o incluso si había querido nacer. El niño soltó el pezón y María, su madre, lo levantó y sentó en cuclillas. Lo miró tiernamente.

—¿Y cómo lo llamaremos? —se preguntó en voz alta.

Tras un breve e incómodo silencio, Gumersindo fue el primero en hablar.

—¡Crisóforo! —dijo con ímpetu.

—¡Madre de Dios! ¡Qué nombre! —exclamó la abuela.

—Me suena a fósforo—dijo Feliciano—. ¿A quién le gustaría que lo nombraran como un cerillo?

Escupió al carbón para dar más énfasis.

—José Ángel —dijo la abuela—, ése es el nombre.

—¡Ángel! —protestó Feliciano—. Lo arruinará de por vida.

—Pues bien, piensa tú en un nombre —recriminó su madre.

—Venustiano —propuso Feliciano de inmediato.

—¿Cómo ese cabrón de Carranza? —le espetó la abuela—. Ningún nieto mío . . .

—Entonces, Cleto —interrumpió Feliciano, mirando directamente a Gumersindo.

Gumersindo sonrió ausente y negó con la cabeza.

—Con ser la mitad de bueno que Anacleto de la Peña, le iría bien— dijo Feliciano severamente.

—No es eso —respondió Gumersindo con tono suave—. No es eso.

—Debería llamarse Gumersindo —dijo la abuela—. Así se distinguen unas familias de otras. Cuando sea adulto, la gente dirá: "Ah, eres Gumersindo Gómez, hijo de Gumersindo Gómez y María García, y el viejo Gumersindo Gómez era tu abuelo". Esa es la manera de seguirle la pista a la gente y no hay necesidad de hacerlo constar por escrito.

—Dije que no quería que llevara mi nombre —le recordó Gumersindo.

—¿Y qué dice María? —preguntó Feliciano, volteando en dirección a su hermana—. Tal vez ella haya pensado en un nombre.

María no había participado en la discusión. Había estado entretenida sosteniendo el pequeño cuerpecito del bebé que se retorcía. La muchacha, que era pálida y hermosa, tenía veinte años. El hecho de haber dado a luz a tres hijos no había deformado su esbelta figura. Ahora bien, sólo llevaba casada cinco años. Bastarían dos décadas y ocho hijos más para ser como su madre, sentada a su lado, desdentada y arrugada; como una profecía.

—Quisiera que mi hijo . . . —empezó, vaciló y enrojeció—. Quisiera que tuviera el nombre de un hombre grandioso. Porque va a crecer para convertirse en un gran hombre que ayudará a su gente.

—Mi hijo —dijo Gumersindo en broma— será un gran hombre entre los gringos.

El bebé balbuceó y estiró los brazos hacia él.

—¡Ves! —exclamó María—. Entiende.

Le pasó el bebé a su marido. Gumersindo lo besó, pinchándole la piel, sensible al tacto, con su cara rasposa. El bebé se retorció y pataleó y emitió ruidos de desagrado.

—¡Le pondré un nombre gringo! —exclamó Gumersindo en un arrebato de inspiración. —¿Acaso no es tan blanco como cualquiera de ellos? Feliciano, ¿qué hombres han sido admirables entre los gringos?

—Son todos grandiosos —gruñó Feliciano—. Grandes ladrones, grandes mentirosos, grandes hijos de puta. Dime de uno que no se vuelva loco por el dinero y de una que no sea una ramera.

—¡Feliciano! —le cortó María secamente.

—Es la verdad —respondió su hermano—, y la verdad nunca duele, pero incomoda.

—Nunca es el león tan fiero como lo pintan —dijo Gumersindo—. Empiezas a parecerte a uno de los hombres de Cleto de la Peña.

—Ojalá lo fuera —respondió Feliciano, prácticamente gritando—. Ojalá pudiera estar ahí fuera con Lupe, disparándoles de la manera en que lo hacen ellos con nosotros en cuanto tienen la oportunidad. ¡Lupe está ahí fuera! ¡Me juego el pescuezo a que Lupe está ahí fuera!

—¡Silencio!—ordenó María—. Recuerden que está mamá.

La anciana se había echado a llorar. Feliciano miró a su madre y luego miró avergonzado al suelo. Se hizo un silencio largo e incómodo durante el que los sollozos de la abuela se fueron apaciguando de forma gradual.

Después de un rato Gumersindo dijo:

—Por lo que respecta al nombre, me refería a ese gran americano, aquel que fue general y luchó contra los soldados del rey.

La abuela se animó y puntualizó:

—Ese fue Hidalgo, pero era mexicano.

—Lo recuerdo —dijo Gumersindo—. Wáchinton. Jorge Wáchinton.

—Guálinto —dijo la abuela—. ¡Qué nombre más raro!

—Como Hidalgo, ¿no? —dijo Feliciano.

—Sí, una vez cruzó el río frío. Echó a los ingleses y liberó a los esclavos.

—Ojalá se hubieran quedado los ingleses —dijo Feliciano—. Una vez conocí a uno y era un buen hombre. Muy gente.

—Papá —gritó Carmen desde la cama—, Maruca me está pellizcando.

—¡No es cierto, no es cierto, no es cierto! —dijo Maruca.

—¡Cállense!—les ordenó Gumersindo—. Deberían estar durmiendo.

—Guálinto —dijo la abuela—. ¡Qué nombre más raro!

—¡Eres un bobo! —le recriminó Feliciano a Gumersindo—. Pero, es tu hijo. Lo puedes llamar como te dé la gana.

Gumersindo rio y se encogió de hombros.

—Guálinto —repitió la abuela—, Guálinto Gómez.

—Wachinton —corrigió Feliciano.

Se levantó y salió; el frío le hizo encorvar los hombros, mientras canturreaba en bajo: "*En la cantina de Bekar, se agarraron a balazos*".

—Guálinto —dijo la abuela, con el orgullo propio de quien sale victorioso de una situación comprometida.

—Es un buen nombre —sentenció Gumersindo—. ¿Te gusta, *viejita*?

María sonrió al oír la cariñosa palabra.

—Es un muy buen nombre —dijo.

3

Mormón, mormón. Mormón, mormón, mormón. ¡Café! ¡Café!

Feliciano maldijo entre dientes mientras se masajeaba los pies, cubiertos todavía por un par de calcetines hechos jirones, que, en otro tiempo, habían sido blancos. Había dejado las botas al alcance de la mano; un poco más allá se sentaba el Negro, quien también estaba masajeándose los pies. Se encontraban en una enramada, en un lugar poblado de mezquites en la parte densa del chaparral y a cierta distancia de la carretera. Habían pasado parte de la noche caminando por este paraje, con cautela, vigilantes. Con las primeras luces del amanecer, se adentraron en el chaparral: pisaron sobre zonas de hierba asquerosa, malas hierbas y tierra dura, a fin de no dejar huellas en el terreno polvoriento. Aquí descansarían un buen rato, para darles tregua a unos pies poco acostumbrados a caminar. Más tarde, se abrirían paso por el chaparral, prestando incluso más atención que antes, para acercarse al sitio en el que los estaban esperando Lupe el Muñequito y su banda. Pero ahora la distancia era menor, estarían allí al anochecer.

El día anterior, poco después de que oscureciera, habían llegado a un rancho a unas diez millas de distancia de San Pedrito, para encontrarse con Anacleto de la Peña. De eso se había encargado Feliciano, puesto que Anacleto era el contacto con Lupe. Eso sí, Lupe había insistido en que el Negro fuera con él. Feliciano se opuso:

—Lo puedo hacer mejor solo. No necesito un padrino.

Lupe no sonrió.

—Necesitas a alguien que te proteja. Y nadie conoce el chaparral como el Negro.

Se quedó mirando a Feliciano fijamente.

—A excepción de mí —añadió.

—¿Y no hay nadie en quien confíes más que en el Negro? —replicó Feliciano. —¿Qué pasa? ¿Crees que huiré?

Esta vez Lupe sonrió con autosuficiencia.

—No —dijo—, pero podría hacer alguna tontería, como entrar a hurtadillas en San Pedrito para visitar a mamá y al resto.

—No estoy loco —replicó Feliciano.

Al final, fue con el Negro y descubrió que Lupe no le había mentido. El Negro reconocía pistas en el chaparral que Feliciano desconocía. Eso sí, no sirvió de nada, menos que de nada. Estuvieron esperando en la penumbra por fuera del rancho más de una hora, hasta que apareció una anciana, encorvada y de luto, vestida de una negritud más intensa que la propia oscuridad de la noche.

—¿Quiénes son? —preguntó cuando se le acercaron—. ¿A qué han venido aquí?

—Somos forasteros de paso —contestó Feliciano—. ¿Scría mucha molestia pedirle un poco de café?

—Aquí no hay café —dijo la anciana—. Ni siquiera hay fuego. No hay nadie más que yo.

—¿Vendrá alguien más?

—Esta noche no; ni ninguna otra —dijo la anciana.

Luego, en un tono más cortante y aderezado con algo de resentimiento, añadió:

—Se rajó el cabrón.

Escupió en la tierra.

—Está a medio camino de Monterrey, con el rabo entre las patas.

Por lo que, él y el Negro descansaban ahora a poca distancia de la carretera, preparándose para volver y contárselo a Lupe. No habría ni más munición ni más caballos, tampoco habría comida, dinero u hombres. No habría más Anacleto de la Peña. Todo había acabado. Mormón, mormón; mormón, mormón, mormón. ¡Café aguado! Sacudió la cabeza de forma repentina, como si hubiera moscas revoloteando alrededor de sus ojos. No se podía sacar las palabras de la cabeza. Tal vez fuera por el hecho de que San Pedrito estaba tan cerca. María, su madre, los niños. Gumersindo.

Sí, Gumersindo. Ése era el motivo por el que las palabras no dejaban de retumbarle en la cabeza. Había sido la última vez que habían estado en el pueblo todos juntos, antes de que todo empezara, antes de que naciera el niño. Mormón, mormón. Es una palabra rara, pensó Feliciano, como una abeja en el interior de una flor de calabaza. MorMÓN, morMÓN, repetía el joven, una y otra vez. Feliciano vació su taza de café con lentitud. La actividad era frenética en el minúsculo comedor de lo que, tal y como anunciaban las grandes letras impresas sobre el cristal de la entrada, era un restaurante. Aquella noche de abril era fría, y el café sienta bien al estómago en noches como esa. A lo largo de todo el comedor, había hombres sentados en taburetes frente a la barra; llevaban puestos pantalones de trabajo de colores anodinos y chaquetas de cuero de imitación, y sombreros de vaquero.

—¡Coffee! —ordenó a gritos el mesero, un muchacho pálido y delgado, que llevaba puestos un delantal sucio y una gorra de papel.

—¡Coffee! —respondió la voz del cocinero—. ¡Ahí va!

Feliciano se preguntó por qué no lo decían todo en español. Tal vez fuera porque en inglés era más corto o tal vez no fuera por ese motivo. En cualquier caso, no le gustaba; deseaba que lo dijeran todo en español. Mormón, mormón. Jugaba con la palabra como un niño con un juguete extraño: dándole vueltas y más vueltas, mirándola desde todos los ángulos. Y cuanto más jugaba con ella, más extraña le resultaba. Por encima del estrépito de la vajilla y del murmullo de la conversación, a veces escuchaba la voz de Gumersindo, sentado un asiento más allá del suyo, que respondía al sacerdote, que se sentaba entre ambos. Pastor, se llamaba a sí mismo el sacerdote. Feliciano sonrió. Un pastor arrea a las ovejas y a las cabras, y, cuando alguien es maleducado o se comporta de forma estúpida, se le dice: "Pastor . . . ¡cuida tus ovejas!"

Sin embargo, este pastor no guiaba a las ovejas. Feliciano se reclinó hacia atrás y lo volvió a mirar. Era un hombre de mejillas sonrosadas, prácticamente un niño, de traje y corbata y aspecto de estar en continuo rezo. Ahora bien, su cara de santo no engañaba a nadie. Feliciano había conocido a muchos sacerdotes a lo largo de su vida, y no lo conmovían. Además, éste, pese a hablar un español comprensible, era gringo. Y aquí estaba lavándole la cabeza a Gumersindo con ideas estúpidas. Para él, que era del norte, resultaba muy sencillo hablar del amor y de la concordia entre hermanos. Y era muy fácil para Gumersindo, nacido en el interior de México, caer embelesado ante dicho discurso. Pero un mexicano de la frontera sabe que la fraternidad entre los hombres no existe.

Feliciano había acabado con su café y su paciencia, pero Gumersindo y el predicador seguían hablando. Olvidándose de los buenos modales, se levantó y se limpió el bigote con el reverso de la mano.

—Vámonos —dijo bruscamente, mirando al sacerdote, que le correspondió con su expresión afable.

El sacerdote los acompañó hasta la puerta y les estrechó la mano a los dos. En cuanto no estuvo presente, Feliciano se limpió la palma de la mano en los pantalones.

La noche era clara. No había luna, pero el cielo estaba repleto de estrellas centelleantes. De camino a casa, envueltos por la oscuridad y el silencio de las calles de San Pedrito, los dos hombres levantaban la vista de vez en cuando.

—Mira aquellas estrellas —dijo Gumersindo con voz sonora, que retumbó al salir de su fornido cuerpo—. Eres más alto que yo, Feliciano; estírate y arranca una para mí.

Feliciano se encogió de hombros.

—Arráncala tú—dijo.

Gumersindo no respondió y Feliciano prosiguió:

—¿Por qué le haces caso a ese bicho raro?

—¿A quién? Ah, el sacerdote. Es buena gente.

—No. Es gringo.

—No todos los gringos son iguales.

—¡Mierda! Eso te lo ha dicho el sacerdote.

Gumersindo se quedó en silencio.

—La religión —dijo Gumersindo— es el opio del pueblo. Recuérdalo.

Caminaron en silencio un rato, y luego Gumersindo señaló:

—Después de todo, no deja de ser su país.

—¡Su país! —le espetó Feliciano medio gritando— ¡Su país! Ya está. Te has creído sus cochinas mentiras. Yo nací aquí. Mi padre nació aquí y también mi abuelo y su padre, antes que él. Y luego llegaron ellos, nos lo quitaron, nos lo robaron y ahora lo llaman suyo.

Bajó el tono.

—Pero no será suyo por mucho tiempo más, no señor; te lo aseguro. Lo recuperaremos, en su totalidad.

Los ojos asustados de Gumersindo brillaron en la penumbra al mirar a Feliciano a la cara.

—Continúa —dijo en un intento desesperado por ser gracioso—. No hables así. Al final, alguien puede tomárselo en serio.

Feliciano hizo un gesto de impaciencia.

—No estoy bromeando.

—¿No? —repitió Gumersindo con voz quejumbrosa.

—No. Está vez habrá sangre.

—¿Y qué pasará con ellos?

—¿Con quién?

—Con los americanos.

—Los gringos son unos cobardes; no saben luchar. Cualquiera de nosotros vale por diez de sus hombres.

—Si es así, entonces mandarán a veinte de sus hombres para luchar contra ustedes. No tienes idea de lo grande que es su nación. No sabes cuántos son.

—No estamos solos. Tenemos aliados.

—No ganarán.

—Ganaremos.

—No traerá nada bueno —insistió Gumersindo—. Muchos de los nuestros morirán y estaremos peor de lo que estamos ahora. Y la mayoría de los que mueran serán personas tranquilas, inocentes. Ya sabes cómo son los rinches.

—Es necesario. Cuando termine, se acabaran los rinches.

Se detuvieron en la esquina, como si lo hubieran acordado. A la luz tenue del farol, el rostro de Gumersindo dejaba traslucir aturdimiento; estaba dolido.

—Feliciano —le pidió—, por tu madre, mantente al margen.

—Gumersindo, será mejor que te traslades a Jonesville antes de que esto empiece. No te puedo decir cuándo, pero será pronto. Aquí, en este pueblo, hasta los perros odian a los mexicanos.

—Mi jefe es bueno conmigo —dijo entre dientes Gumersindo.

—También lo es con las mulas.

Gumersindo se quitó el sombrero de ala ancha para refrescarse la cabeza con el aire de la noche.

—No —dijo—. ¡No, no, no! ¡Es un disparate! ¡No puedes hacerlo, no puedes! ¿Para qué vine hasta aquí desde México? Porque pensé que aquí encontraría trabajo y paz. ¿Por qué tenemos que odiarnos los unos a los otros? ¡Es un pecado! ¡Te lo digo en serio!

—Cállate la boca —le espetó Feliciano—. Estás hablando demasiado alto.

Gumersindo inclinó la cabeza.

—Me quedo en San Pedrito —anunció.

Y se quedó, pensó Feliciano, mientras estaba sentado junto al Negro que meneaba los dedos de los pies. Durante el tiempo que duraron los tiros y las matanzas, Gumersindo había conseguido mantener unida a la familia, protegido por su jefe gringo, sin duda. Después de todo, puede que tuviera razón. Y, ahora que Anacleto de la Peña había huido, las redadas y las matanzas no tardarían en llegar a su fin.

Se oyeron un par de tiros a poca distancia. Feliciano y el Negro se calzaron las botas de inmediato y se arrastraron hasta el borde de la carretera, con los rifles preparados. No tardaron en escuchar el ruido de una brida y el estornudo de un caballo. Ahora alcanzaban a oír el crujido rítmico de una silla de montar. De entre una de las curvas de la carretera surgieron cuatro Rangers; eran un anciano y tres jóvenes, armados con pistolas y cuchillos prendidos del cinturón. Iban bromeando y riéndose. Hubiera sido tan fácil acabar con los cuatro sin que supieran siquiera qué estaba ocurriendo. El Negro pareció leerle la mente a Feliciano, y negó con la cabeza. Los rinches pasaron de largo. Desaparecieron detrás de otra curva y, al mismo tiempo que sus voces se diluían, uno de ellos empezó a cantar una extraña canción de sonidos nasales.

Entonces, el Negro y Feliciano se abrieron paso entre la maleza que crecía paralela a la carretera, para dirigirse al lugar de donde habían venido los tiros. Lo encontraron a tiempo. El cuerpo fornido y de escasa estatura yacía boca abajo en posición rastrera, que lo empequeñecía y le daba un aspecto más miserable. Tenía la cabellera roja despeinada y llena de polvo; una hormiga avanzaba lentamente por ella. Los zapatos cuadrados de trabajo resultaban patéticamente extraños, con los talones apuntando hacia el cielo y las suelas de cara al aire, inmóviles. Había algo muy particular en la escena de los zapatos del hombre muerto. Feliciano movió los labios con nerviosismo cuando se agachó junto al cadáver. Sintió cómo el dolor y la ira se apoderaban de él y se le formó un nudo en la garganta. Con cuidado posó su mano sobre el hombro de Gumersindo y lo dio vuelta.

Gumersindo abrió los ojos y miró a Feliciano sin dar muestras de sorpresa.

—No se lo cuentes —masculló, con los labios amoratados.

—¿A quién? —preguntó Feliciano, mientras limpiaba la sangre y el polvo que envolvían el rostro hinchado de Gumersindo.

—A mi hijo. No lo debe saber. Nunca. No debe odiar, no debe odiar.

Feliciano se quedó perplejo.

—Debe saber. Es su derecho saberlo.

Gumersindo intentó negar con la cabeza.

—No —dijo en un susurro que fue más bien un siseo.

—Prométemelo. Por favor, prométemelo.

—Te lo prometo —le aseguró Feliciano.

Gumersindo sonrió y cerró los ojos. No los volvió a abrir y, tras unos instantes, su cara desfalleció. Feliciano continuó observándolo.

—Ya está muerto —dijo el Negro con delicadeza—. Debemos irnos.

—No podemos dejarlo aquí, de esta manera. Como a un animal.

—¿Qué más podemos hacer? ¿Llevarlo hasta San Pedrito?

—Eso es lo que deberíamos hacer.

—Sería una verdadera estupidez —dijo el Negro, esta vez sin atisbo de gentileza.

Feliciano dio un respingo con la cabeza y miró fijamente la cara impasible del Negro.

—Vaya, ahora entiendo . . . —empezó.

—Chitón —dijo el Negro, y se quedó escuchando.

Esta vez Feliciano también lo oyó; era el crujido de una carreta que bajaba por la carretera. Se habían adentrado de nuevo en la maleza cuando apareció el vehículo, avanzaba despacio, tirado por una pareja de mulas somnolientas y cargado con fardos de tallos de maíz. Junto a él, iban a pie el viejo don Hermenegildo Martínez y sus dos hijos, ya crecidos. La carreta se detuvo ante el cuerpo sin vida de Gumersindo, y don Hermenegildo se acercó. Tenía el pelo cano y la piel oscura, se había convertido en un amasijo de arrugas. Eso sí, caminaba tan erguido como un joven.

—¡Madre mía! —exclamó el anciano—. Es Gumersindo Gómez.

—Larguémonos de aquí, papá —dijo uno de los hijos.

—No me digas lo que debo hacer —replicó en tono cortante el padre—. ¡Rápido! ¡Saca los paquetes que están en medio de la carreta!

Los hijos se pusieron de inmediato manos a la obra. A continuación, siguiendo las órdenes del anciano, colocaron el cuerpo de Gumersindo sobre un lecho de tallos en el centro de la carreta y lo cubrieron con los paquetes que habían quitado. Entre tanto miraban con recelo de un lado a otro de la carretera. Por último, removieron el polvo de los alrededores para tapar cualquier rastro del cuerpo. Y, luego, la carreta siguió hasta San Pedrito, al mismo paso lento.

—¡Malditos sean! —Exclamaba don Hermenegildo mientras la carreta seguía su camino—. ¡Malditos sean los dos! Siempre pagan los inocentes.

Antes de retomar su viaje de vuelta al campamento de Lupe, Feliciano y el Negro se quedaron mirando la carreta hasta que estuvo fuera del alcance de la vista. Caminaron a través del chaparral hasta que el sol estuvo bajo. Lideraba el Negro y Feliciano lo seguía, sin dirigirse la palabra. Más tarde, pararon para descansar en un pequeño claro, pero esta vez ninguno se quitó las botas. Finalmente, el Negro rompió el silencio:

—Uno de nuestros hombres nos contó que lo detuvieron para interrogarlo. Pero fue el ayudante del sheriff de San Pedrito quien lo retuvo. Y hay más, el gringo para el que trabajaba contrató a un abogado para asegurarse de que lo trataban bien. Eso es todo lo que sabemos.

Feliciano miró al Negro, pero no dijo nada.

—Los rinches descubrieron que era cuñado de Lupe, aunque desconocen tu parentesco, y lo obligaron a revelar su paradero. Claro que él no lo sabía.

Feliciano afirmó con la cabeza y el Negro prosiguió:

—El abogado le dijo al ayudante del sheriff que no debía entregarlo a los rinches, y éste obedeció. Eso era todo lo que sabíamos Lupe y yo en el momento en que salimos en busca de De la Peña. Estábamos convencidos de que estaba fuera de peligro. Lupe no te mintió. Lo único que le preocupaba era que alguien, probablemente De la Peña, te convenciera de ir a San Pedrito.

—Fuera de peligro —dijo Feliciano— fuera de peligro.

—Fue el juez, sin duda. ¿Recuerdas lo que pasó con Muñiz? El juez firmó un papel autorizando que los rinches trasladaran al prisionero de San Pedrito a la cárcel de Jonesville y resulta que no han recorrido más de dos millas.

—Y luego los vimos pasar de largo. ¿Conocías a alguno de ellos?

—Únicamente al anciano y sólo lo he visto una vez en mi vida. Lupe, sin embargo, lo conoce bien. Dice que antes era sacerdote. Tal vez él pueda decirte su nombre.

—No es mi intención preguntarle nada —replicó Feliciano.

—Bueno, sigamos nuestro camino —apremió el Negro—, ya casi hemos llegamos.

4

Estaban escondidos en la maleza, a poca distancia de la carretera; esperaban. Eran veintitrés hombres liderados por Lupe el Muñequito. Se encontraban en una zona similar a un estacionamiento poblado de matorrales y mezquites y arbustos enclenques, cuyos troncos y ramas se retorcían formando extrañas formas humanas. Yacían inmóviles al calor, resguardados bajo la escasa sombra; sus rostros dejaban traslucir un ligero sufrimiento.

Sus ropas estaban manchadas de sangre, hierba y estiércol; la piel de sus botas estaba impregnada de polvo; sus sombreros habían perdido la forma y tenían rasgones. Sólo sus ojos, acechantes, expectantes, parecían estar frescos.

Estaban esperando a que pasara la Patrulla Americana. Cuando los soldados desfilaran a su altura, dispararían desde los matorrales espinosos e intentarían matar al mayor número posible. Y, al disparar, dirían:

—Por mi padre.

—Por mi primo.

—Por mi hermano.

—Por mi rancho, ¡ladrones, hijos de puta!

Algunos de los soldados caerían, con expresión de dolor inesperado en sus jóvenes y sonrosados rostros. Como si todo esto los tomara por sorpresa. Como si se preguntaran: "¿Qué pasó? ¿Qué sabemos nosotros de sus padres y hermanos y de las tierras que dicen que perdieron?" Después, mientras los soldados respondían al ataque, regresarían hasta sus caballos guiados por las huellas que formaban las hojas. Se dispersarían y se abrirían camino entre las partes menos pobladas de la densa maleza, dirigiéndose al río para tratar de llegar al lado mexicano con el menor número posible de bajas.

Eso sería todo. Salvo que al día siguiente aparecerían los Rangers. Matarían a todo aquel que encontraran cerca del escenario de la emboscada; es decir, todo aquel que no supiera inglés. Hasta que el número de muertos alcanzara una cifra satisfactoria. Luego regresarían a Jonesville y mandarían un telegrama a las oficinas centrales en Austin para informar que se habían producido algunas muertes de bandidos. Así lo entendió Feliciano, que era uno de los veintitrés hombres barbudos, sucios y vestidos con ropa de trabajo. Iba armado con un rifle, un revólver y dos cartucheras, una alrededor de la cintura y otra cruzada al pecho. Las dos sumaban quince cartuchos como máximo. Lupe había dicho que no quedaban más. Éste sería el último ataque contra los gringos antes de dar por finalizada la lucha.

De los veintitrés, sólo Lupe aparentaba estar relajado y despreocupado. Se movía entre sus hombres; sus pies diminutos, calzados con botas, apenas hacían ruido al pisar. Llevaba el cañón de su rifle apoyado en el recodo del brazo izquierdo, tal y como acostumbraba a hacer. Si no hubiera sido por su pequeño rostro, de facciones angulosas y duras, nariz puntiaguda y envejecido por el sol, el viento y la dura vida del chaparral, se le podría haber confundido con un muchacho a medio desarrollar, que jugaba a ser vaquero. Se acercó hasta Feliciano que se estaba limpiando la cara con la manga del suéter. Feliciano lo miró a sus ojos afables, incluso cómicos.

—Hermano Feliciano, hace calor, ¿verdad? —dijo Lupe en un tono de voz que era prácticamente un susurro.

Feliciano sonrió.

—Sí, bastante—contestó.

Lupe se acercó hasta el siguiente hombre y apoyó la mano en su hombro.

Hacía muchos años, Lupe había matado a un gringo que se había reído de él por su apariencia enclenque. Desde entonces Lupe había sido un bandido, buscado por la ley y temido por muchos. Sin embargo, seguía practicando la antigua costumbre de los mexicanos fronterizos de llamar al hermano mayor por el título respetuoso de *Hermano*, en lugar de utilizar el nombre de pila, así como de dirigirse a él por medio de la forma de respeto *usted*, frente a la forma informal *tú*. Feliciano se acordó de los tiempos en que Lupe era un niño. Aquí Lupe era el líder y Feliciano obedecía, pese a ser el mayor. Lupe era su líder ahora que Anacleto de la Peña ya no estaba. Había cruzado el río para ponerse a salvo junto a sus amigos carrancistas. Anacleto de la Peña, el Libertador, el Bolívar de la Frontera, a quien le encantaba citar un verso que dice: "Preferiría ser un cadáver a un gusano".

Cuando llegaron las fuerzas militares americanas, Anacleto de la Peña decidió que prefería no ser un cadáver, y el movimiento a favor de una República del Suroeste de Habla Hispana se desintegró. ¿Quién hubiera imaginado que los gringos tenían tantos soldados? Gumersindo, sin duda. Él lo había predicho. El día en que Feliciano se marchó para unirse a De la Peña, les dijo a su madre y a su hermana María que se iba a Monterrey e hizo que se corriera la voz de que se llevaba a una chica a México. Ésa fue la única cosa inteligente que había hecho, pensó Feliciano mientras esperaba tumbado en el chaparral a que aparecieran los soldados. Lo hizo no tanto por él como por aquellos a quienes dejaba atrás. Sólo Gumersindo supo a dónde se iba Feliciano. Preguntó:

—¿Y no hay nada que te pueda detener?

—No —contestó Feliciano.

—Pues entonces ve —dijo Gumersindo—, y que Dios se apiade de todos nosotros.

Feliciano sabía ahora qué había querido decir Gumersindo con aquellas palabras.

Lupe se aproximaba hacia él de nuevo. En el camino, se detuvo enfrente de un chico muy joven que parecía estar fuera de lugar, vestido con su overol, su sombrero de paja y sus pesados zapatos de trabajo. Lupe tocó al muchacho en el hombro y éste alzó la mirada. Lupe le sonrió. El chico cerró los ojos y volvió la cara. Lupe se acercó y se puso de cuclillas junto a Feliciano.

—Hermano, me gustaría que vinieras con nosotros al otro lado —dijo.

Feliciano no respondió.

—Allá la lucha es totalmente distinta —prosiguió Lupe—. Los hombres realmente valiosos, como nosotros, pueden llegar a hacerse ricos, incluso llegar a generales.

—Alguien tiene que cuidar de mamá y de María y sus hijos. Sabes que Gumersindo ha muerto.

—Sí —dijo Lupe escuetamente.

La expresión de su rostro se endureció momentáneamente y luego se relajó, hasta adquirir su habitual gesto de vigilancia despreocupada.

—Pero el Sur de Texas sigue siendo gringolandia.

—No me importa de quién sea la tierra. ¿Por qué no dejas que ese muchacho vuelva a casa?

—¿Quién? ¿Remigio? Ya casi tiene dieciséis años. Y tiene hambre de venganza.

—¿Venganza? No es capaz ni de montar a caballo ni de disparar. Los soldados lo matarán de seguro.

—Entonces, pronto acabará su dolor. Y así será más fácil para el resto escapar.

Feliciano hizo una mueca de desaprobación. En el momento en que empezaba a hablar, se dio cuenta de que había alguien de pie junto a ellos. Era Remigio, el muchacho que rondaba los dieciséis años. Sostenía su sombrero de paja entre las manos.

—¿Sí? —dijo Lupe.

Remigio se aclaró la garganta; su cara larguirucha estaba pálida y temblorosa. Trató de hablar con suavidad, pero se le quebró la voz. Dudó y luego se dirigió a Lupe en un susurro alto y ronco.

—Me gustaría volver a casa —anunció.

—¿Eh?

Lupe abrió sus ojos cetrinos de par en par. Remigio estrujó el sombrero. Lupe respondió en tono tranquilo y amistoso:

—No esperaba esto de ti, Remigio. Todavía no has disparado un sólo tiro.

Remigio empezó a balancearse de un pie a otro y a jugar con el sombrero.

—Verá, señor, anoche estu . . . estuve pensando. Ahora que . . . que están muertos. Bueno, creo que mi madre y los más pequeños me necesitan. ¿Quién se hará cargo de ellos ahora?

—¿Y tu padre? ¿Y tu hermano?

—Lo dejaré en manos de Dios. Dios castigará a esos hombres.

Lupe ladeó la cabeza, rememorando recuerdos del pasado.

—¿Dime cómo grita la gente cuando la queman viva? Anda, Remigio, explícamelo.

Remigio movió los labios con nerviosismo, parpadeó y volvió a estrujar su sombrero de paja.

—Apuesto lo que sea a que en ese momento hubieras deseado tener un rifle; ahí, escondido entre la maleza, viendo cómo los rinches bebían whisky y se reían.

Remigio se echó a llorar.

—Señor, ¡no, por favor! ¡No diga más! —le pidió—. Pare, por favor. Pare, por favor.

Se cubrió una oreja con una mano; con la otra todavía sostenía el sombrero.

—Lo viste y lo escuchaste todo, ¿recuerdas? Tu hermano chillaba y tu padre les gritaba: "¡Disparen! ¡Por amor de Dios, disparen!"

Remigio dejó caer el sombrero y se cubrió el rostro con ambas manos. Los sollozos hicieron que su cuerpo flacucho se zarandeara. De repente Lupe se puso de pie y rodeó la cintura del muchacho con su brazo.

—Ya, ya —dijo Lupe con voz tranquilizadora—. No llores. No llores o harás que nos oigan. Aparecerán pronto por la carretera y entonces los escucharás gritar a *ellos*. ¿Quieres dispararles, verdad?

Remigio se secó las lágrimas con el puño y asintió con la cabeza. Entre sonoros sollozos regresó al lugar en el que había dejado su rifle.

—¡Eh! —exclamó Feliciano de manera salvaje—. Eres despiadado.

—La venganza es buena —aseguró Lupe afablemente—. Remigio tiene mejor puntería de lo que tú crees. Matará por lo menos a uno. Y después, qué más da que muera. Su alma estará en paz.

—No me hables como un predicador —dijo Feliciano en un susurro tenso—. Eres una bestia, una bestia con garras y uñas. Lo único que quieres es sangre . . . la de Remigio, la mía, la de todo el mundo.

Lupe se apoyó con despreocupación en el mezquite y miró por encima del hombro a Feliciano.

—Y tú —dijo— eres un hipócrita.

Por primera vez utilizó la forma informal *tú*.

—Todo fue idea mía; ni tú ni Anacleto de la Peña me llamaron.

De pronto su rostro se contrajo en una expresión de intenso odio, casi diabólico.

—¡Entonces me necesitaron! Tú y de la Peña, con sus cuellos almidonados y su forma clasista de hablar. Había que hacer trabajo sucio, así que necesitaron a un bandido como yo. Para sus tierras, para su libertad y sus ideales puros. Para que todos pudieran llegar a presidentes, ministros o algo parecido. ¿Te acuerdas?

Feliciano se echó atrás de forma inconsciente, pero el arranque de Lupe concluyó abruptamente.

—He visto demasiados cadáveres a lo largo de mi vida —prosiguió Lupe con naturalidad—. Pero eran hombres, hombres que me habían disparado. Estos gringos bastardos mascarán a nuestros hombres como ovejas.

Su tono de voz adquirió un carácter reflexivo, la cadencia de aquel que cavila sobre una cuestión filosófica profunda:

—Dime, Hermano Feliciano, ¿quién quemó vivo al padre de Remigio? ¿Quién mató a Gumersindo?

Feliciano fijó su mirada en los ojos cetrinos de Lupe, pero éste giró la cabeza.

La brisa trajo consigo un ligero silbido. Empezó siendo una nota alta pero suave y cayó hasta convertirse en un tono más bajo y suave, que se repetía y repetía. Era un sonido muy tenue y para oírlo en la distancia era necesario prestar atención. Lupe se enderezó, sostenía la carabina entre las manos, mientras escuchaba. Se volvió a escuchar el silbido, esta vez más cerca. Un centinela escondido entre la maleza, fuera del claro, respondió con un silbido. Los hombres de la banda se levantaron a toda prisa, con los rifles preparados. Hubo unos segundos de silencio. Luego se escuchó el crujir de hojas. Una de las ramas horizontales de una mata de huizache se balanceó hacia delante y hacia atrás, y el Negro se adentró en el claro. Vino derecho a Lupe.

—No vienen para acá —anunció—. Tomaron la otra carretera.

—Será mejor que nos larguemos de aquí cuanto antes —sugirió uno de ellos.

—¡Silencio! —ordenó Lupe—. Dejen que el Negro hable. ¿Eso es todo?

—No —contestó el Negro, con una sonrisa de oreja a oreja—. Atrapamos algo para ustedes, muchachos.

Giró.

—¡Muy bien!

La maleza crujió y se movió: en el claro aparecieron otro par de exploradores, empujando por delante de ellos a dos hombres atados.

—Espías —anunció el Negro.

Uno de los cautivos, de mediana edad, era un anglo desgarbado. Sus lentes, de montura dorada, y sus tirantes azules lo convertían en una visión extraña en medio de la banda liderada por Lupe. El otro era un joven peón, un mexicano bajo y fornido vestido de tejano; tenía la cara ennegrecida por el sol. Ambos miraban de un guerrillero a otro con cara de preocupación.

Uno de los miembros de la banda se acercó al cautivo mexicano.

—Aquí tenemos a uno de los nuestros —dijo—, un hijo de puta enamorado de . . . —Abofeteó al prisionero— . . . los gringos.

El hombre atado se encogió y se dirigió a ellos:

—No me pegue, señor, no me pegue, por favor.

Se congregaron otros miembros de la banda, pero Lupe los tranquilizó:

—Tranquilos, tranquilos.

Y dio un paso al frente.

—¿Cómo te llamas? —le preguntó al anglo.

—Sneed —contestó el hombre—, Jack Sneed.

Tuvo que intentarlo dos veces antes de expresarse con claridad.

—Sabes español —le dijo Lupe—. Te enviaron adelante para hacer de espía.

—No, señor —replicó Sneed—. Soy comerciante, un pobre comerciante; nada más que eso. Vendo artículos de mercería, ya sabe . . . —Su voz se tornó tensa—. Artículos de mercería, listones para el pelo, perfumes, ese tipo de cosas. Se puede quedar con todo, con la carreta y también con el caballo.

Nadie contestó.

—No tengo mucho dinero —añadió Sneed—, pero debajo del asiento de la carreta . . .

El Negro se echó a reír.

—Ya lo sacamos.

—Eres espía —sentenció uno de los hombres que estaba detrás de Lupe.

—¡No, señor, no! Soy un simple y humilde vendedor ambulante. ¿Cómo se dice? Un varillero, eso es. Vendo perfumes y listones para el pelo y . . .

Un hombre grande, de cara curtida, se puso a la altura de Lupe.

—Acabemos con esto de una vez por todas —sugirió— y larguémonos.

—¡Mátalo, mátalo! —coreó el resto.

Lupe sonrió de oreja a oreja.

—No, no —Sneed negó con la cabeza—. Soy su amigo. Todos los mexicanos son amigos míos.

Varios de los hombres que conformaban la banda se echaron a reír.

—Un momento —dijo Feliciano, abriéndose paso hacia delante.

Se dio la media vuelta y se puso de cara al grupo.

—No podemos matar a este hombre.

—¿Por qué no? —preguntó Lupe, fingiendo sorpresa.

—Este hombre no es un rinche; es una persona pacífica. ¿Por qué matar a alguien que no ha hecho nada?

—Supongo que tienes razón —concedió Lupe con convencimiento—. Cómo me sentiría si fuera caminando por una carretera, sin que se me cruzara un sólo pensamiento malo por la cabeza y de repente apareciera alguien y . . .

Se pasó el dedo índice por la yugular.

Esta vez nadie se rio. Algunos observaron a Feliciano, otros se quedaron mirando fijamente a la tierra. Feliciano se dio media vuelta.

Remigio, el ranchero, había avanzado poco a poco hacia Sneed. Ahora estaba de pie frente al varillero, con el gesto retorcido por el odio y el miedo. Los otros lo observaban mientras se pasaba el rifle de una mano a otra. Remigio sólo miraba a Sneed. El vaquero de rostro curtido, que había estado de pie junto a Lupe, desenfundó el revólver y dio un paso hasta ponerse a la altura del vendedor ambulante.

—Vámonos —dijo.

Apoyó el rifle contra la nuca de Sneed y, con un ángulo elevado, apretó el gatillo. Sneed se desplomó hacia delante, sobre sus rodillas, mientras de la boca le salía sangre a borbotones, como vómito.

Remigio chilló y se abalanzó contra el vaquero con todas sus fuerzas, dándole patadas en las canillas y empujándolo con la superficie del rifle. El hombre cedió; se debatía entre la carcajada y el enfado. Levantó el revólver como para disparar, pero Remigio giró y disparó toda su munición contra la espalda de Sneed, que yacía boca abajo. Luego corrió, montó su caballo y trató de pisotear el cadáver, pero el caballo no respondía, así que se bajó y cogió un hacha de su silla de montar. Hizo pedazos el cadáver hasta que el machete dio en el hueso y se quedó incrustado. Luego intentó pisotear a Sneed con sus pesados y toscos zapatos del rancho, pero dos hombres lo cogieron por los sobacos y lo arrastraron. Cuando lo soltaron, se sentó debajo de un árbol y gritó, se echó a llorar amargamente como una niña.

Alguien dijo:

—¡Será mejor que nos larguemos de aquí!

Los hombres no tardaron en echarse a correr de un lado para otro, sacando a los caballos de la maleza, cabalgando en direcciones diferentes.

—Vámonos, vámonos —decían todos—. ¡Vámonos de aquí!

Lupe el Muñequito sonrió sarcásticamente al verlos marcharse, pero no hizo nada por detenerlos.

El mexicano al que habían capturado permanecía maniatado y de pie, a poca distancia del cuerpo sin vida de Sneed. Lupe pareció verlo entonces por primera vez; caminó hasta él, con el rifle apoyado en el recodo del brazo izquierdo. El hombre atado no lo vio. Estaba absorto ante la visión del cuerpo destrozado de su patrón. Tenía los ojos abiertos de par en par, como si la escena fuera demasiado grande para capturarla en su totalidad y estuviera intentando hacer los ojos lo suficientemente grandes para que pudieran asimilar lo que veían. Lupe se acercó a él con sigilo y levantó el brazo que llevaba doblado, de tal forma que el rifle apuntó al hombre.

—No vas a matar a éste —dijo Feliciano.

Se había acercado con el mismo sigilo detrás de su hermano. Lupe se giró lenta y rígidamente, con cara de enfado. Luego se relajó y sonrió.

—Tiene usted razón, hermano —admitió—. Tiene usted razón; no lo mataré.

Luego, tras una pausa, añadió:

—Será usted, hermano, quien lo mate.

Feliciano había desenfundado su navaja para cortar las cuerdas con las que estaba amarrado el hombre. Se detuvo y se quedó mirando fijamente a Lupe.

—Estás loco —dijo.

—¿Sí? —inquirió Lupe—. Pero tal vez, no.

Permaneció el uno frente al otro, separados por unos pocos pasos de distancia. Al otro lado del claro, Remigio avanzaba a tropezones hacia su caballo, con la cabeza entre las manos. El resto había desaparecido.

Lupe se rio y orientó el cañón del arma hacia la tierra. Giró hacia el prisionero, que los había estado observando idiotizado.

—Este hombre te está dejando escapar —dijo—. Obsérvalo con detenimiento para que lo puedas recordar más adelante. No deberías olvidar el rostro de tu salvador.

El prisionero miró a Feliciano.

Lupe prosiguió:

—Se llama Feliciano García. Feliciano García, hermano de Lupe García, el bandido. Vive en San Pedrito, en la casa de su hermana.

El hombre maniatado volvió a mirar a Feliciano.

—Deberás recordar todo esto —prosiguió Lupe— porque cuando los rinches vengan a visitarte, te harán preguntas. Querrán saber quién mató a tu patrón, y será mejor que les digas la verdad. Disponen de los medios necesarios para obligarte a decirla.

El hombre maniatado empezó a temblar. Mientras caminaba hacia el otro lado del claro, Lupe miró hacia atrás y añadió:

—No lo olvides.

Feliciano se quedó petrificado, con el cuchillo en una mano y el rifle en la otra, mientras Lupe el Muñequito se adentraba en el chaparral. Feliciano se quedó un buen rato mirando fijamente el punto por el que Lupe había desaparecido.

Una vez dentro de la maleza, Lupe tomó las riendas de su caballo y se subió a él lentamente. Dirigió la cabeza del animal hacia un sendero que conducía al río, cabalgando a paso lento, atento. Después de un rato lo escuchó. Una detonación, y una segunda. Chasqueó la lengua para que su caballo saliera a trote.

5

Avanzaba una vez más por la misma carretera, llena de polvo y de curvas; esta vez camino a Jonesville-on-the-Grande. Iba a pie, recién afeitado y con ropa de trabajo de mezclilla, zapatos pesados y sombrero de paja de ranchero. Seguía tenso y prestaba atención por si escuchaba el familiar sonido metálico de las balas. Feliciano dio a la mula con una delgada vara de sauce para que aligerara el paso. No le dio muy fuerte. Era la última pieza de ganado que le quedaba a la familia y estaba medio muerta de hambre y débil. A pesar de sentirse impaciente, no se atrevía a apretarle demasiado las clavijas. Si la maldita bestia no empezaba a andar más rápido, pensó, no llegaría a Jonesville antes de que oscureciera.

En la carreta de dos ruedas transportaba las pocas pertenencias que le quedaban a la familia: una cama, un catre, ropa de cama, vajilla, cazuelas y sartenes y harapos. Encima de todo esto se sentaba la viuda, vestida de luto y con su pequeño hijo en brazos. Las dos niñas viajaban en la parte trasera de la carreta, con las piernas colgando por fuera y con la vista puesta en el chaparral y el polvoriento llano, jugando a divisar pájaros o cualquier otro elemento interesante antes de que lo hiciera la otra. La abuela no estaba con ellos: había fallecido poco después de que asesinaran a Gumersindo. Feliciano no le había revelado a nadie, salvo a Gumersindo, a dónde iba, pero tan pronto como se marchó, le había contado María, la anciana comenzó a actuar de manera extraña. Hablaba poco y apenas probaba bocado. Y poco después de que enterraran a Gumersindo, falleció. Debía estar preocupada por Lupe y Feliciano, pero nunca dijo nada. Sólo preguntó por ellos en su agonía, cuando ya había perdido la cabeza.

Lo supo desde el primer momento, pensó Feliciano. Nunca se creyó la historia sobre la chica y sobre Monterrey. Sin embargo, se lo había guardado todo. Y ahora, la vieja resistente, estaba muerta. Una anciana de gran fortaleza con más arrugas que dientes, que siempre andaba fumando hojas de maíz. Feliciano la había amado y sabía que la mujer lo había amado, aunque no perdía el tiempo con palabras cariñosas o caricias. Se decía que había sido guapa; en aquel entonces, sí que empleaba palabras de cariño. Feliciano, el primogénito, recordaba vagamente que lo hubiera besado o mimado de pequeño. En cualquier caso, eso fue antes de que la vida la embruteciera, por el trabajo, codo con codo junto al padre de Feliciano, en el campo, moliendo maíz en el metate y cargando con agua; además de haber dado a luz varias veces.

Vio morir a la mayoría de sus hijos: algunos en el parto, otros durante la primera infancia, y otro grupo de diversas enfermedades: uno de la tisis, otro de mordeduras de serpiente y uno más de un extraño dolor de intestino que ninguna hierba fue capaz de sanar y para el que sólo existía cura en un hospital gringo que era de uso exclusivo para los gringos. Luego a su marido, que murió extenuado por el trabajo y por el consumo de mezcal; y el pequeño Lupe, convertido en bandido, separado de la familia. La mujer había sobrevivido a todo esto con tenacidad, sin dejar que ni los nacimientos ni los fallecimientos la distrajeran de su particular lucha diaria contra la hambruna. De los dieciséis hijos a los que había dado a luz, sólo sobrevivieron Feliciano, el mayor, y María, la pequeña. Y luego Feliciano se fue, por lo que sólo María la había acompañado al morir. Al final, la curtida anciana perdió su fortaleza: flaqueó y se derrumbó.

Si Gumersindo se hubiera ido a vivir a Jonesville cuando Feliciano se lo pidió, la ancianita no habría fallecido. Ni tampoco Gumersindo. El propio Feliciano estaría ahora en algún lugar al sur del río. Se preguntaba cuánto tiempo sería capaz de sobrevivir viviendo entre ellos. Especialmente . . . se encogió de hombros. Tal vez la compasión fuera también un signo de debilidad; como la religión. En cualquier caso, tenía que cuidar de María y de los niños mientras pudiera. Ya pensaría sobre lo otro más adelante.

Jonesville era un lugar apacible, mayoritariamente mexicano. Allí hablaban español hasta los gringos. Sería más fácil ganarse el pan y eludir peligros. Además, estaba junto al río. En definitiva, Feliciano había decidido llevar a su hermana y a sus hijos a Jonesville, tal y como quiso que hiciera Gumersindo. Éste no lo había hecho; se había quedado en San Pedrito porque insistía, con obstinación, en que no tenía motivos para huir: no había hecho nada malo. *El que nada debe nada teme*, Gumersindo había repetido una y otra vez el viejo refrán. Pero era sólo un refrán. Fue un hombre extraño. Había obligado a Feliciano a prometerle algo que nunca debería haber prometido. En muchas otras ocasiones, Gumersindo había dicho que no quería que su hijo sintiera odio: debía crecer para convertirse en un gran hombre y ayudar a su gente. Y ese fue el último pensamiento de Gumersindo antes de fallecer.

Feliciano se lamentaba ahora de haberle prometido una cosa así a un hombre agonizante, ya que sería muy difícil ocultarle una verdad tan terrible a un hijo varón. Nunca le podría contar cómo había fallecido su padre, nunca le podría dar la oportunidad de vengar su muerte. Le supondría un gran esfuerzo, y, además, no era justo para el muchacho. Pensándolo bien, para qué estaban los hombres si no era para vivir y morir como hombres. Lo que él daría por tener un hijo que lo vengara si al final caía en manos de los rinches. Le dio un codazo a la mula. Se decía que en Jonesville no dejaban entrar a los rinches.

Allí donde la carretera se hundía en un socavón, dieron de bruces con una banda de hombres. Eran seis o siete y bloqueaban el camino. Rinches. Feliciano tensionó el brazo derecho y luego lo relajó. Iba desarmado; ahora era un ranchero pacífico. Agarró la mula por la brida para frenar la carreta. Todos eran jóvenes; no se habían afeitado y estaban sentados encorvados sobre sus sillas de montar, sonriendo de oreja a oreja y con un gesto de fascinación. A Feliciano le cruzó un pensamiento extraño por la cabeza. No hacía mucho que estos muchachos se habían dedicado a cazar ranas para arrancarles las piernas o a clavarle un palo ardiendo en el rabo a la yegua de algún desconocido. Los delataban sus caras de color rojo cangrejo. Los observó con los ojos entrecerrados: sus finos labios se movían con nerviosismo, sus ojos claros despedían desprecio. Uno de ellos se acercó hasta la carreta. Cuando se inclinó para mirar a Feliciano todavía quedaba un rastro de lo que había sido una sonrisa.

—¿Adónde te diriges, seboso? —preguntó con indiferencia.

Feliciano se encogió de hombros.

—*Inglis* —dijo con afabilidad—, *no spik.*

—¡Bah! Eso es lo que dicen todos estos bastardos.

Feliciano mantuvo el gesto tan relajado e inexpresivo como fue capaz. El rinche dirigió la mirada de Feliciano a la carreta, y, al ver a María, los ojos se le abrieron un poco más. María era hermosa; además, su belleza se veía resaltada por la indumentaria negra y por su rostro pálido, asustado. El bebé que llevaba en brazos, observó con curiosidad al extraño, pero las niñas asomaron las cabezas por encima del hombro de su madre y miraron aterrorizadas: era la primera vez que veían a un rinche. El rinche miraba a María fijamente; la miraba como quien evalúa a un caballo. Por primera vez aquella tarde, Feliciano sintió verdadero miedo.

—Déjame pasar, por favor —le pidió en español.

El rinche no le hizo el más mínimo caso. Ahora observaba al bebé. Su tez, marrón clara, su piel, sonrosada, sus ojos, azules. A sus espaldas, el resto también había visto al niño y se habían puesto a hablar entre ellos. El rinche apuntó al bebé con su látigo.

—¿De dónde sacaste a ese niño tan blanquito?

Y luego añadió:

—Chico americano.

—Americano no —le corrigió Feliciano— mexicano.

El rinche se le quedó mirando fijamente.

—Eres un maldito mentiroso —dijo sin demasiada exaltación.

Entonces, una repentina idea hizo que se girara hacia la pálida mujer de negro.

—*Señorrita* —dijo con simulada cortesía— si pudiera perdonar la *intrushon*, pero me gustaría saber si recuerda de qué palo nació esta astilla.

Los otros hombres se rieron a carcajadas y Feliciano le dio un codazo a la mula.

—¡Déjame pasar! —dijo con fiereza en español—. ¡Déjame pasar, gringo sanavabiche!

El rinche dejó de reír de forma repentina. Su expresión adquirió un deliberado tono desagradable.

—Bien —dijo meditabundo— bien, bien, bien.

Se pasó la mano por el muslo. Feliciano fijó la mirada en la mano pecosa, que avanzaba lentamente, muy lentamente por las chaparreras en busca de la pistolera. María y los niños quedaron muy lejos. El mundo se detuvo ante esa mano que se movía en cámara lenta. Desarmado e indefenso, esperó a que el rinche desenfundara su pistola y disparara. Finalmente, el rinche desenfundó la pistola y apuntó a Feliciano, que observaba con detenimiento la punta del cañón. Ha de ser una cuarenta y cuatro, pensó, pero la boca parece enorme.

A sus espaldas alguien se puso a hablar estrepitosamente y en tono de enfado. Se preguntó si otro rinche habría llegado por detrás y lo estaba maldiciendo antes de dispararle. Sin embargo, el rinche que tenía enfrente enfundó la pistola. Feliciano giró muy lentamente. Detrás de él, cerca de la carreta, había un gringo gigante, montado sobre un caballo grande y fuerte. El gringo grande iba vestido de paisano, excepto por el sombrero de vaquero y las botas, y, a pesar de su barba blanca, no aparentaba ser mayor. Salvo por un par de palabras, "ley" y "prisión", Feliciano comprendió poco de lo que decía el gringo grande. Ahora bien, sí que reconoció las blasfemias, y soltaba muchas. Los rinches se sumieron en un amargo silencio y parecían incómodos.

—Ta' bien, juez —dijo el líder en tono conciliador.

El hombre grande se encolerizó de nuevo, como si lo hubieran insultado. Se puso de pie en los estribos y gritó:

—*¡Vamuus!*

Los rinches se fueron con expresión rígida.

En cuanto se fueron los rinches, el enfado del gringo grande se desvaneció.

—¿Cómo te llamas? —le preguntó a Feliciano en un español fluido.

Feliciano se quitó el sombrero.

—Feliciano García, a sus órdenes.

—Eres un hombre imprudente; esto casi te cuesta la vida.

—Le estoy enormemente agradecido. No suelo perder la cabeza, pero temí por mi familia cuando no quisieron dejarme pasar.

El viejo gringo echó una mirada rápida a la carreta.

—Es una bonita familia —dijo—. El bebé es hermoso.

A continuación, con más tacto, preguntó:

—¿Es tu sobrino?

—Sí, señor. Ésa es mi hermana María y sus hijos.

El viejo gringo no preguntó por el padre de los niños. Miró a Feliciano por encima del hombro, estudiándolo. Por último dijo:

—Eres un hombre valiente; imprudente a ratos, pero valiente. Estaba delante cuando ese rufián te retó.

—Usted es el valiente, por la manera en que les habló y por cómo los invitó a que se metieran en sus asuntos. Yo pensaba que la única persona que puede hacer algo así es el gobernador del estado.

El viejo gringo sonrió un momento.

—No eran verdaderos rinches. El gobernador los ha retirado y ahora debería reinar la paz. Estos eran simples peones de los ranchos de alrededor que se han erigido ellos mismos como ayudantes. Saben que los podía haber encarcelado.

—Sea como sea, le estoy profundamente agradecido.

—¿Te diriges a Jonesville?

Lo pronunció a la manera de los mexicanos: "Jons-bil".

—Sí, señor. San Pedrito sigue sin ser seguro para los mexicanos, incluso si hombres como esos no son auténticos rinches.

—¿Qué vas a hacer cuando llegues a Jonesville?

—Buscar trabajo. Y un lugar en el que vivir.

—¿Sabes leer y escribir?

—Sólo en español.

—Con eso basta.

De nuevo, el viejo gringo recorrió a Feliciano con la mirada.

—En Polk Street —dijo—, junto a Fort Jones, hay una cantina cuyo nombre es El Danubio Azul. ¿Has trabajado alguna vez en una cantina?

—No señor, pero no ha de ser muy difícil aprender.

—Vete hasta allí y pregunta por el hombre que está a cargo del negocio. Dile que te manda el juez Norris. Ése soy yo. Soy el dueño de la cantina, pero Faustino es el encargado. Su nombre es Faustino Bello. También lo llaman "el Barrilito"; cuando lo veas, sabrás por qué. Dile que he dicho que te busque alojamiento y que te contrate de camarero.

—Señor juez, no sé cómo agradecérselo.

—No tienes que agradecerme nada.

El juez levantó las riendas y tiró de la cabeza del caballo hacia un lado.

—Por cierto —dijo—, ¿naciste en San Pedrito?

—Sí, señor.

—¿Has votado alguna vez?

Feliciano negó con la cabeza.

—Aprenderás a hacerlo —le aseguró el juez, y salió al trote montado sobre su gigante caballo.

Feliciano empezó a caminar con dificultad junto a la mula antes de darse cuenta de que seguía sujetando con firmeza el sombrero con la mano izquierda.

Parte II
Jonesville-on-the-Grande

1

A comienzos del siglo XVIII, antes de que existieran los Estados Unidos y cuando Filadelfia no era más que una pequeña ciudad colonial, se fundó Morelos, en la orilla sur del río. A lo largo del siglo siguiente creció hasta convertirse en una enorme y próspera ciudad. Sus límites se extendían hacia el norte, más allá del río, hacia lo que entonces formaba parte de la misma provincia, un territorio extenso y prolífico en lo referente a ganado silvestre y caballos, que constituían el medio de subsistencia primario para los habitantes de Morelos. Más adelante, surgieron los comanches y los yanquis. Y así llegó el día, en el año 1846, en que un ejército americano acampó en la orilla norte del río, al que diversos exploradores hispanos habían dado nombres diferentes: Río de las Palmas, Río Grande del Norte, Río Bravo. El ejército se preparaba para iniciar una ofensiva al sur, en el corazón de México.

Fue en esa orilla del río, sobre un parapeto improvisado y mientras un tal Capitán Jimmy Jones observaba el centro urbano de Morelos a través de unos binoculares, donde una fatídica bala de cañón, lanzada desde la ribera sur, se llevó por delante su cabeza. El lanzamiento fue, sin duda, extraordinario, puesto que la artillería pesada del ejército mexicano, compuesta de cañones de latón obsoletos que disparaban balas de latón no menos obsoletas, no se distinguía por su alcance, cuanto menos por su precisión. Esta excepcional bala excedió, sin embargo, su alcance, y logró inmortalizar al Capitán Jones. Las fortificaciones construidas en los alrededores del lugar se llamaron Fort Jones y los barrios mexicanos adyacentes a este punto, y situados en la orilla norte del río, recibieron el nombre de Jonesville, Texas, EE.UU.

Durante más de medio siglo, Jonesville continuó siendo una ciudad mexicana, aunque oficialmente era parte de los Estados Unidos. Unos pocos aventureros de habla inglesa se instalaron allí, se casaron con familias mexicanas propietarias de haciendas, convirtiéndose en una élite gobernante en alianza con sus familias políticas mexicanas. No obstante, el español siguió siendo la lengua de la cultura y de la política y la moneda mexicana se utilizaba como moneda de uso legal para el comercio local. Luego, a principios del siglo XX, llegó el ferrocarril y con él los primeros agentes inmobiliarios y compañías de títulos de propiedad, y, por supuesto, una Cámara de Comercio, que renombró a la pequeña ciudad "Jonesville-on-the-Grande" y la anunció ante los imbéciles del norte como el paraíso en la tierra: California y Florida juntas. Los mexicanos necesitaron pico y pala para limpiar la maleza en la que había deambulado el ganado de sus antepasados; para hacer espacio a la ganadería de tractores y a los naranjales. Y los colonos empezaron a llegar en masa desde el corazón de Estados Unidos, mientras a los mexicanos les quitaban sus puestos de criadores de ganado y los forzaban a trabajos manuales. Fue en esa época también en la que

Jonesville-on-the-Grande pasó a tener un barrio mexicano, y fue ese barrio mexicano que se dispuso a buscar Feliciano García una vez que llegó a las afueras de "Jons-bil".

Feliciano llegó a las afueras de Jonesville-on-the-Grande cuando el sol ya estaba bajo, en el oeste. La primera persona a la que se encontró, un hombre que aparentaba ser oficinista o tal vez abogado, le explicó no sólo dónde estaba Polk Street sino que lo acompañó hasta la esquina de la calle para indicarle el camino; no tenía por qué haberlo hecho. No preguntó nada acerca de la mujer de negro y de sus hijos; no tenía por qué. El carro acababa de girar a la izquierda hacia Polk Street en dirección a Fort Jones cuando, desde el fuerte, se disparó un cañón. El sonido hizo que la mula diera un salto, pese a ser vieja y estar extenuada, sobresaltando a María y a los niños.

—No es más que el cañonazo de la tarde —les explicó el señor que los había acompañado hasta la esquina—. Significa que son las seis de la tarde.

Se despidió y siguió su camino.

Feliciano condujo la mula calle abajo, hasta que estuvo a una cuadra de distancia de El Danubio Azul. Adivinó enseguida su ubicación exacta, enclavada junto al poste de la valla, porque varios soldados se habían congregado a la entrada para tomar la primera copa de la noche. Escuchó música y risas. Una joven corpulenta, que lucía un vestido de rayas y llevaba el cabello rojizo suelto, como si estuviera recién salida del baño, estaba apoyada en la cerca de la entrada de su casa. Saludó:

—Buenas tardes —dijo al verlos llegar.

Feliciano aprovechó la oportunidad.

—Señora —dijo—, ¿podría pedirle un favor? Tengo que ir a esa cantina a pedir trabajo, pero no quiero llevar a mi familia hasta ahí. ¿Podría dejar la carreta aquí, enfrente de su casa?

—Con mucho gusto —se ofreció la mujer—. Puede atar la mula al poste que está ahí. Y usted, señora, por favor baje y venga con sus hijos a tomar café mientras su . . . pariente va a El Danubio Azul.

—Es mi hermano —dijo María en voz baja—. No queremos causarle ninguna molestia.

Feliciano también protestó, por educación, pero la mujer del vestido de rayas contestó:

—No es ninguna molestia.

Ató la mula a un poste que había en uno de los lados de la polvorienta calle, María y los niños se bajaron de la carreta y la señora le pidió a un joven que había dentro de la casa que saliera con una cubeta de agua para la mula. Feliciano se apresuró en llegar a la cantina. El sol se estaba empezando a poner, pero todavía había suficiente luz. La cantina era un edificio con un frontón sobre el que se había escrito, en grandes letras negras, "El Danubio Azul". Debajo había una franja ancha y ondulada pintada de azul, simulando las olas del Danubio Azul. Cuando Feliciano se acercó a la entrada, los soldados seguían allí congregados. Uno de ellos lo saludó con la mano y gritó:

—¡Eh, amigo! Tómese algo antes de que se acabe todo.

—Aló —contestó Feliciano, y devolvió el saludo con la mano.

Decidió entrar por detrás. El recinto estaba cercado por una gran valla de madera, pero había una puerta en uno de los lados del edificio, justo donde empezaba la reja. Tocó varias veces antes de que le abriera un hombre bajo y fornido de tez muy oscura. El joven dio un paso hacia atrás y Feliciano preguntó:

—¿Es usted Faustino Bello?

—No —contestó el joven—. Mi nombre es Juan Rubio.

—Yo me llamo Feliciano García. He venido a ver al señor Bello para hablar con él sobre un trabajo.

—¡Ah! Pase.

Feliciano entró al almacén, que era alargado y estaba repleto de barriles de cerveza y de cajas de whisky, y, mientras tanto, el joven salió a toda prisa por otra puerta que conducía a la cantina.

Juan Rubio, se quedó pensando Feliciano, Blond John. ¡Qué nombre! En ese momento apareció Faustino Bello desde la cantina, y Feliciano recordó las palabras del juez, "cuando lo veas, sabrás por qué lo llaman el Barrilito". Bello era bajo y ancho como un barril de cerveza, y parecía tan fuerte como un tonel de madera. A su cuerpo lo acompañaba una cara aniñada y regordeta, coronada por un gran cráneo del que nacía pelo negro cortado al rape.

Bello le estrechó la mano. Transpiraba y era evidente que estaba muy ocupado.

—Usted es el hombre del que me habló el juez. Bien. Tenemos una casa para usted. Juan lo acompañará hasta allí ahora mismo y le ayudará en todo lo que necesite. Lo veré mañana a eso de las diez.

A través de la puerta entreabierta se escucharon voces en inglés, cada vez más acaloradas.

—Ahora debo volver al negocio. Dos mochos están a punto de pelearse y debo intervenir para que hagan las paces o para echarlos.

Se fue a la cantina.

Feliciano y Juan Rubio se miraron el uno al otro por un instante. A continuación, Rubio dijo respetuosamente:

—Disculpe, ¿dónde está su familia?

—A una cuadra de aquí, en la esquina. Una buena mujer nos dio permiso para atar la mula y dejar la carreta allí.

—¿En la esquina? ¿Pelo castaño claro?

—Sí. ¿La conoces?

—Se llama Tina. La llaman La Alazana. A veces trabaja aquí.

Feliciano se encogió de hombros.

—Existen distintas formas de ser bondadoso.

Juan Rubio asintió con la cabeza.

—Traiga la carreta hasta la esquina que está enfrente. Lo veré ahí.

Feliciano regresó a casa de Tina. Tras darle las gracias a la mujer repetidas veces y mostrar su gratitud de diversas maneras, María volvió a subir a la carreta con sus hijos. Mientras conducía tranquilamente la mula calle abajo, Feliciano pensó que tarde o temprano le tendría que contar a María quién era doña Tina. Pero no corría prisa.

Al llegar a la esquina que estaba enfrente de El Danubio Azul, vieron a Juan Rubio, que los esperaba montado en una carreta de cuatro ruedas tirada por un gran caballo de trabajo y cargada de leña y otras cosas.

—¿Para qué es todo eso? —preguntó Feliciano.

—La casa tiene una cocina de leña. ¿Tienen candiles?

—Uno.

—Traje un par más. Y algo de querosén. Y unas pocas provisiones.

—Amigo, no puedo aceptar todo esto.

—No se lo doy yo —dijo Juan Rubio en su característico tono suave y respetuoso—. Usted y su familia pueden viajar en la carreta.

—No creo que sea lo más propio.

—Piense en la señora y los niños. Con su permiso, pondré algunas de sus cosas en la carreta.

Empezó a transferir algunos de sus objetos personales del carro a la carreta, y Feliciano le ayudó, cansado de discutir con él.

Una vez que todo estuvo a gusto de Juan Rubio, él caminó delante, conduciendo la carreta. La mula, tras el breve descanso y con una carga más ligera, se desplazaba a mayor ritmo de lo que lo había hecho esa misma tarde. Feliciano y su familia iban detrás. Se dirigieron al este hasta recorrer tres cuadras, luego dieron vuelta a la derecha y pasaron cuatro cuadras más. Se encontraban en uno de los límites de la ciudad. El chaparral, a unas doscientas yardas de distancia, dominaba en la incipiente oscuridad. Y la calle, a diferencia de las vías polvorientas por las que habían atravesado, estaba empedrada. La vivienda, situada al lado derecho de la calle, se alzaba prácticamente sola. Había otra construcción cerca de la esquina, un corral, y luego la casa. En la otra calle había un espacio vacío.

—Tiene un patio enorme —dijo Juan Rubio, al entrar con un par de candiles—. Hay agua corriente. Un excusado.

Era una casa grande, de estructura sólida y dividida a lo largo en dos estancias, de modo similar a El Danubio Azul. Las dos habitaciones y los sólidos tableros sin pintar que las dividían parecían nuevos. Era espaciosa y resistente al clima. Feliciano estaba maravillado. Nunca antes había vivido en un lugar como éste.

Juan Rubio ayudó a Feliciano a descargar el carro y la carreta. Cuando terminaron, Feliciano le preguntó:

—¿Cuánto te debo?

—Don Faustino se lo dirá.

—Deja que te dé algo por la ayuda.

Juan Rubio negó con la cabeza.

—Trabajo para Don Faustino —dijo afablemente.

Se dieron las buenas noches y, cuando Juan Rubio ya se estaba yendo, Feliciano le preguntó:

—¿Tú también vives en una casa como ésta?

Juan Rubio dejó escapar una risita.

—Vivo en una pequeña habitación detrás de El Danubio Azul. No necesito más; no tengo familia. Ya no están.

Una vez que se hubo marchado Juan Rubio, Feliciano le quitó los arreos a la mula y empezó a hacer la cama de María, mientras ella preparaba café. Los niños se habían quedado dormidos en un colchón tirado en el suelo. Rubio les había dejado un gran saco con alimentos y varios pedazos de pan. Feliciano se sentía en un sueño; tal vez el rinche le había disparado antes de llegar a Jonesville y estaba desvariando.

2

A la mañana siguiente, Feliciano llegó a El Danubio Azul justo antes de que dieran las diez. Juan Rubio había abierto la cantina y estaba barriendo. Faustino Bello no llegó hasta un rato después; venía alegre y con los ojos luminosos.

—Buenos días —les saludó a los dos.

Y luego a Feliciano:

—¿Ya estás instalado? ¿Te gusta la casa?

—Está muy bien, pero no sé si la podré pagar.

—Estoy seguro de que sí. ¿Te ayudó Juan?

—Fue muy amable.

—Él es así. No lleva mucho tiempo aquí, pero dependo muchísimo de él. Eso sí, no habla mucho.

—Me gustaría saber algo más de la casa. No sé si me alcanza el dinero.

—Si quieres alquilarla, son cuatro dólares al mes; el agua aparte. Si prefieres comprarla, te costará doscientos treinta dólares, doscientos por la casa y treinta por el terreno. Pagarás dos dólares a la semana. El terreno es grande, 75 pies por 150, y la tierra es buena.

—El terreno es grande y la casa magnífica.

—Durante un tiempo fue una cantina. Por eso la calle está empedrada. Se llamaba Sobre Las Olas; al juez le gusta el vals. Pero no iba bien. La vivienda subirá de precio en breve porque no tardaremos en entrar en guerra. Sin embargo, el juez no quiere esperar; sabe que corre el riesgo de que algún inquilino se la destroce. Y si está vacía, se la desvalijarán poco a poco. Si yo fuera tú, la compraría.

—No estoy seguro de poder pagar ese dinero a la semana y, además, tener para dar de comer a mi familia.

—¿Crees que no serás capaz de vivir con ocho dólares a la semana?

—¿Ocho dólares a la semana? —repitió Feliciano.

Contaba con cobrar siete como mucho.

—Eso será lo que te quede una vez descontados los dos dólares semanales por la casa y el terreno —replicó Faustino—. Tu salario será de diez dólares. Es todo lo que podemos pagarte por el momento. Es posible que en un futuro cobres más si el juez considera que le puedes ser útil de algún otro modo. Creo que da por hecho que así será. En cualquier caso, de esta manera la casa y el terreno serían tuyos en poco menos de dos años. Yo no dejaría escapar una oportunidad así.

—Creo que la compraré —dijo Feliciano— y tal vez, si puedo ir a casa al mediodía, dé un anticipo.

—Tu horario será de mediodía a medianoche, así que puedes irte a casa ahora si quieres. Almuerza allí. Anda, para que estés aquí a las doce. Y tráete un taco o dos, un lonche, como lo llama la gente, para que te lo comas rápido, mientras trabajas. No tendrás tiempo libre para cenar; las horas de más trabajo son de seis a once de la noche, cuando vienen los soldados. Podrás guardar lo que traigas para cenar en el hielo de la cerveza. ¿Por cierto, eres creyente?

—La verdad es que no.

—Mucho mejor, porque trabajarás los domingos; pero tendrás libre los miércoles.

—Por mí, está bien.

Feliciano le dio las gracias y se fue a contarle a María las buenas nuevas. Faustino Bello se quedó mirando unos instantes su silueta mientras se alejaba. ¿Un anticipo?, se dijo a sí mismo.

Las noticias enloquecieron a María.

—¡Dios nos está ayudando! ¡Gracias al pequeño Guálinto, lo sé! Gumersindo le ha pedido al Señor que nos ayude. Y mamá también. Así que Guálinto podrá ir a la escuela y a la universidad y se convertirá en el líder de su gente, como había deseado Gumersindo.

Feliciano no creía que Dios se preocupara por sus problemas. De hecho, ni siquiera estaba seguro de que Dios existiera. En cualquier caso, él también estaba contento de su buena fortuna y tenía presente la promesa que le había hecho a Gumersindo. Ahora tenía la oportunidad de cumplir con su palabra. Comió de prisa y se preparó para marcharse. Antes de ponerse el sombrero, se acercó debajo de la cama de María y sacó de allí una vieja alforja.

—Es hora de que hagamos uso de lo que nos dejó mamá —le dijo a María.

—Estoy segura de que previó que esto ocurriría —contestó María—. Tenía un don, ya lo sabes. Y ahora desde el cielo sigue cuidando de nosotros.

—Así sea.

Feliciano le dio una palmadita en la barbilla al bebé y salió hacia su nuevo trabajo. Llegó a El Danubio Azul mucho antes de mediodía. Faustino estaba detrás de la barra, sacándole brillo a unos vasos. Levantó la vista y vio aparecer a Feliciano con la alforja colgada del hombro. Pidió a Juan Rubio que se ocupara de la barra y condujo a Feliciano hasta el almacén donde, en una de las esquinas más alejadas de las puertas, había un pupitre, una mesa y unas cuantas sillas.

—¿Qué es eso? —le preguntó a Feliciano, que dejó la pesada bolsa de cuero sobre la mesa—. ¿Encontraste un tesoro enterrado?

—No es mucho dinero —replicó Feliciano—. No son más que monedas de veinticinco centavos y de cincuenta centavos de dólar. ¿Ves?

Dejó caer el contenido.

—Nuestra madre nos lo dejó en herencia al morir. Estuvo ahorrando desde que se casó con mi padre. Apartaba las monedas de cinco centavos y las de diez para cambiarlas por monedas de veinticinco y de cincuenta.

Faustino colocó las monedas en montoncitos.

—Sesenta y nueve dólares y setenta y cinco centavos. ¿Cuántos años vivió tu madre después de casarse?

—Unos cuarenta y cuatro años, más o menos.

—Eso significa que ahorró alrededor de un dólar y cincuenta centavos cada año. Debió de ser una mujer de gran determinación.

—Lo era —respondió Feliciano, sacando una moneda de veinticinco centavos del bolsillo y poniéndola sobre la mesa—. Con esto hacen setenta dólares justos como anticipo por la casa y el terreno.

Faustino negó con la cabeza. Se agachó para abrir una pequeña caja fuerte que había en el suelo, junto al escritorio. Metió las monedas en una bolsa de tela y la colocó en la caja fuerte. De la caja cogió cinco monedas de oro y las puso sobre la mesa.

—Basta con un anticipo de veinte dólares. Guarda los otros cincuenta para imprevistos. Una enfermedad, por ejemplo. Te será más cómodo transportar y esconder estas cinco onzas que cien monedas de cincuenta centavos de dólar. Te aconsejo guardar el dinero en el banco, pero estoy convencido de que no lo harás.

Feliciano negó con la cabeza.

—Bien, ¡pues tómalas! El abogado del juez pasará esta noche, así que podremos preparar los papeles. Y ahora manos a la obra.

Feliciano le dio las gracias y se metió las monedas en el bolsillo, a la vez que pensaba: "en menos de dos años".

La tarde transcurrió de forma tranquila y agradable para Feliciano. Ayudó a Juan Rubio a traer unos cuantos barriles de cerveza del almacén, y Faustino le enseñó a sacar brillo a los vasos y a servir una copa de whisky. Más tarde, Faustino se sentó en una de las mesas y le pidió a Feliciano que trajera una bandeja repleta de jarras de cerveza rellenas de agua. Feliciano sirvió las jarras sin derramar ni una sola gota de agua. Los hombres del barrio entraron en un par de ocasiones para pedir tragos de mezcal, que les sirvió Feliciano. En el momento de la tarde que más calor hacía, aparecieron dos vendedores ambulantes vestidos de traje azul, cargando con sus maletines y sudando a borbotones. Pidieron cerveza y Faustino se llevó a Feliciano con él detrás de la barra.

—Te voy a enseñar a servir una cerveza con espuma —le dijo Faustino.

Bajo la atenta mirada de Feliciano, sirvió la cerveza y se la pasó a uno de los vendedores.

—Ahora sirve tú la otra.

Al segundo vendedor no pareció agradarle la idea de ser conejillo de indias, pero Feliciano sirvió la cerveza tan bien como lo había hecho Faustino. El vendedor pareció quedarse más satisfecho al tomar la jarra.

Dentro de la cantina hacía fresco y estaba agradable, y Feliciano aprovechó para pensar en su buena fortuna. Si no hubiera sido por el juez Norris podría estar muerto o arrancando cepas bajo un sol asfixiante por un dólar o menos al día y destinado a no ganar ni un sólo centavo en los días de lluvia. Era el destino de los texanos mexicanos que los anglosajones los utilizaran como instrumento para llevar a la ruina a los mexicanos. El chaparral había constituido la garantía de libertad de los texanos mexicanos. Mientras existió, sirvió de refugio para los rancheros que huían de una ley foránea. El chaparral y los llanos habían permitido la cría de ganado; e incluso los pequeños rancheros, cuyas diminutas parcelas de terreno estaban enclavadas en la maleza, habían podido ser meridianamente independientes.

Pero, los americanos habían empezado a "explotar" la tierra. La estaban limpiando y transformando en campos de algodón, naranjales y ciudades. Y eran los oscuros brazos musculosos de los texanos mexicanos los que talaban los árboles. Eran ellos quienes blandían el machete contra los arbustos y los que se deslomaban arrancando cepas de la tierra. A cambio se les concedía lo imprescindible para subsistir y la promesa de que al día siguiente recibirían lo mismo. Ya fuera como jornaleros contratados para limpiar el chaparral o como recolectores de algodón y fruta siempre se les pagaba el dinero mínimo para subsistir. Cada machetazo de hacha, cada golpe del azadón trazaba su propia desgracia. Feliciano se había ahorrado todo eso. Tenía un trabajo tranquilo y bien pagado a la sombra.

Un rato después, sonó una corneta en Fort Jones, que trajo consigo una animada y alegre melodía. Faustino sacó su reloj de correa.

—Las cinco en punto.

El reloj colgado en la pared indicaba las cinco y diez.

—La corneta llama a cenar a los soldados —explicó Faustino—. Llegarán entre las cinco y media y las seis.

Feliciano creyó que estaba preparado para recibirlos hasta que los vio llegar en manada, sudorosos y con las caras rojas, riéndose y hablando entre ellos, mientras se daban palmadas en la espalda y se hacían bromas. Al mirarles y sin moverse de su sitio, sintió que los músculos de la espalda se le tensionaban. Algunos de los soldados se congregaron en grupo en torno a la barra, y Faustino y Juan Rubio empezaron a servirles cerveza. Otros se sentaron en las mesas y las aporrearon para que les atendieran, a la vez que coreaban: "¡Cerveza! ¡Cerveza! ¡Cerveza!"

Faustino se acercó a él y le pidió que les sirviera cerveza a seis de los "muchachos" que estaban sentados en la mesa de la esquina.

—Y cambia esa cara de enojo. ¡Sonríe, hermano, sonríe!

Volvió hasta donde estaban los barriles de cerveza, mientras bromeaba y compartía carcajadas con los soldados apostados en la barra. Juan Rubio también estaba detrás de la barra. No se reía ni bromeaba del mismo modo que Faustino, pero sí que sonreía y respondía con su habitual delicadeza cuando los soldados se dirigían a él. Tragándose el odio y el orgullo, Feliciano se acercó hasta uno de los barriles y sirvió seis jarras de cerveza. No debía delatarse, se dijo a sí mismo. Por el bien de su hermana y por el del hijo de Gumersindo. Fijó la mirada en el grifo de cerveza, aunque era consciente de que los soldados trataban de hacerle conversación y bromear con él. En silencio, sirvió las cervezas en la mesa. Los soldados dejaron de hablar entre ellos y el más grande le dijo algo a Feliciano. Los otros se rieron. Feliciano mantuvo la mirada puesta en la mesa mientras terminaba de poner las jarras.

—¡Eh! —dijo el soldado más grande—. Estoy hablando contigo, amigo.

Feliciano miró al soldado con los ojos irradiando odio y luego giró hacia la barra.

—¡Eh! —gritó tras él el soldado grandote—. ¿No sabes bromear?

Feliciano no se dio la vuelta. Sirvió una ronda de cervezas para la mesa que estaba junto a la que acababa de atender. Mientras hacía su trabajo, el soldado grandote, que estaba sentado en la mesa de la esquina, no le quitó los ojos de encima. En cuanto Feliciano terminó de servir las jarras y volteó, el soldado grandulón lo agarró por el hombro.

—¿Qué te pasa? —le preguntó—. ¿Quieres pelear?

De inmediato, Faustino, el Barrilete, pegó un salto y se puso entre los dos.

—¡Quietos! ¡Quédense quietos!

Estaba de cara al soldado grandulón, con las palmas de la mano hacia arriba.

—¿Qué le pasa a éste? —preguntó el soldado grandulón—. Parece que odiara a todos los que estamos sentados en esta mesa o algo así.

—No entiende —dijo Faustino en tono apaciguador—. Simplemente no entiende.

A continuación, bajando un poco el tono de voz, dijo:

—Acaba de llegar del campo, no habla mucho inglés y es su primer día de trabajo. No entiende lo que estás diciendo y piensa que lo estás insultando y que estás buscando bronca.

Por último, bajando el tono de voz hasta convertirlo en un susurro, dijo:

—Creo que simplemente te tiene un poco de miedo.

—¡Ajá! —al soldado se le dibujó una sonrisa tan grande como su propio ser.

—¡A-mii-gou! —le dijo a Feliciano, gritando por encima de la cabeza de Faustino.

—¡Me mucho gustar mei-ji-ca-nou! No te preocupes. No com-bat-tirr tú y yo —le extendió la mano.

Feliciano le estrechó la mano, forzando una sonrisa.

—Amigo. Bueno —dijo.

La mano del soldado era grande y fuerte, pero, a la vez, extrañamente suave.

—Así que no hay ningún problema —dijo Faustino—. Disfruta de tu cerveza.

El soldado grandulón se sentó y le dijo adiós con la mano a Feliciano, que se fue con el Barrilito. Feliciano respondió del mismo modo.

Faustino se llevó a Feliciano.

—Escucha —le instó—. Sé cómo te sientes, pero no pongas en peligro tu trabajo. Sabes que no fueron soldados los que mataron a tu cuñado. Ni ninguna de esas otras personas. Estos sólo disparan a hombres armados que disparan contra ellos.

A hombres como yo, pensó Feliciano.

—Son, en su mayoría, un puñado de niños. Si por ellos fuera, ya se hubieran vuelto a casa, lejos de aquí. Trataban de reírse contigo, no de ti. Si te hubieras limitado a escuchar en lugar de enojarte, lo hubieras entendido; sabes suficiente inglés como para entender eso. Sonríe cuando te hablan, y si no comprendes lo que te dicen, simplemente asiente. Pero sonríe, ¡maldita sea! ¡Sonríe! ¡Sonríe!

—Lo intentaré —respondió Feliciano.

Y sin duda lo intentó, aunque al principio no le fue fácil porque no podía dejar de pensar en el pasado reciente. En cualquier caso, a medida que la tarde avanzó, le resultó más sencillo; llegó incluso a intercambiar unas pocas palabras con los soldados en su poco inglés. Lo empezaron a llamar "Cowboy" en lugar de "Alma en Pena". Enseguida dieron las nueve de la noche y la corneta en Fort Jones tocó una única y triste llamada.

—A eso le llaman toque de silencio —le comentó Faustino a Feliciano—. Indica que todos los soldados deben volver al cuartel.

Sin embargo, sólo lo hicieron unos pocos. Feliciano comprobó que así era y el Barrilito le explicó por qué.

—Hay una segunda llamada a las once; luego cierran las puertas. La mayoría no se va hasta entonces, y entran por un hueco que hay en la valla.

—¿Y qué pasa si los atrapan?

—Les va muy mal. Ahora bien, para nosotros es estupendo que se queden hasta las once. Ahora te tengo que pedir otro trabajo.

Faustino tomó un par de botellas de coñac, las descorchó y las colocó en una bandeja junto con una docena de vasitos. Sal por la puerta trasera y acércate a los señores que están sentados ahí fuera.

Feliciano se había olvidado de la gran valla de madera que cercaba la parte trasera de la cantina. Allí había otra estancia, detrás del almacén, oculta a la vista del público por la valla y con entrada propia por una verja en el extremo de la cerca. Había sillas amontonadas y dos mesas grandes, pero sólo una de ellas estaba ocupada. Varios hombres se sentaban a su alrededor; todos parecían mexicanos, salvo el juez Norris.

—Buenas noches, señores —les saludó Feliciano, y puso las botellas y los vasitos encima de la mesa.

—Hola, García —dijo el juez—, ¿cómo van las cosas?

—De maravilla, señor juez.

—Me dijeron que te has comprado una casa.

—He dado el primer paso, señor juez, y de nuevo estoy en deuda con usted.

—¿Ya te preparó Faustino los papeles y la capitación?

—Todavía no, señor.

—Lo hará mañana —dijo el juez—. Más le vale. Pronto, te daré más trabajo.

3

Después de la Guerra Civil, la Quinta Enmienda reconoció el derecho a voto de todos los ciudadanos varones de los Estados Unidos, pero en algunos estados del país, entre los que se incluía gran parte de Texas, a los mexicanos y a los negros se les privó de ese derecho al negárseles la posibilidad de votar en las primarias. No fue el caso de Jonesville-on-the-Grande, donde más del noventa por ciento de la población era mexicana. En Jonesville todo el mundo votaba, incluidos algunos de los señores que residían en el cementerio, por no decir unos cuantos de entre los que andaban vivitos y coleando con dirección en la ciudad hermana de Morelos, al otro lado del río.

El poder siempre lo ocupaba el mismo partido político, pero eso no impedía el libre ejercicio de la democracia. El partido estaba dividido en dos facciones, los Azules y los Rojos, lideradas por dos hombres influyentes con sangre de colonos. En privado eran amigos íntimos. Sin embargo, en público se atacaban el uno al otro tanto en la prensa como en los mítines con motivo de las campañas electorales, donde rivalizaban por ganar las elecciones municipales o las de distrito. Se trataba de acaloradas luchas políticas que siempre acababan a puñetazos, y, de manera ocasional, resultaban en un par de disparos. Con indiferencia de qué partido ganara, normalmente el de los Azules, la vida seguía su curso como hasta entonces, a excepción de unos pocos votantes que se empeñaban en guardar rencor de una elección a otra. Los ganadores siempre eran aquellos que conseguían convencer al mayor número de votantes de que dejaran que los trabajadores de la campaña electoral les comprasen sus capitaciones y que les informaran del proceso electoral.

El líder de los Azules era el juez Robert (Bob) Norris. Era bilingüe y mantenía lazos de consanguinidad con el electorado. Para quienes hablaban inglés, su abuela había sido española: castellana pura, de una familia de hidalgos. Para quienes hablaban español, había sido mexicana. Así lo afirmaba el propio juez Norris cuando daba mítines en español. Se decía que la abuela había llevado el pelo recogido en dos trenzas largas y que ella misma molía en el metate el maíz de sus tortillas. Había cínicos, sin embargo, que creían que el juez Norris alimentaba estos rumores para agradar al electorado mexicano. No se le podía encontrar una mancha. Fue él quien inventó los cordones anudados como instrumento de voto.

La sede central del partido Azul, como cabría de esperar, estaba situada en El Danubio Azul, la cantina que regentaba uno de los jefes del distrito electoral que gobernaba el juez, y con cuantiosos beneficios, puesto que el núcleo fuerte de su clientela lo formaban soldados llegados del cercano Fort Jones. En la parte trasera del local, se celebraban tertulias políticas para trazar la estrategia del partido. También se permitían reuniones entre mexicanos refugiados para conspirar sobre el derrocamiento del gobierno mexicano de turno. En la cantina, del otro lado, Faustino Bello, alias el Barrilito, era el rey. Era un hombre bajo, no se elevaba dos palmos del suelo, y pesaba cerca de doscientas libras. Esta bola de grasa, barriga y músculo era capaz de moverse con sorprendente rapidez cuando la situación lo requería y sabía asestar puñetazos devastadores con sus manos regordetas. No conocía la técnica del boxeo: cuando tenía que pelear, dejaba que su oponente lo atacara hasta que tenía la oportunidad de devolverle el golpe. Solía bastar con un único puñetazo.

En El Danubio Azul, Faustino hacía las veces de huésped, animador y gorila. A los soldados les encantaba en lo referente a sus dos primeras cualidades y lo respetaban en lo concerniente a la tercera. Descansaba a ratos sobre un barril de cerveza vacío, colocado en unos de los extremos de la cantina, donde, por la noche, se reía a carcajada limpia. Contaba chistes verdes en un inglés macarrónico, llamando a los soldados por su nombre o por su apodo. También solía ir de mesa en mesa dándoles palmaditas en la espalda. De vez en cuando, abría un barril de cerveza barata y servía jarras a cuenta de la casa. El Barrilito era probablemente el único mexicano de todo Jonesville que podía darle una paliza a un soldado sin que el resto del ejército lo atacara. Claro que sólo lo hacía cuando era necesario mantener la paz en El Danubio Azul.

Así fue como Feliciano llegó a trabajar de mesero por recomendación del juez Norris. No recibió la capitación al día siguiente de empezar a trabajar, tal y como le había prometido el juez. Tardó en recibirla un par de días más, pero, cuando finalmente la obtuvo, también le hicieron entrega de una copia de una acta de nacimiento recién expedida, con información tomada de los registros bautismales de la iglesia católica de San Pedrito. El juez Norris se sentía orgulloso de su capacidad para reconocer el carácter de las personas, y pensó que había visto algo en Feliciano que le podría servir, ahora que la facción Azul parecía estar perdiendo adeptos a favor de los Rojos. En un par de semanas, Feliciano consiguió un trabajo nuevo: ayudante de Faustino Bello en su capacidad de jefe del segundo y tercer distrito electoral de Jonesville, que era donde vivía el mayor número de mexicanos. La casa nueva de Feliciano estaba en el segundo distrito, en la circunscripción veintidós o, tal y como la llamaban quienes vivían allí, El Dos Veintidós. Cuando la actividad política era escasa, seguía trabajando detrás de la barra, pero eso no ocurría muy a menudo. Habría elecciones pronto, y el juez estaba preocupado por las oportunidades de ganar que tenían los Azules.

Le equiparon con una calesa tirada por un caballo castrado de color canela. Su trabajo consistía en visitar todas las casas del segundo y tercer distritos y convencer a los hombres para que dejaran que los Azules les compraran su capitación. Si estaban dispuestos, tomaba nota de su nombre, dirección y edad. Feliciano descubrió que el trabajo se le daba muy bien. Era buen comunicador y entusiasta. Superaba en altura a la mayoría de los mexicanos, y las botas, el sombrero de vaquero y el bigote, que se había vuelto a dejar crecer, le conferían una apariencia estupenda. La calesa tenía una capota plegable, que él llevaba desplegada. Desprendía lo que se conoce como carisma. Se acercaba a hablar con la gente en sus casas, convenciéndolos de los beneficios de votar a los Azules. Me he convertido en un vendedor ambulante, pensaba a veces, excepto que en lugar de vender cosas lo que hago es comprar votos de puerta en puerta.

Una vez que concluyó el periodo de solicitación de votos, empezó la época de las fiestas de carne asada en honor a los militantes, en las que había carne de ternera y de cabra en abundancia, así como cerveza fría y mezcal. Feliciano se encargaba, con la ayuda de Juan Rubio, de organizar y supervisar esos banquetes. El sheriff Emilio Apodaca lo nombró ayudante por esta época, y empezó a ir armado con un cuarenta y cuatro, como en los viejos tiempos. A veces se emborrachan y alteran el orden público, le había dicho, y tendrás que ponerle el cañón de la pistola en la cabeza a uno que otro. Ahora bien, trata de no disparar a nadie. Debía imponer a los invitados, ya que nunca necesitó utilizar el revólver. Usaba, por otra parte, la calesa para llevar presentes en forma de alimentos, en su mayoría huevos y verduras, y de dulces para los niños a los principales seguidores de los Azules en cada circunscripción; aquellos que tenían muchos familiares y compadres y que podían, por ende, aportar muchos votos. Los dulces los compraba en la tienda de abarrotes de Rodríguez; los huevos y las verduras los obtenía de la granja de su vecino don José, todo comprado con el dinero del juez, claro. A título personal, regaló los mismos presentes a las personas más necesitadas de su circunscripción, incluida una señora viuda llamada Vera, que, evidentemente, no podía votar, pero que tenía que criar a sus dos hijos y lo estaba pasando mal para sacarlos adelante. Vivían en la cuadra de detrás de su casa, y su sobrino solía jugar con los muchachos, aunque eran un poco mayores que él.

Faltaba una semana para las elecciones, y, pese a todos los preparativos, el juez Norris tenía el presentimiento de que la votación sería reñida. Fue entonces cuando a Feliciano se le ocurrió la idea de *Arriba los azules*. Muchos años antes, el juez había inventado el cordón anudado. Puesto que gran parte de su electorado era analfabeto, cogió un cordón y le hizo pequeños nudos a cierta distancia el uno del otro, para que estos coincidieran en la papeleta con el nombre de sus candidatos. El cordón era de la misma longitud que la papeleta, de tal suerte que lo único que tenía que hacer el elector era extender la cuerda encima de la papeleta y marcar el nombre de la persona que aparecía junto a cada nudo. Fueron los trabajadores de las diversas circunscripciones quienes prepararon los cordones anudados, que luego entregaron a los electores junto con la capitación, poco antes de las elecciones. El partido Azul ganó por amplia mayoría aquel año. Los Rojos, sin embargo, no tardaron en sumarse a la moda, y también les pidieron a los trabajadores de sus circunscripciones que preparan cordones anudados para sus seguidores. Por lo que el invento del juez no fue un factor decisivo en la victoria electoral.

Por otra parte, el mecanismo no era perfecto: algunos de los electores Azules tuvieron problemas a la hora de decidir cuál era el extremo superior del cordón, de tal manera que muchas veces lo colocaron sobre la papeleta del revés. Esto produjo resultados no válidos, con lo que se anuló una gran cantidad de los votos azules. En tanto en cuanto los Rojos tenían mayor peso en las circunscripciones más prósperas y alfabetizadas, donde el número de anglos recién llegados no dejaba de aumentar, la facción Roja empezó a suponer un serio peligro para el juez Norris. La solución que propuso Feliciano fue tan sencilla como el instrumento que había ideado el juez. Sugirió teñir de azul el extremo superior del cordón, hasta el primer nudo; y que los partidarios Azules usaran como grito de guerra "Arriba los azules". Ese año nadie colocó el cordón anudado al revés, y los Rojos se vieron arrasados por una avalancha de votos Azules.

El juez Norris estaba encantado, tanto con el resultado de las elecciones como con su acierto a la hora de contratar a Feliciano García. Para Feliciano, el éxito del juez suponía un sueldo más alto y mejores condiciones de trabajo. Ayudaba a Juan Rubio a abrir la cantina a las diez de la mañana y la regentaba a solas hasta las dos de la tarde, cuando llegaba Faustino Bello para tomar el relevo. De dos a cinco, hacía recados de tipo político a bordo de la calesa, que ahora era prácticamente suya, y aprovechaba esas horas que pasaba en el centro de la ciudad para ocuparse también de asuntos personales. A las diez de la noche regresaba a casa, a excepción de dos días entre semana, en que sólo trabaja de diez de la mañana a dos de la tarde. A Feliciano le gustaba su nuevo horario, incluso si de esta manera no tenía ningún día libre. Apenas mantenía contacto con los soldados borrachos. Y es que, si bien había aprendido a tolerarlos y ellos eran bastante agradables con él, seguía sintiéndose incómodo con ellos. Además, su nuevo horario le dejaba tiempo para hacer cosas en la casa.

La parte trasera del patio se inundaba cada vez que llovía, así que sembró matas de plátano, y no tardó en crecerle una platanera. En uno de los lados de la casa plantó una higuera y un árbol de papaya, como el que tenían en el rancho de San Pedrito. En el otro lado, puso un guayabero. Ahora contaba con el dinero suficiente para contratar a algunos de los seguidores del partido Azul para que le ayudaran a arreglar la casa. Dividió las dos habitaciones alargadas en cuatro y sustituyó las ventanas de madera por ventanas de cristal. Recubrió el interior de entarimado y cambió las dos puertas que daban al exterior por otras compradas "de fábrica", con cerrojos y pomos. Tanto por fuera como por dentro, pintó la casa de azul fuerte. Añadió un cuarto más a unas pocas yardas de distancia de la vivienda principal para utilizarla de despensa y de dormitorio para él. En la parte delantera, mandó construir un porche que pronto quedó cubierto de madreselva, y, en el porche, como premio a sus esfuerzos, puso un balancín. Algún día, cuando la red eléctrica y el sistema de alcantarillado llegaran hasta el barrio, instalaría luces para que Guálinto estudiara y un baño con cisterna, "con agua y con cadena". Y un fonógrafo, incluso. Pero, por ahora, el columpio del porche era símbolo suficiente de prosperidad. Al mismo tiempo, trataba de ahorrar tantas monedas de oro como le era posible.

La vida le sonreía, pero él seguía siendo infeliz. El sentimiento de culpa por la muerte de Gumersindo le pesaba, y algunas noches soñaba con que él y el Negro acababan de encontrar su cuerpo agonizante en la polvorienta carretera de las afueras de San Pedrito. La diferencia era que en sus sueños Gumersindo levantaba la vista hacia Feliciano y en tono acusatorio le preguntaba: "¿Estás cumpliendo con tu promesa?" Y, en sueños, Feliciano contestaba: "Hago todo lo que puedo. Tu hijo se convertirá en un gran hombre; en el líder de su gente".

El muchacho ha de crecer ajeno al odio, había insistido Gumersindo en vida. Pero cómo podía Feliciano enseñarle a no odiar a los gringos si era algo que él mismo era incapaz de evitar. Había unos pocos que eran buenos. Ahí estaba don Roberto, el juez, quién a los ojos de Feliciano era mexicano. También se odiaba a sí mismo: su hermana guardaría luto a Gumersindo hasta el fin de sus días, pensaba cada vez que la veía vestida de negro azabache. Siempre le quedaría don José, el vecino, que estaba claramente interesado en ella, pero al que ésta no le prestaba la más mínima atención.

Así que Feliciano debía reunir tanto dinero como pudiera, con trabajos que le resultaban entretenidos, pero que a veces le hacían dudar de si estaba haciendo lo correcto. Todo por la educación de su sobrino. Las niñas no entraban dentro de sus planes. Crecerían y se casarían, como hacían todas las mujeres. Ahora bien, por el pequeño, Feliciano estaba dispuesto a trabajar y forjarse ilusiones. Guálinto tendría que convertirse en un hombre culto a fin de ayudar a su gente. Eso sí, en qué manera le ayudaría era algo que escapaba al entendimiento de Feliciano, pero sabía que debía darle toda la educación del mundo.

Cuando el muchacho empezó a andar y a pronunciar sus primeras palabras, a hacer preguntas y a explorar el mundo, su tío siempre veía en ello signos de precocidad y grandeza futura. En sus tardes libres, se sentaba con él en la cocina y lo ponía encima de sus rodillas, ensimismado con su habla infantil.

—¡Ves, María! —le decía a su hermana, mientras ella iba de un lado para otro preparando la cena—. ¡Este niño será alguien importante algún día!

Y la cara de María, arrugada por el calor que desprendía la cocina, se relajaba hasta dibujar una sonrisa. Las circunstancias la habían hecho mayor para su edad y le habían agriado el carácter, pero, por un momento, volvía a ser la María de la que se había enamorado Gumersindo.

Un día Feliciano le dijo a María:

—Deberías enseñarle las letras, igual que nos las enseñaron a nosotros en la escuelita de San Pedrito.

—En esta ciudad los mexicanos pueden ir a la escuela pública.

—Ya lo sé. Pero se las enseñarán a la manera gringa. No es lo mismo. Sería bueno que antes de eso aprendiera a leer en español.

—Lo haré —respondió María.

—Ojalá tuviera tiempo para ayudarte.

—Tal vez doña Domitila pueda ayudarme. Lee mucho.

Feliciano hizo una mueca y no respondió. Doña Domitila lo hacía sentirse incómodo. María giró de nuevo hacia la cocina, disimulando una sonrisa.

4

Años más tarde George W. Gómez recodaría la casa familiar como un lugar encantado. El porche de estructura azul estaba cubierto de cepas de madreselva que ocultaban por completo una de las esquinas de la vivienda, formando una cueva sombreada. En el patio delantero florecían arbustos de los que brotaban flores de muchos colores, que él evitaba escrupulosamente por miedo a las espinas y a la ira de su madre. Y luego estaban los higos, las papayas y las guayabas, que crecían en las inmediaciones de la casa.

Pero, lo que realmente le fascinaba era la jungla de plataneras en la que se había convertido el patio trasero. Le encantaba perderse en ella durante las mañanas soleadas y en las tardes tranquilas, en las que, todo aquel que no estuviera trabajando, estaba durmiendo la siesta. Los tallos verdes, que se levantaban ondulantes a diez o doce pies del suelo, parecían un bosque gigante; y, cuando ya se hubo hecho un hombre, juraba que habían llegado a tener una altura de por lo menos veinticinco pies. Guálinto se dedicaba aquí a cazar tigres y a salir al encuentro de piratas. Aquí se convirtió en un indio solitario siguiéndole la pista a un ciervo herido. Aquí conoció por primera vez la belleza, de la mano del plumaje rojo intenso de un cardenal, cuyo colorido contrastaba con las hojas verdes que la lluvia habían intensificado, y, también, la melancolía que traía consigo la brisa del atardecer, con su frescura y sus susurros.

Eso sí, la noche transformaba el mundo. En la oscuridad de la noche, la platanera y los árboles que crecían más allá se convertían en un bosque encantado en el que acechaban demonios, esqueletos y mujeres vestidas de blanco y con largas cabelleras. La tormentosa situación política en la que vivía inmersa la ciudad había traído consigo la proliferación de asesinatos y de tiroteos. El vecindario al que se circunscribía la casa de Guálinto, situado a las afueras de la ciudad, había sido escenario de no poco derramamiento de sangre. Junto a aquel árbol, un hombre había sido asesinado a manos de su mejor amigo. Política. Allí habían atacado y matado a una mujer. En aquel enorme almez, que crecía detrás de la verja del patio trasero, había una cruz hecha con grandes clavos, incrustados a machetazos en el tronco. Nadie sabía el motivo exacto por el que la cruz estaba ahí, pero eran varias las historias que le daban una explicación. Aquí, allí, en todas partes había recuerdos de los muertos no santificados. Aparecían convertidos en fantasmas por la noche. Hacían que la oscuridad fuera terrible y que las noches de Guálinto estuvieran repletas de estremecedoras visiones y de terror insólito. Su madre trataba de aplacar sus miedos por medio de la religión. Todo el mundo creía, con la honrosa excepción de su tío Feliciano, que parecía no creer en nada. A pesar de ello, no interfería en las enseñanzas religiosas que su madre le inculcaba a Guálinto. Así que el muchacho aprendió todo un rosario de padrenuestros, avemarías y credos para protegerse del mal. Llevaba colgado al cuello un retrato de estaño de la virgen que pendía de un cordel y lo llevaba a misa todos los domingos. Allí aprendía más cosas sobre el infierno que sobre el cielo. Y cuando se iba a dormir, siempre rezaba, a coro con su madre, una plegaria:

yo he de morir, mas no sé cuándo;
yo he de morir, mas no sé dónde;
yo he de morir, mas no sé cómo;

lo que sé de cierto es que,
si muero en pecado mortal,
me condeno para siempre.

Tras estas palabras, su madre lo metía en la cama satisfecha de haber contribuido con su deber de convertirlo en un hombre recto y devoto. Pero una vez que su madre apagaba el candil, le temía al sueño, ya que bien podía traer en sus sigilosas alas aires de muerte. Odiaba a Dios por ser tan cruel. Sus sentimientos le producían una terrible desazón, así que se ponía a rezar, fervientemente y con labios temblorosos, ya que Dios conocía sus pensamientos e, incluso Él, fruncía el ceño con ira.

En cualquier caso, el sueño lo tomaba desprevenido. Cuando se despertaba, el bienaventurado sol brillaba, y, entonces, lo único que sentía era hambre.

—Mamá —le preguntó un día a su madre después del desayuno—. ¿Por qué no puedo recordar cosas de cuando era niño como haces tú? Tú cuentas historias preciosas de tu infancia.

—Porque, hijito, sigues siendo pequeño —respondió su madre.

—¡Ah! —exclamó, sin llegar a entenderlo.

Después de un breve silencio, retomó la pregunta:

—Pero mamá, ¿por qué tú puedes recordar un montón de cosas y yo no? Eres capaz de recordar cosas de hace diez años.

—Hace diez años ni siquiera habías nacido.

Su madre se quedó en silencio un rato. Y luego prosiguió:

—Hace diez años estabas en el cielo con los angelitos.

—Pero yo no puedo recordarlo.

—Bobito, claro que no puedes. Nadie puede hacerlo.

Se quedó en silencio, pensando. Pensando, pensando. Si estuve ahí arriba, debería ser capaz de recordarlo, tal y como recuerdo que ayer estuve en la platanera simplemente porque estuve. Nací, pero eso tampoco lo recuerdo. Y ella dice que estuve ahí arriba. ¿Era yo? ¿Con alas? ¿Cómo puede saberlo mamá?

Si nadie lo recuerda, tal vez no fuera yo. Tal vez fuera otra persona. ¡Tal vez yo sea alguien distinto!

Se apoderó de él un gran sentimiento de vacío. De pronto, los objetos cotidianos se hicieron extraños, como si hubiera salido de su propio cuerpo y estuviera mirándose a sí mismo y al resto de las cosas desde la distancia. Se empezó a plantear un sinfín de preguntas, terribles y extrañas, preguntas para las que no tenía respuesta y que no tenían forma concreta, de forma que revoloteaban en su cabeza a la manera de pequeños nubarrones. ¿Por qué soy yo, yo? ¿Por qué no soy alguien distinto? Esto fue lo más cerca que estuvo de darles expresión. ¿Por qué es mi madre mi madre? ¿Por qué son las cosas y cómo sé que existen? ¿Seguirán siendo iguales cuando fallezca, como sugiere la plegaria, y cómo sabré que siguen siendo iguales cuando haya muerto y ya no pueda verlas? Le embargó una paralizante sensación de soledad y tuvo ganas de gritar. Luego, por un instante, pensó que era capaz de fijar de forma concreta las vagas y desoladoras preguntas que le cruzaban por la cabeza. Pero tan pronto como intentaba centrarse en una, ésta desaparecía como una mancha que se disuelve ante los ojos. Su madre era de nuevo su madre y le estaba preguntando si se estaba bien.

—Sí, mamá —respondió—. Estoy bien.

Pensando, recordando.

5

Había años en los que la primavera se adelantaba en el Golden Delta del Río Grande, y éste era uno de esos años. El sol de la mañana, que lucía intensamente en el cielo azul, imprimía un agradable y cálido sabor a la fría brisa del moribundo invierno. El amargo naranjero, que crecía junto a la valla, ya estaba retoñando, y pronto desprendería su perfume de azahar. Ésta era la época del año en que, por un breve espacio de tiempo, el chaparral se convertía en una especie de tierra de hadas. Cuando el zacate, que crecía entre cada árbol, quedaba cubierto por una fina capa de rocío y por amapolas rosas y cuando el terreno del campo se tornaba morado a causa de las violetas salvajes que los mexicanos llaman alfombrillas. Los árboles espinosos del chaparral (el mezquite, el ébano, el huizache) estaban coronados por sus suaves y sedosas flores, las primeras en tonos pastel, las segundas de color blanco marfil y las terceras de oro amarillo. Los tres desprendían una fragancia delicada, casi imperceptible, que más que perfumar el aire, lo purificaba. De las yucas emergían racimos de flores de cera blanca que les daban el aspecto de un centinela apostado en medio del bosque; hasta que llegaba la cuaresma y la gente recolectaba las hojas blancas para hervirlas y servirlas en ensalada que sabía de modo similar a como lo hace la carne que se abstenían de comer durante ese periodo cuaresmal. Las arañas tejían sus telas entre rama y rama, y, al contacto de la luz de la mañana, sus hebras, cubiertas de rocío, relucían como joyas enmarcadas en encaje. El sinsonte canturreaba oculto entre los matorrales a lo largo de todo el día y hasta la noche, cuando salía la luna. Así era aquella mañana de finales de febrero en la que doña Domitila apareció en el patio trasero de la casa, donde se encontraba María, lavando. Doña Domitila era la hermana soltera de doña Teodora Gracia y vivía con la familia Gracia al otro lado de la calle. Nunca hubo dos hermanas que se parecieran menos que doña Teodora y doña Domitila. Cuando doña Teodora ponía el pie en una casa, las tablas crujían. Era grande, gorda y agresiva. Doña Domitila era una pieza de recambio, humilde, inquisitiva y chismosa. Pero era, a la vez, una mujer culta en comparación con la media; leía muchas novelas. Estaba ayudando a María a enseñar a leer a Guálinto en español.

—Ave María Purísima —dijo María con el sonsonete que requería la frase.

—Buenos días de Dios —respondió María, que interrumpió sus quehaceres en la tina llena de espuma que había debajo del sauce.

—¡Doña Domitila! —prosiguió, limpiándose las manos enrojecidas en el delantal—. ¿Escuchó los tiros? ¿Qué pasó?

—¡Madre mía, por supuesto! ¡Fue horrible! ¡Ay, doña María, fue horrible!

—¿Quién? ¿Qué?

—Fue Filomeno Menchaca.

—¡Válgame! —dijo María escuetamente.

A continuación, con algo de compasión, añadió:

—Pobre Filomeno, pero estaba predestinado a acabar sus días así. Que Dios se apiade de él.

Se santiguó.

—¡Sí, sí! —dijo Domitila con un movimiento brusco de cabeza—. A estas alturas probablemente esté achicharrándose en el quinto infierno. Con todos los hombres que asesinó en vida. Pondría mi mano sobre el fuego que ha sido la propia ley quien lo ha mandado matar. Sabía demasiado de muchos asuntos.

—No debería hablar de esas cosas —le reprochó María—. Podría ser peligroso, ya sabe.

—Es posible que tenga razón. Pero ha sido horrible.

—¿Lo vio?

—Por misericordia, no. No, el incidente.

Domitila articuló la palabra con entusiasmo. Se había convertido en un término de uso común en los periódicos: los incidentes internacionales sucedían por todo el mundo.

—No vi el incidente, doña María, pero sí el cuerpo. Luego llegó la ley y nos ordenó que nos marcháramos. ¡Ay! Fue horrible. ¿Doña María, acaso ha visto alguna vez a un hombre hecho trizas a balazos?

María se encogió de hombros.

—No —dijo con voz entrecortada—. No, nunca.

—Seguro que don Feliciano sí que ha visto algo así.

Domitila miró a María con perspicacia.

—Se dice que participó en la Revolución.

—Es posible —dijo María con una mueca.

—Por cierto, ¿estaba en casa cuando ocurrió el tiroteo? ¿No es hoy su día libre?

—Se fue a Morelos. Tenía que hacer un encargo.

—Sigue metido en política. Ese hombre se hará rico algún día, doña María.

María frunció el ceño.

—A veces desearía que no estuviera metido en política.

Domitila suspiró.

—¡Ah! Su hermano Feliciano es un hombre maravilloso. No está hecho para quedarse en el campo quitando cepas como muchos otros hombres. Me pregunto por qué no se ha casado. ¿Es cierto que tiene posibilidades de convertirse en sheriff?

—De ningún modo —se apresuró a contestar María—. Nada más lejos de la realidad. Su ilusión es alquilar un terreno en el que cultivar verduras para la nueva tienda.

—¡Dueño también de una hacienda! ¡Qué maravilla! ¿Cuándo se va a poner a hacerlo, doña María?

—De momento es sólo una idea —respondió María, lamentándose de haber hecho el comentario.

La cabeza de Guálinto asomó junto al tronco del sauce. Estaba allí medio escondido, como si no quisiera que le vieran. Eso no era particularmente extraño: seguía siendo tímido ante doña Domitila. Pero esta vez era algo más que simple timidez. Tenía los labios lívidos y estaba temblando. La mirada despreocupada de su madre se convirtió en una mirada cortante.

—¿Qué te pasa? —le preguntó—. ¿Dónde andabas?

Guálinto trató de moderar sus resoplidos. Tragó con dificultad.

—Nada —dijo entre dientes—. En ningún sitio.

—Pobrecillo. Seguro que fueron los disparos —aventuró doña Domitila.

Guálinto le lanzó una mirada de clara hostilidad.

—Sí, eso fue —convino María—. Seguro se asustó. Pero es ridículo asustarse tanto por un par de disparos. Mira, está muerto de miedo.

Guálinto inclinó la cabeza y se calmó un poco.

—Fíjese en doña Domitila —le dijo su madre—. Ella *vio* el cadáver. ¿Acaso está tan asustada como tú?

Guálinto permaneció en silencio, con la mirada puesta en el suelo.

—Vete a casa, cobarde —le ordenó su madre—. Enseguida iré a prepararte un té.

Se fue dócilmente a casa. Mientras se alejaba, escuchó que su madre le decía a doña Domitila: "Se asusta por nada".

Doña Domitila dijo algo que no consiguió escuchar. En cualquier caso, empezó a respirar con más tranquilidad. Todo había salido bien; su madre no sospechaba. Eso sí, se le formó un nudo en la garganta. No era ningún cobarde. Algún día se lo demostraría, a su madre y a todos los demás. Algún día se haría mayor y saldría a matar a cinco o seis gringos, como Gregorio Cortez y Cheno Cortinas. Pero, por el momento, tenía que mostrarse como un cobarde ante el mundo. Se subió a la cama y relajó sus pequeños músculos. Y, aunque hundió la cara en la almohada, seguía viendo todo.

Doña Domitila, ella *vio* el cadáver. Ahogó un gruñido en la almohada, aunque seguía sintiendo la presión en las sienes. Su madre le había prohibido muchas veces jugar con los niños de los Vera en su casa. Si querían jugar con él, debían hacerlo en el patio de casa. No era por la señora Vera, solía decir; ella era una buena señora. Simplemente, no quería que Guálinto jugara en aquella calle. Pero los hijos de los Vera eran unos muchachos maravillosos. Chicho, que tenía siete años, era un tipo normal. Fuera cual fuera el juego que propusieras, él estaba siempre dispuesto a jugar. Y se dejaba ganar. Nunca paraba de reírse, dejando a la vista sus enormes dientes blancos. Y Poncho, de nueve, era el héroe de Guálinto. Caminaba erguido, con aire arrogante y seguro, y se reía de una manera que hacía que te rieras con él. Nada era demasiado difícil para Poncho. Podía subirse a los árboles más altos y saltar de rama en rama como Tarzán. Sabía dónde escondían los pájaros sus nidos y construía las resorteras y los arcos y flechas más perfectos que puedan imaginarse. Y aunque nunca buscaba peleas, había pocos muchachos en el barrio a los que Poncho no fuera capaz de ganarle.

Por ello, a Guálinto le gustaba jugar con los Vera en su casa, y lo hacía en cuanto se le presentaba la oportunidad, a pesar de que sabía que su madre lo reprendería si lo descubría. Aquella mañana Guálinto estaba jugando con Chicho en la acera de enfrente de su casa. El sol les daba de pleno en sus distraídas cabezas, ocupadas en capturar una hormiga roja. El vecino de la casa contigua había estado cortando madera. Dejó lo que estaba haciendo y se acercó hasta la valla para mirar; tenía la camisa empapada en sudor.

—Esa hormiga los va a picar —les advirtió.

—¡Nada que ver!—contestó Guálinto—. Somos expertos en capturar hormigas. Hemos cazado millones y millones. ¿A que sí, Chicho?

Chicho dejó escapar una risita tonta y asintió con la cabeza, y el hombre se rio.

—Si ni siquiera sabe contar hasta un millón —dijo.

Chicho levantó la vista, con admiración.

—Meno, ¿tú sabes cuánto es un millón?

Meno se rascó la cabeza.

—No puedo decir que sepa con exactitud. Pero es más de mil.

—Incluso más de cien —insistió Chicho.

—Seguro, seguro. Mil es más que cien.

Meno desvió la mirada hacia la calle, por la que dos hombres se acercaban en su dirección.

—Son amigos míos.

Y se desplazó a lo largo de la valla para recibirlos en la puerta.

—Quiúbo, muchachos —saludó con una sonrisa.

Uno de ellos le devolvió una sonrisa franca, agradable.

—Nada nuevo, Filomeno. ¿Cómo te va a ti?

Con la sonrisa todavía en la boca, sacó una pistola de debajo del abrigo y abrió fuego.

Filomeno se agarró la parte delantera de la camisa. La boca se le agarrotó y abrió los ojos mucho, sorprendido. Durante un interminable y bochornoso instante, se balanceó como un borracho, cubriéndose con una mano el pecho y con la otra manoseando el cinturón, desarmado. Luego, el otro hombre le disparó, una, dos veces. Filomeno dejó escapar dos breves gruñidos cuando las balas le atravesaron el cuerpo, haciendo trizas el material del que estaba hecha la camisa, que salió disparada en todas las direcciones como el papel de un petardo. Dio un traspié hacia atrás y cayó sobre la madera que había estado cortando.

Los dos hombres abrieron el cerco y entraron. Filomeno se retorcía y revolvía en el suelo, produciendo sonidos ahogados, como los de un cerdo. Sus dedos consiguieron agarrar un trozo de madera. Se giró y logró incorporarse, apoyándose contra el montón de madera apilada; su camisa de seda estaba pegajosa y ensangrentada, y su rostro había quedado desfigurado, aplanado como una figura de cera. Ambos se quedaron observándolo en silencio. Después el primero le disparó en la cara. La bala, sonó como una salpicadura de agua, y Meno cayó de bruces, y ya no se movió más. Los dos hombres se fueron sigilosamente y cerraron la puerta tras de sí.

Guálinto había permanecido de pie, observándolo todo, con las manos agarradas a la valla y la cara apoyada contra ella.

Quiso salir corriendo cuando vio que los hombres se iban, pero fue incapaz, como tampoco pudo dejar de mirar el cadáver, teñido de sangre y tendido sobre el montón de madera. Después de cerrar la puerta, los individuos se acercaron a él. Se agarró con más fuerza a la valla y, al ver que los hombres se aproximaban, cerró los ojos. Una mano le tocó la cabeza y oyó que una voz le decía: "Muchacho, será mejor que te vayas a casa". Y los medidos pasos de los asesinos se desvanecieron en la distancia.

Cuando Guálinto abrió por fin los ojos, los hombres se encontraban a media cuadra de distancia, en dirección a la maleza y al río. Caminaban ociosos, despreocupados. La gente empezó a congregarse, toda clase de gente. Parecían surgir de la nada y de todas partes, siempre de improviso. Un chico grande, en bici, que transportaba unos paquetes. Otro a pie, vestido con un overol, que llevaba una bolsa con alimentos. Lívidos y asustados. Luego, un hombre gordo en camiseta interior, una mujer corpulenta que llevaba puesto un delantal sucio. Se vieron rápidamente sepultados por una marea de rostros que suspiraban y se movían de un lado para otro, sumidos en la confusión. Rostros morenos, rostros enrojecidos, otros blancos como la leche. Rostros con barbas y rostros recién afeitados, alargados y regordetes. Hombres, mujeres, moños en lo alto de la cabeza, bigotes, chales, sombreros. Rostros a gran distancia del suelo, los de los hombres altos, rostros a poca distancia del suelo. Rostros boquiabiertos y con la respiración entrecortada. Rostros que apretaban y retorcían los labios, como si sus dueños contuviesen el vómito. Rostros lúgubres, rostros de ojos tensos y morbosos, que sondeaban con miradas hambrientas y perspicaces. Los ojos de una niña que asomaban detrás de una falda. El rostro serio e intrigado de un bebé en brazos de un señor.

Esos rostros hambrientos y perspicaces no tenían ojos para Guálinto. En cualquier caso, él huyó de ellos, desplazándose a lo largo de la valla hasta llegar a una mata de quelite que crecía alrededor de los postes, en la parte en que la cerca lindaba con el patio de los Veras. Aquí se puso en cuclillas para lanzar miradas en todas las direcciones, oculto tras el laberinto de tallos morados. No había rastro de Chicho. Había desaparecido con el primer disparo. Algunas personas abrieron la verja y entraron, arremolinándose a empujones en torno al cadáver hasta que Guálinto dejó de verlo. Todo el mundo hablaba a la vez, en tono bajo como en misa, produciendo, mediante la suma de todas sus voces, un zumbido constante. De vez en cuando, se oía una voz grave y discordante por encima del murmullo colectivo. Más tarde, se escuchó la voz de un anciano, seca y profunda, como el sonido penetrante de una guitarra mala. Pero imponente. El murmulló cesó.

—Que nadie lo toque —ordenó el anciano—. Tenemos que dejar la escena del crimen según está hasta que llegue la ley. Tú, allí, no pisotees la tierra. A la ley no le hará ninguna gracia que borres las pruebas.

¡La ley! Las palabras retumbaron con fuerza en la cabeza de Guálinto. Con sólo pensarlo, se le formó un nudo en la garganta. La ley. Se adentró más en las matas de malas hierbas. Vendrían. Se lo llevarían a empujones y profiriéndole insultos. Luego le darían una paliza para que contara cuanto supiera. Sería juzgado en calidad de testigo. El horror de la palabra le azotó como un golpe bajo. Testigo, informante, paria. Tenía que escapar antes de que llegara la policía. Ojalá le respondieran las piernas. Pero las tenía entumecidas. Rezaba para que le llegaran las fuerzas y la valentía. Ahora . . . Sólo un pequeño esfuerzo . . .

El murmullo que formaba la multitud adquirió un nuevo tono y de él emergió: "¡Ahí viene la ley!" Guálinto se hundió contra la valla. La ley había llegado.

El automóvil gris crujió al detenerse junto a la acerca en pendiente, levantando una nube de polvo, y de entre el remolino dieron un paso al frente varios hombres vestidos con traje de domingo y grandes sombreros. Caminaron con despreocupación hasta la puerta. Dos de ellos, de mediana edad, parecían afables: uno tenía la cara roja y estaba recién afeitado; el mayor, era un tanto entrecano. El tercero era un joven esbelto y de tez pálida. No llevaba ni botas ni sombrero. En una mano portaba lapicero y libreta. Sus curiosos ojos lo observaban todo de manera inquisitiva. Por un instante, detuvo la mirada en las matas y Guálinto tembló. Pero no, no miraba a Guálinto. Miraba hacia la carretera. A escondidas, Guálinto volvió la cabeza para mirar también y el corazón empezó a latirle con fuerza. Los hombres que habían asesinado a Filomeno seguían siendo visibles.

El joven con el lapicero y la libreta señaló a los dos individuos, que se veían a lo lejos. Los policías miraron sin interés en esa dirección y se dieron la media vuelta para cruzar la verja. De nuevo, el joven señaló, y dijo algo que Guálinto no pudo escuchar. El mayor de los otros dos contestó, parecía irritado. A estas alturas la multitud se había arremolinado en torno a los agentes. Sus rostros estaban animados, expectantes. Incluso los asesinos profesionales pueden suscitar empatía, y Filomeno Menchaca tenía muchos amigos en el barrio. Con una especie de excitación contenida, la multitud dividía sus miradas entre los oficiales y las figuras que se distinguían en la distancia. Hubo hombres que se decían los unos a los otros, en un tono de voz lo suficientemente alto como para que la ley les pudiera escuchar: "Esos son. Todavía los pueden atrapar". Los asesinos empequeñecían en la distancia.

El mayor de los dos agentes estaba enfadado. El tono de voz con el que se dirigía al joven lo dejaba manifiesto. El joven le rebatía y el policía le habló con firmeza y autoritarismo. Luego se dirigió a la multitud:

—*Vamuus* —gritó—. *Vamuus* pa' la casa.

La ley abrió la verja y los tres policías entraron; mientras tanto, la multitud se dispersaba poco a poco, sin dejar de mirar para atrás. Se marcharon en grupos de tres o cuatro siguiendo direcciones distintas, cuchicheando y echando miradas a los oficiales y al camino por el que habían huido los asesinos. A las autoridades les dirigieron miradas de enfado, acusadoras, pero bien no se dieron cuenta de ello o bien no le prestaron atención.

No buscaron huellas, tampoco hicieron nada de lo que el anciano había dicho que harían. Se limitaron a observar el cadáver. El de más edad se inclinó y sacudió el cuerpo con la punta de la bota. Le dio un pequeño puntapié y dijo algo que hizo reír al de la cara roja. El más joven no se rio. Después de un rato se alejaron del cuerpo y se pusieron a hablar entre ellos. Se repartieron cigarros y fumaron. A estas alturas, ya se reía hasta el joven.

"¡Ahora!", se dijo Guálinto a sí mismo, tembloroso. Salió a gatas de entre las matas y se levantó. Para llegar a casa, tendría que pasar por enfrente de la verja; lo haría tranquilo, como si simplemente pasara por allí. Emprendió su camino con piernas temblorosas; sus ojos escudriñaban el terreno que tenía por delante. Cuando llegó a la altura de la verja, uno de los hombres que estaba dentro giró hacía él y gritó. Guálinto se quedó petrificado. Salió del coche un cuarto hombre, que llevaba una bolsa negra. Subió con dificultad la rampa de césped y se quedó de pie frente a Guálinto, respirando entrecortadamente. Su aliento desprendía un fuerte olor a alcohol. Luego, empujó al muchacho hacia un lado y atravesó la puerta. Guálinto corrió hasta llegar a casa.

6

Los domingos por la mañana Guálinto iba a misa con su madre y sus hermanas. Eso de ir a misa era ya de por sí tedioso, pero este domingo todavía más. Su madre les había comprado ropa nueva a todos, así que allá se fueron, emperifollados. Mamá iba de negro, como de costumbre, pero Maruca y Carmen estaban deslumbrantes de amarillo organdí. ¿Y Guálinto? Lucía lo que su madre había denominado un traje de marinero, bien afeminado, de rayas y con un enorme cuello blanco, tan almidonado que le irritaba la zona de la garganta. Y qué decir de su nuevo par de zapatos, también blancos, y que le apretaban los pies. Ahora bien, lo que realmente le incomodaba era el pelo. ¡Su pelo! Normalmente lo tenía revuelto y lleno de remolinos, lo que hacía que se le ondulara por todas partes. Los domingos, sin embargo, su madre le embarraba brillantina y se lo alisaba. Eso no le importaba lo más mínimo, no sólo porque olía bien sino porque al aplastarle el pelo parecía que lo tenía más oscuro, y eso le encantaba. No le gustaba que lo llamaran güero y gringo porque no tenía el pelo tan oscuro como el resto. Esta vez, en cambio, su madre había estado tan ocupada comprando ropa que se había olvidado mirar si quedaba brillantina. Cuando llegó la hora de vestirse, descubrió que el frasco estaba prácticamente vacío. Así que mezcló lo que quedaba con un poco de manteca.

—¡Huelo a manteca! —se quejó Guálinto.

—¡No, no es cierto! —dijo su madre—. Hueles bien.

Y ahora estaban en misa y Guálinto ya quería que la celebración hubiera acabado. Era una verdadera tortura tener que pasarse una hora ahí sentado. No te podías mover, no podías hablar, no te podías rascar. Y la peor parte era arrodillarse. En casa, su madre lo castigaba poniéndolo de rodillas en una esquina hasta que le dolían las articulaciones. ¡Y sólo era un rato!

Por otro lado, estaba el sacerdote, con su voz áspera y sus amenazas sagradas. Guálinto se tenía que sentar en primera fila junto al resto de los muchachos, justo debajo del púlpito. En ese sitio uno no podía jugar o mirar por la ventana con tanta facilidad como en los bancos traseros. El sacerdote sobresalía amenazante del púlpito, inclinándose sobre las cabezas de los niños cual nube tormentosa sobre un campo de maíz. Su mirada era oscura y hosca y emitía ruidos y se exhibía hasta llegar al cénit de su furia verbal. Daba golpes sobre el púlpito, extendiendo los puños por encima de sus cabezas. Pegaba un alarido de enfado sacro. Y se detenía en seco, mientras el eco de sus gritos seguía resonando. Dejaba que el significado más temible de sus palabras calara profundo en el silencio. Acto seguido, retomaba el sermón con voz suave, con dulzura. Sus palabras emanaban como un riachuelo en calma que serpenteaba a través de los campos verdes.

Delante del sacerdote los niños se comportaban como lo hace un tallo amenazado por una tormenta. Se estremecían al ver su puño amenazante, se encogían con sus gritos. Susurraban y suspiraban cuando suavizaba su discurso. Sus gestos imitaban el suyo. Y se encogían de hombros, abrían los ojos grandes y guardaban silencio, mientras describía las agonías del infierno.

—Prueben a pasar un dedo, un sólo dedo, por la llama de una vela y comprueban el dolor que produce. En menos de un minuto. Luego, traten de imaginar la agonía del infierno, en el que el fuego que queme sus cuerpos por los siglos de los siglos será del calibre no de una vela sino del sol.

Los muchachos se retorcían con inquietud y se frotaban los dedos. El sacerdote seguía con su sonsonete:

— . . . e incluso en las comunidades que se creen piadosas, la carne es tan débil que, por cada alma que se salva, mil arden en el infierno.

Guálinto empatizó por un instante con las mil almas que habrían de arder para que él pudiera ir directo al cielo. Trató de pensar en todas las personas malvadas que conocía y se preguntó si sumaban mil. No sabía exactamente cuánto era eso, pero sí que sabía que debía ser un montón. Entre ellos estaban Manuel, el carterista, y Concho, que se dedicaba a ahogar cachorros. Y Pedrito, el homosexual. Y Filomeno Menchaca; ya estaba muerto, pero tal vez Dios fuera benevolente cuando Guálinto ascendiera y lo incluyera entre los mil que contaba. ¡Caramba! No había pensado en su tío, su madre y sus hermanas. Los contó con los dedos de la mano. Cinco, incluido él. Cinco mil. El resultado de la suma parecía infinito. ¡Uf! ¿Habría tanta gente en el mundo? ¡Bueno! Tal vez pudiera incluirse a gente mala que hubiera muerto hacía mucho tiempo y gente buena que todavía no había nacido.

De pronto el sacerdote dio por finalizado su sermón, interrumpiendo los pensamientos de Guálinto. Tras murmurar un par de palabras y hacer la señal de la cruz, salió del púlpito y bajó las escaleras sujetándose del pasamano, como cualquier otro mortal. Cada vez que hacía eso, con su vieja espalda rezongona de cara a los feligreses, perdía parte de su carácter imponente. El muchacho esperaba que el hombre saliera del púlpito volando o que se desvaneciera en una nube de humo.

A ello le seguía un interminable espacio de tiempo, para él eterno, en el que las campanas repicaban y tintineaban mientras el sacerdote y sus acólitos realizaban movimientos extraños frente al altar. Se supone que uno debía arrodillarse y mantener la cabeza gacha durante este momento, y los adultos así lo hacían. Esto ofrecía a los muchachos la oportunidad de romper la monotonía por medio de cuchicheos y de pequeñas bromas que se hacían los unos a los otros. El muchacho que estaba sentado al lado de Guálinto empezó a molestarlo.

—¡Fuchi! Tienes manteca en el pelo, ¿no?

—Cállate —dijo Guálinto entre dientes.

—Pero, ¿a que sí que tienes manteca en el pelo?

—No, es brillantina.

El otro chico acercó su pálido rostro femenino al pelo de Guálinto y respiró ligeramente varias veces. Se apartó al ver que Guálinto hacía un gesto amenazante.

—Es manteca —confirmó con una sonrisa maliciosa—. Huele como una sartén.

El muchacho que estaba sentado un asiento más allá había estado prestando atención a la conversación y disimuló una sonrisa con la mano. Guálinto sintió arder el rostro. Profirió a su torturador una mirada asesina.

—En cuanto salgamos de aquí —lo amenazó—, te voy a moler a patadas.

Los chicos que estaban sentados a su alrededor los miraban furtivamente, un ojo puesto en la pareja y otro en los hermanos Maristas, cuya responsabilidad era mantenerlos en silencio.

—¿Darme patadas? —suspiró el que se había acercado a olerle—. Has de ser una mula, entonces; las personas no pelean con las patas.

—En el Dos Veintidós, sí.

—¿Dónde queda eso?

El chico que había sonreído fue el que contestó:

—Una zona de la ciudad . . . el río . . . ¿no sabes dónde está? Mala gente, pendencieros, tipos bravucones . . .

Susurraba muy bajito y miraba a Guálinto mientras hablaba.

A Guálinto apenas le molestó que lo llamaran pendenciero; ser belicoso era uno de los mayores orgullos posibles para un nativo del Dos Veintidós. Eso sí, no le gustó la manera en que lo miraron los dos chicos. El que antes lo había ridiculizado lo miró con una expresión que era una mezcla de asombro y condescendencia, como si estuviera delante de un bicho raro. Sus ojos se detuvieron en el cuello almidonado del traje. Guálinto sabía que estaba comparándolo con el estupendo traje que él llevaba puesto y con sus sandalias de cuero auténtico. Sintió la necesidad de pisotear a estos pequeños "caballeros" sobre el polvo. Después su odio se aplacó, y quedó tocado y hundido.

El chico inquisitivo pareció quedar impresionado con la descripción que su vecino de banco había hecho del Dos Veintidós y de sus habitantes, tanto que al ver el odio dibujarse en el rostro de Guálinto, se alejó de él, empujando al resto para que tres quedaran en medio de ellos dos. Guálinto, profundamente abatido, apenas le dio importancia a su victoria. Y cuando uno de los hermanos Maristas se acercó para que dejaran de susurrar y de revolotear, todos bajaron la cabeza.

La misa terminó y las campanas de la iglesia repicaron. Cada vez que doblaban, el aire vibraba y retumbaba contra los altos techos abovedados. ¡Clang, clang!¡Clang, clang! Se acabó, se acabó, anunciaban las campanas. A la calle, a respirar de nuevo. No volvería a haber misa hasta dentro de una semana. Ahora bien, las campanas también transmitían otros mensajes. Las campanas de la vieja iglesia gris eran muy inteligentes y hablaban un idioma propio. Cuando se aproximaba un cortejo fúnebre, con su féretro negro y sus llantos el doblar de las campanas era lento y pesado, como el paso de los dolientes.

Había, asimismo, ocasiones especiales en las que las campanas repicaban con enloquecida alegría. Jugueteaban y retozaban. Retumbaban como un rotundo contrabajo, cantaban con la claridad profunda de un tenor, reían con la limpidez de una soprano. Sus notas entremezcladas se oían con dulce confusión como una catarata de piedras brillantes de todos los colores y tamaños. Rellenaban el aire y se recreaban en ellas mismas. Al escucharlas, podías imaginarte cosas bellas, y uno se preguntaba si el cielo sería así. Y las campanas seguían tocando, invitando, invitando a otra gente a ir a misa, y, mientras tanto, los que estaban dentro salían, contando cosas preciosas de lo que había dentro. Uno entraba esperando encontrar la iglesia llena de ángeles con arpas de oro, aunque supiera que dentro sólo había bancos de asientos duros y oraciones monótonas. Pero las campanas creaban ilusiones. Tranquilizaban e imponían. Cantaban y lloraban. Campanas, campanas preciosas. Eran la nota de color en la oscura vida eclesiástica de Guálinto. Para él, las campanas estaban más cerca de Dios que los sermones de los sacerdotes.

Pero hoy Guálinto no tenía oídos para las campanas. La gente se estaba yendo y él también se levantó, dirigiéndose lentamente hacia su madre y hermanas. El muchacho bien vestido de hace un momento pasó de largo, mirándolo furtivamente. Con evidente alivio, se puso al lado de una señora: su madre, sin duda. Guálinto la miró con admiración. Era alta, hermosa y vestía de negro reluciente. Su cuello robusto, sus brazos redondos y sus dedos regordetes estaban recubiertos de brillantes anillos y brazaletes y collares. ¡Qué mujer! Era normal que el mariquita caminara orgulloso a su lado.

La señora se detuvo cerca de la puerta. Parecía estar esperando a que la multitud saliera de la iglesia. Pero no. Buscaba a alguien. Y cuando vio que esa persona se acercaba, se le iluminaron los ojos. Se trataba de una niña de la edad de Guálinto. Debía de haber estado sentada con las mujeres. Guálinto la miró detenidamente desde el otro lado del pasillo. Era guapa, muy guapa. La señora de apariencia distinguida reunió a sus dos hijos y salió de la iglesia, envuelta en un halo de perfume y un resplandor cegador. Guálinto se quedó mirando hasta que Maruca vino y lo apremió:

—Vamos —susurró—. Mamá está esperando.

Guálinto analizó con detenimiento su cara pecosa y quemada por el sol, sus trenzas color caramelo. La comparó con la hija de la señora elegante, con sus enormes rizos negros y su cara blanca y regordeta. Se enojó con Maruca porque ella no era guapa. Afuera los esperaban Carmen y su madre.

—Hijito, ¿por qué te entretuviste tanto? —le preguntó su madre.

Guálinto proyectó hacia fuera el labio inferior e hizo una mueca.

—La gente —respondió con educación.

María y las chicas regresaron a casa a paso lento. Su madre tuvo que dirigirse a Guálinto con dulzura en varias ocasiones porque se había apoderado de él una impaciencia desmedida que le impulsaba a caminar más y más deprisa, correr y correr hasta que el cansancio le derrotara. Odiaba a su madre, odiaba a todos; estaba solo en el mundo. Sus palabras de cariño le hacían daño a los oídos. Era como si ella quisiera ponerle una camisa de fuerza para retenerlo y necesitara, para librarse de la atadura, sacudir la cabeza y los hombros. ¿Por qué no era su familia rica para que los pijos ataviados con ropas elegantes no se rieran de él? Seguía caminando por delante de su madre y de sus hermanas, sintiéndose tan desgraciado que se le saltaban las lágrimas. Eso le enfurecía y se decía a sí mismo todas las maldiciones que conocía. Le alegraba ir a la cabeza del grupo, porque así no lo veían llorar. De nuevo, su madre le irritó, al pedirle que caminara más despacio. ¿Por qué no lo dejaba en paz? Después de todo lo que había hecho para hacer su vida miserable. Embadurnándole con . . . manteca . . . ¡la cabeza!

Respiró entrecortadamente y caminó más deprisa; el labio inferior le temblaba. Se iría. Se lamentarían, todos. Se marcharía para convertirse en un bandido importante. O incluso en un rinche. Y, más adelante, regresaría para matar a gente. Mataría al mariquita, pero no a su hermana. Y mataría al jefe de la policía que le había dado patadas a Meno Menchaca una vez muerto. Acabaría con todos y quemaría sus hogares, y su madre saldría de casa entre lágrimas y rogándole que no la asesinara a ella también. Luego se reiría con frialdad y huiría en un gran caballo negro recubierto de relucientes decoraciones plateadas. Sin duda, la hermana del mariquita se fijaría en él entonces, vestido de charro, de negro y oro y plata. Y el tío Feliciano . . .

No. Él no podría ser un rinche, después de todo. El Tío Feliciano odiaba a los rinches, por lo que tendría que matarlo a él también. Guálinto no quería hacer eso, así que no podría ser un rinche. Pero, sí que podría luchar contra los rinches y acabar muerto. Así era la vida. Entonces transportarían su cuerpo a casa envuelto en sangre y polvo, como el de Meno Menchaca. Guálinto se encogió de hombros saboreando la idea. En ese momento todo el mundo estaría triste y lloraría. Y, luego, su madre se arrepentiría de haberle untado el pelo con manteca. De repente, sintió lástima de sí mismo y rompió a llorar, entrecortadamente. Eso lo trajo de nuevo al planeta tierra y se dio cuenta de que la gente con la que se cruzaba por la calle lo miraba. A unos pocos pasos atrás, su madre alcanzó a escuchar el imperceptible ruido.

—¿Qué pasa? —le preguntó preocupada.

Guálinto tragó con dificultad.

—Nada —dijo con toda la convicción de la que fue capaz.

Su voz sonó plana. A penas quedaba rastro de la agitación. Después de esto dejaron Fourteenth Street para adentrarse en el Dos Veintidós, y se sintió mejor.

7

Un halo de suspenso envolvía a la casa aquella mañana de sábado. Todos los miembros de la familia caminaban con más ligereza de la habitual y hablaban en tono más bajo. María no salió al patio a descolgar la ropa sin cubrirse antes la cabeza con una toalla y Maruca y Carmen ni siquiera se atrevieron a salir. Guálinto, enfurruñado, acechaba desde una esquina. Observaba cómo su madre y hermanas revoloteaban de un lado para otro, mirando furtivamente por la ventana y asomándose para ver la casa de al lado. Se preguntaba por qué actuaban de esa manera, así que se acercó a la ventana para averiguarlo. Maruca lo jaló hacia atrás:

—Mantente alejado de la ventana, ¡estúpido! —le espetó—. Te van a ver.

—¡Nada que ver! —exclamó con indignación—. ¡No me van a ver!

Los diminutos ojos de Maruca miraron en todas las direcciones desde su rostro alargado, a medio camino entre el enfado y la sorpresa.

—Cállense, los dos —les ordenó su madre bruscamente, y se callaron y se apartaron de la ventana.

La casa de al lado era el motivo de tanta conmoción. Durante casi seis años a los Gómez los había separado de la esquina de la calle un solar vacío. Ahora tenían vecinos, puerta con puerta. Era una bonita casa, pequeña, blanca y con un ribete verde; de apariencia noble. A lo largo de toda la tarde del jueves, bajaron, con gran esfuerzo, mulas calle abajo, que descargaban allí. Mientras tanto unos hombres altos gritaban y se movían de un lado para otro, azotando los lomos curvados de las mulas. A toda prisa cerraban una puerta que se había abierto de par en par o sujetaban una pared; sudando, gritando y riéndose mientras los perros ladraban y los vecinos de los alrededores se acercaban a ver qué sucedía. La mudanza concluyó por fin, y en este nuevo emplazamiento pasó la noche un visitante extraño, que se ladeaba hacia un lado como un borracho.

Un grupo de hombres, ennegrecidos por el sol y vestidos con unos descoloridos pantalones azules y en camiseta interior, pasó el viernes trabajando bajo el sol de julio, sujetando la casa sobre cimientos de ladrillo. Colocaron tres postes en el patio a los que clavaron una valla. El otro lado lindaba con la valla que cercaba el patio de los Gómez. Era una cerca de madera completamente nueva y la cal roja se desprendía al contacto; Guálinto había pasado la mano por encima y se había pringado. Estos hombres, aproximadamente una docena, trabajaban despacio, con calma; no estaban sometidos al ajetreo y griterío del día anterior, pero antes de que oscureciera habían completado su faena. Mientras tanto, habían llegado los plomeros y habían colocado las tuberías para el baño, que, según había comentado alguien, incluía no sólo un escusado y un lavabo sino también una bañera. El mobiliario había llegado aquella noche en carretas. De nuevo, hubo bullicio y prisas, pero ni gritos ni ruiditos. La gente revoloteaba de aquí para allá, a la luz de un montón de faroles y linternas, mientras se colocaron los muebles. Muchos muebles. Carmen dijo que había visto cuatro camas, cuatro camas de matrimonio. Maruca suponía que más bien habrían sido dos camas pequeñas, ya que Carmen siempre multiplicaba las cosas por dos. En cualquier caso, las camas debían de ser de madera, madera maciza, y no de metal hueco.

Los nuevos también trajeron un objeto extraño y reluciente que don Pancho, el leñador, dijo ser una cocina. Una cocina que, al igual que los faroles, quemaba aceite, y no madera. A María le producía curiosidad saber de qué manera cocinarían la comida en un objeto como ése. Trajeron muchas otras cosas mientras nadie miraba. Lo que sí alcanzaron a ver los Gómez, y otros de los vecinos de los alrededores, fue al propietario de la casa nueva. Lo vieron muchas veces dirigiendo la obra. Todos coincidieron en señalar que era un hombre un tanto bajo, con lentes y que vestía un traje oscuro con un cuello bien almidonado, y que en ningún momento se quitó el sombrero. Y todos llegaron a la misma conclusión: era un predicador protestante.

Por lo tanto, la mañana del sábado se respiraba algo distinto en el aire. Feliciano llegó del campo como a las siete, y se puso a hablar con María en voz baja, mientras desayunaba. Guálinto, que estaba sentado en la puerta de la cocina, escuchó la conversación.

—¡Protestantes! —dijo su madre, elevando el tono de voz un poquito.

A lo que añadió con más ansiedad:

—¡Dios Santo! ¿Qué vamos a hacer?

—¿Hacer? —repitió Feliciano.

Se rio a carcajadas.

—Tratarlos con amabilidad, por supuesto. Los protestantes son buena gente. No te van a comer.

—¡Te estás riendo de mí! —se quejó María—. Tratar con personas ateas, a eso me refiero.

—No te preocupes —replicó Feliciano—. Pero, no estoy bromeando. Los protestantes creen en el mismo Dios que tú. En cualquier caso, los vecinos no son protestantes; son tan o más católicos que el papa de Roma.

—¿Cómo lo sabes?

—Conozco al hombre. Para ser exactos, lo conocí el día en que asesinaron a Filomeno Menchaca.

—¿Los conoces? ¿Cómo es ella? ¿Es guapa? ¿Cómo iba vestida?

—Haces más preguntas que una niñita. Sólo conocí al hombre. Me vino a ver a la tienda y allí me contó que estaba pensando en mudarse a la casa de al lado. Le gusta esta calle porque está empedrada y tiene coche.

—¡Y no me habías dicho nada!

—¿Para qué te iba a poner nerviosa sobre algo que podía o no pasar?

—Pero, entonces, ¿por qué va vestido con traje y sombrero si no es un predicador?

—Es abogado, el licenciado Santiago López-Anguera. Es mexicano, él y su hermano.

—¡Un abogado!

María no sabía que era más desalentador: tener como vecino a un abogado o a un predicador.

—¿Y por qué querría un abogado mudarse a vivir a esta parte de la ciudad?

—Para estar cerca del trabajo —dijo Feliciano con una sonrisa—. Se ha propuesto ayudar a los mexicanos pobres que tienen problemas con la ley. Su hermano es músico y vive del otro lado de la ciudad.

—¿Es abogado y quiere ayudar a su gente? ¡Eso es! Eso será Guálinto cuando se haga mayor.

—Tal vez. Pero será él quien lo decida. Oye, tengo que irme.

—¡Que Dios te bendiga!

—Hasta luego, compita —Feliciano despeinó a Guálinto, le saltó por encima de la cabeza y caminó hacia la parte trasera de la casa, donde lo esperaban su caballo y su carreta.

Guálinto lo miró con admiración. Feliciano se balanceaba un poco al andar con las botas de tacón alto, como si una de sus piernas fuera más corta que la otra o como si llevara una pistola pesada colgada a la cintura. A Guálinto le encantaba imitar la manera de caminar de su tío. Soñaba con que llegara el día en que pudiera llevar botas de vaquero y pantalones largos y en que se desplazara a caballo. Sin embargo, para cuando su tío estaba sacando el caballo por la puerta trasera, Guálinto ya se había dado la vuelta hacia la mesa de la cocina.

—Mamá, tengo hambre —anunció.

El delicioso olor a huevos fritos con frijoles y a tortillas de harina había hecho que le rugieran las tripas.

—Ya puedes venir —le dijo su madre, que puso fin al trajín de idas y venidas entre la mesa y la cocina.

Guálinto se sentó a la mesa de inmediato y comió con avaricia.

—Come despacio —le instó María.

Se contuvo un poco al darle un gran trago a su taza de café.

—Te va a doler la panza si sigues comiendo así —le reprendió su madre—. El trabajo que me das. Si te murieras ahora mismo y dejaras de dar lata me quedaría más tranquila. Pero seguro que seguirías ahí: "Mamá, me duele; mamá, me duele". ¿Y quién tiene que preocuparse por ti? ¿Quién tiene que quedarse sin dormir para cuidarte?

Guálinto sonrió de oreja a oreja y entornó los ojos parodiando su muerte.

—Ya basta —dijo su madre, con alegría simulada—. Acábate el desayuno y deja de hacer payasadas.

Guálinto siguió comiendo, ahora con gran lentitud y masticando con fuerza y determinación. Masticó el último trozo que le quedaba en el plato más y más lentamente, hasta rozar la inacción.

—¿Y ahora qué te pasa? —le preguntó María.

Guálinto tragó y bebió un poco de café.

—Simplemente estaba pensando —contestó, sujetando la taza en el aire con semblante serio.

—¿Pensando? ¿Y en qué se queda pensando una cosita como tú?

—Pues en nuestros nuevos vecinos, ya sabes.

Posó la taza en la mesa y se pasó la palma de la mano sobre el labio superior, tal y como hacía su tío cuando se limpiaba el café del bigote.

María lo miró seriamente.

—Puedes pensar todo lo que quieras. Pero, asegúrate de que no hables de ellos, en especial sobre lo que oigas decir en casa, ¿me entendiste?

—Sí, mamá, no diré ni una palabra, prometido. ¿Qué es un protestante, mamá?

—¡Chitón! Acábate el desayuno y vete a jugar.

—¿Qué es un abogado?

—Te dije que te acabes el desayuno y que te vayas a jugar.

—Vale, de acuerdo. Ya acabé.

Saltó de la silla y saltó en un pie hasta la puerta de la cocina.

—Te acabas de levantar de la mesa —le recordó su madre severamente.

—¡Ay! Me olvidaba. ¿Me-das-tu-permiso-para-levantarme-de-la-mesa-por-favor?

Y salió de la cocina sin esperar la respuesta.

Era temprano y la luz del sol desprendía una agradable calidez; todavía no hacía tanto calor como para que quemara la piel. En las mañanas como ésta uno sentía una sensación extraña en la boca del estómago, una mezcla de tristeza y de alegría. En el patio trasero, las plataneras relucían al sol; sus largas hojas seguían húmedas por el rocío. Se arremolinaban al igual que las niñas cuando cuchichean en grupos y se tocan una a la otra con sus brazos delgados. Tal vez estuvieran hablando sobre lo que habían visto la noche anterior. Sintió que una gota de sudor frío le recorría la espalda. Se volvió para mirar la higuera que crecía cerca de la casa. Ahí no tuvo suerte. Ya se había comido todos lo que estaban maduros. Tenía prohibido tocar las guayabas y las papayas, así que probó con la platanera. Había muchos racimos, pero todos los plátanos estaban verdes y eran bastante pequeños todavía. En verdad, era pleno verano. Más adelante, algunas de las pencas madurarían en la propia planta. Pero, a principios de otoño, el tío Feliciano cortaría la fruta verde con vetas negras, ya que los días ya no serían lo suficientemente cálidos como para que pudieran madurar en la mata. El tío Feliciano envolvería estos racimos en hojas de papel de periódico, trapos y abrigos y suéteres viejos. Luego las guardaría en el baúl grande de la cocina, donde madurarían con la suficiente rapidez. Cuando empezaran las heladas, cortaría las pencas grandes y las colgaría de las vigas de la cocina; la vista era preciosa, al pasar del verde al amarillo, del naranja al rojo.

En cualquier caso, la platanera le proporcionaba a Guálinto algo más que deliciosa fruta. Era su mejor amiga. En las ocasiones en que su madre amenazaba con azotarlo, corría hacia ella, esquivando las relucientes hojas y el manto de florecillas azules que formaban las parras que cubrían las plantas. Y se quedaba ahí, disfrutando en parte de su aflicción hasta que la oscuridad o el hambre lo obligaban a salir para afrontar su castigo. La arboleda también hacía las veces de patio de recreo y de compañero de juegos.

Se detuvo antes de entrar como hacen los actores antes de salir al escenario. Luego, a medida que se adentraba, sus pasos se volvieron sigilosos. Sus ojos miraron de un lado a otro. No, no se escondía ningún enemigo. Avanzó un par de pasos y de debajo de la camisa de algodón estampado sacó un trozo de madera de pino nudosa, tallada en forma de daga. De pronto se detuvo en seco.

—¡Rinche!

Puñal en mano, observó la planta que tenía delante. El pequeño tallo reluciente no hacía movimiento alguno hacia él.

Guálinto entrecerró los ojos, torció el labio y tensó el cuerpo. Por un momento, reinó un silencio tenso. Luego frunció el ceño.

—¿Dónde está Apolonio González?

Preguntó con una voz que era un silbido.

—¡Habla, perro!

Apretó y soltó la empuñadura de la daga. El tronco del platanero estaba en silencio, pero parecía encogerse con el paso de una ráfaga de viento. Guálinto se rio a carcajada limpia.

—Un cobarde —dijo—. Un cobarde como todos los suyos.

El destinatario de su injuria se tomó el insulto con docilidad, sin ofrecer resistencia.

—¿Qué le hiciste a Apolonio Rodríguez? Si lo heriste, te arrancaré el corazón.

Tal vez el cambio de apellido había confundido al tronco del platanero, tal vez, no lo sabía. Fuera como fuera, rehusó contestar.

—Así que te niegas a decírmelo, ¿eh?

Avanzó con rigidez para ponerse cerca.

—Sé lo que has hecho con él. Lo mataste, ¡asesino despiadado! Has matado a otro mexicano que no te había hecho nada.

El cínico silencio del acusado enfureció a Guálinto, que prosiguió a cuchillazos con la cabeza alta. La afilada madera penetró en la lustrosa piel, delgada como el papel, del tronco, y luego fluyeron unas gotas de un fluido trasparente.

Guálinto adoptó un aire despectivo.

—¡Perro sarnoso! ¿Por qué no luchas ahora? ¿Por qué no intentas matarme, eh? ¿Por qué le disparas a la gente por la espalda? ¿Por qué matas a los hombres desarmados y a los niños? Vuelve al campo y dile al viejo Keene que Guálinto Gómez no mata a hombres que no luchan.

Apenas sin aliento, el campeón se dio la vuelta para irse y el traicionero rinche cogió su cuarenta y cuatro. Guálinto giró y hundió la daga en el costado del desdichado, antes de que éste tuviera tiempo de desenfundar su pistola. ¡Un crujido! La hoja penetró hasta la parte más honda de su carne pulposa. Pero el rinche no había muerto aún. Se resistió con toda la fuerza que le confirió su robusta constitución, y se convirtió en una lucha a muerte que hizo que toda la arboleda se estremeciera. Guálinto atacó al rinche por el costado con el cuchillo una vez tras otra. Redujo el brazo asesino con su mano izquierda, apuñalándole de forma despiadada, con crueldad, mientras su adversario consumía su energía en la más titánica, pero inútil de las luchas. Al fin, una estocada, especialmente salvaje, le dio en el corazón al rinche. Guálinto presionó contra él, clavándole la daga más y más, hundiendo en la herida para asegurarse de que fuera una cuchillada fatal.

La suave brisa trajo consigo el sonido de la voz de su madre. ¿Lo estaba llamando? No, llamaba a Maruca. Continuaba agarrado al tronco y, de repente, se soltó como si éste fuera una llama ardiendo. El tallo que una vez había sido suave era ahora un amasijo supurante, rasguñado, apuñalado y cortado, de donde colgaban, a modo de pieles, trozos de corteza. Guálinto retiró su temible daga de la última de las estocadas que le había asestado a su víctima, y el tallo blando la succionó como para no dejarla salir. Observó el daño que había causado y se asustó. Casi había matado a la planta.

Se esforzó para que todo recuperara la apariencia de normalidad: cerró las heridas y colocó los trozos sueltos en su sitio, embargado por un paralizante sentimiento de desastre inminente. ¿Qué pasaría si su madre lo llamara justo ahora? Y es que hasta las raíces se habían desprendido en el transcurso de sus enloquecidos ataques a la planta. Aunque lo intentó, no fue capaz de ocultarlo todo. Distraídamente, mientras colocaba la daga, que chorreaba, de nuevo debajo de la camisa, se detuvo de forma repentina y la lanzó tan lejos como pudo.

Se sentó en un pequeño trozo de tierra con césped porque las rodillas ya no lo sujetaban. Ahora estaba completamente asustado. Tenía la camisa humedecida por la savia que había desprendido el tallo del platanero. Algunas de las manchas ya se habían secado, dejando regueros marrones. Sabía que, después de que su madre lavara la camisa, quedarían manchas marrones que no habría manera de sacar. Los ojos se le llenaron de lágrimas. ¿Por qué era tan estúpido? ¿Por qué siempre tenía que meterse en problemas? Ojalá no se hubiera abrazado al tronco de esa manera. Ojalá no se hubiera golpeado contra él con tanta fuerza hasta el punto de aplastarlo. Y se había machacado el hombro también. Ojalá se hubiera limitado a apuñalarlo con suavidad. Eso era lo que se había propuesto en un principio. ¿Para qué había hecho la daga? La buscó con los ojos, sin girar la cabeza. No la encontraba . . . ¡Qué alivio! Ya la buscaría en algún otro momento. Era una pieza bonita, demasiado bonita como para tirarla.

Tal vez tuviera suerte. Tal vez hubiera visita coincidiendo con el momento en que su madre viera la camisa destrozada y, entonces, no lo castigaría. Tal vez su madre no se diera cuenta. La camisa tenía puntos negros de por sí. Tal vez el tío Feliciano tampoco notaría los imperfectos que le había causado al platanero. Y si su tío estaba en casa, no lo azotaría con tanta fuerza. En cualquier caso, incluso si le daba con la vara, no sería algo nuevo, y no se moriría por ello. Se estiró en el terrón de hierba y se deshizo de ese sentimiento paralizante, que se convirtió en una simple sombra acechante situada en la parte más distante de su mente.

La arboleda estaba en silencio. El sol calentaba lo suficiente como para que resultara agradable estar tumbado a la sombra. A ratos llegaba una ligera brisa marina, que hacía que las hojas crujieran a su paso. Luego, escuchó un zumbido constante y buscó a la abeja. Allí estaba, maniobrando alrededor de una bráctea morada que se balanceaba cual péndulo. La bráctea tenía la forma de un huevo enorme, afilada en uno de los extremos y atada a un tallo nudoso por el otro. Las hojas en forma de pétalo que la componían estaban completamente cerradas, así que tras un par de zumbidos y uno o dos intentos nerviosos de aterrizaje, la abeja se fue zumbando hasta el siguiente arbusto.

La hoja más prominente de aquella planta se había curvado hacia arriba, igual que una cortina, dejando al descubierto una hilera de florecillas, como una fila de chicas vestidas de rosa chicle y viseras amarillas. En un par de días, la hoja morada se pondría negra y se caería y la pequeña hilera de flores se convertiría en una diminuta hilera de fruta de color verde claro.

Ahora la abeja se había colado por la base de la hoja y zumbaba de forma intermitente, explorando las flores. Su zumbido era como un ronquido, apenas perceptible. Ya no se veía y Guálinto sentía demasiada pereza como para moverse e ir a ver dónde estaba. El zumbido le produjo sueño. El ruido cesó de pronto. Se escuchó un murmullo quejumbroso. Otro. Luego un zumbido desesperado, que se hizo más intenso y más intenso hasta que se formó un mini tornado debajo de la hoja morada. Se movió toda la bráctea y una flor rosada cayó a la tierra que había debajo del arbusto. Con un brusco zumbido final, el insecto se liberó del lugar en el que había quedado atrapado. Salió volando y dibujó círculos alrededor de la bráctea, en silencio y tambaleante. Tras orientarse, salió a flote y desapareció en un trozo de cielo azul rodeado por hojas verdes. Mientras se desvanecía, retomó su adormecedor murmuro.

Guálinto se rio con fuerza. La risa lo trajo de nuevo a la tierra y se levantó del zacate, sacudiéndose el polvo del trasero del pantalón. Eso le hizo recordar la camisa y el corazón se le heló una segunda vez. Lentamente, con sobriedad, recorrió un pequeño tramo en paralelo a la casa y junto al borde de la arboleda. Antes de que se diera cuenta, había salido de allí, y ante él apareció el patio de los nuevos vecinos. Ahogó un chillido. ¿Por qué no lo había pensado antes? ¡Caramba! Tenían vecinos y su madre no lo azotaría porque si lo hacía él gritaría con todas sus fuerzas. Estaba a salvo, a salvo.

Brincó de alegría. Salvado. Rescatado. ¡Chicos, vamos al rescate! ¡Monten a sus caballos! Cinco millas abajo se libra una batalla. ¡No! Atacado por la espalda y tirado del caballo. Se cayó al suelo y giró sobre sí mismo con frenesí, ahogándose, ahogándose. Tengo que agarrar esos dedos . . . casi . . . ca . . . si. ¡Libre! ¿Qué te parece ésta? ¡Y ésta! ¡Y *ésta*! Se levantó con gran dificultad, pero el maldito rinche se aferró a él como una sanguijuela. Se separaron y empezaron a darse tortazos el uno al otro. Toma . . . da, toma . . . da. El tipo grande lo volvió a agarrar. Lo golpeó en la mejilla con el puño. Hacia atrás, su cabeza cayó hacia atrás. Se le curvó la espina dorsal, tensa. Incluso más hacia atrás, más hacia atrás. Los ojos se le saltaron de las órbitas y respiró con fuerza. Todo se volvió borroso . . . no. Debía salvar el pescuezo. ¡El revólver! Deslizó la mano que le quedaba libre alrededor del cuerpo del rinche. La cartuchera. Un poco, un . . . poco . . . más. La empuñadura . . . ¡Ah!

—¡Ah-ja-ja-ja!

Guálinto se quedó paralizado. La débil risa procedía de la valla que tenía a sus espaldas. Miraba hacia el cielo, con la mano izquierda apoyada en el cachete y empujando la cabeza hacia atrás, mientras, con la mano derecha, se rodeaba el cuerpo y se agarraba con fuerza de la cadera. Durante un instante se mantuvo en esta ridícula pose. Luego, se recompuso y se dio la media vuelta; le ardían las orejas. De cuclillas contra la valla, había un chico delgaducho y moreno que miraba a través de un enorme par de gafas de concha.

—¡Ja, ja, ja! —se rio el chico flaco—. Peleando solo.

Apoyó uno de sus puños huesudos contra la mejilla. Guálinto le miró las rodillas esqueléticas y sus piernas larguiruchas.

—Peleando solo —repitió el chico delgado—. Peleando con uno mismo.

Guálinto aceleró el paso para llegar hasta la valla.

—¡Cállate la boca, Cuatro Ojos!

Se estiró hacia arriba para agarrarle de un tobillo.

—No hagas eso —dijo Cuatro Ojos—. Me caeré.

Guálinto lo intentó de nuevo, pero era demasiado bajo para alcanzar el tobillo del muchacho.

—Te voy a tirar. Te voy a dar en la nariz.

—No puedes hacer eso —dijo el chico—. Uso lentes, ¿que no ves? Si me pegas, te detendrán.

—¿Qué?

Guálinto se detuvo para observar a Cuatro Ojos con detenimiento.

—Lo que acabas de oír —respondió el chico, acomodándose en la valla para ponerse en una postura más digna—. Si le pegas a alguien con lentes, te detienen y te meten en la cárcel.

Guálinto estaba impresionado.

—¿Cuánto tiempo?

—Veinte años y un día.

Guálinto se quedó reflexionando.

—¡Oye!—dijo— bájate de la valla.

Cuatro Ojos dudó por un momento.

—No me voy a pelear contigo. Ven y juguemos.

El otro chico se deslizó con cautela y se situó del lado de la valla de Guálinto. Una vez en el suelo se atusó el traje de pana marrón y miró con recelo a Guálinto, quien también lo escudriñó.

—¿Cómo te llamas?

—Francisco López-Lebré, servidor.

—¿Servidor? ¿Qué significa eso?

—No lo sé. Eso es lo que mi padre me dice que diga.

—¿Tu padre es el abogado?

—¡Ah, no! Los que viven aquí son mis tíos. No tienen hijos.

—Entonces, tu padre es el músico que vive del otro lado de la ciudad.

—¿Cómo lo sabes?

—¡Ay! Lo oí decir. ¿Eres músico tú también?

—Estoy aprendiendo a tocar el violín. ¿Cómo te llamas?

—Guálinto Gómez. ¿Cuántos años tienes?

—Siete. Casi ocho.

—Yo tengo casi siete —mintió Guálinto.

Acababa de cumplir seis años hacía un par de semanas.

—¿Cuánto te costaron los lentes?

—¡Ah! Supongo que alrededor de cien dólares.

—¡Híjole! Tienes que tener un montón de dinero.

—Mi padre tiene muchísimo dinero.

Guálinto miró a Francisco con cierto respeto.

—Seamos amigos —dijo—. Cuando vengas a visitar a tus tíos, jugaremos.

—Bien —respondió Francisco, con algo de altivez—. Pero ahora me tengo que ir. Mi tío me va a llevar a casa en su coche.

8

Después de la conversación que había mantenido con María durante el desayuno aquella mañana de julio, Feliciano condujo su carreta hasta El Danubio Azul, cantina por espacio de veinte años, que, de seis meses para acá, se había convertido en tienda de abarrotes, propiedad de Feliciano García. Por lo tanto, Santiago López-Anguera, el licenciado López-Anguera, era ahora su vecino en el Dos Veintidós. No había mentido a María, pero tampoco le había contado toda la verdad. Había conocido a López-Anguera el día en que alguien en Jonesville había decidido que Filomeno Menchaca era más bien un pasivo que un activo en estos tiempos cambiantes. Por otra parte, también había coincidido con López-Anguera varias veces en los últimos cinco meses. Don Roberto, el juez, todavía ejercía influencia en la ciudad; sin embargo, últimamente había cedido terreno político. Los Rojos habían subido al poder en el condado. El sheriff Apodaca había perdido las últimas elecciones contra un gringo, por lo que Feliciano ya no era ayudante del sheriff, aunque seguía activo a la hora de pedir el voto para los Azules y supervisar las fiestas de carne asada previas a las elecciones.

Sin embargo, la nueva ley contra el consumo de alcohol no le había dado ningún beneficio en materia política al juez. Mantuvo abierto El Danubio Azul hasta principios del mes de enero del año en que entró en vigor la ordenanza. Luego, Feliciano, Faustino y Juan Rubio transportaron en carros el alcohol sobrante hasta el sótano de la casa del juez, puesto que ésa era una propiedad privada. Allí se celebró una desenfrenada fiesta de despedida en honor a El Danubio Azul a la que acudieron sus ex-clientes y los partidarios del juez. La fiesta se prolongó hasta que se acabó el último barril de cerveza de la cantina, todo libre de costo, cortesía de Bob Norris. En un par de semanas El Danubio Azul volvió a abrir sus puertas, esta vez transformada en tienda de abarrotes y propiedad de Feliciano.

El juez se había preocupado por cubrirse las espaldas. El año anterior, cuando se supo que se aprobaría la ley, había hablado con Feliciano en El Danubio Azul.

—Después de que cerremos la cantina —le explicó— los necesitaré a ti y a Juan en la política. Les pagaré por eso, pero no puedo proporcionarles a los dos un trabajo estable. Esto es todo lo que puedo ofrecer para seguir pagándole un salario a Faustino.

—Lo entiendo —dijo Feliciano—. Así son las cosas. Le estoy agradecido por todo lo que ha hecho por mí en los últimos años.

—Pero te ayudaré a encontrar otro trabajo. Tengo muchos amigos.

Feliciano le preguntó:

—¿Qué va a hacer con este edificio?

—Todavía no lo he decidido: trasladarlo, alquilarlo, echarlo abajo.

Feliciano le planteó lo que llevaba sopesando varios días.

—¿Estaría dispuesto a alquilármelo a mí?

—¿A ti? ¿Para qué?

—Para abrir una tienda de abarrotes que seguirá llamándose El Danubio Azul. Los Azules me comprarán a mí. Y cuando se organicen fiestas de carne asada, le suministraré la carne al mejor precio posible. Las despensas que regala entre el electorado también podrían prepararse con la comida de la tienda. Le saldría más barato y a mí me ayudaría a levantar el negocio.

El juez lo miró como si lo estuviera viendo por primera vez.

—Creo que lo podrás hacer. Es más, estoy convencido de que lo harás. Eso sí, requerirá algunos preparativos y tendrás que cambiar tu forma de hacer algunas cosas.

—¿Cómo?

—Deberás acostumbrarte a pedir dinero prestado, del banco, claro está. Lo necesitarás para alquilar el edificio, rediseñar el interior y abastecerte de alimentos. Seguro que tienes guardadas por ahí algunas monedas de oro, pero no será suficiente. Y para pedir un préstamo tendrás que abrir una cuenta bancaria; lo puedes hacer con parte de tus ahorros. Eso te definirá como hombre de negocios. Sé que desconfías de los bancos, pero tienen sus utilidades.

Feliciano tragó saliva con dificultad.

—Imagino que lo tendré que hacer —concedió.

Lo hizo y las cosas salieron a pedir de boca. Ingresó en el banco, el del juez Norris por supuesto, casi la mitad de su reserva de monedas de oro y pidió un préstamo con garantía para pagar dos años del alquiler de El Danubio Azul, rediseñar el interior para darle aspecto de tienda de abarrotes en lugar de cantina y abastecer el negocio de todo tipo de carnes y alimentos. El exterior no experimentó cambios, salvo que se añadió, en grandes letras negras, la palabra "Abarrotes" debajo de la pintura azul con ondas. Juan Rubio aceptó de inmediato quedarse en la pequeña habitación en la que vivía detrás de El Danubio Azul, a cambio de las comidas y de un sueldo semanal de dos dólares más de lo que había cobrado en la cantina. Al principio, los beneficios, una vez que pagaba a Juan Rubio los diez dólares a la semana y la cuota que le debía al banco, eran prácticamente nulos. Eso sí, la situación había mejorado recientemente, a medida que el boca a boca se propagaba entre los votantes del partido Azul. Aumentó el número de personas que venía por alimentos para sus familias, comprándoselos al hombre que se los había regalado en las carnes asadas organizadas por el juez. Todo el mundo estaba contento: Feliciano, Juan Rubio, el juez, los Azules. Las únicas personas del barrio que no se alegraban del éxito como comerciante de Feliciano eran don Crispín Rodríguez y sus hijos, quienes perdieron un número considerable de clientes tras la apertura de El Danubio Azul, Abarrotes. También perdieron como cliente a Feliciano. Antes éste le compraba alimentos a don Crispín para repartirlos en nombre del juez Norris entre algunos de los votantes más influyentes del partido Azul.

Aquel día de febrero en que falleció Filomeno Menchaca, la tienda llevaba abierta dos semanas justas. No había requerido mucho esfuerzo transformar la cantina. La barra se convirtió en el mostrador, las cajas frigoríficas para la cerveza pasaron a usarse para la carne y se colocaron estanterías para almacenar los diversos tipos de latas. Feliciano quitó el espejo y los retratos de mujeres desnudas, pero dejó tanto la copia de "Custer's Last Stand" como una naturaleza muerta que retrataba fruta y una jarra de cerveza, como recuerdo del pasado que le daba alegría al establecimiento presente.

Feliciano había hecho un viaje rápido aquella mañana hasta la cercana hacienda de don José para proponerle comprar la mayor parte de su producción agrícola en cuanto llegara la cosecha. Al regresar, un hombre lo esperaba en la tienda. Era bajo y vestía traje oscuro, sombrero de fieltro y corbata. A pesar de llevar lentes, parecía un indio, a la manera de los retratos que Feliciano había visto de Benito Juárez.

—Este señor lo está esperando —anunció Juan Rubio.

—Buenos días, señor García —saludó el hombre—. ¿Puedo robarle unos minutos de su tiempo? Debo hablar con usted sobre un asunto importante. Me llamo Santiago López-Anguera y soy abogado.

Se estrecharon la mano.

—Encantado de conocerlo —lo saludó Feliciano—. Veo que sabe cómo me llamo. Por favor, pase a la trastienda donde podremos hablar.

Se dirigieron a la estancia situada en la parte trasera del edificio, que ahora era un almacén de sacos de grano y cajas de alimentos enlatados o empaquetados, en lugar de barriles de cerveza y de cajas de whisky. Feliciano tenía su "oficina" en la misma esquina en la que había conocido a Faustino Bello el día en que llegó a Jonesville con su familia. El escritorio, las mesas y la caja fuerte seguían allí. Una vez sentados, López-Anguera dijo:

—Pensé que sería buena idea pasar a saludar para conocerlo. En breve, seremos vecinos. He comprado el terreno de la esquina y hasta allí voy a trasladar mi casa.

Feliciano arqueó las cejas.

—Disculpe la pregunta —dijo— pero, ¿por qué querría un hombre como usted, un hombre de letras, mudarse al Dos Veintidós?

López-Anguera sonrió.

—Pensará que soy un idealista, pero me gustaría representar a nuestra gente en todo lo que esté a mi mano. A menudo se violan sus derechos y muchas veces se meten en problemas por desconocer la ley. Quiero vivir en los barrios, ya que así se sentirán más cómodos a la hora de venir a solicitar ayuda legal.

—Entiendo. Es un gesto que lo honra.

López-Anguera volvió a sonreír.

—Fue un golpe de suerte encontrar un terreno a la venta en su calle. Es la única vía empedrada en la zona y yo dispongo de coche propio.

—Ciertamente las calles se enlodan cuando llueve —apuntó Feliciano.

—El Ford tiene un buen comportamiento en el barro, pero agradeceré poder conducir hasta Fourteenth Street sin preocuparme por quedarme enterrado. Se vive bien en los Estados Unidos. Uno de mis hermanos y yo nos trajimos a la familia a Texas desde México. Allá algunas de las ciudades no son más que un barrizal cuando llueve, incluso enfrente de la residencia presidencial.

—Sí, lo sé —convino Feliciano sin mucho interés.

—También trabajo en la industria de la importación y la exportación.

Feliciano asintió con la cabeza de manera casi imperceptible. Se hizo un silencio y luego Feliciano dijo:

—Bueno, me alegro de haberlo conocido —y se levantó a medias de la silla.

—Concédame sólo un minuto más, si no le importa —le pidió López-Anguera—. Tengo que transmitirle un mensaje de cierta relevancia.

Feliciano se volvió a sentar.

—Es de parte de un viejo amigo y compañero suyo, don Santos de la Vega. Le han nombrado jefe de la aduana en Morelos recientemente y le gustaría verlo tan pronto como sea posible.

—No conozco a nadie que responda al nombre de Santos de la Vega.

—Estoy seguro de que sí ha oído hablar de don Agustín de la Vega.

—Desde luego, todo el mundo ha oído hablar de él. El gran hacendado en Coahuila y Chihuahua. Pero nunca lo he conocido en persona, ni a él ni a ningún miembro de su familia. En cualquier caso, los villistas los mataron a todos hace algunos años.

López-Anguera parecía no tener prisa por ir al grano.

—A todos, salvo a uno de sus hijos. Él se encontraba . . . eh . . . eh . . . en otro lugar en aquel momento. Su amigo, don Santos.

—Le repito, no conozco a ningún Santos de la Vega.

López-Anguera bajó el tono de voz.

—Lo conoció . . . eh . . . por el nombre del Negro.

—¿El Negro?

—No estaba . . . eh . . . su madre no estaba . . . no estaba casada con don Agustín.

—¿El Negro?

—Quiere verlo cuanto antes.

Feliciano se quedó perturbado. ¿Se trataría de noticias de su hermano Lupe? ¿Corría Feliciano peligro de que lo denunciaran ante la ley por haber pertenecido a los sediciosos? Se quedó mirando al abogado intensamente. Tal vez el hombre estuviera mintiendo. Pero no podía arriesgarse.

—¿Cuándo podría reunirme con don Santos?

—Cuando quiera. Esta mañana, por ejemplo.

Feliciano sacó el reloj.

—Son las nueve y media. Dígale que estaré en Morelos a las once y media.

—Muy bien —dijo López-Anguera—. Quiere que se vean en su casa. Aquí tiene su dirección.

Anotó la dirección en una tarjeta y se la dio a Feliciano.

9

Y he ahí la explicación de por qué, mientras asesinaban a Filomeno Menchaca a una cuadra de su casa, Feliciano cruzaba con la carreta por encima del puente internacional de Morelos. No necesitó usar la tarjeta con la dirección de De la Vega. Cuando se detuvo para pasar la aduana del lado mexicano, el oficial de turno le preguntó su nombre. Al contestar, el funcionario le dijo:

—Tengo órdenes de dirigirlo a la casa del jefe.

Sin esperar a recibir una respuesta, el hombre se sentó en la carreta junto a Feliciano y le dijo qué calles tomar. Al final, dijo: "*Aquí*", y Feliciano se detuvo. Le dio a su guía cincuenta centavos. Éste se lo agradeció y volvió andando al puente.

La casa era como tantas otras en Morelos y en otras ciudades de México, construidas para las familias pudientes antes de la Revolución. Una estructura de ladrillo, a imitación de un fuerte, erigida al borde de la estrecha acera sobre sólidas paredes de ladrillo, donde se abrían un par de ventanas con rejas cubiertas por cortinas. En el extremo, e insertado en la pared, estaba el zaguán, una enorme entrada con dos puertas para vehículos y caballos que conducía al patio. Contaba con portillo, una puerta más pequeña para uso diario, enmarcada en la hoja derecha. Feliciano estaba a punto de bajarse para llamar al portillo cuando las puertas del zaguán crujieron y se abrieron, y un hombre vestido con el uniforme café claro de los agentes de aduana le hizo señas para que se acercara. Recibimiento monacal, pensó Feliciano mientras conducía la carreta hacia el patio. El hombre de café tomó la brida y sacó la carreta de allí, una vez que Feliciano se había apeado para recibir el abrazo cálido de Santos de la Vega.

De la Vega le condujo hasta una oficina que daba al patio y cerró la puerta tras él.

—Don Santos —empezó Feliciano— es un placer volver a verlo.

—Déjate de títulos estúpidos, Feliciano —contestó De la Vega—. Eres mi camarada, mi compañero.

Estaba un poco más corpulento que antes y respleandeciente con el uniforme del ejército mexicano, del que pendía la estrella de coronel. Salvo eso, apenas había cambiado. Condujo a Feliciano hasta una silla junto a una mesita sobre la que había una botella de coñac y un par de vasos. Se sentó enfrente. Mientras servía el brandy, comentó:

—Por lo que sé, te va muy bien, Feliciano.

Feliciano dio un sorbo al coñac.

—A ti te va incluso mejor —dijo—. Bueno, pero, ¿qué es esa cosa de "Santos"? Creía que te llamabas Santiago.

—Ése era el nombre que utilizaba cuando vivía en Texas, aunque la mayoría de la gente me conocía simplemente como el Negro. A mí no me importaba.

Bebieron en silencio del vaso de coñac y, luego, De la Vega dijo:

—Estoy seguro de que te estás preguntando por qué quise ponerme en contacto contigo, y con tanta prisa. Pero deja que primero te agradezca profundamente lo que has hecho por mi familia durante los últimos cuatro años.

—¿Tu familia?

—Supongo que nunca supiste cuál era mi nombre completo, el que utilizaba mientras viví en Texas. Era Santiago Vera.

—¿Vera? ¿No te referirás a la viuda y sus dos hijos que viven cerca de mi casa? Por lo menos, todo el mundo piensa que es viuda.

—No es viuda o, por lo menos, no todavía. Es texana y yo me casé con ella con el nombre de Santiago Vera. Cuando nos empezó a ir mal en Texas, tuve que abandonarla a ella y a los niños. Les enviaba lo que podía, pero cuando pasé a oficial carrancista tuve que irme de la frontera. Si no los hubieras ayudado, de buen corazón, me pregunto cómo les hubiera ido.

—No tenía ni idea de quiénes eran realmente. Simplemente necesitaban ayuda, más que cualquiera de las familias con marido que votaban por el partido Azul.

—En cualquier caso, te debo mucho y te estoy agradecido.

—De nada. Pero me alegra saber que resultara ser tu familia.

—En poco tiempo, me los traeré a Morelos, y, en un par de años, nos marcharemos de la frontera, para trabajar la parte de las tierras que me corresponde de la herencia de mi padre.

—El Negro —se dijo Feliciano más a sí mismo que a De la Vega—. Hijo del viejo don Agustín de la Vega.

De la Vega se terminó su copa y se sirvió otro trago. Feliciano apenas había probado el suyo.

—Te voy a contar la historia de mi vida de la forma más resumida posible —dijo De la Vega, sonriendo ampliamente—. Mi padre, don Agustín de la Vega, nació en 1846, el año en que los gringos invadieron México. No se casó hasta 1886, con una mujer de ascendencia criolla, al igual que él, y casi tan mayor como él. Ésa era la manera en que la gente de renombre hacía las cosas en aquellos años.

Sonrió, apretando los labios.

—Dio a luz a dos hijos, Luis en 1888 y Joaquín en 1890. La mujer falleció en el parto de Joaquín. Un par de años más tarde, don Agustín tomó como amante y ama de casa a una muchacha de diecinueve años procedente de Guerrero. Como sabrás, en la costa vive un montón de gente negra. No recuerdo a los padres de mi madre, pero tengo entendido que los dos eran negros, con algo de mezcla indígena. Emigraron hacia el norte en busca de trabajo y lo encontraron en la hacienda de don Agustín. Me contaron también que a los diecinueve mi madre era muy guapa. Seguía siendo bella a los treinta, cuando la asesinaron. Yo me parezco a ella.

De la Vega se rio.

—No me refiero a que haya heredado de ella su atractivo, pero sí que son suyas la piel negra y los rasgos africanos. La gente que trabajaba en la hacienda solía decir que la sangre africana se había destilado en mis venas. No queda en mí ni rastro de los rasgos criollos ni indios. A mis hermanastros no les caía bien, evidentemente. Lo único que recuerdo es que trataron de hacerme sentir tan desgraciado como les fue posible. Ellos fueron los primeros en apodarme, de pequeños, el Negro. Incluso los criados se reían de mí. Me llamaban Negrito, simulando cariño, pero yo sabía que se estaban burlando y que, en realidad, me estaban llamando "niño negro".

—Pero mi madre me adoraba y don Agustín era amable conmigo y me daba todo lo que quería. Con ocho o nueve años ya pasaba más tiempo con los vaqueros que en casa. Me convertí en un verdadero hombre de campo: jinete, rastreador, cazador. La vida me sonreía y así siguió siendo hasta que cumplí los quince.

Santos de la Vega bebió de su copa y apartó la mirada de Feliciano para dirigirla a la pared que estaba al otro lado de la habitación.

—Espero no estar aburriéndote con esta historia —se disculpó.

—No, no, ¡qué va! —se apresuró a decir Feliciano.

—Don Agustín, que ya tenía sesenta, se estaba haciendo mayor, y probablemente quería lavar su conciencia antes de ir al cielo. O tal vez nos quería a mi madre y a mí más de lo que había imaginado.

—Un día nos convocó a todos en su estudio; a Luis, a Joaquín, a mi madre y a mí. El cuarto estaba repleto de libros y olía a cuero, pero un tipo de cuero distinto, no el de las sillas de montar, el de las chaparreras y ese tipo de objetos. Fue directo al grano: había decidido casarse con mi madre y reconocerme a mí como hijo legítimo ante la ley. ¿Había alguna objeción? Nadie dijo nada, pero advertí la ira y el odio en las caras de Luis y Joaquín.

—Esa noche, poco después de que oscureciera, se formó un alboroto en el corral detrás de la cocina, donde había un semental árabe recién traído de la capital. Relinchos, pataleos, ruidos sordos contra los troncos de madera que había almacenados en el corral. Todos salimos: mi padre, mis hermanastros y los cocineros. Vinieron algunos *vaqueros* que consiguieron calmar al animal. A la luz de los faroles, apareció mi madre arrollada hasta la muerte. Cuando me arrodillé junto a ella, llorando, vi una piel de puma cerca de su cuerpo. Sabía, además, que les tenía pánico a los caballos y que nunca se hubiera acercado hasta el corral.

—Al día siguiente, después de que habían enterrado a mi madre con los debidos honores, don Agustín se encerró en su estudio con Luis y Joaquín. El resto de los que vivíamos en la casa escuchábamos las voces: Luis y Joaquín discutiendo a voces, don Agustín gritando, casi a chillidos: "¡Bandidos! ¡Bandidos!" Cuando finalmente salieron, el hombre que me había reconocido como su hijo me pidió que pasara a hablar con él.

—Hijo —me llamó— debes irte, debes irte lo antes posible. Tus hermanos, los criados, todos se han vuelto contra mí. He dejado de ser amo en mi propia casa.

Santos jadeó y mantuvo la mirada fija en la pared más alejada.

—Mi padre me dio todo el dinero que tenía en los cajones del escritorio. Me fui a mi habitación por mi rifle, mi revólver, algo de munición y unas cartucheras. Nadie trató de detenerme y no me dijeron ni una sola palabra. Me dirigí a los establos, ensillé mi caballo preferido y me fui. No volvería a ver a ninguno de los tres.

Santos De la Vega dio otro trago a su coñac.

—El resto es breve. Cabalgué en dirección norte hasta que crucé Texas y, sin rumbo, llegué al Delta. Poco después conocí a Lupe y me uní a su banda. Entonces tenía dieciséis o diecisiete años. Me casé con una muchacha, cuyo padre tenía un pequeño rancho en lo más profundo del chaparral. Por aquel entonces ya me había cambiado el nombre por el de Santiago Vera. Mi segundo hijo nació coincidiendo con el asesinato de Madero. Al poco tiempo me enteré de que a mis dos hermanastros los habían matado a tiros los villistas. Eso me hubiera alegrado, pero habían asesinado a mi padre también.

Giró y miró por encima de la mesa a Feliciano. Tenía los ojos humedecidos.

—El resto de los detalles acerca de mi vida en Texas los conoces bien.

—¿Me estás diciendo que tenías poco más de veinte años cuando los dos éramos sediciosos?

—De pequeño me veía mayor para mi edad; y empecé a hacer el trabajo de un hombre desde muy joven. Pero no te hice venir hasta aquí sólo para contarte la historia de mi vida. Después de ese pequeño incidente, la emboscada chapuza, Lupe y yo nos reunimos de nuevo del lado mexicano, y nos unimos a los carrancistas. Lupe quiso convertirse en villista, pero yo me negué a formar parte del grupo que había matado a mi padre. Luego de contárselo, Lupe lo entendió.

—¿Lupe llegó a ser general?

El tono de voz de Feliciano encerraba un atisbo de sarcasmo.

—No, entramos muy tarde en el Big Brawl. Pero debería haberlo sido, sobresalía entre la bola. Al final, llegó a coronel, como yo. Sin embargo, la lucha me dejó más beneficios a mí, que me quedé con parte de las tierras de mi padre.

—¿Cómo lo conseguiste?

—Quién lo hubiera dicho, pero el viejo dejó un testamento en el que me nombraba heredero. Uno de mis amigos carrancistas, que además era abogado, lo descubrió después de que ocupáramos esta parte del estado.

—¿Santiago López-Anguera?

—El mismo. Carranza legitimó mi reivindicación, pero en realidad fue Obregón. Somos más obregonistas que carrancistas. No todo el patrimonio de don Agustín, pero una buena parte.

—¿Quién cuida de él?

—Hice lo correcto, tanto para mis compañeros como para mí. Dividí en parcelas la mitad del terreno que heredé y las repartí entre los camaradas más cercanos, incluido Lupe. Él vendió su parte de inmediato; no estaba hecho para ser ranchero.

—¿Dónde está Lupe?

—Anda en algún sitio por aquí . . . Te puedo poner en contacto con él si quieres. Y si él también quiere.

—¿Y la tierra que te quedaste tú? ¿Quién la cuidó cuando no estabas tú?

—Tengo un administrador, uno de los hermanos de López-Anguera, que también es abogado. Santiago se acerca hasta allí una vez al mes para ver cómo está todo. Yo voy a empezar a ir una vez cada tres meses más o menos. Es un buen pacto. Está a mejor recaudo bajo las manos de un abogado civil que en las de uno de mis antiguos compañeros. La tierra es buena, está bien regada, sirve tanto para la agricultura como para la ganadería. Pero necesito una buena cantidad de dinero para explotarla y que me produzca grandes beneficios. Por eso te pedí que vinieras.

—¿A mí? ¿Por qué a mí?

—Dos años en este trabajo, tres a lo sumo, y contaré con el capital suficiente; quiero decir, dinero de verdad, oro, para convertir esta tierra en un paraíso. Durante los años que viví en Texas abrí bien los ojos y aprendí un par de cosas sobre la manera en que los gringos labran la tierra y sobre la ganadería.

—¿Y dónde entro yo en todo esto?

Santos se reclinó sobre la mesita que los separaba y dijo en tono confidencial.

—Quiero que participes conmigo en una pequeña operación. En el negocio de importación-exportación.

—No tengo experiencia en ese campo.

—No la necesitarás. Lo único que tendrás que hacer es firmar, de vez en cuando, algunos papeles.

—Será mejor que me expliques un poco más.

Santos se rio y, por un instante, se convirtió en el Negro de los viejos tiempos. Luego volvió a ser don Santos de la Vega otra vez: coronel del ejército mexicano, jefe de aduanas y terrateniente adinerado.

—Es muy sencillo —afirmó—. La situación en México se está apaciguando y hay un montón de dinero, no cambio, que ha empezado a salir a flote. La única diferencia es que ahora le pertenece a gente distinta que antes de la Revolución. Estas personas quieren un montón de cosas que México no les puede ofrecer ahora mismo, y están dispuestas a pagar por ellas. Muebles elegantes, textiles caros, cámaras, vitrolas y ese tipo de bienes. Los impuestos de importación son prohibitivos. A ello hay que añadir que los importadores tienen que pagar mordidas a precios altos. Así que me voy a meter en el negocio de la importación, digamos la importación duty-free.

—Quieres decir contrabando.

—Desde luego que no; no dejo de ser el jefe de aduanas en este puerto de entrada. Todo será perfectamente legal. Los bienes se exportarán con sus debidos permisos desde el otro lado. Yo estaré aquí para recibirlos en la aduana de este lado, y eso será todo.

—Pero yo no puedo seguir regentando mi negocio de abarrotes y a la vez estar a cargo de todo eso.

—No tendrás que hacerlo tú todo; López-Anguera se encargará de hacer todas las compras a tu nombre. Preparará los papeles en virtud de los cuales le vendes los bienes a él. Con un beneficio para ti, claro está. Lo que él haga después de esa operación no es algo que deba preocuparte.

Feliciano miró al suelo.

—No veo riesgo para mí —dijo en voz baja—. Es la parte moral la que me preocupa. ¿No es, en cierto modo, una traición a aquello por lo que tú y otros lucharon? ¿Una traición a la propia Revolución?

Santos se rio de nuevo, esta vez bajito.

—¡Ay, Feliciano! Eres un verdadero idealista. Ésta *es* la Revolución, todo lo demás no fue más que palabrería. Son todos unos ladrones, desde Old Whiskers hasta ahora. ¿Por qué no iba yo a quedarme con mi parte? ¿Para mí y para quienes estuvieron conmigo cuando las cosas estaban calientes? Por eso te busqué. No te voy a engañar. Estás bien posicionado para hacer el trabajo, eres competente y puedo confiar en ti. Y, además, te debo una por todo lo que has hecho por mi familia. Podría darle el negocio a cualquier otro. Pero me gustaría mucho que tú fueras el elegido.

Sonrió.

—Ves, yo también tengo algo de idealista.

Feliciano le devolvió la sonrisa y se quedó en silencio.

—Te dejará poco más que un buen pellizco en oro americano. Y puede que lo necesites más adelante; por lo que me cuentan, las cosas están cambiando del otro lado y es posible que incluso cambien más.

—De acuerdo —aceptó Feliciano—. Soy tu hombre.

—¡Estupendo! ¡Salud!

Brindaron y Santos se reclinó en la silla.

—¿Y cómo ves la vida de comerciante? ¿Estás haciendo dinero?

—Es mejor que la vida de cantinero, aunque sigo trabajando en política para el juez Norris. Por lo que respecta al dinero, los beneficios netos son escasos todavía, pero tengo mucho trabajo.

—No importa cuánto ganes, cámbialo por monedas de oro y guárdalas. El oro y la tierra son lo único que perdura; la única riqueza verdadera en el mundo.

—Lo mismo pienso yo, pero tuve que guardar dinero en el banco y abrir una cuenta bancaria, según la llaman, para poder pedir un préstamo para alquilar El Danubio Azul y abastecer la tienda. Ahora mismo estoy endeudado hasta las cejas, pero ya he empezado a devolver el dinero.

—¿Metiste todo el dinero en el banco?

—No, me quedé con lo que pude.

—Daba por hecho que no lo habrías arriesgado todo en un banco gringo.

—He estado pensando en alquilar un terreno situado junto a la tierra que labra mi vecino José Alcaraz. Hoy en día se puede ganar dinero con el negocio de las hortalizas. Tienen unas cajas en las que meten los tomates y los pimientos verdes, y todo tipo de verduras, que colocan sobre hielo para embarcarlas hacia el norte.

—¿Por qué no compras el terreno? Si no tienes dinero suficiente, yo te ayudaré.

—El dueño, un viejo gringo, no quiere venderlo. Piensa que toda la tierra río abajo, desde Jonesville hasta el mar, se convertirá pronto en una California. Él vive allí. José Alcaraz labra, a medias, unos cuarenta acres de la tierra del viejo. Río abajo. Espero poder alquilar los cuarenta acres que están al lado, y él podría ocuparse de los ochenta acres.

Hablaron de Lupe y de sus días como sediciosos mientras almorzaban en casa de Santos. Carne a la parrilla, frijoles y arroz, tortillas y aguacate. Una comida norteña. El gusto de Santos en lo referente al vino había cambiado, pero seguía comiendo lo mismo que antes de convertirse en don Santos.

Finalmente, Feliciano se fue. En el viaje de regreso a Jonesville, pensó, con tristeza, en el rumbo que había tomado su vida en los últimos años. De peón de campo a sedicionista y asaltante, de ahí a cantinero de los mismos soldados gringos a los que había estado disparando pocos meses antes. Poco después, asistente político encargado de arriar a su propia gente a las urnas en beneficio de jefes políticos gringos. Y, ahora, socio en una operación de contrabando. Nada de lo que poder estar orgulloso. Pero su sobrino empezaría pronto la escuela y Feliciano necesitaría tener dinero, mucho dinero.

10

Los días que hacía buen clima la familia se reunía en el porche después de cenar. Para mantener alejados a los mosquitos, apagaban las luces. A todo el mundo le gustaba sentarse a la brisa nocturna. En el Delta no había colinas por las que se pusiera el sol, pero las noches despejadas eran siempre preciosas. En esta noche en particular la luna todavía no había salido. Y la oscuridad resultaba un descanso para aquellos para quienes la jornada era una batalla constante. El deslumbrante cielo azul de la mañana había dejado paso a un paño de terciopelo cubierto de piedras blancas, como si la luz del día se hubiera roto en pedazos y encogido hasta convertirse en diminutos trozos brillantes. Y durante todo este espacio de tiempo los dedos invisibles de la brisa tanteaban los brazos, las piernas y las caras, como una caricia.

Esta noche, don Pancho, el leñador, había venido de visita. Lo acompañaba su hermano pequeño, don José, que labraba uno de los terrenos que había cerca de la ciudad, río abajo. La noche había transformado tanto a los visitantes como a los miembros de la familia. En la oscuridad, la silueta de María era como la de una adolescente. La cara, color rojo cangrejo, de José pasaba desapercibida y la forma desgarbada de su cuerpo adquiría un aspecto atlético. La penumbra lo dotaba, además, de la fuerza suficiente para hablar con María sin tartamudear.

—Hizo calor hoy —dijo don Pancho.

—Mucho calor —convino María.

—Mucho mucho calor —matizó Feliciano.

A don José no se le ocurrió otra manera de decir lo mismo, así que se limitó a asentir en la sombra. La conversación había languidecido un poco después de haber tratado varios temas sin importancia. Don Pancho y don José estaban sentados en el balancín de jardín porque eran los invitados. El columpio era nuevo y toda la familia estaba orgullosa de él. Los diferenciaba del resto. Ni siquiera los nuevos vecinos, los López-Anguera, dueños de un coche, tenían un balancín de jardín. Últimamente Feliciano estaba exultante: les había anunciado que no les prometía tanto como un coche, pero sí que compraría una vitrola uno de estos días, si el negocio seguía yendo bien. Pero, por el momento, el columpio era motivo suficiente de orgullo.

Don Pancho y don José se sentaron con cautela en el borde del balancín, temerosos de reclinarse. Hubieran preferido un par de sillas macizas con cuatro patas resistentes, como las de doña María y don Feliciano. Sentarse en un balancín era una tarea complicada: si hacías un movimiento inesperado, la silla daba una sacudida y se balanceaba como un agresivo caballo mesteño. Tenías que sentarte muy erguido y estar muy quieto y estar muy incómodo. A pesar de ello, don Pancho y don José superaron la prueba estoicamente, y aparentaban estar relajados y a sus anchas. No querían dar la impresión de que eran un par de indios rudimentarios. Sabían cómo comportarse delante de otras personas.

Guálinto y sus hermanas estaban sentados en las escaleras del porche. Carmen, la morena de semblante serio y ojos grandes, miraba al cielo. Maruca, rubia, empleaba su inagotable energía en una rosa que se había caído de uno de los arbustos de los alrededores. Le daba pellizcos y la hacía trizas con nerviosismo mientras Carmen contaba las estrellas.

—Sesenta y siente, sesenta y ocho, sesenta y nueve . . .

Maruca molió con sus dedos los pétalos de rosa rítmicamente, siguiendo los tiempos que marcaba Carmen con su cuenta.

—Setenta y dos, setenta y cuatro . . . ¡ay! ¡Me volví a perder! Hay tantas, tantísimas, que me equivoco. Ojalá pudiera delimitar el cielo, dividiéndolo en partes, pequeñas partes, entonces las podría contar todas.

Maruca enrolló la bola de pétalos prensados y se la pasó por las palmas de la mano.

—Sólo puedes contar las estrellas de nuestro cielo —le dijo bruscamente—. No puedes contar las estrellas de otros lugares.

Carmen dijo con entusiasmo:

—Una vez escuché la historia de un hombre que cometió un gran pecado. Y Dios lo condenó a contar todas las estrellas del cielo, en todos los lugares. Recorrió el mundo, siempre viajando, siempre de noche, con la mirada puesta en el cielo y contando y contando. No podía ni morir ni parar. Tenía que seguir viajando y contando.

Carmen se detuvo un instante, se había quedado sin aliento.

—Y todo el tiempo . . .

—¡Ya! —exclamó Maruca a la vez que tiró la rosa prensada hacia la oscuridad—. ¡Basta! Te acabas de inventar esa historia. Ahora mismo.

—No —negó Carmen con vehemencia—. Me la contaron.

—Mentira —sentenció Maruca con brusquedad.

Carmen no contestó.

—¿Quién te la contó?

Carmen volvió la cabeza.

—¿Quién? —insistió Maruca—. ¿Quién?

—En cualquier caso —dijo Carmen entre dientes—, es una historia bonita.

—¡Um! —exclamó Maruca.

Guálinto sólo escuchaba a medias lo que decían sus hermanas. Normalmente, le gustaba oír hablar a Carmen, ya que era muy inteligente. Tan sólo tenía nueve años y ya estaba en tercero de primaria, mientras que Maruca, que tenía once, estaba en cuarto. Carmen era capaz de inventarse las historias más bonitas de la nada. Además, le leía a Guálinto, que todavía no iba a la escuela, cuentos y pequeñas poesías de los que aparecían en sus libros del colegio. A Guálinto le gustaban las poesías que Carmen recitaba de seguido, pese a que eran en inglés y él no comprendía todo lo que decían. Entendía algunas partes y era capaz de reproducirlas, lo que agradaba a Carmen. Pero, cuando había mayores cerca, no tenía oídos ni para Carmen ni para Maruca. Le encantaba escucharlos hablar. Hasta sus gestos más insignificantes eran dignos de imitación. Justamente ahora estaban hablando sobre alguien.

—Y así fue como pasó —dijo don José.

—¡Qué extraño! —exclamó María.

Extrañ-ñ-ño. ¡Qué palabra más bonita! Era como un trozo de caramelo que te pasas por la boca una y otra vez. Ese tipo de caramelos de cristal de los hay de muchos colores y sabores y que se deshacen lentamente en la boca cuando los remueves con la lengua. *Extraño,* era una palabra de resonancia agradable.

—Mamá —preguntó Maruca—, ¿podemos ir a casa de Dora?

—No interrumpas —contestó su madre—. No ves que don José está hablando.

—Pero, ¿nos dejas ir?

—De acuerdo, pero lleven a su hermano.

Maruca recorrió la pared de ladrillo hasta la verja saltando en un pie y Carmen la siguió. Al llegar a la puerta se quedaron esperando a Guálinto, que venía detrás de ellas con menos frenesí. Las chicas tampoco estaban entusiasmadas con la idea de llevarlo con ellas. No obstante, le dieron la mano, y, con él en medio de las dos, se aventuraron a perderse en la oscuridad de la noche. Avanzaron sobre la suave acera recubierta de zacate y cruzaron la pasarela que pasaba por encima de la acequia, uniendo la acera y la calle. Guálinto, que hacía crujir la gravilla con sus pasos, se quejó:

—Vayan más despacio. Las piedras me cortan los pies.

Luego se tropezó y se dio en el dedo, y las chicas tuvieron que esperar mientras se lo frotaba con la mano. La calle parecía temiblemente ancha en la oscuridad. Daba la sensación de que nunca llegarían al otro lado, donde había un farol encendido en casa de los Gracia.

Guálinto les dio un codazo a sus hermanas.

—No se me peguen tanto. ¿Están asustadas?

Y se impulsó hacia delante.

—Tú eres el que está asustado —se burló Maruca—. Tú. Vieja, vieja, vieja. Tú eres el que empuja hacia delante para que las mujeres te cubramos la espalda.

Sin previo aviso, le agarró por la parte baja de la espalda, haciéndole dar un respingo.

Sus dos hermanas se rieron y Guálinto les advirtió:

—¡No hagan eso!

—Vieja, vieja —repitió Maruca—. Necesita que las mujeres lo cuiden.

—¡Ay! Déjalo en paz —dijo Carmen—. ¿Vamos a cruzar o no?

Guálinto no se movió.

—Vamos —propuso Maruca.

—Yo no voy —dijo él.

Maruca se acercó más.

—No seas así, Guálinto.

—Yo no voy.

Maruca buscó su brazo a tientas, pero él se liberó de una sacudida.

—Me regreso —anunció.

Se produjo un breve silencio.

—Mira lo que conseguiste —le recriminó Carmen a Maruca.

—Está bien —dijo Maruca, enfatizando el "bien"» y dándole, a la vez, un tirón del brazo a Guálinto.

Él jaló hacia atrás.

—No me empujes y tampoco me pellizques. Llamaré a mamá a gritos.

Maruca le soltó el brazo.

—Está bien —volvió a repetir de mala gana.

Regresaron a casa, Maruca a la cabeza y Carmen de la mano con Guálinto. Atravesaron la verja sigilosamente y recorrieron el sendero tan en silencio, que los adultos no los escucharon llegar. El tío Feliciano estaba hablando con don Pancho y don José, dándose puñetazos en la palma de la mano. Guálinto abrió bien las orejas. Normalmente el tío Feliciano hablaba poco. Si hablaba mucho, entonces era sobre uno de estos dos asuntos: los gringos o los sacerdotes. De los gringos lo hacía en voz alto y con resentimiento. Cuando se exaltaba, entonces hablaba de los curas.

Maruca le dio un empujón a Guálinto vengativo y las chicas rodearon la casa a tientas hasta llegar a la cocina. Guálinto se quedó en uno de los lados de la escalera. En la penumbra adivinó que la silla de su madre se había quedado vacía. Se había metido a la casa. Se acomodó en el extremo del porche, cerca de las vides.

—¡Predican santidad, predican benevolencia! Ladrones, rateros. Si hasta el papa es un semental lujurioso —Bajó el tono—. ¿Quién dice que a los curas no les gustan las mujeres? ¿Qué los han castrado?

Se echó hacia delante con agresividad, acercándose a don Pancho y a don José. Sus figuras imprecisas se reclinaron hacia atrás, temerosas de recibir un golpe.

Se produjo un silencio incómodo y largo. Al final, don José, o tal vez fuera don Pancho, le acercó una mano a Feliciano: —¿Fumas?

El tabaco pasó de mano en mano en silencio, interrumpido sólo por el crujido que hacían las hojas de maíz al liar los cigarros. Guálinto empezó a sentir el frío de la noche y se acurrucó contra la maraña que formaban las enredaderas de madreselva. Feliciano levantó la cabeza:

—¿Qué fue eso?

—Tal vez el viento —dijo don Pancho, prendiendo un cerillo.

El cerillo destelló al acercarlo para encender el cigarro que sujetaba en la boca, y por un instante su barba erizada destacó en la oscuridad igual que un dibujo pegado sobre un trozo de papel negro. Se prendieron más cerillos, por lo que se vislumbraron fugazmente caras de preocupación, que quedaban a medio cubrir por manos ahuecadas. Luego tres pares de ojos rojos parpadearon e hicieron un guiño y se abrieron de par en par en medio de la oscuridad.

—Noche cerrada.

—La luna saldrá pronto —anunció Feliciano.

—Es una noche para los espíritus.

Cuando la conversación tomó este cariz, Guálinto deseó estar dentro de casa, junto a un fuego vivo, a la luz del día o, por lo menos, a la luz de la luna. Al mismo tiempo, sentía miedo de que lo descubrieran; lo mandarían adentro y no podría escuchar las historias que estaban por llegar.

—A cualquier hora del día pueden ocurrir sucesos aterradores —afirmó su tío.

—Tienes razón —convino don Pancho—. A oscuras o bajo la luz del crepúsculo, a la luz de la luna o a plena luz del día. La historia de fantasmas más extraña que jamás haya escuchado ocurrió al anochecer.

—¿Al anochecer?

Guálinto podría haber aprovechado entonces para moverse. Se podría haber levantado y haber evitado la atención. Sin embargo, se quedó donde estaba y escuchó a don Pancho contar la historia de cómo Dios había vengado la muerte de una muchacha. Don Pancho narraba con lentitud, con gran sobrecogimiento y asombro. Se valía no sólo de las palabras sino también de cambios de tono, que subía y bajaba, tornándose o bien suave o bien brusco, según lo requería la historia, que reproducía el habla de la gente sobre la que trataba. También se expresaba con las manos, los brazos y los hombros. Y, oculto en la oscuridad, Guálinto sabía que el rostro de don Pancho también hablaba.

Había tenido lugar en la parte oeste de Texas, un invierno hacía muchos años. Don Pancho había escuchado la historia de joven. Allí había un pequeño pueblo de mexicanos y, como la mayoría de los pueblos, contaba con un borracho, un hombre atractivo venido a menos. La chica más guapa del pueblo se enamoró y se casó con él, a pesar de que le habían aconsejado que no lo hiciera. Cuando la gente le decía que había cometido una estupidez, ella solía responder:

—No tengo miedo. Dios será bueno conmigo.

La pareja se trasladó a vivir a una pequeña casucha a las afueras del pueblo, un rancho que había construido alguien y que luego abandonó. El borracho le pegó a su mujer la noche de bodas y todas y cada una de las noches posteriores. La situación continúo así durante varios meses. Todo el mundo lo sabía, pero nadie podía o quería hacer algo al respecto. Los leñadores que pasaban por la zona al anochecer escuchaban los golpes, las maldiciones del marido y los gemidos de la muchacha. Sin embargo, la chica no se quejó. Llegó el otoño y con él los días se volvieron fríos y borrascosos; fue entonces cuando se hizo evidente que la muchacha estaba embarazada. Después de conocer la noticia, el marido se emborrachó más que de costumbre, pero no volvió a golpear a la joven. Los transeúntes ya no escuchaban maldiciones salir del rancho. La chica, cuando iba al pueblo, aparentaba estar orgullosa y feliz. Parecía como si Dios la hubiera escuchado y estuviera siendo bueno con ella por su fe.

Los días se volvieron más fríos y, por las mañanas, una capa de hielo recubría el suelo. La muchacha no regresó al pueblo nunca más. Pero, una tarde, su marido apareció allí con un montón de dinero que nadie supo de dónde había sacado. Se puso a jugar una partida de cartas y lo perdió casi todo. Iracundo, se levantó de la mesa y se dirigió a la cantina, donde estuvo bebiendo hasta muy tarde. Luego, regresó a casa y maltrató a su esposa hasta matarla. Algunas de las mujeres del pueblo encontraron el cadáver tirado en la puerta de entrada, como si en el último momento hubiera tratado de huir. Su marido dormía en el interior.

Los vecinos se hicieron cargo del cadáver, que enterraron en el pequeño cementerio de la localidad. Durante el servicio religioso empezó a nevar. El pueblo contaba con un sacerdote, pero no había ningún representante de la ley en los alrededores. La gente no sabía qué hacer con el marido de la mujer a la que acababan de enterrar. Su padre había fallecido y no tenía hermanos o parientes cercanos que pudieran vengar su muerte. El marido asistió al funeral, borracho como de costumbre. Cuando la nieve empezó a caer con más virulencia, la multitud que se había congregado en el cementerio se deshizo y volvió a casa. El marido se quedó solo, así que regresó a su choza.

Eran ahora alrededor de las cinco de la tarde de una noche de invierno y los copos de nieve, silenciosos, seguían cayendo en abundancia. Al acercarse a la puerta del rancho, le pasó por la mente borracha una idea. Se detuvo y, subiendo el tono de voz, llamó a su mujer por su nombre:

—Lucía, ¿está la comida lista? ¡Maldita seas!

Antes de que tuviera tiempo de reírse de su propia broma, oyó que la voz de su mujer respondía desde el interior del rancho.

—Estoy en cama —dijo la voz con debilidad—. Acabó de traer al mundo un niño. Pasa a conocerlo.

El hombre quedó tan conmocionado que despertó de la borrachera. Además, era un hombre grande y fuerte; no era ningún cobarde. Tampoco creía en los espíritus.

—Un muchacho del pueblo —pensó—. Le voy a dar una lección.

Subió de nuevo el tono de voz.

—Ya voy, Lucía. Y te voy a dar otra buena paliza.

Se acercó a la puerta. El interior estaba más oscuro, así que permaneció un momento en el umbral mientras se acostumbraba a la penumbra. Después, miró hacia la cama y ahí lo vio. En un principio, era una pelota peluda que yacía sobre la cama, del tamaño de un saco de ropa sucia. A continuación, se desenrolló y se puso de pie sobre las patas traseras. Su cuerpo era similar al de un oso y la cara era igual a la de un diablo, recordaba a la de un lobo. El rostro giró hacia él, dejando al descubierto unos afilados colmillos blancos en una sonrisa endiablada. Sus ojos perfectamente redondos, rojos y brillantes, se habían quedado mirándolo fijamente. Por medio de sus largas garras le hizo señas para que se acercara hasta la cama. El hombre se quedó petrificado, con la boca abierta de par en par, en un desgarrador grito sordo. La bestia flexionó sus pequeñas patas peludas y saltó sin hacer el menor ruido sobre el suelo sucio. Y, luego, emitiendo un gorjeo suave, se dirigió hacia el hombre. Con los colmillos le mordió la cara, con las zarpas le desgarró el pecho y con las patas inferiores procedió a destriparlo.

El borracho recuperó la voz y gritó. Trató de zafarse del ser que se le colgaba del cuello, pecho y barriga. Consiguió escapar del rancho tambaleándose, salió y cayó rodando, encima de la nieve. Sus chillidos alertaron a los leñadores que pasaban por allí todos los días al anochecer. Lo encontraron acuchillado y sujetándose las entrañas, rezando y maldiciendo y chillando, todo al mismo tiempo. Antes de fallecer, les contó lo que había ocurrido.

Don Pacho se detuvo y respiró profundamente, como para liberar parte del horror comprimido en su pecho.

—Pero eso —prosiguió— no fue lo más extraño de todo. Los leñadores se pusieron a buscar a la bestia. Había dejado de nevar antes de que oyeran los gritos del hombre, y cualquiera sabe seguir la pista de una huella en la nieve. Pues bien, no encontraron huellas de bestia alguna, ya fuera hacia o desde el rancho. Sólo había rastro de sus propias huellas y las del hombre en dirección a la casa, así como de las que dejó al tratar de huir, y de la nieve ensangrentada en la que se había revolcado. Eso sí, ni una sola huella de la bestia. Y eso no es todo. Alrededor de la casucha, en un gran círculo, sin principio ni fin, había dos pares de huellas en la nieve. No había señal ni de por dónde habían entrado al círculo ni de por dónde habían salido de él. ¿Las huellas, señores? Eran las de los pies descalzos de una mujer joven y las de un bebé de pocos días.

Feliciano rompió el largo silencio que siguió.

—Podría haber sido un oso. En esa zona hay osos.

—Pero un oso habría dejado huellas.

—Tal vez había vuelto a nevar antes de que los leñadores llegaran hasta allí —insistió Feliciano.

—¿Y las huellas de la chica y el bebé?

Feliciano no respondió. Dio una calada y el círculo rojo que formaba su cigarro se hizo más grande y resplandeció. Mientras tanto Guálinto se había metido prácticamente debajo del balancín de jardín. En la zona este del cielo un resplandor se hacía cada vez más intenso, contrastando con la línea irregular que delimitaba el chaparral.

—Ahí está la luna —anunció Feliciano.

—Sí —dijo don José—, luna llena; la de los pastores, como la llaman algunos.

—Hablando de lunas llenas . . . —Feliciano dejó caer el cigarro y lo apagó con el talón—. Hablando de lunas llenas y cosas terribles; nunca he sentido tanto miedo como una noche de luna llena.

—Cuéntanos —le instó don Pancho, y Feliciano relató su historia.

No era un orador tan gráfico como don Pancho. No usaba las manos en la misma medida y empleaba un tono coloquial, como si estuviera revelando información importante.

Había ocurrido cuando Feliciano era un muchacho. Iba a caballo y estaba atravesando una región ganadera junto a un grupo de vaqueros. Llanos, llanos y más llanos. Aquí y allá una mata de mezquite o de huizache, un mogote en la distancia que aparentaba ser zacate en un terreno plano. A lo lejos y a la izquierda, el gran chaparral, formaba un muro oscuro en la noche. En el momento en que la luna llena salió, fue posible ver bastante bien en la distancia. Con imprecisión, pero se distinguía que había ganado y caballos debajo de los grupos de árboles que no estaban a gran distancia.

En una noche como ésta, Feliciano recorría a caballo los llanos junto a una docena de vaqueros. El mayor era su propio padre, un viejo vaquero que conocía los llanos y el chaparral. Había otros tres hombres de mediana edad y el resto eran jóvenes, siendo Feliciano el de menor edad. El grupo había recorrido una larga distancia en condiciones duras, desde la puesta de sol y hasta bien entrada la noche. Cuando salió la luna, llena y luminosa, el líder decidió que descansarían un par de horas y retomarían el viaje antes de que amaneciera. Estaban en medio del campo, a unas tres millas de distancia del chaparral, y pararon y se apearon en el lugar.

El padre de Feliciano, siendo el de más edad, dio algunos consejos.

—No les quiten las sillas a los caballos. Sólo suelten las bridas para que puedan pastar y rodéenlos con estacas. Y mantengan las manos cerca de la cuerda de la estaca mientras duerman. Ésta es tierra peligrosa.

El líder era un hombre joven y se echó a reír.

—Ya pasó la época de indios y vaqueros —dijo—. Además, andamos armados. Pongámonos cómodos mientras dormimos.

—Cada persona es un mundo —replicó el padre de Feliciano.

Él siguió su propio consejo, como también hicieron Feliciano y los otros dos señores mayores. El resto usó las sillas de montar a modo de almohadas. Manearon los caballos, dejándolos sueltos para que pastaran. Estaban cansados y no tardaron en quedarse profundamente dormidos. Todos excepto Feliciano. Envuelto en su manta, yacía en vigilia, mientras escuchaba los gritos de los pájaros de la noche y los aullidos, apenas perceptibles, de los coyotes en la distancia.

—Debió de ser a la media hora de instalarnos —contó Feliciano—. Entonces percibí algo distinto en los ruidos propios de la noche. Los coyotes aullaron un par de veces y se quedaron en silencio. Un segundo después un pájaro aleteó por encima de mi cabeza y me despertó completamente. Me di la media vuelta y vi que mi caballo estaba de pie con la cabeza muy erguida y mirando hacia el chaparral con las orejas en alerta. Me agarré con firmeza a la cuerda de la cerca y me incorporé. Mi padre ya se había sentado, y también estaba agarrado a la soga. Todos los caballos tenían la mirada puesta en el chaparral, atentos. Mi padre se puso el sombrero y susurró:

—¿Oyes algo? —Negué con la cabeza—. Escucha —dijo.

—Presté más atención, pero, al principio, no conseguí oír nada. Bajé la mandíbula un poco y contuve el aliento, y luego lo escuché. Provenía del chaparral y con cada bocanada de aire se oía más cerca. Era como un llanto, apenas perceptible y muy distante. Jamás había escuchado algo parecido. El sonido se intensificó y luego bajó de tono, alto y bajo, y por momentos se escuchó más alto y más claro. Los caballos resoplaron y los que estaban maneados se dispersaron tan rápido como pudieron. Ahora todos estaban despiertos, hablaban entre susurros y escuchaban. El gemido se hizo más claro y a estas alturas sabíamos que venía hacia nosotros. No se parecía a nada que hubiera escuchado con anterioridad o que haya vuelto a escuchar en mi vida. Agudo como el timbre de una mujer y, a la vez, ronco como la voz de un hombre, la de un animal salvaje. Siguió y siguió en forma de chillidos y aullidos que destilaban, cómo explicarlo, una soledad enloquecida o una sensación de desesperación.

Feliciano encendió otro cigarro.

—Se escucharon unos ruidos apenas perceptibles: algo estaba atravesando la maleza, y, por encima de ese sonido, se apreciaban gemidos de hombres, más inaudibles; gritaban como lo hacen los vaqueros cuando reúnen al ganado. En cualquier caso, el gemido era más intenso que las otras voces y se acercaba a cada segundo. En ciertos momentos, estuvimos convencidos de que era un hombre el que emitía el ruido. Luego, pensamos que podía ser una mujer chillando. O un puma, o incluso un lobo.

—Me alegré de haberle hecho caso a mi padre. A toda prisa, atraje la cuerda y la usé para ponerle un bozal a mi caballo. Para cuando hube terminado, mi padre y los dos hombres que habían seguido su consejo ya habían montado. Hice lo mismo y les aseguro que me sentí mucho mejor con un animal bajo el cuerpo. El resto corría de un lado para otro, intentando atrapar sus caballos, por lo que les ayudamos a reunirlos. Las maneas se habían soltado así que los hombres tuvieron que montar sin silla.

Feliciano se detuvo y le dio un par de caladas a su cigarro. Nadie habló en ese intervalo de tiempo.

—Y durante el espacio de tiempo que invertimos en reunir a los caballos, el gemido continuó con su lamento. Se intensificó, y asustó a los animales y nos costó trabajo contenerlos. Para entonces escuchábamos estrépitos procedentes de la maleza y gritos de hombres que parecían estar persiguiendo al ser. La última persona de nuestro grupo apenas se había subido al caballo cuando salió del chaparral y vino directo hacia nosotros. Corría sobre dos patas. Parecía un hombre, un hombre alto y pesado con largos brazos peludos. Los agitaba sin rumbo mientras corría con las piernas dobladas a la altura de las rodillas. No llevaba puesta ropa, a excepción de unos harapos que le colgaban como lazos del cuello de la camisa y del cinturón. Uno de los nuestros trató de desenfundar su pistola, pero otro lo detuvo. Otro se puso a rezar. El ser pasó a escasas yardas de distancia de nosotros y dudo que llegara a vernos. Miraba hacia el cielo. Era un hombre, sin lugar a dudas. A la luz de la luna pudimos ver su cara por un momento. Nunca la olvidaré. Llevaba una larga barba poblada como San Pedro en los libros sagrados. Pero, su cara era totalmente distinta. Los ojos le sobresalían de las órbitas y relucían a la luz de la luna. Tenía el rostro retorcido, la boca abierta y resollaba como un perro. Al pasar, lo escuchamos mascar y crujir los dientes. Y de la boca, barba abajo hasta el pecho, le colgaba una masa de babas de saliva espumosa, que también brillaba al reflejo de la luna. Su cuerpo desnudo estaba desgarrado y sangraba por las heridas que le habían causado las espinas del chaparral, y recuerdo que me hizo pensar en Cristo, de forma extraña y enloquecida.

—Al pasar cerca de nosotros, volvió a gritar, un chillido que parecía el de un alma que no encuentra descanso. Los caballos se pusieron en dos patas y cuando los conseguimos calmar, el ser ya había desaparecido. Tan sólo los chillidos, que se hicieron más y más imperceptibles, nos confirmaron que lo habíamos visto. Después, se escuchó el galope de caballos. Nos dispersamos un poco, por precaución, y esperamos. No tardó en acercarse un grupo de hombres a caballo.

—Amigos —dijo uno de ellos en español.

—Buenas noches, amigos —contestamos.

—Un malo —dijo uno de ellos—. ¿Han visto pasar a nuestro hombre?

—¿Un hombre? —preguntó mi padre.

—Sí, pero con la maldición de la bestia. Un hombre mordido. Ocurrió hace algún tiempo, pero hoy, que la luna está llena, sufrió el primer ataque. Sucedió antes de anoche, iba a beber el veneno esta mañana, al amanecer. Pero perdió el norte durante la noche. Escapó de donde lo teníamos encerrado y echó a correr. Somos sus parientes y amigos.

Feliciano tiró su segundo cigarro al suelo y lo apagó con el pie.

—Se fueron cabalgando —continuó—. Nosotros no volvimos a pegar ojo aquella noche.

Don José se aclaró la garganta.

—La rabia es peligrosa —sentenció.

—Sí —agregó don Pancho—. Hoy en día, la mayoría de la gente no tiene ni idea de lo que era una mordedura antiguamente. Entonces, no existían las inyecciones, como las que dicen que hay hoy. Nada más que una plancha caliente y ajo, que casi nunca surtía efecto.

—Pero es algo natural —dijo Feliciano—, una enfermedad. Ese hombre no era un fantasma.

—Los fantasmas sí que existen —afirmó don Pancho—. Incluso aquí tenemos nuestros propios fantasmas.

—Sí —convino don José.

—Eso dicen —contestó Feliciano.

—Cuentan que una criatura pequeña, del tamaño de un burro, se pasea por los almeces de esta cuadra por las noches —dijo don Pancho.

—Y una mujer vestida de blanco —añadió don José.

—Recorre la distancia que separa el árbol más grande que crece por fuera de tu patio trasero y el final de la cuadra, donde hay un árbol con una cruz hecha de clavos —aseguró don Pancho.

—Los hombres que le ven el rostro mueren, aunque suele llevarlo cubierto con su chal blanco —añadió don José.

—Donaciano, el lechero —dijo don Pancho—, murió así, de miedo. En mi vida he conocido a un hombre más blasfemo e incrédulo que Donaciano. Bueno, antes de que hubiera casas en esta calle, Donaciano solía pasar con sus vacas por aquí todas las noches. Una noche pastoreaba a cuatro o cinco por un sendero que atravesaba justo por el lugar en el que se erige ahora tu cerco trasero. Estaba muy oscuro y no corría el aire. Y, llevaba a las vacas cuando de repente éstas se detuvieron y se negaron a seguir hacia delante. El viejo se acercó hasta ellas echando maldiciones y las azotó con su vara. Pero, no, no hubo manera de que avanzaran un paso más a lo largo del sendero. Acto seguido, Donaciano vio a la mujer de blanco. Cruzaba en ese momento el sendero enfrente de las vacas. Los animales se dieron la media vuelta y corrieron por el camino por el que habían venido, dejando a Donaciano a solas en el sendero, petrificado y mirando a la mujer, que, para entonces, desaparecía entre los árboles.

—Pero, el susto no le duró mucho. Se enfadó y se puso a gritar: "Detente, perra. ¡Cómo te atreves a asustar a mis vacas! Me la pagarás". Salió corriendo detrás de ella, pero la mujer continuó su camino con lentitud. El viejo Donaciano la alcanzó y en el momento en que iba a pegarle con su vara ella se dio la media vuelta. Levantó una esquina del velo para que pudiera verle el rostro. El rostro . . .

—¡No! ¡No! —chilló Guálinto, que sollozaba amargamente y yacía boca abajo en las escaleras del porche.

Feliciano se levantó de la silla de un brinco y lo tomó en brazos. Guálinto se apoyó contra el pecho de su tío. El olor de su ropa vaquera sudada le resultó reconfortante.

—No los dejes —gritó—, ¡no los dejes que sigan hablando!

—Ya, ya —dijo Feliciano con suavidad—. Nadie va a hablar más.

La puerta se abrió de par en par y María salió en un revoloteo de faldas.

—¿Qué pasa? ¿Qué pasa? —preguntó con la voz entrecortada.

—No pasa nada —le aseguró Feliciano—. Estaba en el porche y lo asustamos con la conversación. No sabíamos que estaba ahí.

—¡Santo Dios!

Luego, el alivio dio paso al enfado.

—¡Travieso! ¿Se puede saber qué hacías con los hombres? ¡Métete!

—¡Ya! —exclamó Feliciano—. No ves que está muerto de miedo.

—Es cierto —convino don Pancho.

Extendió una mano para tocar al muchacho.

—Está temblando como un conejito.

De pronto, la luz de la luna dio de lleno en el porche, como un reflector. El pequeño grupo se quedó en silencio por un momento. Don José y don Pancho se quitaron los sombreros. José podía ver ahora el rostro de María, a quien lanzaba miradas furtivas mientas ésta observaba la luna simulando no darse cuenta.

—Se ha hecho tarde —dijo don Pancho.

—Sí —dijo don José.

—¿Tarde? —repitió María, sorprendida.

—Las ocho y media por lo menos —calculó don Pancho.

—No tienen por qué irse tan pronto —dijo Feliciano.

—Nos gustaría quedarnos mucho más, pero nos tenemos que levantar temprano.

—Así es —repitió don José.

Terminado el ceremonial de formalidades, los hermanos le hicieron una reverencia a María, le estrecharon la mano a Feliciano y bajaron las escaleras del porche, con los sombreros de la mano. En la verja, volvieron a decir "Buenas noches", se pusieron los sombreros y se marcharon. Guálinto todavía estaba en brazos de su tío y quería quedarse ahí. Estaba seguro de que su madre seguía enfadada y retrocedió cuando ésta hizo ademanes de ir a tomarlo. Su tío lo entendió.

—Deja que duerma conmigo esta noche —dijo.

—¿Por qué? Ya tiene seis años, es casi un hombre hecho y derecho.

—Guálinto, ¿quieres dormir conmigo en el cuarto de atrás?

Guálinto asintió y frotó la cabeza contra la camisa de su tío Feliciano. María había encendido un farol para que Feliciano pudiera cruzar el dormitorio sin tropezar con las chicas, que ya estaban metidas en sus camas plegables, pero estaban medio despiertas. Carmen miró a Guálinto solemnemente, con dulce preocupación. Maruca apenas pudo contenerse. Se retorció y se cambió de lado de la cama, y sus pequeños ojos estuvieron a punto de salírsele de las órbitas. Guálinto le devolvió una mirada ofendida. Giró la cabeza para mirar a su hermana, mientras su tío y él se dirigían a la cocina. En silencio, Maruca dijo con los labios, "Vieja, vieja", tan claramente como le fue posible.

La luz de la cocina estaba encendida, ya que María había estado trabajando allí antes de que la sobresaltaran los gritos de Guálinto. Atravesaron la puerta de la cocina y su tío lo llevó por la plataforma de madera que conectaba la casa con "el cuarto de atrás", como lo llamaba la familia. La enorme cama plegable de Feliciano ya estaba desplegada y María puso la almohada de Guálinto debajo de la mosquitera, que, en forma de tienda de campaña, cubría la cama. La mosquitera era para Guálinto como una casa de juguete y el simple hecho de estar debajo de ella suponía en sí toda una aventura. La cama estaba junto a la ventana abierta.

—Quiero dormir del lado de la ventana —pidió Guálinto.

—Dicho y hecho— contestó Feliciano, levantando la mosquitera y acomodándolo del otro lado de la cama. Al poco rato, la cama crujió: Feliciano se metió, le dio la espalda a Guálinto y se echó a dormir. Guálinto, sin embargo, seguía muy despierto. Agradeció que la luna desprendiera tanta luz, hasta que recordó la historia que contó su tío sobre el hombre loco y apretó los ojos con fuerza. Se preguntó si su tío estaría realmente dormido y se planteó darle un golpe accidental, aunque luego lo pensó mejor. Se movía tanto que Feliciano se terminó despertando, y farfulló:

—¿Te molesta algo?

—No —respondió, con modorra fingida.

Se quedó adormilado y la siguiente vez que volvió a mirar al cielo éste se había tornado del color de la leche sucia. Todo estaba muy quieto. Más tarde, a través de la ventana, se coló una gran bocanada de aire fresco. Se puso a llover, un aguacero continuo. El agua chocó con el alfeizar de la ventana y atravesó la mosquitera, mojándole la cara a Guálinto. Estaba fría y era agradable. Luego tronó, y su tío se levantó y cerró la ventana.

Mientras se metía a rastras en la mosquitera, le preguntó:

—¿Te mojaste?

—No, señor —contestó Guálinto, aunque tenía la cara y el cuello húmedos.

Se estiró, como un gato satisfecho. Luego se abrazó a la espalda de su tío y se durmió con la música de la lluvia.

11

Guálinto se despertó con los rayos del sol pegándole en la cara. Estaba echado en la cama de su madre, junto a la ventana en la que solía dormir, y era tarde. Tal vez, mediodía. Qué extraño. Anoche se había acostado en la cama del tío Feliciano. Trató de incorporarse y se cayó de espaldas sobre la almohada. Mareado, m-m-m. Hacía calor y faltaba aire en el dormitorio. Sin embargo, la ventana estaba abierta de par en par. Entonces, por qué . . . se tocó la sien con el revés de la mano y se frotó la cabeza con movimientos entrecortados. Tal vez estirándose . . . ¿Por qué hacía tanto calor? En la higuera había un pájaro cantando. Parecía que el sonido venía de muy lejos.

Luego escuchó unas voces en la cocina. Sonidos cortados, inconexos. "Cocina", le hizo pensar en comida. El estómago le dio un salto mortal y se retrajo hasta chocar con la espina dorsal. Se retorció entre las sábanas. ¿Por qué no cerraba alguien la ventana? Hacía tanto frío. Oyó que se acercaban unos pasos ágiles y Guálinto, con los ojos cerrados, sabía que Maruca había entrado en la habitación.

—¡Mamá-á-á! —La voz de Maruca se proyectaba desde la distancia—. Le están dando escalofríos otra vez.

—Voy —dijo su madre desde lejos—. Cierra la ventana.

Maruca se subió a la cama y gateó por encima de Guálinto para cerrar la ventana con un fuerte golpetazo. Él protestó sin energía cuando las rodillas de su hermana se hundieron en sus piernas.

—Ten cuidado —Ésa era la voz de Carmen—. Lo puedes lastimar.

—Ay, lo siento, Guálinto —dijo Maruca—. Lo siento mucho, de verdad.

Guálinto no respondió. Permaneció con los ojos cerrados.

Maruca le tocó el hombro y luego lo sacudió con cuidado.

—Guálinto, te pedí perdón. Te pedí perdón.

Al no obtener respuesta, lo sacudió con más fuerza.

—Ya está bien, ya está bien. —Era su madre—. Deja de molestarlo.

Dejó caer una pesada colcha sobre su cuerpo tembloroso. Después, puso algo más pesado y pequeño encima. Pero seguía sintiendo mucho frío. Su madre se fue, y regresó. Sintió un vapor cálido llegarle a las mejillas y abrió los ojos: vio el semblante serio de su madre oculto tras una taza humeante.

—Tómate esto —le ordenó.

—No, no quiero —dijo entre dientes—. Voy a vomitar.

—Toma —insistió su madre—. ¿No te quieres poner bien?

—Me pondré bien yo solito. Te lo prometo.

—Tomátelo. Ya estás bastante enfermo.

Se incorporó y estiró la mano para tocar la taza, luego la retiró.

—Está muy caliente. Lo voy a vomitar, sé que lo vomitaré.

—No sabe mal —dijo su madre con más gentileza—. Mira.

Probó el té y se lo dio.

—Ándale, o te tendré que tapar la nariz con los dedos.

Con aire resignado tomó la taza.

—¡Guácatela!

Sintió un momento de pánico cuando la garganta se resistió a tragar. ¡Ahí va! Se tomó lo que quedaba de un trago. Después de todo, no le supo tan mal. El té le reconfortó el estómago. Su mamá tomó la taza y regresó a la cocina. Se reclinó hacia atrás y se tapó con la colcha; se estaba empezando a quedar dormido en el momento en que reconoció la voz de su tío en la cocina.

—Eso es pura superstición —dijo su tío—. Sólo se resfrió; nada más. La culpa la tiene el rocío que le cayó anoche, estoy convencido. Dale una aspirina y restriégale con mentolato y mañana estará bien.

—¡Nunca admites lo que no quieres admitir!

Guálinto nunca había escuchado a su madre hablarle así a su tío.

—Es miedo, te lo aseguro. ¿Vas a permitir que se muera por tus ideas?

—De acuerdo, de acuerdo. Iré a llamar a la señora.

—Cuanto antes vayas, mejor —sentenció su madre—. No debemos permitir que el problema eche raíces.

Guálinto no tenía claro si estaba asustado o simplemente excitado por lo que había escuchado. Su tío había ido a llamar a doña Simonita la ciega para que lo curara del susto. Guálinto había oído hablar de la señora muchas veces, pero nunca la había visto. Decían que tenía el don de comunicarse con los espíritus y de predecir el futuro. Era ciega, pero podía ver cosas que otra gente no veía.

Su madre entró con sigilo en la habitación. Lo besó en la mejilla.

—¿Cómo está mi renacuajo? Dormiste como un lirón. Ya es casi mediodía.

—¿Por qué dices que ahora dormí como un lirón?

—Porque anoche apenas dormiste. Estuviste gritando y retorciéndote en la cama de tu tío, ¿no lo recuerdas? Fue entonces cuando te traje a mi cama.

Ahora lo recordó, vagamente. Su madre, su tío y sus hermanas a su alrededor a la luz de un farol mientras él chillaba y se agarraba con fuerza de la bata de su madre. Una serie de imágenes borrosas habían invadido su mente. Lo habían estado persiguiendo. Un lobo. No. Había sido un perro o tal vez . . . Un par de ojos, un par de ojos inyectados en sangre, visiones fugaces de caras aterradoras. Y, en todo momento, la sensación de que alguien lo perseguía, una sensación que todavía ahora hacía que le recorriera un escalofrío por la espalda.

Se oyeron unos pasos en la cocina. Guálinto escuchó la voz grave de su tío decir:

—Tenga cuidado ahora; hay que subir un escalón.

Se oyó ruido de pasitos entremezclados con el sonido fangoso de unos zapatos de goma. El sonido quedaba amortiguado por la voz de Feliciano:

—Por aquí. Siéntese aquí, por favor.

Más sonidos fangosos y un crujido de la vieja silla de mimbre que siempre estaba junto a la mesa del comedor.

Su madre le dio a Guálinto una palmadita en la mejilla.

—Ya vuelvo.

Atravesó la puerta para llegar a la cocina.

—Bueno, pues aquí está —dijo Feliciano, con evidente tono de alivio.

—Qué bueno —El tono de María reflejaba su satisfacción—. ¿Cómo está doña Simonita?

—¡Ah! Más o menos bien —dijo con voz aguda y temblorosa—. Me podría sentir mucho mejor, pero así lo quiere el Señor. No me quejo.

—Así es —dijo María—, se hará su voluntad. El niño está en la habitación de al lado.

—¿Está todo listo? —La voz de doña Simonita se llenó de vida.

—El agua para el té está empezando a hervir y sacaré las cenizas de la cocina en cuanto las necesite.

—Empecemos, pues.

La silla crujió y Guálinto miró hacia la puerta fijamente.

—Aquí, no vaya a caerse —dijo su tío.

Apareció en el umbral, con el brazo firmemente agarrado por una mano café y arrugada. A continuación, asomó la anciana, arrastrando los pies. Era baja y menuda, vestía de negro con un chal del mismo color por encima de la cabeza, cubriéndole el rostro. Iba toda de negro salvo los pies; calzaba un par de zapatos de tela blancos. Guálinto la observó detenidamente mientras ella arrastraba los pies hacia delante, tratando de captar una imagen fugaz de su rostro. ¿Tenía rostro? Finalmente, lo vio. Era una cara cuadrada, curtida y bonachona. Pero, parecía como que se la hubieran arañado y hecho jirones y luego remendado. Guálinto se incorporó.

—¿Qué le pasó en la cara? —preguntó.

—¡Guálinto! —exclamó su madre.

Doña Simonita, sin embargo, no se enfadó. Sonrió con esa sonrisa meditabunda y distraída propia de los ciegos, que le induce a uno a pensar que sólo una parte de ellos está aquí, mientras que el resto, su interior más recóndito, está ausente, por encima y más allá de aquellos quienes tienen el don de la vista.

—Tuve viruela, muchacho —contestó—. Me agujereó la cara y me sacó los ojos cuando era más o menos del tamaño de tu hermana mayor.

Guálinto se preguntó cómo sabía la estatura de Maruca si no veía, pero decidió no hacer ninguna pregunta más, dada la mirada funesta que le había dirigido su madre.

—Siéntese, doña Simonita —dijo su madre, solícita—. Aquí.

Doña Simonita palpó el recorrido hasta llegar a la silla y respiró profundamente al acomodarse y relajarse. Permaneció allí sentada un buen rato, con la cabeza ligeramente inclinada y asintiendo de manera casi imperceptible.

—Dios es muy sabio —dijo María en bajo—. Le quitó la vista, pero le dio unos poderes que pocas personas tienen.

—Los he tenido desde muy joven —contestó doña Simonita—. Una vez estaba jugando con mis hermanos mayores en una casa cercana a la nuestra y de repente dije: "Vámonos a casa. La tía está ahí". Regresamos a casa y allí estaba una tía que hacía años que no veíamos.

—¿De verdad? —se sorprendió María, aplaudiendo con las manos.

—Otra vez soñé que una de mis hermanas había fallecido y murió a la semana siguiente. Y, desde entonces, cuando se me mete en la cabeza que algo va a ocurrir, pasa. Me da reparo el simple hecho de pensar en mis conocidos porque puede que los vea muertos o heridos. Si me pasa, entonces están abocados a morir o tener un accidente.

—¡Qué horroroso ha de ser saber que algo terrible va a ocurrir incluso antes de que ocurra! —dijo María en bajito.

Guálinto sintió que la inquietud le recorría las venas. Rezó para que doña Simonita no pensara nunca en él.

—Me viene solo —prosiguió doña Simonita—. No lo puedo evitar.

La mujer se sumió una vez más en un silencio meditativo. Guálinto, sin apenas respiración, alcanzaba a escuchar el chisporrotear de la leña en la estufa de la cocina y un murmullo continuo de agua hirviendo. Estos sonidos debieron despertar finalmente a doña Simonita de sus pensamientos. Se estiró.

—Ocupémonos de esta criatura —dijo.

Acercó la silla a la cama y estiró una mano para tocar a Guálinto. La miró a la cara sin estar seguro de querer que lo curara esta señora. Al tocarle el brazo, se retrajo un poco, no mucho, pero lo suficiente como para que ella se diera cuenta.

—No tengas miedo —le dijo. A continuación, a su madre—. ¿Podrías sacar las cenizas de la estufa para que se enfríen un poco? Y cierra las cortinas, por favor.

Un pensamiento fugaz se le cruzó por la cabeza: ¿lo sabía o simplemente intuyó que estaban abiertas?

Oyó que su madre salía de la habitación. Él tenía los ojos puestos en las cicatrices de la cara de doña Simonita; pero no le gustaba estar a solas con ella en una habitación a medio iluminar. La anciana hizo la señal de la cruz y se puso a rezar. La voz de su madre interrumpió el zumbido que producía el murmullo de sus rezos:

—Maruca, cierra las cortinas.

Zumbido-murmullo, zumbido-murmullo, proseguía la anciana. Afuera se escucharon unos pasos y las persianas de madera, que estaban junto a la cama, crujieron y se cerraron de golpe. Los pasos corrieron alrededor de la casa, un crujido y un golpe. Ahora la habitación estaba en penumbra. Su madre entró con un plato y doña Simonita dejó de rezar para tomar el plato, en el que había una montaña de cenizas. Al pasar de unas manos a otras, sintió, en las mejillas, el calor que desprendían las cenizas. Entonces su madre retiró la colcha y tomó a Guálinto en brazos.

Doña Simonita palpó la cama para asegurarse de que la colcha no estaba en medio. Convencida, hizo la señal de la cruz una vez más, con la mano que le quedaba libre. Seguidamente, hundió los dedos en el plato y sembró una rudimentaria cruz de cenizas sobre la cama. Mientras lo hacía, habló:

—A algunos curanderos les gusta hacer esta parte del ritual en el patio, a mediodía. Usan una cruz de cal viva y luego añaden un poco de tierra en cada brazo de la cruz hasta llegar a la te. En mi opinión, es mejor hacerlo así.

María bajó a Guálinto de la cama. Las cenizas le quemaron la espalda y el calor le atravesó el pijama. El dormitorio estaba envuelto en un halo de misterio y peligro; era una mezcla entre una iglesia y la consulta de un médico. De nuevo, su madre salió de la habitación y Guálinto se quedó a solas cara a cara con doña Simonita. Su rostro, acartonado y sin ojos, apenas era visible al contraste con la ropa negra. Hizo de nuevo la señal de la cruz y se dejó caer de rodillas, junto a la cama.

—Reza conmigo —le ordenó—. Primero, el Padrenuestro; no tengas miedo.

Su madre reapareció con una taza humeante en la mano.

—Reza, hijito —le instó—. Reza con ella.

Guálinto se puso a rezar con la anciana, con voz entrecortada al principio y, luego, con más fluidez. Repitieron el rezo y esta vez, en lugar de ir un paso por detrás de ella, murmuró al unísono. Otra vez. A continuación, después de eso, el Avemaría, tres veces. Sintió que los rezos despertaban en él un vínculo especial con doña Simonita, ella arrodillada junto a la cama mientras él yacía tumbado sobre ella. Era como si estuvieran cantando juntos y en armonía. Ya no le producía miedo.

—Ahora el té —anunció.

Guálinto se incorporó para tomarse el brebaje; y dejó de sentir la persistente ansiedad en el esternón. Doña Simonita agarró la taza y tomó, de entre el plato con las cenizas, un puñado que dejó caer en la taza. Dentro había también un lazo rojo atado a un anillo. Guálinto se tomó el té sin pensarlo dos veces. Por el olor a especies, supo que era té con anís, y todo el mundo conoce el dicho: Para el susto yerbanís. Pero llevaba otras cosas. Lo probó con cautela.

—Tómatelo —le ordenó su madre—. Está bueno.

Tomó un sorbo. No estaba mal. Se bebió la taza de un trago, salvo los posos de ceniza y el lazo y el anillo, que quedaron en el fondo. Se dejó caer sobre la cama y se relamió el paladar con el gusto del té. Sintió que el estómago se le calmaba y la sensación le embargó el pecho y las extremidades. Doña Simonita estaba, de nuevo, arrodillada junto a la cama, rezando. Ahora dejó de rezar y levantó el rostro.

—Guálinto, Guálinto, Guálinto —llamó. A continuación, dijo— ¿Dónde estás? No te vayas. Acércate. ¿Dónde estás? No te vayas. Acércate.

Rezó entre dientes, sin que se entendiera lo que decía. Luego lo llamó de nuevo por su nombre y repitió las mismas palabras, instándole a que se acercara a ella, siempre en grupos de tres.

Guálinto sintió que se acercaba flotando hacia doña Simonita a través del espacio infinito. Se sentía adormilado y muy cansado. Su cuerpo se hizo más y más ligero, a excepción de los ojos. Los sentía pesados, pesados, pesados. Con un poco de esfuerzo, los abrió mínimamente. En la cada vez más intensa penumbra, la cara de doña Simonita apenas era visible, rodeada de su ropa negra. Flotaba más y más cerca. Estaba cambiando. Cerró los ojos de nuevo, pero seguía viéndola. Muy lejos, excesivamente lejos, alcanzaba a escuchar su voz, rezando, llamándolo y repitiendo su nombre. En la oscuridad que inundaba sus párpados, veía pasar formas extrañas, como enormes nubes indistintas unas de las otras. Mujeres, cubiertas hasta la cabeza, caballos que cabalgaban con precipitación, un hombre corriendo sin rumbo y preso en el mismo lugar. Una figura greñuda y barbuda tomó forma. Una cara que gruñía con los ojos inyectados en sangre.

Abrió los ojos sobresaltado. Doña Simonita seguía murmurando en la penumbra. Cerró los ojos de nuevo y vio la cara de la anciana detrás de los párpados, en lugar de las temibles imágenes.

La almohada era extraordinariamente suave y esponjosa. La cama empezó a empujarlo de abajo arriba y de arriba abajo con suavidad, elevándolo un poco del suelo con cada movimiento. Lejos, muy lejos doña Simonita estaba rezando. Su voz se convirtió en un zumbido similar al de las abejas. Ahora la cama se había transformado en una nube que se desplazaba con lentitud como un enorme velero abriéndose camino. Poco a poco ganó velocidad. Dibujó un círculo a la habitación . . . uno, dos. Al tercero, salió flotando por la ventana del dormitorio.

12

Durmió la mayor parte del día siguiente. Por la noche lo despertaron las voces de unas niñas. Se reían. Maruca y Carmen estaban con las hijas de los Gracia. Sin embargo, no quería salir a jugar con ellas. Le daba flojera y se encontraba a gusto donde estaba. El olor a carne guisada le hizo sentir hambre en el preciso instante en que su madre apareció por la puerta.

—Estás despierto —dijo en voz alta—. Te preparé un caldito con tortilla desmenuzada. ¿Tienes hambre?

Guálinto asintió con fuerza y su madre regresó a la cocina. Las niñas ya no se reían.

—Buenas tardes —dijo una voz de niña en la cocina.

—Buenas tardes.

—Buenas —las voces de su madre y de su tío se fundieron en una sola.

—Mi madre dice que si tiene un poco de esa sal con el martillo. Le duele el estómago.

—Yo misma se la llevaré —respondió su madre—. Un momento, deja que me cubra la cabeza. Feliciano, ¿le puedes dar tú el caldo?

Guálinto ansiaba el doble placer que suponía comer y conversar con su tío. Una de las sillas de la cocina crujió y el tío Feliciano entró, con paso indeciso, sosteniendo una bandeja, de forma peculiar; sobre ella había un tazón y una cuchara. Guálinto se incorporó.

—Eso huele delicioso, tío.

Feliciano arrugó el bigote, formando una media sonrisa.

—Lo está —dijo.

Le dio la bandeja a Guálinto, que metió la cuchara de inmediato, mientras su tío se acomodaba en una silla que había junto a la cama.

—Ya te volvió el hambre.

—Sí.

Guálinto masticaba un trozo de tortilla empapado en el caldo de carne.

—Me alegro.

Guálinto se terminó los trozos de tortilla que le quedaban y se tomó el resto del caldo del mismo tazón. Se reclinó hacia atrás mientras su tío apoyaba la bandeja en el suelo junto a su silla.

—¡Qué extraño! —exclamó Guálinto después de un rato—. Ya casi estamos en Navidad y todavía no ha helado.

Feliciano se rio.

—Estamos a finales de agosto. Faltan cuatro meses para Navidad. Es imposible que caiga una helada en estas fechas, y así está bien. Están a punto de brotar unas hortalizas en el terreno que me cultiva don José.

—¿Qué verduras, tío?

—Tomates, repollos, ejotes, pimientos.

—Pero, ¡qué bien! Fue una buena idea decidir vender las verduras que cultiva, ¿no?

—Don José se encarga de labrar la tierra, yo me limito a pagar la renta por el terreno. Estoy muy ocupado con la tienda y con otros asuntos. Con el que contraté ayer mismo, ahora tengo a *dos* chicos a mi cargo, sin contar a Juan.

—Tío, ¿cuándo me volverá a llevar a la tienda? Y me gustaría incluso más acompañarlo al campo a ver las verduras.

Feliciano se rio.

—En cuanto te pongas bien, te llevaré a la tienda y al campo. ¿Cómo te sientes ahora?

—¡Oh! Me siento bien. Esa vieja curandera sabe lo que hace.

—Ajá.

—¿Crees que fueron sus rezos?

—Bue-e-e-no, puede que fuera el té.

—Tío, ¿por qué no le gustan ni los rezos ni los curas? ¿Por qué?

Feliciano se rio a carcajadas.

—¿Has observado al cura cuando dice misa?

—Sí.

—¿Te has fijado en el trago que le pega al vino? Mientras que un hombre de provecho no puede tener en casa una botella de alcohol como remedio casero, ellos sí que pueden beber vino. ¿Te has fijado en cómo hacen reverencias y se reclinan? Luego, giran y saludan con el cáliz al puñado de feligreses que van a misa. ¿Sabes lo que dicen realmente?

Guálinto negó con la cabeza.

—Ni rezan ni farfullan dominus obispo. Se dan la vuelta, alzan la copa y dicen: "A la salud de todos ustedes, burros". Eso es lo que dice.

Feliciano se rio; luego se detuvo.

—Ni se te ocurra contarle a tu madre o a tus hermanas lo que te he estado diciendo.

Guálinto estaba encantado.

—Siga, tío Feliciano. No les diré ni una sola palabra.

Pero su tío estaba distraído. Al final, Guálinto preguntó:

—Tío, ¿cree en Santa Clos?

Feliciano despertó sobresaltado de su ensoñación.

—Claro que creo en Santa Clos. ¿Quién te ha convencido de lo contrario?

—¡Ah! Nadie. Entonces, ¿también hay un Dios?

Feliciano miró a su sobrino con curiosidad. Cuando finalmente le contestó, su voz dejaba entrever una mezcla de orgullo y sorpresa.

—Sí —dijo— existe un Dios. Eso sí, Dios no está en este mundo. Los sacerdotes son tan sólo hombres.

Guálinto se quedó pensando un momento.

—Tío Feliciano, ¿qué me dice . . . qué me dice de mi padre?

—¿Qué pasa con tu padre?

—¿Cómo era? ¿De qué murió? El otro día Maruca nos contó a Carmen y a mí que murió en un tiroteo con los rinches.

—¡Esa Maruca! Ya está inventándose cosas. Tu padre era un hombre pacífico.

—Pero, ¿cómo era?

—Tu padre era un buen hombre. Se parecía mucho a ti, excepto que tenía el pelo rojizo. Era honesto y bueno.

Eso agradó a Guálinto, pero insistió.

—Sí, pero, ¿de qué murió?

Se produjo un momento de silencio durante el cual su tío se golpeó las yemas de los dedos con los pulgares y se quedó mirando al suelo fijamente.

—Guálinto, tu padre murió del corazón. Tenía un corazón muy grande y acabó matándolo.

Guálinto se quedó en silencio. Había oído historias de gente cuyos corazones explotaban. A los caballos también les pasaba, si los hacían correr mucho rato.

—Tu padre era un caballero.

—¿Un caballero? —repitió Guálinto—. ¿Siempre iba a caballo?

Feliciano medio sonrió.

—No, hijo. Eso quiere decir que era educado y que tenía buenos modales. Era de la alta burguesía, por lo menos su familia lo era.

—¿Eran ricos?

—Sí.

—Entonces, ¿por qué no lo somos nosotros también, tío Feliciano?

—¡Ah! Por la Revolución.

—¡Ah! —repitió Guálinto.

No hizo más preguntas. La Revolución era una palabra conocida en casa, pero que Guálinto comprendía sólo a medias. Tenía una imagen difusa de ella: un tumulto tremendo que daba vueltas sin parar como un huracán. Una espiral de fuego y humo y gritos aderezada con tiros y galope de caballos y salpimentada con escenas de pelotones de fusilamiento. Una tormenta sin objetivo ni dirección. Nadie podía interferir en la Revolución. Un chico extraño se mudó al Dos Veintidós. Aparentaba ser adinerado, pese a que su familia era pobre. Tenía una voz cantarina y venía de Guadalajara o de Querétaro o de algún lugar lejano con un nombre extraño. Un mexicano del interior, un "pues", como se les llamaba a quienes recurrían constantemente a dicha coletilla en sus conversaciones. ¿Por qué había venido a vivir aquí? Se encogía de hombros: "La Revolución, *pues*". Otro chico vive con unos parientes porque es huérfano. La Revolución. Tuvimos. Hubo. Eran. Entonces llegó la Revolución, la gran cambiadora de las cosas.

—Tío Feliciano, ¿nunca fue rico?

—No —respondió Feliciano con amargura—, pero debería haberlo sido. ¡Malditos sean los gringos!

—¿Los gringos? —Guálinto se incorporó—. ¿Le quitaron su dinero?

En la penumbra, el bigote de Feliciano se confundía con su cara. Se acariciaba los extremos al hablar.

—No exactamente y no era dinero contante y sonante. Era una gran hacienda que perteneció a mi abuelo, miles de acres. Hoy en día sería de María y mía. Y tuya y de tus hermanas.

—¿Qué pasó con ella?

—Se la quedaron los gringos. En la actualidad es parte del rancho de los Keene.

—¿El rancho de los Keene? ¿De dónde son los rinches?

—Ese mismo.

—Entonces, se la quedaron los rinches. ¡Ah, tío! ¿Por qué su padre y el padre de éste no los mataron?

—Eran demasiados. Y tenían a la ley de su parte. La ley gringa.

—Pero podríamos haber entrado en la casa —insistió Guálinto—. Y podríamos haberlos matado a tiros cuando aparecieran montados sobre sus caballos; así de fácil: ¡Bang! ¡Bang! ¡Bang, bang, bang!

Feliciano esperó pacientemente hasta que Guálinto hubo disparado todos los bangs que creyó necesarios. A continuación dijo:

—Así es como ocurre en las películas. Pero no fue exactamente así. Dejemos el tema ya.

Se levantó y se dirigió a la mesa. Un tintinear de cristal, el arañazo de una cerilla y la habitación se iluminó con un resplandor amarillo pálido. Se volvió a sentar.

—Estos gringos te dicen: "Si no te gusta cómo son las cosas aquí, no te agrada ser americano, lárgate. Regresa a tu país". ¿Largarse? ¿Por qué? ¿Por qué no se van *ellos*? Ellos llegaron al último. ¿Y regresar a dónde? *Éste* es nuestro país. Lo convirtieron en tierra gringa a la fuerza. Pero ni siquiera toda su fuerza puede convertirnos a nosotros, los pobladores legítimos de esta tierra, en gringos.

—¡Espere a que crezca! —Soltó Guálinto. Se agarró con fuerza de uno de los lados de la cama—. ¡Espere a que me haga un hombre! Recuperaré nuestras tierras. Seré como Gregorio Cortez y Cheno Cortinas y todos ellos. —Simuló que sacaba una pistola imaginaria—. Dispárenles como a los perros. Bang, bang . . . —Feliciano se quedó mirando al muchacho, pensativo—. Mataré a todos los gringos y también a los rinches, y los echaré de aquí.

Feliciano trató de hacer una broma.

—Es imposible matarlos a todos y, además, echarlos a todos.

—Bueno, echaré a las gringas y a sus hijos y también a las familias rinches—. —Se detuvo, perplejo—. ¿Existen mujeres y niños rinches?

—No, sólo hombres.

—¿Entonces de dónde proceden? ¿Si ni hay niños ni hay mujeres?

La sonrisa de Feliciano se convirtió en una risita imperceptible.

—Son gringos, Guálinto. —La risa se apagó—. Simples gringos cuyo objetivo es matar y asustar a los mexicanos. Luego, el resto puede robar todo.

—¡Ah!

Guálinto yacía quieto, digiriendo las palabras de Feliciano, masticándolas, rumiéndolas. Era incapaz, en cuestión de segundos, de cambiar su anterior imagen de los Texas Rangers, un particular tipo de monstruo sin vinculación a una raza humana.

—Pero no deberías pensar en ese tipo de cosas, y mucho menos hablar de ello —dijo su tío con suavidad—. Te meterás en problemas. Son demasiados y demasiado fuertes. Es como ponerle puertas al mar —se detuvo y tragó con dificultad—. Ya lo han intentado otros hombres —prosiguió en el tono monótono de quien recita un discurso escrito—. Lo han intentado otros muchos y han fracasado. Lo único que lograron es que los gringos nos odiaran más y que nos trataran peor, y es mejor vivir en paz y olvidar el pasado.

Pronunció sus últimas palabras de forma apresurada y se limpió la frente en señal del esfuerzo que le había supuesto su declaración.

Había sido como predicar en el desierto. Guálinto ya tenía puesta la mente en otra cosa.

—Tío —preguntó—, ¿por qué son malas las mujeres americanas?

—¿Malas? —repitió Feliciano—. ¿A qué te refieres?

—Bueno, el otro día escuché que doña Domitila le decía a mamá que las americanas eran malvadas y descaradas. Pero cuando le pregunté a mamá por qué, no me quiso contestar. Usted sí que me lo explicará, ¿verdad?

Su tío se rascó la cabeza.

—¡Ah! Se refería a que son malvadas de la manera en que las mujeres son malvadas. Descaradas, eso es, descaradas.

—Pero, ¿en qué sentido?

—Bueno, son completamente malvadas. Tendrás que esperar a hacerte mayor para comprenderlo.

—Pero si ya soy lo suficientemente mayor. Cumplo siete en junio.

—Todavía queda mucho para entonces. Diez meses.

—Sí —convino Guálinto—, tiene que llegar Navidad y luego Año Nuevo. Oiga, tío Feliciano, ¿sabe qué?

—¿Qué? —dijo Feliciano con recelo.

—Hablemos sobre Santa Clos.

—Sí, sí, claro —Feliciano se sintió mucho más aliviado—. Hablemos sobre Santa Clos.

—Ándele, tío, hable sobre Santa Clos.

Feliciano se hizo el ignorante.

—¿Pero qué puedo contarte?

—¿Cómo es? ¿Dónde vive?.

—Pero si eso ya te lo he contado miles de veces.

—Lo sé, pero quiero escuchárselo de nuevo.

—Está bien. Santa Clos es un viejo gordo con bigote blanco . . .

—Tío.

—¿Sí?

—Ha de ser un hombre muy viejo, ¿no?

—Muy, muy viejo.

—Y, ¿hace muchos años que les trae regalos a los niños?

—Cientos y cientos de años.

—¿Cuándo usted era pequeño también?

—Sí.

—¿Le traía muchos juguetes y dulces?

Feliciano se miró las yemas de los dedos.

—Vivíamos en un pequeño rancho dejado de la mano de Dios en el chaparral. Supongo que nunca lo encontró.

—Eso es horrible. ¿Por qué no le escribió?

—Me imagino que nunca se me ocurrió esa posibilidad.

—¿Y a mamá tampoco le traía juguetes?

—No.

—¿Y a mi padre?

Feliciano recuperó la sonrisa.

—A él sí. De pequeño le traían todo lo que quería: juguetes, dulces, cacahuetes y nueces, fruta de la que ni siquiera has oído hablar. Pero no se lo traía Santa Clos.

Guálinto se sorprendió.

—¿No? Entonces su . . . ¿Entonces quién se los traía?

—Los Reyes Magos, los que le trajeron presentes al niño Jesús.

—¿Por qué?

—Porque tu padre vivió en México de niño y Santa Clos no llega allí. Él sólo reparte regalos en Estados Unidos. En México los tres reyes llegan desde Oriente en camellos. Vienen el 6 de enero, no en Nochebuena. Y los niños dejan sus zapatos en lugar de calcetines.

—Deberían llegar hasta este lado. Entonces, recibiría regalos dos veces, en los calcetines y en los zapatos.

—Tienen que quedarse de su lado del río.

—¿Por qué?

—No lo sé. Tal vez no tengan pasaporte.

—¿Por qué la gente necesita un pasaporte para cruzar el río?

—No lo sé —respondió Feliciano—. Es la ley.

Y se sumió en sus pensamientos sobre el montón de humillaciones que los funcionarios de inmigración habían lanzado contra los mexicanos.

Pero Guálinto quería hablar de Santa Clos.

—Entonces, ¿Santa Clos es un santo americano?

Feliciano levantó la vista.

—Imagino. Bien pensado, es un santo gringo. Sólo habla inglés y sólo da regalos de este lado del río.

Guálinto se quedó en silencio. Se tumbó en la cama y pensó. Feliciano aprovechó el paréntesis para liar un cigarrillo. Estaba inclinado sobre él, dándole un lengüetazo a las hojas de maíz, cuando le sorprendió la exclamación de Guálinto.

—¡Pero tío!

Feliciano levantó la cabeza.

—¿Pero qué?

—Santa Clos es bueno, ¿no?

—Sí.

—Es muy amable con los niños y nunca le haría mal a nadie.

—No.

—No mataría a nadie.

—Desde luego que no. ¿Por qué lo preguntas?

—Porque, si Santa Clos es tan bueno, ¿cómo puede ser gringo a la vez?

Feliciano respiró profundamente y se acercó hasta la mesa. Encendió el cigarro en el farol. Después de un par de caladas, se quedó mirando a su sobrino.

—Tal vez sea un tipo de gringo distinto —Miró detenidamente por la ventana—. Parece que ya vuelve tu madre.

Parte III
Idílicos años en la escuela gringa

1

Cuando llegó el momento de que Maruca y, más tarde, Carmen empezaran la escuela primaria, Feliciano acompañó a María y a la hija en cuestión a matricularlas a finales de agosto. Tanto la primera como la segunda vez esperó afuera del edificio mientras María entraba en la oficina de inscripción y hablaba con la profesora. En ambos casos, el nombre de la maestra había sido señorita Josephine. Pero, Guálinto era un varón y Feliciano decidió que lo debía inscribir un hombre. Así que fue el propio Feliciano el que matriculó a Guálinto.

María estaba más nerviosa de lo habitual cuando llegó el día de preparar a su hijo para dar el ansiado primer paso en el camino hacia una educación que lo convertiría en un futuro en un gran hombre. Arrodillada frente a él, le limpió la cara una vez más, con agitación, y se colgó la toalla húmeda sobre el hombro para volver a acomodarle su camisa almidonada de rayas azules.

—Recuerda que debes ser amable —le apremió—. Sé un caballero. Mantente alejado de esos rufianes con los que te gusta jugar. Obedece. Asegúrate de que haces lo que te dicen. No quiero ni una sola queja de la profesora acerca de alguno de mis hijos. Y, lo más importante, no te pelees.

Guálinto estaba de pie, frente a ella, con los brazos caídos, dejándose manipular como un maniquí. Sólo su rostro destilaba vida, animado por el entusiasmo de las expectativas.

—Y ten cuidado cada vez que vayas a cruzar la Fourteenth Street —prosiguió su madre—. Ay, Feliciano, no te imaginas el miedo que se apoderará de mí cada vez que acabe la escuela.

Feliciano, que estaba a su lado, de pie y observando, se apartó el sombrero negro de los domingos de la frente.

—¡Cálmate! —le pidió—. No se lo llevan a la guerra ni nada parecido. Lo estás asustando y le estás transmitiendo tu nerviosismo.

—Es que todavía es tan pequeño.

—No le va a pasar nada. Las niñas lo cuidarán, si es que quieres que crezca de esa manera.

—¡Ay! —exclamó María indignada —¡no tienes corazón!

El enorme bigote de Feliciano se tensó, formando una sonrisa amplia.

—Vamos, Guálinto.

Guálinto le dio la mano a su tío y María, con un trapo, le dio un par de repasos más a las relucientes sandalias de cuero auténtico del muchacho.

—Recuerda —dijo, mientras los acompañaba hasta la puerta—. Recuerda lo que te dije.

Le plantó un beso en la frente.

—Hasta luego —se despidió Feliciano.

—'sta luego —murmulló Guálinto.

—Que Dios te bendiga.

Al subirse a la carreta, se limpió la frente. No veía la hora en que su madre dejara de darle besos como a un bebé. Se desplazaron con estilo: habían pintado la carreta hacía una semana justa y ahora tiraba de ella un nuevo caballo castrado, un bayo coyote. Circulaban con la capota desplegada porque el sol calentaba y Guálinto iba sin sombrero. A dos cuadras de la escuela, dejaron la carreta en un establo y prosiguieron a pie el resto del camino. Guálinto no le volvió a dar la mano a su tío, pero caminó a su lado, balanceando rítmicamente las manos, como hacía Feliciano. Se encontraron con mucha gente en la calle y varios eran mexicanos. Todos parecían conocer al tío de Guálinto. Casi siempre era:

—Buenos días, don Feliciano.

—Buenos días, Sóstenes.

—Don Feliciano, ¿qué tal está?

—Bien, Pedro, ¿y tú?

A Guálinto le llamó la atención el hecho de que todos los hombres con los que se cruzaban llamaban a su tío "don Feliciano" mientras que su tío otorgaba el título de "don" a unos pocos. Ser el sobrino de alguien importante lo hizo sentirse orgulloso. Un poco más adelante, doblaron la esquina y allí estaba la escuela primaria, con sus dos pisos. Y era larga, más larga que cualquiera de los edificios que hubiera visto Guálinto antes.

Sintió un pinchazo en el estómago y volvió a tomar a su tío de la mano para recorrer la acera de cemento, junto a la cerca de hierro, a lo largo de una interminable cuadra hasta llegar a la entrada que conducía a la puerta principal del edificio. Subieron las escaleras y cruzaron un pequeño vestíbulo conectado transversalmente con otro que atravesaba todo el edificio. Se dirigieron al vestíbulo alargado, casi tan largo como la iglesia. Lo que más impresionó a Guálinto fueron el silencio y los olores. El olor a madera encerada que desprendía el suelo, que en ese momento barría un hombre vestido con mezclilla al final del pasillo. Olor a lapiceros recién afilados y a libros.

Tío y sobrino miraron a su alrededor en silencio. De la pared, sobre sus cabezas, colgaba una gran bandera americana, con sus brillantes estrellas rojas y azules; contrastaba con el verde grisáceo de la escayola. Feliciano dio un par de pasos hacia un lado para no estar justo debajo de ella. En la pared de enfrente había un retrato de un hombre con unas palabras impresas debajo. Feliciano cruzó el vestíbulo con cautela, seguido de Guálinto. Leyó con detenimiento las palabras. Acto seguido, le dio la mano a Guálinto, que observaba al hombre que estaba barriendo al otro lado del pasillo.

—Oye —dijo, al mismo tiempo que tocaba el hombro de Guálinto—. Mira. Ese es Guáchinton.

Guálinto levantó la vista con ilusión para ver el retrato de su tocayo. ¡Qué gran decepción! Se esperaba un guerrero de mirada feroz vestido con un uniforme cubierto de medallas. Tal vez montado a caballo y con una espada en la mano. Miró el cuadro con una desilusión que era casi desprecio. Su rostro se parecía al de una anciana enfadada. Pelo blanco largo. ¡Y el abrigo! Vaya el hombre que le había dado su nombre.

—Tío . . . —empezó, y su voz retumbó de forma inesperada en el vestíbulo vacío.

—¡Chitón!—dijo Feliciano, mucho más alto de lo que había querido.

Permanecieron un momento en silencio y avergonzados. El hombre del otro lado del vestíbulo continuaba barriendo. Feliciano se cuadró de hombros y se acercó hasta él.

—Perdón —dijo—, ¿me podría decir dónde está la oficina?

Antes de levantar la vista, el hombre empujó la suciedad aceitosa que estaba barriendo hacia el rodapié. Al ver a un hombre vestido de traje, con botas relucientes y sombrero vaquero, se irguió un poco.

—Sí, señor —dijo, limpiándose su horrible cara de muñeca de cera con un gran paliacate rojo—. ¿Qué desea?

—Me gustaría saber dónde está la oficina de la escuela —respondió Feliciano, con algo más de seguridad.

—Sí, señor. Le indicaré. Sígame.

Recorrió el vestíbulo dando zancadas de pato y con el paliacate colgándole del bolsillo como una bandera de señales. Los condujo de nuevo hasta la esquina en la que se unían los dos vestíbulos. Luego, lo siguieron por una puerta que había junto al retrato de George Washington. La oficina estaba dividida en dos por un mostrador, como en una tienda de abarrotes. La parte exterior estaba equipada con unas mesas pequeñas y unas sillas. En el interior había unas cajas de metal verdes con cajoneras y más mesas, sobre las que se amontonaban libros y papeles. Más allá, había una puerta cerrada con la palabra "DIRECTOR" pintada encima. Detrás del mostrador había una joven atractiva.

—Un niño nuevo —anunció el conserje, y se fue.

—Buenos días —saludó la joven—. ¿Desea matricular a su pequeño?

—Sí, señorita —dijo Feliciano, quitándose el sombrero.

—¿Es éste su primer año?

—Así es.

La mujer miró unos papeles que había en una mesa detrás del mostrador.

—Primero de primaria está completo, pero tal vez la señorita Cornelia pueda hacerle un hueco en su clase.

Una mujer de mediana edad, que estaba sentada en una de las mesas que había del otro lado del mostrador, se acercó hasta ellos.

—Otro pequeño —dijo con dulzura—. Creo que puedo meter al joven en mi clase.

Sonrió a Feliciano y le dio una palmadita en la cabeza a Guálinto.

—Olivia, llenaré yo misma el formulario —le dijo a la chica que estaba detrás del mostrador—. Sé que estás bastante ocupada.

La señorita Cornelia tomó una gran cartulina blanca del mostrador y los llevó hasta la mesa en la que había estado sentada. Era una mujer alta y delgada e iba vestida con un traje de un material gris brillante. Puso la cartulina blanca, que estaba repleta de líneas y palabras impresas, en la mesa. Ella y Feliciano se sentaron; Guálinto se quedó de pie, apoyado contra una de las rodillas de su tío.

—¿Nombre? —preguntó la señorita Cornelia, irradiando ternura por cada uno de los poros de su cuerpo.

Feliciano luchó consigo mismo por un momento. Luego dijo con firmeza:

—Guálinto. Guálinto Gómez.

Ahora fue la señorita Cornelia la que dudó. Se detuvo y se acarició el mentón hundido un momento con un lápiz azul y rojo.

—¿Con "g" o con "h"?

—Con "g".

Lo anotó.

—Qué nombre más extraño, ¿no? ¿Es un nombre indio?

—Sí —afirmó Feliciano. Es un nombre indio —Miró hacia Guálinto y luego apartó la mirada.

La señorita Cornelia anotaba, preguntaba, anotaba.

—¿Dirección? ¿Lugar de nacimiento? ¿Fecha de nacimiento? ¿Vacunado? ¿Padres?

—Señora, su padre no vive. Su madre es mi hermana.

—¿Es usted, entonces, su tutor?

—No, su tío.

—Pero es su tutor también —la dulzura de la voz de la señorita Cornelia se agrió un poco.

—¿Qué quiere decir eso? —preguntó Feliciano con recelo—. ¿Existe otra palabra?

—La persona que es responsable de él —dijo la señorita Cornelia remilgadamente—. ¿Indíqueme su nombre, por favor?

Feliciano se imaginó por un momento su nombre archivado en algún fichero gubernamental.

—Mejor anote ahí el nombre de su madre —dijo—. María García de Gómez.

Por fin había terminado el proceso de matrícula, y la señorita Cornelia sonrió a Feliciano con coqueta timidez.

—Espero que nos vuelva a visitar —le dijo. Luego, se dirigió a Guálinto— Cielo, a ti te veré mañana a primera hora. Trae un lápiz y un cuaderno.

Guálinto sonrió avergonzado. Seguía sin sentirse cómodo, pero las palabras amables de la señorita Cornelia lo reconfortaron. No resultaría tan duro mañana, cuando empezaran las clases.

De camino a la calle, su tío le dijo a Guálinto:

—Limítate a hacer lo que te diga y todo saldrá bien. Parece una buena señora.

Guálinto asintió distraídamente. Su cabeza ya estaba imaginándose situaciones en el desconocido escenario de la clase de la señorita Cornelia; escenas en las que Guálinto era la figura central mientras la señorita Cornelia lo miraba con aprobación. Estaba tan contento consigo mismo que olvidó preguntarle a su tío por qué había dicho que Guálinto era un nombre indio.

2

En septiembre los días todavía eran cálidos, pero las mañanas eran lo suficientemente frías como para hacerle a uno tiritar. Esta mañana en particular hizo que Guálinto, con su camisa nueva y su overol, tuviera frío. Por primera vez en su vida iba de camino al colegio con Maruca y Carmen. En realidad, sólo con Carmen, ya que Maruca saltaba en un pie por delante de ellos. De vez en cuando, se detenía para cortar flores silvestres inexistentes, para molestar a un sapo con un palo o para dar vueltas y vueltas de puntillas sobre un pie y con los brazos estirados como una bailarina. Se caía una y otra, quedándose rezagada detrás de Carmen y Guálinto, pero los volvía a alcanzar y los adelantaba de nuevo.

Carmen caminaba solemnemente al lado de Guálinto, que, bajo el brazo, sujetaba con firmeza un cuaderno de piel roja sin estrenar. Con la otra mano agarraba un lápiz, todavía sin afilar. Al llegar a Fourteenth Street, se acercó a Carmen y cruzaron la calle con extremo cuidado, mirando a un lado y a otro varias veces hasta estar seguros que no circulaba a toda velocidad ningún vehículo en los alrededores. Ya en la escuela, Maruca vio a algunas de sus amigas y salió corriendo sin decir una palabra. Carmen se quedó con Guálinto hasta que atravesaron la verja.

—Maruca y yo nos quedamos en esta zona del patio —le dijo—. Éste es el lado de las niñas. Tú vete allí, al de los niños.

Guálinto miró distraídamente hacia el lado de las chicas, donde había columpios y subibajas ocupados por niñas vestidas de un montón de colores. Se desvió del sendero y, salvando unas plantas, se dirigió al duro patio empedrado de los chicos. Había niños por todos los sitios. Algunos jugaban al trompo y a las canicas. Otros corrían a galope en el extremo más alejado del patio, jugando a indios y vaqueros. Otro grupo, que estaba junto a él, jugaba a piedra, papel y tijera. Todos los chicos tenían el mismo aspecto. Más tarde, entre la uniformidad de la extraña multitud vio un destello de luz, una cabeza roja. Volvió a mirar una vez más y el corazón le dio un vuelco. ¡El Colorado! Guálinto sólo había visto una vez de cerca al Colorado, antes de que los Vera se mudaran, pero nunca olvidó la cara de aquel grandulón. Tenía el ceño fruncido, amenazante, y fieros ojos café claro. Había aparecido un día en que Guálinto estaba jugando con los Vera enfrente de la casa de Meno Menchaca. Vino con un grupo de chiquillos más pequeños que vivían cerca del molino para masa buscando bronca con Poncho Vera. Poncho no tenía ganas de pelea, pero, entonces, el Colorado empujó a Chicho y a Guálinto y los tiró al suelo. Después de eso Poncho fue por él. ¡Qué pelea! No dejaban de darse golpes. . . .

El Colorado estaba frente a él y Guálinto no sabía hacia dónde salir corriendo. Sin embargo, el pelirrojo grandulón pasó de largo. No ocurrió nada. Se limitó a mirar a Guálinto distraídamente y siguió su camino. No había la más mínima señal de amenaza en sus ojos leonados. Parecían aguados e indulgentes. Guálinto se quedó maravillado de cómo se había librado de él, pero, en caso de que el Colorado cambiara de opinión y volviera hacia él, buscó un refugio más seguro en las escaleras que conducían una de las puertas de acceso al edificio de la escuela. La escalinata de cemento estaba flanqueada por dos muros de ladrillo de color rojo pálido, como el resto de la estructura. La altura máxima de los muros era igual a la del peldaño superior y descendían hasta el último escalón. Esto les confería a los peldaños inferiores el aire de una fortaleza, al estar flanqueados por los muros; el escalón superior, por su parte, era una torrecilla cuyos muros laterales se convertían en dos brazos paralelos estirados hacia afuera. Sentado en el tercer escalón, Guálinto tenía los costados protegidos y podía refugiarse dentro del edificio de la escuela con facilidad si fuera necesario.

Tan pronto como se sentó, escuchó que alguien lo llamaba desde arriba: "¡Pst! ¡Pst!" Levantó la vista. Por encima de la cabeza de Guálinto asomaba la cara redonda de un muchacho cuyas piernas colgaban de la pared.

—¿Cómo te subiste ahí arriba? —le preguntó Guálinto, estirando el cuello para verlo mejor.

El otro muchacho sonrió de oreja a oreja.

—Por ahí —dijo, señalando a lo alto de las escaleras—. Sube.

Guálinto remontó las escaleras corriendo y se subió a lo alto del muro de cemento, acomodándose junto al chico de la cara redonda.

—¿Cómo te llamas? —le preguntó el muchacho, haciéndole espacio, en un gesto de bienvenida.

—Guálinto. Guálinto Gómez. ¿Y tú?

—Orestes Sierra.

—¿Orestes? —Guálinto se rio—. ¡Qué nombre más extraño!

—El tuyo también es raro —dijo Orestes.

—¡Ajá! Supongo que tienes razón.

Se quedaron sentados en silencio un rato y luego Orestes preguntó:

—¿Dónde vives?

—En el Dos Veintidós —contestó Guálinto con orgullo.

—¿El Dos Veintidós? ¡Yo también vivo ahí!

—¿Y cómo puede ser que nunca nos hayamos visto? No debes vivir cerca de mí. Vivo en los Almeces.

—Nos vimos una vez, ahora lo recuerdo. Yo vivo al lado de Fourteenth Street, cerca del molino.

—¿En serio? —Guálinto miró a Orestes con interés renovado—. Entonces vives cerca del Colorado.

—Sí.

—Ese sí que es un tipo fuerte.

—Sí, lo es —convino Orestes.

—Dicen que le gusta golpear a los niños pequeños.

—¡Ba! Si no te metes con él, él no se mete contigo. Sólo se pelea con los de su tamaño o, en todo caso, con los que son más grandes que él. Pero, si le buscas, puede llegar a ser malo.

—¡Sí! Lo sé bien. Una vez me empujó con tanta fuerza que me tiró al suelo; y a Chicho Vera también.

—Lo sé. Yo estaba delante con otros chicos de la zona del molino. Lo cierto es que lo único que quería era que el mayor, Poncho, se peleara con él, pero Poncho no quería.

—Pero Poncho sí peleó cuando el Colorado nos empujó a Chicho y a mí. ¡Qué pelea! ¿Quién crees que ganó?

—Ninguno de los dos. Filomeno Menchaca llegó a casa y paró la pelea. ¿No te acuerdas?

—Los dos estaban muy cansados y ninguno quería rendirse. Creo que les alegró que Meno detuviera la pelea.

—No lo sé —dijo Orestes—. En mi opinión, si hubieran seguido peleando, habría ganado el Colorado. Es realmente fuerte.

—Eso es lo que todo el mundo dice. Pero me lo encontré antes en el patio y no parecía tan fuerte. Parecía triste. ¿Murió alguien?

—No —dijo Orestes bajito mientras su rostro adquiría una mirada cómplice—. Es por los escándalos que hacen sus padres, su padre y su madre. Anoche se agarraron a golpes con más fuerza que nunca. ¡Bestial! ¡Lo tendrías que haber visto!

—¿Se pelearon?

Orestes asintió con la cabeza.

—Es el pan nuestro de cada día, pero nunca como anoche. El viejo llegó a casa borracho justo antes de que oscureciera y se encontró con que todas las ventanas y las puertas de la casa estaban cerradas. La vieja se había encerrado con sus hijos. El viejo se puso a dar vueltas alrededor de la casa gritando a la vez que miraba a través de las ventanas. Una de las hermanas del Colorado asomó la cabeza por una de ellas y el viejo le gritó: "Dile a tu madre que se vaya a lavar la cabeza para ver si le han crecido cuernos". Después de esto empujó con fuerza una puerta hasta que consiguió abrirla y entrar.

Orestes se quedó en silencio como si ese fuera un final apropiado para su relato.

—Mira a ese pájaro —dijo, señalando hacia un gorrión que asomaba la cabeza fuera de los aleros.

—Deja al pájaro —le pidió Guálinto con impaciencia—. ¿Qué sucedió después?

Orestes sonrió de oreja a oreja.

—¡Ah! Te refieres al papá del Colorado. Bueno, pues entró y la vieja y él se agarraron en una pelea. ¡Y qué pelea! Se oían golpes de sillas e insultos como nunca antes. La vieja no tardó en salir al patio corriendo con un cuchillo en la mano y con el viejo pisándole los talones. "Dame ese cuchillo", le dijo él. "No", contestó ella y lo intentó besar. El viejo le hizo zas en la cabeza y al suelo que cayó la señora. Se levantó y él la volvió a tirar. Una de las hijas agarró un palo y le dio con él a su padre, pero éste ni se inmutó. Luego el Colorado salió llorando de la casa y con un trozo de madera tan grande como un bate. Le dio un golpe a su padre en las espinillas y el viejo pegó un grito: "¡Huerco cabrón!" y corrió detrás de él. El Colorado dejó caer el palo y echó a correr y el viejo tropezó y se quedó dormido ahí mismo, en el patio.

A Orestes le daban vueltas los ojos.

—¡Híjole! Lo tendrías que haber visto. Pero no le digas a nadie que yo te lo conté.

—No lo haré. ¿Y eso fue todo?

—Todo lo interesante. Para cuando llegó la ley, al viejo lo habían arrastrado a la casa y todo estaba en calma.

—¿Lloró? ¿Dices que estuvo llorando?

—¿Quién? ¡Ah! ¿Te refieres al Colorado? ¡Que sí, lloró! ¿Qué llevas ahí?

—Un lápiz y un cuaderno.

Guálinto se los mostró.

Orestes tomó el cuaderno y se quedó mirando al indio con plumas en la cabeza que aparecía sobre la cubierta roja.

—El mío tiene un dibujo de un indio montado a caballo —dijo. Le enseñó el suyo a Guálinto—. ¿Qué libro vas a usar?

—Todavía no tengo libro. Empiezo hoy.

—Quería decir que en qué curso estás. Te apuesto lo que quieras a que estás en primero bajo. ¿Quién es tu maestra?

—Una señora mayor y alta, Señorita No Sé Cuántos. De apariencia agradable.

—¿La señorita Cornelia? —Orestes estaba encantado—. Vas a estar en mi clase.

Dobló una de las esquinas de su cuaderno con el índice y el pulgar. Las hojas se deslizaron entre sus dedos como la baraja de cartas de un mago.

—Se estaría de maravilla en esa clase si no fuera por la señorita Cornelia. Es una verdadera hija-de-puta.

—¿Qué . . . qué? —tartamudeó Guálinto—. ¿No es buena?

—Ja . . . ja. Espera a que entremos. Se pasa el rato dándote en la cabeza con la regla. A veces en los nudillos, y sólo a los chicos. Casi nunca le pega a las chicas.

Guálinto no entendía.

—Y si no le gusta tu nombre, te pone un apodo ridículo —prosiguió Orestes—. Dijo que Orestes no era un nombre, así que empezó a llamarme "Arrestas". Así es como me llaman ahora los palomilla, Arrestas. Y me toman el pelo diciéndome que cuando sea grande seré policía.

Guálinto prefirió no pensar en lo que podía hacer con su nombre, así que cambió de tema.

—Me pregunto qué libro usaremos —dijo.

—Eso te lo puedo decir yo —aseguró Orestes—. Es *Thisis-will.*

—¿Se titula así?

—Sí —afirmó Orestes—. Te puedo incluso decir cómo empieza.

Lo recitó de un tirón en inglés: "*Éste - es - Will - ¿Cómo - estás? - Will - ésta - es - May - ¿Cómo - estás? - May - éste - es - Tom - ¿Cómo - estás? - Tom - ésta - es - Jane - ¿Cómo - estás - Jane? - Will- es - hermano - de - May - May - es - hermana - de - Will - Tom - es - hermano - de - Jane - Jane - es - hermana - de - Tom*". Terminó, sin aliento y orgulloso de sí mismo.

—¡Chin-nn-gao! —exclamó Guálinto—. ¿Cómo sabes todo eso si ni siquiera hemos empezado las clases?

—Yo empecé la escuela el año pasado —dijo Orestes—. Debería ir a segundo bajo con el Colorado. Pero me enfermé.

—¿De qué estuviste enfermo?

—Septiembre y octubre, sólo dos meses. Y, luego, ¡pum! Pasó. Me enfermé y ahora tengo que repetir todo primero bajo.

—Pero, ¿qué te pasó?

—Dolor de costado. Me dio muy fuerte. Como dice mi padre: "Cuando Dios aprieta, ahoga, pero bien".

Guálinto había oído hablar del dolor de costado. Mucha gente moría de eso. La boca y la garganta se llenan de una pasta sangrienta y pegajosa y te ahogas hasta morir.

—¡Caramba! —exclamó—. Debiste haber estado muy enfermo. ¿Te llevaron al médico?

—El médico vino a verme a casa, muchas veces. No sé cuántas porque la mayor parte del tiempo estaba fuera de mí.

—Debió de costarles mucho dinero.

—Sin duda. Pero mi padre lo puede pagar. Eso sí, sigue saldando la deuda con el médico.

—Tu padre debe ganar mucho dinero. ¿En qué trabaja?

—Es mecánico. Tiene su propio taller y trabaja arreglando coches. Y también vende coches usados que arregla él mismo.

—Parece un buen trabajo. Creo que seré mecánico de mayor.

—Yo no —dijo Orestes—. Requiere mucho esfuerzo y estás siempre sucio y con las uñas llenas de grasa. A mí me gustaría ser músico, pero mi padre dice que todos los músicos son pobres, así que creo que en su lugar seré farmacéutico.

La campana de detrás del edificio empezó a repicar.

—Ahora debemos entrar —dijo Orestes, levantándose de la cornisa de cemento—. Te indicaré el camino.

Guálinto lo siguió lentamente, mientras el otro chico desparecía en el interior del edificio.

3

En los años veinte del siglo XX, la segregación racial era la norma en el sistema educativo de Texas. Existían, no obstante, importantes diferencias en lo que respecta al tipo de educación que se les ofrecía a los niños mexicanos, en especial, en la zona sur del estado, donde este grupo era mayoría. En algunas ciudades pequeñas y en los pueblos, sólo había una escuela, exclusiva para blancos. Aquellos padres mexicanos, de carácter ambicioso, que querían que sus hijos aprendieran a leer y a escribir y que les enseñaran aritmética mandaban a sus retoños un par de años, poco más o menos, a escuelitas, literalmente "escuelas pequeñas", en las que aprendían los rudimentos de la regla de las tres "R" de manos de las mujeres mexicanas más cultas de la colonia. Cuanto aprendían, se les enseñaba en español, por supuesto. En las comunidades más grandes, a los niños se les ofrecía una educación en inglés, impartida en primarias especialmente construidas para ellos, separadas pero desiguales.

No ocurría así en Jonesville-on-the-Grande, donde las escuelas eran totalmente integradas desde primero de primaria hasta la preparatoria, un hecho en el que los políticos municipales hacían hincapié con orgullo siempre que concurrían a la reelección. Había tres escuelas públicas en la ciudad (una primaria, una secundaria y una preparatoria) y estaban abiertas tanto a niños mexicanos como a angloamericanos. La escuela primaria era un viejo edificio de ladrillo de dos pisos rodeado de una valla de hierro sujeta sobre una base de cemento. Estaba situada más o menos en medio de la ciudad. El centro donde se impartía la secundaria era un edificio mucho más pequeño. Estaban a poca distancia el uno del otro y se erigían en la zona noroeste, más allá de la primaria.

A la preparatoria de primaria de Jonesville la distinguía una característica particular: la división de los cursos de primero y segundo en secciones denominadas "alta" y "baja". Los cursos de primero y segundo bajo daban servicio a la inmensa mayoría de los niños que se matriculaban por primera vez, que eran de origen mexicano y sabían poco o nada de inglés cuando llegaban a la escuela. Recibían una educación bilingüe impartida por profesores que hablaban tanto inglés como español y cuya tarea era enseñar inglés a los niños a su cargo, junto con el resto de competencias educativas que se les presuponen a los alumnos de primero y segundo de primaria. Los cursos de primero y segundo alto estaban compuestos por aquellos alumnos que contaban con la suerte de saber bastante inglés antes de ir a la escuela, y que, por razones religiosas o económicas, no iban a colegios privados regentados por la iglesia Católica. Los cursos altos y bajos se fundían en uno en tercero de primaria, que se impartía en su totalidad en inglés. La idea parecía estupenda, puesto que les proporcionaba a los niños mexicanos la oportunidad de aprender inglés en los dos primeros años de escuela en preparación para el sistema anglosajón.

La profesora de primero alto era una joven que respondía al nombre de señorita Butler, nueva en la región del Delta y cuyas clases solían contar con menos de veinte alumnos. La de segundo alto también era una mujer joven, de nombre señorita Huff y tenía más o menos el mismo número de alumnos que la señorita Butler en primero bajo. Las profesoras de primero bajo y segundo bajo eran la señorita Josephine y la señorita Cornelia, dos solteras de mediana edad de ascendencia mexicana que habían nacido en Jonesville y que conocían bien el sistema educativo implantado en esta ciudad. Hacían simultáneamente la enseñanza de los dos cursos, como se hacía en las pequeñas escuelas rojas de antaño. Los habían asignado a cada una de ellas treinta y cinco alumnos de primero y quince de segundo en las dos clases más grandes de toda la escuela. Esta anticuada disposición tenía su razón de ser: si a los alumnos de primero bajo y de segundo bajo los hubieran dispuesto en aulas separadas, hubiera habido alrededor de setenta alumnos de primero bajo en un aula y treinta alumnos de segundo bajo en otra. Para empezar, no había aula lo suficientemente grande en la escuela que pudiera albergar setenta pupitres. Por otro lado, incluso si tal aula hubiera existido la disparidad en el número de alumnos hubiera suscitado un irritante problema. ¿A cuál de las dos profesoras bilingües le hubieran dado qué clase? ¿En cuál poner a la profesora más cualificada? ¿Cuál de las dos tenía una mejor formación? La señorita Josephine había terminado el bachillerato y había recibido algunos cursos de verano especializados en educación. Su inglés era fluido y siempre conseguía que cierto número de sus alumnos de segundo bajo pasara a tercero. La señorita Cornelia sólo había cursado hasta sexto año. Sus alumnos rara vez pasaban de segundo, hablaba inglés con acento y su familia estaba vinculada a la política.

Por lo que la solución de la clase doble parecía la única alternativa posible. En cualquier caso, más de la mitad de los alumnos de primero bajo dejaba la escuela después de su primer año de escuela y, de entre los alumnos de segundo, muchos menos de la mitad llegaban a tercero. Era un proceso que poco tenía que ver con la selección natural y que obraba maravillas para el presupuesto de la escuela, mientras que, los pocos mexicanos que conseguían llegar a la preparatoria, se abrían camino como podían hasta la cima. Carmen y Maruca tuvieron la gran suerte de que les tocara la señorita Josephine de maestra y ambas habían pasado a tercero y más allá gracias a su persistente, pero dulce, insistencia.

La señorita Cornelia estaba hecha de otra pasta, era una profesora severa y disciplinaria. Entre sus alumnos y entre muchas de las familias de estos se la conocía con otros nombres: Vieja Tarasca, Zopilota, Bruja y Guajolota eran tan sólo unos pocos de esos apodos. Sin embargo, contaba con todo el apoyo de sus superiores, que estaban convencidos de que sabía cómo manejar a los pequeños latinoamericanos que tenía a su cargo. Latinoamericanos (o simplemente latinos) era el término cortés que utilizaban los texanos de origen anglosajón cuando lo que querían decir era seboso. O, para el caso, mexicano. La palabra mexicano había existido durante tanto tiempo como símbolo de odio y de rechazo que para muchos de estos texanos había pasado a ser un término odioso y repugnante. Un anglo bondadoso dudaba a la hora de llamar a un mexicano agradable "mexicano" por miedo a ofenderlo. Incluso los texanos mexicanos se atragantaban con la palabra a la hora de decirla en inglés. En español, mexicano tiene un sentido completo y es motivo de orgullo; la boca se recrea en sus sílabas abiertas y la voz adquiere una cierta dignidad a la hora de reproducir la palabra. En inglés, sin embargo, es muy diferente. El labio inferior empuja hacia arriba y el labio superior dibuja una mueca desdeñosa. Los labios fruncidos pronuncian "m-m-m". Luego, se abren, produciendo un sonido cortante, como el de un ladrido: "¡M-m-mex-sican!" Quien no entiende pensará que lo están insultando. Es también una palabra que se puede articular sin necesidad de abrir la boca, con los dientes apretados. Así que el anglo bondadoso emplea latinoamericano para evitar resultar ofensivo.

La señorita Cornelia era experta en tratar con los hijos de estos latinoamericanos. Era alta, angulosa, seca. Su cuerpo larguirucho estaba coronado con una cabeza en forma de frijol, en cuyo lado convexo anidaba su cara. Su peinado sobresalía como un almiar, inclinándose ligeramente hacia atrás, lo que unido a su mentón retraído resaltaba el aspecto convexo de su rostro. Su piel era grisácea debido a las varias capas de polvos con los que trataba de disimular su tez morena. Cuando se dirigía a sus alumnos, en especial a los niños, abría los ojos de par en par y luego los entrecerraba, en un gesto estudiado de impaciente desaprobación e ira calculada. Para valorarla en toda su dimensión había que verla abalanzarse sobre uno de sus pupilos como un guajolote en su ataque a un patito feo. Era la Guajolota, el pavo, a quien se confió el cuidado de Guálinto Gómez cuando ingresó en la primaria de Jonesville.

5

Guálinto siguió a Orestes por la puerta lateral y caminaba junto a él por el largo vestíbulo cuando casi choca con una niña que había entrado por la puerta principal.

—Yo . . . Yo —tartamudeó.

Nadie confundiría la bonita cara de hoyuelos y los bucles oscuros. Era la niña que veía prácticamente todos los domingos en misa, La Nena Osuna, la hermana de ese afeminado que una vez le había dicho que llevaba manteca en el pelo.

Le sonrió y le dijo en tono agradable:

—No fue tu culpa. Iba con prisa.

—Lo . . . Lo siento —consiguió, al fin, disculparse Guálinto.

Le volvió a sonreír y se metió en una de las aulas. Se quedó allí petrificado un momento, sumido en un agradable desconcierto. ¡Le había sonreído! ¡Le había dirigido la palabra!

—¡Pst! ¡Vamos!

Orestes estaba de pie, frente a un aula, un par de puertas más allá. Tan pronto como Guálinto se puso en marcha, Orestes se metió en el aula a toda prisa. Para cuando Guálinto llegó a la puerta, ya estaba sentado en la parte del fondo, cerca de la ventana y con el resto de los niños. La maravillosa sensación de hace un instante se evaporó. Guálinto se quedó de pie en la entrada: sostenía con fuerza y nerviosismo su lápiz y su cuaderno y trataba de no estorbar a los niños y niñas que entraban corriendo. Todo el mundo hablaba y reía y se escuchaba un constante roce de zapatos contra el suelo de madera. La profesora no estaba en el aula.

Los ojos inquisitivos de Guálinto se detuvieron a observar la rosa metida en el jarrón azul oscuro que había encima de la mesa de la maestra. Junto a ella había una manzana verdosa y, a ambos lados, se amontonaban pilas de libros. Detrás de la mesa había unas cuantas palabras escritas en la pizarra, y, en la repisa . . . le dieron un fuerte empujón por detrás. Era el Colorado, que pasó a su lado y se sentó más o menos en la mitad de la tercera fila. Poco a poco la clase se tranquilizó y se instauró una aparente calma, aunque sus compañeros seguían hablando alto. El único que se había quedado en la puerta era Guálinto. Lejos, en el extremo opuesto del aula, estaba sentado su nuevo amigo, Orestes. Él y el Colorado eran las únicas personas que conocía. El resto no eran personas, sino pares de ojos que lo observaban. Volvió a mirar a la fila en la que estaba sentado Orestes, junto a la ventana; estaba completa, como todas las demás. Ésa y la siguiente estaban ocupadas por chicos de la edad de Guálinto. La parte delantera de la tercera fila la ocupaban niños mayores, incluido el Colorado. En el resto de la tercera fila y en las dos que estaban más cerca de la puerta, se sentaban las chicas. Excepto . . .

De repente escuchó una fuerte palmada detrás de él que lo hizo saltar a un lado. Había llegado la señorita Cornelia.

—¡Basta! ¡Basta! —gritó—. Se acabó todo este ruido. ¿Qué se creen que es esto? ¿Una cantina?

Sus alumnos se rieron a carcajadas al ver el salto de miedo que había dado Guálinto. La señorita Cornelia entró en el aula con furia. Tomó una regla de encima de su pupitre y dio un par de golpes al azar en los hombros de los alumnos que tenía más cerca, los alumnos de segundo bajo que se sentaban enfrente de su mesa. Cuando le tocó el turno al Colorado, le dio dos o tres veces más que al resto, en la cabeza y en los hombros. El pelirrojo no se rio al igual que el resto y tampoco trató de resguardarse debajo del pupitre como habían hecho sus compañeros. Paró los golpes con los brazos y fulminó con la mirada a la señorita Cornelia. Dejó de darle golpes y fue de nuevo a donde estaba Guálinto.

—¿Y tú? —chilló—. ¿Qué haces ahí parado como un pedazo de barro? Vete a tu asiento, burro.

La clase ahogó una risita colectiva y Guálinto deseó que se lo tragara la tierra. Se quedó petrificado, mirando a la señorita Cornelia, sin saber qué decir y sin voz para decir algo.

—¡Habla, animal! —chilló la señorita Cornelia. Guálinto bajó la cabeza—. ¡Qué hables! —volvió a ordenarle, levantando la mano para pegarle una bofetada.

—No hay sitio —dijo el Colorado.

Su tono de voz era lo suficientemente alto, pero anodino, monótono, como si hablara consigo mismo.

La señorita Cornelia se detuvo, con la mano en el aire.

—¡Ah! —exclamó—. Tú eres el chico que se matriculó tarde. ¿Por qué no lo dijiste antes? ¿Acaso te comió la lengua el gato? ¡Contéstame!

—Sí, señorita —respondió, y el esfuerzo hizo que su voz se resquebrajara.

Para evitar echarse a llorar, miró al frente y respiró profundamente. Mientras tanto la señorita Cornelia buscaba un sitio libre en toda el aula. Sólo había uno, el segundo asiento en la fila más próxima a la puerta, donde se sentaban las chicas de segundo bajo. La señorita Cornelia apuntó con el dedo.

—Allí. Siéntate y compórtate.

Guálinto se desplomó con tristeza en la silla, con las manos agarradas con fuerza al regazo. La señorita Cornelia dejó de prestarle atención. De camino a su mesa, dijo:

—¿Alicia?

—Sí, señorita —contestó la chica que estaba sentada detrás de Guálinto.

—Cariño, ven y ayúdame, por favor, a repartir los libros.

Alicia se acercó de inmediato a la mesa de la profesora.

—Toma —dijo la señorita Cornelia—. Reparte primero los libros de los compañeros que se sientan en tu fila.

Alicia tomó los manuales y se pavoneó de ser ella quien le diera el libro a Guálinto, a quien le hizo, de hecho, una mueca cuando estuvo de espaldas a la señorita Cornelia.

Guálinto tomó el libro entre sus manos temblorosas. Su primer manual de colegio. Era un volumen pequeño y fino, de cartulina rígida y cubiertas de tela. Brilló cuando Alicia se lo entregó; la inmaculada línea blanca que formaba el borde de las hojas contrastaba con las tapas, pintadas de verde y dorado brillantes. Guálinto lo sostuvo como si se tratara de cristal de bohemia. Lo abrió con cuidado; las cubiertas crujieron con el movimiento. Desprendía un olor agradable, a pegamento, pintura y tela. Se quedó mirando la primera página. Nunca había visto unos colores tan brillantes en un libro o en un periódico. En una de las esquinas había un dibujo de un muchacho con overol azul y sombrero amarillo de paja. En la esquina opuesta había una niña con un vestido azul y blanco que sostenía un gorro de los mismos colores; su pelo era dorado. Entre los dos dibujos había cuatro líneas de texto impreso. Guálinto imaginó que la primera línea decía: "This is Will". Pasó la página. En la segunda había otra pareja de niños, chico y chica, y en la página de enfrente vio que estaban los cuatro niños. Los niños volaban papalotes en una colina verde en cuyo fondo había un cielo azul. Las niñas estaban sentadas sobre un césped muy verde. Junto a ellas había una canasta amarilla repleta de manzanas rojas. Era todo tan bucólico que por un instante olvidó dónde estaba.

Sus compañeros seguían impactados de diversa manera por la escena que habían presenciado justo antes de que empezara el reparto de libros. Las chicas de primero bajo parecían ser las más impresionadas. Aprovechando que la señorita Cornelia se había inclinado para ver unos papeles que tenía sobre la mesa, miraron en dirección a Guálinto. Trataron de captar una imagen del muchacho, para lo que se reclinaron sobre sus asientos. Un sentimiento de lástima o tal vez de miedo hizo que algunas de ellas se mordieran el labio. Los chicos de primero bajo estaban menos interesados en Guálinto que en la señorita Cornelia. La miraban furtivamente por encima de sus libros nuevos. Los chicos de segundo bajo, veteranos en este tipo de escaramuzas, miraban fijamente a la pizarra con caras displicentes.

Las niñas de segundo bajo, algunas de las cuales repetían curso, no se comportaban del mismo modo que los chicos. Se reían disimuladamente y susurraban entre ellas. Guálinto levantó la vista de su libro al oír los ruidos sordos. La señorita Cornelia también levantó la cabeza y las risitas y los susurros se apagaron. Cuando la señorita Cornelia volvió a bajar la vista, sonrieron maliciosamente. Algunas le sacaron la lengua. Otras le hicieron gestos que resultaron ser simples versiones expurgadas de los gestos obscenos propios de los chicos.

Enfrente de Guálinto se sentaba La India, una niña de diez años demasiado grande para su edad. El apodo le venía por su parecido con el indio que aparecía retratado en los cuadernos de tapa roja y sus largas trenzas negras. Lo único que le faltaba eran las plumas, pensó Guálinto. Una de las veces en que la señorita Cornelia se entretuvo en mirar sus papeles, La India le devolvió la mirada.

—Pobre bebé —susurró—. Extraña a su mamá.

Guálinto la miró con el ceño fruncido. La India se puso de lado para poder ver hacia atrás.

—Alicia, ¿quién se sienta en esta fila?

—Las niñas —susurró Alicia, apoyando su cara blanca como la nieve en el hombro de Guálinto y torciendo los labios en una sonrisa desdeñosa.

—¿Cómo te llamas? —preguntó.

—No pienso decírtelo.

La India le echó una mirada calculadora. Asintió pensativa, mientras mascaba un chicle que colocó del lado del cachete. De repente, se giró hacia delante en el mismo momento en que la señorita Cornelia se levantó.

—Tengo que salir un momento —anunció la señorita Cornelia—. El primero al que encuentre portándose mal se arrepentirá.

Salió del aula echando un par de miradas de soslayo a la clase.

—Apuesto lo que quieras a que sé a dónde va —dijo La India en alto, tan pronto como los pasos de la señorita Cornelia dejaron de ser perceptibles.

Dos filas más allá, un chico de su misma estatura miró a La India y se rio bajito.

—Apuesto lo que quieras a que fue al baño —dijo.

La India dejó escapar una risita y miró al chico con morbo. Sus miradas se cruzaron por un momento antes de que ella bajara la vista y se riera de nuevo disimuladamente. Las otras chicas de segundo bajo se rieron y simularon ruborizarse y exclamaron: "¡Qué sucio!" Guálinto, que había dejado de ser el centro de atención, miraba absorto. Tenía la mano perdida en el interior del overol y se estaba rascando el ombligo. Los ojos rasgados de la India se abrieron de par en par cuando, al girarse, lo vio.

—¡Ahhh! —exclamó—. ¡Mira lo que está haciendo! ¡Mira lo que me está haciendo!

Las chicas de segundo bajo se levantaron de sus sillas y se arremolinaron a su alrededor. La India lo miró con gesto acusador.

—Tenía la mano metida en los pantalones y me estaba haciendo gestos cochinos —dijo en un tono lo suficientemente alto como para que el resto la escuchara.

—El pequeño pelado —lo insultó Alicia.

—Deberías estar avergonzado —dijo otra chica.

—Digámoselo a la señorita Cornelia.

A su alrededor se había formado una torre amenazante. Se encogió de miedo al sentirse rodeado, sin ser consciente del matiz de regocijo que encerraban sus palabras.

—¿Y saben qué? —dijo La India, elevando la voz por encima del barullo—. Dijo que se había sentado con las chicas porque nos quería hacer cosas malas.

Las chicas corearon a voces su indignación.

—¡Eso no es cierto! —exclamó Guálinto.

—Sí, lo dijiste —le rebatió La India—. Y eso no es todo. Dijo que Alicia fue su novia y que una vez hizo cosas con ella.

—¡Mentira! —gritó Guálinto—. ¡Mentira!

La India lo fulminó con la mirada.

—Sí, que es cierto. Juro que es verdad.

—¡Vaya! ¡Cochino inútil! —gritó Alicia, cuyo enfado sonaba muy real—. Se lo diré a la señorita Cornelia en cuanto entre por la puerta.

—¡Es mentira! —gritó Guálinto, a quien se le inundaron los ojos de lágrimas—. ¡Es mentira!

Hundió su cara en los brazos y sollozó con fuerza.

—No les hagas caso —dijo la voz de un chico a poca distancia de él—. Sólo están intentando . . .

Guálinto apenas escuchó la voz y tampoco se dio cuenta de la forma abrupta en que quedó interrumpida ésta por el silencio que siguió. La señorita Cornelia había entrado en el aula. Observó la escena: Guálinto llorando en su pupitre, la cabeza hundida entre los brazos y el Colorado de pie junto a él y ambos rodeados de chicas. Se acercó hasta ellos y las niñas le abrieron paso en silencio.

—¿Quién hizo llorar a este muchachito? —preguntó la señorita Cornelia.

Nadie contestó. El Colorado miró al suelo y las chicas se miraron las unas a las otras con nerviosismo. La señorita Cornelia pinchó a Guálinto con la regla en la mano.

—Tú —dijo—, ¿qué te pasa?

Guálinto hundió más la cabeza entre sus brazos.

—Nada —dijo con voz sorda.

¿Cómo podía explicárselo? La señorita Cornelia lo tomó de un brazo y le dio una fuerte sacudida.

—Me vas a explicar qué está pasando —dijo.

Lo tomó por el pelo y trató de hacer que mirara hacia arriba. Guálinto apartó la cabeza. La señorita Cornelia miró de forma penetrante al Colorado. Agitó a Guálinto de nuevo.

—¡Mírame! —le ordenó—. ¿Te hizo daño este niño?

Guálinto levantó el rostro húmedo y, al hacerlo, no reconoció al Colorado. En su estado de desesperación, estaba prácticamente convencido de que lo que había dicho la señorita Cornelia era cierto y, antes de saber lo que hacía, asintió con la cabeza.

—¡Ah! —exclamó la señorita Cornelia, agarrando al Colorado por el hombro—. Te voy a enseñar a alborotar la clase. ¿Cómo se te ocurre pegarle a muchachos que son la mitad que tú?, elefante.

Lo hizo darse la media vuelta y con la regla en mano, lo golpeó en el trasero causando un ruido espantoso. El Colorado soportó los golpes en silencio; luego, regresó a su asiento. Las chicas se quedaron ahora calladas.

En ese instante, Guálinto fue consciente de lo que había hecho, y sintió escalofríos. Deseaba que la campana sonara cuanto antes para salir, reunirse con el Colorado y recibir lo que le correspondía. Sin embargo, había empezado, por fin, la clase. Encima de la pizarra había una cenefa sobre la que estaban pintadas las letras del abecedario en distintas fuentes. A los alumnos de primero bajo se les pidió que copiaran las letras mayúsculas mientras la señorita Cornelia explicaba la primera lección de lectura a los alumnos de segundo. A Guálinto no le resultó muy complicado, puesto que doña Domitila ya le había enseñado el alfabeto español hacía más de un año. Se preguntó por qué la "ch", la "ll" y la "ñ" faltaban en la lista que había encima de la pizarra, pero no se atrevió a preguntar. Decidió incluirlas en su lista. Terminó mucho antes de que lo hiciera el resto de alumnos de primero.

Al no tener nada más que hacer, escuchó lo que la señorita Cornelia les leía a los de segundo en su inglés macarrónico. Levantó la vista del libro y lo vio mirándola.

—Deja de mirar con esa cara de tonto y ponte a lo tuyo —le ordenó.

—Pero, señorita, si ya terminé.

Se acercó hasta él y revisó su ejercicio: la copia, limpia y ordenada. "Ahora me va a elogiar el trabajo", pensó.

—¿Qué es esto? —le preguntó la señorita Cornelia—. ¿Por qué escribiste estas letras? —Señaló en rojo la "ch", la "ll" y la "ñ". No estamos en una escuela mexicana. Estas letras no forman parte del abecedario anglosajón. Repítelo todo, y ¡esta vez hazlo tal y como te he dicho!

Lo repitió todo en una hoja de papel nueva y terminó al tiempo que sus compañeros concluían su primer intento. Luego, la señorita Cornelia dejó que los de segundo memorizaran la lectura; mientras ella puso a los de primero a recitar el alfabeto. Por último, la campana del recreo sonó.

Guálinto se puso en pie con rigidez, sin mirar ni a derecha ni a izquierda. Salió afuera y se detuvo al pie de las escaleras para esperar al Colorado. El pelirrojo hizo una mueca al ver a Guálinto y hubiera pasado de largo, pero el pequeño dijo en voz suave: "Colorado". El Colorado se detuvo.

—Me puedes dar una paliza, ahora o después del colegio, de camino a casa.

El Colorado lo miró de forma extraña.

—¡Bah! —dijo—. No fue nada. Ya me han dado muchos reglazos antes, peores que eso. —Dieron un par de pasos en silencio. Orestes los miraba, pero se mantuvo a cierta distancia. Lo mismo hicieron otros chicos del Dos Veintidós—. Además —añadió el Colorado— fue culpa de la India, esa perra cochina.

Guálinto asintió.

—Por su culpa no supe lo que hacía. En cualquier caso, fui muy malo contigo.

—Olvídalo. La India, ésa es la que se merece una paliza.

—Eres un tipo realmente bueno, Colorado.

—¡Vamos! —dijo el pelirrojo—. Te enseñaré dónde puedes lavarte la cara —Lo llevó hasta el baño de los niños—. Las chicas son todas unas cochinas —dijo.

—¡Ajá! —dijo Guálinto, aunque hizo una excepción silenciosa.

5

—¡Iguana! ¡Iguana! —Guálinto fingió no escuchar—. ¡Iguana! Señora García, ¿cómo se encuentra hoy? ¿Se le secaron los pantalones?

Guálinto siguió mirando su libro, simulando que estaba leyendo. El que se reía de él era el hermano de María Elena Osuna, Miguel. El mismo chico que hace más de un año le había dicho a Guálinto en la iglesia que llevaba manteca en el pelo. Eso sí, ya no era Miguelito, el flacucho de cara pálida al que Guálinto había intimidado tanto que el afeminado había acabado desplazándose varios asientos en el banco. Durante el último año había crecido y engordado, no era un contrincante fácil para Guálinto. No podía ser de otro modo, Miguel tenía diez años y estaba en cuarto. Además, Miguel ya no pensaba que Guálinto era un chico fuerte simplemente por vivir en el Dos Veintidós. A estas alturas, todo el colegio estaba al corriente de la manera en que la señorita Cornelia asustaba y humillaba a Guálinto y de que las chicas lo habían hecho llorar en su primer día de escuela. Esta mañana el Colorado todavía no había llegado y Miguel aprovechó la oportunidad para vengarse.

—¡Iguana! ¡Iguana! Señora García, ¿se le secaron los pantalones?

La vida en la clase de la señorita Cornelia se había convertido en una especie de infierno para Guálinto. Después del primer día de clase, la señorita Cornelia había movido a las chicas un asiento hacia delante para que Alicia se sentara detrás de la India y Guálinto ocupara el sitio que quedaba vacío, justo detrás de los chicos de segundo alto. Las chicas lo dejaron en paz, pero la señorita Cornelia seguía hostigándolo de forma parecida a como lo había hecho la India su primer día de clase. Sus desgracias eran conocidas en toda la escuela. Eso sí, a pesar de que era objeto de muchas humillaciones y de que a menudo tenía los ojos llorosos al salir de clase, siempre se lavaba la cara y volvía a casa sin quejarse. Maruca y Carmen estaban al tanto de sus problemas, pero no lo contaban en casa. Su madre había fijado una regla inflexible: si por cualquier motivo los castigaban en el colegio, se les reprendería de nuevo al llegar a casa.

En cierto modo, la culpa de que Guálinto tuviera tantos problemas con la señorita Cornelia era de su propia familia. Su madre, su tío e incluso Carmen habían dado por sentado que de mayor sería un gran hombre, tal y como su padre, desaparecido, había deseado. Un gran hombre que ayudaría y conduciría a su gente a un mejor estilo de vida. Cómo conseguiría esto era una incógnita para ellos. A veces pensaban que sería un gran abogado que recuperaría para ellos la hacienda perdida. Otra veces confiaban en que sería un gran orador que convencería incluso a sus mayores enemigos de la legitimidad de la causa. O, tal vez, fuera un gran médico dedicado a curar a los pobres y, por lo tanto, tendría muchos seguidores. Albergaban éste y muchos otros sueños sobre él y, a veces, no se ponían de acuerdo acerca de cuál era el más apropiado. Pero coincidían en pensar que no era un chico cualquiera. Era muy inteligente, superdotado, y le esperaban grandes cosas. El objetivo de su familia en esta vida consistía en ofrecerle todas las oportunidades posibles dentro de sus limitados medios.

Cuando llegó el momento de que Guálinto fuera a la escuela, él ya leía en español, resolvía cálculos de aritmética simples y sabía algo de inglés, que le había enseñado Carmen, que estaba en cuarto. Estaba acostumbrado a hablar en público y a que lo escucharan, a tener razón con respecto a muchos asuntos. En clase siempre sabía la respuesta a las preguntas, o pensaba que la sabía, y quería responder a todo. Esto enfurecía a la señorita Cornelia, hasta el punto de que cuando levantaba la mano, solía decirle:

—Cállate la boca y baja la mano.

La señorita Cornelia quería una clase disciplinada que aprendiera lo que ella enseñaba, y nada más.

En una ocasión, mientras les enseñaba aritmética a los alumnos de primero, escribió en la pizarra: "1 + 1 = 2" y preguntó si alguien sabía lo que eso significaba.

—Yo sé, señorita Cornelia, yo sé —dijo Guálinto tan pronto como hubo escrito la operación.

—Está bien, genio —dijo la señorita Cornelia—, ¿qué es?

—Uno más uno iguana dos —contestó.

—¿Iguana? —gritó la señorita Cornelia con sorna—. ¿IGUANA? Aunque sabía perfectamente que quería decir "iguala". Siéntate IGUANA, y no pienses que lo sabes todo. Uno más uno *iguala a* dos, señor IGUANA.

La clase se rio e imitó a la señorita Cornelia: "¡Iguana! Iguana!" Guálinto se dejó caer en su silla. De ese momento en adelante su nombre pasó a ser iguana y odió a la señorita Cornelia un poco más.

En otra ocasión firmó una de las tareas como Guálinto Gómez García porque así le había enseñado su tío Feliciano que debía escribirse su nombre en español: Gómez por su padre y García por su madre. Cuando la señorita Cornelia corrigió el ejercicio, anunció a toda la clase que Guálinto se había casado con un señor que respondía al apellido de García y que ahora era Sra. Guálinto G. de García. A sus compañeros les gustó mucho esa broma: tenía un matiz sexual y esos chistes son siempre los mejores.

La señorita Cornelia parecía disfrutar de modo especial el tormento al que sometía a Guálinto. No le pegaba con la regla como hacía con el Colorado, pero su lengua viperina era igual de hiriente. Y en los casos en que no se esforzaba por ser malintencionadamente cruel, se limitaba a ser simplemente cruel. Justo el día anterior había sucedido algo que hacía que a Guálinto le siguiera ardiendo la cara. Los alumnos de primero estaban leyendo en alto. Estaban de pie, en un semicírculo alrededor de la mesa de la señorita Cornelia, con los libros en la mano, leyendo a turnos la misma frase. Prácticamente desde que había llegado por la mañana, Guálinto sentía la vejiga le iba a explotar. Durante el tiempo que estuvo sentado había logrado contenerse, pero estar tanto tiempo de pie hizo que la sensación de incontinencia se multiplicara. Alternaba el peso de su cuerpo de un pie a otro hasta que la señorita Cornelia se dio cuenta.

—Tú —dijo secamente—, estate quieto y ponte derecho.

Soportó la tortura de permanecer de pie quieto un par de segundos. Luego, empezó a retorcerse y a frotarse una rodilla contra la otra. Por último, levantó un dedo.

La señorita Cornelia no lo vio; una niña estaba leyendo. Pero Guálinto estaba desesperado: hizo un chasquido con los dedos y la llamó:

—Señorita Cornelia, señorita Cornelia.

La señorita Cornelia levantó la vista con enfado:

—No interrumpas —le ordenó.

—Tengo que salir; tengo que hacerlo.

—No tienes. Espera al recreo y estate callado.

A estas alturas, todas las miradas, especialmente las de los alumnos de segundo, que estaban sentados, estaban puestas sobre Guálinto. Durante lo que para él fueron horas, Guálinto luchó contra natura de forma visible y con una clase como público que se reía bajito; mientras tanto la señorita Cornelia hizo como si ni lo viera ni lo oyera. Un instante antes de que sonara la campana del recreo la naturaleza siguió su curso, y a Guálinto le cayeron gotas de un líquido por la pierna. Salió disparado del aula, por delante del resto, sujetándose los pantalones. Entre llanto de vergüenza corrió al lavabo, donde se limpió la pierna con papel higiénico húmedo. Se pasó el resto del recreo apoyado en el lavabo mientras el Colorado dividía su tiempo entre consolarlo y amenazar a los muchachos que se acercaban a reírse de él.

Ése sí que era un amigo de verdad, el Colorado. Gracias a él, la vida escolar se hacía llevadera. Si hubiera tenido que soportar en el patio del colegio lo que sufría en clase, probablemente hubiera salido corriendo. Sin embargo, la hora del recreo constituía su momento alegre del día. Una vez fuera del aula ya no era prisionero de la señorita Cornelia; era el amigo y protegido del Colorado, el rey fuerte e indiscutible del patio. El pelirrojo simpatizaba con el pequeño porque tenían una cosa en común: eran el objetivo principal del rencor de la señorita Cornelia. Guálinto, a cambio, ayudaba a veces al Colorado con sus tareas. En el patio eran inseparables y nadie se atrevía a burlarse de Guálinto cuando el Colorado estaba cerca. A Guálinto le gustaba estar con el Colorado y los chicos mayores, que lo habían empezado a aceptar por el trato que recibía de la señorita Cornelia. El pelirrojo, de hecho, sentía una especie de admiración por Guálinto porque éste sabía leer en español y sabía más que muchos de los alumnos de tercero. Lo ponía de ejemplo como chico listo, lo que hacía que Guálinto se sintiera como pez en el agua. Así que, en lugar de jugar con sus compañeros de primero, jugaba con el Colorado y su pandilla, con muchachos como Arty Cord, el Capitán, la Flaica, la Calavera, la Víbora, Sleeping Jesus y el Coco. El único otro chico de primero al que se admitía en el grupo era Orestes, el Arrestas, que repetía primero y vivía cerca del Colorado. A Arty Cord lo llamaban así porque era parecido al vaquero de las películas Art Acord. El Capitán se ganó el apodo el primer día de clase, porque apareció vestido con una gorra y una chaqueta militar con doble botonadura. Era uno de los más silenciosos del grupo y, sin duda, el mejor vestido. A la Víbora lo llamaban "la serpiente" sin motivo aparente, pero la Calavera tenía la cara de un blanco enfermizo, como un cráneo. La Flaica era un chico alto, delgaducho y con cara de buenazo. Sleeping Jesus, como Arty Cord, podía presumir de tener un sobrenombre en inglés, tomado del nombre de un retrato de un santo que colgaba detrás de la mesa de la señorita Cornelia. Estaba pintado en tonos cafés y retrataba a un bebé durmiendo sobre una montaña de heno. Al caminar, Sleeping Jesus parecía estar en un estado crónico de cansancio. Los integrantes del grupo solían decir que desde el momento mismo de nacer miró a su alrededor en estado de agotamiento, se limpió la frente con su mano rechoncha y dijo:

—¡Ay, estoy cansado!

Sleeping Jesus se limitaba a dejar escapar una sonrisa desganada al oír esta historia sobre su precocidad. Sin embargo, cuando quería era capaz de moverse con la suficiente premura. El Coco tenía la mandíbula de un boxeador profesional, la frente de un gorila y apenas tenía nariz. Bien se merecía el nombre de Coco, y sólo el Colorado era capaz de hacerle retirarse de una pelea.

Estos eran los compañeros de juego de Guálinto en el patio. Lo aceptaron en el grupo sin reservas, a pesar de su edad y de su escasa fuerza. Sin embargo, Guálinto estaba orgulloso y se sentía muy grande y varonil al formar parte de una pandilla así. Eso era en el patio; en clase, las cosas eran distintas.

—¡Eh, iguana! ¿Estás dormido o tienes miedo?

Era, de nuevo, Miguel Osuna. Guálinto estaba sentado sobre un trozo de tubería de alcantarilla, tirada junto a la escasa sombra que daba la pared del colegio. En breve el conserje haría sonar la campana y tendrían que entrar; empezaban las clases de la mañana. No quería pelearse con el hermano de la Nena Osuna, ya que ésta dejaría de sonreírle cuando se encontraran en el pasillo. De hecho, ya pensaba en ella como en su novia. Sin embargo, Miguel persistía y al ver que Guálinto seguía ignorándolo, le lanzó gravilla de una patada.

Guálinto levantó la cabeza.

—Piensa bien a quién le lanzas piedrecitas —le advirtió.

Detrás de Miguel se había congregado una multitud. Guálinto cerró el libro y se puso de pie. Miguel sonrió con satisfacción y le lanzó más gravilla de una patada.

—Más te vale que me dejes en paz —dijo Guálinto.

—Déjame en paz —lo imitó Miguel.

A Guálinto le faltaban las palabras, así que se limitó a fulminar a Miguel con la mirada. Y Miguel lo fulminó a él.

—Ándale —animó uno de los chicos más grandes de la multitud—. Dale lo que se merece.

—¡Vamos! ¡Vamos! —coreó el resto.

Pero se limitaron a quedarse de pie y a fulminarse con la mirada el uno al otro hasta que el Coco dio un paso al frente. Empujó a Miguel contra Guálinto, haciendo que Guálinto se cayera hacia atrás. Esto dio motivos a Miguel para envalentonarse; apretó los puños y se pavoneó un poco. Alguien trajo un palo y dibujó dos líneas en el suelo, una en frente de la otra. Guálinto las pisó con el pie y borró su línea.

—Mira lo que hizo —le chinchó Arty Cord a Miguel—. Borró su línea. Es como si hubiera insultado a tu madre.

Miguel, muy ceremonioso, puso un pie al frente y borró su línea. Guálinto levantó la vista y vio que estaban muy cerca del edificio, casi a la altura de una de las ventanas del aula de la señorita Rathers. La señorita Rathers era la profesora de primero alto y la Nena Osuna estaba en esa clase.

—Mira —le propuso a Miguel—, busquemos otro sitio para pelearnos.

Los chicos abuchearon a Guálinto.

—Vamos, Miguel —gritaron—, te tiene miedo. Hazle sudar la gota gorda.

Miguel se puso los anulares de ambas manos en la boca, como había visto hacer a otros chicos, y estiró los brazos para tomarlo por las orejas. Ésta era la mayor ofensa posible, más que insultar a la madre de alguien. Pero, por algo Guálinto había vivido toda su vida en el Dos Veintidós. En el momento en que Miguel estiró los brazos, Guálinto dejó caer el libro y se abalanzó sobre la barriga de su contrincante. "¡Uff!" exclamó Miguel, y cerró los ojos. Antes de que pudiera recuperarse, Guálinto le dio un par de patadas en la espinilla y luego le hizo una zancadilla. Miguel cayó de espaldas y Guálinto encima de él, aplastándole el cuerpo con las rodillas y golpeándole la cara sin piedad. Los otros chicos estaban armando un revuelo impresionante, silbándole y dándole ánimos.

El ruido se detuvo de pronto y alguien tiró del brazo de Guálinto.

—Basta, basta —dijo la señorita Rathers—. Suéltense ya, los dos. Levántense ahora mismo. Levántense y sacúdanse la ropa.

Se levantaron y Guálinto miró a Miguel. Tenía la cara roja, pero no magullada.

—Adelante, vamos —los apremió la señorita Rathers—. Me temo que van a tener que ir a hablar a la oficina del señor Baggley.

El señor Baggley, el director. Hasta los alumnos de quinto temían dirección. Decían que te obligaba a inclinarte sobre la silla agarrándote los tobillos para que el tiro del pantalón te presionara el trasero. Y luego te azotaba con una pala, que manejaba como un bate de béisbol. Guálinto sólo había visto de cerca al señor Baggley una vez, el día en que a todos los alumnos los congregaron en la plataforma que había detrás del edificio para medirlos y pesarlos. El señor Baggley estaba a cargo de la pesa. Era un hombre alto, gordo y con cabeza en forma de huevo. Su cara era del color de un huevo blanco que se extendía hasta el punto más alto de su cabeza, donde el pelo sólo le crecía en los lados y la parte de atrás.

Tuvieron que alinearse para que el señor Baggley los pesara, los alumnos de primero en primer lugar. El puesto delante de Guálinto lo ocupaba Antonio Prieto, que también era alumno de primero en la clase de la señorita Cornelia. Antonio era un chico moreno y muy delgado que iba a la escuela descalzo y con ropa remendada. Su pelo negro, lacio, siempre tenía falta de un buen corte. Cuando le llegó el turno de pesarse, el señor Baggley calculó su peso y dispuso la balanza en consecuencia. Antonio se subió a la pesa y el brazo no se levantó.

—Más frijoles —dijo el señor Baggley en un español bastante comprensible—. Todos los que estaban lo suficientemente cerca para oírlo se echaron a reír. Desplazó el contrapeso un poco y, de nuevo, el brazo no se movió—. Más frijoles, más frijoles, más frijoles —continuó diciendo el señor Baggley mientras desplazaba el contrapeso hacía atrás, hasta que el brazo se puso en equilibrio. Antonio se bajó de la balanza con semblante más serio de lo habitual, y a Guálinto dejó de gustarle el señor Baggley en ese momento.

Y ahora a Guálinto y a Miguel los llevaban al santuario de todos los santuarios, a la oficina del director. Cuando el señor Baggley respondió a la llamada a la puerta de la señorita Rathers, ésta le dijo al director:

—Estos niños se estaban peleando afuera de la ventana de mi aula.

—Gracias, señorita Rathers —dijo el señor Baggley—. Yo mismo me haré cargo de la situación. Pasen, muchachos.

La señorita Rathers se fue y el señor Baggley cerró la puerta. Se sentó y miró, en actitud meditativa, a los dos muchachos que estaban de pie frente a él. Problemas, pensó, siempre hay problemas. ¿Por qué surgían tantos problemas en este pueblo dejado de la mano de Dios? Aquí estaba, frente a un alumno de primero, no muy alto para su edad, pálido y asustado. Junto a él estaba uno de los alumnos de cuarto de la señorita Webb; le sacaba una cabeza y era evidente que era mucho más fuerte, aunque, por lo que deducía, él se había llevado la peor parte de la pelea. Debería ser un asunto simple. Sermonear al de primero acerca de la importancia de no meterse en peleas y darle unos azotes al mayor por meterse con los pequeños. Sin embargo, había trampa: el mayor era Miguel Osuna, y sencillamente uno no debía pegarle al hijo del señor Osuna. ¿Golpear a Gómez y sermonear a Miguel Osuna? Se atragantó con el simple pensamiento. ¿Sermonear a Gómez y acusarlo de haber iniciado la pelea? Se giró hacia Guálinto:

—¿Por qué te peleaste con este muchacho? ¿Acaso no sabes que mereces un castigo por pelearte?

—Pero, señor Baggley —lo interrumpió Miguel—, fui yo quien empezó la pelea.

Tanto el señor Baggley como Guálinto miraron a Miguel sorprendidos.

—Lo he estado molestando y molestando. Lo llamé de todo hasta que finalmente se quiso defender. Si hay alguien que merezca ser castigado, ése soy yo.

—Es un gesto muy honroso de tu parte —aseguró el señor Baggley—. Es un comportamiento propio de caballeros —Les sonrió con indulgencia—. Si se dan la mano, daré el asunto por zanjado —Se estrecharon la mano—. Está bien —dijo el señor Baggley—, se pueden ir; estoy muy ocupado.

En el pasillo, Guálinto dijo:

—¡Caray! Fuiste muy valiente, Miguel. Eres todo un hombre.

—No fue nada —respondió Miguel remilgadamente—. Nada más que la verdad.

—En cualquier caso, te lo agradezco. Me hubiera dado una buena golpiza.

—Será mejor que nos lavemos la cara y vayamos para la clase —le apremió Miguel—. Ya llegamos tarde —Sonrió y le extendió la mano a Guálinto de nuevo.

Era bastante tarde cuando Guálinto llegó al aula de la señorita Cornelia, pero la clase todavía no había empezado. Sus compañeros hablaban entre sí en voz baja, como si estuvieran en un velatorio. Mientras tanto la señorita Cornelia estaba de pie, junto a la ventana, en el extremo más alejado de la entrada, con los brazos cruzados sobre el pecho y mirando hacia la puerta; entonces, Guálinto la abrió. La señorita Cornelia lo fue a recibir a su mesa.

—¡Ah! —exclamó—. Aquí llega nuestro famoso boxeador, ¡ya era hora! ¿Dónde has estado, rufián?

Guálinto agachó la cabeza.

—En la oficina del señor Baggley —respondió.

—Ya lo sé. ¡Ya sé que te dedicas a atacar a personas honradas que no saben defenderse de chicos callejeros como tú! Espero que el señor Baggley te haya dado la paliza que te mereces.

Guálinto mantuvo la cabeza gacha.

—No, señorita —dijo entre dientes.

—¡Mírame cuando te hablo! —chilló la señorita Cornelia.

Guálinto trató de mirarla sin dejar de mantener la cabeza inclinada, en señal de penitencia. La señorita Cornelia lo interpretó como que le estaba poniendo mala cara.

—No se te ocurra mirarme así, ¡bandido! —le ordenó, y le dio un sonoro cachetón en la mejilla—. Eso te enseñará a meterte en peleas y a llegar tarde a mi clase —Lo agarró por el hombro, le dio la media vuelta y lo azotó con la regla—. Ahora, siéntate y compórtate.

Guálinto recorrió la tercera fila, dejó atrás al Colorado y se sentó en su silla, detrás del último alumno de segundo bajo. Se sentó con cuidado porque todavía sentía el escozor que le había dejado la regla. La mejilla le ardía por la cachetada. Sin embargo, lo embargaba una sensación de orgullo, de victoria. No había llorado.

Aquella tarde Guálinto regresó a casa con el Colorado, Orestes y Francisco Cuatro Ojos, que estaba en segundo bajo con la señorita Josephine. Francisco vivía a unas pocas cuadras de la escuela, en dirección sur, pero le gustaba volver con los otros. Además, su tío vivía en la casa de al lado de Guálinto, en el Dos Veintidós, así que el Colorado lo toleraba. Guálinto les estaba contando a los otros tres la pelea y la visita a la oficina del director. Orestes y el Colorado habían llegado tarde aquella mañana y se habían perdido la pelea.

—¿Se echó la culpa? —dijo Orestes de Miguel Osuna—. Es más hombre de lo que pensaba.

—Me salvó de una buena golpiza —dijo Guálinto— y se arriesgó a que le cayera una a él.

—Te hizo un favor —convino el Colorado—, pero no corría ningún peligro de que le dieran un palazo. Su padre tiene un cargo importante con los Rojos.

—Tal vez él no lo sepa —contestó Guálinto—. En cualquier caso, me hizo un favor.

—¿Lloraste mucho cuando te pegó la señorita Cornelia? —Le preguntó Francisco.

—No derramó ni una lágrima —dijo el Colorado—. Puede ser pequeño, pero se crece en las grandes ocasiones.

Guálinto se rio y le dolió la mejilla en la que la señorita Cornelia le había pegado. Se la palpó y preguntó al resto:

—¿Se ve? ¿Están seguros de que no se nota?

Los otros tres le inspeccionaron el cachete meticulosamente y estuvieron de acuerdo en que la hinchazón había bajado. Las nalgas todavía le dolían un poco, pero estaba convencido de que conseguiría que su madre no se enterara de lo que había sucedido en la escuela. Sus hermanas también dejarían pasar el tema.

—Guálinto, es increíble lo mucho que te hostiga la señorita Cornelia —observó Francisco.

—Ya estás otra vez —se quejó el Colorado—. ¿Por qué no puedes hablar en plata, como el resto?

Francisco sonrió.

—Estoy hablando en castellano, Colorado, como el resto.

—¡Ah! —exclamó el Colorado—. Nunca aprenderás.

—Nació en México —salió Guálinto en defensa de Francisco—. Así es como hablan allá.

—Por cierto —dijo Francisco—, ¿cómo te llamas? Quiero decir, ¿cuál es tu verdadero nombre? No me gustar llamar a la gente por su apodo.

—Me llamo José, pero ¿qué diferencia puede haber entre una cosa y otra? Prefiero que me llames Colorado. Y si a algún cabrón se le ocurre llamarme Pepe, le aplastaré la cara. Aquí llamamos Pepe a los maricones.

—Está bien, Colorado.

—Sigo pensando en la señorita Cornelia —dijo Guálinto—. Estoy convencido de que la tiene contra mí.

—A veces me dan ganas de tirarla al suelo —dijo el Colorado.

—¡Ah, no! —exclamó Francisco—. Guálinto, no se te ocurra hacer algo así. Cuéntaselo a tus padres y ellos hablarán con ella.

El Colorado resopló ante tamaña estupidez y Guálinto contestó con tristeza:

—Francisco, sólo conseguiría que mi madre me diera otra golpiza.

—No debería hacerlo —insistió Francisco.

—Pero lo hace —dijo el Colorado.

—Sí —añadió Guálinto—, no puedo hacer otra cosa más que aguantarme.

7

El primero de noviembre, Guálinto llevaba dos meses en la clase de la señorita Cornelia. Avanzaba rápido, ahora que había unido los sonidos ingleses con las letras que había aprendido en español. Aquella mañana la señorita Huff, la profesora de los de segundo alto, visitó el aula de la señorita Cornelia. Trajo consigo una caja de tizas de colores y pintó un dibujo en una de las pizarras delanteras, un árbol con hojas verdes y un montón de pequeños frutos rojos y un chico que llevaba puesto un extraño gorro y calzones y que sostenía un hacha por encima de la cabeza y estaba a punto de darle al árbol.

Mientras la señorita Huff trabajaba, la señorita Cornelia le contó algo a la clase:

—En una semana, a partir del viernes, celebraremos el Día del Armisticio. Es el día en que la Gran Guerra concluyó, hace tan sólo tres años. Habrá una reunión del APA en la que un chico o una chica de cada clase ofrecerá un recital sobre la historia de este país.

La clase apenas prestaba atención. Los alumnos estaban embelesados con el trabajo artístico de la señorita Huff. Ésta terminó su dibujo y escribió algo en la pizarra, junto a lo que había pintado.

—La señorita Huff está escribiendo ahora el texto que tendrá que recitar nuestra clase. Es sobre George Washington. Fue el padre de nuestro país. Una vez que la señorita Huff haya terminado, lo leeremos juntos. Luego lo copiarán en sus cuadernos y se lo aprenderán de memoria. El primero que se lo aprenda lo podrá recitar la semana que viene en la reunión del APA.

A Guálinto le zumbaron los oídos. ¡George Washington! Nadie en la escuela lo sabía, pero ése también era su nombre. Sintió como si la señorita Cornelia estuviera hablando de él. De inmediato copió lo que estaba escribiendo la señorita Huff, y terminó casi a la vez que ella. En primer lugar, la señorita Huff leyó el pasaje, con lentitud y claridad. A continuación, las dos clases lo recitaron con ella. La señorita Cornelia dio una palmada con las manos.

—¡Está bien! ¡Ahora pónganse a trabajar!

Todos, excepto Guálinto, se pusieron a copiar el texto de la pizarra en sus cuadernos. Miraba a la pizarra y se repetía a sí mismo: "George Washington fue un niño pequeño. Sus padres lo querían . . . . " Guálinto había memorizado poemas y letras de canciones desde el día en que aprendió a hablar. Y esto era algo tan personal que no se podía permitir fallar. " . . . lo hice con mi hacha. No lo puedo negar". Lo repasó una, dos y tres veces. La siguiente vez, cerró los ojos y trató de repetirlo. Sentía mariposas en el estómago y flaqueó un instante; luego lo repitió entero de nuevo. Abrió los ojos y volvió a leerlo de nuevo.

La señorita Huff había recogido las tizas de colores y se dirigía hacia la puerta cuando la señorita Cornelia se dio cuenta de que Guálinto no estaba escribiendo.

—¡Tú! —dijo, señalando hacia él con la regla—. Deja de soñar despierto y ponte a escribir.

—Pero, señorita Cornelia, lo copié mientras la señorita Huff lo escribía en la pizarra y ya me lo aprendí.

—¿Qué tú qué?

—Me sé el poema de memoria.

—¡No mientas! —dijo la señorita Cornelia.

—Tal vez sí se lo sabe —sugirió la señorita Huff con gentileza.

—Está bien —dijo la señorita Cornelia—. Sal y recítalo. Si mientes, te arrepentirás. Dame tu hoja y ponte de cara a la clase, de cara a la clase. ¿O pretendes leerlo de la pizarra?

Guálinto subió a la tarima con gran seguridad. Entrelazó las manos en la espalda y empezó: "George Washington fue un niño pequeño." Sintió que las orejas le enrojecían. Toda la clase lo estaba mirando. " . . . Sus padres lo querían . . . " Recitó de un tirón el poema sin vacilar. La clase aplaudió y regresó a su asiento, ruborizado y victorioso.

—¡Silencio! ¡Silencio! —pidió la señorita Cornelia y los aplausos se apagaron, pero la clase no se quedó en silencio de forma inmediata.

—¡Ay sí!—exclamó la India desde el extremo opuesto de la clase—. ¡Qué listo! —añadió en tono sarcástico.

El Colorado aplaudió con las manos por encima de la cabeza y las agitó en dirección a Guálinto. Alicia tenía el ceño fruncido. En tanto que niña mimada de la maestra, había dado por hecho que la señorita Cornelia la elegiría para recitar el texto en la reunión del APA.

—No sé —le dijo la señorita Cornelia a la señorita Huff—, tampoco lo hizo tan bien, ¿no te parece?

—Lo hizo extraordinariamente bien —lo alabó la señorita Huff con entusiasmo—. Y me sorprendió la buena pronunciación que tiene en inglés.

Se sonrojó al darse cuenta de su desliz; entre los profesores se reían del inglés de la señorita Cornelia.

—Me refiero a que, para tratarse de un pequeño de su edad y de origen latino, lo ha hecho estupendamente.

—Está bien —dijo la señorita Cornelia.

Y a Guálinto:

—Supongo que serás tú el que represente a la clase en la reunión del APA. Eso sí, te tendrás que quedar después de la escuela desde hoy y hasta el Día del Armisticio para que la señorita Huff te enseñe a hablar en público.

—No creo que sea necesario emplear tanto tiempo —aseguró la señorita Huff con toda la gentileza de la que fue capaz—. Bastará con que empecemos el próximo lunes.

Después de esto, le dijo a Guálinto:

—Recita el texto en tu casa esta semana. Luego, la semana que viene, de lunes a jueves, nos quedaremos después de clase para ensayar juntos —Le dio una palmadita en la cabeza—.

Bastará con media hora al día, cielo —Sonrió a la señorita Cornelia y se fue.

Por fin, había llegado el gran día y a Guálinto se le cayó un diente esa misma mañana. Tenía que ser ese día de entre todos los días posibles, dejándole con un agujero en medio de la boca cuando sonreía. Hizo una mueca en el espejo al intentar, sin éxito, peinar su rebelde pelo color caramelo. Nunca se quedaba para abajo. El espejo rectangular del vestidor de su madre giraba en el medio. Tiró de la mitad inferior para poder verse de cuerpo entero. Estrenaba ropa que su tío le había comprado para la ocasión. Una chaqueta, con doble botonadura, y pantalones a juego, de rayas azules y blancas. El abrigo se abrochaba a la altura de la cintura con un cinturón ancho, hecho del mismo material. Sus pies resplandecían, calzados con unos zapatos de cordones de piel auténtica y hebillas relucientes. Iba de punta en blanco. ¡Si no fuera por ese maldito diente!

Lo esperaba otra sorpresa, cuyo anuncio llegó mientras estaba delante del espejo. Escuchó que, en la calle, un vehículo tocaba el claxon. Era la señorita Cornelia, que había venido a buscar a Guálinto. María no entraba en sí de gozo.

—Date prisa —le apuró—. Ya llegó la señora.

Abrió la puerta y se dirigió a la señorita Cornelia:

—¿Le gustaría pasar a esta humilde casa, señorita?

—No, gracias —dijo la señorita Cornelia, con un poco de desdén—. Dígale que se dé prisa.

Guálinto corrió hasta la puerta, mientras seguía aplastándose su mechón de pelo rebelde con una mano. María le lanzó un beso en la mejilla y él pasó de largo.

—¡Que Dios te bendiga! —le dijo—. Iré a verte.

Tenía la mirada puesta en el Oldsmobile de la señorita Cornelia. Se apresuró e intentó subirse del lado del conductor.

—Da la vuelta —le ordenó la señorita Cornelia.

Guálinto dio la vuelta por delante del coche. A medio camino se detuvo, al recordar que no debía ponerse delante de un vehículo. Cambió de rumbo y rodeó el coche por detrás. Se subió con cuidado y se sentó a su lado, sobre el asiento de hule negro, con mucho cuidado, no fuera a estropearlo. La señorita Cornelia manejó los manillares y otros aparatos y el vehículo empezó a petardear y a dar tirones. Acto seguido, se estremeció y arrancó. Avanzó con lentitud, calle abajo, y mientras tanto Guálinto se reclinó hacia atrás y disfrutó de su primera experiencia automovilística.

Era un auto de turismo y mientras conducían, a la nada despreciable velocidad de quince millas por hora, Guálinto se quedó mirando las calles vacías de los alrededores. ¡Cómo le hubiera gustado que el Dos Veintidós entero lo hubiera visto! Ah, ahí venía don Pancho. Le hizo un gesto con la cabeza, temeroso de saludar con la mano por lo que pudiera pensar la señorita Cornelia. Don Pancho no lo vio. Guálinto miró de reojo a la señorita Cornelia. Iba sentada muy derecha y rígida, sujetando el volante con tensión, con los ojos entornados y puestos en el frente. Conducir un coche debía ser una gran responsabilidad. Y así llegaron a la escuela primaria.

Por fin llegó el gran momento. Guálinto estaba de pie, en el pasillo, junto a la puerta de acceso al salón grande, donde se recibía a los miembros de la APA y a otros visitantes. Con él estaba un grupo de alumnos, todos disfrazados, salvo él. La mayoría de ellos ya habían actuado. Había un chico grande vestido de soldado con un casco en la cabeza, que había recitado un poema sobre unos campos en los que crecen amapolas. Una chica disfrazada de enfermera de la Cruz Roja que había cantado sobre una rosa en una tierra baldía. Otra muchacha de Estatua de la Libertad. El presidente Lincoln, Davey Crockett, una chica mexicana de la clase de la señorita Josephine, de segundo bajo, vestida de China Poblana. La llamaron y cantó: "Adiós Mi Chaparrita". Desde donde estaba, Guálinto podía ver el espacio, al fondo del salón, en el que sus compañeros recitaban sus piezas y cada vez que la señorita Huff salía a ese lugar, papel en mano, para llamar a otro, el corazón le latía a toda prisa. Sin embargo, siempre era el turno de algún otro, y le volvían los sudores fríos. La China Poblana había terminado su actuación y salió al pasillo.

—Y ahora —anunció la señorita Huff— en último lugar, pero no por ello menos importante, escucharemos a un alumno de primero bajo. El pequeño Guálinto Gómez nos hablará de los tiempos en que George Washington, el padre de nuestra patria, era un niño. Se dirigió a Guálinto, quien necesitó dos intentos para conseguir que le respondieran las piernas. Entró sin mirar a nadie.

—¡Eh, eh, muchacho! —exclamó una voz jovial detrás de él—. No te ven desde el suelo.

Era el señor Baggley, que estaba de pie, junto a la puerta. Tomó una gran silla maciza, la situó enfrente del público y colocó a Guálinto encima. Ahora Guálinto estaba obligado a mirar a la multitud. Había más gente de la que jamás hubiera visto junta, salvo en misa. Estaban sentados en sillas plegables de cara a él y había otros muchos de pie, al fondo del salón y a los lados de éste. Para él no eran más que simples caras; no reconoció a nadie. Se escucharon unos aplausos cuando lo subieron en la silla y, a continuación, se hizo el silencio.

Empezó con una sonrisa, como le habían dicho que hiciera, luego, al recordar que le faltaba un diente, sorbió los labios hacia adentro, con nerviosismo. Por fin, empezó, con gran lentitud y con toda la claridad de la que fue capaz. Gesticuló como le había enseñado la señorita Huff. Al terminar hizo una reverencia, y hubo una salva de aplausos. Sonrió de oreja a oreja, olvidándose por completo del diente.

—Magnífico, magnífico —lo alabó el señor Baggley al bajarlo de la silla. La señorita Huff sonrió y dijo:

—Gracias a todos por habernos acompañado.

Todo el mundo se puso de pie y la gente empezó a hablar entre sí. Algunas de las mujeres se acercaron y le dieron una palmadita en la cabeza a Guálinto y le dijeron: "¡Qué lindo!"

Más tarde, sintió que un brazo lo rodeaba por los hombros, dejándolo sin aliento. Era su madre, que había estado sentada con las mujeres en la parte de atrás del salón. Lo abrazó hacia sí con fuerza por un momento, luego lo sostuvo a escasa distancia de ella.

—Muy bien —dijo—. ¡Ése es el orador!

Guálinto sonrió sin abrir los labios.

—Lo estabas haciendo muy bien —prosiguió su madre— hasta que me viste. En ese momento empezaste a retorcerte y a hacer payasadas.

—No es cierto —protestó Guálinto—. Si ni siquiera te vi.

—Claro que sí —contestó su madre—. Recuerdo el momento exacto en que me viste. Empezaste a retorcerte y a levantar los brazos.

—No, mamá —dijo con impaciencia—. Ese fue en el momento en que decía que George Washington cortó un árbol con un hacha. Debía representarlo también con las manos.

—¡Ah! —exclamó María, un poco decepcionada y convencida sólo a medias—. En cualquier caso, lo hiciste muy bien.

La señorita Huff reapareció con la señorita Cornelia detrás.

—Buenos días —saludó la señorita Huff, estrechándole la mano a María—. Señorita Cornelia, dígale por favor a la señora Gómez lo orgullosas que estamos de su hijo. Lo hizo maravillosamente bien, muy por encima de lo que se podría esperar de un alumno de primero.

—La señorita Huff —tradujo la señorita Cornelia— dice que su hijo lo ha hecho bien.

Y en tono más didáctico añadió:

—Estoy segura de que no sabe lo que ha dicho, pero ha recitado un poema sobre George Washington. Washington fue el fundador de este país y un gran hombre.

María respondió a la condescendencia con una sonrisa.

—Sí, lo sé —contestó—, mi hijo también se llama así. Lo llamamos Guálinto, pero su verdadero nombre es Washington, George Washington Gómez.

La señorita Cornelia dejó escapar una risita de niña pequeña, apoyando el puño en la barbilla y el labio inferior.

—¡Válgame Dios!

Se volvió a reír.

—¿Dijo George? ¿George *Washington* Gómez?

Frunció los labios para no romper a reír abiertamente. María se puso muy roja y miro fríamente a la señorita Cornelia.

La señorita Huff apenas entendió nada de lo que dijeron, a excepción del nombre de Washington.

—¿Ocurre algo? —preguntó al ver la cara de María.

—¡Nada, nada! —dijo la señorita Cornelia, conteniendo la risa por lo que tuvo que modular la voz—. Nada excepto que esta señora dice que puso a su hijo el nombre de Washington. George Washington Gómez. ¿Has escuchado algo semejante?

La señorita Huff miró primero a la señorita Cornelia, luego a María y, por último, a Guálinto. Su rostro era inexpresivo.

—No veo cuál es el problema —aseguró—. Es un nombre bueno. Bueno —le dijo a María mientras acariciaba el pelo de Guálinto—. Bueno, muy bueno.

Giró y miró a la señorita Cornelia con desprecio.

—Con permiso —dijo, yéndose airada y con el frufrú de su falda negra.

7

El resto del mes, la señorita Cornelia llamó a Guálinto "Sr. George Washington Gómez" cada vez que se dirigía a él en clase, haciendo énfasis en cada sílaba. Lo hacía desde primera hora de la mañana, cuando pasaba lista, y de ahí en adelante. A excepción de la señorita Huff, ella era la única persona en toda la escuela que sabía que ése era el nombre de Guálinto, y lo ponía seriamente en duda. No obstante, se permitía hacer un chiste privado, cuyo significado quedaba reservado a ella y al muchacho. Sus compañeros de clase pensaban que la vieja Guajalota felicitaba a Guálinto de esta manera por su actuación en la reunión de la APA, y les sorprendía que fuera tan agradable con él. Lo empezaron a llamar George Washington Gómez fuera de clase, a modo de apodo halagador. Sin embargo, él sabía que la señorita Cornelia se burlaba de él, y llegó a odiar su nombre, así como al verdadero George Washington, que se suponía era el padre de su patria. A veces odiaba incluso a su padre fallecido por haberle puesto ese nombre gringo. Y le estaba agradecido a su tío, que le había enseñado a decir que Guálinto era un nombre indio. Finalmente, la señorita Cornelia, cansada de su broma, dejó de llamarlo George Washington. En cualquier caso, estaba convencida que la madre del muchacho le había mentido. Bien pensado, el día de la matrícula el tío le había dicho a la señorita Cornelia que Guálinto era un nombre indio.

Guálinto no se olvidó del acoso al que lo sometía la señorita Cornelia, pero aparcó el recuerdo en un rincón del cerebro. Tenía otros asuntos en los que pensar. Y esos asuntos giraban en torno a la persona de María Elena Osuna, familiarmente conocida como la Nena Osuna. La Nena y Miguel Osuna eran los hijos de don Onofre Osuna, que vivía en una enorme casa de ladrillo en el centro de la ciudad, cerca del distrito financiero. Onofre Osuna era una persona de vida acomodada, rico para los estándares de Jonesville-on-the-Grande, pero era de tradiciones desfasadas y se negaba a mudarse a las zonas más nuevas de la ciudad, prefiriendo, en su lugar, vivir en la casa que había construido su abuelo en 1880. Don Onofre era un hombre práctico, cualidad que había heredado de su abuelo. En la época en la que "los barones del ganado" avanzaron como una plaga sobre los rancheros mexicanos del sur de Texas, el abuelo Osuna no se opuso a ellos; se unió a su empresa. Y prosperó. Una comisión gubernamental que pasó por Texas en el año 1880 observó que en los corrales de Osuna había, al anochecer, un buen número de ganado sin marcar y que el ganado vacuno distinguido con marcas de todo tipo se acercaba a berrear por las noches. Mientras tanto los rinches se dedicaban a matar a los vecinos mexicanos del abuelo Osuna acusándoles de robo de ganado.

El abuelo Osuna ya no era mexicano. Ahora era español, y, en tanto que español, amasó una importante fortuna, una parte de la cual dilapidó su hijo. El nieto, don Onofre, se entregó de lleno a la restauración del patrimonio de su abuelo. Había heredado vastas tierras ganaderas pobladas de ganado enjuto de cuernos largos y cuadras de casas en los distritos mexicanos de Jonesville, casas de vecinos del pueblo que se alquilaban por habitaciones. *Los cuartos de don Onofre*, los llamaban los mexicanos.

Nunca arregló las casas. Sabía que, de todos modos, las podía alquilar, a cincuenta centavos al mes por habitación; cada cuarto lo ocupaba una familia que compartía un grifo externo y un excusado con varios inquilinos. Él dedicaba toda su atención a las haciendas, a mejorar la estirpe de sus manadas, que explotaban vaqueros mexicanos que no exigían mucho. Gracias a estas dos fuentes de ingresos los Osuna vivían una vida desahogada, mientras don Onofre concentraba todos sus esfuerzos en aumentar su capital. Su mujer constituía su principal gasto: le encantaban la ropa, la joyería y los perfumes caros, y era dada a montar numeritos cuando le negaba algo. Don Onofre solía ceder en casi todo, pero en un asunto era inflexible, no se iría de su ancestral casa para mudarse a vivir a una de las zonas de moda de la ciudad e insistía en que sus hijos fueran a escuelas públicas en lugar de a las privadas en manos de la iglesia.

Ése era el motivo por el que la Nena Osuna iba a la misma escuela que Guálinto, aunque ella estaba en primero alto, no en primero bajo. Guálinto se enamoró profundamente de la Nena desde que tropezara con ella el primer día de clases. Su amor era amor de lejos, *amor de pendejos*, como dice el proverbio mexicano. Durante el recreo, le gustaba hablar con sus amigos sobre la Nena, dando a entender que era su novia. Se reían de él.

—Guálinto —le incitaban— deberías decirle que son novios para que lo sepa —le decían. Y le cantaban una y otra vez el viejo dicho: "*Amor de lejos, amor de pendejos. Amor de lejos, amor de pendejos*". No le importaba la burla mientras hablaran de ella.

En tanto algunas de las chicas más mayores se enteraron del cariño que Guálinto profesaba por la Nena, hicieron uso de tan preciada información.

—Guálinto —le ordenó una de ellas— dame tres hojas de papel y te diré lo que la Nena dijo de ti —Entonces, Guálinto salía corriendo por papel—. Dijo que te ama —le contestaba la chica.

En otras ocasiones, le pedían el lápiz o cualquier otro objeto personal a cambio de información confidencial acerca de la Nena. Algunas de ellas lo mandaban a que les hiciera recados. Así empezó su primer amor, de segunda mano.

Estaba convencido de que la Nena lo amaba, lo había escuchado decir en repetidas ocasiones. Y ella siempre le sonreía cuando se encontraban en el pasillo, incluso después de su pelea con Miguel. Una vez, al poco tiempo de la actuación sobre George Washington Gómez, lo paró en el pasillo y le dijo:

—Recitaste muy bien. Eres muy inteligente.

Pero se metió en el aula antes de que pudiera decirle siquiera: "Gracias".

Pensaba en ella constantemente. Su madre, acostumbrada a sus cambios de humor, estaba extrañada ante su insólito comportamiento. Se sentaba callado junto a la puerta de la cocina, demasiado callado para él, con la cabeza gacha. Luego, se ponía derecho y empezaba a balancear el cuerpo hacia delante y hacia atrás. De pronto, se levantaba, dejaba escapar un pequeño grito de alegría y se marchaba pavoneándose hacia la platanera.

María lo observaba, desconcertada, ignorante del mal que lo poseía. Sentado sobre su terrón de hierba preferido y mirando fijamente al cielo, se imaginaba aventuras preciosas en las que salvaba a la Nena de todo tipo de peligros.

Fue a los mayores a quienes se les ocurrió la idea de la carta. Un día Guálinto regresaba a casa con el Colorado, Orestes y la Flaica. Volvió a sacar el tema de la Nena y la Flaica le preguntó:

—¿Cómo sabes que es tu novia? Nunca te hemos visto con ella.

—Lo es, sin duda —dijo Guálinto—. Te apuesto lo que quieras.

La Flaica se aclaró la garganta y echó un escupitajo de flemas amarillas.

—No lo es —le rebatió, y dobló la esquina para dirigirse a su casa.

Después de que se hubo ido, el Colorado dijo:

—La Flaica tiene razón. Si es tu novia deberías salir con ella, ¿no es cierto, Orestes?

Orestes asintió.

—¿En . . . en qué sentido?

—Acompañarla a casa —dijo el Colorado—, llevarla al cine y toquetearla. Eso es lo que mi primo Tiburcio hace con las chicas.

—¿Toquetearla? ¿Qué es eso?

—Le pasas el brazo por la cintura y la besas, y juegas con sus chichis.

Guálinto se puso rojo. No le quería hacer esas cosas a la Nena, pero le daba miedo admitirlo.

—Tu primo Tiburcio tiene casi veinte años y trabaja —le dijo Orestes al Colorado—. Ninguno de nosotros puede hacerle a las chicas lo que él les hace. Y mucho menos Guálinto.

—Pero sí que podría, por lo menos, hablar con ella.

—He hablado con ella un par de veces —se apresuró a asegurar Guálinto.

—El Colorado no se refiere a eso. Cuando le hablas a una chica, te acercas a ella, le dices que te gusta y que quieres que sea tu novia.

—Es que nunca tengo oportunidad de hacerlo. Su madre viene a traerla y a recogerla en coche. Lo más que llego a decirle son un par de palabras en el pasillo.

—También puedes hablar con una chica por carta —sugirió el Colorado—. Seguro que eso se te da mejor que a ninguno de nosotros.

Guálinto decidió que "hablaría" con la Nena por carta. Tenía que darse prisa porque mañana era el penúltimo día de clase antes de las vacaciones de Navidad. Esa noche se sentó en la mesa de la cocina con la excusa de que tenía tarea y utilizó la mejor hoja de papel de su cuaderno de tapa roja. La elección no fue sencilla, ya que en todas había pequeñas astillas de madera incrustadas. Por fin localizó una que no tenía ni una sola astilla en la mitad inferior. Eso le bastaba. Con uno de los cuchillos de cocina de su madre cortó ese trozo y escribió: "*NENA TE KIERO. PALABRA DIOMBRE POR DIOS*". Releyó el mensaje y se sintió orgulloso. Por último, dobló el papel con extremo cuidado y lo guardó entre una de las hojas de su libro de lectura.

A la mañana siguiente, la esperó en el lugar en el que convergían el pequeño pasillo y la puerta del pasillo principal. Ella le sonrió y tenía intención de pasar de largo, pero él la retuvo; dijo, algo más alto de lo previsto: "Nena, esto es para ti". Aunque pareció sorprenderse, cogió la hoja de papel, la desdobló y la leyó de camino hacia clase. Justo antes de llegar a la puerta, la dejó caer. Corrió a toda prisa para recuperarla, con la mala suerte de que Alicia llegó antes que él. Había estado observándolo todo, de pie, junto a la puerta del aula de la señorita Cornelia. Alicia recogió la hoja del suelo y entró a toda prisa en el aula de la señorita Cornelia; Guálinto se dio por vencido al llegar a la puerta.

"¡Qué!", exclamó la señorita Cornelia en el momento en que Guálinto llegó a la altura de la puerta. Se dio la media vuelta, con el papel en la mano y lo vio allí. "¡Qué!" repitió, y pareció hacerse más alta al estirar la espalda y levantar los hombros, el mentón y las cejas.

—Alicia, vuelve a tu sitio —y Alicia fue—. Y *tú*, ven aquí.

La señorita Cornelia lo agarró de una oreja y lo arrastró hasta dentro.

—Te vas a quedar de pie en esta esquina hasta que tenga tiempo de darte lo que te mereces. De cara a la pared, de cara a la pared.

Guálinto escuchó a sus compañeros entrar en el aula, que se iba llenando, pero estaban más silenciosos de lo habitual: no se escucharon ni griteríos ni ruido de pies arrastrarse.

Al final, la señorita Cornelia lo agarró por el hombro y lo hizo dar la media vuelta para ponerlo de cara a la clase. Levantó la cabeza y miró hacia la parte superior de la pared del fondo del aula. La señorita Cornelia rebuscó entre los objetos que tenía en su mesa y sacó de uno de los cajones una cuerda pesada y delgada que dobló en dos.

—Y ahora —dijo— vas a ver qué les pasa a quienes escriben cartas de amor en la escuela. Con la otra mano, sostuvo la hoja de papel frente a los ojos de Guálinto—. ¡Léelo! —le ordenó.

Él mantuvo la mirada puesta en la pared. La cuerda le azotó en las nalgas como una fusta. Guálinto hizo un gesto de dolor y se mordió los labios.

—¡Léelo, ahora! —Guálinto se negó con la cabeza, y recibió tres latigazos más—. Ya veo, ya veo —dijo la señorita Cornelia en tono sarcástico—. Sabes escribir, pero no sabes leer. Lo leeré yo por ti: "Nena, te quiero. Palabra de hombre de Dios".

Hizo una pausa como un cómico a la espera de una carcajada, pero nadie hizo el menor ruido. Con doloroso compás, azote-silbido-azote, la cuerda repitió el golpe contra las nalgas hasta que el cuerpo de Guálinto ya no resistió más. Se puso a sollozar en silencio, cruzando las piernas como táctica defensiva y envolviéndose la cabeza con los brazos. La señorita Cornelia le dio un par de azotes más y, por fin, lo dejó en paz.

—Con eso bastará por el momento —anunció—. Eso sí, todavía no he acabado contigo. Vamos a dar un agradable paseo, querido. Alicia, siéntate en la mesa y apunta el nombre de todo aquel que se porte mal.

Lo sacudió del brazo, lo arrastró por todo el vestíbulo y lo llevó hasta otra aula. A estas alturas iba con la cabeza encorvada y tenía los ojos inundados en lágrimas.

—Niños —anunció la señorita Cornelia—, tengo algo muy interesante que mostrarles. Voy a leerles una carta que este jovencito le escribió a una niña del colegio. A continuación les enseñaré qué les pasa a quienes pierden el tiempo en la escuela con asuntos del corazón.

Volvió a leer la carta. Silencio. Guálinto levantó la vista y vio que todo el mundo, incluida la profesora, miraba fijamente a la señorita Cornelia. Acto seguido vio a la Nena; estaba sentada en la fila justo enfrente de él. Sus ojos parecían más grandes de lo habitual y estaba pálida. Guálinto la miraba tan fijamente que la cuerda de la señorita Cornelia lo tomó desprevenido y dejó escapar un pequeño gruñido cuando le dio. Lo azotó una y otra vez. Guálinto se mordió los labios y hundió el puño en la palma de la otra mano. Antes de que dejara escapar un grito, la señorita Cornelia paró y lo sacó de una sacudida del aula. Apenas alcanzó a ver que la Nena estaba sollozando e intuyó que la señorita Rathers se acercó hasta ella. Esta vez lo arrastró hasta el aula de la señorita Josephine.

8

Cada dos por tres a Guálinto le recorría un escalofrío por la espalda, sacudiéndole de los pies a la cabeza. De vez en cuando, también, uno de los muchos sollozos que había contenido aquella mañana se le escapaba, breve como el hipo. Escondido entre las ramas de la platanera, se había resarcido con ganas del llanto que había reprimido cuando la señorita Cornelia lo había azotado con la cuerda. Estaba tumbado boca abajo en su terrón de césped preferido, con un ojo puesto en la casa, que apenas era visible entre las hojas verdes de los árboles y los troncos, y el otro puesto en un pequeño sendero formado por matorrales de juncos, su vía de escape. Era prácticamente mediodía y se sentía débil.

Se preguntaba si su madre le daría también unos palos como escarmiento por el crimen tan terrible que había cometido o si se le ocurrirían nuevos mecanismos de castigo. Su recuerdo del peregrinaje de la mañana, de aula en aula, era un tanto vago. Lo había obligado a andar, lo había tirado del brazo y lo había empujado del hombro. Y, después de esto, lo había azotado una y otra vez. Tenía las nalgas entumecidas, pero sólo le dolían al moverse. A excepción de la Nena, no recordaba haber visto a nadie con claridad. Sí que se acordaba, sin embargo, que lo había llevado a las clases de las señoritas Rathers y Josephine. La última había sido la de la señorita Huff. Y con cada uno de los golpes que le dio la señorita Cornelia, se acordó de lo que le había dicho el Colorado el día en que se peleó con Miguel Osuna:

—A veces siento ganas de tirarla al suelo. Tirarla al suelo. Tirarla al suelo.

Se acordaba perfectamente que había sido en la clase de la señorita Huff. De pronto, no pudo más. Se dio la media vuelta y cogió la cuerda con la que lo estaba torturando. Entonces le dio un tope a la señorita Cornelia en la panza, asestándole un golpe bajo y hacia arriba, como el de un toro enfurecido. La señorita Cornelia había dejado escapar un grito de lo más indigno y se había caído al suelo. Cegado por las lágrimas que se le habían formado en los ojos, pasó corriendo a su lado, salió por la puerta y se escapó del edificio de la escuela. Corrió hasta llegar a casa, en donde entró por los juncos de detrás, saltando la valla hasta llegar a la platanera.

De esa forma había concluido su primer cuatrimestre de colegio. Ningún castigo, de entre los que pudiera imaginar, compensaría lo que había hecho. Poco después vio que Maruca llegaba a casa, mucho antes de mediodía. Llevaba un sobre en la mano. Probablemente contenía una carta en la que se anunciaba que quedaba expulsado de la escuela para el resto de su vida. Al poco tiempo, había llegado su tío en la carreta. Carmen lo acompañaba. Estaban hablando sobre el tema en este preciso instante, pensó Guálinto, tratando de decidir si meterlo en un correccional o simplemente darle unos cuantos latigazos más y tenerlo a base de pan y agua hasta el fin de sus días. Se imaginaba a Maruca ideando maneras de castigarlo. A Maruca le gustaba pensar en métodos para torturar a la gente, aunque nunca llevaba a término sus planes. Ésta era su oportunidad.

Las hojas de las plataneras se abrieron de repente, sin el anuncio previo de unos pasos. Guálinto dio un respingo brusco y trató de arrastrase hacia atrás. Una forma alta se acercó rápidamente y se transformó en su tío Feliciano. Guálinto lo reconoció, pero no pudo controlar su agitación.

—Ven —dijo Feliciano con suavidad.

Levantó a Guálinto con sumo cuidado y se abrió paso para salir de la platanera con el mismo sigilo con el que había entrado. Al llegar a la puerta de la cocina, Feliciano se agachó para mirar a Guálinto. Un mechón de pelo le tapaba los ojos; se lo apartó. Se agachó un poco antes de entrar en la cocina y Guálinto buscó con miedo a su madre. Estaba de pie, a poca distancia, apoyándose con una mano en la mesa de la cocina. Tenía la cara muy pálida y rígida, y los ojos rojos. Miró a Guálinto, pero no supo si estaba enfadada o no; su mirada era muy extraña.

—Ahí dentro —le dijo a su tío.

Lo llevó hasta el dormitorio de su madre.

—Maruca —dijo con brusquedad— trae agua caliente y algunas toallas.

Feliciano tumbó a Guálinto boca abajo en la cama y su madre procedió de inmediato a desvestirlo, palpándole los huesos y la carne de los brazos y piernas al mismo tiempo. Guálinto protestó sin energía cuando María se dispuso a quitarle los calzoncillos. No en vano, ya tenía casi ocho años.

—¡Estate callado! —le ordenó su madre, con un deje de histeria—. ¡Estate callado o te doy en el trasero! Ya armaste bastante desorden.

—Cálmate, cálmate, María —dijo su tío—. Vas a conseguir exaltarlo de nuevo.

Guálinto se contuvo y le quitó los calzoncillos.

—¡Ah! —exclamó María.

Se levantó y subió la persiana hasta el tope.

—¡Ah! —repitió al volver a la cama—. ¡Bestia! ¡Bestia! ¡Salvaje!

Pasó los dedos con suavidad por las nalgas de Guálinto, que se estremeció con el roce y giró la cabeza. A su madre le caían lágrimas por las mejillas.

—Aquí traigo las toallas —dijo Maruca, entrando en el dormitorio—. Carmen está calentando el agua.

Luego vio el trasero desnudo de Guálinto.

—¡Virgencita de mi vida! —exclamó—. ¡Pero mira! ¡Qué verdugones! ¿Has visto unos verdugones así en tu vida?

—Mamá —pidió Guálinto—, dígale a Maruca que deje de mirarme.

A María prácticamente se le formó una sonrisa en la boca; no obstante lo cual, le dijo a Maruca:

—Deja las toallas sobre la cómoda y vuelve a la cocina. Pero, espera, antes búscame la botella de aceite volcánico.

—¡Espera! —les ordenó Feliciano—. No le hagas nada todavía.

—¿Por qué? ¿Por qué no quieres que haga nada?

—Santiago está en casa; vi que tiene el coche aparcado afuera. Voy a ir a buscarlo para que venga en calidad de testigo. Quiero que vea esos verdugones antes de que se los cures.

El señor Santiago López-Anguera vino de inmediato vestido con su habitual traje oscuro y provisto de bolígrafo y cuaderno, y lupa. Satisfechos los formalismos previos, verificó la fecha y la hora con Feliciano. A continuación, inspeccionó los verdugones que tenía Guálinto en las nalgas y tomó nota en su cuaderno.

—Terrible —le dijo a María.

Y, mientras escribía, se dijo a sí mismo: "Nalgas cubiertas de numerosos verdugones. Negros, rojos, azules. Tienen una anchura de alrededor de media pulgada y son igual de largos. Hay rastro de sangre". Cerró el cuaderno.

—Ésa es toda la información que preciso, doña María. Ahora ya puede curarle las heridas. Con su permiso, su hermano y yo debemos continuar con el asunto en el centro de la ciudad.

Mientras se iban, López-Anguera le iba diciendo a Feliciano:

—Le llamaremos desde mi despacho. ¡Cómo me gustaría que instalaran líneas de teléfono en esta parte de la ciudad! Luego, podemos comer algo y tendremos ocasión de hablar los tres antes de irnos. Hay tiempo más que suficiente de aquí a las cuatro.

Maruca regresó con una botella de aceite volcánico del Dr. McClean y Carmen trajo una olla con agua caliente que colocó en el suelo, junto a la cama. Aprovechando que su madre estaba inclinada para empapar en agua una de las toallas, Maruca se detuvo a mirar las nalgas desnudas de su hermano, para lo cual se puso de pie junto a su cabeza, ya que quería que éste la viera. Luego arrugó la nariz con desdén y salió airada.

—Tranquilo —le dijo su madre cuando levantó la cabeza—, no te voy a hacer daño.

Le cubrió la espalda y las nalgas con toallas húmedas y calientes y, después, le curó los verdugones con el aceite volcánico. Por fin había conseguido embadurnarle con volcánico a su plena satisfacción. Se levantó con un suspiro, se limpió las manos con una toalla mojada y lo tapó con cuidado con una sábana limpia. Se sentó junto a la cama y le acarició el pelo y lo besó. Luego le preguntó:

—¿Tienes hambre?

—Sí, mamá —contestó—, un poco.

—Te prepararé algo. Sé bueno y no te muevas mucho.

Agarró la olla y se fue con un frufrú a la cocina.

Guálinto se quedó a solas en la cama de su madre. Escuchaba a Carmen y Maruca trajinar en la cocina. Hablaban bajito. Maruca se rio una vez y Carmen le habló con severidad. Tras eso se produjo un silencio, roto únicamente por el ruido de vajilla. Los olores que provenían de la cocina le abrieron el apetito y se sentía bastante hambriento cuando su madre entró con un plato de carne guisada con calabacitas y elote dulce. Le metió una cucharada de guiso en la boca, que masticó mientras sujetaba con una mano un rollito de tortilla de harina. Al terminar, su madre le limpió la boca y recogió las migas de tortilla que se habían caído sobre la cama. Finalmente, se quedó dormido.

Se despertó al anochecer, al oír los pasos pesados de Feliciano en la cocina y se preguntó, entre sueños, cómo era posible que su tío caminara con tanto sigilo cuando quería.

—Te tardaste mucho —dijo su madre—. Ven y siéntate a cenar.

Se escucharon los ruidos habituales en la cocina cuando su tío se sentó: traqueteo de sillas, platos, cubiertos. Más adelante su tío anunció:

—Bien, la pusimos en su sitio.

—¡Eh! —dijo su madre fieramente—. Espero que lo hayas hecho con el debido respeto.

—Desde luego que sí.

—¿Qué pasó?

—En primer lugar, fuimos al despacho de Santiago y llamé al juez, don Roberto. Me había dicho en diversas ocasiones que si alguna vez necesitaba ayuda legal, podía acudir a su abogado personal. Es gringo, pero habla español perfectamente. El juez dijo que sí, así que su abogado, Santiago y yo comimos a eso de la una de la tarde en el Texas Café. Llegamos a la escuela justo cuando los niños salían y vi a un chico pelirrojo, amigo de Guálinto. Nos acercamos y hablamos con él y con otro muchacho, y lo que nos contaron era difícil de creer. Nos dijeron que esa bruja hija de puta le ha estado haciendo la vida imposible a tu hijo desde el primer día de clases. Le grita, lo cachetea, le pega con la regla y lo insulta.

—¿Pero cómo puede ser que nadie supiera lo que estaba pasando?

—Todo el mundo en la escuela estaba al tanto, mamá —afirmó Maruca, indignada—. Hasta los profesores.

—¿*Tú* sabías lo que estaba sucediendo —dijo su madre ferozmente— y no me dijiste nada? ¿A mí?

—Pero, mamá —dijo Carmen en tono de súplica— el primer día de clases nos advirtió que si nos castigaban en el colegio y usted se enteraba, nos castigaría también.

—Ya lo pasaba bastante mal con la señorita Cornelia. Por eso, Carmen y yo, nos pusimos de acuerdo para no decírselo.

—Créame, no se ha comportado mal —afirmó Carmen—. La vieja Guajolota le tenía ojeriza.

—¿Pero por qué?

—Tal vez porque sabía que era más inteligente que ella —dijo Maruca.

El comentario sorprendió gratamente a Guálinto. Nunca hubiera imaginado que Maruca pensaba que era inteligente.

Se produjo un largo silencio. Luego María dijo con voz cansada y resignada:

—Bueno, cuéntanos qué paso, Feliciano.

—La carta decía que tenía que presentarme en la oficina del director a las 16:15. Allí me esperaban: Baggley, la vieja Turkey Hen y el mismísimo Onofre Osuna. Claro que no contaban con que apareciera con dos abogados. Eso los puso en la cuerda floja. A Baggley y a la vieja Turkey Hen. Osuna había acudido a la cita solo porque le habían pedido que fuera. Shanahan, el abogado del juez, exigió de inmediato que las otras tres profesoras, las responsables de las aulas en las que la vieja bruja había azotado a Guálinto, estuvieran presentes. Las llamaron. La señorita Josephine y dos jóvenes y preciosas gringuitas. No tuvieron palabras amables para la señorita Cornelia, en especial la rubia, la señorita Hoff.

—¡Ah! Esa es la señorita Huff —dijo Carmen—. Es muy amable.

—Y luego no pasó mucho más —prosiguió Feliciano—. Habíamos acordado que no diría nada salvo que me hicieran alguna pregunta, así que me mantuve con la boca cerrada la mayor parte del tiempo. Luego Shanahan anunció que tal vez le pidiera a un médico que examinara a Guálinto mañana y que, si lo hacía, era probable que llevaran a la escuela ante los tribunales por la manera en que se trata a los niños mexicanos. Eso les bajó los humos. A partir de ese momento, me empezaron a tratar de "señor".

Se quedaron en silencio un rato y sólo se escuchó el tintineo del cuchillo y del tenedor que utilizaba Feliciano para comer.

Finalmente María preguntó:

—¿Pero cómo terminó todo?

—Tuvimos que pactar una solución intermedia —respondió Feliciano, con la boca todavía llena de comida—. Puesto que Guálinto embistió a la vieja Turkey Hen cuando salió corriendo, ella podría demandarnos por agresión si nosotros los llevamos a juicio por pegar a Guálinto.

—¿Agresión? ¿De qué modo podría mi pequeño haber agredido a ese monstruo?

—Los letrados tienen sus triquiñuelas y la escuela cuenta con unos cuantos buenos aliados entre los abogados del Partido Rojo. Shanahan me aseguró más tarde lo mucho que lamentaba que Guálinto no se hubiera limitado a salir corriendo. En ese caso, Shanahan podría haber hecho una gran defensa del caso, lo que hubiera ayudado a los Azules a ganar las próximas elecciones.

—¿Y de qué nos hubiera servido eso a nosotros?

—De nada. Por eso me alegro de sí que la embistiera. Dicen que antes de aterrizar con el trasero en el suelo dejó escapar un sonoro pedo. Fue una reacción mucho más varonil de lo que hubiera sido limitarse a salir corriendo y, por lo menos, encontró algún tipo de satisfacción por todos los golpes que ha recibido. Así que, como ya te dije, tuvimos que llegar a una solución intermedia. Todo va a salir bien. Nosotros mantenemos en secreto lo de las palizas y Guálinto vuelve a la escuela después de Navidad como si nada hubiera pasado. Por cierto, Osuna estuvo hablando conmigo después de la reunión. Me dijo que sentía lo que le había ocurrido a mi sobrino y que, a su modo de ver, no había motivos para montar tanto revuelo porque un muchachito le escribiera una carta de amor a su hija. A él le parecía gracioso, aunque su mujer no pensaba lo mismo: la pequeña Osuna no volverá a la escuela en enero; la van a internar en un colegio religioso hasta que tenga edad para ir a la preparatoria.

—¡No me importa lo que le pase a la niña mimada de los Osuna! —dijo María—. ¿Cómo puedes decir que todo va a ir bien cuando el mes que viene mi hijo estará de nuevo bajo las garras de ese viejo zopilote?

—No lo estará —dijo Feliciano—. No acabé de decirte, lo van a poner en la clase de la señorita Josephine para terminar primero bajo. Y al año que viene estará en segundo alto con la señorita Hoff.

—¡Qué bien! —exclamó Carmen—. La señorita Huff es tan buena. Ayudó a Guálinto con la actuación sobre George Washington. Y ella también lo aprecia; una vez me preguntó si era mi hermano.

—Bien —dijo Feliciano—, la gringa lo tratará mejor que la señorita Cornelia, incluso a pesar de ser gringa. Y es muy guapa, así que puede que se enamore de ella, ahora que la niña de Osuna ya no estará. ¡Ja! ¡Ja! ¡Ja! ¡Ja!

—Chitón —dijo María, tratando de aparentar severidad—. Probablemente lo despertaste con tus carcajadas.

9

A los ocho años de edad, después de haber concluido sus estudios de primero bajo con la señorita Josephine, Guálinto pasó a segundo alto con la señorita Huff, y, de ese modo, consiguió acceder, por fin, al sistema educativo americano. Bajo la tutela de la señorita Huff, empezó a desarrollar un yo angloamericano, que, conforme fueron pasando los años y gracias a la ayuda de la señorita Huff y la de otras profesoras como ella, desarrolló de manera simultánea dos itinerarios muy divergentes. En la escuela era americano; en casa y en el patio, mexicano. En el transcurso de su niñez, estos dos yo crecieron dentro de él sin causarle mucho conflicto; cada uno era exponente de una lengua diferente y de una manera de vivir distinta. El muchacho alimentó estos dos yo, radicalmente distintos y antagónicos, sin reflexionar acerca de su existencia separada.

Pasaron varios años antes de que se diera cuenta de que no existía un único Guálinto Gómez. De hecho, había varios Guálinto Gómez, cada uno de ellos doble, como las imágenes reflejadas en la superficie de cristal de un escaparate. El eterno enfrentamiento entre dos fuerzas en conflicto que se libraba en su interior dio lugar a una personalidad dividida, compuesta de diminutas células, comprimidas pero independientes, y prácticamente ignorantes una de la otra, esparcidas a lo largo y ancho de su conciencia, mezcladas como las celdas de un tablero de ajedrez.

Conscientemente se consideraba abiertamente mexicano. Le avergonzaba el nombre que su difunto padre le había impuesto, George Washington Gómez. Le estaba agradecido a su tío por haberle matriculado en la escuela como "Guálinto" y por haber dicho que era un nombre indio. El español era su lengua materna; el único idioma que su madre le permitía usar cuando se dirigía a ella. La bandera mexicana lo ponía melancólico y escuchar una enardecedora canción mexicana le impulsaba siempre a gritar. El himno nacional mexicano hacía que se le saltaran las lágrimas y, cuando decía "nosotros", se refería al pueblo mexicano. Para él, "La Capital" no radicaba en Washington, D.C., sino en la ciudad de México. De esa materia estaban formadas las células madre que conformaban el panel de miel sobre el que se edificaba su personalidad.

Ahora bien, también existía George Washington Gómez el americano. Secretamente, se sentía orgulloso del nombre del que su yo más consciente, Guálinto, se avergonzaba en público. George Washington Gómez deseaba en la intimidad ser americano de arriba abajo, libre de la vergonzosa carga de su raza mexicana. Era el producto de sus profesores anglosajones y de los libros que leía en la escuela, escritos, en su totalidad, en inglés. Sentía una agradable calidez cuando escuchaba "The Star-Spangled Banner", el himno de los Estados Unidos. Fue él quien luchó contra los británicos junto a George Washington y Francis Marion the Swamp Fox, descubrió el tesoro pirata de Long John Silver y se perdió en la cueva de Tom Sawyer y Becky Thatcher. Los libros lo convirtieron en eso. Leía todo cuanto caía en sus manos. Y escuchaba, además, de boca de sus mayores, relatos y canciones que conformaban la historia de su gente, el pueblo mexicano. Y también luchó contra los españoles con Hidalgo, contra los franceses con Juárez y Zaragoza y contra los gringos con Blas María de la Garza Falcón y Juan Nepomuceno Cortina en sus ensoñaciones infantiles.

En la escuela, a Guálinto/George Washington lo encaminaron hacia una total americanización. No obstante, la parte mexicana de su ser se rebelaba. Los inmigrantes de Europa se pueden americanizar en espacio de una generación. Guálinto, en tanto que texano mexicano, se resistía. Porque, en primer lugar, no era un inmigrante llegado a una tierra foránea. Al igual que otros texanos mexicanos, se consideraba a sí mismo elemento integral de la tierra en la que sus antepasados habían vivido antes de que llegaran los anglosajones. Y porque, hacía casi cien años, se había librado una guerra entre Estados Unidos y México, y en Texas la paz todavía no se había firmado. Así que, cuando estaban reunidos, mientras otros cantaban "*Estamos orgullosos de nuestros padres que lucharon en el Alamo*", Guálinto y sus amigos decían, entre dientes: "Estamos orgullosos de nuestros padres que mataron a gringos en el Alamo".

En ese sentido, no era diferente al resto de niños texanos mexicanos que vivían en Jonesville. Al ingresar en la escuela, los derivaban a los cursos "bajos" de primero o segundo. Dicha medida, aseguraba el equipo docente, compuesto íntegramente por gringos, constituía una necesidad pedagógica. Los pequeños latinos debían aprender inglés antes de interactuar con los anglosajones. Ahora bien, ¿no era lógico pensar que aprenderían el idioma más rápidamente estando en clase con niños angloparlantes? No, eso es una falacia pedagógica. Por ello, la Asociación a Favor del Fomento del Número de Votantes Latinoamericanos haría hincapié en el tema en las próximas elecciones y conseguiría que su candidato saliera elegido como presidente de la circunscripción. *Ya estaría*, como dicen los mexicanos.

Mientras tanto, el pequeño latino, si ha tenido suerte, ha pasado a trancas y barrancas de primero a segundo y ha terminado en manos de una joven, diligente, llegada del norte, demasiado religiosa para unirse al CPA y demasiado inhibida para ser activista social, pero que aun así cree en la igualdad y la justicia. Termina una licenciatura en educación y baja al Delta para impartir clase a niños latinos a razón de cincuenta dólares al mes. En menos de una semana, habrá manifestado que adora a los pequeños y que la idolatría que sienten por ella le llega al alma. Se convierte en madre del yo americano de los texanos mexicanos. Se preocupa por alimentarlo, protegiéndolo de influencias dañinas como haría con una planta moribunda. Es dulce y comprensible. Se muestra paciente con las limitaciones que impone un nuevo idioma y con las barreras que resultan de costumbres y credos diferentes. Se compromete, optimista, a deshacer el daño causado por la pobreza y los prejuicios. Le enseña que todos hemos nacido iguales. Y, antes de que siquiera sea consciente, el pequeño latino ya piensa en inglés, y se siente infinitamente sucio si por descuido esa mañana se le olvida lavarse los dientes.

Es en este punto cuando los pequeños latinos entran en contacto directo con los pequeños anglosajones. Hasta la fecha, en el patio, gringos y sebosos han jugado en grupos separados. Sin embargo, ahora comparten clase y han de mezclarse, puesto que están sentados por orden alfabético. A causa de la proximidad, a veces surgen amistades en el contexto del aula. Eso sí, el mexicano no tarda en comprender que dichas amistades no se extienden más allá de la puerta del aula. Es fácil que, en el patio, se encuentre con uno de esos amigos de clase rodeado de otros anglos. En el instante en que el muchacho de piel oscura se acerca, los americanos dejan de hablar, y ninguno le devuelve el saludo. Reanudan su conversación, pero con cautela, sin incluirlo en ella. El texano mexicano aprende a mantenerse a una distancia; les incomoda. Y un día descubre por lo menos una de las razones por las que esto es así. Pasa, por ejemplo, junto a un grupo de anglos que juega a las canicas.

—¡Estás haciendo trampa! —grita uno de ellos.

—No.

—¡Sí!

—¡No!

Se ponen de pie, uno frente al otro; sus sonrosadas caras se han tornado moradas por la rabia y tienen las manos preparadas para asestar un puñetazo. El mexicano se detiene, ya que nunca ha visto una pelea entre dos americanos. Sin embargo, los otros dos se limitan a quedarse ahí, de pie, hasta que uno de ellos dice:

—Eres un . . . ¡alemán!

—Eres un . . . ¡mexicano!

Ven al mexicano, que se encuentra cerca. Sonríen, avergonzados, y vuelven a su juego. El texano mexicano sigue de largo, pensando: "Gringos, *sanavabiches*".

No, el texano mexicano no es un ignorante a la manera de Calvin Coolidge, que una vez preguntó: "¿El Alamo? ¿Qué es el Alamo?" El texano mexicano sabe lo que es el Alamo; se lo recuerdan con frecuencia. La historia tejana es una cruz con la que ha de cargar. En los exámenes, si quiere aprobar el curso, tiene que poner por escrito aquello a lo que se opone tajantemente. Y, con frecuencia, algunos de los pasajes de los libros de texto se convierten en temas de discusión.

—¿No te parece horrible lo que los mexicanos hicieron en el Alamo y en Goliad? ¿Por qué son tan traicioneros y sangrientos? Y también cobardes.

—¡Eso es mentira! ¡Eso es mentira! ¿Traicioneros? ¡Eso lo serán ustedes!

—Lo dice el libro, ¿o es que no sabes leer?

—Niños, niños. Sigamos con la clase.

—¡Pero si está insultándonos!

—Es el libro el que lo dice.

La profesora sonríe.

—Eso fue hace muchos años —asegura—. Ahora todos somos americanos.

—¡Pero qué dice el libro, el libro! ¡Habla de nosotros en presente! ¡Presente! Afirma que somos sucios y que vivimos debajo de los árboles.

La profesora no osa cuestionar un libro sobre la Historia tejana. La tacharían de comunista y perdería su puesto de trabajo. Su única opción consiste en cambiar de tema, contar un chiste, hacer reír a los alumnos. Si lo logra, rebajará el grado de tensión, por lo menos por el momento. A pesar de los manuales de texto, hace lo mejor que puede, y eso es suficientemente loable. En lo que respecta a sus clases, la democracia existe. En ese terreno, con bastante frecuencia, el texano mexicano es el primero, no el último. Si la maestra es joven y guapa, se enamorará de ella de forma tan ostensible que la hará sentir vergüenza. Sin embargo, si en ciertos casos ella representa para él la Belleza, en otros muchos es ejemplo de Justicia, Igualdad, Democracia. La encarnación de todo esto se entiende como algo bueno entre los americanos.

Fue en semejante ambiente escolar donde Guálinto Gómez conoció la pubertad. Odiando por un momento al gringo con una animadversión irracional y admirando, al instante siguiente, su literatura, su música y sus bienes materiales. Amando a los mexicanos con fe ciega y a la vez menospreciándolos por su lento progreso en el mundo.

10

Guálinto avanzaba con brío por Fourteenth Street, disfrutando de la brisa que se había levantado con el aguacero de la tarde. Muy pronto, el sol de agosto haría que el resto del día fuera caluroso y húmedo. Era la temporada de huracanes, en la que el viento fuerte y las precipitaciones intensas eran un fenómeno frecuente. La tormenta de esta tarde lo había pillado en la tienda de abarrotes de su tío, donde estaba de visita. En cuanto la lluvia se calmó, su tío lo mandó a casa para ver si el viento había causado algún daño en las inmediaciones de la vivienda. Bajó por Fourteenth Street hasta llegar a la calle empedrada que cruzaba enfrente de su casa. En su infancia, se llamaba carretera de Old Fort Jones; ahora su nombre oficial era Pershing Avenue. Seguía siendo la única vía asfaltada de aquella parte de la ciudad. Normalmente atajaba por los almeces y entraba por detrás. Hoy, en cambio, no lo haría. La platanera, donde tantas veces había jugado en el pasado, sería un barrizal, como cada vez que llovía con intensidad. Ya no jugaba allí; ya era muy grande para ese tipo de cosas.

Estaba contento y, por el camino, iba tarareando una canción que decía: "Estoy sentado en lo alto del mundo, dejándome llevar, dejándome llevar". El verano había sido apacible. Había pasado un montón de tiempo junto al Colorado, Orestes Sierra y sus otros amigos. Había visitado a su tío en la tienda, donde abundaban las cosas ricas. Pero lo mejor de todo habían sido los días que había estado en la hacienda. Su tío y don José Alcaraz cultivaban ocho acres de terreno a orillas del río, en una zona de Jonesville río abajo. Más bien, don José labraba la tierra con la ayuda ocasional de personal contratado; el tío Feliciano pagaba la renta por la tierra y repartían beneficios. A Guálinto le encantaba el campo. Nadaba en el río con los muchachos de las haciendas colindantes y montaba a caballo. Le encantaba observar las hortalizas, que crecían siguiendo un orden perfecto. Y le gustaba todavía más sentarse alrededor de un fuego y escuchar a los hombres cantar y contar historias. Por las mañanas, agarraba un rifle 22 de cañón recortado y recorría los senderos que se abrían entre las arboledas de los alrededores, recubiertos de hojas. No era su intención disparar a nada, pero llevaba el rifle con la excusa de poder caminar a solas por los bosques y perderse en sus propios pensamientos. A veces le apetecía dedicarse a la agricultura y una vez se lo mencionó a su tío Feliciano. Éste pareció enojarse.

—La agricultura no es para ti —le dijo con severidad—. La escuela. Ahí es donde debes estar.

Y la verdad era que a Guálinto le encantaba la escuela y tenía ganas de volver a empezar. Siempre obtenía buenos resultados, como Carmen. Y éste sería un año especial. En mayo había terminado quinto en la vieja escuela primaria, así que en septiembre empezaría sexto, el primer ciclo de secundaria, en uno de los numerosos edificios nuevos que se habían construido a varias cuadras, en dirección norte, de la escuela de primaria. Orestes Sierra y Antonio Prieto, y también el Colorado, Arty Cord y la Víbora, que habían repetido un curso de primaria, irían a clases con él. Muchos otros de los chicos del grupo del Colorado ya habían dejado los estudios. Coincidiría de nuevo con Francisco Cuatro Ojos, que estaba en séptimo. Francisco les había contado que al año siguiente su padre le enviaría a la escuela preparatoria de Monterrey. Cuatro Ojos se había pasado el curso fanfarroneando sobre lo difícil que era el primer año de secundaria. Ahora se dedicaría a decir lo mucho mejor que eran los colegios en Monterrey en comparación con los de Texas.

Guálinto sabía que no era el único al que le emocionaba la perspectiva de comenzar un nuevo año académico. También a Carmen. Había pasado a octavo y sería estudiante de primer año en la preparatoria. Uno de los sueños de Carmen era graduarse y ahora su ilusión estaba a punto de hacerse realidad. No le supondría ningún esfuerzo. Era muy inteligente y trabajaba más que Guálinto. Le encantaba estudiar, leer y saber. La pobre Maruca era un caso muy distinto. Carmen la había pasado de curso y este otoño tendría que repetir séptimo. El propio Guálinto podría alcanzarla al año siguiente, en caso de que no abandonara los estudios antes. Su madre barajaba la posibilidad de sacarla del colegio. Con dieciséis años, Maruca ya no era una niña para estar en la escuela.

Había venido por la calle para evitar el barro y ahora que ya estaba enfrente de casa tenía que cruzar la acequia con césped por encima de la pasarela de madera que conducía a la puerta principal de la vivienda. Al llegar a la puerta, escuchó un ruido sordo procedente de la parte trasera de la casa, seguido de los gritos de sus hermanas y, luego, gemidos fuertes de su madre. Atravesó la casa corriendo y se encontró a Maruca y a Carmen inclinadas sobre su madre, que yacía recostada de lado sobre la pasarela de madera que conectaba la casa con el cuarto de atrás.

—¡Se lo advertí! ¡Se lo advertí! —Gritó Maruca el ver aparecer a Guálinto—. Pero se empeñó en ir a ver si el viento había estropeado sus rosales.

—Ayúdanos a levantarla —dijo Carmen—. Con cuidado. Con mucho cuidado.

Le quitaron los zapatos embarrados y la ayudaron a ponerse de pie. María dejó escapar un grito al apoyar el peso de su cuerpo sobre el pie izquierdo, así que la transportaron hasta la cama.

—Es probable que se haya roto algo —le dijo Carmen a Guálinto—. Tenemos que ir a buscar al tío Feliciano.

Mientras sus hermanas ayudaban a María a meterse en la cama, él fue corriendo a casa de los López-Angueras, quienes habían instalado un teléfono recientemente. Doña Socorrito respondió a su llamada.

—Mi madre —dijo—, se ha caído y le duele mucho la pierna. ¿Puedo llamar por teléfono a mi tío, por favor?

Doña Socorrito era una mujer agradable, ancha y con lentes.

—Pasa, muchacho —dijo—. Llamemos primero al médico. Deja que yo lo haga.

Se comunicó con el doctor Zapata y le explicó la situación.

—Viene de inmediato —le comunicó a Guálinto alegremente—. ¿Quieres que llame yo a tu tío? Tenemos el número de teléfono de la tienda.

—Le estaría muy agradecido —contestó Guálinto—. No sé usar el teléfono.

—Ahora mismo lo llamo. ¿Les puedo ayudar en algo más?

—No, gracias. Mis hermanas ya la metieron en la cama y la están cuidando.

—¿Por qué no vuelves a casa y las ayudas? Yo me encargaré de llamar a tu tío.

De vuelta en casa, Maruca y Carmen habían ayudado a su madre a limpiarse el barro, a desvestirse y a ponerse un camisón. Estaba tumbada, sobre el lado derecho, muy pálida y se quejaba en voz baja. El Ford del doctor Zapata y la carreta de Feliciano llegaron uno detrás de la otra. El doctor entró rápidamente en el dormitorio; era un hombre bajo con un gran bigote y porte militar. Antes de la Revolución había sido cirujano en el ejército de Porfirio Díaz.

—Deje que le examine la pierna —le pidió, y le levantó el camisón.

Ella le agarró la mano.

—¡No se atreva! —exclamó.

—¡Soy médico! ¡Necesito saber dónde tiene el golpe o no la podré curar! —Y añadió—. Está bien, podemos empezar de otro modo.

Le exploró la pierna con fuerza sin levantar el camisón, desde la cadera hasta la rodilla, lo que hizo que María gritara cuando llegó a la mitad de las dos articulaciones. Después, introdujo las manos debajo del camisón y presionó de nuevo.

María chilló:

—¡Me está haciendo daño!

—No, señora —replicó el médico—, el daño se lo hizo usted misma. Yo estoy tratando de curarla. Señor García, ¿por qué no pasan usted y el niño a la otra habitación? Las chicas me ayudarán.

Feliciano y Guálinto se fueron a la sala de estar. El médico sacó una gran aguja de su maletín, le levantó el camisón a María y le puso una inyección en la nalga. Luego, preparó una apestosa mezcla café.

—Tuvo mucha suerte, señora Gómez.

—¿Suerte? —gritó María—. Me caí y me rompí la pierna y dice usted que fui afortunada.

—Ahora estese callada y no se mueva. Se le rompió el hueso del muslo, pero es una rotura limpia, no hay esquirlas; y el hueso no se ha desplazado. Tuvo suerte en ese sentido. Ha tenido suerte de que no haya sido la cadera, en cuyo caso se podría haber quedado coja para el resto de sus días. También ha tenido suerte porque todavía es usted joven. Se repondrá antes de lo que lo haría si tuviera cincuenta o sesenta años.

Dijo esto al tiempo que le embadurnaba el muslo con la mezcla y se lo escayolaba.

Terminó y cubrió a María con una sábana.

—Señor García —llamó—, ya puede pasar.

Guálinto siguió a su tío hasta el dormitorio.

—No podrá apoyar la pierna en el suelo por lo menos los próximos dos meses —le comunicó el médico a Feliciano—. Y pasará mucho más antes de que pueda caminar y ocuparse de las tareas de la casa. Es importante que guarde reposo absoluto. Tendrá que contratar a alguien para que se haga cargo de la casa y para que la atienda. Recuerde, si la fractura se mueve antes de que el hueso se suelde, no se cerrará como debe.

—Pero si ya me siento mucho mejor —protestó María—. Ya no me duele.

—Eso es gracias a la inyección que le puse. Me temo que el efecto no tardará en pasar y le volverá a doler. Le voy a recetar unas pastillas. Tómese una cuando el dolor sea tan intenso que no lo pueda soportar. Pero no abuse de ellas. Son peligrosas.

Feliciano acompañó al médico hasta la puerta y le pagó por la visita. Regresó al dormitorio culpándose por su descuido al no haber instalado un pasamanos junto a la pasarela y haber construido peldaños con un espacio en el que poder asirse.

—Voy a llamar a un carpintero mañana mismo —anunció al entrar en el dormitorio—. Lo tenía que haber hecho hace años.

—¿Qué necesidad hay de preocuparse por la acera ahora? —le recriminó María de mala gana—. ¿Quién se va a encargar de las tareas de la casa?

—Doña Teodora a veces trabaja como asistenta del hogar —respondió Feliciano—. Le podemos pagar para que se ocupe de la casa por un par de meses. Pero bien, no podemos permitirnos una criada y una enfermera. Creo que ha llegado la hora de que Maruca abandone los estudios. Ella podrá encargarse de las tareas de la casa y de tu cuidado.

—Por mí está bien —dijo Maruca, despreocupadamente—. Ya estoy harta de la escuela.

—Maruca puede hacerse cargo de la casa —concedió María—, pero no quiero que sea ella quien me cuide. Es demasiado precipitada y bruta.

—Entonces necesitaremos una enfermera —dijo Feliciano.

—¿Una enfermera noche y día? —preguntó María—. ¿Cuánto crees que podría costar eso? No eres rico.

—Mamá, yo cuidaré de ti —se ofreció Carmen sin mucho convencimiento.

Se produjo un breve silencio, y, a continuación, Feliciano dijo:

—Se podría hacer cargo, con la ayuda de Maruca siempre que la necesite. Es tierna y cuidadosa.

—Pero entonces tendría que dejar la escuela —dijo María—. Quiere acabar la preparatoria.

—Ya recibió más educación de la que necesita cualquier mujer —dijo Feliciano.

—No me importa, mamá —dijo Carmen en voz baja—. De verdad que no —añadió, y se fue a la cocina.

Guálinto salió detrás de ella.

—Carmen —dijo, bajando el tono—, Carmen, lo siento.

Se dio media vuelta, dándole la espalda a la cocina de leña, para mirarlo a los ojos; los tenía humedecidos.

—¿Recuerdas que cuando estaba chiquito —prosiguió— me leías selecciones de tus libros y a veces le pedías dinero al tío Feliciano para comprarme libros que creías que debía leer? Ahora seré yo quien te proporcione los libros. Y cuando esté en octavo te prestaré todos mis libros de la escuela. Estudiaremos juntos.

Parecía que Carmen se iba a poner a llorar de un momento a otro. Sin embargo, se limitó a tragar con dificultad y a asentir. De pronto le plantó a Guálinto un beso en la frente y se puso de cara a la estufa.

11

Guálinto progresaba en el colegio al mismo ritmo que crecía la fortuna de su tío, alimentada por el sueño de un hombre desaparecido. Si su vida hubiera seguido el camino que habían trazado para él manos extranjeras, Feliciano García habría trabajado de vaquero por tanto tiempo como hubiera habido ganado en

Texas. O podría haber sido mano de obra en una hacienda o, como mucho, accionista como su vecino José Alcaraz. Su hermana, que como él nació en un rancho de un solo cuarto de suelo de tierra y un ventanuco como única fuente de ventilación, se conformaba con poco.

Ahora bien, Gumersindo Gómez, el pelirrojo soñador con el que había contraído matrimonio María, le había impuesto a su hijo el nombre de un gran hombre. El nombre de un gringo, pero que, a pesar de ello, había sido un buen hombre. Gumersindo había anunciado con convencimiento que su hijo sería un gran hombre, descargando sobre los hombros de Feliciano, que debía velar porque el muchacho siguiera el camino al que estaba destinado, una gran culpa y responsabilidad. Las palabras de Gumersindo, pronunciadas en una ocasión medio en broma y repetidas en el lecho de muerte, adquirieron una importancia cuasi mística para Feliciano y María, una relevancia que aumentó con los años, a medida que el tiempo hacía su memoria más difusa y, por ende, más heroica. Feliciano, llevado por el remordimiento, había trabajado sin descanso para asegurarse de que el sueño de Gumersindo se hiciera realidad. Con el fin de ofrecerle al muchacho los instrumentos necesarios para alcanzar la meta que su padre le había marcado. Y cuando, al fin, el muchacho fue a la escuela y le fue bien, esto suscitó entre los miembros de su familia no tanto sorpresa y admiración como confianza en sí mismos. Siempre habían sabido que sería así.

Feliciano se esforzó por amasar todo el dinero posible y por todos los medios necesarios con el objetivo de que el sueño de Gumersindo se viera cumplido porque sabía que los sueños tienen más posibilidades de hacerse realidad cuando uno dispone de dinero. Eran varios los motivos que explicaban la creciente prosperidad de Feliciano: trabajo, suerte, el juez Norris y el Partido Azul, Santos de la Vega. Eso y la implacable determinación de su madre, decidida a recuperar para sus hijos algo de lo que habían perdido sus abuelos cuando llegaron los gringos. Los padres de la anciana tan sólo guardaban un vago recuerdo de lo que había sido la vida en el Delta antes de que pasara a formar parte de Texas, pero le trasmitieron los recuerdos de sus padres a su generación. De ahí que sus hijos aprendieron a leer, a escribir y a hacer cuentas en la escuelita de San Pedrito y que ahorrara cuanto pudo a lo largo de su vida, una moneda de cinco centavos o de veinticinco.

Debía haber fallecido sumida en la más exasperante de las desesperaciones, pensó Feliciano, resentida por el fracaso de todos sus esfuerzos. Los dos únicos hijos que le quedaban vivos, eran fugitivos de la ley gringa, y su hija, viuda. ¡Si los pudiera ver ahora! Vivían en unas condiciones que les habían estado negadas hasta a sus abuelos. La casa le hubiera maravillado, agrandada y reformada con el dinero de Feliciano, pero que, en un principio, había comprado con sus ahorros de toda una vida. Feliciano consideraba que tenía derecho a sentirse orgulloso con razón de la casa en la que vivía su familia. No era una mansión de ladrillo como las que había en el centro de la ciudad, pero, con la sola excepción de la de los López-Anguera, era la mejor en todo el barrio del Dos Veintidós. Ahora disponía de varias habitaciones. Tenía ventanas de cristal y suelos recubiertos de linóleo. Y, lo que es más, estaba provista de agua potable y de luz eléctrica, y tenía un escusado adentro. También había espacio para una ducha, aunque seguían bañándose en una tina porque no había agua caliente. Tal vez la tuvieran pronto. Sentado en su mecedora del porche, Feliciano se detuvo a pensar una tarde de domingo en todos los logros que había conseguido por medio de su esfuerzo, y el corazón se le llenó de satisfacción. En otra época había vivido en lo que en retrospectiva parecía la más miserable de las pobrezas. Ahora era, si no tanto como rico, un hombre acomodado. Él había leído a la luz de una vela, siempre que el agotamiento no le impidiera leer. Su sobrino tenía su propio dormitorio con un pupitre y luz eléctrica.

Aquella tarde de domingo, Feliciano esperaba a que su sobrino llegara a casa. Corrían rumores de que se avecinaba una mala época para los negocios, y, como medida de precaución, quería que su sobrino le ayudara a revisar unas cuentas del inventario y del dinero que tenía ingresado en el banco. Sacó su reloj del bolsillo. Ya eran casi las cinco. Guálinto no debería tardar en llegar del cine. Lo vio aparecer, por fin, calle abajo. Su cuerpo, de escasa estatura y regordete, guardaba gran parecido con el de Gumersindo, pensó Feliciano. Lo único que lo diferenciaba era el pelo, color canela, no pelirrojo como el de su padre. Guálinto caminaba de prisa; llegó a la verja en el preciso instante en que un enorme coche negro apareció en dirección contraria. Dudó, se detuvo un momento y, luego, pasó de largo a toda prisa junto a la puerta. Cuando llegó a la altura del coche, que circulaba despacio, saludó con la mano. Se cruzaron el uno con el otro y Guálinto dio una vuelta a la cuadra antes de volver de nuevo al punto en el que estaba y abrir la verja.

—Hola —dijo Feliciano—, ¿a qué estás jugando?

Guálinto no respondió. Se sentó en el balancín del porche, que las viñas de madreselva ocultaban desde la calle. Empujó el columpio hacia atrás todo lo que pudo, de tal forma que lo único que quedaba a la vista eran sus piernas.

—¿Qué te pasa? —insistió Feliciano—. ¿A poco tan distraído que te olvidaste que ésta es tu casa?

Guálinto miró al suelo.

—Déjeme ver las cuentas —dijo.

Maruca salió y se quedó de pie en la puerta, con el pelo color caramelo cayéndole en dos pliegues sobre los hombros y hasta el pecho.

—Ven aquí —le ordenó Feliciano a Guálinto—. Siéntate en esta silla junto a mí y repasaremos las cuentas juntos.

Guálinto dudó, reacio a salir de la pantalla que formaban las viñas de madreselva. Por fin, se levantó, mirando de reojo calle arriba.

—¿Qué pasa? —volvió a preguntar Feliciano—. ¿Te estás escondiendo de alguien?

—Por supuesto que sí —dijo Maruca maliciosamente—. ¿No ve que no quiere que lo vean?

Guálinto se detuvo en el momento en que iba a sentarse en la silla que estaba al lado de la de su tío y fulminó a Maruca con la mirada.

—¿No quiere que lo vean? —repitió Feliciano.

Guálinto le lanzó a Maruca una mirada rencorosa y entró en la casa como un rayo, accediendo por la otra puerta, y se fue derecho al dormitorio de su madre.

—Claro que no —le dijo Maruca a su tío—. Esa que acaba de pasar con el coche grande era su novia, y tiene miedo de que descubra que vive aquí. Por lo menos, él piensa que es su novia.

Su tío frunció el ceño.

—Estás loca. ¿Por qué no iba a querer que supiera que vive aquí?

—La casa le avergüenza —dijo Maruca haciendo una bomba con el chicle que tenía en la boca.—Apuesto lo que quiera a que ahora se metió al baño con un libro. Le avergüenza esta casa; no es ninguna mansión, la verdad.

—Cállate la boca y métete —le ordenó Feliciano.

Maruca entró, haciendo una mueca que Feliciano no vio. Fue al dormitorio de su madre y preguntó:

—Mamá, ¿dónde está Guálinto?

—Pasó de largo —contestó su madre.

Estaba sentada encima de la cama, cortando un trozo de tela siguiendo un patrón.

—Tomó el periódico y se fue derechito a la cocina sin ni siquiera decir: "Ya llegué".

—Le apuesto lo que quiera a que ahora está leyendo en el baño.

Guálinto estaba sentado en el escusado con el periódico extendido sobre las piernas, pero las letras le bailaban y de vez en cuando caían lágrimas sobre ellas, humedeciendo el papel y emborronándolo.

En el porche, Feliciano se quedó sentado en su mecedora mucho tiempo, pensando. Se miró sus enormes manos huesudas, como si nunca se las hubiera visto. Después, miró a su alrededor, inspeccionando el entorno. Luego permaneció sentado en la mecedora un buen rato, impasible, con la mirada puesta en la distancia. Por último, se puso el sombrero y se fue a dar un paseo.

12

Abril. Este año el mes estaba siendo precioso. Las mañanas todavía eran frías y caían precipitaciones suaves, de modo que la carretera que iba desde Jonesville a la hacienda del tío Feliciano estaba repleta de flores silvestres. Guálinto, sin embargo, no tenía ahora tiempo para hacer visitas al rancho. El próximo mes terminaría el tercer año de la preparatoria y en el otoño empezaría el último; y la graduación llegaría sólo nueve meses después. Luego, le esperaba la universidad. Tenía la esperanza de tener coche el último año, un coche que el año siguiente llevaría a la universidad. Pero, su tío no estaba seguro de poder dárselo. El primer año, por lo menos, no le gastaría demasiado dinero porque estaba seguro de que le darían una beca.

En mañanas como ésta le embargaba una extraña mezcla de emociones. Sentía euforia por lo que le depararía el futuro. Y al mismo tiempo sentimientos de tristeza y soledad. Tal vez fuera el tiempo. Tal vez fuera el hecho de ver que pocos de sus amigos seguían con él en la preparatoria. El Colorado, Arty Cord y la Víbora habían llegado al primer año de secundaria, pero dejaron los estudios después de acabar séptimo y se pusieron a trabajar. Al Colorado le iba bien como ayudante de contable en Acme Produce, Inc.; siempre se le habían dado bien los números. Francisco Cuatro Ojos estaba en la escuela preparatoria de Monterrey. Los únicos que quedaban, de entre sus amigos de la escuela de primaria, eran Orestes Sierra y Antonio Prieto. Y era evidente que Antonio pasaba de panzazo. Seguía conservando el aspecto demacrado y desnutrido y todavía venía al colegio con el pelo enmarañado y la ropa remendada. Guálinto se preguntaba a menudo cómo serían sus padres, porque nunca había entrado en casa de Antonio.

Y, además, estaba ese mal presentimiento, de incertidumbre, de inseguridad. Guálinto había aprendido muchas cosas en la escuela. Sabía hablar, leer y escribir muy bien en inglés. Tenía grandes conocimientos sobre historia, literatura y otras materias. Sin embargo, no tenía ni idea ni de lo que quería estudiar en la universidad ni de a qué quería dedicarse una vez que se hubiera convertido en un hombre cultivado. Ni de cómo se suponía que debía ayudar a su gente, tal y como esperaban de él su madre y su tío.

Esa mañana, el primaveral aire frío se colaba por la ventana abierta de la clase de historia de la señorita Barton. Era la tutora de los alumnos de tercer año de preparatoria y al curso siguiente sería la responsable de los del último año. También enseñaba historia de los Estados Unidos y eso era lo que hacía en este preciso instante. El tema de debate era la Guerra Civil. Mientras que los Estados Unidos estaba dividido contra su voluntad, aseguraba, México luchaba contra los franceses, que habían invadido el país como desafío por la Doctrina Monroe.

—Hoy contamos con un testimonio oral sobre la guerra franco-mexicana —dijo, apuntando con la cabeza en dirección a Guálinto.

Guálinto giró para sonreír a la chica que se sentaba a su izquierda al mismo tiempo que se ponía de pie. La muchacha lo miró con admiración y le sonrió. Era María Elena Osuna. Caminó hasta la parte delantera de la clase dando pasos fuertes, de manera un tanto ostentosa, con la confianza de quien se sabe superior como estudiante. Tenía el promedio más alto de entre todos los alumnos de tercer año de prepa y era de prever que fuera él quien pronunciara el discurso de graduación al año siguiente. Él daba por hecho que así sería; en casa se habían pasado la vida diciéndole que era mejor que el resto. El hecho de que la clase estuviera integrada en su mayoría por anglos no ponía en peligro en lo más mínimo sus oportunidades. La clase de la señorita Barton era una verdadera democracia. El muchacho con cara de tonto que se sentaba en la tercera fila empezando por detrás era Odysseus Patch, hijo del propietario de Patch Lumber Company: "Los constructores van y vienen, pero Patch permanece". Su padre era uno de los hombres más ricos e influyentes de Jonesville-on-the-Grande, pero en el aula Odysseus Patch estaba por debajo de Guálinto Gómez. Elton Carlton, el delgado y sensible hijo del director del Jonesville National Bank, no era estúpido y no miraba con admiración a Guálinto. Sentía un profundo resentimiento hacia el mexicano, pero el ambiente de la clase lo obligaba a reprimirlo. Elton sería, sin duda, el segundo mejor alumno el día de la ceremonia de graduación, pero para él no era un honor. Le fastidiaba, y a su padre, banquero, también, saber que sería el segundón en la graduación, que protagonizaría un mexicano.

Guálinto avanzó dando pasos rápidos. Estaba empezando a desarrollar un gran pecho y lo sacaba como un gallo de pelea. Lo rodeaba un aura de charlatanería y de locuacidad incluso antes de que pronunciara una palabra. Al mirarlo, la señorita Barton pensó: "Se esfuerza tantísimo por aparentar seguridad en sí mismo. Si sólo se relajara un poco".

Guálinto se aclaró la garganta y anunció:

—Les voy a hablar de la guerra de México contra los gabachos.

Relató el desembarco del ejército francés en Veracruz y su derrota en Puebla a manos del ejército mexicano. Ofreció detalles a sus compañeros acerca de la batalla de El Cinco de Mayo y de por qué los mexicanos la festejan. Los mexicanos ganaron entonces, dijo con énfasis y rezumando orgullo. Más adelante llegaron los días de las guerrillas, organizadas por los mexicanos, y de las atrocidades perpetradas por los franceses. Por último, los franceses se dieron cuenta de que no podrían ganar y se retiraron, y Maximiliano fue ejecutado.

—Nuestro libro de historia —concluyó con desprecio—, nuestro libro de historia asegura que fueron los Estados Unidos los que consiguieron que los franceses se retiraran. Eso no es cierto.

Hizo una pausa para dejar que su afirmación calara hondo.

—Eran los alemanes los que se preparaban para darles en la torre a los gabachos, así que Napoleón III retiró las tropas y dejó a Maximiliano cargando con el muerto.

Proyectó hacia afuera el labio inferior y asintió con satisfacción.

—Eso es todo, amigos —dijo, y regresó de prisa a su asiento.

—Muy bien —lo felicitó la señorita Barton—, muy, muy bien, Guálinto. Pero te agradecería que evitaras el lenguaje callejero. Tú ya sabes un registro muy alto en los trabajos escritos. Estoy segura de que puedes hablar como lo haces al escribir.

Guálinto sonrió y centró toda su atención en el proceso de sentarse. Una vez en su sitio, miró en dirección a María Elena y ella le devolvió la sonrisa. Los exámenes de la prueba que habían realizado la semana anterior circulaban de fila en fila. Guálinto tomó el montón de papeles, que le entregó el chico que se sentaba delante de él, buscó su examen y pasó el resto hacia atrás. Sólo un 99; pensó que sacaría un 100. Buscó la pregunta en la que había fallado. Una fecha. Había confundido los dígitos y había escrito 1876 en lugar de 1867. Alzó la mano para reclamar la nota, pero lo interrumpieron.

—¿Señorita Barton?

Era Ed Garloc, el rechoncho de Ed. No estaba gordo y era casi tan alto como uno de los amigos de Guálinto, el Colorado. Sin embargo, todo él era redondo. La forma que adoptaban sus pantalones al sentarse era perfectamente redonda. Su cara morena, del color de la leche sucia, era redonda. Sus ojos cafés eran redondos. Y también sus mejillas, al igual que la nariz.

—Señorita Barton, ¿piensa que es cierto todo lo que dijo?

—Siempre hay dos versiones de un mismo hecho, Ed —contestó la señorita Barton antes de que Guálinto tuviera tiempo de defenderse.

—Pero sólo una es correcta, ¿no? Creo que ésa es la nuestra. Siempre hemos sido más justos y más honestos que cualquier otro país.

Guálinto soltó una carcajada estridente, de caballo.

—¡Mira quién habla! ¿Por qué no lees algo más allá de los libros del colegio?

—Si no te gusta vivir aquí —le contestó Ed a la defensiva—, ¿por qué no te vas . . . a algún otro lugar?

—Por ejemplo, ¿adónde? —le preguntó Guálinto, retándolo para que respondiera "México".

—A Alemania, por ejemplo.

—¿Por qué no?

—Vete tú a Alemania; a ver qué te pasa.

—Los alemanes son buenos —dijo Guálinto acalorado—. ¡Ojalá crucen el océano un día y le den una lección a este país!

Ed Garloc se quedó mirándolo incrédulo.

—¡No sabes lo que dices! —exclamó.

—Creo que es un bolchevique —saltó una chica desde el fondo de la clase.

—Chicos, chicos —dijo la señorita Barton— discutan con calma.

—¿Qué no son buenos los alemanes? —le preguntó Guálinto a la señorita Barton.

—Ningún pueblo es malo de corazón —respondió—. Eso sí, los malos dirigentes pueden hacer malo a su pueblo. A los alemanes se les acusó de cometer numerosos crímenes en Bélgica durante la Gran Guerra.

—Estoy seguro de que no fueron tan horribles como los crímenes perpetrados por los Texas Rangers hace quince años —replicó Guálinto.

—Ellos mataban bandidos —dijo Ed.

—Bandidos, ¡sí, cómo no! Para ellos todos los mexicanos eran bandidos.

—Bueno —respondió Ed con seriedad—, no me negarás que a los mexicanos, en su mayoría, les gusta infringir la ley.

—¡Oye, oye, serás . . . ! —dijo a medio gritar una chica llamada Elodia, que se sentaba delante de Ed Garloc.

Se dio la media vuelta con un movimiento brusco de su negra melena. Su rostro de tez oscura adoptó expresión de enfado.

—¡Mira a este pendejo! —exclamó.

—Elodia —la reprendió la señorita Barton—, no emplees ese tipo de vocabulario.

—No dije malas palabras.

—En cualquier caso, habla en inglés.

—Entonces, dígale que se calle.

—Pero si es cierto —aseguró Ed con calma—, mira en los registros judiciales o incluso en los periódicos. ¿A quiénes son a los que detienen? A los mexicanos.

—¡No es cierto! ¡No es cierto! —gritó Guálinto, elevando la voz porque sabía que era cierto, pero era incapaz de encontrar un argumento para rebatirlo.

—¿Saben por qué dice eso? —dijo Elodia—. Porque su padre es un rinche.

—Mi padre es ayudante del sheriff —entonó Ed dramáticamente— y yo me siento orgulloso de ello.

—Entonces es un asesino —replicó Guálinto—. Un matón.

—¡Retira lo que has dicho!

—No.

Ed y Guálinto se fulminaron con la mirada de un lado al otro del pasillo. La señorita Barton dio un golpetazo sobre la mesa con la regla.

—O discuten con educación —advirtió— o no habrá más debates en esta clase. Pídanse disculpas.

Ed miró fijamente a Guálinto un momento, luego sonrió.

—Perdóname —dijo.

—Tú también —pero no sonrió.

—En ningún momento pretendí incluirte a ti —prosiguió Ed, cuya voz había recobrado su habitual tono suave—. En realidad, tú no eres mexicano, eres español.

—No soy español —dijo Guálinto fríamente—. Soy mexicano.

—En Río Grande City —dijo Elodia— somos los dueños de la ciudad. El sheriff es mexicano, el alcalde es mexicano. Tenemos *Boy Scouts* y organizamos picnics en la iglesia y bailes en la escuela. Aquí, en el sucio Delta, los gringos piensan que somos una montaña de basura.

—Elodia, Elodia —dijo la señorita Barton—, ya basta. Nos estamos centrando en cuestiones personales. Y ese, además, no es el asunto que estamos tratando hoy. Volvamos al tema. Los Estados Unidos denunciaron la invasión de México por parte de Francia basándose en la Doctrina Monroe.

—¿Y acaso era eso asunto suyo? —preguntó Guálinto.

—Actuamos en calidad de hermano mayor de una nación más débil —le explicó la señorita Barton.

—Sí, claro —dijo Guálinto en tono sarcástico—, un hermano mayor provisto de una gran vara.

La señorita Barton sonrió.

—La gran vara tenía como objetivo equilibrar poderes. Mira, Guálinto, imagina que al lado de tu casa vive un niño más pequeño que tú. Está a punto de comerse un dulce cuando de repente un adolescente, de tu misma edad más o menos, entra en el patio del niño y trata de quitarle el dulce. ¿Qué harías? Saltarías la cerca y tratarías de disuadir al mayor, ¿no?

—Por supuesto —dijo Guálinto acremente—. Y una vez que me hubiera desecho de él, le quitaría al pequeño el dulce para comérmelo yo mismo.

La clase entera se rio entre dientes y, luego, rompió a reír efusivamente, y la señorita Barton también se echó a reír.

—Muy bien, Guálinto —lo felicitó alegremente—. Tienes aptitudes para el debate. Si se hace con educación, se puede discutir. Podemos analizar un tema desde distintos ángulos y entendernos mejor.

Sonó el timbre y la clase perdió el interés por Maximiliano, México y la Guerra Civil de Estados Unidos. Todos se dirigieron a la puerta. Ed Garloc buscó a Guálinto en el pasillo y Guálinto se tensó, imaginándose una pelea. Ed, por el contrario, le tendió la mano.

—Siento lo que dije —se disculpó—. Hagamos las paces.

Guálinto le estrechó la mano.

—Yo también lo siento —dijo.

Mildred Barton se quedó sentada detrás de su mesa, de cara a las sillas vacías; su rostro reflejaba un cansancio mayor del habitual. La primera estudiante de la siguiente clase no tardó en llegar.

—Buenos días, señorita Barton —saludó.

—Buenos días —respondió la señorita Barton, sonriendo alegremente.

Afuera, en el pasillo, Guálinto alcanzó a María Elena Osuna. Ella se dio la media vuelta y lo miró en tono acusador.

—¿Qué te pasa, Nena? —le preguntó con nerviosismo—. ¿Estás enojada conmigo?

Le lanzó un papel, su examen. Se quedó mirando a la hoja con cara de tonto y dijo:

—Ochenta y cinco.

—Sí —dijo la Nena—. Ochenta y cinco. Ya lo vi, sé leer. ¿Qué te sacaste tú?

—Un noventa y nueve —dijo con incomodidad.

Los sensuales labios rojos de María Elena hicieron un puchero.

—Contesté mal a tres preguntas enteras —le recriminó—. Podría haber reprobado.

Guálinto retorció el papel.

—Oye, Nena, lo siento muchísimo. Pero si . . . si es una buena nota, ¿no? Es una B.

—¿Te parece bien? —Le preguntó—. ¿Te parece bien que tu novia saque un ochenta y cinco y que tú saques un noventa y nueve? Tal vez me diste las respuestas equivocadas. ¿Cómo se explica que tú respondieras bien a todas las preguntas?

—Oye, Nena, lo siento —dijo Guálinto, retorciendo la hoja del examen todavía más—. Tal vez no entendiste bien las señas que te hice. Sabes perfectamente que nos estuvo vigilando todo el examen. Nunca haría algo así, Nena.

—No me llames Nena —dijo enfadada—. Y devuélveme el examen. ¿Por qué lo arrugaste?

Le quitó la hoja y se fue por el pasillo.

Él la siguió.

—¿Quedamos a las cuatro?

—No lo sé —contestó ella.

Recorrieron el pasillo en silencio. Su siguiente clase era en aulas distintas, una en cada extremo. Ya en la puerta del aula de Elena, ella lo miró y le sonrió. Su cara ovalada era preciosa cuando sonreía. Los grandes ojos oscuros se dulcificaron y abrió su enorme boca roja, dejando a la vista una dentadura perfecta. A Guálinto le hubiera gustado morderle la boca.

—Está bien —cedió—, nos vemos a las cuatro.

13

El otoño en que Guálinto cursaría el último año de preparatoria, la economía del Delta se resintió debido al impacto causado por el crac de la bolsa. Afectó al presupuesto para educación del distrito y lo sintieron de forma directa los estudiantes de la preparatoria de Jonesville. La próxima primavera no se publicaría el anuario. También se canceló el picnic en la playa, que se organizaba a finales de curso. Los alumnos de las familias más acomodadas tendrían su graduación de carácter no oficial, como de costumbre, una especie de fiesta privada para sus hijos. Pero, la mayoría de alumnos no celebraría nada especial, más allá de la ceremonia de graduación. Esto no encajaba bien con la señorita Mildred Barton, que era ese año la tutora de los alumnos de último curso.

Tal vez, les propuso a sus alumnos, podían organizar una fiesta para toda la clase si se comprometían a reunirse y a juntar dinero. El carnaval que se hacía en el colegio con motivo de la fiesta de Halloween sería una buena oportunidad para recaudar algo de dinero si estaban dispuestos a montar un puesto y vender dulces, galletas y otras chucherías que prepararan ellos mismos o que les dieran sus familiares y amigos. El puesto resultó ser todo un éxito, en especial gracias a Antonio Prieto, que cantó y tocó la guitarra. A algunas de las chicas se les ocurrió disfrazarlo de mendigo ciego, vestido de negro de arriba abajo, con gafas oscuras y una taza de latón de la mano, y obligarlo a cantar delante del puesto. Antonio aceptó sin chistar. Todo el mundo coincidió en afirmar que había sido una idea estupenda. Casi la mitad del dinero que recaudaron, lo obtuvieron de la taza de latón que había portado Antonio.

Los alumnos acordaron que la fiesta se celebrara en Navidad, en lugar de en primavera. Tendría lugar justo antes de las vacaciones en un restaurante en el que hubiera música y baile.

Tal y como afirmó Elton Carlton: "Pueden bailar si quieren, si no, coman, miren y disfruten de la música". Ayudaba a la señorita Barton a llevar un registro del dinero y a buscar un local adecuado para celebrar la fiesta. Dos semanas antes de la semana de vacaciones de otoño, Elton anunció que él y la señorita Barton habían encontrado el lugar ideal, La Casa Mexicana en el cercano Harlanburg. Sin embargo, les faltaba dinero para hacer frente a todos los gastos más las propinas. Si cada uno contribuía con cincuenta céntimos de su bolsillo, contarían con el dinero suficiente. Todos aportaron la cuota, incluido Antonio Prieto que era el que menos se lo podía permitir.

Antonio era uno de los cinco mexicanos de la clase, si se incluía entre ellos a María Elena Osuna, compuesta por treinta alumnos. Los otros eran Guálinto, Orestes Sierra y Elodia, la chica de Río Grande City. Antonio era un chico alto, delgado, de piel tostada y grandes orejas. Era de huesos pequeños y torso plano. Sólo tenía grandes los huesos de las muñecas, que eran prominentes, y sus manos eran voluminosas, con dedos largos. Rara vez hablaba y cuando lo hacía era en tono bajo, aunque era capaz de cantar con voz fuerte y sonora cuando quería. Siempre estaba falto de un buen corte de pelo. Solía llevar la ropa deshilachada y con remendones, y, en primaria, Guálinto lo había visto salir en dos ocasiones a la pizarra con la parte trasera del pantalón rota, dejando al descubierto su ropa interior. Antonio tenía poco que ver con sus compañeros. No jugaba a la pelota en el patio e iba y volvía de casa al colegio solo. Su tiempo libre lo dedicaba a estudiar y leer. Aunque no era de los primeros de la clase en lo que a promedio académico se refiere, los profesores de inglés solían felicitarlo por el desarrollo de los temas de redacción asignados, que, en ocasiones, leían en voz alta a sus compañeros, para colmo de su vergüenza. También escribía poesía que les enseñaba sólo a unos pocos.

Durante el último año, sus compañeros de clase descubrieron que Antonio Prieto también sabía tocar la guitarra. Al comprobar que les agradaba escucharlo cantar y tocar, Antonio empezó a traer su pequeña guitarra al colegio. La guardaba en su casillero, y en los recreos la sacaba y se iba con ella a alguna de las puertas de entrada menos frecuentadas. Los demás lo buscaban y se sentaban a su alrededor mientras él tocaba y cantaba en voz baja para sí mismo. Le pedían que tocara rumbas, boleros o canciones de foxtrot, pero Antonio parecía no escucharlos. Se limitaba a sentarse, acariciando el cuello de la guitarra como quien acaricia a una mujer, y luego tocaba otra de sus canciones suaves, solitarias. Había veces en que el señor Darwin, el director del instituto, se acercaba y se quedaba de pie apoyado contra la puerta de la entrada, escuchando a Antonio. En una ocasión, el señor Darwin dijo, como para sí: "Un amigo mexicano me habló de 'La Zandunga' y de un poeta que decía en uno de sus poemas, 'Cuando me muera, toquen 'La Zandunga' cerca de mí. Si no me inmuto, entonces es que estoy realmente muerto".

A Antonio se le iluminó la cara. Tocó y cantó la canción, con suavidad y seriedad, y pareció sumirse en una profunda tristeza, acorde con la letra. Las notas de la guitarra acompañaron la melodía, conduciéndola a través de una dolorosa procesión dulce. La canción concluyó y se produjo un silencio. Finalmente, el señor Darwin dijo en voz baja: "Gracias, Antonio" y entró de nuevo en el edificio. Antonio se levantó y guardó la guitarra.

La perspectiva de la fiesta de Navidad hizo que la cara lúgubre de Antonio se tornara cuasi alegre, y él también colaboró con los cincuenta centavos, una moneda de medio dólar que frotó contra sí antes de depositarla en la caja. Después dejarla caer, sonrió. La fiesta sería un gran día, un día que todos recordarían por mucho tiempo.

Por fin llegó el gran día. Guálinto se puso su traje azul de rayas, que le había costado catorce dólares, y se apresuró a subirse en un camión que lo llevaría hasta el colegio, donde aquellos que tenían coche recogerían a los que no tenían. En Fourteenth Street le hizo señas a un camión y se subió, con el corazón latiéndole con fuerza. Esta noche bailaría con María Elena. La atraería hacia sí y la miraría a los ojos. Sería suya toda la noche, y el sólo pensamiento le producía cosquilleo en el estómago.

El pequeño camión recorrió la calle vacía con el resoplido del motor como música de fondo y la estrepitosa vibración de uno de los peldaños de la escalera de atrás, que sonaba con cada bache de la carretera. Guálinto viajaba sentado en el borde de uno de los dos asientos que atravesaban el vehículo a lo ancho. Los camiones que cruzaban las calles de Jonesville-on-the-Grande hacían las veces de taxi, de bus y de algo que nadie en Texas había visto antes. Debían ser el producto de la inventiva precipitada, que alguien había convertido en costumbre. Los camiones eran similares a las camionetas, con los laterales y el maletero al aire libre. Estaban equipados con asientos a cada lado, formados por dos tablas anchas, una para sentarse y la otra para apoyar la espalda. Había dos peldaños en la parte trasera para que los pasajeros se pudieran subir. Los camiones seguían rutas más o menos preestablecidas, aunque transportaban a los pasajeros a prácticamente cualquier parte de la ciudad por un costo superior de los diez centavos habituales. Por veinticinco centavos, por ejemplo. Eran el único medio de transporte público que existía en Jonesville a excepción de los taxis que estaban estacionados en una parada que había por afuera de la estación de ferrocarril, y un par de destartalados carruajes conducidos por señores muy ancianos. Los camiones transportaban con igual eficacia a los niños al colegio que a las prostitutas a los salones de baile situados en las afueras de la ciudad. También transportaban a comerciantes, a señoras que cargaban con paquetes voluminosos y a la población en general cuando ésta quería ir y volver del centro a cualquier otro punto de la ciudad.

Este camión en concreto iba vacío a excepción de Guálinto y de una anciana que sentada enfrente de él, más cerca del conductor. Era fuerte e iba vestida con el habitual negro. De joven debía de haber sido bella. Ahora tenía el pelo canoso y su rostro, blanco como la leche, estaba recubierto de arrugas. El conductor, un joven de cara ligeramente cetrina y con las mangas de la camisa sucias, tenía la mandíbula cuadrada, lo que contrastaba enormemente con su mirada dolorida, esquiva. Conducía recostado en el asiento, con la cabeza girada hacia la señora, sin apenas prestar atención hacia la dirección que seguía el vehículo.

—Estoy ilusionado —le contó a la señora, aparentemente retomando una conversación que había quedado interrumpida con la llegada de Guálinto—, y debería verme ahora.

—Eso está bien, muy bien —dijo la señora, adoptando un aire imparcial y maternal a la vez.

—Todas las noches me voy derechito a casa. Y se lo doy todo a ella, hasta el último centavo. Yo no sé ahorrar. Ella, en cambio, sabe qué hacer con el dinero. Se encarga de todo: de las cuentas, la renta y el resto. Me da lo que sobra.

—Es una chica con suerte.

—Es porque quiero hacerlo bien —dijo el conductor, con la mirada más afligida y quejumbrosa—. Es por lo mucho que la quiero.

Echó una mirada rápida al frente, haciendo malabares con el volante para no atropellar a un perro que cruzaba la calle.

—Le prometí que si se casaba conmigo, me comportaría de otro modo. Dejaría las parrandas y las mujeres. Trabajar y ahorrar y criar a la familia.

La anciana murmuró algo agradable.

Guálinto se preguntó cuánto tiempo llevaría casado el individuo. Supuso que no mucho, ya que seguía en el nido como una gallina clueca. Eso sí, estaba claro que se le pasaría pronto y que volvería a sus parrandas y a sus mujeres. Los hombres como él eran así. Guálinto, por supuesto, no era de ese tipo. Pensó en cómo se sentiría si estuviera casado con María Elena. El pensamiento hizo que le invadiera una sensación de agradable erotismo. En las películas, la gente actuaba como el conductor del camión, pero no parecía divertido. En la vida real . . . bueno, tal vez sus amigos lo tomaran por idiota cuando hablaba de María Elena. Y, sin embargo, todo había empezado con tanta naturalidad: después de una carta cuando estaba en primero bajo tuvieron que pasar muchos años antes de que la volviera a ver. La habían internado en un colegio de monjas hasta que tuvo edad de ir a la preparatoria.

En los años que siguieron las cosas le habían ido muy bien a su padre, don Onofre Osuna. Se había descubierto petróleo en sus extensos terrenos de ganado y se hizo extremadamente rico. Mucho más que millonario, aseguraba la gente. Su nueva fortuna hizo que don Onofre viera la vida con otros ojos. Vendió las casas destartaladas que poseía en los barrios de Jonesville a otros interesados en especular con vivienda barata y condiciones de vida infrahumanas y abrió una oficina de bienes inmuebles gracias a la cual se inició en la construcción y venta de casas elegantes en las nuevas parcelas que se estaban edificando en Jonesville. Se deshizo de su ganado enjuto y de cuernos largos y lo reemplazó por otro de mejor raza. Empezó a dedicarse a criar caballos de estirpe y se compró un coche negro grande. Pero se aferró a una cosa, sin importarle lo mucho que le presionara su esposa. Se negó a mudarse de la casa que su abuelo había construido hacía tantos años. Guálinto siempre estuvo al tanto de todo esto, desde los años en la escuela primaria, pasando por la secundaria y hasta llegar al último año de la preparatoria. Era un hecho sabido en todo Jonesville-on-the-Grande, como también lo era la vida privada de otras personas. Eso sí, nunca invirtió mucho tiempo en pensar ni en don Onofre Osuna ni en su familia ni en lo que hacían o dejaban de hacer.

Fue en su primer año de prepa cuando Guálinto se reencontró con María Elena Osuna. El día de la matrícula, la señorita Barton le pidió que la llevara hasta el centro de la ciudad en el Model A del director, el señor Darwin. Tenía que comprar unas cosas para el colegio y necesitaba que la ayudara a cargar con ellas. Guálinto acercó el coche desde la parte trasera del centro hasta la entrada y lo estacionó debajo de una palmera. La señorita Barton no tardó en aparecer, acompañada de una chica.

—Guálinto —dijo la señorita Barton—, ésta es Mary Helen Osuna. Estará con nosotros en clase este año.

María Elena dejó escapar una sonrisa pícara.

—¡Hola! —saludó con voz gutural—. Hacía mucho, mucho tiempo que no nos veíamos.

Llevaba puesto un vestido blanco de seda, tan blanco como su piel, y anudado a la cintura con un estrecho cinturón rojo. Sus bucles habían desaparecido y se habían transformado en una melena ondulada más negra y brillante que antes, que le caía a la altura de los hombros. Ya no tenía la cara regordeta, pero no había perdido sus hoyuelos, y ya no era inocentemente cándida; ahora tenía una mirada entre crítica y burlona que le hacía a la vez un tanto irritante y bastante deseable.

Los dos se rieron cuando la señorita Barton dijo: "Ah, así que ya se conocen". Él le preguntó por sus bucles y ella quiso saber si seguía escribiéndoles cartas a las chicas. No, respondió, una de ellas le había enseñado una buena lección. Condujo hasta el centro de la ciudad con María Elena sentada entre él y la señorita Barton. Cada vez que cambiaba de marcha, su mano rozaba con su rodilla recubierta de seda, y ella lo miraba con una sonrisa en los ojos. Era simplemente natural que a partir de ahora la viera a menudo, puesto que compartían la mayoría de las asignaturas.

Llegada de la tutela indulgente que le proferían las monjas, a María Elena el sistema educativo público le resultaba muy complicado, y corría peligro de pasar de ser una buena estudiante a una alumna mediocre. Se sentaban en mesas contiguas y él la ayudaba en todo lo que podía, tanto como le permitían los ojos vigilantes de la profesora. En la sala de estudio se sentaban juntos, ocupando los dos lados de la esquina de una mesa, pegados a la pared. Se ponían muy juntos y cada vez que sus brazos o manos se rozaban, él sentía un chispazo de corriente eléctrica recorrerle el brazo. Estudiaban juntos: él le decía qué debía aprenderse y ella lo admiraba.

—¡Caray, eres bien listo! —le decía ella—. Me gustaría ser tan inteligente como tú.

Se dio el caso de que, como todos los días se sentaban juntos en la sala de estudio, los pies de él buscaron los de ella debajo de la mesa y los encarcelaron. Él la miró, y los dos sonrieron. Después de eso se sentaron más próximos, uno a cada lado del ángulo que formaba la esquina de la mesa y, en poco tiempo, sus rodillas quedaron presionadas la una contra la otra debajo de la mesa; se miraron el uno al otro y ella se ruborizó. Se acercaron más, de tal modo que su rodilla encontró el camino hasta su muslo y presionó contra su elástica suavidad bajo la cubierta de la mesa. Sus respiraciones se aceleraron y hablaron rápido y con nerviosismo sobre los temas que tenían frente a ellos, con los ojos puestos en los libros y sin mirarse el uno al otro. En los días que siguieron Guálinto tenía la cabeza en las nubes. María Elena, mientras tanto, empezó a depender más y más de Guálinto a la hora de cumplir con los requisitos académicos. Él le escribía los ensayos e idearon un código de comunicación para los exámenes. Las calificaciones de María Elena mejoraron de modo espectacular.

Un día estaban sentados el uno junto al otro, él tenía la rodilla apoyada en su muslo y sus antebrazos desnudos se tocaban; se evitaban la mirada. Él le estaba explicando un problema de matemáticas y había un cuaderno abierto colocado entre los dos. Tenía las anginas irritadas y estaban a punto de explotarle, y a medida que avanzaba en su explicación se fue quedando ronco y su respiración se hizo pesada. Se detuvo y el lápiz, que sujetaba por encima del papel, empezó a temblar. Luego escribió en un espacio en blanco: "Te quiero", y la miró a los ojos.

Estaba roja y tensa. Ella lo miró con un destello de sus inmensos ojos negros y volvió a bajar la mirada, todo en un único movimiento. Él se quedó mirándola a la cara, recreándose en ella. Después de un instante, ella le quitó el lápiz de las manos temblorosas y escribió: "Gracias". Al mismo tiempo, apartó la pierna, y esa fue la última vez que permitió que sus cuerpos se tocaran debajo de la mesa.

Guálinto estuvo frenético el resto del día. Eso sí, luego de aquella escena se tuvo que resignar a la felicidad que le producía el estar cerca de ella y al roce ocasional de sus manos o brazos mientras estudiaban. A eso y a su sonrisa, que se volvió más dulce y más tentadora ahora que ella había puesto algo de distancia entre ellos. Guálinto apenas tenía oportunidad de verla después de clase. El despacho de su padre estaba a escasas cuatro cuadras del colegio, y cuando hacía buen tiempo, caminaba hasta allí para que su padre la llevara a casa en coche. Además, siempre estaba en compañía de otras chicas. Los únicos lugares en los que podía disfrutar de cierta intimidad con ella era en clase y en la sala de estudio. En cualquier otro sitio, actuaba con cierto distanciamiento; salía con él de una clase, pero se entremezclaba de forma inmediata con el resto de los estudiantes.

Un día le dijo que la quería ver después del colegio. Ella accedió después de insistirle varias veces. Pero, cuando dieron las cuatro de la tarde, se rodeó de chicas y él fue incapaz de acercarse. Se marchó a casa, maldiciéndose a sí mismo y maldiciéndola a ella. No obstante, lo volvió a intentar otra vez al día siguiente, y esta vez ella lo dejó que la acompañara un par de cuadras.

Tan pronto como se quedaron a solas, él le espetó:

—Nena, ¿quieres ser mi novia?

—¿Qué dijiste? —le preguntó, poniéndose una mano detrás de la oreja.

Lo tuvo que repetir de nuevo, y al hacerlo ella se rio.

—Eso ya no se hace—dijo ella.

—Déjate de bromas, ¡por favor!

—Está bien. Si quieres seguir las viejas costumbres mexicanas tendrás que esperar quince días hasta que te dé una repuesta. Si contestó en ocho días, será "no". Si contestó en quince, querrá decir "sí".

Le suplicó y ella al final dijo:

—Está bien, seré tu novia, pero no puedes contárselo a nadie.

—¿Por qué?

—Por mi padre. Se enfadará muchísimo si se entera que tengo novio a mi edad. Si aceptas las condiciones, bien.

—Bien —dijo casi sin respiración.

Trató de tomarle la mano, pero ella se la quitó.

—No hagas eso en la calle y a plena luz del día. Estamos muy cerca de la oficina de mi padre; nos podría ver alguien.

Así que se tuvo que resignar a caminar junto a ella.

El año académico transcurrió y su relación siguió siendo prácticamente igual, salvo que pasaban más tiempo juntos afuera del colegio. Por las mañanas, él la buscaba entre la multitud y se sentaban en las escaleras a escuchar juntos a Antonio Prieto tocar la guitarra. Después de la escuela, él caminaba con ella tres cuadras. En ese punto, ella debía doblar la esquina y quedaba a la vista del despacho de su padre. Se detenían en aquella esquina, protegidos de la cólera de su padre por el garaje de alguien.

El garaje adquirió en la vida amorosa de Guálinto un significado comparable al que encuentran otros enamorados en los susurros de un arroyo o en la luz de la luna. Contra su blanca pared, él y María enmarcaban su despedida. Él con miradas apasionadas y con palabras de asedio; ella con respuestas evasivas y sonrisas preciosas. Él apenas pensaba ahora en los días que había pasado junto a ella en el salón de estudio, tocándole el muslo con la rodilla.

Los sábados y los domingos sufría lo indecible, rezando para que llegara el lunes, cuando volvería a verla; trataba de imaginarse lo que estaría haciendo y dónde estaría, ya que no podía estar con ella salvo cuando estaban en el colegio. El verano entre primero y segundo año de preparatoria fue un interminable recorrido de soledad y melancolía para él. Ella le dijo que su familia se iba fuera de vacaciones, y él le creyó, aunque la vio un par de veces en el coche de su padre, sentada junto a él, y paseando por la calle principal de Jonesville. Ella no lo vio, o tal vez hizo como que no lo había visto porque estaba con su padre. El semestre de otoño lo compensó todo. Y esta noche bailaría con ella, la atraería con fuerza hacia él. Las esbeltas y altas palmeras que bordeaban las inmediaciones del colegio empezaron a ser visibles. El camión frenó en seco, lo que hizo que sus dos ocupantes se zarandearan. Guálinto le dio dos monedas de cinco centavos al conductor por medio de la señora. Se bajó y el camión giró a la izquierda, hacia Fourteenth Street con un crujir de marchas. Guálinto se entretuvo un momento, imaginándose al conductor haciéndole entrega a su esposa de esas dos monedas de cinco centavos. Luego, caminó de prisa hacia la puerta de entrada del colegio, donde, a pesar de la creciente oscuridad, empezaban a congregarse los alumnos del último año.

Estaban arremolinados en pequeños grupos, en función de amistades o de afinidades. Antonio Prieto ya estaba allí, con el pelo peinado hacia abajo, cayéndole a la altura de la nuca y vestido con una chaqueta que hacía juego con los pantalones.

—Hola, Tony —dijo Guálinto—. ¿Trajiste la guitarra?

—Por supuesto —dijo Orestes Sierra—. Fui a recogerlo y lo hice traerla. Está en el coche.

Orestes iba elegantemente vestido de gris de arriba abajo. Su padre era ahora vendedor de coches. También era dueño de un gran garaje en el que se reparaban y vendían coches usados, así que tenía la suerte de poder pedirle prestados a su padre coches buenos cuando los necesitaba.

—¿Hay sitio para nosotros? —preguntó Guálinto.

—¿A qué te refieres con "nosotros?" —dijo Orestes con un guiño.

Guálinto le dio un puñetazo suave y Orestes añadió:

—Sí, sí.

Guálinto siguió de largo, buscaba a María Elena. La encontró entre un grupo de americanas, sentada en las escaleras de la escuela con Jimmy y Bob Shigemara. Los Shigemaras eran los hijos de un próspero ranchero que vivía entre Jonesville y Harlanburg. Eran gordos, chicos bien alimentados, y hablaban inglés con mucha labia; eran muy queridos entre sus compañeros. En el momento en que Guálinto se acercó, Jimmy Shigemara estaba diciendo:

—Por supuesto que no pertenecemos a la misma raza que los chinos. Nosotros somos mucho más civilizados.

Guálinto se sentó junto a María Elena y le apretó el codo a modo de saludo. Ella le devolvió una sonrisa seductora y se recostó contra él. El grupo de jóvenes siguió hablando un poco más acerca de los méritos relativos de los chinos y de los japoneses, y Guálinto, sereno por la actitud afectiva de María Elena, convino de forma entusiasta con Jimmy y Bob Shigemara en que los japoneses eran unas personas realmente maravillosas. Por último, llegó Mildred Barton y el grupo se escindió.

María Elena caminó hacia los coches junto a Guálinto, columpiando el brazo para que chocara con el de él.

—Cariño —dijo—, la señorita Wilson dice que la prueba de la semana que viene contará un montón para las notas finales.

—¿En serio? —dijo Guálinto, mirando en dirección a la luna, que estaba empezando a salir, antes de que oscureciera por completo.

—¿Has estado estudiando?

—Sí, mira la luna, ¿no te parece que está preciosa?

—Está preciosa. ¿Crees que lo pasarás?

—Avancen, vamos, ustedes dos —les dijo Orestes—. Vamos yendo.

Guálinto tomó a María Elena de la mano, pero ella le retiró el brazo.

—Vayamos con los Shigemaras —propuso.

—Pero ya se lo pedí a Orestes —dijo Guálinto—. ¿No podemos ir con él?

—Mis amigas van a ir con los Shigemaras. —Se detuvo y se mordió el labio, pensativa—. Bueno está bien, vayamos con él.

—Si no quieres, está bien —le ofreció Guálinto arrepentido.

—No, no pasa nada —contestó ella, con una sonrisa dulce—. Me da lo mismo.

—Creo que será mejor que vayamos con los Shigemaras —dijo Guálinto.

—Como tú quieras —le ofreció, y se dieron la media vuelta para dirigirse al coche de los chicos japoneses.

Su reluciente sedan rojo estaba repleto de chicas.

—¿Dónde nos vamos a sentar? —preguntó María Elena alegremente cuando estuvieron junto al coche.

—Te tendrás que sentar en su regazo —dijo Jimmy.

La lujuria se apoderó de Guálinto. Buscó a tientas un hueco en la esquina de uno de los asientos traseros del coche, oprimido entre el reposabrazos y la prominente cadera de Jana Williams. María Elena se sentó en sus rodillas, luego se acomodó sobre su regazo y él se puso a temblar. El coche rugió al arrancar y salir del estacionamiento.

Jimmy pisó el acelerador, ya que había una distancia de unas treinta y cinco millas hasta Harlanburg y La Casa Mexicana. Era la mejor discoteca de la región. A pesar de lo que los habitantes de Harlanburg, predominantemente blancos, pensaban de los mexicanos como raza, reconocían su potencial como fuente de color local. Hubo un tiempo en que en las estaciones de servicio de Harlanburg se les decía a los turistas: —No vayan más al sur. Entre este punto y el río lo único que hay es Jonesville, que no es más que una sucia ciudad mexicana.

A pesar de ello, los turistas atravesaban Harlanburg para llegar a Jonesville, así que la respuesta de Harlanburg consistió en construir discotecas como La Casa Mexicana, un lujoso edificio de estuco hecho a imagen y semejanza del jacal mexicano. A

Guálinto le habían contado que las paredes del interior estaban enyesadas con retratos de escenas de indios mexicanos, a imitación de los murales de Diego Rivera. Al comedor se llegaba a través de una tienda de curiosidades repleta de cerámicas, de bustos, sarapes, de cuernos de toro, y objetos por el estilo. La gente decía que al otro lado había una pequeña orquesta de jazz, cuyos componentes lucían trajes de charro tachonados de plata, y todas las clientas coincidían en señalar que el director de la orquesta, de traje charro de color negro y reluciente calva rosa, era demasiado guapo para describirlo con palabras. No aguantaba con el pesado sombrero puesto más de quince minutos seguido. Los meseros de La Casa Mexicana iban vestidos con calzones de algodón blancos como los peones mexicanos. En resumen, La Casa Mexicana era todo lo mexicana que podía ser sin estar rodeada de mexicanos. O eso aseguraba la gente.

La noche caía rápido; mientras tanto, el coche, a toda velocidad, se dirigía hacia el norte, por el lazo blanco que formaba la autopista. María Elena estaba cómoda y se sentía de maravilla sentada sobre el regazo de Guálinto. Pocos minutos después, se reclinó hacia atrás y apoyó el hombro contra el pecho de Guálinto. Él la rodeó con el brazo y orientó la cabeza hacia su hombro. El coche se había quedado ahora a oscuras, a excepción de los destellos momentáneos que despendían los vehículos que avanzaban en dirección contraria. Las otras ocupantes canturreaban: "Me estás volviendo loco; qué haré, qué haré . . . ." Guálinto colocó la mano debajo de la barbilla de María Elena y movió el rostro de ésta hacia arriba. Pasaron junto a un bar de carretera y la extraña luz que proyectaba el cartel de neón le iluminó la cara por un instante. Tenía los ojos cerrados, con gesto de paciencia, como un hombre en la silla de una barbería. Esperó a que su rostro quedara de nuevo oculto por la oscuridad para besarla. Sus labios carnosos despertaron al entrar en contacto con los suyos y se estremecieron contra su boca como un animal caliente. Cuando se retiró, sus propios labios ardían.

—Guálinto —le dijo al oído en un tono de voz muy bajo.

—Sí.

Habló en español para que el resto no pudiera entender.

—¿Crees que podamos idear un nuevo código, uno del que ella no se dé cuenta?

—¿Quién? ¿Qué? —preguntó Guálinto, despertando de un sueño.

—La señorita Wilson, para el examen de la semana que viene.

—¡Ah! —exclamó—. El coche se estacionó enfrente de La Casa Mexicana.

Un tipo fuerte, disfrazado de bandido mexicano, estaba de pie junto a la puerta. Llevaba puesto un sombrero enorme y portaba un machete, cruzado sobre la barriga. Las chicas entraron, parloteando alegremente, mientras Guálinto y María Elena los seguían unos pasos más atrás. Pero, cuando los dos japoneses cruzaron la puerta, el portero los detuvo.

—Un momento —dijo, mirándoles detenidamente a la cara—. ¿Cómo te llamas?

—Shigemara —respondió Jimmy.

—¿Japonés?

—Sí.

Los ocupantes del coche de Orestes, Orestes, Elodia, Antonio Prieto y Ed Garloc, también llegaron. Ed Garloc accedió sin que le dijeran nada, pero el portero apartó la mirada de los Shigemaras justo a tiempo para ver entrar a Orestes.

—¡Eh, tú! —exclamó—, ¿cómo te llamas?

Orestes se quedó inexpresivo.

—Sierra —contestó.

—No puedes pasar —dijo el portero—. Y eso va para esos otros dos.

Señaló a Elodia y a Antonio.

—Escúchame —dijo Orestes.

—¡Qué dices! —le retó Guálinto, metiendo su cuchara.

Él y María Elena se habían detenido para esperar a los hermanos Shigemara cuando el portero los interrogó. Éste hizo una señal y se unió a él otro tipo corpulento, también disfrazado de bandido.

—¿Qué pasa? —preguntó el gorila.

—Estos tres mexicanos —dijo el portero— quieren colarse en la fiesta.

—¿Y eso? —preguntó el gorila.

—Ellos no son problema —respondió el portero—. Son japos. Ustedes dos, pasen.

Los Shigemaras entraron.

—¡Escúchame! —repitió Guálinto con enfado. María Elena lo jaló del brazo y él tiró con su otra mano—. No nos puedes hacer esto; somos parte de la fiesta.

El portero le echó una mirada rápida.

—Nadie te está impidiendo el paso a ti, enanito —dijo—. Tú puedes pasar.

—No entraré a menos que pasen ellos también —dijo Guálinto.

Ed Garloc regresó a la entrada para buscar al resto del grupo.

—¿Qué ocurre? —preguntó.

—Hay problemas —respondió Orestes—. Vete a buscar a la señorita Barton.

Ed se apresuró en volver al comedor.

El gorila miraba a Guálinto fijamente.

—¿Eres mexicano? —le preguntó.

—Sí, lo soy —contestó Guálinto.

—No lo es —dijo María Elena, tirándole del brazo—. Es español. ¿Acaso no ves que es blanco?

—Soy mexicano —dijo Guálinto.

María Elena le soltó el brazo.

El gorila sonrió de forma sarcástica.

—Bueno —le pidió—, explícate.

Mildred Barton apareció, con la cara tan sonrosada como su traje de noche.

—¿Cuál es el problema? —inquirió.

—No nos dejan pasar —contestó Orestes.

—Porque somos mexicanos —añadió Guálinto.

Elodia fulminó con la mirada al portero mientras Antonio se estudiaba las manos. La señorita Barton parecía sorprendida.

—Tiene que haber un error —dijo.

—Lo siento, señora —dijo el portero—. No hay ningún error. No se permite la entrada a mexicanos.

La señorita Barton pestañeó rápidamente y retorció el pañuelo entre las manos.

—Pero no puede hacer esto —aseguró—. Son mis alumnos. Son parte de mi clase.

—Lo sentimos, señora.

—Hablaré con el gerente —anunció la señorita Barton, con la voz ahogada.

—Allí, a la izquierda —le indició el gorila—, la segunda puerta.

La señorita Barton salió corriendo, con los tacones golpeando con fuerza en las baldosas del suelo.

—¿Qué le pasa? —preguntó el portero.

—Ni idea —contestó el gorila—. Tal vez sea yanqui.

En el momento en que la señorita Barton entraba en la oficina del gerente, María Elena le preguntó a Guálinto:

—¿No entras?

—No —contestó.

María Elena se dio la media vuelta y entró en el comedor ella sola. Los dos vigilantes sonrieron. Guálinto fue a esperar con los otros tres. Estaban de pie, sumidos en un incómodo silencio. El gorila se marchó. Sólo se quedó el portero. Cruzó los brazos sobre el pecho y tarareó. La orquesta estaba tocando: "Allá en el rancho grande".

Pasado un tiempo considerable, la señorita Barton regresó. Lloraba.

—Vayan y esperen en el coche —dijo—. Llamaré al resto y nos volvemos a casa.

Se cubrió la boca con un pañuelo. Elodia también se echó a llorar. La señorita Barton se acercó y la rodeó con el brazo, y Elodia la abrazó. El portero parecía avergonzado.

—No puedo hacer eso, señorita Barton —afirmó Orestes—. No sería justo para el resto. Déjelos que lo pasen bien. ¿No te parece, Guálinto?

Guálinto estaba ensimismado mirando hacia la parte más alejada de la pista de baile, donde María Elena bailaba con un señor mayor, un individuo que no formaba parte de la fiesta. Pensó en el tiempo que había invertido en practicar pasos de baile con Carmen durante las últimas tres semanas, y se sintió cansado y sin fuerzas.

—¡Ajá! —le dijo a Orestes.

—Bueno, vámonos —anunció Orestes.

Agarró a Elodia por el brazo y la separó de la señorita Barton.

—Buenas noches.

—Un momento, por favor —pidió Guálinto—. Pienso que deberíamos devolverle a Antonio sus cincuenta centavos. Contribuyó con el dinero como el resto.

—A los cuatro debería devolverles el dinero —corrigió la señorita Barton, con lágrimas en los ojos.

Rebuscó en su cartera y le dio a Guálinto un billete de dos dólares.

—Gracias, ya conseguiremos cambio en cualquier otro sitio.

Los cuatro se metieron en el coche de Orestes y arrancaron. La señorita Barton dio un paso al frente y se quedó mirando después de que se marcharan, con el pañuelo en la boca. Luego se sonó la nariz y entró.

Condujeron despacio y en silencio. Al final, Antonio, que no había pronunciado palabra durante toda la discusión, se estiró para tomar la guitarra. Él y Guálinto viajaban en el asiento trasero; Elodia iba delante, con Orestes. Elodia, que tenía el rostro hundido entre las manos, seguía llorando bajito. Antonio Prieto pasó los dedos por las cuerdas de la guitarra de forma exploratoria, produciendo un par de sonidos tentativos. A continuación rasgueó un salvaje ritmo castrense y cantó con voz ronca e intensa: "¡En la cantina de Bekar, se agarraron a balazos!"

Guálinto dejó escapar un grito, un sonido salvaje que empezó con un chillido medido y en voz baja, se convirtió en un alarido y terminó con un par de gritos cortos. Elodia levantó la cabeza y se sentó erguida. Una vez que el eco del chillido de Guálinto se hubo disipado, el coche se quedó en silencio, a excepción de las pulsaciones del motor y los acordes, entonados a tientas, de Antonio. Más tarde Orestes Sierra dijo:

—En quinto año escribí una vez un ensayo para geografía. Era sobre la población de Texas y afirmé: "Texas es un estado muy grande en el que vive gente muy pobre". La maestra me quitó cinco puntos por la afirmación. Alegó que la dicción era mala.

Todos rompieron a reír. Se rieron y rieron hasta que Elodia dijo:

—Madrecita mía, no me puedo reír más. Me duelen las costillas.

Antonio Prieto se puso a tocar de nuevo, más y más rápido, y los acordes formaron un remolino hasta convertirse en el alegre tono parlanchín de un huapango. Al llegar a Jonesville-on-the-Grande todos cantaban, reían y gritaban. Se detuvieron en el área de autoservicio que había en el extremo en el que la autopista se convertía en carretera general. Guálinto pidió refrescos con helado para los cuatro. Se los dio, sin que se bajaran del coche, una mesera rubia a la que Guálinto le dejó una buena propina.

—¡Eh! —exclamó Orestes—, ¡qué derrochador!

—Traje este dinero para gastármelo en esa burda imitación de casa de putas mexicana y no me lo quiero llevar a casa de vuelta. Éste es un lugar mucho mejor para gastármelo, con mis amigos.

—Hicimos nuestra propia fiesta —propuso Elodia.

—Eso me recuerda . . . —dijo Guálinto, metiéndose la mano en el bolsillo de la chaqueta y sacando los dos dólares que le había dado la señorita Barton— . . . toma, Antonio, esto es tuyo.

—Pero si sólo puse cincuenta centavos —dijo Antonio.

—Nos has dado mucho más que eso —le aseguró Orestes.

—Están comiendo y bailando a cuenta del dinero que tú conseguiste imitando al mendigo ciego en la fiesta de carnaval —afirmó Elodia.

—Saben —dijo Orestes—, me acabo de dar cuenta de que fue Elton Carlton el que eligió ese sitio. ¿Creen que sabía que no nos dejarían pasar?

—Por supuesto que lo sabía —aseguró Elodia—. ¡Cochino sanavabiche!

Antonio acabó aceptando el billete de dos dólares y Orestes los llevó a sus casas. Guálinto se fue derecho a la cama, donde se pasó la mayor parte de la noche dándose vueltas inquieto. Al amanecer, se quedó dormido y tuvo una pesadilla en la que corría y corría por el chaparral, sangrando y con la ropa hecha jirones. Por último, llegó a un llano alumbrado por la luna y siguió corriendo y corriendo, perseguido por una multitud que babeaba como un perro enloquecido y que aullaba:

—¡Álamo! ¡Álamo! ¡Álamo!

Se despertó, era una mañana de diciembre, y todavía escuchaba los aullidos.

Parte IV
La chilla

1

El lunes después de la fiesta de Navidad los alumnos de último año estuvieron silenciosos, tal vez porque estaban atareados y preocupados por los exámenes de medio año. Eso sí, nadie habló de La Casa Mexicana, por lo menos no abiertamente, donde pudieran oírlos sus compañeros mexicanos. Existía ahora una marcada división entre la mayoría de origen anglo y los cuatro mexicanos. A María Elena ya no se le consideraba parte del grupo. Guálinto, Elodia, Orestes y Antonio Prieto estuvieron juntos el resto del semestre y apenas mantuvieron contacto con el resto de la clase. En el aula se sentaban juntos, resaltando su identidad, a la que Elodia dio el título de los cuatro mexicanos. Guálinto, que siempre había sido muy comunicativo dentro de clase, hablaba poco y sólo si debía contestar a la pregunta de un profesor; Antonio dejó de traer la guitarra a la escuela. Aquella primera mañana de lunes Guálinto se encontró con María Elena en el pasillo, le iba a decir algo y en ese momento ella le volvió la cara. No lo intentó de nuevo.

El examen de matemáticas tendría lugar a la semana siguiente. Los "cuatro mexicanos" llegaron en grupo, con Elodia a la cabeza. María Elena estaba de pie, esperando adentro sin saber dónde sentarse. Elodia le dijo a Guálinto:

—Siéntate aquí —señalando un pupitre rodeado de sillas vacías.

Ella se sentó a su derecha, Antonio a su izquierda y Orestes delante de él. María Elena hizo un puchero y se sentó un par de filas más adelante. La prueba duró una hora y a Guálinto no le resultó difícil, pero era incapaz de concentrarse en las preguntas. Después de quince minutos, María Elena se levantó, entregó el examen y se fue, conteniendo las lágrimas.

"Eso le pasa", pensó Guálinto. Trató de alegrarse por ello, pero no pudo. A los "cuatro mexicanos" les fue bien en matemáticas ese semestre: todos sacaron una B. Para Guálinto, sin embargo, no era una nota suficientemente buena. Era la primera vez que sacaba una B desde sexto. Sin embargo, descubrió que no le importaba tanto como debería. En cualquier caso, se sintió aliviado cuando terminó el semestre y empezaron las vacaciones de Navidad. Ahora podría pensar en otras cosas que no fueran sólo la escuela y María Elena. El sábado al mediodía, el primero después de que les dieran las vacaciones, fue a visitar al Colorado al centro de la ciudad para hablar de los viejos tiempos. Caminó hasta la esquina de Pershing y Fourteenth Street y esperaba a un camión cuando un coche que iba en dirección oeste le tocó la bocina y se detuvo a un par de yardas de la esquina. Era Orestes al volante de un Chevrolet Coupe 1929 con asiento trasero descubierto.

—Sube —le ofreció Orestes—. ¿Adónde vas?

—Al centro, a ver al Colorado; quedamos de vernos en el WOW Club. ¿Quieres venir?

—Ojalá pudiera, hace tiempo que no lo veo. Pero me acaba de llamar mi padre. Quiere que esté en la agencia ya mismo. Salúdalo de mi parte.

—Sí, claro. ¡Qué coche más bonito!

—Conduzco muchos —dijo Orestes—, pero ninguno es mío. Todos están a la venta. Por cierto, ¿sabes cuántos caballos vale un mexicano?

—Cuántos caballos vale . . . ¿qué adivinanza es ésta?

—No es una adivinanza. Lo descubrí leyendo el periódico.

—A ver, entonces. Cuéntamelo.

—Hace un rato leí en el periódico que ayer juzgaron aquí, en Jonesville, a dos hombres. A un mexicano por haber robado un semental árabe premiado de la hacienda del viejo Osuna y a un negro por haber matado a un mexicano en una pelea a cambio de una botella de tequila.

—¿Y?

—Al mexicano le dieron diez años y al negro dos.

—¡Um!

—Así que parece que un mexicano ante la ley en este pueblo vale cinco caballos.

—Eso parece.

—Pero, hay más. Al caballo que robó el mexicano lo encontraron sano y salvo; sin una rozadura siquiera, mientras que el mexicano al que mató el parna está callado como una tumba. No hay manera de devolverle a la vida. ¿Qué hubiera sucedido si el mexicano que robó el caballo hubiera matado a la bestia? Le hubieran dado por lo menos veinte años. Así que es posible pensar que un caballo vale diez mexicanos.

Guálinto sonrió de oreja a oreja.

—Siempre se te ha dado bien la aritmética —dijo.

—Pero eso no es todo. Sabes que, en casos de asesinato, los mexicanos y los negros reciben el doble de sentencia que los blancos. Entonces, ¿qué hubiera pasado si al mexicano lo hubiera matado un gringo? El gringo hubiera escapado con un año.

Uno dividido entre veinte: un mexicano vale, por lo tanto, una vigésima parte de lo que vale un caballo. Pero eso no es todo —afirmó Orestes mientras estacionaba el coche debajo del WOW Club—. Existen muchas probabilidades de que el gringo no cumpliera con su pena de prisión, en cuyo caso cabe preguntarse cuánto valdría entonces un mexicano. ¿Cuánto supone una vigésima parte de cero? Pregúntale al Colorado, está estudiando contabilidad, él debería saberlo. Y dale un abrazo de mi parte.

Guálinto se bajó del coche muerto de la risa.

—Le plantearé el problema al Colorado en cuanto tenga ocasión. Gracias y hasta luego.

Había un angosto tramo de escaleras comprimido entre dos edificios de ladrillo de dos pisos. Uno de ellos tenía una zapatería en la planta baja, en el otro edificio había un negocio de productos textiles. Guálinto subió las escaleras y entró en el WOW Social Club, que estaba encima de la zapatería. Se quedó en la puerta buscando al Colorado. El humo que desprendían los montones de cigarrillos empañaba el recinto; y es que era sábado y la sala de billar estaba a rebosar. Click-click-click tintineaban las bolas de marfil con un sonido fuerte y decidido. Chuc-chuc-chuc hacían los marcadores. Todas las mesas estaban ocupadas y, a lo largo de las paredes, había bancos, donde se sentaban hombres, algunos esperando su turno y otros simplemente mirando. Hombres sin afeitar con chaquetas de cuero y grandes sombreros, hombres pulcros con aspecto de jugadores. Rostros blancos, rostros rojos, rostros tono oliva, y muchos rostros café oscuro. Vestidos de todos los colores, estilos y grado de uso. Mexicanos de todo tipo frecuentaban el salón de billar.

Los jugadores dejaban escapar maldiciones de vez en cuando con motivo de una buena o mala jugada. Luego, seguían con su juego y fumando. Los observadores fumaban sentados. Muy de vez en cuando hacían algún comentario sobre la partida. Después, se limitaban a fumar sentados. Así pasaban las horas. Apoyado contra la pared del fondo se sentaba un viejo cuyo rostro parecía estar hecho del mismo material que su arrugada chaqueta de cuero. Llevaba un sombrero negro colocado sobre el pelo, igual de negro. De la cabeza le caían mechones sueltos en todas las direcciones, tiesos y lisos como el techo de quicha en los aleros de un jacal. El anciano era parte integral del salón de billar. Días tras día, se sentaba, fumaba y observaba. Fumaba en pipa, algo inusual para un mexicano de su clase. Los jugadores iban y venían, pero el hombre estaba allí sentado. A veces parecía meditar profundamente sobre asuntos desconocidos o sobre asuntos ocurridos hacía tiempo, tal vez. Pero no. Puede que mirara fijamente a alguien o a algo al otro lado del salón. Otra vez, no. Estaba atento a la partida. Atento, muy atento. Sus ojos negros relucían con el brillo de la piedra pulida. Eso sí, parecía tan aburrido, tan indiferente. No podía estar interesado en aquella partida tranquila que estaban jugando esos cuatro expertos delante de él.

Nadie sabía qué hacía el anciano cuando no estaba en el salón de billar. Quién lo vestía, quién lo alimentaba. Nadie preguntaba. Y nadie preguntaba en qué pensaba, si es que pensaba, mientras permanecía allí sentado en silencio, fumando de su torcida pipa café con sus torcidos labios cafés. Nadie se preguntaba qué veía a través de sus pobladas cejas; observaba algo que nadie más podía ver. Nadie sentía curiosidad por saber dónde se había comido ese huevo que había manchado su mugrienta camisa de rayas o dónde había conseguido esos nuevos zapatos de tacón bajo, cuya reluciente negrura contrastaba con sus descoloridos jeans azules. Los jugadores daban patadas al suelo, los jugadores se reían y maldecían; se iban, y venían otros. Los hombres que estaban sentados junto a él se levantaban para echar una partida. Llegaban otros y se sentaban a su lado. Otros estiraban un brazo por encima de su cabeza para agarrar un abrigo, un taco. El anciano no se movía. Estaba allí, sentado, sin hablar con nadie, probablemente pensando, probablemente observando, probablemente haciendo absolutamente nada.

A poca distancia del anciano, recostado contra la pared y con un pie apoyado en el borde del banco, había un chico delgado que vestía unos pantalones azules y un chaleco café sin botones. Su cara era del color de la masa de pan sin cocer y alrededor de sus cansados ojos rojos le colgaban bolsas como las que se les forman a los pantalones gastados en exceso. Debía de tener alrededor de catorce años. Uno sabía que lo escucharía hablar por la nariz antes de oírlo hablar. Era el chico que colocaba las bolas en las mesas. Estaba allí, en estado de depresión, sumido en una especie de alerta estúpida, mirando aquí y allá, escupiendo con frecuencia y en abundancia. Se limpió una mota de saliva del chaleco con la palma de la mano, se dio la media vuelta y escupió por fuera de la ventana, inclinándose hacia el exterior para ver cómo la saliva daba un salto mortal antes de salpicar en el callejón de abajo.

El salón de billar se situaba en la parte trasera de la segunda planta y su única entrada y salida era a través de la destartalada escalera. Hacía algún tiempo la moda de los salones de billar había desembarcado con fuerza en Jonesville-on-the-Grande. Los locales florecieron a lo largo y ancho de toda la ciudad. El click que producía el choque del marfil contra el marfil se escuchaba desde Main Street hasta las afueras de la ciudad. Las radios retumbaban y las botellas de alcohol de contrabando pasaban de mano en mano. De pronto se retiraron las mesas y se guardaron en sótanos y almacenes polvorientos. Los salones de billar se quedaron entonces vacíos y fueron sustituidos por otros negocios. Las mujeres más influyentes de Jonesville-on-the-Grande iniciaron una acción de reforma social y los denunciaron como antros, escenarios de todo tipo de vicios. Y tal vez lo fueran.

Al poco tiempo, en locales escasamente visibles como éste, se empezó a jugar al billar de nuevo bajo los auspicios de varios clubes y organizaciones. En la pared de este salón de billar, a un lado del reloj de mesa y justo encima de un retrato sin enmarcar de una sonriente chica, había una enorme cartulina que decía en letras en rojo fuerte: "WOW SOCIAL CLUB – SOLO SOCIOS. No se permiten las bebidas alcohólicas. Por favor, eviten el lenguaje soez. Prohibida la entrada a menores de edad". Sin embargo, nadie creía en los carteles.

El hombre recién afeitado, con la chaqueta de pana y el sombrero café que estaba sentado junto al árbitro era don Pancho, el leñador. Seguía viviendo en el Dos Veintidós con su hermano don José, en la casa de al lado. A don Pancho se lo encontraba uno con frecuencia en las calles del Dos Veintidós, de regreso del bosque, montado, con las piernas separadas, sobre su carreta, que empujaban mulas a paso enérgico, recorriendo la carretera llena de baches. O volviendo después de haber pasado un día o dos en el chaparral, sentado en lo alto de una torcida montaña de madera de mezquite y con sus mulas deslomándose al tirar del carromato a paso lento. Sí, don Pancho el leñador era un hombre trabajador. Ahora bien, hoy era sábado. Los sábados se descansaba, se disfrutaba del día. Uno se iba al centro a comprar palomitas y manzanas y chicle. Después, un cono enorme, coronado con dos bolas generosas de helado. Y salías a la acera, te apoyabas contra la defensa de un coche estacionado y disfrutabas del paisaje mientras te relamías. Uno podía también irse hasta la esquina, al cine, y por quince centavos podía pasar a ver una de vaqueros. Ahora tenían sonido. ¡Estos gringos! Eran capaces de conseguir lo que se propusieran. Sí, tenían sonido, y se oían los tiros y los azotes cuando el vaquero le daba al malo. Estaba bien ir al cine. Y al salir te pavoneabas sin evitarlo como vaquero, pero enseguida te avergonzabas e intentabas recuperar tu forma de andar. Don Pancho era, sin embargo, un padre de familia, no se podía gastar el dinero en ese tipo de cosas. Así que iba al salón de billar y miraba. Eso también estaba bien, especialmente porque no costaba nada. Allí te podías sentar y dedicarte a observar a todo mundo, y a su hermano, y a su tío y a su primo también. Mirabas y hablabas con tus amigos. Y probablemente alguien sacara una botella de agua ardiente y te ofreciera un trago. Y si no pensabas que esto era mejor que las palomitas y el helado era porque eras un tipo raro. Junto a don Pancho, sentados el uno al lado del otro, había dos jóvenes de cara regordeta, resplandecientes en su traje a cuadros. Su actitud entera gritaba: "¡Campo!", sin el valor añadido de sus respingonas narices amarillas, botines y pelo repeinado hacia atrás. Sus rostros redondos lucían una sonrisa perenne, mientras que sus ojos miraban de un lado para otro. Parecían una pareja de ratones de campo que se hubieran alejado de la madriguera. Eran un par de vaqueros, de los trabajadores, no los de las películas.

Guálinto entró en el billar y saludó con la cabeza, pero con educación, a don Pancho, como era propio hacer con un vecino que te conoce desde que eras un niño. Se apresuró a cruzar hacia el otro lado del local, ya que encontrarse con don Pancho en un lugar como éste lo incomodaba. En el extremo más alejado de la sala, oculto a la vista de don Pancho por un pilar de madera, encontró un asiento entre un borracho sin afeitar que se quedaba dormido de forma intermitente y se despertaba con un respingo y un chico delgado de unos quince o dieciséis años que llevaba unos tirantes azules. El muchacho hablaba con el individuo que se sentaba al otro lado de él.

—Trabajé para él —estaba diciendo—. Es un viejo cabrón y no me cae bien.

—Ajá —dijo su vecino, con los ojos puestos en la mesa más cercana.

—Muy cabrón. Por eso, cuando un día necesité setenta y cinco centavos, no se los pedí. ¿Para qué? Me habría dado un golpe y sermoneado, y no me habría dado nada.

—¿No me digas? —dijo su interlocutor.

—Sí, sólo tenía pensado pedirle lo que necesitaba. ¡Chin! Se pasaba el día encima de mí. Luego se dedicó a espiarme, ¡viejo perro!

—¡Perro! —repitió su amigo sin entusiasmo.

—¿Qué importancia tienen unos pocos dólares para él? Se gasta mucho más en esa mujer. De eso nunca se priva. Y yo le pedía unos míseros dólares, él que tiene miles.

Guálinto se levantó. Vio aparecer en la puerta la silueta huesuda y larguirucha del Colorado; su melena, color rojo intenso, brillaba al contraste con la pared de ladrillo. Nunca hacía esperar a nadie mucho rato. Guálinto se abrió camino entre los jugadores, esquivando hábilmente a uno, que, encorvado y con decisión, balanceó su taco hacia atrás con rapidez y luego hacia delante, como un émbolo. Se produjo un impacto seco y varias bolas hicieron click-click con violencia.

—¡Ching-g-g-gao! —exclamó el hombre que sostenía el taco—. ¡Maldita bola!

Otro de los jugadores se rio.

—¡No tei-niik! —gritó— ¡No tei-niik!

El Colorado se acercó hasta Guálinto y lo apartó hacia un lado.

—¡Uff! —dijo—. Estoy sulfurado.

—¿Por qué?

—Deja que te lo cuente. Acabo de ver a una gringa caminando por la calle enfrente de mí. Llevaba puestos un par de pantalones azul claro, ¡muy ajustados y *muy* finos! Debajo llevaba unos calzoncillos rosas de seda con un encaje muy lindo que le llegaba hasta como por aquí. ¡Chingao! Para eso podía haber dejado los pantalones en casa.

—Sabueso, ¿hasta dónde la seguiste? —Le preguntó Guálinto con una sonrisa de oreja a oreja.

—No mucho, la verdad, no mucho. ¡Uf! La cabeza me da vueltas y no tengo nada de hambre.

—¡Eh! ¿Adónde vas?

—A hacer pipí.

—Pues no tardes mucho o pensaré mal.

La risa del Colorado se escuchó a través de la puerta.

—¡Qué cabrón! —exclamó.

Al momento salió, abrochándose la bragueta.

—Oye —le dijo a Guálinto—, se me olvidaba. ¿A qué no sabes quién está por aquí? Francisco Cuatro-Ojos.

—Vacaciones de Navidad. Vino a ver a la familia, seguro.

—Sigue en su línea, pero más refinado.

Los dos se rieron.

—Me lo encontré en la calle justo antes que a Miss Pantalones Azules. Casi me da un beso. Me abrazó como si fuera su abuela muerta hace siglos o algo así. Oye, sentémonos.

Encontraron sitio en uno de los bancos.

—Así son los de allá—le aseguró Guálinto—, pero Francisco lo exagera, sin duda.

—Pues no me gusta —dijo el Colorado—. Si me lo hubiera encontrado después de ver a Miss Calzoncillos de Encaje, no hubiera respondido por él.

Guálinto se rio.

—¿Y qué pasó luego?

—Me invitó a un refresco. Entramos en el Ice Palace y nos sentamos. Él se encargó de pedirle al chico que estaba por allí. Y estaba en plan: "¿Qué te gustaría tomar Colorado?" y "Anda, no seas tímido, Colorado". Terminó pidiéndose una banana split y yo una Coca-Cola cereza. Pidió agua por lo menos tres veces. Resumiendo, cuando terminamos, preguntó: "¿Cuánto le debo?" con su particular aire grandilocuente. El chico dijo cincuenta centavos. Se metió la mano en el bolsillo y sólo tenía dos centavos. Dejé la cartera en casa, dijo.

Guálinto se volvió a reír.

—Así que, pagaste tú —concluyó.

—Sí, así es, pagué yo —dijo el Colorado con sentimiento.

—No cambia.

—Ni un poco. ¿Tienes hambre?

—Un poco. ¿Qué idea tenías?

—Hoy es mi cumpleaños —dijo el Colorado tímidamente—. Pensé que lo podíamos celebrar yendo a comer a un restaurante.

—Si es tu cumpleaños —dijo Guálinto—, entonces invito yo.

Se metió la mano en el bolsillo para ver si tenía dinero para pagar.

—Ni hablar —se negó el Colorado—. Yo invité, yo pago.

—Escucha —dijo Guálinto—, ya es hora de que te invite yo a algo. Y, ¿qué mejor ocasión que ésta?

El Colorado le dio una palmadita en el hombro a Guálinto con su enorme mano pecosa.

—No —rehusó—. Si tienes dinero de sobra, gástatelo en libros. Guárdalo para pagar la universidad esa a la que vas a ir el próximo otoño. No debes malgastarlo. Yo, trabajo y gano dinero, y no tengo en qué gastarlo, salvo en mí mismo y en mis amigos.

—Pero no es justo.

—Mira —dijo el Colorado—, ahí está Francisco.

Francisco se detuvo en la puerta y escudriñó el local con sus ojos miopes, inclinando la cabeza para ver mejor a través de los lentes. La luz de la ventana de enfrente se reflejó sobre los lentes, haciendo que parecieran focos de coche en miniatura. Vestía una chaqueta cruzada gris, que llevaba desabrochada de forma desenfadada. Llevaba el pelo negro ondulado peinado hacia atrás y sus dedos delgados jugueteaban con su corbata de seda.

Espió a Guálinto y al Colorado detenidamente, y la cara se le iluminó.

—Hola carí-í-ísimo —exclamó.

Todo el mundo se volvió a mirar, pero él ni se inmutó. Con las manos extendidas recorrió la sala hacia Guálinto, que se levantó para encontrarse con él. Francisco envolvió a Guálinto en un abrazo.

—¡Querido amigo!

Casi lo asfixia con sucesivos abrazos.

—¡Mi compañero preferido!

Palmadita, palmadita, palmadita.

—¡Dichosos estos pobres ojos que vuelven a verte!

Guálinto se zafó de él con la menor brusquedad posible. Le tomó la mano a Francisco y se la estrechó.

—Hola, Francisco —saludó.

Los espectadores retomaron sus partidas y su observación.

—¡Juguemos! —propuso Francisco con excitación—. Juguemos. Miren. Esos tipos de ahí están a punto de marcharse. ¿Se van, verdad?

—Sí —gruñó uno de los jugadores.

—Pero, Francisco —lo interrumpió Guálinto—, estábamos a punto de irnos a comer. Además, estoy seguro de que hay alguien esperando a que la mesa quede libre.

—Ningún problema —dijo Francisco—. Jugaremos una partida y luego nos vamos los tres a comer. ¡Eh! ¡Chico! Prepara las bolas. Francés. No, somos tres. Juguemos a tres bandas.

Con aire resignado, el Colorado cogió un taco del estante y Guálinto lo imitó, mientras Francisco probó antes con media docena; los balanceaba, midiendo con ojos entornados su longitud y haciéndolos rodar por la tela verde de fieltro, para gran molestia del árbitro, que colocaba las bolas en esa misma mesa. Finalmente, Francisco eligió un taco, refunfuñando porque no valía para nada y porque en Monterrey los había mucho mejores.

—Rompe tú —le ofreció a Guálinto.

Guálinto rompió el triángulo con la bola blanca y comenzó la partida.

—Ya entiendo por qué tenías tantas ganas de jugar —le dijo Guálinto después de un rato—. Eres muy bueno.

Francisco hizo una mueca al completar un tiro, luego sonrió.

—En Monterrey todos los hombres importantes juegan al billar. Y son muy buenos. Amigo, esto no es nada. Deberías ver jugar al general Almazán.

—Supongo que has jugado con él —dijo el Colorado.

—Sí, muchas veces. Somos muy buenos amigos.

—Ya me imaginaba —dijo el Colorado.

—Almazán es muy amigo de la familia. Mi abuelo le ayudó con la carrera militar. No sabías que mi abuelo fue general, ¿verdad?

—¡No! —dijo el Colorado, con la voz cargada de estupefacción.

Un grupo de haraganes se había congregado alrededor del billar para ver al trío, atraídos a la par por los gestos afectados de Francisco y por su juego verdaderamente brillante. Francisco les atrajo a su audiencia.

—Fue general —dijo Francisco, dirigiéndose al público que miraba—. Mi abuelo, el general Epifanio Sidar, el padre de mi madre, fue una vez gobernador de Nuevo León.

—Yo vi al general Sidar una vez —aseguró uno de los espectadores—. Iba montado sobre un caballo blanco. ¡Lindo penco!

Sacudió la cabeza, recién afeitada, como si el recuerdo de la belleza del caballo del general fuera algo trágico.

—¿Conociste a mi padre? ¿Recuerdas la huida hacia la frontera de 1913?

—No —dijo el hombre, con los ojos rodeados de bolsas y los pesados párpados muy tristes—. Entonces yo estaba aquí, en Texas.

—Fue muy emocionante —afirmó Francisco en tono conversacional, casi narrativo—. Era un martes por la tarde y estábamos en Monterrey en el momento en que fue evidente que los rebeldes tomarían la ciudad, porque superaban con creces nuestras tropas. Mi abuelo, el general, ordenó que se preparara un tren, en el que embarcaron a mi madre, a mí, a una tía mía y a algunos otros parientes. Y, por supuesto, a nuestros criados. Protegidos por varios regimientos de todas las secciones del ejército, de entre los mejores al mando de mi padre. Desalojamos la ciudad en dirección a la frontera, mi abuelo el general, al mando, con la ayuda de mis dos tíos, Claudio y César, que eran coroneles.

Hizo una pausa. Percibiendo, es posible, un gesto de incredulidad en la expresión afable de su principal oyente, añadió:

—Yo era entonces un niño, pero lo recuerdo con claridad. Me causó un gran impacto.

Guálinto metió la última bola en uno de los agujeros de la esquina. Con la partida terminada, Francisco dejó caer su taco encima de la mesa, se sacudió el talco de las manos y se las metió con un gesto elegante en los bolsillos. Se acercó, dando un par de pasos, hacia los que estaban mirando, que se habían convertido en sus oyentes, mientras Guálinto pagaba al árbitro. Francisco había elegido como su principal objetivo al hombre que recordaba el caballo blanco del general, pero se dirigió a todos al mismo tiempo. El hombre era un tipo de piel muy oscura, gordinflón y vestía con camisa azul y overol. Su cabeza redonda, del color del café con leche, era peculiar, pues estaba coronada por un par de pelos canos que le crecían de punta. Se sentó en el banco, con las manos entre las piernas, agarrando el banco y observando a Francisco con un gesto que era una parodia de la humilde atención con que el peón mexicano mira al hacendado. Francisco se colocó prácticamente sobre él, como si tuviera miedo de que el hombre se levantara y se fuera. Ambos estaban rodeados de holgazanes, sentados y repantingados.

El Colorado y Guálinto pagaron al árbitro, guardaron sus tacos y se limpiaron las manos con un pañuelo, y, para cuando regresaron donde Francisco, éste ya estaba a medio camino entre Monterrey y Reynosa, montado a bordo del tren que retiró a las tropas. Los rebeldes habían volado un tramo de vía y el abuelo de Francisco, el general, había ordenado una batalla.

—Teníamos junto a nosotros a un regimiento de caballería, el mejor de todo el norte, sus miembros iban vestidos con uniformes y sables de color azul brillante, y a varias baterías de 75s. También teníamos un regimiento de la infantería juchiteca.

—Don Vicente, ha oído hablar de la infantería juchiteca, ¿no?

—No —contestó Vicente, el hombre regordete, y esta vergonzosa laguna en su cultura general lo dejó literalmente planchado—, no he oído hablar de ellos.

—Son indios bajitos procedentes de Oaxaca y son los mejores soldados y tiradores del mundo. Avanzan al trote, de esta manera, con los rifles apoyados en la cadera.

Francisco hizo una demostración, pisando y levantando con fuerza sus delgadas piernas.

—Y disparan sus Mausers desde la cadera con una puntería mortal que hace de ellos el regimiento más temido del mundo. Son capaces de estar, por ejemplo, haciendo una carga con el rifle a la altura de la cadera, y a la voz de mando disparar una descarga mortal sin necesidad de levantar los rifles o de romper el ritmo.

—¡Impresionante! —exclamó Vicente, el hombre que recordaba el caballo blanco del general.

Francisco prosiguió.

—Mi abuelo gritó: "¡Saquen la caballería!" Los vagones de carga se abrieron y los caballos desembarcaron, relinchando y piafando la tierra. Esperen un momento —Se puso la mano en la sien—. No. Fue la artillería. Sí. Primero dio órdenes de que saliera la artillería, así que los artilleros salieron en primer lugar, aunque pensándolo bien creo que sí que fue la caballería.

—Como sigas bajándolos y subiéndolos del tren —gruñó el Colorado—, van a estar muertos de cansancio antes de siquiera salir a pelear.

Francisco ignoró el comentario del Colorado.

—Guálinto, espera un segundo —le pidió—, y nos vamos a comer juntos.

El Colorado y Guálinto se acercaron hasta la ventana más próxima y se apoyaron contra ella, observando ociosamente el pasaje pavimentado que se veía desde allí, donde un hombre, sucio y vestido con harapos, sacaba cajas de cartón de un contenedor de basura.

—Tengo hambre —anunció el Colorado—. Vámonos antes de que ese pendejo se quede sin aliento.

—Esperémoslo, Colorado —sugirió Guálinto—. Yo le pago la comida.

—No es eso —dijo furioso el Colorado—. El cabrón me pone de nervios.

Guálinto se rio.

—No sabía que tuvieras nervios. Pero tienes razón. A veces es realmente insoportable.

—En 1913 se meaba en los pañales. ¿Crees que esos tipos se creen lo que les está contando?

—Lo están escuchando —dijo Guálinto—. Acerquémonos a ver si podemos llevárnoslo. Si no, lo dejamos aquí y punto.

Francisco hablaba ahora sobre béisbol.

—Merecía haber estado en las principales ligas —aseguraba—, lo único que nunca vino a los Estados Unidos.

—¡Ah! —dijo el chico de la mesa—, estaba muy verde. No cuajaba. Un lanzamiento de pelota que cayó en picada justo delante de la base.

Francisco miró al muchacho con aire de superioridad.

—No entiendes lo que puede hacer la destreza —aseguró.

—Eso es cierto —añadió Vicente, el hombre que recordaba el caballo blanco del general—. Con destreza se pueden conseguir maravillas. Recuerdo un hombre que conocí allá, en el norte de Texas. Era muy habilidoso con las manos. Tenía un gallo de pelea que era el mejor de la región. Nunca perdía una sola contienda.

—Eso sí, un día encontró un adversario a su altura. —A Vicente se le dulcificaron los ojos al recordarlo—. ¡Qué pelea! Mi amigo sacó a su gallo antes de que la otra ave lo matara, pero el pájaro había quedado maltrecho. Tenía la pata derecha tan destrozada que hubo que amputársela. Pero, ¿crees que mi amigo le retorció el pescuezo? No. ¿Sabes lo que hizo? Le cortó con suma delicadeza la pierna herida y le cosió la piel con gran cuidado. Luego llegó la verdadera maravilla. Tomó un pedazo de madera y lo talló y talló hasta que esculpió una pata de gallo perfecta, hasta la espuela y las uñas. La pintó incluso del mismo color, y aunque no lo creas, la gente creía que era de verdad. Se la pegó al muñón con correas de cuero atadas alrededor del cuerpo. Tendrías que haberlo visto mover las alas y pavonearse. A un hombre así sólo lo encuentras una vez en la vida. ¡Hablas de paciencia! ¡Talento! ¿Pues qué crees? El gallo con la pata de palo volvió a luchar con el mismo pájaro y lo mató.

—Muy interesante —admitió Francisco—. El hombre debía de ser un auténtico genio, un escultor digno de aspiraciones más ambiciosas. Eso me recuerda de aquella vez cuando . . .

—Pero ésa no es ni la mitad de la historia —lo interrumpió Vicente, el hombre que recordaba el caballo blanco del general—. Unos tres meses más tarde, el gallo con la pata de palo volvió a enfrentarse a un adversario que casi lo mata. Esta vez ganó, pero no sin que antes el otro pájaro le hiciera jirones el ala izquierda. ¿Y qué crees que hizo mi amigo?

—Construirle un ala de madera —dijo Francisco.

—Pues no, querido amigo —respondió Vicente—. Le fabricó un ala de cuero fino. Se puso a trabajar y le hizo una estructura de alambre rígido, sobre la que sujetó la cubierta de cuero, con mucho cuidado. Era un hombre habilidoso. Le pintó unas plumas al ala y consiguió que pareciera de verdad. Luego la ató al muñón, y lo hizo tan bien que el gallo pudo batirla y usarla como si fuera propia. Era todo un espectáculo verlo perseguir gallinas con el ala estirada sobre la tierra.

Vicente se quedó en silencio y asintió con lentitud, como si lamentara el talento desperdiciado de su amigo.

—¿Y luego? —preguntó Francisco con impaciencia.

—Oye —dijo Vicente con expresión seria—, después de eso el gallo no volvió a perder una pelea. Siempre llevaba el liderazgo con su ala de cuero y los dejaba sin sentido con la pata de palo.

Todo el mundo se rio a carcajadas, excepto Vicente, que parecía entusiasmado con el alborozo que había causado. Y Francisco, cuyo color aceituna enrojeció, se aclaró la garganta varias veces.

—Bueno —anunció Francisco—, creo que se está haciendo tarde.

—Guálinto —don José Alcaraz, el hermano de don Pancho, estaba de pie junto a él—, tu tío Feliciano te está buscando —dijo, mirando serio a Guálinto a través de sus dulces ojos cafés—. Parecía muy ansioso por hablar contigo. Espero que no haya sucedido nada grave.

Guálinto miró al suelo pensativo.

—Será mejor que me vaya. ¿Le dijo dónde estaría?

—En casa.

Guálinto le dio las gracias a don José y les dijo a sus amigos:

—Me tengo que ir; creo que pasó algo en casa.

Los otros dos bajaron con él las escaleras. El Colorado descendió los peldaños riéndose, boxeaba con un adversario imaginario.

—¡Zas, con el ala! —iba comentando entre ataques de risa—. ¡Luego paj, con la pata de palo!

Francisco estaba callado y pensativo, con el labio hacia fuera. Al llegar al final de las escaleras, Francisco se despidió de ellos con unas palabras rápidas pero llenas de florituras, entre las que incluyó la promesa de volver a verlos más tarde. El Colorado acompañó a Guálinto hasta la esquina al final de la calle.

—Oye, ¡qué divertido! —exclamó.

Y, de pronto, añadió con seriedad:

—Espero que no haya pasado algo malo en tu casa.

—No creo —dijo Guálinto—, pero no tengo ni idea de qué se le habrá ocurrido a mi tío ahora. A veces se le meten cosas extrañas en la cabeza.

—A los mayores siempre les pasa.

—No, si no es mayor, aunque bien pensado tampoco es joven. Resulta curioso ver cómo él y yo leemos un mismo libro o una misma noticia en el periódico y cada uno lo interpreta de forma tan distinta.

—¿Hablas con él? —Le preguntó el Colorado.

—Con respeto, pero sí. Nunca llego a convencerlo, aunque a veces le doy argumentos que lo dejan sin palabras. Luego se echa a reír y parece que le gusta.

—Yo nunca podría hablar con mi padre. Me daría una paliza si me atreviera a contestarle.

—¿Nunca te dan ganas de volver a casa?

—Voy cuando él no está. Le llevo a la viejita un poco de dinero, dulces y tabaco. Pero no me quedo allí. Estoy mucho mejor a solas: tengo un buen trabajo, gano bien; me va bien.

—¿Y nunca te cansas de repasar con detenimiento todas esas cuentas?

—En realidad, no me paso el día haciendo lo mismo. Y tiene futuro. No pretendo pasarme la vida de ayudante de contabilidad.

Llegaron a la calle en la que estacionaban los camiones. Había una hilera junto a la acera que estaba enfrente de un edificio viejo de dos pisos con un balcón de hierro forjado.

—¿Tienes dinero para pagar el taxi? —Le preguntó el Colorado.

—Sí, sí —contestó Guálinto un poco molesto por el ofrecimiento de su amigo—, tengo.

Se detuvieron en la esquina. Había un par de pasajeros a bordo del primer camión de la fila, pero el conductor seguía de pie en la acera, esperando a que llegaran más.

—¿A qué universidad estás planteándote ir en otoño? —Le preguntó el Colorado.

—La de Texas, supongo. Si es que finalmente voy.

—¿Qué quieres decir con eso de que si voy? ¿Vas a permitir que esa tipa te arruine la vida por completo? ¿Qué vas a estudiar?

—Si te soy sincero, todavía no lo he decidido.

—Oye, ya es hora de que te decidas, ¿no?

Guálinto no pudo evitar que le molestara el tono de hermano mayor que imprimía el Colorado a su voz.

—Cualquier cosa —contestó de mal humor—, cualquier cosa estará bien.

El Colorado pensó en contestarle, pero no lo hizo.

—Mira —dijo—, el conductor se está subiendo en el camión.

—Hasta la vista —dijo Guálinto.

—Hasta la vista.

Se despidieron con un saludo de mano desganado. Guálinto se subió al camión y el Colorado se dirigió de nuevo hacia el centro de la ciudad.

El camión resopló con paciencia hasta que alcanzó Fourteenth Street, donde giró a la izquierda hacia el este. Recorrieron con lentitud calle a calle. Guálinto viajaba en la parte trasera, cerca de las escaleras, con la mirada puesta en el suelo y sin prestar atención a la conversación que mantenía el resto de pasajeros. Cuando llegaron a su calle, gritó:

—¡Aquí!

Recorrió el resto del camino preguntándose qué le pasaría a su tío.

2

Recorrió a toda prisa las cuatro cuadras que lo separaban de su casa, sin encontrarse con nadie por el camino. Era mediodía y la gente estaba comiendo. Le había dicho a su madre que no iría a casa a comer, así que no había nadie. Su madre y sus hermanas estaban afuera, de visita. "Debería haber ido a la tienda", pensó. "El tío Feliciano nunca viene a casa los sábados al mediodía". Miró en todas las habitaciones para asegurarse. El salón estaba lleno de libros, periódicos y revistas, todos en español. Eran las lecturas de su tío. Ahora que tenía dinero y que contaba con mano de obra en la tienda, leía mucho. Había libros sobre hipnotismo junto a manuales de política, y otros de telepatía junto a tratados de historia y ciencia general, todos en pasta dura. La mayoría estaban colocados en una estantería hecha por el propio Feliciano, usando como base una vitrina. Los otros estaban apilados sobre mesas. Su tío los había leído todos, los volúmenes conocidos y los desconocidos, los escritos por charlatanes y los firmados por intelectuales, con la intención de cultivarse.

Su tío se había hecho una persona culta, pero no había cambiado lo más mínimo. Debajo de sus trajes comprados en tiendas, vivía el mismo viejo ranchero. Las lecturas sólo habían expandido sus viejas perspectivas e ideas. Sin embargo, había algo extraño en el salón. Eran los periódicos: estaban esparcidos por el suelo; muy impropio de su tío, que creía en el orden. Debía, pues, haber venido y haberse ido a toda prisa.

Si tenía que esperar, aprovecharía para comer. Guálinto fue a la cocina y se preparó un taco con una tortilla de harina relleno con un poco de carne para sándwich que encontró en la hielera. Masticaba el taco cuando escuchó la puerta de delante chirriar. Se metió lo que le quedaba de tortilla en la boca y se acercó hasta la ventana del salón. Era su tío. Guálinto lo observó avanzar por el sendero hasta el porche. La conversación mantenida hacía tan sólo un rato con el Colorado le hizo darse cuenta de lo mayor que se había hecho su tío. Tenía, calculó, bastante más de cincuenta años. Ya no parecía tan alto. Los hombros se le habían encorvado y el estómago, aunque plano, lo tenía hundido. Oyó que las botas de su tío taconearon en el porche, y Guálinto abrió la puerta.

—Buenos días, tío.

—Buenos —dijo Feliciano, al entrar.

Se quitó el sombrero de vaquero y se pasó la otra mano por el pelo cano.

—¿Me estaba buscando?

—Sí.

Feliciano señaló con la cabeza hacia el sofá. Tiró el sombrero y el saco sobre una silla y se sentó junto a su sobrino.

—¿Cuántos años tienes? —Le preguntó.

—Diecisiete —contestó Guálinto, desconcertado por la pregunta—, casi dieciocho.

—¡Um! Te estás haciendo un hombre. En mi época, un muchacho era un hombre hecho y derecho a la edad de quince. —¿Te afeitas?

—¿Por qué?, n . . . no.

—Deberías —le aconsejó Feliciano—, deberías empezar a afeitarte. A ver si me acuerdo de regalarte un kit de afeitado para tu próximo cumpleaños.

—Gracias —dijo Guálinto.

—De nada —respondió Feliciano—. De nada. Ya eres un hombre, y es hora de que hablemos de las cosas de hombre a hombre.

Observó el techo un rato, con los dedos cruzados sobre la barriga. A continuación, añadió:

—El banco quebró ayer.

Guálinto se quedó sorprendido.

—¿El Jonesville National? —preguntó con voz débil.

—Sí. El banco de don Roberto.

—Le . . . le devolverán el dinero.

—No sé cómo. Ya no está ahí.

—Lo siento. Yo le insistí tanto en que metiera el dinero en el banco en lugar de esconderlo por ahí como antiguamente. ¡Pero el juez Norris! Siempre había dicho que . . .

—No me convenciste de nada —interrumpió Feliciano con resquemor en la voz—. Y no fue don Roberto el que nos robó. De hecho, él es el que peor lo va a pasar: está mayor y tiene el corazón débil. Esto podría acabar con él.

—¿Entonces quién?

—Fue ese cabrón del director, E.C. Carlton. Utilizó grandes sumas de dinero del banco para especular con ellas, en, ¿cómo se llama?, el "mercado de valores", ¿no se llama así? —Guálinto asintió con la cabeza—. Y cuando la bolsa se vino abajo, Carlton perdió nuestro dinero.

—¿Qué le va a pasar?

—Irá a la cárcel, estoy seguro. Pero, el hecho de que lo metan en la pinta no nos devolverá el dinero.

—¿No han dicho nada en los periódicos?

—No en el gringo, eso me dijeron. Nos informaron hoy por carta. Pero hay artículos en los periódicos españoles, en los de aquí y en los de San Antonio. Tarde o temprano, tendrán que publicar algo en inglés. La ley ha intervenido el banco.

—Pero, por lo menos, seguimos teniendo la tienda.

Feliciano sacudió la cabeza.

—La vamos a perder. Ese es el golpe más duro que tendremos que enfrentar. Don Roberto, en tanto que propietario del banco, sigue siendo responsable de las deudas contraídas por éste. Se están quedando con todos sus bienes en la ciudad, a excepción de su casa, por supuesto. El edificio de la tienda y el solar le pertenecen, así que la ley se quedará con ellos en un par de días.

—Pero la mercancía que hay en la tienda es suya, ¿no?

—Sí, si consigo sacarla de ahí antes de que se queden con el edificio. De eso quería hablarte. Ya le pedí a Juan que traiga el camión a la ciudad. Tendremos que trabajar duro para sacar todo lo que es nuestro de la tienda. Lo que no he comprado y está sin pagar, se quedará, pero nos llevaremos el resto.

—¿Dónde lo meteremos?

—En el cuarto de atrás almacenaremos cuanto podamos; lo demás se lo llevará Juan a la hacienda. Frijol, arroz, harina, maíz, papas. Esas cosas se conservan durante bastante tiempo, y también los productos enlatados, claro. Por lo que respecta a la carne fresca, nos quedaremos con la que podamos comernos pronto y el resto la regalaremos.

—¿Regalarla? ¿Por qué no intentamos vendérsela a otra tienda de abarrotes?

—¿Quién, en estos tiempos, tiene dinero para comprarla? Sólo Crispín Rodríguez, que cree en los bancos tan poco como yo. Y él escogerá lo que ya está en los almacenes y al precio que quiera. No, hay mucha gente a la que le vendrá bien. A Juan y a la mano de obra que trabaja en la hacienda, y a algunos de nuestros amigos del barrio. De esa manea le daremos buen uso a la carne. Con el resto, tenemos para comer una buena temporada, tal vez hasta que la situación mejore.

—¿Y qué pasará si no mejora?

—Siempre me quedará la opción de vender verduras de puerta en puerta.

Guálinto se puso rojo.

—¿Vender de puerta en puerta? —gritó—. Mi tío, ¿vendedor ambulante?

—Sí —contestó Feliciano en tono grave—, con una canasta colgada de cada brazo. ¿Te avergonzarías de mí? ¿Tanto como te avergüenzas de esta casa? Seguramente te cambiarías de acera si me vieras por la calle.

A Guálinto se le llenaron los ojos de lágrimas.

—Yo . . . yo . . . yo . . . —tartamudeó.

—Te inculcan ideas raras en esa escuela gringa. Ningún trabajo honrado es vergonzoso, ni siquiera vender en las calles.

Guálinto agachó la cabeza.

—Voy a dejar los estudios. Me pondré a buscar trabajo la semana que viene . . . aunque sea vendiendo en la calle.

—Por supuesto que no —dijo su tío con suavidad—. Todavía no soy un mendigo, Guálinto. Y no tengo intención de ponerme a vender verduras de puerta en puerta. Las venderé como hasta ahora, al por mayor, para las tiendas de abarrotes y las casas de envasado. Muy baratas, por supuesto, pero incluso así ganaré dinero. Cuando las cosas van mal, la gente se priva de muchas cosas, pero sigue necesitando comer. Nosotros tendremos suficiente para comer. Y pronto labraré más tierra. Mi propia tierra.

—¿Su propia tierra?

—Sí, sé que piensas que no soy más que un ranchero ignorante, pero no soy tan estúpido como algunos piensan. Nadie consiguió convencerme de que metiera todo el dinero en el banco. He desconfiado de los bancos toda mi vida y, además, ese tipo, Carlton, nunca me inspiró confianza. Metí dinero en el banco, bastante, porque don Roberto me dijo que lo tenía que hacer para que me dieran crédito como comerciante. Pero, guardé mucho más, mucho más, en buenas monedas de oro. A la manera del antiguo ranchero. Usaré parte de ese dinero para comprarle terreno al viejo gringo que me alquila las tierras ahora.

—Pensé que no quería vender.

—Antes no quería, pero ahora necesita dinero en efectivo. Estamos en proceso de negociar la compra de los ochenta acres que tengo alquilados y unos ochenta o cien más. Sólo estoy esperando a que necesite el dinero desesperadamente para que rebaje el precio.

—Eso es un montón de terreno.

—Cierto. No planeo desmontarlo todo inmediatamente. Lo utilizaremos para criar ganado, unos cuantos cerdos y un montón de gallinas. Con eso y con el grano que cultivemos nos las arreglaremos hasta que todo vuelva a la normalidad. Volverá. Leí que este tipo de crisis no son nuevas y que las cosas acaban solucionándose. Se producen ciclos, ¿lo sabías?

Guálinto negó con la cabeza.

—Tampoco nos enseñaron eso en la escuela.

—Saldremos adelante. Mientras tanto, nos irá mejor que a muchos otros. No tendrás coche para ir a la universidad y deberás controlar lo que gastas durante una temporada. Tendremos que acomodarnos con la ropa que tenemos. Me temo que ni te podré comprar un traje nuevo para la ceremonia de graduación ni tampoco nada bonito para llevar a la universidad.

—¿Universidad?

—Sí, por supuesto. He estado ahorrando desde que naciste. No tendrás que preocuparte por las cosas básicas, incluso si la situación no mejora durante tu primer o segundo año de universidad.

—¿Ha ahorrado toda la vida para eso? ¿Y qué pasaría si no quisiera ir a la universidad? Quiero ponerme a trabajar y contribuir de algún modo. He sido una carga durante demasiado tiempo.

—Dejemos ese tema por el momento —propuso su tío—. Ya lo hablaremos más adelante.

—No. Tío, quiero hablarlo ahora. ¿Qué sentido tiene que se gaste todo su dinero en mí si corren tiempos difíciles?

—Tu padre —empezó Feliciano.

—¡Ya lo sé! Lo he escuchado miles de veces. Mi padre dijo que iba a ser un gran hombre y que ayudaría a mi gente. Pero ya soy un hombre, Tío. Usted lo acaba de decir, un hombre hecho y derecho, y no he cambiado ni un poco.

—Tu padre era un hombre muy sabio —afirmó Feliciano.

—¡Mi padre no era más que un mexicano ignorante! Se le metió en la cabeza que iba a ser un gran hombre. ¡Un gran hombre! ¡Y me endilgó este estúpido y ridículo nombre!

Feliciano apretó los puños con rabia y se medio levantó. En seguida, relajó las manos y se volvió a sentar en el sofá. Estaba pálido.

—Ni se te ocurra volver a hablar así de tu padre —dijo con calma.

Guálinto tragó saliva.

—Lo siento —se disculpó.

—¿Por qué has decidido de repente que no quieres ir a la universidad? ¿Es por lo que les pasó a ti y a tus amigos en ese restaurante de Harlanburg?

Guálinto se sobresaltó.

—¿Cómo se enteró de eso? —preguntó.

—No es ningún secreto. La gente lo comenta.

—No, no es por eso. No tiene dinero suficiente.

—Te dije que sí tengo dinero. Simplemente estás preocupado por cómo están las cosas ahora, pero la situación mejorará. Prométeme que en enero volverás a clases y acabarás la preparatoria.

—Lo haré. Se lo prometo.

—Perfecto. Cuando acabes, hablaremos de nuevo sobre la universidad. Ahora toma una hija de papel y hagamos cuentas antes de que tu madre y tus hermanas lleguen a casa.

Guálinto se apresuró en tomar papel y lápiz, con la cabeza todavía aturdida. Su tío estaba ahora listo para sacar cuentas.

—Dibuja una columna aquí —le ordenó— y otra aquí. Eso es. Calculemos lo que tenemos almacenado en la tienda y lo que debemos. El refrigerador grande está pagado, pero no podemos traérnoslo a casa. Tal vez podamos vendérselo a alguien por la mitad de lo que me costó.

—Tío —dijo Guálinto, levantando la vista del papel—, yo podría trabajar por las tardes.

—Piénsalo luego, pero siempre que no te distraiga de los estudios. Así tendrías algo de dinero para tus gastos durante los próximos meses.

—No para mis gastos —dijo Guálinto con seriedad—. Ya me gasté suficiente dinero en pasarlo bien. Quiero pagarme mis útiles escolares, los cortes de pelo, los cepillos de dientes y ese tipo de cosas.

—No te imaginas lo difícil que resulta conseguir un trabajo hoy en día.

—Si se busca bien, se encuentra. Encontraré un trabajo, se lo prometo.

—Eres muy optimista —le aseguró su tío—, pero si lo quieres intentar, adelante. Ahora, volvamos a las cuentas.

3

Últimamente los periódicos se hacían eco de que en el norte estaban ocurriendo sucesos extraños. En Chicago los hombres se volaban la cabeza. En la ciudad de Nueva York había gente que se tiraba de los rascacielos, desparramándose sobre la acera al caer en el suelo. Los negocios se estaban yendo a la quiebra, y empezaban a formarse colas de personas para recibir alimentos gratis. En Texas, sin embargo, en especial en la parte sur, la situación parecía normal, incluso próspera. Los rancheros y los propietarios de huertos seguían vendiendo su producción, se gastaban parte de los beneficios e ingresaban el resto en el banco. Para la zona del Delta, la Gran Depresión era todavía una realidad lejana. Y para el peón mexicano, que labraba las tierras y los huertos de los terratenientes americanos, hablar de algo así como la crisis financiera escapaba a su entendimiento. Era incapaz de imaginar una situación en la que fuera más pobre de lo que ya era. Le llegaban noticias de los habitantes de Oklahoma, quienes habían abandonado sus tierras y se habían subido en sus trocas para dirigirse hacia el oeste. Para el peón texano, cualquiera que tuviera una troca en propiedad era rico. Escuchaba hablar de familias de rancheros que no tenían otra cosa que comer más que harina y tocino. El peón mexicano, que había subsistido a base de tortillas la mayor parte de su vida, se preguntaba cómo era posible que aquellos que se permitían comprar galletas y tocino fueran pobres. Escuchaba decir que la gente en las grandes ciudades hacía cola para que le dieran sopa y pan a causa de la Depresión, y, entonces, bromeaba con sus amigos:

—Ya me gustaría a mí que eso que llaman Depresión nos llegara a nosotros para que nos dieran un poco de eso.

Y a su debido tiempo la Depresión llegó.

La Chilla, la denominaron los mexicanos. El chillido. O tal vez fuera un eufemismo de la más útil de las expresiones mexicanas: *La Chingada. Estamos en la gran chi-i-illa, compadre.* La Chilla. El azúcar valía a dos centavos la libra y doce hombres valían dos centavos, los mexicanos la mitad. Un saco de harina costaba veinticinco centavos y veinticinco centavos equivalían a todo el esfuerzo de un hombre y al poco orgullo que le quedaba. La Chilla. Delante de las oficinas de empleo se formaban interminables colas de hombres con una mirada lúgubre en los ojos. Delante de los comedores sociales se formaban interminables colas de mujeres, con rostros que eran a la vez reflejo de hambre y de humillación. Los niños jugaban en grupo al sol, más sucios, más delgados y más tranquilos que nunca.

Se necesitaba mano de obra. Mano de obra joven y blanca en las haciendas. Ese gringo de cara roja conseguirá el trabajo. Sin duda. Ésa es la hacienda del viejo Lilly, que es un anti-mexicano sanabaviche. Se busca. Niñera para niños de dos y cinco años. Debe hablar inglés. Ni una sola oportunidad para las señoras mayores, ni una sola oportunidad. Se busca. Mujer blanca para hacerle compañía a una anciana. Se buscan, hombres blancos de confianza y trabajadores.

El texano mexicano es titular de una útil doble personalidad. Cuando le piden que haga un trabajo para su país, es americano. Cuando hay beneficios de por medio, es mexicano y es siempre el último de la fila. Y no tiene a nadie que pueda ayudarle porque ni siquiera se puede ayudar a sí mismo. En los Estados Unidos, no es el único grupo racial que tiene dificultades. Eso sí, si bien hay negros ricos y negros pobres, judíos ricos y judíos pobres, italianos y polacos ricos e italianos y polacos pobres, en Texas sólo hay mexicanos pobres. Los hablantes de español que viven en el suroeste se dividen en dos categorías: mexicanos pobres y españoles ricos. Así que, mientras que los negros ricos ayudan con frecuencia a los negros pobres y los judíos ricos a los judíos pobres, los texanos mexicanos no se tienen más que a sí mismos.

La Gran Depresión había llegado finalmente. Los trabajos escaseaban y los mexicanos conseguían pocos de entre esos pocos. Las cartillas de racionamiento eran limitadas y a los mexicanos les profierían más miradas de odio de las que les dan a la comida en los comedores sociales, la *ora sí*, como ellos la llaman, el "Ahora sí". A cambio de, por lo menos, una comida digna.

Un solicitante llega a la oficina de empleo de Jonesville-on-the-Grande.

—¿Qué tal, hijo? Siéntese. El trabajo de oficinista no está bien pagado, pero ya sabe cómo están las cosas hoy en día. ¿Ya terminó la prepa? Bien. Se lo creo. ¿Cómo se llama? Ah, entiendo, entiendo. Señorita Greene, anote el nombre del señor González en la lista de espera. Le llamaremos en caso de que lo necesitemos.

La Chilla, La Chilla.

—¿Te enteraste de que McCrory está echando a la calle a todas sus vendedoras mexicanas?

—¡Qué demonios! Los está echando a todos. McCrory cierra.

—Dicen que a un jefe de departamento del aeropuerto le llamaron la atención por tener a demasiados mexicanos trabajando en su departamento.

—A los sebos les están poniendo la zancadilla en todas partes. Están a la caza de cualquier posible error. Y a la calle.

—¿Dijiste sebos?

—Sí, sebos, esos somos nosotros.

—No sabía eso. Con lo que cuesta hoy en día conseguir una libra de tocino, a los sebos ya no nos queda ni una gota de grasa.

—Las fábricas de embalaje necesitan gente. Pagan bien: diez centavos de dólar la hora por descargar camiones. Esperas a que llegue un camión y lo descargas. Un gringo lleva la cuenta de las horas. Puedes llegar a ganar veinticinco centavos al día.

—¿Se apunta uno aquí?

—Sí, dígame su nombre, referencias y último trabajo.

—Eusebio Pérez. Acabo de terminar la prepa. No he hecho gran cosa, salvo cosechar algodón. Pero sé mecanografía y contabilidad.

—Yusibio Pérez. Recolector de algodón.

—¿Y mi formación? ¿No piensa tomar nota de eso?

—No creo que sea necesario. ¡Siguiente! ¿Nombre, por favor? ¿Referencias? ¡Malditos! Se vuelven cada día más altaneros y más vagos. Peor que los negros. Resulta que éste último era demasiado bueno para cosechar algodón. No entiendo por qué malgastamos el dinero de los impuestos en mandarlos a la escuela. Les estamos quitando el pan de la boca a los blancos. ¡Malditos politicuchos! Hacen lo que sea por conseguir un voto.

—Señor, ha dicho una verdad como una casa. Algunos mojados reciben demasiada educación. Y acaban creyéndose que son tan buenos como los blancos.

—Así es, señor. Así es. Me alegra ver que todavía hay gente que piensa como debe ser. Hoy en día, con todos estos políticos sinvergüenzas y trabajadores mafiosos, se trata a los negros y a los sebos tan bien como a los blancos con tal de conseguir un voto más.

La Chilla. La Chilla. Hileras de locales vacíos, con sus escaparates vacíos y sus maniquíes desnudos. Y en las aceras, en las pequeñas entradas de las tiendas, se agolpan, en grupos, hombres de tez oscura, esperando, esperando. Para nada.

Un coche reluciente se detiene y de él desciende un hombre fuerte y sudoroso armado con una cartuchera que lleva atada alrededor de las lumbares. Lo sigue un joven oficial vestido con uniforme color kaki. Se dirigen al grupo de hombres y señalan a uno de ellos.

—¿Eres Juventino Grajales?

—Sí, señor.

—¿De dónde eres?

—Oaxaca.

—¿Cuánto tiempo llevas viviendo de este lado?

—Desde 1915.

—Tienes el permiso de residencia en regla.

—¿Permiso de residencia?

—Ya lo sabía. Metete en el coche.

—¿Que me meta en el coche? ¿Por qué, señor? No he hecho nada. Soy un hombre pacífico.

—He dicho que te metas en el coche o te daré a probar de esto.

—De acuerdo, de acuerdo, señor, pero no me empuje.

—Te empujaré y te gustará. Si vuelves a asomar la cabeza, te la abro. Conduce hasta la comisaría, Joe, para que podamos registrar y tomarle las huellas a este mojado.

—¿Qué le dijo al otro señor? Debe de haberse equivocado de hombre.

—No, no nos hemos equivocado. ¿Acaso no sabes que es ilegal entrar en los Estados Unidos de América sin pagar la tasa de inmigración y sin papeles?

—Le juro que no lo sabía, señor. Nadie me lo dijo. El señor Estrongen fue con un camión a Morelos y nos trajo de allí en el año 1915 para que recogiéramos algodón en Alice, y simplemente nos quedamos aquí. Nadie nos dijo que debíamos regresar a casa y nadie nos llevó de vuelta. ¿Es eso un crimen?

—Desde luego que lo es y la excusa de no conocer la ley no es justificación suficiente. En cualquier caso y puesto que se trata de la primera vez, nos limitaremos a tomarte las huellas y a llevarte al otro lado del río. No intentes volver otra vez porque sabes lo que te puede pasar.

—Pero, señor, mi mujer es de Texas; mis hijos nacieron aquí.

—Mira, nos limitamos a aplicar la ley; no nos interesan los problemas familiares. Ándale.

—¿Qué van a hacer?

—¡Vamos! ¿ Te bajas o te saco a rastras?

SE ENFRENTA A TRES AÑOS DE PRISIÓN POR VISITAR A LA FAMILIA

> Juventino Grajales, de 42 años de edad, ha sido condenado hoy a tres años de prisión en el FTI acusado de haber violado las leyes de inmigración estadounidenses. El FTI, otra sigla más de una larga lista, es una red de centros penitenciarios. Cuenta con un centro en La Tuna, en el que se encarcela a los reincidentes por violación de las leyes de inmigración.
>
> Grajales alegó que había cruzado el río de forma ilegal para ver a su esposa, a sus hijos y a un nieto al que no conocía. En su expediente de antecedentes penales hay registradas varias deportaciones así como tres sentencias penitenciaras de un año y de quince y dieciocho meses en Leavenworth por no respetar la ley de inmigración. Grajales, por medio de su abogado, había prometido con anterioridad que no

volvería a entrar en los Estados Unidos, ni siquiera para visitas cortas.

El tribunal también juzgó una demanda presentada por el señor Nestor Martínez, el abogado del acusado mexicano, en la que éste denunciaba que Grajales había sido objeto de golpes y de otros malos tratos por parte de los oficiales que lo detuvieron. Los agentes mantienen que Grajales opuso resistencia. Los cargos denunciados por el señor Martínez se han desestimado por falta de pruebas.

La Chilla. Una libra de algodón cuesta quince centavos y los recolectores ganan diez centavos por recoger cien libras. Sebos y gringos, mano de obra y oficinistas, ancianos y jóvenes, todos compiten por el material suave y esponjoso, por agarrar puñados desesperados en los largos, interminables surcos. Trabajan familias enteras, desde los padres hasta los más pequeños, para pizcar, en un esfuerzo conjunto, lo suficiente para comer ese día.

—Oye, Nacho, te fijaste en que el viejo Kelly les da los mejores surcos a los gringos. Si intentas tomar uno bueno, te redirige hacia los malos.

—Tienes razón. Veamos si es cierto. Apúrate y cosechamos los dos surcos siguientes. Están bien cargados.

—¡Eh, ustedes dos allí! A estos dos surcos de aquí.

—Ya escogimos estos, señor Kelly. Están al lado de los que acabamos de pizcar.

—Les dije que pizcaran estos dos surcos.

—Señor Kelly, trabajamos para usted, pero nos paga por lo que pizcamos. Cualquiera ve que les da los mejores surcos a esos americanos.

—Es mi finca, ¿no? Si pongo a los blancos a recoger aquellos surcos, se morirán de hambre.

—Bien, pero nosotros también somos humanos; también nos podemos morir de hambre.

—Esos tipos no saben pizcar algodón. Nunca antes lo habían pizcado.

—¿Qué le parece que se pongan aquí los hijos de Manuel?

—No me digan lo que tengo que hacer. Pónganse a trabajar o lárguense.

—Nos largamos.

—Pues, váyanse, malditos. Pero dejen que les diga una cosa: ninguno de los dos volverá a trabajar para mí; ninguno de los dos recibirá de mí ni una mísera gota de agua.

—Ahí se va, Nacho.

—Bueno, ¿y no vienes conmigo?

—¿Yo? No puedo. Tengo mujer e hijos a los que alimentar.

—¿Me estás diciendo que vas a dejar que te mangonee de esa manera? ¿Es que no tienes agallas?

—¿Y qué puede hacer uno?

—Demonios, tienes derechos. Tienes que luchar por ellos.

—Escúchame, Nacho, acabas de salir de la escuela y no tienes ni idea de la vida. Hazme caso, maldita sea, esto no es nada. En Sinton trabajé a medias para un gringo. Cuando llegó la cosecha, buscó pelea conmigo y nos echó de la hacienda. Fui a la policía y nos echaron de la ciudad.

—Buenos días, señor Peeble.

—¡Ajem! Buenos días, ¿cómo estás, chico?

—¿Es cierto que tiene trabajo para mí?

—Sí, muchacho, sí. Vi a tu madre ayer y le dije que pasaras por aquí. Eres inteligente y llegas a tiempo. Muy bien, muchacho. Muy bien. Puedes empezar de inmediato; los otros te explicarán lo que debes hacer.

—Gracias, señor Peeble. Es muy considerado de su parte darme trabajo con la cantidad de gente que está en paro.

—Muchacho, yo siempre prefiero a los latinos. Me inspiran mayor confianza y son más serios y más trabajadores. Eso es lo que les digo a todos mis amigos prejuiciosos. Prefiero a un latino antes que a dos . . . eh . . . que a dos anglos.

—Gracias, señor.

—Está bien, puedes volver y ponerte a trabajar.

—Señor Peeble.

—¿Sí? ¿Qué pasa?

—Y el . . . el salario.

—Tres dólares a la semana.

—¿Tres?

—Sí, sí. ¿Cuál es el problema?

—Pues, señor . . . soy amigo de Johnny Mize y usted lo contrató a él la semana pasada por ocho dólares.

—Cierto, cierto. Pero su caso es diferente, totalmente diferente. Totalmente diferente.

—¿En qué sentido?

—Mira, muchacho, sabes que cada caso ha de estudiarse de forma individual. No tiene ningún sentido que te lo explique.

—No lo entiendo, señor Peeble.

—Si insistes, seré franco contigo. Sabes que no puedes pretender ganar lo mismo que Johnny Mize. Su nivel de vida es más alto que el tuyo; tú puedes subsistir con menos.

—Pero señor Peeble, ¿por qué tengo que arreglármelas con menos? Hacemos el mismo trabajo. Además, él trabaja para tener dinero para gastos personales. Yo no. ¿Cómo voy a mantener a mi familia con tres dólares a la semana?

—Todo el mundo sabe que una familia mexicana puede vivir con dos dólares a la semana con los precios tan bajos que hay hoy en día. Ándale, ¿quieres el trabajo o no?

La Chilla. Se extendía como un estupor por toda la ciudad. No había trabajo en ningún sitio. No había trabajos de tiempo completo, y mucho menos un trabajo después de la escuela como el que buscaba Guálinto. Era difícil para los hombres con experiencia en varios campos. Y más difícil para Guálinto, que no había trabajado en su vida. Ni su madre ni su tío habían querido que perdiera el tiempo después de la escuela. Otros de los muchachos del Dos Veintidós habían limpiado zapatos y vendido periódicos desde pequeños, pero Guálinto no. Su madre no quería que se educara como ellos, decía. Cedió en una ocasión y le permitió vender el periódico del sábado por la mañana por las calles de Jonesville. Los otros vendedores lo convencieron de que debía probar a vender fuera del distrito financiero. Estuvo dando vueltas por las zonas residenciales hasta mediodía. Varios hombres lo pararon, leyeron los titulares y se marcharon sin comprarle un sólo periódico. La operación se saldó con una insolación leve y un tour por zonas de la ciudad desconocidas para él. Después de esa experiencia, su madre no lo volvió a dejar trabajar.

Dedicó las vacaciones de Navidad a buscar trabajo. Su tío, mientras tanto, había comprado el terreno que quería y estaba ocupado labrándolo. Por las noches regresaba a casa en su troca y le traía a la familia huevos y leche. No hizo ningún comentario sobre los esfuerzos de Guálinto por encontrar trabajo; tampoco dijo nada sobre el arrebato que le había dado a éste cuando le dijo que iba a vender verduras de puerta en puerta. En cualquier caso, Guálinto sí que lo recordaba y lo hacía sentirse culpable y avergonzado. Tenía que encontrar un trabajo, de lo que fuera.

El sábado antes de que se acabaran las vacaciones volvía a casa desde el distrito financiero cansado y desanimado. De camino al Dos Veintidós, pasó junto a la tienda de abarrotes de Rodríguez. Allí estaba Chito Rodríguez, cargando alimentos en su Model T enfrente de la tienda. Tal vez . . . No había pensado en esa posibilidad. Se detuvo del otro lado de la calle y miró hacia el viejo edificio con su frontón y acera techada. El viejo don Crispín Rodríguez y sus hijos prosperaban en plena Depresión porque don Crispín, como Feliciano, no creía en los bancos. Ahora que el dinero era escaso, don Crispín disponía de dinero en efectivo. Podía comprar barato y vender barato, y aún así llevarse un buen pellizco del volumen de sus ventas. La gente, a bordo de relucientes coches venía, en estos tiempos difíciles, desde la zona noroeste de la ciudad para comprar en Rodríguez e Hijos.

Maldita sea, pensó Guálinto, los Rodríguez son los más tacaños de entre los tacaños de la ciudad. Seguro que no contratan a nadie. Observó a Chito, el mayor de los dos hijos de don Crispín, cargando los alimentos. Guálinto cruzó la calle en dirección a él, todavía dudoso sobre si debía o no pedirle trabajo. Al acercarse, Paco, el más joven, salió y se quedó de pie en la puerta de entrada. Paco era esbelto y atractivo; lucía un bigote diminuto.

—¡Hola! —saludó Paco—. Eres Guálinto Gómez, ¿no?

—¡Hola! Sí, soy yo.

—Solía verte en la escuela hace años, antes de que dejara los estudios para trabajar en la tienda. Todo el mundo dice que eres muy inteligente.

Guálinto no dijo nada.

—¿Qué haces ahora? —Le preguntó Paco—. ¿Sigues en la escuela?

—Sí —se apresuró a contestar Guálinto—, pero también estoy buscando un trabajo a tiempo parcial.

La cara de Paco perdió su franqueza.

—Pues —dijo—, ahora mismo no necesitamos a nadie en la tienda. Digo,—miró a Guálinto avergonzado—, a nadie a excepción de gente para repartir folletos de ofertas. El reparto se hace los viernes, pero supongo que algo así no te interesa.

Guálinto tragó con dificultad y dijo:

—Claro que sí. Es trabajo, ¿no?

Paco miró dudoso.

—Bueno, si quieres el trabajo, estaremos encantados de ofrecértelo. Vamos a hablar con mi hermano.

Chito le estrechó a Guálinto una mano mustia y pegajosa, y sonrió con picardía.

—Claro, claro que te recuerdo.

Se remangó los pantalones por encima de la barriga. Llevaba la ropa suelta y sin entallar como si no estuviera acostumbrado a ella.

—Si lo quieres —le aseguró—, te lo damos. Sólo trabajarás los viernes por veinticinco centavos al día.

—¿Veinticinco centavos?

—Eso es —afirmó Chito—. Eso es lo que estamos pagando.

—Tal vez —dijo Paco titubeante—, tal vez pudiéramos pagarle cincuenta centavos.

Chito le echó una mirada rápida a su hermano y luego miró de nuevo a Guálinto.

—No —negó—, no podemos pagar más de veinticinco centavos.

—Está bien —aceptó Guálinto.

—Pasa y se lo diremos a mi padre —dijo Chito—. Oye, yo conozco a tu tío —añadió, con una sonrisa pícara y maliciosa.

El viejo don Crispín estaba de pie, detrás del mostrador y con la caja registradora a medio abrir; cambiaba las monedas de lugar. La cerró a toda prisa al oír ruido de pasos. Don Crispín era un hombre afable, regordete. Estuviera adentro o afuera, siempre llevaba puesto un sombrero de ala negro, colocado recto y ajustado sobre la cabeza. Lucía un delgado bigote blanco, curvado hacia fuera y hacia abajo, como una ola rompiente. No le estrechó la mano a Guálinto; se limitó a asentir hacia él amablemente.

—Papá —dijo Chito—, éste es el nuevo chico que repartirá los folletos el próximo viernes.

Don Crispín asintió con seriedad.

—Muy bien —dijo en voz baja—, muy bien.

—Es el sobrino de Feliciano García —prosiguió Chito.

Guálinto se fijó en que no añadió el título de "don" delante, a pesar de que su tío era mucho mayor que Chito.

—¡Ah! —exclamó don Crispín, y su bigote formó una pequeña sonrisa como la de Chito, aunque menos maliciosa—. Feliciano García era el propietario de la tienda cuadro cuadras de aquí, la que se fue a la ruina. Lo siento de veras —añadió y sonrió—. Oí hablar de ti. Has de ser su sobrino.

Guálinto asintió.

Don Crispín dio un paso hacia atrás y metió la cabeza en una puerta que conducía a las habitaciones de la familia.

—Concha —llamó en voz baja—, Concha.

Una mujer alta y muy pálida salió.

—Éste es el sobrino de Feliciano García —le comunicó don Crispín a su mujer—. El Feliciano García que tenía la tienda cuatro cuadras de aquí y que se fue a la ruina. Su sobrino va a trabajar con nosotros.

La mujer de rostro pálido escudriñó a Guálinto con curiosidad; él se retorció con nerviosismo y se puso rojo.

—Debes de ser el chico del que hablan —dijo.

Guálinto no contestó.

—¿Cómo está tu madre? —inquirió.

—Bien, gracias —murmuró Guálinto.

La mujer de rostro pálido y su madre nunca se habían visto, que él supiera.

—Repartimos los folletos los viernes —anunció Chito, con la voz apagada, ya que intentaba limpiarse los dientes con la lengua y hablar al mismo tiempo—. Ven a las 7:30. Tendrás que faltar a clase ese día —añadió ansioso.

—No hay problema —contestó Guálinto—. Aquí estaré.

Les dio las gracias y se fue.

4

Durante el primer mes de colegio, Guálinto faltó a clase todos los viernes. Sus profesores le advirtieron que era muy importante asistir los viernes. Ése era el día en que se repasaban los temas vistos durante la semana y en el que se asignaban las tareas para el fin de semana. ¿Por qué faltaba todos los viernes? Tenía que trabajar. Pero seguro que no era necesario que trabajara absolutamente todos. Era más importante asistir a clases. Sus notas se estaban resintiendo; no se graduaría con honores si faltaba otro día de la semana. Guálinto, a quien los veinticinco centavos que ganaba cada viernes le servían para comprar papel, bolígrafos y otros materiales escolares, no respondió. Se tocó la nuca, donde el pelo le estaba creciendo y deseó que llegara el viernes por la tarde para ir a cortárselo. Había dado con un anciano que cortaba el pelo en un pequeño rancho situado en las afueras del barrio por quince centavos.

Rehusaba obstinadamente aceptar dinero de su tío para sus gastos personales, pues recordaba el numerito que le había montado después de que el banco quebrara. Dos o tres veces por semana, se encontraba, al llegar a casa, dos monedas de veinticinco centavos o de medio dólar encima de su escritorio. Sabía que su madre se las dejaba ahí a petición de su tío. Tomaba el dinero y lo ponía en la cómoda de su madre cuando ella no estaba en casa.

Escribía sus propios justificantes que entregaba a los profesores las mañanas de los lunes. Estos lo pillaban. ¿No era esa su letra? Sí, admitía; su madre no sabía inglés. Hablaremos con ella, le advertían. Luego, con el ajetreo, se olvidaban, y Guálinto seguía como hasta entonces.

Todos los viernes se levantaba temprano y estaba en la tienda de abarrotes Rodríguez e Hijos antes de las 7:30. Formaba parte de un grupo de adolescentes y de hombres que repartían folletos donde se anunciaban las ofertas del sábado. Paco, unos tres años mayor que Guálinto, era el jefe. Él conducía el Model T, cargado con fardos de folletos, hasta las distintas partes de la ciudad; una vez allí, se estacionaba al final de una calle y mandaba a sus trabajadores, uno a cada lado de la vía, a que dejaran folletos en todas las casas. Pónganlos en la mosquitera, si es que hay una, eran las órdenes que les daba Chito antes de empezar.

Déjenlos en la puerta, a pesar de que haya perros, de que las verjas estén cerradas o de que haya otros impedimentos. Había que caminar, caminar, caminar al sol, dándole patadas al polvo. Había que doblar bien el folleto, abrir la verja con el corazón encogido y colarse en silencio. Había que tratar de llegar a la puerta antes de que te detectara el perro, y, luego, echarle una carrera al animal de vuelta hacia la verja y cerrarla de un portazo en su hocico. A menudo el perro se escapaba por un agujero en la valla, y entonces te tocaba correr y darle patadas hasta que se cansara y regresara al patio de su casa. A medida que los trabajadores se alejaban del Model T, cesaban en su obligación de entrar en las casas. Hacían aviones de papel con los folletos y los lanzaban en dirección a la vivienda. Paco, desde su asiento del Model T, los veía, pero giraba la cabeza hacia el otro lado y hacía como que no se hubiera enterado. Guálinto lo sabía bien porque con bastante frecuencia se quedaba con Paco en el coche mientras el resto trabajaba. Paco le había tomado cariño a Guálinto y lo dejaba quedarse para descansar una ronda de cada tres o cuatro; así tenía alguien con quién hablar. Le preguntaba mucho sobre la escuela.

—¿Cómo es el último curso de prepa? ¿Es muy duro?

—¡Ah, no! No más que el resto de cursos —contestó Guálinto, apoyando sus doloridos pies contra el parabrisas—. No es duro si lo llevas curso por curso.

—Me hubiera gustado acabar la escuela —le confesó Paco—. Quería graduarme, pero Chito no me dejó; convenció a mi padre de que me necesitaba más tiempo en la tienda.

—¿Hasta qué curso llegaste?

Paco miró hacia abajo, al volante.

—Séptimo —dijo—, sólo séptimo. También tocaba el clarinete en la banda de la escuela.

—¡Lo recuerdo! La banda del instituto vino en una ocasión a la escuela de primaria a tocar, y tú eras parte de ella.

—¿Te acuerdas de eso?

—Por supuesto. Hizo que quisiera ser músico, por lo menos durante una temporada.

—Haces bien en intentar graduarte con la mejor nota que puedas —le aseguró Paco, frotándose su pequeño bigote con un dedo largo.

—Espero ser capaz, pero no sé si lo lograré. No lo conseguiré a menos que encuentre pronto un trabajo con horario de tarde.

Paco miró rápidamente hacia otro lado y no dijo nada. Después de un rato le preguntó:

—¿Te gusta la música?

—Sí, pero no tocó ningún instrumento. Conozco, sin embargo, a un chico que toca la guitarra.

—A mí me gusta el piano.

—¿Tocas muchas piezas?

—Ay, no. En realidad no tocó nada. Nunca fui a clases ni nada parecido. Mi hermana sí y tampoco toca nada. Me gusta aporrear el piano y hacer creer que soy compositor.

—¡Ah! —exclamó Guálinto.

Paco lo miró con aprensión.

—¿No pensarás que estoy loco, no?

—Ah, no. ¿Por qué ibas a estarlo? La gente piensa que los compositores han de estar locos, pero no. Piensa, por ejemplo, en Antonio Prieto, el chico que te dije que toca la guitarra. Él también inventa canciones, las canciones más bonitas que jamás hayas escuchado. Tan buenas como cualquiera de las que ponen en la radio.

—Pero yo no invento canciones. Ni invento canciones ni tocó el piano. Simplemente aporreo las teclas y le hago creer a la gente que sé tocar y que soy compositor. ¿Y piensas que no estoy loco?

—No —insistió Guálinto.

Paco suspiró.

—Algún día aprenderé a tocar el piano y escribiré canciones tan bonitas como las que ponen en la radio.

—Pues claro —dijo Guálinto—, ¿por qué no?

El resto de trabajadores regresó y Guálinto salió con ellos en la siguiente ronda.

Había alguien más a quien no le gustaba que Guálinto faltase a clase los viernes. Esa era María Elena Osuna. Había estado resentida con Guálinto durante las vacaciones de Navidad, pero su enfado se desvaneció en cuanto se anunció el primer examen del cuatrimestre. A pesar de lo decepcionados que se sintieron los otros tres integrantes del grupo de los cuatro mexicanos, la ayudó una vez más. Pero, él ya no sacaba notas sobresalientes. Contestó mal a varias de las preguntas en el primer examen y María Elena, que estaba sentada a su lado, tuvo mal esas mismas preguntas. Les llevaron a hablar al despacho del señor Darwin bajo sospecha de haber copiado.

Guálinto asumió toda la culpa: había faltado tanto a clase que se vio en la necesidad de copiar de alguien y lo hizo de María Elena. El "colorado" Darwin sonrió de forma sarcástica, le pidió a Guálinto que no lo volviera a hacer y los dejó marcharse sin ningún tipo de castigo.

Al salir del despacho del señor Darwin, María Elena estaba furiosa.

—Es tu culpa —le recriminó—. Si no faltaras tanto a clase, esto no hubiera pasado. ¿Qué te pasa? ¿Es que no quieres triunfar en la vida?

—Estoy trabajando —dijo Guálinto en tono hosco.

—¿Trabajando? —inquirió Elena—. ¿Para qué?

—¿Para qué? —Le hirió en lo más profundo—. ¿Preguntas que para qué? ¡No todos pueden tener todo lo que quieren como tú!

—Tu tío tiene una tienda grande. Tiene dinero suficiente como para pagarte la escuela.

—Ya no. Lo perdió todo cuando el Jonesville National quebró.

—¡Qué estúpido!

—¿Qué?

—Dije que tu tío es un viejo estúpido. Cualquiera con un poco de cabeza hubiera metido el dinero en varios bancos; o hubiera invertido en bonos del estado y en otros negocios, como hace mi padre.

A Guálinto se le puso la cara roja como un tomate.

—¡No tienes derecho a llamar a mí tío viejo estúpido!

—Tengo y lo he hecho. Y, es más, no quiero volver a hablar contigo.

—No tienes por qué. No tienes por qué ahora que mis notas ya no te sirven de nada.

—Eres malísimo —le espetó.

—¡Vete al infierno! —le respondió.

Se dio la media vuelta y recorrió el pasillo de prisa para esconder las lágrimas de rabia que amenazaban con brotarle de los ojos. Fue hasta su casillero, sacó los libros y se marchó para casa meditando melancólicamente sobre la inconstancia de María Elena Osuna, en particular, y sobre la de todas las mujeres, en general. Caminaba más y más rápido, tratando de quemar, por medio de ejercicio físico, su resentimiento.

Después de caminar un par de cuadras, se calmó un poco. Se detuvo en una estación de servicio y bebió agua de una de las mangueras; luego, se mojó los ojos y se secó lo mejor que pudo con el pañuelo. El hombre de la gasolinera lo observó en silencio, con actitud entre el resentimiento y la curiosidad. Después de haber bebido y haberse lavado la cara, Guálinto prosiguió su camino, más tranquilo. La rabia dio paso a la indiferencia, un sentimiento de resignación filosófica altanera. Pensó en componer un poema, una obra maestra que sobreviviera a lo largo de los siglos e inmortalizara su perfidia. Trató de pensar en un verso mientras caminaba, mirando hacia arriba, al cielo, manchado de nubes:

Tú que destrozaste las flores de mi juventud
Tú que manchaste mis años de decadencia
Con recuerdos y padecimientos . . .

Le cambió el estado de ánimo, dejándose arrastrar por una ola de sulfurada exaltación. Repitió los versos una y otra vez. ¡Era un comienzo soberbio! ¡Eran unos versos estupendos! Mejores que ninguno de los que hubiera leído antes. Visualizó de inmediato los libros de texto abiertos en las clases de inglés sobre la nación, con un retrato suyo en la página contigua al texto: Gómez, Guálinto (George W.), nacido en Jonesville-on-the-Grande, Texas, 1914, es considerado el poeta más relevante del país. Su intenso "A María Elena" es uno de los mejores poemas de amor en lengua inglesa. Su temprana muerte se atribuye a su vida desdichada.

Así aprendería . . . Un pensamiento frío lo detuvo. Tal vez le divirtiera contarles a sus nietos lo débil que lo había hecho ella. No, no le escribiría ningún poema. O, si lo hacía, no sería nominativo para que no supiera que iba dirigido a ella. Eso sí, terminaría ése que acababa de comenzar. ¡Eran unos versos tan bonitos! Luego, le asaltó otro pensamiento. ¿Acaso no había leído aquellas líneas en algún sitio? Repasó de memoria la lista de poetas incluidos en su libro de texto de inglés para el último curso. No, no eran de Longfellow, no eran de Poe, no eran de Whitman. Estaba prácticamente seguro de que los versos eran suyos.

Bien pensado, ¿para qué escribir poesía? Se emborracharía y se olvidaría de todo, como decían las canciones. No sabía exactamente qué se sentía en estado de embriaguez porque nunca había probado el alcohol. No estaba seguro de si le gustaría su sabor. Sí que sabía, no obstante, que no le gustaba el olor que desprendía cuando lo olía en el aliento de los hombres. ¿Y cómo iba a conseguir el alcohol? La inutilidad de cualquier tipo de venganza contra María Elena lo empezó a abrumar. Llegó a casa con las manos en los bolsillos, cabizbajo y no le dirigió la palabra a nadie. A estas horas su tío seguía en la hacienda junto al río. Ahora Juan Rubio vivía allí, en un jacal sólido y resistente hecho de arcilla y de madera de sauce joven. Juan se había casado y tenía una familia.

Guálinto se comió la cena sin degustarla, y eso que su madre se había matado en trabajar para prepararle uno de sus platos preferidos: guisado de cerdo con calabaza y maíz.

—Don Crispín Rodríguez mandó a alguien a preguntar por ti —dijo su madre mientras comía—, deberías ir a ver qué quiere.

—Sí, mamá —contestó, inclinándose sobre el plato.

Después de cenar se sentó en las escaleras de la cocina y admiró la puesta de sol. El año anterior habían tirado abajo la plataforma descubierta que conectaba la cocina con el cuarto exterior y la habían reemplazado por una pasarela ancha de ladrillo, techada con tejas de madera. Guálinto se quedó en las escaleras de la cocina hasta que el sol se puso y la noche se volvió de un rojo descolorido. Luego se arrastró en dirección a Rodríguez e Hijos, Abarrotes. Ya era de noche cerrada cuando regresó con el paso ligero y con su pena de amor ahogada en un sentimiento mucho más fuerte. Paco Rodríguez había convencido a su padre para contratar a Guálinto los fines de semana y todas las tardes después de clase. No tendría mucho tiempo para estudiar fuera del colegio, pero de esta manera no faltaría los viernes.

En las semanas siguientes, se sentó lo más lejos que pudo de María Elena y la evitó en el pasillo. Ella hizo un par de intentos desganados por volver a atraerlo. Al mirar en su dirección, como seguía haciendo con frecuencia, sus miradas se encontraron y ella sonrió. Él desvió la mirada rápidamente. Después de eso, ella también empezó a ignorarlo a él, y, entonces, él se regalaba la vista en su rostro distraído. Eso sí, al terminar las clases, él salía de prisa del aula para evitar encontrarse con ella. Su rendimiento no mejoró mucho más y todos sus compañeros de último curso sabían que no se graduaría con honores ese año.

Después de clase no tenía mucho tiempo para pensar o darle vueltas a las cosas. Debía darse prisa en llegar a casa para cenar rápido y estar en la tienda de los Rodríguez a las cinco. Empezaba a trabajar tan pronto como entraba por la puerta. Había clientes a los que atender y recados que hacer para doña Concha. En cualquier caso, el grueso del trabajo de la semana consistía en preparar las ventas del fin de semana. Los sábados, agricultores y ganaderos procedentes de todo el distrito venían a comprar hasta Jonesville-on-the-Grande y a Rodríguez e Hijos como un enjambre de abejas. Los domingos el vaivén de clientes continuaba hasta mediodía. Por lo que, tanto los Rodríguez como sus empleados se preparaban para el sábado pesando y empaquetando productos no perecibles, como el frijol, el arroz, las papas, el azúcar, el café, y alimentos por el estilo. Había que traer muchos sacos pesados del edificio que había junto a la tienda de abarrotes, que hacía las veces de almacén. Si no estaba ocupado trayendo sacos, entonces dedicaba el tiempo a trasvasar granos de un saco a una bolsa de papel, que pesaba y ataba en paquetes. La actividad se prolongaba hasta las nueve o las nueve y media, momento en que regresaba a casa para hacer todas las tareas que podía antes de que el sueño le impidiera leer.

Los domingos la jornada de trabajo era relativamente corta: desde las siete de la mañana hasta mediodía. Los sábados, en cambio, empezaba a las siete y trabajaba hasta pasada la medianoche. Comía y cenaba en uno de los almacenes, echado sobre los sacos de grano. Tenía que improvisar las comidas de entre las provisiones que había en el almacén. Cuando se acercaba la hora de la comida, miraba el reloj. A las doce del mediodía y a las siete de la tarde atendía al cliente de turno y salía a toda mecha en dirección al refrigerador, donde guardaban la carne. De prisa y corriendo sacaba carne, queso, un bolillo y una botella de refresco, y salía disparado hacia el almacén. El mayor placer de estos descansos no era la comida, aunque a esas horas ya estaba hambriento, sino la oportunidad de sentarse un rato.

Si escuchaba ruido de pasos acercarse, comía más rápido y rezaba para que fuera Paco. Normalmente así era. Paco entraba con calma y con gesto de indiferencia, como si estuviera buscando otra cosa. En caso de que viera a Guálinto, pasaba adentro, se sentaba encima de un saco que estuviera cerca y sacaba un par de chocolates y de plátanos de un cucurucho de papel. Le ofrecía uno a Guálinto y compartían un breve postre. Entonces hablaban un par de minutos, hasta que llegaba Chito y decía que había un montón de clientes esperando.

La conversación solía versar sobre música. Un día Paco dijo:

—¿Crees que un día sería capaz de componer una nueva canción?

—¡Claro! —exclamó Guálinto, dándole una mordida al chocolate que le había traído Paco—. Se inventan canciones nuevas todos los días. Piensa en Agustín Lara, por ejemplo. ¡Te inyectas un poco de yerba en el brazo y vámonos! Ahí tienes una nueva canción.

—No —dijo Paco— no me refiero a eso.

—Antonio Prieto inventó una canción nueva —le aseguró Guálinto—, y muy bonita. Dice así: "He tenido un sueño maravilloso. Pero que tú me quisieras sólo ha sido un sueño". Eso es muy nuevo. La compuso hace tan sólo un par de días.

Paco negó con la cabeza.

—No, no. Eso no es a lo que yo me refiero: "Soñé que me querías, pero no me querías. Me quisiste, ahora no me quieres". Todas las canciones son así. Yo quiero decir una canción *realmente* nueva, una canción como ninguna otra de las que se hayan compuesto antes. ¿Crees que sería posible hacerlo?

—¡Um! No le sé —admitió Guálinto.

—Yo lo voy a conseguir. Lo voy a conseguir. Lo único —dijo Paco con tristeza— que mi padre no me deja aprender a tocar el piano.

—¿Y por qué no aprendes de todos modos?

—Si tuviera una guitarra —dijo Paco—, podría aprender a tocarla. La escondería en mi habitación y la tocaría bajito por las noches, cuando todos estuvieran durmiendo.

Guálinto chasqueó los dedos.

—La Gata tiene una guitarra. Hoy, precisamente esta tarde me dijo que la está vendiendo.

Paco se puso en pie con excitación.

—Hablaré con él; lo encontraré a solas y le preguntaré. No se lo digas a nadie, ¿de acuerdo?

—No, claro —le aseguró Guálinto, muy contento.

Higinio Alvarado, conocido como la Gata por su oscura cara en forma de gato y ojos grises, era el otro empleado de los Rodríguez. Trabajaba toda la semana, de siete de la mañana a nueve de la noche, los domingos a media jornada y los sábados hasta pasada la medianoche por cuatro dólares a la semana. A Guálinto, que trabajaba entre semana por las tardes, los sábados y los domingos por la mañana, le pagaban dos dólares. La Gata tenía veintiuno; Guálinto lo había conocido en la escuela de primaria. Pero dejó los estudios pronto y ahora llevaba cuatro años casado. Tenía tres hijos, todos chicos. Era bajo, musculoso y muy divertido. Le gustaba acercarse sigilosamente hasta Chito por detrás, tomarlo por la cintura con sus brazos musculosos y levantarlo del suelo. También le divertía darle codazos en el trasero sin aviso de por medio. La amplia sonrisa de la Gata era tan cautivadora y sus brazos parecían tan fuertes que a Chito sólo le molestaba un poco.

Los sábados la tienda cerraba sus puertas a medianoche, pero terminar de atender a los clientes que ya estaban adentro requería otra media hora. Una vez atendidos, Guálinto y La Gata tenían que barrer los restos de tierra que los clientes habían arrastrado en los zapatos. Después de limpiar y hacer caja, se pagaba a los dos empleados y se les dejaba marchar. En ciertas ocasiones, la Gata invitaba a Guálinto a un café. Caminaban hasta el centro de la ciudad para tomárselo, y eso a pesar de que para cuando volvían sobre sus pasos hasta la tienda y de ahí se iban a sus respectivas casas eran ya las dos de la mañana. Para llegar al restaurante veinticuatro horas, Guálinto y la Gata pasaban delante de la casa de María Elena. Guálinto se entristecía cuando pasaban junto a la tranquila morada de los Osuna. En momentos como éste se olvidaba de que no se hablaba con María Elena; obviaba el hecho de que por las noches, antes de dormirse, la maldecía. Por el contrario, se engañaba a sí mismo hasta creer que ella lo quería, que era un enfado pasajero y que todo iría bien. Bajo el hechizo de la fría oscuridad que precede al amanecer, se imaginaba todo tipo de cosas.

Y le decía a la Gata:

—Mira, ¿ves esa casa? Mi novia vive ahí.

La Gata sonreía cual minino.

—El viejo Osuna vive ahí. ¿María Elena Osuna? Apuntas alto, ¡eh!

Guálinto suspiraba.

—Me pregunto si estará soñando conmigo.

—Duerme a pierna suelta —le aseguró la Gata—. Te la imaginas ahora mismo, con un camisón de encaje, suave, abrigado y perfumado, durmiendo ella sola en su camita. ¿No te gustaría estar ahí con ella, hechos una maraña de piernas y brazos?

Guálinto se estremeció por el frío de la noche y la intimidad de sus propios pensamientos.

—Por supuesto —dijo la Gata—, la vida es injusta. Aquí estás tú, agotado y sucio, enfrente de su casa, mientras ella está ahí, toda guapa y calentita, tirándose pedos debajo de la colcha.

—Basta —le ordenó Guálinto.

La Gata se rio.

—Se echa pedos como todos. No es un ángel caído del cielo, menso.

Guálinto no respondió.

—Aunque —prosiguió la Gata—, supongo que en el caso de una dama como esa, sus pedos son perfumados.

Guálinto se rio.

—Se te ocurren las ideas más locas.

—Veo que tú, en cambio, no estás ni mínimamente loco, eso está claro. Se nota que has ido a la escuela.

—¿Por qué?

—Por la novia que has elegido. Muchacho, eso sí que es darle a la cabeza. Ha de valer miles y miles de dólares.

—No estoy enamorado de su dinero; ni siquiera pienso en eso. Estoy enamorado de ella.

—Entonces eres un tonto, un tonto enamorado.

—Oye, hombre, el dinero no lo es todo.

—Eso es lo que dice todo el mundo, pero sí que lo es. Escucha, no te dejes llevar por el rollo romanticón. Yo estoy casado y sé perfectamente que durante las primeras seis semanas más o menos de matrimonio piensas que estás en el cielo. Quieres pasarte el día en la cama con ella. Pero después de eso es puro infierno.

—No todos los matrimonios son así.

—¿Qué no? Dime de uno que no lo sea. Sin ser de película.

Guálinto no respondió.

—Lo sé —dijo la Gata—. Te lo digo. El dinero lo es todo en el matrimonio. Las mujeres se pasan el día pidiéndote dinero. Pero, con una novia rica como la tuya, no tendrás ese problema.

—Déjalo —dijo Guálinto—. Simplemente estás amargado, eso es todo.

5

Año tras año, hubiera crisis financiera o boom económico, los piadosos padres de la iglesia de Guadalupe de Jonesville-on-the-Grande organizaban una kermés en el patio de su escuela parroquial. A pesar de estar interesados sólo en los dominios etéreos del Reino Celestial, los sacerdotes eran buenos hombres de negocios. Celebraban fiestas en septiembre, después de la recogida del algodón, y en mayo, coincidiendo con la cosecha de primavera. La historia mexicana les había regalado dos festividades muy útiles a tal propósito: el día de la independencia mexicana, el Dieciséis de Septiembre, y la fiesta del Cinco de Mayo, el aniversario, el 5 de mayo de 1862, de la victoria mexicana sobre los franceses en Puebla.

Aunque vivían en un país extranjero, los texanos mexicanos siempre celebraban estas dos fechas, fueran o no ciudadanos americanos. En cualquier caso, la kermés más importante no era ni en septiembre ni en mayo. Tenía lugar justo antes de cuaresma, que en este año en concreto comenzaba la segunda semana de febrero. Los bancos estaban quebrando y la Gran Depresión había llegado al Delta. Pero la Iglesia, como siempre, estaba necesitada. Los sacerdotes creían en la publicidad; desde los púlpitos anunciaban las noticias sobre la kermés a sus feligreses.

Y no olvidéis que el próximo domingo, lunes y martes se celebrará una kermés para recaudar fondos que se destinarán a restaurar la iglesia y a redorar la capa de Nuestra Señora. Quiero que cada uno de vosotros acuda a la cita. La Iglesia es pobre, la Iglesia necesita dinero. No os quedéis mirando diciendo que no tenéis dinero. Tenéis suficiente para beber cerveza y para dejaros llevar por la tentación. Tenéis suficiente para comprarles polvos y pinturas y todos los artificios del mal a vuestras mujeres e hijas. No os quedéis mirando diciendo que no tenéis dinero para la Iglesia, que es vuestra madre, que es la guardiana de vuestra alma. No os olvidéis de la kermés, y no olvidéis ser dadivosos y espléndidos, puesto que es por una buena causa. Benditos sean aquellos que son generosos con la causa de Dios, ya que con ellos será generoso Dios. Ahora oremos brevemente por la liberación de nuestros hermanos españoles, quienes sufren la pérdida de libertad y de su querido rey. Recemos para que el Señor, justificadamente iracundo, les dé un merecido castigo a ese anti-Cristo de nombre Zamora y a Azaña, su compañero de pecados.

El domingo por la tarde las parejas jóvenes trajeron a sus hijos recién nacidos a la pila bautismal. La ceremonia tuvo lugar en un cuarto de pequeñas dimensiones adornado por una imagen de escayola de un Cristo Sangrante y varias cajitas colgadas de la pared, cada una con una ranura y su correspondiente etiqueta. Da al Santo Niño de Atocha, da a la Virgen María, da, da, da. Y los hombres y las mujeres, ataviados con ropa limpia y remendada, introdujeron en las cajas algunas de las monedas que habían cobrado a lo largo de la semana. Para poder entrar en la gracia divina, y así tal vez la próxima semana ganaran sesenta centavos al día en lugar de cincuenta, y así se permitirían comprar cerdo adobado para los frijoles.

Los ricos celebraban sus bautizos de forma individual; los pobres, en cambio, se congregaban en grupos alrededor de la pila bautismal, cada grupo con su bebé. El sacerdote aparecía y empezaba el rito, para el que utilizaba cruces, sal, agua y ensalmos; era una especie de versión masculina de doña Simonita la ciega, la anciana que curaba a la gente de la enfermedad del susto y del mal de ojo. El cura era más moderno, aunque, también, más vistoso: utilizaba métodos de producción en masa y trabajaba a la vez con cinco o seis bebés, todos dispuestos a su alrededor en círculo y en brazos de sus abuelas; llamaba a cada bebé por su nombre y los abuelos respondían por el bebé. "¡Juan! ¡Juan!" entonaba el sacerdote. "Dónde estás, no te vayas", decía doña Simonita la ciega. Era muy parecido.

El sacerdote metía un dedo en sal y les frotaba con él las encías a los niños. Bebé saludable, bebé acatarrado, bebé sonriente, bebé lloroso, todo a la vez. Era un dedo santo y estaba libre de gérmenes. Rociaba a cada niño con agua bendita y le limpiaba la cara con una toalla, no tan limpia, pero igualmente bendita. Al terminar, les decía a los adultos:

—Y no os olvidéis esta noche de la kermés. Debéis acudir.

Haciendo honor a la propaganda.

Los puestos que se montaban en el patio de la escuela parroquial ya estaban decorados con papel brillante de color crepé. Eran endebles, pues estaban construidos con palos a los que se ataban las decoraciones. La madera y el papel los habían donado algunos de los feligreses más piadosos de la iglesia, que habían visto abrírseles las puertas del cielo gracias a este acto de generosidad. Y los reverentes carpinteros, afanados en dar martillazos y en serrar (gratis, por supuesto), montaban los puestos, no con humildad, ya que trabajaban para dar pasos firmes en el camino que les iba a conducir a lo Más Alto. Empezaban a llegar ahora las señoras bien vestidas que, junto a sus hijas, vigilarían los puestos. Ellas también habían reservado un puesto en el Cielo, cortesía de la Iglesia de la Virgen de Guadalupe de Jonesville-on-the-Grande.

Los puestos adquirían forma e individualidad. Había un restaurante en el que vendían un par de tamales anémicos por veinticinco centavos y donde el café bendecido costaba el doble que la sustancia sin consagrar que te servían en las cafeterías. También había una oficina bancaria en la que te daban cambio de menos, todo con gracia. Había una cárcel en la que te multaban chicas guapas vestidas de policía. Abundaban las flores y el confeti y todo tipo de juegos de azar inocentes, donde apostabas sin pecar. Estas empresas estaban dirigidas por jóvenes hermosas, las hijas de las madrinas predestinadas al cielo. Su obligación era seducir a los hombres de manera moral, pura, decorosa y totalmente asexual para que estos se desprendieran de lo poco que ganaban. Este año se necesitaban más dosis de persuasión, puesto que el dinero escaseaba.

En cualquier caso, constituía un buen entretenimiento, y servía para rellenar de forma bastante adecuada una parte vacía de la vida tejana. El colegio parroquial, situado en el centro, constituía el pivote en torno al que se paseaba la multitud y cuyo límite exterior lo formaban el círculo de puestos. La kermés recreaba, por lo tanto, las características básicas de la plaza de las ciudades mexicanas y de la función del ranchero o fiesta de los pueblos de la zona fronteriza. Gente del campo o cosmopolita, ricos y pobres, venían para la satisfacción de todos los presentes y para la Gloria de Dios.

Eso sí, una kermés no era la fiesta más apropiada para alguien que está en la ruina. Guálinto lo sabía y, por eso, permanecía de pie, oculto a la sombra de unas retamas que crecían junto a la acera. Si ponía un pie en los jardines, no tardaría en darse de bruces con una guapa que vendía confeti. Algunas se acercaban y te ponían una flor de papel en la solapa de la chaqueta y te pedían, a cambio, una moneda de diez centavos. Y otras te arrastraban hasta la cárcel, donde tenías que pagar una multa si no querías quedarte allí hasta medianoche. Era probable que te encontraras con alguien y cómo ibas entonces a quitarte de encima a las chicas, que te rogaban que les compraras un helado, un refresco o una caña de azúcar decorada. Te pedían que jugaras al bingo o que te la jugaras en los pasteles. Guálinto no quería ver a nadie conocido. Ahora mismo, preferiría estar en casa. El único motivo por el que no se había marchado ya y por el que estaba allí, escondido, como un criminal fugado, era porque Maruca estaba dentro, entre la multitud que caminaba con parsimonia. Por eso, y siendo francos, porque albergaba la esperanza de ver a alguien que conocía y con quien temía encontrarse.

Sabía que María Elena estaba allí dentro. Estaba en el puesto de bingo, al otro lado de donde se encontraba él, junto al edificio de la parroquia. Su madre se hacía cargo, año tras año, de ese puesto. Siempre se montaba al pie de la parroquia, entre el puesto de helados y el de la plataforma con sistema de megafonía, enfrente del restaurante que estaba en el círculo externo.

Sus pensamientos se vieron interrumpidos por un chirrido monótono que se convirtió en un rugido. Tras un par de golpes y petardazos exagerados el joven que estaba a cargo del micrófono lo afinó de nuevo.

—El siguiente número —anunció en voz alta— será el vals "María Elena", dedicado a la señorita María Elena Osuna por un admirador.

Se escuchó un runruneo de la aguja rayada, y luego violines y guitarras, seguidas de la voz del cantante: "Quiero cantarte la canción más bonita del mundo". Las dedicatorias costaban diez centavos, dos centavos más de lo que Guálinto llevaba en el bolsillo. Parte de la cena que había engullido a toda prisa le subió a la garganta, que sintió amarga y caliente. Maldijo entre dientes a Maruca. ¿Dónde estaría? Ya eran las diez de la noche y no había aparecido en la esquina donde habían quedado para que él la acompañara a casa. Probablemente estaba entretenida paseando con sus amigas y se había olvidado por completo de la hora.

Había terminado de trabajar hacía tan sólo un rato porque aquel domingo la tienda de los Rodríguez había abierto hasta las siete. Los rancheros que venían a la kermés también traían alimentos. Como consecuencia, no había conseguido salir hasta casi las ocho, con el tiempo justo para ir a casa, cenar algo rápido, cambiarse de ropa y venir por Maruca. Si bien se había quitado la ropa sudada, todavía llevaba puestos los zapatos de trabajo, grasientos porque les había caído manteca. En el bolsillo llevaba una moneda de diez centavos y tres centavos. Miró con detenimiento a la multitud que pasaba con la esperanza de localizar a Maruca entre el grupo. Un par de veces le pareció que la había visto, pero era otra chica. Eran cerca de las diez y media de la noche y Guálinto estaba agotado. Además, al día siguiente tenía que ir a la escuela, y tenía que hacer tarea. Al estirar el cuello para intentar buscar a Maruca, se desplazó poco a poco hacia delante sin darse cuenta, hasta que se mezcló con el grupo de ociosos que estaba de pie, mirando a la gente pasar.

Alguien lo agarró por la pechera de la camisa y lo hizo girar sobre sus talones, y, antes de que pudiera siquiera protestar, una chica sonriente le había colocado una flor en el bolsillo de la camisa.

—Diez centavos, por favor —le pidió, todavía con una sonrisa radiante.

Guálinto buscó su moneda de diez centavos entre los tres centavos, se la dio y huyó. La voz de la chica dijo detrás de él:

—Vaya, ¡qué codo!

Debía encontrar a Maruca. ¡Debía encontrar a Maruca y salir de aquí! Se dio de bruces contra un objeto pesado e inmóvil y salió rebotado hacia atrás.

—¡Colorado! —exclamó, poniéndose derecho—. ¡Dios mío! Pensé que había chocado con un árbol.

Era el Colorado, y Francisco estaba con él. El rostro ancho y pecoso del pelirrojo se transformó en una sonrisa. Su enorme cuerpo no se había movido ni un poco con el sobresalto de su encuentro.

—Chingao, estaba tan ensimismado buscándote, que casi te paso por encima.

Se estrecharon la mano y se dieron unas palmadas en la espalda como si no se hubieran visto en meses, en lugar de en días.

—Hola, Francisco —Guálinto giró y le dio a Francisco un fuerte apretón de manos—. ¿Viniste a pasar las vacaciones de Semana Santa?

—Amigo, ¿cómo estás? —dijo Francisco con su tranquila cordialidad—. Me alegra verte, viejo amigo.

—Estaba seguro de que estarías por aquí —dijo el Colorado—. Por nada del mundo te perderías una kermés, lo sabía. Pero, ¿no me digas que acabas de salir de trabajar?

Guálinto asintió con la cabeza.

—¡Malditos judíos! —exclamó el Colorado.

—Son buenos cristianos —replicó Guálinto—. Tienen un retrato de la virgen colgando detrás de la caja registradora.

—No estarás ahí de por vida —dijo el Colorado, pasándole la mano por encima del hombro a Guálinto—. Tienes todo un futuro por delante. Pero, vamos, vayamos a ver a las chicas.

Guálinto retrocedió un paso, sacudiéndose la mano del Colorado.

—No —dijo—, en este momento no tengo ganas de entrar.

—¿Por qué? ¿Qué pasa?

—Bueno . . . la ropa.

—¿Qué le pasa a tu ropa?

—No voy bien vestido.

—Oye, hombre, yo tampoco.

El Colorado vestía una camisa de deporte, puesto que no le gustaban las corbatas, pero la camisa era de seda, y llevaba unos pantalones de vestir y zapatos.

—Si te hace sentir más cómodo, me puedo quitar el abrigo —se ofreció Francisco—, así todos iremos en mangas de camisa.

—¡No! ¡No! —dijo Guálinto—. No hagas eso por mí, Francisco. Por favor, no lo hagas.

—No te preocupes, que no lo hará —le aseguró el Colorado—. Es pura pose, nada más.

—Sí que me lo puedo quitar —protestó Francisco—. ¿Por qué no?

—No lo hagas, por favor —insistió Guálinto.

Francisco se tiró de las solapas y echó para atrás sus delgados hombros, acicalándose como un gallo erizado. Estaban junto a la marea humana, indecisos.

—Ándale, vamos —propuso el Colorado.

Guálinto negó con la cabeza.

—¡Maldita sea! —Parecía más dolido que enfadado—. ¿Te avergüenza que te vean con tus amigos?

—No es eso, Colorado. Mira —bajó el tono—, lo que pasa es que sólo tengo tres centavos en el bolsillo.

—¡Ah! —el Colorado se rio—. Tienes más dinero.

Se palpó el bolsillo.

—Yo tengo dinero y si yo tengo dinero, los dos tenemos dinero.

—Multiplícalo por dos —repicó Francisco.

—Pero . . .

—Nada de peros —dijo el Colorado con firmeza.

Agarró a Guálinto de un brazo y Francisco lo tomó del otro. Con él en medio, lo llevaron a dar un paseo por los jardines de la kermés. Guálinto se dejó arrastrar entre la multitud, de mala gana, pero a la vez entusiasmado, dividido entre la vergüenza y el deseo. Avanzaron lentamente; después de un rato le alivió ver que la gente no lo miraba. Se sintió un poco más libre y más seguro de sí mismo. Eso sí, agradecía que Francisco y el Colorado lo estuvieran flanqueando. Sus amigos hablaban sin parar.

—Te digo —aseguró el Colorado—, que los hombres estábamos originalmente destinados a tener cuatro mujeres. Lo demuestra un estudio de la mano. Es la propia ley de la naturaleza, te lo aseguro, y esos tipos antiguos de la Biblia sabían bien lo que hacían.

—Nunca antes había escuchado semejante tontería —le rebatió Francisco.

—¿Cómo puede ser? —preguntó Guálinto.

—Pues, mírate la mano —le ordenó el Colorado.

Guálinto se miró la mano.

—Tú también, Francho-Pancho.

—¡Ah, de acuerdo! —dijo Francisco, mirándose la mano.

—Ahí —continuó el Colorado—, es claro como el agua. Tienes cuatro dedos delgados y un pulgar regordete.

—¿Me estás diciendo —le preguntó Francisco— que me has hecho sacar la mano del bolsillo y mirármela para decirme que tengo cinco dedos?

—¡Un momentito! —pidió el Colorado—. Observen en su mano. De entre los cuatro dedos largos no hay dos iguales, pero se parecen más entre sí de lo que se parecen al pulgar.

—Te estás poniendo demasiado profundo —protestó Francisco.

—Dense cuenta también —prosiguió el Colorado, sin inmutarse— que no hay dos dedos de entre los cuatro que casen bien entre ellos. Sirven para sujetar un cigarro, pero para poco más. No son útiles por sí mismos. Observen, en cambio, el pulgar. Es distinto al resto y les confiere significado. Los hace trabajar y los obliga a hacer cosas, y los usa todos, ya sea de forma individual o de forma colectiva para distintas tareas. El pulgar es el hombre y tiene cuatro esposas, cada una de ellas diferente para que le ofrezca variedad.

—¿Te pasas las noches de insomnio pensando este tipo de cosas? —le preguntó Francisco.

—Es otro Joseph Smith —le dijo Guálinto a Francisco.

—¿Joseph Smith? —preguntó el Colorado—, ¿quién fue ese?

—Era un poco como tú —contestó Francisco—, la única diferencia es que había mucha gente que creía lo que decía.

—Estoy seguro de que te inventaste eso —dijo el Colorado.

Francisco se rio y Guálinto se sumó. El Colorado sonrió de oreja a oreja.

—En cualquier caso —dijo—, eso fue hace mucho tiempo. Por lo que me han contado, hoy en día resulta difícil soportar a una única esposa.

El tocadiscos conectado al sistema de sonido estaba reproduciendo "El caballo pinto":

Si tu padre porta una daga
Yo también puedo lanzar un cuchillo
Nos enfrentaremos cara a cara como es debido,
Nos retaremos y . . . ¡puf!
Cariño mío por nuestro amor
Algún día perderé la vida.
Mejor, mejor morir batallando
Si no puedes ser mi esposa.

Guálinto echó la cabeza hacia atrás y respingó la nariz al escuchar el reto de la canción. ¡Qué dulce debía ser matar lo que odias con toda tu alma! Pero don Onofre Osuna no iba armado más que con una pluma estilográfica.

Tu madre me amó una vez con dulzura,
Ahora ya no cuento con esa suerte.
Una vez tuve mucho dinero
Ahora ya no tengo ni un . . .
Cariño mío, por nuestro amor
Algún día perderé la vida.

—¡Ja! ¡Ja! ¡Ja! —rugió el Colorado—. ¿Escuchaste?

—Estate callado —dijo con un silbido Francisco.

—Callado, ni hablar. Es bueno, ¡es estupendo! ¿Lo entendiste? Guálinto, ¿lo entendiste? ¿Qué rima con "centavo"?

—Sí, claro —dijo Guálinto tranquilamente—, claro que lo escuché.

Una vez tuve mucho dinero. Bueno, no dinero. Es posible, sin embargo, que las mujeres no sólo quisieran dinero, y se comportaban del mismo modo para conseguir lo que querían. Sacudió la cabeza en un intento por zafarse de esos pensamientos. Era un imbécil, pensó, apartándose a un lado y tratando de pasar desapercibido. Siendo justos, es posible que ella no lo hubiera visto aquella otra vez. Tal vez tuviera derecho a estar enfadada, de la manera en que la había tratado. Puede que hubiera estado dispuesta a hacer las paces, pero no le había dado la oportunidad. Lo único que hacía falta es que la viera . . .

Y en ese momento la vio. La brusquedad con la que pasó de soñar despierto a la realidad lo sobresaltó. Se le nubló la vista y sintió que las piernas le flaqueaban. Estaba justamente donde había supuesto que estaría, en el puesto entre el de los helados y el del sonido. Nadie estaba jugando al bingo, así que ella y el resto de chicas estaban o bien sentadas o bien mirando de pie.

—¿Qué pasa? —preguntó el Colorado, al ver que Guálinto palidecía.

—Nada, nada.

—¡Nada! Estás blanco como la leche.

—¿Te sientes bien? —inquirió Francisco.

—No, sólo fue un mareo, pero ya se me pasó.

El Colorado miró a Guálinto de cerca y dio por hecho que no había cenado nada. Decidió actuar con delicadeza. ¿Ofrecerle comida a Guálinto? No, señor. Guálinto era demasiado orgulloso para eso.

—Oye —propuso el Colorado, chascando los dedos como si se le hubiera ocurrido una idea maravillosa—, ¿por qué no nos comemos un helado?

—No, gracias, Colorado. Estoy muy lleno. Muy lleno.

Guálinto se dio unas palmaditas en el estómago.

—Ándale, vamos —dijo el Colorado—. Siempre hay un hueco.

Guálinto giró la cabeza hacia el puesto de helados, rodeado de mesitas verdes. Sólo había una vacía y estaba junto a una tabla, un cuatro por cuatro, que hacía las veces de muro divisorio entre el puesto de helado y el de bingo. María Elena estaba medio sentada en la viga, a escasa distancia de la mesa vacía.

—Vamos —dijo el Colorado, agarrando a Guálinto por el brazo.

Guálinto se resistió.

—No. Gracias, de verdad. Otro día.

El Colorado soltó el brazo de Guálinto.

—¿Qué te pasa? Yo invito. ¿Son ésas formas de tratar a un amigo?

Guálinto sabía que era inútil discutir, así que se dirigieron al puesto de helados y a la mesa que estaba cerca de María Elena. El Colorado gritó:

—¡Hola, Antonio!

Antonio Prieto saludó desde la multitud, que se desplazaba por el borde de los jardines.

—¡Hola, Colorado!

—¿Quieres un helado? —gritó el Colorado.

—Pues claro.

—Entonces, ven acá.

Mientras el Colorado y Antonio conversaban, Guálinto observó a María Elena, que no volvió la cara, tal y como él había supuesto. Miraba de frente, haciendo como si él no estuviera. Más tarde, bajó la cadera de donde la tenía apoyada, se plisó la falda a lo largo de los muslos y se acercó hasta el otro extremo del puesto. Guálinto se sentó. Francisco hizo lo mismo y entonces llegó el Colorado con Antonio.

—Eh, Guálinto —dijo el Colorado—, ¿conoces a Antonio Prieto?

—¡Qué si lo conozco! —Guálinto le estrechó la mano por encima de la mesa—. Antonio, no te he visto en clase este semestre.

—La Chilla —dijo Antonio—, me tuve que poner a trabajar.

Miraba al suelo, a ambos lados de la silla, con nerviosismo.

—Vaya, lo siento. Espero que puedas volver a clase y que termines cuando la situación mejore.

—Ésa es mi intención —aseguró Antonio, con una resolución que no era propia de él.

—Bien —dijo el Colorado—. Bien.

Mientras tanto, una chica les trajo a cada uno una pequeña bola de helado, colocada en un platito que alguien había traído de la cocina de su casa. Guálinto estaba sentado con un ojo pendiente del puesto de bingo. Le preocupaban su atuendo y las greñas que le crecían por encima de la nuca. Se comió el helado con torpeza, intentando olvidar que María Elena estaba tan cerca. Creía que lo miraba. Pero no; parecía completamente ajena a él. Pasó unos minutos recreándose en ella. Iba vestida de blanco. Le encantaba el rojo con el blanco y el vestido tenía un estampado en rojo en el cuello. Al apartar la vista, el resto de las chicas se rieron de forma desagradable y socarrona; supo que sabían lo que estaba pensando.

El Colorado levantó la vista al oír las risas y dijo:

—Oye, ahí está María Elena. Eh, Guálinto, no vas . . .

—Corta el rollo —dijo Guálinto.

María Elena y sus amigas se acercaron y se pusieron a cotillear entre susurros. Guálinto sabía que estaban hablando de él, aunque era incapaz de descifrar lo que decían. El Colorado se dio cuenta de que había metido la pata, y enmudeció. Antonio estaba entretenido con su helado. Francisco, sin embargo, miró en dirección a María Elena con expresión somnolienta en su atractivo rostro.

A continuación, María Elena dijo alto y claro:

—Hay un olor extraño por aquí, ¿no les parece? Huele a manteca y a papas podridas.

Sus satélites se rieron de forma estridente. Guálinto se estremeció y cerró los ojos. El mundo le pasó en imágenes que daban vueltas y más vueltas. La señorita Cornelia le abofeteaba la cara, la señorita Cornelia lo azotaba hasta que se meaba en el pantalón. De la noria en que se convirtió su vida, emergió la mirada lasciva de la India. El movimiento ya no era concéntrico sino cambiante, agitado, confuso como un grupo de muchachos que se sientan en el interior de una iglesia. Una cara sonriente se acercó, empujada por alguien. Respiró. Es manteca, aseguró; huele a sartén. Acto seguido se rio bajito con maldad.

Y Guálinto fue consciente de la distancia que había recorrido y de lo poco que había cambiado desde que era niño y jugaba en la platanera. Tembló al luchar contra el impulso de acercarse hasta ella y abofetearle la cara de niña bonita, destrozarle el rostro, en forma de puchero, con el puño hasta reducirlo a un amasijo sangriento. Escuchó al Colorado exclamar:

—¡Será puerca la fulana!

Guálinto abrió los ojos y se impulsó hacia el otro lado de la mesa, agarrando al Colorado por la muñeca.

—Colorado —dijo con intensidad—, sabes, Colorado . . . —Se aclaró la garganta—. Las chicas son unas auténticas sanavabiches.

El Colorado lo miró con curiosidad y no respondió. No recordaba. Guálinto se rio. Las chicas en el puesto de bingo también se echaron a reír, pero esta vez su risa sonó diferente, como si miraran hacia otro lado. Guálinto se dio la media vuelta y vio que tenían los ojos puestos en Maruca. Estaba de pie, a un lado, entre la multitud, que, en su mayoría eran hombres y muchachos que la miraban a ella. Tenía el pelo, de color castaño claro, lacio y sin vida, recogido en dos pliegues, como de costumbre. Ahora, la encontró distinta. Eran sus pequeños ojos marrones, que siempre miraban pícaramente de un lado para otro. Los tenía extrañamente grandes y hundidos, como si hubiera estado llorando. Buddy Goodnam pasó enfrente de ella con otros dos chicos.

Movió los labios, probablemente para llamarlo, ya que él miró un instante hacia ella y trató de pasar a su lado rápidamente. Dio un paso hacia delante y le agarró por el brazo. Los otros dos chicos que iban con Goodnam parecieron sorprendidos y la gente que había alrededor se quedó mirando. Buddy Goodnam se encogió de hombros, visiblemente molesto, pero ella parecía suplicarle. Sacudió el brazo para quitársela de encima, se dio la media vuelta y les dijo algo a los otros chicos. Luego se dirigió hacia ella con un movimiento violento de cabeza y salió hacia la calle. Ella lo siguió, un paso o dos por detrás, con la mirada baja.

Las chicas del puesto de bingo se volvieron a reír. María Elena preguntó:

—¿Habías visto algo igual antes?

Otra chica exclamó:

—¡Qué descarada!

María Elena añadió:

—¿Por qué no lo deja en paz? ¡Ya no está con ella!

Guálinto se levantó de la mesa sin mediar palabra y se perdió entre la multitud en busca de Maruca y de Buddy Goodnam. Empujó y gritó con fuerza, y propinó codazos a la densa marea de gente que se movía con parsimonia exasperante, haciendo caso omiso de sus protestas y amenazas. Cual nadador patoso, se abrió camino por delante de él con las manos, los brazos y los codos. Por fin llegó, a tropezones, a la acera y miró de modo salvaje a su alrededor: Goodnam y Maruca paseaban a lo largo de la silenciosa calle en sentido al Dos Veintidós. Los siguió, pasando junto a filas y filas de coches estacionados, rápida y ruidosamente, y los adelantó después de recorrer media cuadra. No lo oyeron acercarse. Hablaban con gran seriedad cuando llegó a su altura.

—¿Y qué quieres que haga yo? —Preguntaba con impaciencia Buddy.

—¿Hacer? ¿Hacer? —Repitió Maruca, a quien se le entrecortó la voz—. ¡Ay! ¿Cómo puedes ser tan cruel?

—¡Vamos! —Guálinto agarró a Maruca del brazo y la zarandeó hacia atrás—. En cuanto a ti —se giró hacia Buddy Goodnam, hablando en español—, hijo de la chingada, debería romperte la madre. ¡Lárgate!

—Guálinto —le suplicó Maruca—, no le hables de esa manera, ¡por favor!

—¡Cierra el pico! —le ordenó Guálinto—. Si tuvieras un poco más de dignidad que la puta más barata, te callarías. Y tú, te dije que te largues.

Goodnam dio un paso hacia atrás, mirando en la penumbra de un lado para otro de la calle. Luego, de forma repentina, se fue por donde había venido. Maruca se cubrió la cara con las manos y sollozó, con gran congoja, con ese sentimiento de pena abrumadora que los mexicanos llaman "enfermedad del corazón". Repetía una y otra vez:

—Ah, ¿por qué lo corriste? ¿Por qué lo corriste?

A Guálinto le avergonzó su demostración de dolor. Hasta donde recordaba, Maruca no era de lágrima fácil. Y cuando lloraba, dejaba caer lágrimas de ira, de dolor o de resentimiento. Nunca antes la había visto llorar de aquella manera. Se le pasó el enojo, y se retorció nervioso.

Escuchó pequeños crujidos; procedían de las casas que poblaban la angosta calle. Las ancianas que vivían allí habían subido las persianas y asomaban los ojos.

—Vamos —susurró con voz quebrada—, estás haciendo un show.

Maruca ahogó sus sollozos y se echó a andar a su lado obedientemente. Caminaron hasta la siguiente cuadra en silencio, sin cruzarse las miradas cuando pasaban por debajo de la luz de la farola de la esquina. Finalmente, Guálinto reunió la suficiente indignación para poder hablar.

—Deberías sentirte avergonzada —dijo—, dispuesta a correr detrás de un hombre de esa manera. Un gringo, además. ¿Sabes qué tipo de mujeres se dejan ver con un gringo en esta ciudad?

Maruca se echó a llorar otra vez.

—No lo entiendes —dijo entre sollozos—. Esto es diferente; esto es diferente.

—No es diferente —sentenció Guálinto con severidad—. Un gringo es un gringo y una mexicana es una mexicana. Estabas comportándote como una soldadera.

Dejó de llorar y lo miró con seriedad.

—Por favor, Guálinto, por favor, no sigas; dejemos el tema.

Hundió las manos en los bolsillos y se sumió en un silencio taciturno. Después de un rato, dijo con cautela:

—¿Guálinto?

—¿Eh?

—No se lo contarás a mamá, ¿verdad? ¡Por favor!

—Está bien —gruñó—. Está bien.

6

De nuevo era domingo; habían pasado cuatro semanas desde su visita a la kermés. Guálinto volvía a casa de Rodríguez e Hijos a la una de la tarde, su hambre aplacada por el cansancio. Era principios de marzo, pero hacía calor y el cielo estaba despejado, así que agradeció la sombra cuando llegó al porche de casa.

Carmen estaba acurrucada en el sofá, leía concentrada una revista vieja a la que se le habían caído las tapas. Lanzó su cachucha grasienta sobre una silla y preguntó:

—¿Ya llegó el tío de la hacienda?

—No —contestó Carmen desde detrás de la revista.

Feliciano se pasaba ahora la mayor parte del tiempo en el terreno de tierra fértil que le había comprado con monedas de oro al viejo gringo que vivía en California. Venía a la ciudad los fines de semana, y a veces ni siquiera entonces. Si lo hacía, dormía, como de costumbre, en el cuarto de una única habitación construido detrás de la casa principal. Además de servir de dormitorio, el "Cuarto", como ellos lo llamaban, era una despensa donde almacenaban la mayor parte de la mercancía que habían comprado para El Danubio Azul. Los días en que hacía malo, "El Cuarto" era lo suficientemente espacioso como para servir también de cuarto de la lavandería.

Guálinto miró ociosamente hacia la revista que Carmen sostenía delante de su cara y luego la apartó para mirarla a los ojos. Los tenía húmedos y rojos como si hubiera estado llorando.

—¿Qué lees? —le preguntó—. No me digas que ahora te ha dado por leer dramones frívolos. ¿Qué revista es ésta?

Carmen no respondió.

—Déjamela —le pidió, quitándosela a Carmen—. ¿Una vieja revista de historia natural qué pones ahí para echarte a llorar?

Carmen intentó reír, pero se quedó en silencio.

—Simplemente te gusta estar triste —le dijo, devolviéndole la revista.

Se fue al baño a lavarse. Era particular, pensó. Le encantaba leer de todo, pero especialmente novelas sobre lo sobrenatural y lo misterioso. Tomaba la edición dominical del periódico de San Antonio y devoraba la sección de reportajes especiales. Luego se la reproducía íntegramente a su madre en español, prácticamente palabra por palabra. Le contaba cosas sobre la legendaria ciudad de la Atlántida, los secretos de los faraones y las últimas teorías sobre vida extraterrestre.

—Mamá —decía—, ¿no te parece misterioso? ¿No te entristece pensar en la enorme distancia y en los miles de millones de años?

Su voz se arrastraba, mientras que sus oscuros ojos se perdían en la distancia. María asentía y le acariciaba el pelo a su hija.

Sí, Carmen era peculiar, pensó Guálinto; siempre reflexionando acerca de cosas deprimentes y misterios antiguos, soñando con tumbas y funerales y muertes. Y todo lo que leía o pensaba se lo contaba a su madre. Cuando cosían o trabajaban juntas en la cocina, siempre le hablaba a su madre, a quien le hacía comentarios sobre los asombros y los misterios del Universo, tal y como los interpretaban la revista Hearst.

Y su madre, que apenas hablaba y que tenía pocas amigas, quería a Carmen porque Carmen no era sólo hija sino también hermana y amiga, y a través de la hija la madre se formaba una imagen de un mundo sobre el que no conocía prácticamente nada, el enorme mundo complicado en el que la gente hablaba en inglés.

Guálinto entró corriendo en la cocina, con la toalla colgada al cuello, inclinado hacia delante para no mojarse. Carmen estaba allí, haciéndole la comida.

—¿Dónde está mamá? —preguntó.

La medio sonrisa de Carmen se desvaneció.

—Fue al médico; fue con Maruca.

—¿Al médico? ¿Un domingo? Los médicos no dan consulta los domingos, al igual que los comerciantes, que cierran sus tiendas, ¿no?

—Fue a su casa.

—¡Ah! —contestó Guálinto. Tiró la toalla encima de una silla y se sentó a la mesa—. ¡Extraño . . . la verdad!

—¿Qué?

—¿Quién está enferma? ¿Pasa algo? No . . . no pensé . . .

—No —dijo Carmen—, nadie está enfermo.

Guálinto la miró fijamente, con un atisbo de preocupación. Apartó el pensamiento de la mente y se encogió de hombros, e inclinó la cabeza hacia el plato. Carmen se acercó y se puso junto a la ventana; miraba hacia la calle. No le interesaba lo que estuviera haciendo, ya que no estaba de humor para hablar. Al terminar de comer, un camión se detuvo delante de la casa.

Carmen se dio la media vuelta; estaba pálida.

—¡Ahí vienen! —dijo respirando profundamente—. ¡Ahí vienen!

No fue hasta ese momento que Guálinto se detuvo a pensar que tal vez pasaba algo. Se apresuró a llegar a una ventana y se sintió enormemente aliviado al ver que su madre, erguida y esbelta, estaba junto al conductor del camión, pagándole. Vestía como siempre, con la falda negra larga que se ponía cuando salía y con una mantilla por encima de la cabeza.

Maruca descendió del camión y Guálinto supo de inmediato que era ella la que estaba enferma. Tenía la cara muy roja y parecía que estuviera sonámbula. El camión rugió ásperamente a la vez que María agarraba a Maruca del brazo y la conducía hasta las escaleras del porche. Maruca agachó la cabeza y anduvo a tientas, dando pasos vacilantes. Después María abrió la puerta y, por un momento, su rostro quedó enmarcado en ella: pálido, avejentado, cansado. Luego giró hacia atrás y empujó a Maruca, con tanta brusquedad que la muchacha salió disparada habitación adentro. Maruca recobró el equilibrio; parecía asustada, muy asustada.

La ira transformó el bello rostro de María en un amasijo de arrugas.

—¡Vete al cuarto! —gruñó con los dientes apretados.

Maruca se escabulló obedientemente y María la siguió de cerca, visiblemente agitada. En el interior de la cocina había una sólida y resistente duela de barril, tan ancha como la mano de un hombre. María la levantó y cargó con ella como si fuera un bate de béisbol. Carmen soltó un pequeño gruñido y se cubrió la cara. Guálinto las siguió, fascinado, hasta el cuarto. Allí esperaba Maruca, en cuclillas, cual animal echado en una esquina. Su madre entró y la muchacha miró pálida hacia la duela. María se detuvo, dudando sobre qué paso dar a continuación. Fulminó con la mirada a su hija durante un momento de terrible silencio. Luego susurró con ira:

—¡Pu . . . ! ¡Pu . . . ! —De pronto chilló—. "¡Puta, puta, puta! ¡Puta! ¡Puta!"

Levantó la duela con las dos manos y la dejó caer sobre la espalda de Maruca. El golpe hizo que cayera de rodillas. María le gritaba y le pegaba. "¡Puta! ¡Eres una puta sucia!" Acompañaba cada insulto con un golpe sordo en la cabeza, los hombros y la espalda. Había varios sacos de frijol y maíz en el cuarto. Maruca buscó resguardo, desplazándose en cuclillas de un saco a otro. Había soportado los primeros golpes entre susurros ahogados. Ahora se quejó:

—Mamá, no me pegues; mamá, no me pegues —Acto seguido, con un chillido desenfrenado—. ¡Mamá! ¡Le harás daño! ¡Le harás daño . . . !

—¡Lo mataré! —Siguió gritando María—. Los mataré a los dos, puta, más que puta. ¡Ramera! ¡Sanavabiche!

La duela le dio fuerte; luego se partió. María siguió azotando a su hija con las astillas, y a la vez le daba patadas en los costados. Maruca se agachó contra el suelo, tratando de protegerse la barriga. Y los golpes continuaron, los horribles golpes sordos y los crujidos, y las dos mujeres maldecían, jadeaban, gruñían, suplicaban. Guálinto estaba de pie en la entrada, agarrado a ambos lados de la jamba de la puerta para enderezarse. Los golpes le quitaron el sentido como si fuera a él a quien estuvieran azotando. Los gruñidos que emitía su hermana lo oprimían y avergonzaban. Ahora bien, era su madre la que más lo asqueaba. Nunca antes la había oído maldecir; ni había imaginado siquiera que conociera aquellas palabras. Si la posibilidad se le hubiera pasado por la mente, habría dejado de pensar en ello de inmediato, con sensación de impropiedad y deshonra. Ahora estas palabras salían de la boca de su madre como un chorro de agua sucia.

Sintió ganas de entrar y taponarle la boca retorcida y maldiciente con las manos, restregarle los labios desesperadamente para que recuperaran su suavidad y gentileza habituales; gritarle: "Mamá, mamá, te estás condenando a ti misma; has dejado de ser mi madre". Tenía que arrastrarse hasta algún lugar y esconderse. Tenía que encontrar la manera de dejar de existir hasta que todo esto hubiera terminado. María siguió con sus insultos y sus azotes hasta que Maruca se quedó quieta; con cada golpe, se hundía más y más en el suelo, empequeñeciendo progresivamente. Por fin, los azotes y los insultos terminaron. Se hizo el silencio, a excepción de la ronca respiración de las dos mujeres.

María dejó escapar un gruñido en voz baja y se dirigió a la puerta. Llevaba el vestido de seda desaliñado y salpicado; el pelo le colgaba en pegotes sobre los oídos y la frente. Guálinto dio un paso al lado para dejarla pasar. A la altura de la puerta de la cocina sacó una garra nerviosa y agarró a Carmen, que estaba allí de pie. La tomó del pelo con una mano y la abofeteó con la otra. Ni se resistió ni rechistó. Giró la cara y soportó los azotes. María la zarandeó hacia delante y hacia atrás y le dio un porrazo contra la pared.

—¡Lo sabías! —Dijo María con voz ronca—. ¡Lo sabías!

La soltó en un ataque de histeria y se metió corriendo en la casa. Carmen se sentó en el escalón de la cocina y se frotó la cara. De la parte delantera llegaron crujidos de resortes al tirarse encima de la cama. Luego silencio.

Guálinto reunió el coraje suficiente para asomarse al almacén. Maruca yacía en el suelo, boca abajo, con las manos apoyadas a ambos lados del estómago. Tenía una pierna doblada y la falda remangada hasta los muslos. Su vestido estaba rasgado por la espalda. Su larga melena, se había hecho una maraña a la altura de la nuca. Le caía un hilo de sangre muy oscuro por la cabeza. Guálinto apartó la cabeza de la entrada. Su estómago quiso vomitar, pero la garganta se lo impidió. Apoyó la mano en la pared para enderezarse y levantó la vista enturbiada para ver que Carmen se acercaba con un trapo sobre el hombro, un cubo de hojalata en una mano y una botella cuadrada de alcohol en la otra. Le pasó el cubo y le preguntó con voz temblorosa:

—¿Me lo llenas de agua?

Asintió con la cabeza e intentó contestar que "Sí", pero su garganta se rebeló y simplemente graznó una respuesta. Se acercó tambaleándose al grifo y lo abrió.

La tarde transcurría como un sueño opresivo. Todo parecía irreal y en cierto modo más grande de lo habitual. El pájaro que daba saltitos sobre la morera que había en uno de los laterales de la casa no se parecía a ningún otro que Guálinto hubiera visto antes. Sus plumas eran de un amarillo asqueroso, un naranja chillón y un negro plomizo. Cada color predominaba, separado del resto como si todos cumplieran su propia función. O como si fuera el dibujo de un niño pequeño. El pico del pájaro era rosado con pequeñas muescas curiosas en los laterales. Nunca se había fijado en cómo eran los picos de los pájaros.

El mundo parecía dislocado y se caía a pedazos. Normalmente, la realidad se mezclaba entre sí formando una única estampa. Sin embargo, ahora cada cosa sobresalía, en solitario, y colisionaba de forma visible con los alrededores. En la calurosa distancia un insecto piaba de forma monótona, el pesado y pegajoso aroma de los jazmines del jardín, cocinados bajo el sol, ahogaba los pulmones al igual que las flores alrededor de un féretro. La tarde se arrastraba con lentitud, manchando la tierra de oleadas de calor sofocante. El mundo se había detenido.

Por fin, ocurrió un milagro y se hizo de noche. Guálinto seguía sentado en el peldaño de la puerta de la cocina, con la barbilla hundida entre las manos dispuestas en forma de cuenco. Miraba hacia la oscura entrada que conducía al almacén. Carmen se acercó con el cubo vacío y le pidió que lo rellenara. Llevó el agua hasta la entrada y, allí, susurró:

—No entres; está avergonzada —Añadió, con ese aire profesional que adoptan algunas mujeres al cocinar o al hacer curas—. Ya se encuentra mejor, mucho mejor. Está consciente y está descansando. He desplegado la cama del tío Feliciano y la he ayudado a meterse. Se dormirá enseguida.

En ese momento Carmen salió del almacén y se dirigió en silencio a la cocina. Guálinto se apartó a un lado para dejarla pasar, pero permaneció sentado donde estaba. Una vez dentro de la cocina, Carmen encendió una luz y preparó la cena haciendo el menor ruido posible. Después de una sucesión de olores poco prometedores provenientes de la cocina, salió y le dijo en voz baja al oído:

—La cena está lista.

A continuación, fue, con desgano, al dormitorio de la parte delantera. Murmuró algo en tono humilde; la voz crispada de María contestó.

Carmen regresó sigilosamente a la cocina.

—No quiere comer nada —susurró—. Dice que se va a morir.

Guálinto no contestó; masticaba sin saborear la comida. Consiguió tragar dos o tres bocados, luego lo dejó y se sentó de nuevo en el peldaño de la puerta de entrada. Carmen fregó la vajilla y fue al cuarto de atrás con un plato y una taza. Una vez más, Guálinto se movió a un lado para dejarla pasar y permaneció donde estaba. En el cuarto se encendió una luz.

Un grillo gorjeaba con pereza. La luna salió, amarilla y redonda como la yema de un huevo. La tarde se quedó fría, entumeciéndole los tobillos. Del cuarto provenía el sonido de susurros que iban y venían y de lamentos en voz baja. Guálinto estornudó. Se frotó los tobillos, que se le habían quedado helados, y se los forró bien con la tela del pantalón.

—¡Guálinto! —gritó su madre desde la cama.

Bajo la apariencia de enfado su voz dejaba translucir un indicio de vergüenza. Era la primera vez que se percataba de su existencia desde que llegara por la tarde.

—¡Guálinto! —repitió—. ¿No me escuchas? Métete en la cama.

Guálinto se fue a la cama.

Su tío llegó de madrugada. Guálinto, que estaba pasando una mala noche, se despertó al oír los porrazos en la puerta. Crujió al abrir y Feliciano preguntó:

—¿Dónde está?

María murmuró algo y Feliciano salió dando grandes zancadas en dirección al cuarto de atrás. María se volvió a meter en la cama. Guálinto agudizó los oídos; escuchó a su tío llamar a la puerta y a Carmen preguntar ansiosa:

—¿Quién es?

Luego silencio. Tras un buen rato, los pasos, calzados con botas, regresaron. Entró en el dormitorio de María y le susurró a ésta con ferocidad; ella le devolvió un susurro lloroso. En una ocasión elevó el tono de voz y gritó:

—¡No lo haré! —y Feliciano le bufó de nuevo—. No me arrepiento —dijo a viva voz—, y no la dejaré entrar en mi casa.

Feliciano dejó de susurrar y a ello le siguieron varios estruendos aterradores.

Guálinto se incorporó en la cama. ¡Dios Santo! ¡Su tío le estaba pegando a su madre! Apartó la sábana hacia un lado y apoyó un pie en el suelo. A continuación escuchó a su tío decir:

—¡Ésta es su cama y pueden dormir en ella. Si no las quieres dejar pasar a la casa, la llevaré al cuarto y pondré mi cama en su habitación!

Guálinto se hundió en la almohada; estaba débil y temblaba. Al momento siguiente, Feliciano atravesó con dificultad la cocina, pasando junto a la puerta del dormitorio de Guálinto, con parte de la cama de las chicas a cuestas, las patas bajo un brazo y el cabezal bajo el otro. Guálinto lo pudo ver con claridad al trasluz de la iluminación procedente de la cocina. Su tío lanzó una mirada de preocupación hacia la oscuridad que envolvía el dormitorio de Guálinto y Guálinto se encogió de miedo entre las colchas, avergonzado de haber dejado que su tío supiera que estaba despierto.

A la mañana siguiente eran incapaces de mirarse a la cara. Feliciano y María se habían dicho de todo la noche anterior, a pesar de que nunca antes se habían faltado el respeto. Feliciano sentía un cariño especial hacia su hermana pequeña y la actitud de María hacia Feliciano siempre había sido una de respeto. Ahora no se dirigían la mirada y no miraban a los ojos a nadie. Y ni uno ni otro miraban a Guálinto, como si su presencia les avergonzara de sí mismos. Guálinto era consciente de ello y lo hizo sentirse incómodo. Maruca se quedó en el cuarto, oculta al resto, a excepción de Carmen, a quien el aire tenso que se respiraba en la casa parecía afectar en menor grado. Ella actuaba de vínculo entre los distintos miembros de la familia, que se mantenían al margen unos de otros, cada uno abandonado en su propia isla, separados por sentimientos desagradables y de pudrición.

Fue Carmen quien, en silencio y manteniendo la vista baja, preparó el desayuno y llamó al resto cuando estuvo listo. Feliciano, María y Guálinto se sentaron a la mesa y comieron sin levantar la vista del plato mientras Carmen le llevaba el desayuno a Maruca. Al terminar, Guálinto se levantó y se marchó al colegio sin mediar palabra. Tampoco nadie le dijo nada a él. Al salir a la calle, sintió que se quitaba un gran peso de encima de los hombros. Sin embargo, el peso se levantó, no se fue; revoloteaba a su alrededor, ensombreciendo sus pensamientos.

Al día siguiente, María y Feliciano mantuvieron una conversación calmada en el dormitorio de ésta. A continuación, con la ayuda de Guálinto, Feliciano volvió a traer la cama de las chicas a su dormitorio. Trajo asimismo una cama plegable para que durmiera Carmen y así Maruca tuviera la cama toda para ella. Eso sí, María seguía manteniéndose al margen de todos: iba de un lado para otro con semblante inexpresivo y no hablaba salvo que necesitara hacerlo. Feliciano también medía las palabras, pero cuando hablaba era más cariñoso que María. Llevaba ya un par de días en la ciudad, aunque mantenía el contacto con la hacienda a través de Juan Rubio, que venía a diario a la ciudad en la troca de Feliciano.

Carmen consiguió un trabajo los sábados en Woolworth's; un golpe de suerte, ya que el empleo era escaso. Lo dejó tras un breve intercambio de palabras entre María y Feliciano. María sentenció que las dos muchachas tenían instinto de prostitutas y Carmen no debía pasearse por las calles los sábados por la noche. Guálinto se estremeció al oír esas palabras. No conseguía acostumbrarse a escuchar semejantes palabras salir de la boca de su madre. Carmen dejó el trabajo a regañadientes, al igual que había dejado el instituto hacía un par de años. Se quedó en casa, a cargo de la mayor parte de las labores del hogar, y cuidó de Maruca como había hecho con María cuando ésta se rompió la pierna.

A María le daban achaques con frecuencia y Carmen cuidaba de su madre y de Maruca tan bien como podía. Se lo tomaba todo con calma, y el único cambio que se apreció en ella fue que hablaba menos de lo habitual. En cuanto a Maruca, las veces que Guálinto consiguió verla de manera fugaz, observó que tenía la cara blanca y demacrada, y tenía los ojos rojos de haber llorado. Pasaba la mayor parte del tiempo en su dormitorio y se sentaba en la mesa de la cocina una vez que todos habían terminado de comer.

7

La mañana siguiente a aquella en que Maruca y Carmen habían regresado a su dormitorio, Feliciano le dijo a Guálinto en el desayuno:

—Hoy no vayas a la escuela. Te necesito.

Guálinto trató de acabarse el desayuno lo antes posible. Después de terminar, Feliciano se puso el traje negro y su mejor sombrero. Guálinto se limpió la boca con precipitación y lo siguió hasta la calle. Caminaban por la acera con rapidez, Feliciano, con sus largas piernas, daba pasos largos. A Guálinto le costaba seguirle el ritmo. Le hubiera gustado preguntar a dónde iban, pero la expresión de la cara de su tío era adusta y miraba hacia el frente con tanta determinación que pensó que era mejor no hacerlo. Se montaron en un camión que los llevó al extremo noroeste de la ciudad. Volvieron a caminar, a lo largo de una calle ancha y silenciosa, dejando atrás filas y filas de casas de ladrillo de gran solidez, con porches espaciosos, jardines anchos y garajes dobles. Estas viviendas se levantaban sobre sus jardines, con la misma magnificencia con la que un satisfecho miembro del Rotary se sienta en el césped de un picnic, en actitud imponente, segura y ruda.

Su tío se detuvo por fin delante de una casa de un piso de altura construida con ladrillo de color amarillo grisáceo y cuyo ribete de piedra estaba teñido de negro por la lluvia caída a lo largo de los años. El césped y el jardín estaban protegidos de los extraños por una valla ornamental de hierro forjado superpuesta sobre una base de ladrillo. La verja de hierro hacía un dibujo y se leía, en grandes letras, las iniciales M.I.G., y el sendero de cemento daba la bienvenida con este grabado: “Goodnam”. Feliciano empujó la verja con la palma de la mano para abrirla. Un sendero de losas en forma hexagonal conducía hasta las escaleras de ladrillo. El césped estaba bien cortado y decorado con jardineras redondas donde crecían phlox del color del arcoíris, delfinios azules y buganvillas de color rojo intenso. En la esquina sur del jardín crecía una mata de jazmín nocturno por la pared de ladrillo y colgaba como mercería verde. Guálinto pensó que era una casa preciosa y se preguntó cómo se sentiría uno viviendo en un lugar así.

Feliciano subió las escaleras y llamó a la puerta con fuerza. Silencio. En alguna parte de las profundidades de la casa se escuchó un portazo. Feliciano llamó de nuevo, más fuerte. La puerta se abrió de repente y un hombre de cara regordeta asomó la cabeza. La volvió a meter a toda prisa, y luego abrió la puerta más.

—Me llamo Feliciano García —se presentó Feliciano—. Tal vez me recuerde.

—Por supuesto —dijo el señor Goodnam, también en español a la vez que su cara roja dibujaba una sonrisa—. ¡Claro! Nos conocemos desde hace mucho tiempo.

—Ciertamente —convino Feliciano secamente.

Martín Goodnam se rio.

—Conozco a todos los mexicanos de la ciudad.

Luego, guiñando un ojo en gesto de confianza, añadió:

—Hay que conocer a todo el mundo para estar en política.

—Me tendría que recordar mejor; si es que recuerda a Pete Severski.

—¿Cómo podría olvidarlo? —gritó el señor Goodnam.

Abrió la puerta de par en par.

—Por favor, pasa. Pasa a tu casa.

Le indicó, con un movimiento rápido de la mano, que se sentara en un sofá.

Martín I. Goodman era un hombre gordo de unos cincuenta años de edad. Aunque era de estatura mediana, su volumen le hacía parecer bajo. Su escaso pelo, de color rubio rojizo, le nacía en la coronilla, lo que le daba la frente que la naturaleza le había negado. El abuelo de Martín, James, vino acompañando al general Taylor. Llegó a la conclusión de que incluso si los vences, resulta más beneficioso unirte a ellos. Por consiguiente, se quedó en la frontera, aprendió español, lo bautizaron en la Iglesia Católica, se ganó la confianza de la población mexicana y se hizo rico. El padre de Martín, Frank, que se llamaba Pancho, creció rodeado de un ambiente de armas de bolsillo y de español. Había sido buen amigo de Robert Norris y juntos afianzaron el partido Azul en la ciudad a principios de siglo. Pancho Goodnam sólo tenía cuarenta años cuando murió como consecuencia de una bala perdida durante unas acaloradas elecciones.

Don Pancho tenía la capacidad de engañar a los mexicanos y hacer que les gustara. Este don, junto con ranchos ganaderos y dinero depositado en el banco, constituía la herencia de Martín Ignatius Goodnam. M.I. Goodnam era una pieza clave en la maquinaria política de la ciudad, un ciudadano respetado y recto de Jonesville-on-the-Grande, y lo que es más muy gente entre los votantes mexicanos. Don Martín, como todo el mundo lo llamaba, poniendo el acento en la segunda sílaba a la manera española; don Martín no practicaba la fe cristiana, pero sí hablaba español. Era un bautista devoto y le encantaba citar de la Biblia. Se decía que su mujer había sido una científica cristiana. Rezó fervientemente para salvarse de la epidemia de gripe de 1918, a causa de la cual falleció. Dejó a cargo de su marido un machirulo de hija de nombre Sarita y un hijo débil, elegantemente atractivo, de espíritu mexicano, de quien Maruca estaba enamorada.

El señor Goodnam y sus invitados se sentaron.

—Y, ¿qué —dijo con descuidada amabilidad— puedo hacer por ti?

—Éste es mi sobrino —dijo Feliciano—. Guálinto Gómez.

—He oído hablar de ti, muchacho —confesó el señor Goodnam—. Llegarás lejos.

—He traído al chico conmigo —prosiguió Feliciano— porque fue a su hermana a quien ha engañado su hijo.

Goodnam se sobresaltó y luego sonrió.

—Es cierto, Feliciano, que no te entretienes con palabrería. Pero éste no es un asunto que deba solucionarse a toda prisa. Hablemos con calma. Grano a grano llena el buche la gallina, ya sabes.

Se rio.

Feliciano se cruzó de brazos.

—Está bien, empiece.

Goodnam extendió las manos, con las palmas hacia abajo y los dedos curvados hacia arriba como un par de alas.

—Empecemos por el principio. Has sido agraviado, según entiendo, y vienes a mí por una compensación.

—Dejemos a un lado las florituras, Martín. Vayamos al grano. Se trata de un asunto serio y debemos hacer algo al respecto. Pronto.

—Por supuesto —Martín Goodnam hizo un gesto conciliador con las manos abiertas—, por supuesto que debe hacerse algo al respecto y se hará. Me entregaré completamente, Feliciano, para arreglar este asunto doloroso, doloroso para mí tanto como para ti, te lo aseguro.

Feliciano lo miró y no dijo nada.

—Empecemos por el principio —repitió Goodnam—. A ver, veamos, ¿cuántos meses lleva la muchacha en esta condición?

—El médico estima que unos cuatro meses. La gente no tardará en empezar a hablar.

Goodnam se reclinó hacia atrás, con las manos entrelazadas apoyadas sobre su barriga redonda; miraba al techo.

—Um-mm —dijo—. Y, ¿a qué médico consultaron?

—Al doctor Zapata. Fue hace un par de días, pero nos costó un poco convencerla de que nos dijera quién era el padre.

—Lógico y normal; no querría involucrar a su amado. Le puedes decir al médico que me envíe la factura al despacho.

—Muy bien.

Martín sacudió la mano despreocupadamente.

—Sí —afirmó—, quiero hacer lo correcto. Eh . . . como bien dices, el tiempo vuela, y no debemos malgastarlo. Así que . . . eh.

Tamborileó los dedos encima del reposabrazos.

—¿Cuánto dinero consideras suficiente para cubrir todo el incidente?

Feliciano se tensó, hundía los dedos en el elegante mohair del sofá.

—¿Explíqueme a qué se refiere? —preguntó fríamente.

—Bueno —el señor Goodnam se rio con suavidad y agitó las manos en el aire—, me refiero a que el dinero es necesario. Lo necesitamos para vivir, ya sabes. Incluso Jesús admitió que el dinero era una necesidad. Recuerda que una vez dijo: “Dadle al César lo que es del César”.

Se movía con nerviosismo, bajo la atenta mirada de Feliciano y volvió a tamborilear los dedos en la silla.

—Había pensado . . . Bueno, podríamos arreglarlo de esta manera: me encargaré de pagar todas las facturas del médico de tu sobrina hasta que nazca el bebé. Puede que sea demasiado tarde para un . . . eh . . . un aborto, y probablemente no aceptes esa solución. Le pasaré una paga semanal, cualquier cantidad razonable, fíjala tú. Si quiere dar a luz en otro lugar, asumiré todos los gastos. San Antonio, Monterrey. Será para ella un viaje agradable, entretenido. Y una vez que nazca la criatura y en lo que respecta a su educación . . .

—¡Basta! —gruñó Feliciano—. Ya has dicho suficiente.

Martín Goodnam parpadeó.

—¿Cómo? ¿Cómo?

Feliciano echó la cabeza hacia delante.

—He venido hasta aquí para hablar de una única cosa y no es dinero, ¡cabrón! Si me vuelves a hablar de dinero una vez más, te agarraré de la lengua y te la sacaré. ¡Así!

Retorció un puño contra el otro y los separó de golpe.

Goodnam palideció y tragó saliva varias veces antes de ser capaz de apelar a algo de indignación.

—¡Señor! —dijo medio levantándose de la silla—, le tendré que pedir que se vaya de mi casa.

Feliciano permaneció sentado. Guálinto hizo lo mismo; sentía demasiado miedo como para moverse.

—Me lo tendrás que pedir de nuevo —dijo Feliciano— y muchas más, pero no me iré hasta que aclaremos el asunto que vine a tratar veces contigo. Luego, te podrás quedar con tu maldita casa.

Martín Goodnam lo miró fijamente y, a continuación, se sentó.

—Está bien —dijo—, no pretendía ofender a nadie.

Se pasó la mano por su escasa cabellera y sonrió.

—Pero dígame, ¿cómo quiere que arreglemos el asunto?

—¿Qué otra manera existe para arreglar un asunto como éste si no es recurriendo al matrimonio?

—¡Pero señor mío! —exclamó Goodnam—. ¡Señor mío! No podemos hacer eso. Simplemente no podemos hacer eso.

—¿Por qué? ¿Está tu hijo casado?

—No, pero un día sí que se casará y deberá ser con la muchacha correcta. Sin negar que su sobrina sea una muchacha agradable. Eso sí, no es el tipo de Buddy. No da la talla.

—No da la talla —repitió Feliciano con rencor—. Ya dio la talla, y ahora no hay manera de dar marcha atrás. Lo que quieres decir es que no quieres que tu hijo se case con una mexicana. ¡Mentiroso! ¡Politicucho de tres al cuarto! ¡Dechado de virtudes! ¡Amigo del trabajador! ¡Fiel apoyo de los mexicanos! ¡Sanavabiche barriobajero!

Se calló, pero seguía mirándolo; mientras que Guálinto lo miraba a él.

Goodnam recibió los insultos con calma, reclinado hacia atrás en la butaca.

—La Biblia dice —recitó—, "No harás ahuyentar tu ganado con animales de otra especie; tu campo no sembrarás con mezcla de semilla" —Se encogió de hombros—. Ésa ha sido siempre la ley de Dios.

—¡Maldita sea la ley de Dios! Mi sobrina no es una vaca; que te quede claro, Martín. Estoy aquí para actuar, no para hablar. O tu hijo se casa con mi sobrina o sucederá algo desagradable.

Goodnam se incorporó como un conejillo nervioso.

—¿Me está amenazando? —preguntó—. ¿Me está amenazando?

—¿Es una amenaza? —Repitió Feliciano con desdén—. ¿Así que quieres echarme la ley encima? Lo estoy deseando. Armaré tal revuelo que cuando se convoquen las próximas elecciones verás quién tiene más que perder.

—Tranquilícese —se apresuró en decir Goodnam—, no debemos perder los estribos.

Feliciano se frotó su bigote erizado con la palma de la mano y, sin decir nada, fulminó con la mirada a su interlocutor.

—Daría mi consentimiento de inmediato —le aseguró Goodnam—, pero es necesario aclarar varios detalles de importancia. No se vuelva a alterar. Hay ciertas cosas que, como padre del muchacho, he de saber. En primer lugar, ¿cómo podemos estar seguros de la virtud de su sobrina antes de que conociera a mi hijo? Por favor, no se vuelva a enfadar. Para llegar a cualquier sitio, debemos ser francos. En segundo lugar, ¿cómo podemos saber con absoluta seguridad que el chico es el padre de la criatura?

—En lo que respecta a su virtud —dijo Feliciano, con la voz temblorosa por la ira—, cualquiera, de entre el grupo de personas que la conoce, te puede decir qué tipo de niña era antes de conocer a tu hijo. No es una aventurera, Martín. En cuanto a la segunda pregunta, ¿por qué no llamas a tu hijo y le preguntas a él?

—No se encuentra aquí ahora mismo —dijo Martín.

—Padre.

Buddy Goodnam estaba de pie en la puerta que conducía al comedor. Llevaba pantuflas y un pijama de rayas; tenía el pelo revuelto, y su cara, alargada y pálida, estaba triste. Evitó la mirada agresiva de Guálinto.

—Padre —volvió a decir.

—¡Buddy! —exclamó Martín Goodnam—. Estás enfermo, hijo. Deberías estar en cama.

—No sabía que esta gente estaba aquí —dijo Buddy.

—Métete en la cama, hijo. ¡Métete en la cama!

Buddy sonrió tímidamente con paciencia.

—Estoy bien, padre.

Luego, dirigiéndose a Feliciano:

—Padre me ha tenido encerrado en casa todos estos días, ya que piensa que me podría matar. Teme que no haya oído el dicho que dice: “Mía es la venganza, dice el Señor”.

Feliciano lo miró sin saber qué actitud tomar; Guálinto lo fulminó con la mirada. Después, Feliciano le dijo a Martín:

—Bien, aquí está. Pregúntale.

—Está bien —dijo Martín, encogiéndose de hombros—, usted gana. Habrá boda, una boda íntima.

—Una boda, es lo único que queremos —dijo Feliciano—. Puede ser todo lo íntima que tú quieras.

Feliciano regresó a casa con paso rápido y enérgico, y hasta parecía feliz. A Guálinto, como de costumbre, le costó seguir las grandes zancadas que daba su tío; jadeaba por el esfuerzo. Feliciano se rio y caminó más despacio. Al ver a su tío de tan buen humor, Guálinto se atrevió a formular la pregunta que llevaba queriendo hacerle desde que estaban en casa de los Goodnam.

—Tío —preguntó—, ¿dónde conoció a Martín?

Feliciano se volvió a reír, hundió las manos en los bolsillos del abrigo y dijo:

—Es una larga historia; allá por el año 1917 le salvé la vida, más o menos.

—Nunca me lo había contado.

—Tú no me lo habías preguntado, así que estamos en paz. En cualquier caso, los rinches y algunos ayudantes del sheriff trataban de asesinar a Pete Severski en la cantina. Así que salí . . .

—¡Espere, tío, espere! Se está saltando la mayor parte de la historia. ¿Quién era Pete Severski? ¿Qué cantina? ¿Por qué querían matarlo los rinches?

—¡Vamos! —exclamó su tío—. Si te cuento la historia de alguien y te tengo que contar hasta de qué color eran sus ojos, no acabaré nunca.

—Pero, tío, yo no estuve allí y usted sí; piensa que puedo adivinar quién era cada uno.

—Está bien, está bien. Escucha. Después de que mataran a Joe Dashielle . . .

—¿Quién era?

—El comisario. Era mexicano, ¿entiendes?

—¿Con ese nombre?

—Sí, casi todos los agentes de policía eran mexicanos. Eso sí, pertenecían al partido Rojo, y nosotros . . . y los Azules habían ganado las últimas elecciones. Pero los agentes no quisieron hacer entrega de sus licencias, así que el viejo Poole, era aliado de Keene, trajo a los rinches y a los ayudantes del sheriff para expulsarlos.

—El tiroteo tuvo que ser increíble —dijo Guálinto.

—¿Tiroteo? No te estoy hablando de una película. Deberías sacarte de la cabeza todas esas historietas de disparos en medio de la calle. He visto disparar a muchos hombres y si alguno de ellos murió en lo que podría denominarse un tiroteo, siempre fue porque los planes no salieron según lo previsto. Así sucedió en el caso de Pete Severski, pero se trata de un caso aislado. He visto morir a más hombres de un disparo por la espalda de los que he visto morir con la pistola en la mano.

—Joe Dashielle murió mientras se dirigía hacia el bar por un trago. Lo mató un rinche llamado McAllen. Cuando Joe entró en el local, éste escondía la pistola en el sombrero.

—¿Y qué pasó con el resto de los agentes de policía?

—Cruzaron a Morelos hasta que la situación se tranquilizó.

—¿Era usted uno de los ayudantes del sheriff?

—No, yo no estuve involucrado en nada de eso; en aquel entonces, trabajaba para el juez Norris en El Danubio Azul. En todo caso, te estaba contando la historia de Pete Severski. Se llamaba Pedro, pero lo llamaban Pete. Era muy amigo mío, a pesar de que era Rojo. Coincidiendo con la época en que mataron a Joe, el sheriff Boyer de Costilla trató de asesinar a Pete por la espalda en el interior de El Danubio Azul. Pete vio el reflejo en el espejo y disparó antes. De prisa y bajo. Le dio a Boyer en sus partes íntimas. ¡Debió ser todo un espectáculo ver a Boyer correr calle abajo con las dos manos apoyadas en la cremallera! Eso le pasó por inmiscuirse en los asuntos del condado de Palo

Alto. Y, por ello, me rio cuando los periódicos publican artículos sobre lo valiente que era Boyer.

—¿Y qué pasó con Severski?

—Ah, Pete. Bueno, los rinches y unos cuantos de los ayudantes del sheriff se encontraban fuera, cubriéndole las espaldas a Boyer. En cuanto empezó el tiroteo, toda la clientela de la cantina salió despavorida, a excepción de Martín Goodnam; estaba demasiado asustado como para correr. Yo estaba en el almacén, cambiándome de ropa para irme. Al oír la conmoción, salí en camiseta interior. No llevaba pistola, y, para serte sincero, no sabía qué iba a hacer. Debía de haber unos quince rinches y ayudantes del sheriff rodeando el local desde el exterior, apuntaban con sus pistolas a través de las ventanas. Pete estaba resguardado por el piano y un barril de cerveza, y tenía a Martín Goodnan enfrente de él. Martín estaba muerto de miedo, y no paraba de ordenarles a los rinches: "¡No disparen! ¡No disparen!" Los rinches, apostados contra la ventana, zigzagueaban los rifles hacia delante y hacia atrás, buscando un hueco para disparar, y Pete zarandeaba a Martín de un lado a otro delante de él, apoyando la pistola contra su cabeza. Martín, por su parte, no dejaba de gritarles a los rinches para que no dispararan y ellos maldecían tanto a Pete como a Martín.

—Pensé que, si tenía suerte, podía sacar a Severski de allí con vida, así que entré en la cantina desde el almacén, muy lentamente. No me dispararon, tal vez porque sabían que trabajaba allí y que era un Azul. Y, además, iba con camisa de interior y podían ver que estaba desarmado. Me acerqué hasta Martín y lo agarré del brazo y le dije: "Vamos Martín, te sacaré de aquí". Pete me miró y yo lo miré a él, y le susurró a Goodnam: "Si disparan, eres hombre muerto".

—Martín seguía pidiéndoles a gritos a los rinches que no dispararan. No lo hicieron porque Pete consiguió mantenerse detrás de mí y de Goodnam hasta que llegamos a la puerta trasera. Luego salió corriendo hacia la oscuridad y se perdió más allá del patio trasero. Los rinches quisieron, entonces, matarme a mí, pero los ayudantes del sheriff se pusieron de mi parte y dijeron que me había limitado a intentar salvar la vida de otro Azul. Charlie Burns me abrazó para que no pudieran disparar sin que le dieran antes a él, y me sacaron de allí. Martín Goodnam no se dignó siquiera a darme las gracias, estaba paralizado por el miedo. Parecía que fuera a desmayarse.

Guálinto dijo:

—¡En que lío se metió!

—Sí —dijo Feliciano gratamente—, pero ahora parece que mereció la pena. Además de que le salvé la vida a Pete Seversski.

Caminaron un rato en silencio. Después, Guálinto preguntó:

—¿De todos modos, qué hacía don Martín en El Danubio Azul? Pensaba que cuando era cantina los únicos gringos que iban allí eran los soldados de Fort Jones.

—Se codeaba con sus amigos mexicanos —aseguró Feliciano—. Siempre nos ha querido mucho, mucho.

8

Durante un par de días se respiró algo que se acercaba a bienestar en la casa. El día de la ceremonia de graduación estaba cerca y Guálinto dedicaba tanto tiempo como podía, las noches de entre semana y los domingos por las tardes, a estudiar para los exámenes finales. Era obvio que no se graduaría con honores y que, mucho menos, lo elegirían para dar el discurso de graduación. Las notas que había sacado ese semestre lo excluían de dicha posibilidad. Ahora bien, la atmósfera de tranquilidad que reinaba en casa lo compensaba todo. Un viernes por la mañana se percató de que María Elena no había venido a clase. Esa misma mañana se enteró de que se había casado la noche anterior y que se había ido con su marido a California, sin esperar a que transcurrieran las pocas semanas que quedaban para la graduación. Fuera como fuese, había estado faltando a clases, pero la excusa era que no había tenido tiempo de esperar a que finalizaran las clases. Estaba en lo que se conoce con el nombre de "estado de buena esperanza". Las chicas se reían y los chicos intercambiaban sonrisas cómplices. Y Guálinto, aplastado por la irrevocabilidad de la pérdida de María Elena, también se sentía avergonzado por los rumores de que se había casado a toda prisa porque estaba embarazada. Enrojeció cuando alguien se lo mencionó, y pensó en Maruca; debería darse prisa y casarse pronto, pensó.

El viernes por la tarde, el sábado y el domingo por la mañana estuvo demasiado ocupado en Rodrígucz c Hijos como para pensar en María Elena. Llegó a casa el domingo por la tarde, extenuado, sin fuerzas para darle vueltas al asunto.

Su tío lo esperaba en la cocina.

—Apúrate con la cena —le ordenó—. Nuestro vecino, don Santiago, va a venir a hablar con nosotros.

—¿Sobre qué? —preguntó Guálinto mientras mascaba.

—Trae noticias de Martín Goodnam, y ya está por llegar; don Santiago viene a las dos.

Guálinto comió apresuradamente. Santiago López-Anguera llamó a la puerta a las dos en punto. Después del habitual intercambio de saludos, López-Anguera, preguntó:

—¿Te gustaría hablar de esto en algún otro sitio? Es un asunto confidencial.

—Es un asunto familiar —respondió Feliciano—. Preferiría hablarlo en presencia de mi sobrino.

—Muy bien —dijo Santiago, respirando profundamente—. Feliciano, soy amigo tuyo y vengo aquí como tal, aunque Martín Goodman me ha enviado en calidad de abogado.

—Entendido, Santiago —dijo Feliciano alegremente—. ¿Qué preparativos ha hecho para la boda?

Santiago volvió a respirar profundamente.

—No habrá boda —anunció.

Feliciano se quedó mirando fijamente a la pared que había detrás de López-Anguera.

—No habrá boda —dijo en voz baja, como si hablara para sí mismo.

—Feliciano —dijo López-Anguera—, odio tener que ser yo quien te comunique esta noticia. Pero tal vez sea mejor que lo haga yo a que lo haga un completo desconocido.

—Tienes razón —convino Feliciano con calma—, así que, por favor, ten la amabilidad de explicármelo.

—El jueves, un juez casó al hijo de Goodman con la hija de Onofre Osuna. Sólo estuvieron presentes Goodnam y los padres de la muchacha.

—Una boda íntima. Así dijo ese cabrón de Martín que sería la boda; una boda íntima.

—Los Osuna no estaban muy contentos, pero parece ser que su hija estaba . . . eh . . . también estaba. . . .

—Un semental. Un verdadero semental. ¡Quién lo hubiera pensado de ese paliducho sanavabiche!

López-Anguera parecía avergonzado.

—¿Y Martín te envió para ofrecerme dinero?

—Sí.

—Y tú me recomiendas que lo acepte.

—No —Santiago lo miró directamente a los ojos—, te conozco bien.

—Gracias.

—En cualquier caso, me gustaría darte mi propio consejo, si es que me lo permites.

—Adelante.

—En un caso como éste, uno tiene tres opciones. La primera es casar al chico con la chica. Martín ha impedido cualquier movimiento por tu parte en ese sentido al decidir que su hijo contrajera matrimonio con una Osuna.

Feliciano asintió con la cabeza.

—La segunda es llevar a Goodnam a los tribunales, que es la opción por la que optaría la inmensa mayoría de americanos. Lo único que conseguirías por medio de esa vía es dinero, que Goodnam te ofrece sin necesidad de meterte en pleitos y que tú no quieres. Y el escándalo derivado de un juicio los perjudicaría a ti y a tu familia más de lo que afectaría a Goodnam en términos políticos. Podría declarar que nada le gustaría más que casar a su hijo con una linda mexicana como tu sobrina, pero que, lamentablemente, su hijo ya está casado.

De nuevo Feliciano asintió con la cabeza.

—La tercera consistiría en recurrir a la violencia. El chico y su esposa se han marchado de la ciudad a vivir a otro estado. Se han asentado en algún lugar de California, según tengo entendido. Y Martín quiere que sepas que ha contratado a dos pistoleros de fuera del distrito como guardaespaldas; tienen órdenes de disparar si te acercas a él.

Feliciano dio muestras de querer hablar y Santiago levantó la mano para que se detuviera.

—Sé por . . . eh . . . un amigo en común que hubo un tiempo en el que eras rápido y preciso con la pistola. Es posible que pudieras matar a Martín Goodnam, pero acabarían contigo de inmediato. ¿Qué bien le harías a tu familia?

—Gracias —dijo Feliciano—. Gracias.

López-Anguera se levantó para irse. Se estrecharon la mano.

—Por favor, piensa en lo que te he dicho, Feliciano —dijo López-Anguera.

—Gracias —dijo Feliciano—. Gracias.

A esto le siguió una tarde de infierno en la que Feliciano estuvo sentado en la cocina con el sombrero puesto y con un revólver y una botella encima de la mesa. Sentado, observaba la pistola y se pasaba la mano por la cara. De vez en cuando se servía un poco de licor en un vaso y se lo tragaba de golpe. Más tarde, volvió a quedarse mirando a la pistola. Guálinto y Carmen lo observaban desde afuera. Detrás de ellos, en la puerta al dormitorio, Maruca retorcía las manos y lloriqueaba.

Al final, su madre salió del dormitorio y entró en la cocina, cerrando la puerta detrás de sí. Habló en voz baja con Feliciano. Él le gruñó. Ella siguió hablándole a toda prisa, con tono bajo y con franqueza. Por fin, María abrió la puerta. Llevaba la pistola, la agarraba como si fuera una serpiente de cascabel. Se apresuró a llegar con ella a su dormitorio y cerró la puerta.

Feliciano se quedó sentado en la mesa: llenaba y vaciaba el vaso y lo rellenaba. Sacudió la cabeza con fuerza, murmurando juramentos indescifrables, y el sombrero se le cayó. Se agachó para recogerlo, pero manoteaba en el aire; fue incapaz de recogerlo y se puso derecho de nuevo, dejando el sombrero allí. Tenía el pelo cano sudoroso y pegado a la cabeza. Guálinto entró en la cocina a toda prisa, agarró el sombrero y se lo puso a su tío en la cabeza. Después volvió a salir tan rápido como pudo. Feliciano dio otro trago, esta vez directamente de la botella. Se puso en pie tambaleándose, parecía estar muy cansado, y tan patético como aparenta un viejo borracho. Se metió la botella en el bolsillo del abrigo y salió danto tumbos de la casa. Un segundo después escucharon rugir el motor de su troca al arrancarla con el acelerador bien fuerte. Redujo la velocidad y se dirigió a la hacienda, donde permaneció una semana, antes de regresar a la ciudad.

El comportamiento de su tío deprimió a Guálinto más que cualquiera de las otras desgracias que les habían pasado a él y a su familia. Parecía como que todo el mundo hubiera decidido actuar de forma extraña y vergonzosa. Primero Maruca, luego su madre y, ahora, su tío. Se sentía incómodo incluso en presencia de Carmen. Los periódicos del día siguiente se hacían eco de la noticia del matrimonio entre Buddy Goodnam y María Elena Osuna, y eso supuso otra puñalada en la espalda. La rumorología se encargó de difundir las circunstancias de su apresurada boda.

Y el estado de Maruca ya no se podía mantener en secreto, si alguna vez fue un hecho desconocido para vecinos como los Gracia que vivían al otro lado de la calle y que invertían su tiempo en investigar todo y hacérselo saber al resto del barrio. La familia soportaba ahora todo el peso de la vergüenza.

Por esta época su madre cambió de actitud. Debía de haberse resignado a la situación y dejó de maltratar a Maruca. No tardó en cuidar de ella con la entrega de una madre. Pero, no salía de casa, ni siquiera al patio trasero. Carmen tendía la ropa y regaba los rosales. Carmen hacía los recados, mientras que Guálinto iba al colegio solo y volvía también solo, luego se iba a trabajar y regresaba. En la tienda, nadie comentó nada, pero las miradas cómplices entre Chito y don Crispín le enfurecían. Ya no tomaba café con la Gata los sábados por la noche ni hablaba con Paco sobre música.

En el instituto, Orestes y Elodia no hicieron ni una sola referencia a Maruca, ni siquiera le preguntaron por su casa o por su familia. Eso sí, él sabía que lo sabían y empezó a evitarlos a ellos también. Se mantuvo alejado del Colorado y de Antonio Prieto y se alegró de que Francisco hubiera vuelto al colegio en Monterrey. Si hubiera estado en la ciudad, se habría ido a casa de Guálinto algún domingo por la tarde con la excusa de que venía a visitar a sus tíos, que vivían al lado; y lo último que deseaba Guálinto era la compasión de Francisco.

En un par de ocasiones se despertó por la mañana, pensando: "No ha sido más que un mal sueño. Cuando me levante, todo será como siempre". Pero, en cuanto se despejaba, recordaba que la pesadilla era real. La normalidad en su casa se había descargado como un reloj al que no se le da cuerda, y la vida seguía hacia adelante a trompicones en una nube de insensibilidad. Agradecía, en cualquier caso, el trabajo incesante en la tienda de los Rodríguez. Hacía que no pensara en nada. Y al llegar a casa, afortunadamente exhausto, era capaz de dormirse. Faltaban menos de seis semanas para que se graduara de la preparatoria.

9

A cuatro cuadras de la casa de Guálinto, en Fourteenth Street, se erigía una estructura en forma de tumba hecha de cemento y enfrente de la cual había una plataforma. Aquí un anciano con uniforme azul vendía hielo traído desde la planta central, localizada en la zona noroeste de la ciudad. A los flojos del barrio les gustaba reunirse en el puesto de hielo, situado en una esquina. Se sentaban en la plataforma de cemento y piropeaban a las muchachas que pasaban, y, a veces, bebían de una botella.

Aquella tarde de domingo Guálinto se acercó a comprar hielo. Ocultos en la penumbra, no vio a los muchachos, que estaban sentados sobre la plataforma, hasta que ya había empezado a cruzar la calle. Eran tres y vestían camisa de rayas perfectamente almidonada con puños amplios, que llevaban desabrochados y remangados, de tal modo que las mangas les colgaban entre los codos y las muñecas. Llevaban pantalones acampanados ajustados a la cintura con cinturones anchos de color negro y una hebilla enorme. Se entretenían tirando un par de dados en la plataforma de cemento, mientras que el hombre que vendía el hielo los miraba con indulgencia, casi con respeto.

Uno de los muchachos era Chucho Vázquez. Se decían todo tipo de historias sobre él. Se decía que había confeccionado una lista donde apuntaba el nombre de los chicos y hombres a los que había cortado o golpeado. Sin embargo, nunca había estado en la cárcel; la ley del barrio, pensó Guálinto, que consistía en respaldar a gente como Chucho en lugar de presentar una denuncia ante la policía. En el momento en que Guálinto llegó al puesto de hielo, Chucho batía los dados entre las manos. Levantó la vista: su rostro cetrino dibujó una mirada indiscreta.

—Hola, muchacho —saludó.

Guálinto echó una mirada rápida a Chucho y se volvió hacia el señor que servía el hielo.

—Me da uno de cinco centavos, por favor —pidió.

Antes de lanzar los dados, Chucho lo miró un instante fijamente. El señor parecía cansado y somnoliento; cogió la moneda que le dio Guálinto y entró en la pequeña oficina para tomar unas tenacitas.

En cuanto el hombre desapareció, Chucho se volvió a girar hacia Guálinto y le dijo:

—Oye, Gómez, ¿quieres un trago? Está bueno.

Se levantó la camisa y sacó una petaca aplanada de mezcal.

—No —contestó Guálinto—, no quiero tu mezcal.

Chucho lo miró con sorpresa fingida.

—Está bien —dijo—. Si así lo quieres, está bien.

—Dale, Chucho —lo apuró uno de los otros dos—. Ya tira los dados.

Chucho los lanzó.

—Cinco —dijo—. Los atraparé, canijos.

Agarró los dados de nuevo y los frotó contra la palma de la mano y dijo:

—¡Chin . . . ! Me gustaría tener un coche como el de Buddy Goodnam.

Los otros dos no prestaron atención a los dados. Miraron a Guálinto y sonrieron de oreja a oreja. A Guálinto le ardió el cuello, pero hizo como que no oía. El señor del puesto salió de la oficina con las tenacitas, abrió de par en par la pesada puerta que conducía al refrigerador y entró, cerrando la puerta tras de sí. Chucho miró a Guálinto y sonrió ampliamente, dejando a la vista sus alargados dientes manchados de tabaco.

—Sí —dijo—, claro que me encantaría tener un coche como el de Buddy Goodnam. Tiene la mejor tapicería del mundo. A las chicas las vuelve locas. ¡Ay sí, Buddy! ¡Mmm! —Y soltó un gritito libidinoso.

—¡Ey . . . ! ¡Ey . . . ! —Guálinto le gritó con todas sus fuerzas.

Chucho gateó sobre la plataforma y le dio una patada a Guálinto, golpeándole en el hombro. Guálinto se acercó rápidamente al pie de la plataforma, a donde llegó en el preciso instante en que Chucho sacaba una enorme navaja de debajo de la camisa. Su reluciente empuñadura era tan larga como su mano. Pulsó un muelle y la hoja se abrió.

—Da un paso para atrás —le advirtió—, o veré lo que has cenado esta noche.

—¡Suelta la navaja! —le ordenó Guálinto—. Suelta la navaja y te mató.

Chucho lo miró por encima del hombro y se rio.

—Escuchen —dijo—, escuchen al niñito. No quiero pelearme con bebés.

—¡Te . . . te quebraré el cuello!

—Escuchen al estudiante; escúchenlo. No quiero pelearme con niñitos como tú, niño de escuela. No quiero, ¿lo ves? Vuelve a casa con tu mami y con tu hermana, la de la panzota.

Guálinto se echó a llorar y los tres se rieron de él.

—No le gusta —dijo Chucho—, no le gusta que le hablen de su hermana y de Buddy Goodnam.

—¡Los atraparé! ¡Los atraparé!

—Su hermana es demasiado buena para chicos como nosotros —dijo Chucho—. Tiene la mirada puesta en la alta sociedad.

Los otros dos se rieron a carcajadas.

—¡Ven y pelea! —bramó Guálinto.

—¿Se tiñe el pelo? —Le preguntó Chucho—. ¿O lo tiene del mismo color en la entrepierna? Dínoslo, Gómez. Tú deberías saberlo.

El hombre del puesto de raspados salió con la raspa y se quedó mirando con cara de estúpido a Guálinto; Guálinto le quitó la raspa de las manos.

—Me voy a casa por una navaja —le dijo a Chucho—. Necesitarás la tuya cuando regrese.

—Corre ya —dijo Chucho.

—¡Regresaré!

—Está bien, está bien. Te estaré esperando. Ándale, córrele.

Guálinto se fue a casa a toda prisa. Escuchaba sus risas detrás de él; le alegraba que estuviera oscureciendo porque, en caso de que se encontrara con alguien por la calle, no le vería la cara. Pensó que se volvería loco a menos que golpeara algo y lo destrozara, así que le dio un puñetazo al hielo que llevaba atado con un trozo de cuerda. Golpeó el hielo hasta que los nudillos se le entumecieron. Se tranquilizó un poco y logró llegar a casa sin echarse a llorar a moco tendido en plena calle.

La cocina estaba a oscuras, como era habitual estos días. Llevó el hielo por la parte trasera y lo metió en el congelador con todo el sigilo del que fue capaz. Después, tanteó en un cajón hasta que encontró un cuchillo afilado y puntiagudo que utilizaba su madre para cuartear el pollo. Lo llevó a su dormitorio y envolvió la hoja con un trozo de cartulina, sujetándola con ligas. Se colocó el cuchillo en el cinturón y se puso la chaqueta de cuero para esconderlo. Por último, volvió a salir.

El dolor y la rabia, junto con un fugaz sentimiento de miedo, le propulsaban hacia delante y, luego, alternativamente, le impulsaban hacia atrás, hasta que finalmente estuvo, una vez más, enfrente del puesto de hielo; de pie, sumido en una especie de asombro amortiguado, como si de pronto se hubiera dado cuenta de dónde estaba y de qué pretendía hacer. El lugar estaba a oscuras; allí no había nadie. El miedo que sentía en su interior emergía en pequeños saltos de alegría. ¡Chucho no lo había esperado! Había salido corriendo.

Pensó en su mesa de estudio, en la lámpara y en el calor que proyectaba en su frente. A continuación, miró a la plataforma de cemento, vacía, y, de nuevo, vio la cara de holgazán de Chucho, sus largos dientes amarillentos. ¡No regresaría a casa! En su lugar, se adentró en las oscuras calles que había más allá del puesto de hielo, en busca de Chucho y de su guarida; recorrió callejuelas y dobló esquinas, y se adentró en lugares en los que jamás había estado, hasta que ahogó su ira.

—¡Maldito cobarde! —exclamó entre dientes.

Llevo esperándolo media noche, iba diciendo. En su busca, recorrió calles enteras, de arriba a abajo, y el cobarde no apareció. En un principio, su público imaginario era impreciso y no tenía cara, pero a medida que dejó que su imaginación desvariara empezó a atisbar entre sus espectadores gente conocida: su madre, sus hermanas, su tío . . . Eso le devolvió de súbito al lugar en el que estaba realmente. ¿Qué había estado a punto de hacer? se preguntó a sí mismo. Se encogió de hombros e inició de inmediato el camino de regreso a casa. Recorrió una cuadra a toda prisa, hasta que se dio cuenta de que no estaba seguro de en qué parte del barrio se encontraba. Miró a las estrellas, pero no le orientaron lo más mínimo. Más tarde, vio un resplandor en el cielo, apareció detrás de un tejado oscuro. La luna. Se dio la media vuelta y caminó en dirección contraria. Recorrió una calle lateral por la que nunca había atravesado y así fue cómo se dio de bruces con el baile.

Al llegar al final de la calle, escuchó música y se detuvo. Guálinto nunca había ido a un baile porque ni a su tío ni a su madre les gustaba. Siempre había querido ver uno. No porque pensara que le gustaría, sino porque le interesara echar un vistazo; lo haría y luego seguiría su camino. Se cuadró de hombros bajo la chaqueta de cuero y entró en la calle lateral.

El baile se había organizado en una casa. Todas las puertas y las ventanas estaban abiertas de par en par, y un reluciente farol de gasolina colgaba del techo de la enorme estancia sin pintar, que estaba vacía a excepción de la hilera de sillas dispuestas alrededor de las paredes. En ellas se sentaban las chicas, elegantemente vestidas con trajes de organdí en tonos rosas, naranjas y azul cielo. La música se detuvo en el momento en que Guálinto apareció, y los hombres salieron a beber y a debatir acerca de quién bailaba con quién. Uno de ellos no se encontraba de humor como para cotillear. Se inclinó por encima de la valla y vomitó. La visión hizo que Guálinto sintiera nauseas. Estuvo a punto de seguir adelante, pero decidió mirar, así que se detuvo cerca de la verja.

Los músicos, un guitarrista y un acordeonista, tocaban en una esquina, debajo de la estantería que hacía las veces de altar para la Virgen de Guadalupe. Se sentaban en sillas con respaldos rígidos y habían puesto una botella en el suelo, entre ellos. De pronto el acordeonista tomó su instrumento y se puso a tocar. El guitarrista lo siguió, pero el acordeonista ya había empezado un estribillo antes de que el otro fuera capaz de seguir el compás. Entonaban una polca rápida, sazonada con gritos, que tocaban a tanta velocidad que apenas se reconocía la melodía. Los hombres entraron de a poco y sacaron a las chicas a bailar a la pista, donde danzaron frenéticamente dando saltos, pasos y brincos. Los débiles pilares de la pequeña casa temblaron bajo los chirridos y las pataletas.

Guálinto se quedó a solas en la acera con el hombre que se había enfermado, que ahora dormía plácidamente sobre su propio vómito; yacía estirado sobre la acera de polvo, roncando. Guálinto estaba a punto de marcharse cuando apareció otro hombre en la oscuridad; surgió de entre los callejones que había junto a la casa. Era un hombre de mediana edad y estaba borracho.

—¡Hola! —saludó el hombre—. ¿Por qué no entras y bailas?

—Ah, porque no estoy invitado —contestó Guálinto.

El hombre rodeó a Guálinto por los hombros. Desprendía un fuerte olor a sudor, un olor acre, a ajo.

—No necesitas invitación —le aseguró el hombre—. ¿Sabes quién soy yo? Soy el dueño de la casa. Ésa que está allí es mi hija, la que está bailando con el vestido azul. Es guapa, ¿verdad?

—Sí —convino Guálinto—, es muy guapa.

—Hoy cumple quince años —dijo el hombre, echándole el aliento que olía a alcohol intensamente—. Es la más pequeña, y la mejor hija del mundo. A su edad ya es una verdadera ama de casa; cocina mejor que su madre.

Miró a Guálinto con segundas intenciones y suspiró.

—Ah, bueno, no tardará en casarse. Si es que no se va a vivir con un hombre un día de estos. Las muchachas de ahora — Sacudió la cabeza con tristeza—. ¿Por qué no entras y bailas?

—No . . . no sé bailar —admitió Guálinto, quitándose la mano del hombre de encima—. Prefiero mirar.

—Bien, pues mira, muchacho, mira —dijo el hombre—. Mira todo lo que quieras. Hoy es el cumpleaños de mi hija y puedes mirar todo lo que quieras.

Cruzó la verja tambaleándose y rodeó la casa.

Guálinto miró hacia el interior, a la hija. Había dejado de bailar y estaba de pie en medio de la pista con las piernas abiertas, hablando con su compañero, un borracho cuya chaqueta no hacía juego con sus pantalones. Ella llevaba el pelo recogido en un chongo y era guapa. Muy morena, pero muy guapa; era muy distinta a María Elena, con su belleza de piel blanca. Al hablar movía la cabeza, de un lado ora a otro, y los aretes plateados temblaban y relucían contra sus mejillas.

Guapa, pero no su tipo, pensó. Se metió las manos en los bolsillos y se fue, y al final del callejón se encontró con Chucho Vázquez.

Chucho iba vestido para una fiesta, con traje y todo. Se detuvo y Guálinto también se detuvo; el corazón le latía con fuerza. Haciendo un movimiento rápido, Chucho se desabrochó la chaqueta de doble cruzada y se la quitó. Luego dio un paso cauto hacia atrás, al tiempo que miraba a Guálinto y se protegía el brazo izquierdo con la chaqueta.

Guálinto se quitó la chaqueta de cuero y también envolvió con ella su brazo izquierdo, buscando el cuchillo que llevaba prendido en el cinturón. Chucho abrió la navaja con un sonoro click. Guálinto lo escuchó por encima del sonido de su propia respiración.

A Chucho se le dibujó una sonrisita extraña en la cara. Guálinto le devolvió la mirada y retorció la chaqueta que le cubría el antebrazo con el brazo en el que sostenía el cuchillo, a imitación de Chucho. Un par de yardas más allá, el acordeón empezó a tocar otra polca acompañada de un repentino y desgarrador chillido. Guálinto se movió violentamente y Chucho saltó hacia atrás.

Prácticamente en un mismo movimiento, Chucho saltó hacia delante y le asestó una cuchillada a Guálinto en el cuello. Guálinto levantó el brazo y sintió que la navaja golpeaba contra su chaqueta de cuero. Le rasgó la camisa a Chucho, cuando éste retrocedió, pero no fue por él. Chucho lo observaba con astucia, a la espera, pero Guálinto no atacó; no sabía cómo.

Chucho se puso a fintar y a dibujar círculos con sus largas piernas y consiguió ventaja, al dar pequeños y rápidos pasos que hicieron que Guálinto perdiera el equilibrio. Guálinto se tenía que conformar con girar sobre sus piernas para mantener a Chucho frente a él. Levantaba el brazo envuelto con la chaqueta una y otra vez para protegerse de la navaja que siempre tenía delante de la cara y dando cuchilladas allá donde Chucho había estado, pero ya no estaba.

Después de un rato, dejó de asestar golpes cuando Chucho fintaba. Tenía el brazo cansado. Se había dado cuenta de que la estrategia de su adversario consistía en acercarse y retroceder sin hacer nada, para obligar a Guálinto a que fuera él quien atacara. Chucho fintó de nuevo y Guálinto levantó un poco su dolorido brazo. A continuación, Chucho se acercó. Levantó una pierna y Guálinto gruñó cuando le dio con el pie en el estómago, lanzándolo contra la valla de tablas que había detrás de él. Se protegió el estómago con las manos y en ese mismo instante vio cómo la navaja de Chucho se le acercaba a la garganta. Levantó un brazo y golpeó a Chucho en la mano, haciendo que el arma se desplazara hacia arriba; sintió que le rasgaba la piel que cubre la mandíbula hasta la sien.

Le dio un empujón enfurecido a Chucho con la rodilla y éste dio un traspié hacia atrás y cayó de espaldas sobre el suelo compacto. La navaja se le cayó de la mano cuando Guálinto, medio cegado por la sangre que le caía de la frente, se tiró encima de él. Chucho trató de levantarse. Guálinto le devolvió los golpes. Le asestó una cuchillada, clavándole el arma a fondo en la chaqueta con la que se había envuelto el brazo. Al principio, Guálinto no se dio cuenta de que lo que estaba perforando no era más que tela; se tiró encima de Chucho, soltando gruñidos salvajes y triunfales, mientras seguía agujereando sin precisión la tela de la chaqueta. Luego giraron uno sobre el otro hasta que Chucho se soltó.

Cuando Guálinto consiguió ponerse de rodillas, descubrió que Chucho estaba de pie, mirando amenazante. Juntó las piernas, al tiempo que apoyaba una mano en la tierra y sujetaba con la otra el cuchillo firmemente delante de él. Luego, se levantó; buscaba el abdomen de Chucho y sujetaba el cuchillo como una espada, todo su cuerpo en posición ofensiva. Acuchilló a Chucho en la barriga con un golpe sordo. Chuchó gritó y se agarró. Se dio la media vuelta y salió corriendo por el callejón, dejando caer la chaqueta. El otro extremo del callejón daba a un matorral, y Guálinto se detuvo al escuchar a Chucho abrirse camino entre los arbustos, echando maldiciones y protestando. Se quitó la chaqueta del brazo y regresó a la calle principal.

La calle estaba a rebosar. Todos, salvo los músicos, se habían ido del baile y se congregaron, hombres y mujeres, en torno a Guálinto, en el momento en que éste salió del callejón.

—¿Viste a Chucho? —preguntó alguien.

—¡Por supuesto que lo vi!

—Estaba aquí de pie y lo vi todo.

— . . . y este muchacho . . .

— . . . con traje nuevo.

—Todo depende de la manera en que sujetes la navaja cuando . . .

—¡Qué va! La clave está en la estocada.

— . . . nunca había visto nada igual.

—Se lo merece ese cabrón.

— . . . y luego golpeó . . .

—¡Ja! ¿Viste cómo salió corriendo?

Se concentraron a su alrededor, riéndose, armando jolgorio y charlando todo a la vez. Nunca había visto a tanta gente alegre y agradable junta. Le dieron palmaditas en la espalda. Le sacudieron la ropa. Uno de ellos tomó el cuchillo, se lo limpió y se lo volvió a dar. Otro le ayudó con la chaqueta.

La animada conversación se vio interrumpida por la voz de una mujer, que llegó como una corriente de aire frío.

—¿Está muerto?

—No . . . no lo sé —contestó Guálinto.

—Deja que sea otro quien se preocupe de eso —dijo el hombre que había invitado a Guálinto a bailar.

—¡Mercedes! —vociferó—. Tiene una cortada en la cara.

La bella muchacha, vestida de organdí azul, se acercó hasta Guálinto.

—Está herido —dijo—. Pobre.

Sostuvo la cara de Guálinto hacia ella con una mano y, con la otra, le limpió con un pañuelo. Apoyó sus pechos firmes contra las mejillas del muchacho, que percibió su perfume.

—No es nada—dijo Guálinto—. No es más que un arañazo, nada grave.

Lo sujetaba muy de cerca. Guálinto giraba los ojos de un lado a otro mientras le acariciaba la cara, temeroso de que alguien percibiera lo próximos que estaban el uno del otro. Nadie pareció darse cuenta y tampoco les importaba. Todo el mundo se reía de un hombre que había afirmado que al final el baile había resultado todo un éxito, ya que ningún baile era un éxito sin que se produjera por lo menos una herida.

El padre de Mercedes apareció con una botella y dijo:

—Dale un trago a esto; es bueno para el tétano.

Se rio a carcajadas de su propio chiste.

Guálinto dudó, y Mercedes lo soltó y dijo:

—Ándale. No seas tímido.

Bebió un poco de mezcal, esforzándose por no atragantarse. Sabía como algo que hubiera empezado a podrirse y que luego se hubiera prendido fuego. Pero, una vez que se lo tragó, no le supo nada mal. Sintió el estómago caliente y bien, en su sitio. Y le gustaba esta gente, su alegría y su ruido, la marera amistosa en que lo trataban.

—Volvamos a la casa —dijo alguien de entre la multitud—. Entremos antes de que llegue la ley de metiche.

—¿La ley? —preguntó Guálinto, inquieto de repente.

—No te preocupes —le dijo el padre de Mercedes–– no hay pajaritos entre los integrantes del grupo.

—A Papá no le preocupa que cantemos —dijo Mercedes, acercándose a Guálinto de nuevo—. ¿O tú si cantas, cariño?

Su perfume era fuerte y dulzón, demasiado dulce. Pero en lo más hondo, en la profundidad de sus pechos. ¿Se lo habría imaginado? En ese momento, ella se reclinó contra él, y ahí estaba de nuevo, emergiendo sobre el manto de olor, un olor femenino en estado puro, que le ponía las hormonas a mil. Luego la intensidad de las revoluciones bajó, dejándolo débil y agotado.

—¡Toma! —dijo alguien—. Dale otro trago. El pobre muchacho está cansado.

Tomó la botella que le ofrecían y bebió. Volvió a beber. No sabía tan mal, de verdad, nada mal. La sensación agradable volvió.

Entraron en la casa, caminando despacio para disfrutar de la brisa de la noche. Guálinto agradeció la caricia de la corriente de aire contra su rostro ardiente. Se sentía cómodo paseando junto a Mercedes con los brazos chocándoles de vez en cuando; la cabeza le daba vueltas. La tomó de la mano y la apretó contra la suya, una mano firme y fría. Un sentimiento prácticamente incontrolable se apoderó de él.

—Tengo que regresar a casa —dijo.

—¿A casa? —Preguntó el padre de Mercedes—. ¿Qué no te caemos bien?

—Claro que sí —aseguró, sonriendo a Mercedes.

—Tienes que pasar y bailar —lo persuadió.

—Pero no sé bailar.

—Yo te enseñaré —se ofreció Mercedes, pasándole el brazo por la cintura.

Se imaginó que la podía oler de nuevo debajo de su perfume, y fue como tenerla desnuda a su lado.

—¿Así como estoy? —dijo, desprendiéndose de su brazo y poniéndose delante de ella para que viera cómo estaba.

—Yo te limpiaré la cara —le dijo—. La chaqueta está bien; en otra ocasión ven vestido de fiesta.

—De verdad, debo irme.

—Tiene novia, Mercedes —gritó uno de los hombres de la multitud.

Habían llegado a la verja de entrada de la casa y ella se detuvo, apoyando la mano en la puerta. Le sonrió, con gesto de seguridad en sí misma bajo el copete en forma de gallo.

—No, no es por una chica —la tranquilizó.

Ella le sonrió.

—Es . . . Es . . . eh . . . bueno. La ley me tiene fichado. Ya he estado metido en líos antes. Si vienen a husmear y me encuentran aquí . . .

—Entonces será mejor que se vaya, Mercedes —dijo su padre, casi con soberbia—. Pero vuelve, eh . . . ¿Cómo te llamas?

—Guálinto.

—¿Guálinto? —dijo el hombre—. Nunca antes había escuchado ese nombre.

—Es un nombre indio.

—Azteca —dijo un hombre con gafas—. Como Guátemoc, ¿no es cierto?

—Sí —dijo Guálinto con entusiasmo—. Eso es.

—Bueno, Guálinto, vuelve. Siempre serás bienvenido. Mi casa es tu casa.

En boca del padre de la casa, el dicho resonó con nobleza. Pareció crecer unos centímetros, y el contorno de su cuerpo tembló como si fuera una imagen reflejada a través del agua. Guálinto apoyó una mano en la valla para ponerse firme.

—Debo irme —repitió—, pero regresaré.

Mercedes le presionó la otra mano.

—Te estaré esperando —le aseguró.

—Regresaré —repitió.

Regresaría y así podría estar a solas con ella. Se dijo a sí mismo mientras caminaba lentamente por el medio de la calle, inhalando el aire fresco de la noche. Lo haría. El aire transportaba el perfume de las flores. Se detuvo de forma abrupta. No eran flores, sino el aroma de su perfume, que llevaba adherido a la ropa y a la cara. Y debajo del perfume, olió, o tal vez lo recordó, su fuerte olor a sexo. Su olor acre, intenso. La deseó. La sangre le revoloteó mientras las imágenes sensuales emergían como vapor delante de él; extraños cuadros que llenaban los espacios vacíos de su soledad. Regresaría.

Cuando llegó a casa, todos dormían. Entró por la puerta trasera y fue derecho al baño para lavarse la cara. El corte resultó ser un simple arañazo. Se puso un poco de yodo y se lo cubrió con un curita. Como estaban las cosas en casa, nadie le preguntaría por el trozo de esparadrapo al día siguiente, y si lo hacían, no contestaría. La chaqueta tenía un par de cortes y dos pequeños rasgones. Las pocas gotas de sangre que le habían caído en el cuello de la camisa parecerían, mañana, manchas de la savia del platanero. Después de todo, las cosas le habían salido bastante bien.

Se metió en la cama, triunfante, pero le costó quedarse dormido. Sí, regresaría a su casa. Ésta era su gente, el pueblo al que pertenecía. Su lugar estaba entre ellos, no entre los “españoles” como los Osuna. Se casaría con Mercedes y viviría en la granja. Regresaría. Mañana por la noche regresaría. Nunca regresó.

10

Guálinto vivió inquieto un par de días. Cada vez que tocaban a la puerta de la casa se asustaba. Si en la calle se cruzaba con un hombre que aparentaba ser agente de policía o ayudante del sheriff, se cambiaba de acera y si veía alguien así entrar a la tienda de Rodríguez e Hijos, se metía debajo del mostrador fingiendo que se había agachado para agarrar algo, o se escondía en el almacén, inventando cualquier excusa. Era consciente de que los Rodríguez sabían lo de Maruca, pero tenían la decencia de no hablar de ello delante de él. Nadie había comentado en la tienda que hubieran acuchillado a muerte a un muchacho, así que después de un par de días Guálinto se animó. Sabía que, en caso de que Chucho hubiera muerto, los Rodríguez lo hubieran sabido poco después.

Rodríguez e Hijos era el repositorio donde se archivaban todos los chismes de Jonesville-on-the-Grande. El viejo don Crispín era el hombre mejor informado del barrio. Conversaba con todo ranchero que viniera del campo, con toda ama de casa que pasara a comprar una pastilla de jabón. Les preguntaba incluso a los niños que entraban a comprar dulces, haciéndoles preguntas personales acerca de sus familias y de lo que sucedía en sus casas. Así que, al ver que no se difundían las noticias de la muerte de Chucho Vázquez en la tienda de Rodríguez e Hijos, Guálinto supo con certeza que Chucho estaba vivo.

Las noticias llegaron finalmente. Una anciana que venía a comprar a la tienda de los Rodríguez desde el barrio Diamante contó que a un chico llamado Chucho le habían asestado una puñalada hacía un par de días.

—¡Estos muchachos! —dijo—. No les importa matarse unos a otros.

No, respondió a la pregunta de don Crispín; nada grave. Lo hirieron en la panza, pero no había sido más que un tajo. La enorme hebilla del cinturón que llevaba puesto había hecho de escudo; de lo contrario lo habrían destripado.

—¿Quién fue? —preguntó Chito.

Le gustaba el chisme tanto como a su padre.

—Dicen que fue un chico de nombre Gómez —aseguró la anciana.

Chito giró hacia Guálinto, que estaba pesando una libra de arroz junto a él. —No fuiste tú, ¿no? —le preguntó en broma.

Guálinto enrojeció y miró a la pesa fijamente, y Chito y don Crispín se rieron. El lado de la cara que Chucho le había rasgado con la navaja quedaba oculto a la vista de la señora, y rezó para que Chito no sacara el tema. Todavía tenía la herida pintada de yodo, pero ya había cicatrizado. En la tienda había dicho que se había arañado la cara con un cable suelto que tenía su madre entre los tendederos, y los Rodríguez se habían reído de su torpeza. Chito dijo:

—Estoy seguro que no pudo ser este Gómez. No es un pendenciero.

—Hijo, me alegro de que no estés involucrado —dijo la señora—. Ese Chucho está furioso y asegura que va a matar al chico la próxima vez que lo vea porque dice que lo cortó cuando no estaba mirando. ¡Ay, estos jóvenes!

Giró hacia don Crispín:

—No le tienen miedo ni a la muerte ni a la cárcel.

Después de eso, Guálinto tomó por costumbre llevar siempre el cuchillo colgado del cinturón y tapado por la camisa, hasta cuando iba a la escuela. Le hizo una funda de cuero y recubrió la punta con el tapón de una botella aplastado, que había sujetado con unas pinzas. Tomó esta precaución tras estar a punto de clavárselo en la ingle al agacharse a levantar un saco de grano. A partir de entonces, lo guardaba en el bolsillo que tenía a la altura de la cadera. Con el cuchillo protegido con su punta metálica, se sentía más seguro, pero siempre caminaba por las calles en alerta. En casa, lo afilaba a escondidas hasta dejarlo como una navaja. Los domingos por la tarde se adentraba en la platanera, su refugio de la infancia, y practicaba golpes así como estrategias defensivas. El Colorado se lo encontró allí en el momento en que Guálinto ensayaba un estacazo contra un tallo de platanera.

—¡Eh! —exclamó el Colorado—. Deja en paz a ese inocente.

Guálinto enrojeció y trató de esconderse el cuchillo en la espalda.

—Hola —saludó avergonzado.

—¿Qué haces? ¿Estudias para convertirte en un segundo Gaona?

—Practico, sólo practico. Me acabo de encontrar este cuchillo y decidí aprender a usarlo. Puede serme útil algún día.

El Colorado miró a Guálinto con interés.

—Me contaron que fuiste tú el que acuchilló a Chucho Vázquez.

Guálinto sacó su pañuelo y limpió distraído la hoja.

—Sí —respondió—, fui yo.

—Y ahora estás practicando. ¿Para qué? ¿Vas a seguirle la pista hasta acabar con tu trabajo?

—Por lo que he oído, es él el que me está buscando.

—¿Él? ¿De dónde te has sacado semejante tontería?

—De una anciana que vino a la tienda de los Rodríguez.

—Eso son chismes de viejas. Todo el mundo en el barrio sabe que Chucho te tiene miedo. Si se encontrara contigo por la calle ahora mismo, trataría de esconderse.

—Tal vez, pero podría haber otros.

—¿Otros? —repitió el Colorado—. Mira, amigo, no te metas en peleas. No te enojes si te quieren insinuar algo; no te traerá nada bueno —Luego, al ver que Guálinto no se daba por aludido—. ¿Por qué no hablas de ello? No es tu culpa; y no te vuelvas loco. Sólo los hará provocarte más.

Guálinto limpió en silencio la hoja del cuchillo.

—¿Qué sentido tiene matar a un tipo y que te metan a la pinta? —Dijo el Colorado—. No ayudará a tu familia de ningún modo, y la próxima vez puede que seas tú el que se va con una cuchillada en los intestinos.

Guálinto permaneció en silencio. Era la primera vez que el Colorado venía a casa desde que se difundiera la noticia del estado de Maruca. Ahora, después presentarse de forma tan inesperada, no sabía qué decir. Seguía sacándole brillo a la hoja del cuchillo.

—Oye, esa porquería mancha, ¿no? —Preguntó el Colorado.

Guálinto se apresuró a apartar el pañuelo de la hoja, lo enrolló y se lo metió en el bolsillo.

—Sí, sí que mancha —murmuró—. Soy un imbécil.

Se alejaron de la platanera y caminaron hacia los almeces que había detrás del patio de los Gómez; allí se sentaron sobre el tronco de un árbol.

—¿Qué vas a hacer cuando acabes la preparatoria? —Le preguntó el Colorado—. ¿Vas a sequir trabajando en la tienda de los Rodríguez hasta juntar el dinero suficiente para ir a la universidad?

—¿Ahorrar trabajando para don Crispín? No me hagas reír. Me paga dos dólares a la semana. Si trabajara a tiempo completo entre semana, cobraría cuatro.

—Entonces, ¿qué vas a hacer?

—No lo sé. No me importa, la verdad. Dejar la tienda e irme a vivir a la hacienda de mi tío, supongo.

—¿Y qué sacarás con eso? Tendrías que buscar un trabajo mejor, uno en el que cobres lo suficiente como para ayudar a tu familia y que, además, te permita ahorrar algo para ir a la universidad más adelante. Tal vez te pueda conseguir algo en mi trabajo; tú no estás hecho para conducir un camión, pero puede ser un buen comienzo.

—Hay algo que no sabes, Colorado. Yo tampoco lo sabía hasta las últimas Navidades, cuando quebró el banco. Mi tío ha estado ahorrando para que vaya a la universidad desde antes de que supiera andar. Tiene dinero suficiente para que vaya si quiero. Y compró un terreno en enero que le está dando buenos frutos. No genera mucho dinero, pero suficiente para comer.

—No lo tenía en el banco de los gringos —dijo el Colorado.

—No.

—Así que no necesitas el dinero, pero de todos modos te estás matando en trabajar para esos esclavistas y estás dejando que tus notas bajen. Debes ser masoquista. ¿Por qué empezaste a trabajar en la tienda?

Guálinto no era capaz de admitir el sentimiento de culpa que sentía con respecto a su tío, así que contestó con una pregunta.

—¿Por qué estás tan empeñado en que vaya a la universidad?

—Porque te necesitaremos en Jonesville. Necesitamos hombres como tú y Orestes y como yo y Antonio Prieto. Nuestra gente nos necesita aquí. Ya es hora de que nos rebelemos contra el trato que nos dan los gringos, y tú eres nuestro hombre clave.

—¿Y qué pasa con Orestes? Él va a ir a la universidad.

—Sí, pero tú nos haces más falta. ¿Recuerdas la manera en que solías discutir con los maestros en la escuela?

—Era sólo por desquitarme un poco.

—Ése es el punto de la cuestión: estás lleno de rabia; todos la sentimos, pero tú eres capaz de comunicarla. Tienes ese don; consigues que la gente te escuche.

Guálinto no respondió.

—No lo tires todo por la borda —insistió el Colorado.

—No quiero volver a la escuela. No quiero ni siquiera ir al centro de la ciudad. No quiero ver a nadie.

—Escúchame, el mundo no se acaba por el simple hecho de que tu familia esté atravesando una mala racha, y no te tienes que meter en un agujero y desparecer. Mi familia también ha tenido sus problemas, y mírame; no me escondo. Escucha, mi padre solía emborracharse y maltratar a mi madre prácticamente todos los sábados por la noche; eso sí que son problemas. Chin, no sabes lo que son problemas.

Se detuvo y miró a Guálinto de soslayo.

—¿Sabías —le preguntó— que una de mis hermanas baila en La Candelaria?

Guálinto levantó la cabeza y lo miró con incredulidad.

—Así es —aseguró el Colorado, muy serio y triste—, así es. Tuvo problemas, de modo que mi madre la llamó puta y la echó de casa. ¿Qué hizo? Se metió a puta, eso fue lo que hizo. Mi madre no tardó en arrepentirse y le pidió que volviera. ¿Pero qué dijo la muy puta? ¡Por nada del mundo! Le gusta vivir esa vida. ¿Ves? Eso es lo que pasa cuando se montan numeritos por este tipo de cosas. ¿Pero, acaso me he deprimido por ello? ¿Me he ido de la ciudad?

—Maldita sea, Colorado. No entiendes. En nuestro caso es diferente.

—¿En qué sentido?

—Bueno, pues, puede que algo así te pase a ti y a ti no te preocupe mucho. Pero para mí es un gran problema, ¿no lo entiendes? Ay, no quiero decir que seamos mejores que ustedes ni nada parecido. Pero tú eres fuerte, no sensible como yo; no sientes las cosas del mismo modo.

El Colorado retorció la boca. Asintió con un ligero balanceo de cabeza.

—No siento —dijo—, no siento las cosas. ¿Crees que, de pequeño, el día en que mi padre casi me mata de una paliza porque lo vi con una puta, no me dolió? ¿Crees que de pequeño, cuando no teníamos nada que llevarnos a la boca, no tenía hambre? ¿Y qué me dices cuando me peleaba con chicos malos que me doblaban en altura con el único objetivo de ganar las monedas de cinco centavos que tiraban en la iglesia durante los bautizos para poder comprar una barra de pan para mí y para mi madre y para mis hermanos pequeños? ¿Qué crees que me salía de la nariz cuando me daban un puñetazo? ¿Refresco de fresa? Era sangre, como la tuya.

—Lo siento, Colorado. No quise decir eso.

—Escucha —dijo el Colorado—, he tenido que refugiarme en una esquina y ver cómo mi padre maltrataba a mi madre y ella intentaba defenderse hasta que llegaba la policía y se llevaban a mi padre a rastras. Me daba tanta vergüenza como te podría haber dado a ti. Cuando tenía diez, mi padre me pegó con un látigo porque lo vi entrar en una cantina con una puta. Y a los siete años mi madre me dio el azote de mi vida porque derramé media taza de arroz, que era todo lo que teníamos para comer ese día. Con seis años, mi hermana mayor, que entonces tenía ocho, removía un poco de azúcar en una taza y nos la daba a los cuatro más chicos para cenar. Y los cinco nos metíamos en la única cama que teníamos y tiritábamos de frío y nos abrazábamos los unos a los otros para intentar dormir hasta medianoche cuando nuestra madre volvía de la casa gringa donde limpiaba. Rezábamos para que trajera algunas sobras de la cena que tomaba de la mesa de la casa. Tú problema es que lo has tenido todo.

—Fuiste a la escuela porque te mandaron allí tu madre y tu tío; yo fui porque quería hacer algo por mi madre cuando me hiciera mayor. En el momento en que ir se hizo difícil, no huí; seguí yendo. El primer día de clase con la señorita Cornelia tenía la cara sucia y el pelo lleno de piojos. Me hizo la vida imposible y me mandó de vuelta para casa. A veces llevaba pantalones tan viejos que de pronto se rajaban en dos e iba de un lado para otro con el trasero de fuera hasta las cuatro de la tarde. ¿Crees que no me sentía mal por eso?

—Así que aprendí a lavarme y a despiojarme. Me cosía los fondillos del pantalón y me iba a la escuela sin desayunar si era necesario. Eso sí, me atenía a eso. Reprobé una y otra vez hasta que me hice un hombre hecho y derecho y, sin embargo, seguí yendo. Por las tardes trabajaba, como haces tú ahora. Mientras tanto, vi como una de mis hermanas se hizo puta; las otras dos se pusieron a trabajar como esclavas en la casa de un gringo, siguiendo los pasos de mi madre. A mi hermano pequeño lo metieron en un reformatorio por robar una bici; siempre había soñado con tener una y mi padre no se la podía comprar. Mi padre es ahora un anciano tembloroso, idiotizado por la cantidad de mezcal barato que ha ingerido a lo largo de su vida, y mi madre tuvo que ponerse a lavar para compensar el poco dinero que traía mi padre a casa, después de gastarse el sueldo en putas y en beber. Fue entonces cuando dejé la escuela, para que no tuviera que hacer eso.

—¿Cómo crees que me siento? ¿Me hace reír? Ah, siempre estoy haciendo chistes y haciendo el tonto, pero por dentro no me rio. Y después de haber sufrido todo eso a cambio de poder ir a la escuela, a duras penas llegué al primer semestre de secundaria, donde tuve que dejar los estudios. ¿Y qué he hecho desde entonces? ¿Llorar? Trabajo y estudio por las noches. A veces me da por pensar y me pregunto a mí mismo: "¿En quién demonios me he convertido? Un simple maldito mexicano que en este puñetero país vale menos que un perro. Nunca llegaré a ninguna parte. Nací con la cola al aire, esa es la pura verdad". Y entonces me siento muy triste. Eso sí, te prometo que no son muchas las veces en que me siento así. Voy a conseguir mi título de preparatoria estudiando para ello por las noches. Y luego me matricularé en la escuela de negocios para ser un verdadero contador, no un simple ayudante de contabilidad. Cómo me gustaría que me hubieran dado la más mínima posibilidad de ir a la universidad. Incluso a cambio de limpiar suelos y barrer aceras y sacarle brillo a todas y cada una de las escupideras hediondas de Austin.

—¿Qué más da si mi padre no sabe leer? Yo sé, ¿no? ¿Qué más da si mi madre no sabe siquiera lo que es un contador? Yo sé lo que es un contador, y quiero serlo. Y lo seré, cueste lo que me cueste. ¡Les voy a enseñar lo que es bueno a estos malditos bastardos!

Se detuvo exhausto y ronco después del discurso más largo de su vida, y miró a Guálinto con expresión tímida impresa sobre su enorme cara pecosa, como si dar a conocer sus intimidades lo hubiera hecho de algún modo más vulnerable. Guálinto lo miró con admiración, el pelirrojo era mejor persona que él. "Él sí que podría haber hecho algo importante en la vida", pensó. "Él es el tipo de persona que yo debería haber sido". Trató de decírselo, pero las palabras se le atragantaron. Desde dentro dijo: "Eres un luchador, yo soy un cobarde".

—No —lo tranquilizó en voz baja el Colorado—, no eres un cobarde; simplemente tienes que aprender a defenderte.

—No creo que lo consiga. Soy demasiado susceptible.

—Todos somos susceptibles. Pero la primera regla que debes aprender es a no dejar que el otro sepa que te ha dolido cuando has recibido una buena paliza. Si lo haces, te seguirá haciendo daño en el mismo sitio.

Se sumieron en un tenso y tímido silencio, avergonzados por haber mostrado sus sentimientos. Permanecieron sentados un buen rato, hasta que sintieron que el silencio se deshacía y se volvía apacible.

Al final el Colorado dijo:

—Voy a buscar a Chucho Vázquez y le voy a dar una paliza de muerte. No se atreverá a amenazarme con una navaja a mí.

—No lo hagas —dijo Guálinto con calma.

El Colorado sonrió.

—Está bien, pero no lo busques. No sirve de nada ir buscando *ese* tipo de peleas.

—No lo haré. Sólo llevaré este cuchillo un par de días más; hay una persona con la que me gustaría usarlo. Me encantaría clavárselo en su preciosa garganta blanca y luego serrarle la tráquea y rompérsela hacia atrás como hacen con los cabritos.

—¿Por qué no la olvidas? Apuesto cualquier cosa a que ella tiene más que ver en lo de que no quieras ir a la universidad que todo lo demás.

—Nunca la olvidaré, por muchos años que viva. ¿Cómo podré querer a otra después de haberla querido a ella?

El Colorado sonrió ligeramente.

—Lo harás, con el tiempo. El tiempo es el mejor amigo del hombre.

—¡No entiendo cómo ha podido cambiar tanto en tan poco tiempo!

—No ha cambiado; siempre se aprovechó de ti. Lo supe desde el primer momento.

—Si estabas tan seguro, ¿por qué no me lo dijiste antes?

—No me habrías creído —aseguró el Colorado, con la mirada puesta en la tierra que había entre sus piernas estiradas. De nuevo hablaban sin mirarse a la cara—. Te habrías enojado y tal vez no habríamos vuelto a ser amigos.

—Pero yo no me habría enojado contigo, Colorado, porque me dijeras lo que piensas. Confío en ti. Siempre me dices cuando crees que hago algo mal.

—Sí, pero era distinto. La gente hace cosas extrañas cuando está hormonada.

Guálinto se puso rojo y pensó en decirle al Colorado que no estaba hormonado, que el amor que había sentido por María Elena había sido de un tipo distinto. Pero sabía que el pelirrojo no le creería.

—¿Te fijaste en la manera en que los perros siguen a las perras? —Prosiguió el Colorado—. Son capaces de morder a su dueño si los molestan. Hay ocasiones en las que la amistad no cuenta.

Guálinto deseó que el Colorado cambiara de tema, pero continuó.

—Supe desde el principio que te quería por las notas. Salía contigo por tus notas, no por lo que eres. Las mujeres siempre buscan algo cuando salen con un hombre. La mayoría de las veces es dinero, pero también puede ser algo que se compra con dinero o algo que les dará dinero o les dará beneficios. Ése es el motivo por el que una dama quiere dinero, realmente. No es porque quiera ser rica por el hecho de serlo sino porque quiere aparentar. Osuna no era menos. Quería demostrar lo inteligente que era. Por eso, te necesitaba. No se hubiera detenido a mirarte si no hubieras sido el mejor de la clase.

Guálinto hizo una mueca.

—No es tan mala. Si no le hubiera hablando del modo en que lo hice . . .

—No te engañes, Guálinto. Es una dama rica y atractiva. Podría estar con quien quisiera. Tú, tú estás bien, pero eres del montón, ¿sabes lo que quiero decir? Eres muy inteligente y un chico normal. Pero eso no les vale a las mujeres. Ha estado saliendo con ese cabrón de Goodnam a tus espaldas todo este tiempo.

—¡Maldito hijo de puta! —gritó Guálinto—. ¡Me gustaría acribillar a su madre! ¡Me gustaría hacerla picadillo!

—¿Qué puedes esperar de un gringo?

—¡Me gustaría matarlos a todos, a todos!

—Yo siento lo mismo —reconoció el Colorado—, incluso pese a que mi abuelo era gringo.

—¿Tu abuelo?

—¿De dónde crees que me viene el pelo rojo? Él era, en cualquier caso, irlandés, y ellos no son gringos verdaderos. Son todos buenos católicos. Pero se largó antes de que naciera mi padre. Nunca se casó con mi abuela. Ella ni siquiera sabía pronunciar su nombre. A mi padre le pusieron el apellido de mi madre, Alvarado. Y mi madre me llamó Juan José, así que ése es mi nombre completo Juan José Alvarado.

Estuvieron un rato sin hablar, cada uno sumido en sus propios pensamientos profundos. Por último Guálinto preguntó:

—Colorado, ¿no crees ni un poco en el amor?

—No. El amor no existe. Eso es lo que dice mi madre y creo que tiene razón. Lleva casada veinticinco años, así que debería saberlo.

—¿Nunca jamás te has enamorado de una chica?

—¿Me has visto alguna vez con una?

—No, por eso pregunto.

—Nunca he querido estar con una chica salvo para una cosa, y ellas no me lo dan. Quieren casarse, eso es lo que quieren. Pero no necesito pareja para eso. Para eso tengo la barriada del otro lado del río.

—Ah.

—¿Has estado ya con alguna mujer?

Guálinto negó con la cabeza y miró hacia el suelo.

—No —admitió.

—Entonces, ése es tu problema —concluyó el Colorado—. Amigo, no es bueno vivir al margen de las mujeres toda la vida. ¿Cuántos años tienes? ¿Dieciocho? Híjole, yo empecé a ir cuando tenía dieciséis años. Ir con demasiada frecuencia también es malo, pero no haber ido ni una sola vez es peor. Es tan necesario como cagar. Has dejado que ese veneno te consuma, recomiéndote por dentro. Te tienes que deshacer de él de vez en cuando o te enfermarás. ¿Por qué no vamos esta noche?

—Esta noche no. No puedo.

El Colorado se metió la mano en el bolsillo.

—Después de cobrar anoche, jugué a los dados y gané. Soy rico.

—No es por el dinero, Colorado. Tengo que estudiar. Los exámenes finales están a la vuelta de la esquina y tengo muy poquito tiempo para estudiar. Si no los apruebo, no me graduaré.

—Está bien. Iremos entonces algún otro domingo, pero no te preocupes por el dinero. Guardaré este fajo de billetes.

—Oye, ya me has invitado a muchas cosas, y voy a permitir que también pagues eso.

—¿Por qué no? Se compra, como el resto de las cosas.

—Sea como fuere, preferiría que no.

—Está bien, como tú quieras.

El Colorado se marchó y Guálinto entró a ponerse a estudiar. El final del año académico estaba más y más cerca y todavía no estaba seguro de si recibiría o no su diploma. Tenía la cabeza puesta en muchas otras cosas: María Elena, la barriada de luces rojas de Morelos. No estudiaría mucho aquella noche.

11

El lunes siguiente Guálinto les dijo a los Rodríguez que aquella tarde sólo podía trabajar hasta las ocho porque necesitaba más tiempo para estudiar. En un extraño acto de generosidad, le dieron permiso para salir a las siete. Cenó, se lavó y se cambió de ropa y, en su lugar, fue a la última sesión del cine. Cuando salió de ver la película, era casi medianoche y la neblina que se había formado por la tarde se había convertido en llovizna. Sol en febrero, invierno en abril, verano e invierno en un mismo día. Aquella mañana había hecho un calor bochornoso y ahora la noche estaba bastante fría. Así era el Golden Delta, donde siempre había sol y soplaba una ligera brisa. Mañana volvería a estar despejado, el viento dejaría de soplar y apretaría el calor. Por lo menos, eso esperaba. Se abrochó mejor el impermeable.

Si llovía con intensidad, sería malísimo para la verdura, que empezaba a madurar en la huerta que su tío tenía junto al río. En especial, para los tomates. Se hincharían mucho por el agua y perderían el sabor. Ay, por Dios, pensó, que no se pierda la cosecha a causa de la lluvia, y deja que se vendan bien las hortalizas. Sonrió de oreja a oreja. En momentos como éste debería existir un Dios. Si la cosecha era buena, tal vez pudiera convencer a su tío para hacerse ranchero. No quería ir a la universidad, y estaba harto de trabajar como un esclavo en Rodríguez e Hijos, Abarrotes. Salvo por Paco, no daba un peso por los Rodríguez. A Chito no lo soportaba. Si se muriera de un plumazo, tal vez no fuera tan duro trabajar para los Rodríguez.

Pero, ¿a cuatro dólares a la semana? Eso era lo que cobraba la Gata por casi ciento treinta horas de trabajo. Equivalía a tres céntimos la hora. Hasta el gringo más anti-mexicano pagaba más. Cuando había trabajo. Eso sí, no estaba bien desearle la muerte a nadie, incluso si era alguien como Chito. En cualquier caso, sería mucho más agradable trabajar en la hacienda con Juan Rubio y don José. Desde sus años de escuela primaria, a Guálinto le había encantado ir a la hacienda de su tío. Le gustaba ponerse de cuclillas al final de un surco arado y mirar al infinito, para apreciar la hermosa longitud. Tomaba entre las manos un puñado de la fértil tierra negra y dejaba que cayera entre los dedos. Entonces su tío Feliciano no era el dueño del terreno; se lo alquilaba a un anglo que ahora vivía en California. Una vez le había dicho a su tío:

—Ojalá fuera nuestro.

Su tío le había contestado con una brusquedad que le sorprendió.

—No me importa de quién sea la tierra —aseguró.

Seguidamente añadió, con más gentileza:

—Con tal de que la pueda cultivar, no importa de quién sea.

Ahora su tío era dueño de ese terreno, y de más, mucho más. Sin embargo, no quería que Guálinto fuera ranchero. Termina la preparatoria y vete a la universidad, conviértete en alguien importante para que puedas ayudar a tu gente. Ésa era la cantinela de siempre. Guálinto sintió un escalofrío, pese a llevar impermeable. Era la típica noche para estar sentado delante de un fuego en la cocina de la hacienda de su tío. O, incluso, mejor, para estar metido en la cama entre sábanas sedosas y calentadas por el cuerpo desnudo de una mujer. Era en noches como ésta cuando deseaba al sexo opuesto. De hecho, sus pensamientos lo condujeron hasta la actriz de la película que acababa de ver. Recordó la forma de sus nalgas, al darse la vuelta y caminar de espaldas a la cámara. ¡Dios Santo, qué mujeres más hermosas había en las películas! Decidió que el próximo domingo iría de putas con el Colorado a Morelos. Se preguntó cómo serían esas otras mujeres y el pensamiento despertó en él más deseo todavía. El Colorado iba cada vez que sentía que su cuerpo lo requería y no le daba más vueltas al asunto. No valían mucho, había asegurado. Claro que el Colorado no creía en el amor.

Volvió a pensar en la película que acababa de ver. Menos mal que no había sido un musical; no le gustaban. Se preguntaba por qué les fascinaban tanto a los anglos. Tenían que estar mal de la cabeza. Canciones infantiles y bromas sin gracia. Y ese entramado de piernas, muslos y torsos que proyectaban en las pantallas, que no lograba entender y que no le gustaba. Mirar a una sola mujer era mucho mejor que mirar a media docena. Todos esos fuegos artificiales sexuales que revoloteaban lo mareaban y le provocaban náuseas. Tal vez fuera parte de su religión, pensó. Mirar a una mujer medio desnuda era inmoral, pero mirar a veinte o treinta a la vez no lo era. A los anglos se les metía en la cabeza ideas extrañas como ésa. En cualquier caso, a él no le causaba gran excitación ver a esas mujeres con sus sonrisas congeladas retozando en la pantalla. Sonrió. Si se lo comentaba al Colorado, el pelirrojo pensaría que era un mariquita o algo parecido.

Antes de darse cuenta, llegó a la esquina en la que tenía que girar hacia el Dos Veintidós. Permaneció en el lado derecho de la acera y se agachó al pasar por debajo de las ramas bajas de los sauces llorones que crecían en algunos de los patios delanteros de las casas. Bajo la lluvia, la calle se había quedado fría y solitaria, ni siquiera los perros salían a ladrar. Le pareció ver que enfrente de él había una sombra apoyada contra una de las vallas. Volvió a mirar y la sombra se desplazó. Se acercó hasta él, caminando muy pegado a la tierra, de cuclillas. El cañón de una pistola relució en la penumbra. ¡Chucho! ¡Chucho lo estaba esperando! Dio un salto hacia atrás y buscó inútilmente dentro del impermeable. Sintió que el miedo le agarrotaba la garganta; había olvidado sacar su cuchillo aquella noche.

Retrocedió, caminó hacia atrás, se resbaló con la hierba mojada y se cayó sobre una rodilla. Tenía la sombra encima.

—Dame el abrigo —le ordenó la sombra con un susurro tembloroso—. Date prisa y no hagas ruido.

Guálinto tenía la mano derecha apoyada en el césped, junto a la rodilla. Al moverse para responder a las órdenes, su mano chocó con un objeto compacto y pesado. Con un movimiento rápido, agarró el ladrillo y lo lanzó en dirección al lugar en el que se suponía que tenía que estar la cabeza de la sombra. El ladrillo cayó con un ruido sordo, la pistola se disparó con un contundente boom y sintió una fuerte sacudida junto al impermeable. Un instante después, se puso de pie; corría, se tropezaba, se resbalaba. Más adelante, se detuvo al oír voces de vecinos que se habían despertado al escuchar el tiro.

Se dio la media vuelta y miró al hombre con la pistola; yacía muy quieto. Las luces de las casas que había en aquella calle se empezaron a encender. Guálinto se acercó, con cautela, hasta el hombre, que estaba tumbado boca abajo y tenía la cabeza retorcida hacia un lado. La pistola estaba a escasa distancia de su mano, a medio abrir. Con cuidado, Guálinto empujó el arma con el pie, alejándola de la mano del hombre, en el mismo instante en que los vecinos salieron de las casas de los alrededores. Un hombre que se había puesto una chaqueta de cuero sobre la camiseta interior sostenía una linterna a menos de un metro de distancia.

—¿Qué fue? —preguntó—. ¿Qué fue?

—Un . . . un hombre —tartamudeó Guálinto.

Chaqueta de Cuero alumbró con la linterna a la figura abatida, y Guálinto se acercó para verle la cara. No era Chucho Vázquez, eso ya lo sabía. Era un hombre, un viejo a decir verdad; un borracho de cara aniñada y cuerpo muy pequeño. Llevaba puestos unos pantalones y una fina camisa blanca que estaba empapada y que se le había pegado a las costillas. Aunque estaba inconsciente, temblaba y se estremecía. Tenía la cabeza ensangrentada y se le estaba empezando a hinchar por la zona en la que lo había golpeado el ladrillo.

—¿Está herido? —le preguntó el hombre con el farol.

Guálinto fue consciente entonces del olor a pólvora y de que tenía un agujero en el impermeable. Metió la mano por dentro de la tela y la sintió húmeda. Se apoyó contra la valla; y, entonces, el mundo se convirtió en una especie de tiovivo negro.

Sintió también que algo le quemaba la garganta. Mezcal. Le ayudaron a ponerse en pie, justo en el momento en que llegó la policía. Si percibieron el olor a alcohol, no dijeron nada. Vino una ambulancia y se llevó al hombre inconsciente, acompañado de un agente de policía. A Guálinto lo llevaron a la comisaría que estaba junto a la plaza del mercado, donde un médico le curó el rasguño que le había causado la bala y se rio de él por marearse. El policía le hizo un montón de preguntas y luego Mac, el comisario, le dijo: "Te mereces una recompensa, muchacho. Ese es Arnulfo Miranda, a quien llevamos buscando, varios días. Si no hubiera sido por ti, a estas alturas estaría en México. Pero has corrido un gran riesgo. Es de los malos, apuñaló a un agente y le quitó el arma reglamentaria". Guálinto deseó que no estuviera bromeando, como el médico.

Se tomó un café con el comisario en el restaurante 24 horas de Jonesville, situado en el primer piso del mercado de la plaza, justo debajo de la comisaría de policía. Cuando se sentaron en una de las mesas, sólo había un par de noctámbulos. A Guálinto le hubiera encantado que fuera de día; mejor, la hora punta, para que hubiera habido mucha gente y lo vieran tomar café con el comisario. Después recordó al viejo de escasa estatura, tirado sobre el barro en la camiseta empapada y la cabeza ensangrentada, y ya no se sintió tan bien.

El tío Feliciano había venido aquella noche del campo. Se estaba tomando un café antes de salir en busca de su sobrino cuando Guálinto llegó a casa montado en el coche del comisario. La noche empezaba a clarear: estaba amaneciendo. María salió a abrir la puerta, con un chal negro cubriéndole la cabeza, como si estuviera de luto. Al ver a su hijo junto al representante de la ley, dejó escapar un gemido y se abalanzó sobre él. MacHenry la intentó convencer de que no pasaba nada, pero no prestó atención a su español entrecortado. Las chicas se despertaron al oír los lamentos de su madre y asomaron las cabezas a través de las cortinas que cubrían la entrada del salón. A continuación, Feliciano salió de la cocina e invitó al agente a pasar. Se sentaron y el comisario le explicó lo sucedido.

María no escuchaba. Se fue a su dormitorio, se sentó en una mecedora con el chal negro cubriéndole la cara y lloró como si hubiera un muerto en la casa. Maruca y Carmen le trajeron una botella de alcohol que tenían en la despensa para cuando se ponían enfermos y le hicieron beber un poco, pero no quiso.

Feliciano escuchó orgulloso la historia de cómo Guálinto había capturado a un criminal peligroso. Se cuadró de hombros y se le iluminó la cara mientras estuvo allí sentado. Por un momento, dejó de ser un viejo abatido por el trabajo y los problemas. Finalmente, MacHenry se fue y Guálinto se metió en la cama después de beberse una taza de té caliente que le había preparado Carmen. Ya acostado, Feliciano entró en su dormitorio y se quedó mirándolo, con un extraño gesto triunfal.

—Y ese gringo al que capturaste —le preguntó Feliciano—, ¿era mucho más alto que tú?

—¡N'ombre! —contestó Guálinto—. Era un mexicano chaparro, parecía un enano. Tenía la expresión de la cara fruncida, eso lo recuerdo.

A Feliciano le cambió el gesto.

—Chaparro —repitió—. Tenía la expresión de la cara fruncida. ¿Te dijeron cómo se llamaba?

—Miranda —contestó Guálinto—. Dijeron que se llamaba Arnulfo Miranda.

—Debo irme —anunció Feliciano y se fue.

A la mañana siguiente, la portada del Jonesville-on-the-Grande Chronicle se hacía eco de la noticia, encabezada por el segundo titular más grande. El titular principal, de ocho columnas, lo ocupaba un artículo sobre el antiguo director del Jonesville National Bank, que había quebrado, y que había sido imputado. En cualquier caso, Guálinto era un héroe, de eso no cabía duda. Se podría haber quedado en casa todo el día, pero durmió sólo un par de horas para llegar a la escuela mucho antes de que empezaran las clases. Hacía mucho que no le prestaban tanta atención. Los profesores utilizaron incluso parte de su hora de clase para comentar sus hazañas. El padre de Hazel Brown era médico en el hospital y Hazel dijo que su padre había dicho que era probable que el hombre no sobreviviera.

—¡Caramba! —exclamó un compañero que se sentaba detrás de Guálinto—. En ese caso serás un asesino.

La maestra cambió de tema y se refirió a los exámenes que estaban por venir. Después de clase, Guálinto se quedó merodeando en el instituto hasta que se fueron los últimos alumnos y profesores. A continuación, habló del asunto con los conserjes que estaban barriendo el vestíbulo y no regresó a casa hasta que ya era casi de noche. Se había olvidado por completo de su trabajo en Rodríguez e Hijos, Abarrotes, y ahora que se acordaba de ello, no le importaba lo más mínimo. Viviría con el dinero de la recompensa y más adelante buscaría otro trabajo; mucho más adelante. Fue a casa a contárselo a su madre y ella le dio su aprobación. Parecía que hubiera alcanzado su punto álgido, le dijo; además, no había necesidad de que trabajara. Y tal vez pudiera ir a la universidad con el dinero de la recompensa, para que no tuviera que depender tanto de su tío.

Feliciano llegó a casa poco después de la hora de cenar. Dijo que ya había comido algo y se sentó en el salón; Guálinto y su madre lo siguieron hasta allí.

—Guálinto quiere dejar la tienda —anunció María—. Esos judíos mexicanos lo están explotando y ahora que va a recibir la recompensa cree que ya no necesita trabajar más ahí.

Feliciano parecía más cansado de lo habitual.

—Si no quiere trabajar, no tiene por qué hacerlo —dijo—. Fue su decisión.

—Bueno, quería ayudar de alguna manera —dijo Guálinto—. Pero ahora, con ese dinero, ya tengo con qué contribuir.

—No creo que debamos aceptar ese dinero —aseguró Feliciano—. No creo que debamos aceptarlo de ninguna manera.

—¿Por qué no? —preguntó María con brusquedad—. ¿Qué idea se te ha metido en la cabeza?

—Ese dinero está manchado de sangre. El hombre falleció.

"¡Ay!", exclamaron María y su hijo al unísono. Guálinto sintió una punzada extraña en el estómago y se miró la mano, con la que había matado a un hombre.

—No importa —dijo María, con algo de seguridad—. El dinero nos viene bien y lo recibiremos. Quinientos dólares es . . .

—No son quinientos, son doscientos cincuenta. La policía se queda con la mitad para cubrir los gastos de detención. Y, Guálinto, tú no lo mataste; murió de neumonía. Los médicos han asegurado que se hubiera muerto de tisis de todas formas.

—Bueno, nos den lo que nos den, estará bien, y nos lo vamos a quedar, pase lo que pase.

—¿Pase lo que pase qué, María?

—Pase lo que pase.

Feliciano se puso de pie y se acercó hasta donde estaba María.

—Bueno pues espero que cambies de opinión —dijo en voz baja—. Ese hombre era Lupe.

María se quedó mirando a Feliciano como si no lo hubiera entendido.

—¿Lupe? —susurró—. ¿Lupe?

Luego sollozó y se derrumbó. Feliciano la agarró antes de que cayera al suelo y la llevó a su dormitorio. Las chicas estaban de pie en la entrada y al ver a su madre desmayarse, vinieron corriendo. Feliciano tumbó a María en la cama. Una histeria silenciosa se había apoderado de ella; tenía el cuerpo contorsionado por las convulsiones, hasta el extremo de que Feliciano le tuvo que agarrar los brazos para evitar que se golpeara a sí misma. Maruca y Carmen estaban de pie flanqueando la cama y lloraban.

—¡Cállense! —gritó Feliciano, y ahogaron sus lloros hasta convertirlos en gimoteos.

Dejó a María a su cargo y regresó al salón, donde Guálinto permanecía aturdido; no entendía nada. Sin decir una palabra, Feliciano se acomodó en una mecedora que había enfrente de la silla en la que estaba sentado Guálinto. Metió la mano en el bolsillo para sacar tabaco y una hoja de maíz y lió un cigarrillo bajo la atenta mirada de Guálinto. Del dormitorio llegaba ruido de sollozos y gemidos, y el pesado, bronco, sonido de la respiración de la mujer, inconsciente, retorciéndose en la cama. Al final, Feliciano levantó la vista.

—Lupe García era tu tío —dijo—. Hermano de tu madre.

Guálinto lo miró como había hecho María. Acto seguido, se cubrió la barbilla con la mano y se encogió en la silla.

—No es tu culpa —prosiguió Feliciano—, simplemente ha pasado así. Y tú *no* lo mataste.

A Guálinto se le llenaron los ojos de lágrimas; agachó la cabeza para disimularlas.

—Es mi culpa —aseguró Feliciano—. Te lo tendría que haber dicho. Hace tiempo que te debería haber contado un montón de cosas.

Guálinto levantó la vista; tenía los ojos llenos de lágrimas.

—¿Está realmente muerto?

—Sí. Fui a verlo a la funeraria.

Guálinto se estremeció.

—Pensé que era Chucho.

—¿Quién es Chucho?

—Un chico.

—Ah.

—¿Por qué estaba en la cárcel?

—Mató a un hombre, un viejo rinche.

—Ah.

—Era el mejor con el rifle en todo el estado de Texas; sí, Lupe era el mejor. Era capaz de dispararle a un ciervo y atravesarle el corazón sosteniendo el rifle en el recodo del brazo.

Guálinto miró con interés por un instante y luego se echó a llorar.

—¡Ay, por qué tuve que ir al cine anoche!

Feliciano esperó a que Guálinto dejara de llorar antes de afirmar:

—Uno no puede evitar que las cosas pasen como están predestinadas a pasar. Era su momento de morir, y no te debes culpar por ello.

Se quedaron en silencio un rato, y luego Guálinto preguntó:

—¿Por qué asesinó al rinche?

—Es una larga historia. Es una historia que debería haberte contado hace mucho tiempo y no lo hice porque tu padre me pidió que no te la contara, justo antes de que yo . . . me hizo prometerle que si le pasaba algo, no te la contaría.

—¿Mi padre?

—Sí. Mira, Lupe era nuestro hermano, hermano de María y mío. Era más joven que yo y mayor que María. Estaba más o menos en medio, entiendes.

Guálinto asintió y esperó.

—Bueno —dijo por fin Feliciano—, Lupe llevó siempre una vida alocada. Siempre estaba metido en líos y la ley lleva buscándole toda la vida. Luego se involucró en el asunto de De la Peña.

—¿Los sediciosos?

—Sí, fue líder de una banda durante la lucha. Yo . . . él tuvo que marcharse al otro lado del río cuando todo terminó, y se cambió el nombre por el de Arnulfo Miranda. Un bonito nombre, ¿no te parece?

—Sí, suena bien.

—A Lupe le gustaban las cosas hermosas. Tenía oído para la música y sabía apreciar un cuadro bonito. También le gustaban las chicas guapas, pero a ellas no les gustaba él. Incluso de pequeño parecía un viejo enano. Lo llamaban "El muñequito", aunque nunca en su cara. Una vez le disparó a un hombre que se rio de él. Eso sucedió la primera vez que se vio en la necesidad de esconderse en el chaparral. Pero amaba las cosas hermosas. Sabía esculpir madera, madera muy dura como el corazón del ébano. Tallaba rosas en ella, cada pétalo como los de verdad. Mamá tenía una Virgen de Guadalupe hecha de ébano, con la que la enterramos, que le había tallado él. Antes de que tuviera lugar el asunto de De la Peña venía a visitar a mamá; por la noche, y sólo se quedaba un rato. Talló esa virgen en el bosque, en su escondite, y la trajo una noche. Mamá se echó a llorar.

Haciendo un gran esfuerzo, Feliciano cambió de postura en la mecedora y escupió en una escupidera de latón que guardaba debajo de la mesita.

—Cuando Lupe se convirtió en Arnulfo Miranda, ni siquiera tu madre supo su nombre. Sólo yo. Iba de vez en cuando a visitarle a Morelos. Más tarde, no hace mucho tiempo, vino a este lado y mató a ese rinche, un anciano a estas alturas. Se llamaba MacDougal, creo recordar.

—¿Pero por qué? —preguntó Guálinto—. ¿Por qué cruzó hasta este lado sólo para matar a un rinche si estaba a salvo del lado mexicano?

—MacDougal —dijo Feliciano con cautela— fue el rinche que mató a tu padre.

Guálinto se agarró a los lados de la silla.

—Te debería haber contado esto hace mucho tiempo, pero hice una promesa. Tu padre no quería que sintieras odio. De pequeño solías preguntar por él y te contábamos historias. Las chicas eran algo mayores cuando sucedió y lo recordaron durante un tiempo, pero luego lo medio olvidaron.

—¡Sigue! —dijo Guálinto con fiereza—. ¡Cuéntamelo todo! No te andes con rodeos.

Feliciano cerró los ojos un momento en un gesto de dolor, pero cuando volvió a hablar su voz era tranquila como al empezar.

—A tu padre lo asesinaron un día cuando los rinches le llevaban de San Pedrito a Jonesville. Dijeron que había tratado de huir. Lo mataron porque era el cuñado de Lupe. Querían saber dónde se escondía Lupe y tu padre no se los dijo; no se los hubiera dicho aunque lo hubiera sabido. Eran cuatro rinches, pero el único del que supimos su nombre fue MacDougal, que era el líder. Yo conocía a MacDougal; fue rinche durante mucho tiempo.

—¿Y dónde estabas? ¿Dónde estabas cuando mataron a mi padre?

Feliciano desvió la mirada.

—Yo . . . yo estaba en Monterrey por aquel entonces.

Guálinto miró a su tío. Su tío, ahí sentado, un viejo inútil, sin coraje, sin orgullo. Que se había marchado a Monterrey cuando asesinaron a su padre, que no había tenido la vergüenza de pedirle cuentas a Martín Goodnam por la deshonra de Maruca. ¡Cuánto lo odiaba! Por qué no lo había educado un hombre como su tío Lupe, un hombre de verdad. Se hubiera sentido orgulloso de un tío así, al igual que una vez se había sentido orgulloso del hombre que ahora se sentaba frente a él, cuando era pequeño e ignorante.

Feliciano adivinó el odio en la cara de su sobrino y lo entristeció. Estaba demasiado agotado como para sentirse resentido. Últimamente se pasaba el día cansado, tan cansado que a veces pensaba en lo apacible que sería morir. Y eso era insano para un hombre que todavía no había cumplido los sesenta y con responsabilidades familiares. Pero es que esos años habían sido duros. A excepción de su "viaje a Monterrey", había trabajado y trabajado desde que tenía memoria, y el tipo de trabajo que desempeñaban Feliciano y sus compatriotas mexicanos hacía viejos a los muchachos en plena adolescencia. A lo largo de todos esos años había menguado porque, por alguna razón, había nacido grande y fuerte. Por lo menos, grande para los estándares mexicanos: medía casi seis pies, era delgado y de huesos anchos. El hijo mayor y más grande de los dieciséis que había traído al mundo su madre. Sólo habían sobrevivido otros dos: María, que era pequeña y esbelta, y Lupe, un enano. Más grande que la inmensa mayoría, pensó, pero tal vez la vida había sido para él más dura que para la inmensa mayoría.

Miró al muchacho que se sentaba frente a él, que lo miraba fríamente, con desdén apenas disimulado. Su único hijo. Cuántas veces, cuando todavía era un chiquillo, había deseado, echado sobre su catre del cuarto de atrás, tener una mujer y una familia propias. Y, en ocasiones, ese deseo fue tan intenso que anestesiaba casi por completo su sentimiento de culpa. Eso sí, había sido lo suficientemente inteligente como para no poner a otra mujer a vivir debajo del mismo techo que María. Sacó el tema una vez y María enfureció. Se puso a gritar, diciendo que se podía casar cuando quisiera, que ella se iría de inmediato y que se llevaría a los niños con ella. Finalmente, consiguió tranquilizarla, asegurándole que todo había sido una broma. Después de eso, cada vez que había otras mujeres alrededor se ponía celosa. Bueno, pensó, en realidad no podía culparla; él era el único en quien ella podía confiar.

Feliciano se había convertido, por lo tanto, en una especie de hijo mayor para su hermana pequeña, un muchacho de familia, de mediana edad. Si llegaba tarde a casa, María le preguntaba dónde había estado y se enfurruñaba si el aliento le olía a mezcal. Feliciano suspiró ligeramente. En algún sitio del norte de Texas vivía una muchacha que era su hija. Nunca la había visto y, a menudo, se preguntaba cómo sería, morena o rubia, guapa o fea. Su madre era morena y guapa. Se había acostado con ella en secreto las noches de un verano. Aunque era una mujer de vida alegre había querido casarse cuando quedó embarazada. Se negó y se fue de Jonesville hacia el norte. A veces le enviaba dinero. La chica debía de tener ahora quince años. Muy de vez en cuando, le escribía cartas a Feliciano, que enviaba a la dirección de don José y que encabezaba así: "Querido papá". Tenía una caligrafía muy bonita. Eso sí, nunca le envió fotografías.

En ciertas ocasiones, Feliciano sentía el deseo de contarle todo esto a Guálinto, pero hay asuntos demasiado íntimos como para compartirlos con un muchacho. Y, por lo que respecta al hecho de haber formado parte de la banda de Lupe, acabaría en la cárcel si alguien se enteraba. ¿Quién se haría cargo entonces de la familia? Gumersindo le había encomendado una tarea. El chico era demasiado joven como para comprenderlo. Dejaría que fuera otro el que se lo contara cuando muriera.

Los sollozos de Guálinto lo hicieron sacudirse y lo despertaron de sus pensamientos.

—Me gustaría matar a alguien —lloriqueó Guálinto.

—Las personas siempre desean matar a otras personas —aseguró Feliciano—. Ahí es donde empiezan todos los problemas.

—¿Por qué no podemos regresar ahora mismo al año 1916? —sollozó Guálinto—. Si fuera así, tomaría un rifle, me adentraría en el bosque y mataría y mataría y mataría y mataría.

Feliciano lo miró con tristeza.

—No estás hecho para matar a nadie.

—Pues parece que lo hago muy bien.

—¡Déjate de tonterías! Fue un accidente y no fue la piedra la que lo mató. Eso sí, me alegro de que hayas cambiado de opinión y de que estés decidido a terminar la escuela. Si cesa la lluvia, podré cosechar unos cuantos frijoles la próxima semana; eso cubrirá los gastos de la casa. El dinero para que vayas a la universidad sigue intacto. Olvídate, desde luego, del dinero de la recompensa. Pero no tienes tampoco por qué trabajar para esos judíos mexicanos. Tendría que haberme dado cuenta de que te estabas matando en trabajar sólo por orgullo.

—No quiero volver a la preparatoria. ¿Qué sentido tiene ir a la escuela?

—Recuerda que tu padre . . . —empezó Feliciano.

—¡No me vuelvas a hablar de mi padre! —gritó Guálinto—. No quiero volver a escuchar hablar de él de nuevo, en especial de tu boca. Lo he escuchado cientos de veces: ayudar a mi gente, ayudar a mi gente, ser un gran hombre y ayudar a mi gente. No voy a ser un gran hombre. No seré más que un mexicano cualquiera, con los fondillos del pantalón rotos y remendados. No seré nada más. Y no quiero ayudar a mi gente. ¿Ayudar a mi gente? ¿Para qué? Que se ayuden a sí mismos, el montón de harapientos y sucios pelados. No sé ayudarme a mí mismo y quieres que ayude a gente que ni siquiera conozco.

Se levantó y se adentró en la imparable llovizna.

Feliciano lo llamó para que se pusiera algo encima porque si no atraparía un resfriado, pero no volvió. Permaneció sentado en la mecedora un par de segundos y luego se levantó y entró en el dormitorio de María. La barriga gorda de Maruca, de pie junto a la cama, era sutilmente perceptible en la penumbra. Feliciano hizo un gesto de dolor; saldría de cuentas en breve.

—¿Cómo se encuentra tu madre? —susurró.

—Ya está mejor —dijo Maruca en voz baja—. Dejó de retorcerse y se quedó dormida.

Feliciano salió por la puerta de la cocina y se dirigió hacia el húmedo almacén. Hurgó detrás de unos sacos y sacó una botella cuadrada que relució en la penumbra. Se sentó encima de uno de ellos y tomó un trago de aguardiente fuerte. Tosió un poco y los ojos se le humedecieron. Se quedó sentado un buen rato encima del saco, sujetando la botella entre las rodillas. Luego se limpió la boca y dio otro trago.

12

Las últimas semanas del mes de mayo supusieron unos días de crisis profunda para mucha gente en Jonesville-on-the-Grande, problemas que se resolvían solos y se volvían a formar otra vez. Para Guálinto, los días que siguieron a la muerte de su tío Lupe fueron días de emociones encontradas: se sentía culpable y avergonzado por la forma irrespetuosa en que le había hablado a su tío Feliciano la noche que conoció de boca de éste los detalles de la muerte de su padre. Había sacado fuera el enojo y la rabia en su paseo nocturno bajo la lluvia. Sin embargo, se apoderó de él un sentimiento de traición, similar al que sentía hacia María Elena. Su tío Feliciano había sido para Guálinto no sólo el sustituto de su padre sino también un ser de dimensiones heroicas. ¿Cómo podía perdonarlo ahora que había descubierto que salió corriendo durante el levantamiento de De la Peña en el que murió su padre? ¿Cómo se podía resignar a pensar que su tío era un cobarde?

Aquella noche regresó a casa muy tarde, mojado y sintiéndose mal, y se metió en la cama tan pronto como se cambió de ropa. A la mañana siguiente, su tío se fue antes de que Guálinto se despertara. El sol relucía; eso alegró a Guálinto como también lo hizo el hecho de no tener que verse las caras con su tío en la mesa del desayuno. Carmen, como de costumbre, le preparó algo de comer y él se fue temprano a la escuela. Su madre seguía durmiendo. No era un asunto baladí romper el código de respeto hacia las personas mayores, y ésta era la segunda vez que Guálinto lo hacía. En enero había cometido el mismo error, aunque no de forma tan descarada como anoche. Entonces se había castigado a sí mismo trabajando incansablemente en la tienda de abarrotes regentada por los Rodríguez, descuidando los estudios y despreocupándose por si terminaba o no la preparatoria. Ahora la expiación de sus culpas tomó un cariz diametralmente opuesto. No volvió a la tienda de abarrotes, ni siquiera para informar de que dejaba el trabajo; decidió trabajar sin descanso lo que quedaba del semestre para graduarse con las mejores notas posibles. Luego, se pondría a trabajar en la hacienda o buscaría un trabajo en la ciudad. Se mantuvo firme en su decisión de no ir a la universidad, porque sabía que de ese modo podía hacerle daño a su tío sin necesidad de ser abiertamente irrespetuoso. Sería educado y obediente, pero no le podía perdonar que hubiera huido a Monterrey cuando mataron a su padre.

Sus notas mejoraron de inmediato y le fue muy bien en los exámenes finales. Eso sí, no lo suficientemente bien como para graduarse con honores y mucho menos para ser el que pronunciara el discurso de graduación, como había dado por hecho todo el mundo. Sería Elton Carlton quien lo diera y Minnie Markoss, una chica judía de escasa estatura que siempre se quedaba al margen en los debates de clase, pero cuyo promedio era, para sorpresa de muchos, el segundo mejor, detrás del de Elton.

Guálinto, sin embargo, no era la única persona en el sistema educativo que tenía problemas. Elton Carlton era hijo de E.C. Carlton, el antiguo director del desaparecido Jonesville National Bank, contra quien se habían formulado cargos por apropiación indebida de bienes. Elton había trabajado mucho y deseaba ser el mejor de la clase, pero siempre había estado a la sombra de Guálinto. Entonces, en el último semestre de colegio, las notas de Guálinto bajaron de forma repentina, y Elton supo que se le había presentado la oportunidad de dar el discurso de graduación. Eso sí, la alegría no le duró mucho: su padre fue acusado y se enfrentaba a un juicio muy comentado y era prácticamente inevitable que fuera a la cárcel. Elton le comunicó al director que no saldría al escenario para dar el discurso de graduación. La decisión era firme; al parecer no sería capaz de ponerse enfrente de una multitud y dar un discurso, sazonado de tópicos morales y optimistas, cuando la mitad de Jonesville ya se dedicaba a llamar a su padre sinvergüenza. Amenazó con no asistir a la ceremonia si lo presionaban para dar el discurso. Minnie, por su parte, tampoco saldría si Elton no era el orador.

Los responsables del colegio se vieron envueltos en un verdadero aprieto. Eliminar los discursos del programa no haría más que empeorar la vergonzosa situación por la que estaba atravesando la familia Carlton. El señor Baggley, el director, propuso una solución: distinguir por escrito a Elton y a Minnie en el programa, pero pedirle a una figura de reconocido prestigio en el mundo académico o literario que diera el discurso en su lugar. Su propuesta fue aceptada con entusiasmo entre los miembros del consejo escolar. Ahora bien, al pensarlo mejor se dieron cuenta de que había un problema. Dinero. Y tiempo. Tiempo y dinero.

Resultaría difícil encontrar una persona distinguida que aceptara bajar hasta Jonesville con tan poco tiempo de aviso. Y también había que considerar los honorarios, a lo que habría que añadir los gastos de transporte, alojamiento y manutención, que probablemente superarían la cantidad requerida para pronunciar el discurso. Y el presupuesto del distrito para educación estaba agotada. Se sentaron alrededor de la mesa de juntas y pensaron en cómo conseguir el dinero hasta que el señor Baggley gritó: "¡Harvey!"

El resto de los miembros del consejo reaccionó.

—Reúne los requisitos a la perfección —declaró el señor Rutledge, el gerente de Woolworth—. No hay nadie más distinguido que Hank Harvey.

O.D. Patch, dueño de Patch Lumber Company, dijo:

—Es amigo tuyo, ¿no, Baggley? Pero, según tengo entendido, está en algún lugar recóndito de México. ¿Cómo vamos a conseguir que venga avisándole con tan poco tiempo?

—¿Y cuánto dinero querría? —dijo el señor Aziz de Aziz's Jewelery Store.

El señor Baggley apenas podía reprimir su alegría.

—¡Está de regreso! Lo iré a buscar a la estación de ferrocarril de Morelos el día antes de la ceremonia de graduación. ¡Y tiene previsto descansar un par de días en mi casa antes de tomar el tren en dirección a Austin!

—En ese caso, no tendríamos que preocuparnos por los gastos de transporte —apuntó el señor Patch.

—No necesitará preparar un discurso, ya saben —aseguró el señor Rutledge—. Es capaz de hablar de manera improvisada sobre prácticamente cualquier tema, y siempre resulta entretenido.

—Como es amigo tuyo, Baggley, será comedido a la hora de exigir sus honorarios —añadió el señor Aziz.

Levantaron la sesión de buen humor.

En la hacienda que tenía junto al río, Feliciano no estaba exultante de alegría, pero sí sentía algo cercano a la felicidad. Estaba sentado en el porche de la pequeña casa sin pintar en la que vivían él y José Alcaraz durante el tiempo que no estaban en la ciudad. Desde allí, tenía una buena vista de las huertas, y le gustaba lo que veía. El primer maíz estaba alto y pronto podría recoger los ejotes y los tomates. La cosecha sería buena y, por fin, iba a hacerse de una buena suma de dinero. Le seguía preocupando Maruca. Pero, Guálinto había dejado de trabajar en la tienda de abarrotes y estaba estudiando mucho para graduarse. De nuevo, aceptaba una paga para sus gastos personales, no de su tío, pero sí a través de su madre. Y eso incluía el dinero necesario para alquilar un birrete y una toga para la ceremonia de graduación; no quería anillo. El chico seguía mostrándose distante hacia Feliciano: educado, pero frío. La historia de Monterrey no le había sentado bien. Feliciano estaba convencido de que, a sus ojos, era un cobarde. ¡Qué le iba a hacer! Tal vez se le pasara con el tiempo. Y si no, Feliciano tendría que aprender a vivir con ello.

Vio que Juan Rubio salía de su jacal con una cesta vacía. Estaba seguro de que era para recolectar mazorcas de maíz tiernas para asar. La casa de Juan estaba hecha de arcilla y tejado de paja de zacahuistle; tenía paredes anchas y sólidas. Feliciano sabía que eran más fuertes y más resistentes a las inclemencias del tiempo que su casita de madera. Sin embargo, una casa de madera tenía asociada cierta connotación de prestigio. Así eran las cosas. En tanto que propietario de la tierra, no debía vivir en un jacal, como había hecho la mayor parte de su vida. Juan se puso a llenar la cesta de mazorcas en el preciso instante en que Feliciano escuchó el motor de su troca acercarse por el sendero de polvo que unía la casa con la carretera pavimentada que iba desde Jonesville hasta la costa. La troca se detuvo en uno de los laterales de la casa y José Alcaraz se acercó hasta el porche.

—Llegó una carta para usted —anunció.

Feliciano reconoció de inmediato la tinta morada y la bonita y cuidada caligrafía. Su hija. Hacía tiempo que no recibía noticias de ella. Rasgó el sobre con entusiasmo y José entró en la casa. Las primeras palabras lo dejaron intrigado: "Don Feliciano García, presente". A continuación el saludo: "Muy estimado Don Feliciano". ¿Era una broma? ¿Estaba molesta con él por algún motivo? Se apresuró a leer el contenido.

> Me resulta muy duro escribir esta carta. Cuando la reciba, pensará que es de su hija Eduviges, su querida pequeña Vica, tal y como usted se dirige a ella en sus escritos. La pequeña Vica no existe. Nunca existió. Gloria abortó poco después de marcharse de Jonesville. La acompañé porque éramos muy buenas amigas. Estoy segura de que me recuerda, Tina la Alazana. Gloria ha conseguido dinero de usted por medio de escribirle cartas sobre la hija que tenían en común. Más tarde, hace cinco años, cayó gravemente enferma. Cáncer, le diagnosticó el médico. Necesitaba todo el dinero que fuera capaz de reunir, así que me convenció para que le escribiera aquellas cartas haciéndome pasar por su hija. Sentí remordimientos de conciencia, pero Gloria era mi mejor amiga y pensé que sólo tendría que escribir dos o tres misivas, ya que el médico le dio menos de un año de vida. Vivió cinco años más, durante los cuales, y porque me pidió que lo hiciera, le he estado haciendo llegar esas cartas encabezadas por el "Querido papá". Gloria falleció hace dos semanas, así que ahora le puedo contar la verdad.
>
> Una servidora,
> Tina

Feliciano levantó la vista hacia las huertas. Juan Rubio había terminado de llenar la cesta y la traía hacia la casa. Feliciano se rio entre dientes. Acto seguido, se rio en voz alta. Y no tardó en reírse a carcajadas. José Alcaraz salió al porche y Juan se acercó corriendo con su cesta.

—¿Ocurre algo? —preguntó Juan.

José Alcaraz sonrió.

—Tienen que haberle contado algo muy divertido en esa carta —dijo—. ¿Son buenas noticias?

Feliciano hizo un esfuerzo para dejar de reír.

—Muy buenas noticias —afirmó—. Noticias muy, muy divertidas. Se ha producido una muerte en la familia.

Juan y José lo miraron sorprendidos, sin saber qué decir. Sabían, como el resto del mundo, que Maruca estaba embarazada y también estaban al tanto del extraño comportamiento de Guálinto en los últimos meses. Además, en Morelos, se habían difundido rumores de que a Feliciano y a Arnulfo Miranda les vinculaba algún tipo de relación. A ello había que añadir que Feliciano había estado bebiendo últimamente, un hábito que no tenía antes.

—¿Se encuentra bien, Feliciano? —le preguntó José Alcaraz.

—No he estado bebiendo, si es a eso a lo que te refieres —respondió Feliciano—. Un momento, dejen que les lea la carta que me acabas de traer.

Leyó la carta con tono de voz claro, la dobló y se la metió en el bolsillo.

—Lo siento —dijo José—, lo siento mucho.

—No hay nada que sentir. Así es la vida. En menos de una semana, una hija que pensé que tenía se ha esfumado como el humo. Y un sobrino, que antes me admiraba, ahora me desprecia. Así es la vida. En cualquier caso, la cosecha será buena esta primavera.

José Alcaraz se sintió avergonzado.

—Lo siento —repitió.

—Hablando de humo —le preguntó Feliciano a José—, ¿te fijaste en si todavía hay fuego en la cocina?

—Sí, acabo de avivar la llama para calentar un poco de café.

—Sumaré esta carta al montón de penas que me carcomen por dentro; han de servir para prender un buen fuego.

—Iré a ver cómo va el café —anunció José, y entró en la casa.

Juan Rubio dejó la cesta en el suelo, casi a los pies de Feliciano, y se quedó de pie en silencio hasta que Feliciano lo miró a la cara.

—Pensé que tal vez querría llevarles algunas mazorcas a su familia —dijo en voz baja.

—Sí —contestó Feliciano—, gracias.

—Falleció su hermano Lupe, ¿verdad? —Juan bajó el tono de voz incluso más—. No le contó toda la verdad, ¿a qué no?

—Le dije que estaba en Monterrey; piensa que soy un cobarde.

—¿Por qué no se lo contó? Doña María lo sabe. Y también su vecino, el abogado. Y hay otros del otro lado del río, en Morelos, que también están al tanto.

—Tal vez debería habérselo dicho hace tiempo. Hoy por hoy prefiero dejar las cosas como están.

—Me llevo el caballo zaino —dijo Juan, más alto—. Creo que debería recorrer las vallas a caballo. Lo peor que nos podría pasar ahora mismo es que el ganado entrara en las huertas, y creo que hay algunos puntos débiles.

—Bien.

13

Hace mucho tiempo vivían unos señores ciegos y extraordinariamente sabios en Hindustan. Les gustaba descubrir el origen de las cosas, en especial de aquellas que les eran cercanas. En una ocasión se propusieron averiguar todo lo que había que saber acerca de la naturaleza de los elefantes. Para ello, examinaron un elefante con detenimiento, cada uno centrándose en una parte en concreto de la bestia. Finalizada la investigación, pusieron sus descubrimientos en común y llegaron al retrato de una monstruosidad increíble.

Eso fue hace mucho, mucho tiempo, por supuesto; antes de la aparición de la ciencia, el periodismo y el mundo moderno.

Hoy en día se hubiera recurrido a alguien interesado en la investigación de los elefantes que hubiera recorrido el planeta entrevistando elefantes, aprendiendo incluso algunas palabras de su idioma. Hubiera compilado sus descubrimientos en varios libros y los hubiera publicado para enriquecimiento personal de los interesados. El resultado podría haber sido hasta cierto punto grotesco, tal vez, pero mucho más convincente pues corría a cargo de un especialista experimentado y seguro de sí mismo. Y entonces todo el mundo estaría al corriente de aquello que hay que saber acerca de los elefantes. En otras palabras, nuestro hombre se hubiera convertido en autoridad en materia de elefantes.

K. Hank Harvey no era experto en elefantes, pero los texanos mexicanos lo consideraban una autoridad destacada. Había nacido en la ciudad de Nueva York hacía unos sesenta años, donde cursó primaria y luego trabajó a fin de ganar dinero para poder viajar a la tierra de sus sueños, Texas. A Texas llegó a la edad de veintiuno, con ganas de descubrir las maravillas y las bellezas de este prodigioso estado de entre todos los estados.

A los sesenta, K. Hank Harvey era lo que los periodistas denominan una personalidad que destila vida. Guardaba parecido físico con Santa Clos y tenía una mirada afable y algo ausente, que cualquiera hubiera dado por hecho que había visto la luz del día por primera vez en una mansión del sur y no en el corazón de Nueva York. Llevaba un enorme sombrero Stetson, bajo el que le caían los rizos blancos, cual aristócrata. Llevaba la parte baja de los pantalones, hechos a medida, perfectamente metida dentro de sus ostentosas botas de vaquero, que se ponía en cualquier ocasión, ya fuera para hablar frente a un vaquero de Texas o para hablar frente a miembros de las monarquías europeas con sus concisas y expresivas anécdotas. Su atuendo nunca era el centro de atención.

Hank Harvey era artífice de sus propios éxitos. Después de llegar a Texas y recibir una formación limitada, se propuso convertirse en autoridad en materia de historia y folklore texano. Se decía que, en pocos años, había devorado todos los libros existentes sobre los orígenes de Texas, y sus conciudadanos lo nombraron el Oráculo de Historia del Estado. Había una pequeña trampa, es cierto; la inmensa mayoría de los primeros libros sobre la historia tejana estaban escritos en español, y K. Hank no sabía español. Sin embargo, nadie hizo alusión a este detalle, que no restó mérito alguno a su fama.

El giro en su carrera llegó mientras trabajaba de vaquero en un rancho del oeste de Texas. Durante cinco años dedicó todo su tiempo libre a averiguar una respuesta a la acalorada controversia que había surgido entonces en el Lone Star State sobre lo que habían dicho los mexicanos que lucharon en la Batalla de San Jacinto cuando los mataron Sam Houston y sus amigotes. Hank Harvey no participó de forma activa en la discusión. Siguió con su investigación discretamente y, después de cinco años, dejó caer una bomba en medio del debate con su libro *San Jacinto Guncotton*. En él establecía de modo definitivo que los mexicanos habían dicho lo siguiente: "¡Me no Alamo! ¡Me no Goliad!" antes de saldar la deuda. El pueblo, agradecido, lo aclamó, y la universidad le otorgó el grado de doctor honoris causa y lo invitó a impartir clases.

De ese día en adelante, K. Hank Harvey se hizo hombre. Aprendió un par de palabras en español, que reprodujo de forma indiscriminada en todos sus últimos escritos y que le hacían sonar hasta cierto punto como el tabernero de la historia de William Saroyan, cuya expresión preferida era: "Bonito día, ¿no lo eres?" La fama de Harvey traspasó incluso las fronteras de la vasta Texas, y no tardó en convertirse en una figura nacional y, luego, internacional. Y es que K. Hank Harvey vino a rellenar un espacio vacío. Hombres como él eran un bien escaso en Texas; hacían falta a fin de resaltar el color local, y en el proceso hacer ver que los mexicanos famélicos no eran una visión fea y lastimera sino una realidad muy pintoresca y curiosa, algo por lo que los turistas del norte pagarían dinero para venir a ver. Por medio de este mismo proceso, los asesinos sangrientos se convirtieron en protagonistas de admiradas historias de aventura y hombres que antes hubieran sido desechados por ser ordinarios e incultos pasaron a valorarse por su autenticidad.

De esta manera, todo el mundo quedó contento y K. Hank se hizo bastante famoso. Recorrió los Estados Unidos relatando anécdotas mexicanas y hazañas históricas. Y se forjó en torno a su figura una corriente de opinión de proporciones considerables. Un grupo de "texanos mexicanos" que aderezaban sus conversaciones con un poco de español del mismo modo que los mexicanos sazonan sus frijoles con chile piquín, para darles sabor y aroma, y que elegían pronunciar mal las mismas palabras inglesas que los texanos originarios pronunciaban mal por pura ignorancia.

A K. Hank Harvey lo habían enviado a México como embajador de buena voluntad la primavera en que Guálinto Gómez se graduó. Dio la casualidad de que el día de la ceremonia de graduación Harvey se encontraba en Jonesville-on-the-Grande de vuelta de su misión. México lo había decepcionado un poco. Los mexicanos con los que coincidió sabían poco o nada de inglés y le costó bastante hacerse entender. No parecían apreciar ni su humor ni sus modales, y el corazón viejo de Hank Harvey se entristeció ante la fría acogida que tuvo uno de sus chistes preferidos. Era de sus mejores chistes, sobre Santa Anna y Sam Houston. Lo había descubierto durante los años que invirtió investigando lo que habían dicho los mexicanos en San Jacinto. Bueno, pensó, tal vez perdía la gracia con la traducción, o quizás el joven traductor no le había hecho justicia.

Por lo tanto, cuando llegó a la zona fronteriza, K. Hank Harvey estaba un poco bajo de moral. Eso sí, al descender del tren en Morelos, lo recibió una delegación del Jonesville High School. Sus componentes cruzaron con él la frontera y lo invitaron a dirigirse a los alumnos que se graduaban aquella noche. Hank Harvey aceptó encantado.

Aquella noche el salón de actos del Colegio Público Jonesville-on-the-Grande estaba abarrotado, atestado de cuerpos sudorosos. El verano se había instalado definitivamente, y el calor era asfixiante. Como de costumbre, se graduaron de forma simultánea dos clases diferentes: los alumnos de secundaria y los que concluían la preparatoria. El primer grupo era numeroso: unos cien alumnos de entre los cuales alrededor del ochenta por ciento eran mexicanos. El otro grupo contaba con menos de veinte alumnos y sólo había cuatro mexicanos entre ellos, entre quienes estaba Guálinto Gómez.

El público, sin embargo, era mayoritariamente mexicano. Para una familia mexicana ver que un hijo se graduaba de secundaria suponía todo un acontecimiento. Por ello, acudían a la cita en masa. Traían como acompañantes a familiares cercanos y también a los no tan cercanos; a sus mayores, a sus enfermos y a sus hijos pequeños. Eran tantos que algunos se tuvieron que quedar de pie en el fondo del salón de actos. El aire estaba viciado debido a la concentración humana y amenizado por los diversos ruidos que producían sus cuerpos: el llanto de los bebés, el zumbido de las conversaciones que mantenían unos con otros y la lectura en alto de los anuncios escritos en las cortinas de amianto que colgaban del escenario. El telón se levantó finalmente y Mr. Baggley, el director, salió a hablar. En deferencia a quienes no sabían inglés, se tradujo su intervención, así que el zumbido era constante. Los anglos lo soportaron todo con insólito estoicismo, porque éste era uno de esos días en los que era necesario demostrar que sí vivimos en una sociedad democrática.

El gordo señor Baggley, con cara de huevo, apareció en el escenario, dijo un par de palabras y contó un chiste. El público se rio, lo entendieran o no. Guálinto no se rio. Se sentía extraño e incómodo con la toga y el birrete grises; miró al señor Baggley con desprecio. Ni siquiera había escuchado lo que había dicho el hombre. Tenía la mente puesta en otros asuntos, en asuntos amargos.

Eran la causa de todos sus males, pensó. Todos los cuentos de odio y violencia de su infancia emergieron de la semi-consciencia en la que habían estado enterrados. Llegaron, se llevaron todo lo que teníamos, nos hicieron sentirnos extranjeros en nuestra propia tierra. Concluyó que siempre había habido un anglo bloqueando su camino hacia la felicidad, hacia el éxito, incluso hacia la simple y llana dignidad. Un anglo le había quitado a su novia; ese mismo anglo le había arruinado la vida a su hermana. Por culpa de los anglos nunca tendría un trabajo digno. Es más, incluso cuando su tío había conseguido ahorrar unos pocos dólares, un banquero americano se los había robado. Por los gringos había asesinado a su otro tío. Se miró de nuevo las manos, repitiendo el gesto que había hecho cientos de veces desde aquella noche. Eran las mismas manos de siempre, pero se preguntó si algún día dejarían de parecerle extrañas. Debía vivir con el secreto; no se lo podía contar a nadie y liberar así parte de su pena. Casi deseaba creer todavía en la iglesia. En ese caso se podría confesar y tal vez eso le haría algún bien. Dadas las circunstancias, no lo sabía nadie, a excepción de su madre y su tío Feliciano, y no le eran de gran ayuda: su madre se pasaba el día llorando y su tío bebía cada día más. Por lo menos, no le habían hecho pasar vergüenza presentándose allí aquella noche.

Se sobresaltó al oír que el señor Baggley le llamaba por su nombre. Le pidió que se pusiera en pie. Tuvo que intentarlo dos veces antes de que le respondieran las piernas.

—Y este chico —comentó el señor Baggley—, sin importarle el peligro personal que corría, capturó a un criminal peligroso para que se hiciera justicia. Señoras y señores, tenemos ante nosotros a un auténtico héroe.

Todo el mundo aplaudió y Guálinto inclinó la cabeza hasta el punto de que se le desplazó el birrete, cubriéndole la cara. El señor Baggley bajó del escenario y le hizo entrega de una medalla con un lazo, que, según dijo, se le había impuesto en reconocimiento por su heroicidad al capturar a Arnulfo Miranda. Guálinto escondió la mano en la que le habían puesto la medalla debajo de la toga y se sentó.

Y ahora había llegado el turno de que K. Hank Harvey pronunciara su discurso.

—Señoras y señores —comenzó—, estoy hoy aquí ante ustedes por casualidad, como dijo el conejo cuando se encontró con el coyote. Pasaba por aquí y me engancharon. Una vez el coyote vio un conejo acercarse por el camino, y el coyote dijo, el coyote dijo . . .

Incluso los anglos habían escuchado la historia del coyote que intentó cazar al conejo haciéndose el muerto; no una, sino varias veces. En cualquier caso, todo el mundo escuchó pacientemente al señor Harvey relatar la fábula. Luego contó una historia de fantasmas de las conocidas, en un inglés en el que intercaló alguno que otro caramba y ojalá. Hecho lo cual se centró en el asunto que ocupaba la noche.

—Señoras y señores —anunció—, estamos aquí reunidos para rendir homenaje a un puñado de terneros que serán destetados esta noche. Es para mí un verdadero honor entregarles a cada uno de ellos un papel enrollado en el que se reconocen sus logros. Bien, un trozo de papel puede ser algo poderoso; en ocasiones, puede ser también algo peligroso. Recuerdo un empleado mexicano que tuve a mi cargo y que decidió dejarme sin motivo alguno, y tuvo la desfachatez de venir a pedirme una "carta de recomendación". Así que le pregunté: "¿Para quién vas a trabajar?" Y me dijo: "Para el señor Dale". ¿Saben? yo conocía a Johnny Dale. Era un grosero intratable, pero apreciaba un buen chiste. Por lo que escribí aquella carta para Pedro y le dije que se la llevara a Dale. Lo seguí parte del camino para reírme un rato.

—Se la entregó a John Dale y Johnny la abrió y la leyó, y le dijo: "Sígueme". A continuación, encerró al mexicano en el establo y sacó su revólver de seis tiros. El mexicano le preguntó: "¿Qué pretende hacer señor Dale?" Y Dale, el grosero intratable, le contestó: "Voy a hacer lo que dice la carta que haga. Dice que te meta en el establo y que te pegue un tiro". Y le disparó a los pies. Querido público, ¡el mexicano bailó entonces un jarabe tapatío!

Harvey sonrió de oreja a oreja y se permitió una carcajada; el público dejó escapar una risa ahogada por educación.

—Dejando a un lado las bromas —prosiguió Hank Harvey—, estamos aquí reunidos para rendir homenaje a un grupo de jóvenes encomiables, ciudadanos del grandioso y espléndido estado de Texas, que se van a adentrar en el mundo. Esperemos que nunca olviden los nombres de Sam Houston, James Bowie y Davey Crockett; esperemos que recuerden el Alamo allá a donde vayan.

El público se retorció con nerviosismo en las sillas. Sin embargo, K. Hank Harvey era ajeno a cualquier influencia externa.

—Cuando nuestros antepasados se pusieron en pie para reclamar la independencia, continuó—, cuando se levantaron con un grito poderoso y erradicaron para siempre de esta tierra justa la crueldad y tiranía mexicanas, cuando vencieron al sangriento Santa Anna y a sus acólitos asesinos en la heroica batalla de San Jacinto, establecieron un precedente que las generaciones más jóvenes y débiles podrían seguir. Muchachas y muchachos, les doy la palabra, les corresponde a ustedes como jóvenes americanos y texanos. "¿Acaso ha habido algo que un texano no haya sido capaz de hacer?" Siguió hablando y hablando durante una hora más o menos; bajó el tono de voz, su discurso se hizo más lento, hasta que se quedó sin pilas, como un despertador viejo. El público esperó a que se hubiera sentado para aplaudir con educación.

Los miembros del consejo escolar se abstuvieron de ejercer su privilegio de hacer entrega de los diplomas en deferencia a la lumbrera venida de fuera. Hank entregó un diploma a cada alumno a medida que estos desfilaban a su lado, y les dio un apretón de manos, los honró con una tímida sonrisa y un guiño de ojos. Cuando le guiñó el ojo a Guálinto, éste lo fulminó con la mirada. Recorrió el pasillo hasta el final en dirección a la salida situada en la parte trasera del salón de actos, con los ojos puestos en la toga y el birrete de delante. El público lo miró al pasar; era consciente de ello.

Después de recorrer la mitad del pasillo, Guálinto se dio la media vuelta y vio a Mike Darwin, el director del instituto. Darwin le sonrió y Guálinto desvió la mirada. Una vez fuera del vestíbulo se quitó la toga y el birrete y los dobló debajo del brazo. El Colorado apareció de entre la multitud y le estrechó una mano carnosa y recubierta de pelo color cobrizo. Se dirigieron hacia la puerta. Alguien llamó a Guálinto por su nombre. El Colorado miró hacia atrás y dijo:

—Mike Darwin te ha estado buscando; quiere hablar contigo sobre la universidad.

—Deja que me llame, el hijo de puta —dijo Guálinto—. Deja que me llame —y lo condujo hasta la salida del edificio—. No quiero volver a verlo ni a él ni a ningún otro.

14

Paralelo a la hacienda de Feliciano, a menor altura que el terreno alto en el que estaban las huertas, se situaba el cobertizo de las herramientas. La mañana del lunes siguiente después recibir el diploma, Feliciano y Juan Rubio trabajaban al otro lado de la doble puerta del cobertizo, a la luz del sol, que todavía no calentaba lo suficiente como para resultar incómoda. Feliciano estaba reparando unos arneses mientras Juan afilaba la broca de una perforadora con una afiladora; José Alcaraz había salido con el ganado. Escucharon crujir la verja que daba acceso al llano y levantaron la vista. Era Guálinto. Entró despacio, visiblemente cansado por la caminata y se quitó un sombrero de ranchero recién estrenado. Vestía la ropa de trabajo que se ponía cuando trabajó para los Rodríguez.

—Buenos días, Tío —saludó con una formalidad exacerbada—. Buenos días, Juan.

Juan le devolvió el saludo y siguió trabajando. Le daba el último toque a la broca de la perforadora con una lima. Feliciano le preguntó:

—¿Te viniste caminando desde la ciudad?

—No, señor. Pedí un ride y unos gringos que venían me trajeron en una troca; sólo caminé desde la autopista hasta aquí.

—¿Disfrutaste del paseo? El sol y el aire puro te harán bien, después de haber pasado tanto tiempo estudiando.

—Sí, señor.

—¿Cómo estuvo la ceremonia de graduación?

—Bien.

Guálinto pensó que sería mejor no mencionar ni a K. Hank Harvey ni la medalla que le impusieron y que había tirado a la basura.

—Por lo menos tengo mi título.

—Felicidades.

—Vine para ver si podía darme algo de trabajo.

—Siempre hay cosas que hacer en una granja. —Sin levantar la vista de lo que estaba haciendo, Juan dijo—. Podría ayudarme a poner los nuevos postes y a colocar el alambre de púas en aquellas zonas de la valla que hay que reparar.

Feliciano pareció satisfecho.

—Estupendo; de ese modo, yo podré terminar de arreglar estos arneses.

Se levantó y tomó un par de guantes de lona sujetos entre el tejado y las vigas en la parte trasera del cobertizo.

—¡Tómalos! Los necesitarás para manipular el alambre de púas.

Juan fue a buscar el viejo caballo zaino y lo enganchó a una carreta de dos ruedas que utilizaban para transportar cosas dentro de la granja. Ya había un carrete de alambre de púas en la carreta. Juan metió dos perforadoras, unas tenazas, un alargador, una caja de grapas grandes y un martillo.

—¿Dónde están los postes? —preguntó Guálinto.

—Ya están en los puntos en los que los necesitaremos. Hace un par de días me paseé para delimitar las partes que necesitan ser reforzadas y, luego, dejé los postes en los sitios en los que hay que fijarlos.

Es más inteligente de lo que había imaginado, pensó Guálinto al bajar la cuesta, de escasa pendiente, en dirección hacia la carretera que bordeaba las huertas. Incluso un trabajo tan sencillo como éste exige pensar y planear. Feliciano los vio alejarse: Juan dirigiendo al caballo y Guálinto caminando del otro lado de la carreta. Es terco, pensó. No me sorprendería que se pusiera a trabajar hasta desmayarse; ya veremos qué pasa.

Guálinto no tardó en descubrir que cavar un buen hoyo no era tan sencillo como creía. También suponía esfuerzo, más esfuerzo que cargar sacos de grano en la tienda de abarrotes. Estirar y clavar la malla de alambre de un poste a otro también exigía un esfuerzo considerable, y técnica, si querías evitar rasgarte las manos con las púas.

Al mediodía ya estaba exhausto. Cuando se quitó los guantes, tenía las manos rojas. Se le estaban empezando a formar ampollas en las palmas y tenía los antebrazos llenos de rasguños del alambre. Nunca antes se había sentido tan cansado y tan adolorido. Sin embargo, no dijo nada; se aguantaría, pasara lo que pasara.

Se sentaron junto a unos postes a la sombra de un gran sauce llorón y bebieron agua de una jarra que había traído Juan en la carreta mientras esperaban a que su hijo menor les trajera la comida. El chico no tardó en aparecer, con una cesta cubierta con una toalla. Traía dos botellas de vidrio rellenas de café, unos platos hondos con frijoles y chile y una montaña de tortillas recién hechas. Mientras trabajaban apenas habían intercambiado palabra; Juan se había dirigido a Guálinto únicamente para decirle qué hacer y cómo. Ahora, una vez que se fue su hijo, Juan dijo:

—¿Tu tío te contó por fin cómo murió tu padre?

Guálinto asintió y mantuvo los ojos puestos en la tortilla que estaba a punto de introducir en el plato de frijoles. No tenía ganas de hablar de nada, y mucho menos de su padre.

—A mi padre también lo mataron los rinches —le confesó Juan.

Guálinto levantó la cabeza.

—No lo sabía —dijo.

—Más o menos en la misma época en que mataron a tu padre. A mi padre y a mis tres hermanos.

—¿Vio . . . vio cómo los asesinaron?

—No estaría aquí si lo hubiera presenciado. Le dispararon a mi hermano pequeño, que sólo tenía catorce años, dos años más joven que yo.

—¿Y su madre?

—Ya había muerto entonces. Murió de tisis cuatro años antes de que llegaran los rinches.

—Encontró sus cuerpos.

—No. Los encontraron otras personas y no me dejaron verlos. Asistí al funeral, pero para entonces ya estaban metidos en cajas de madera.

—¿Qué hizo después?

—Viví un tiempo con amigos. Más adelante conseguí un trabajo con un gringo, un varillero; un anciano muy agradable. Confiaba plenamente en que si en la carretera, mientras vendíamos, nos encontrábamos con rinches, él me protegería.

—¿Y lo protegió?

—Durante un tiempo; hasta que nos cruzamos con unos sediciosos. Nos amordazaron y mataron al viejo gringo. Si no hubiera sido por tu tío, que me salvó la vida, también me habrían matado a mí.

—¡El tío Lupe le salvó la vida!

Juan se rio bajito.

—Fue tu tío Lupe el que quería matarme. Tu tío Feliciano no lo dejó.

—¡El tío Feliciano!

—Muy poca gente está al tanto de que en esa época no estuvo en Monterrey. Si los gringos lo supieran, llevaría tiempo muerto o estaría en la cárcel. Y no quiero pensar lo que habría sido de ti y del resto de tu familia.

—Fue un gesto muy valiente de su parte.

—Sí, tu tío Feliciano es un hombre valiente, y muy amable y generoso también. Tu tío Lupe, si me lo permites, era malvado. Hay muchas cosas que deberías saber y puesto que como don Feliciano no te las va a contar, te las contaré yo.

Juan siguió hablando un buen rato, más de lo que había hablado con nadie en años.

—Llevo queriendo contarte todo esto muchos meses; me alegro de haberlo hecho finalmente.

—Yo también me alegro —aseguró Guálinto.

—Pero démonos prisa —lo apremió Juan—, la comida se enfrió y tenemos que acabar de comer. Todavía no hemos terminado de reparar la valla.

Comieron deprisa. A Guálinto le sorprendió estar hambriento, a pesar de que el café estaba helado y los frijoles y las tortillas estaban más frías que templadas. Cuando volvieron a tomar las herramientas, Guálinto dijo:

—Juan.

—¿Sí?

—De lo que me cuenta, deduzco que el tío Lupe era un hombre insensible.

—¿No me crees?

—Sí que le creo, pero hay algo que no entiendo.

—¿Qué?

—Si no tenía corazón, ¿por qué cruzó el río para matar al rinche que asesinó a mi padre?

—La tisis —aseguró Juan.

—¿La tisis?

—Se estaba muriendo. ¿Has visto alguna vez morir a alguien de esa enfermedad?

—No.

—Mi madre falleció de tisis; lo recuerdo perfectamente. Hacia el final desarrolló neumonía, al igual que Lupe. La muerte te asfixia lenta, muy lentamente. Es una muerte que no le desearía a nadie, ni siquiera a tu tío Lupe.

—Pero él sabía que lo ahorcarían por haber matado al *rinche.*

—No, no esperaba algo así. Pensó que le pegarían un tiro. Se disponía a cargar la pistola cuando vinieron por él, pero estaba demasiado débil y era muy lento, así que se lo llevaron vivo.

—Ah.

—Aunque, siendo justos, también es cierto que don Feliciano me contó que Lupe sentía adoración por su hermana, tu madre. Y que él y el viejo rinche eran enemigos desde hacía mucho tiempo. Tal vez Lupe guardaba la esperanza de vengar la muerte de tu padre y a la vez tener una muerte rápida.

—Ah.

—Me dijeron que no recuperó el conocimiento después de que le dieras el golpe con el ladrillo. Murió en sueños, podría decirse. No se enteró del momento en que las flemas lo arrastraron a la muerte. En cierto modo, le hiciste un favor, ¿no te parece?

Guálinto no respondió.

—Volvamos al trabajo —propuso Juan—. Sólo quedan un par de remates; terminaremos a media tarde.

Se pusieron a trabajar.

Poco después de mediodía, Feliciano los vio regresar en la carreta. Había terminado de arreglar los arneses antes de almorzar y ahora estaba sentado en el porche, fumando uno de sus cigarros de hoja de maíz. Desde la distancia Feliciano percibió diferencias en el modo de andar de Guálinto: levantaba más la cabeza, llevaba los hombros cuadraros y balanceaba los brazos. Volvía a caminar como lo había hecho hasta hace poco y de modo muy similar a como lo hacía Gumersindo. Tenía que ser la constitución de su cuerpo, pensó Feliciano.

Bueno, Lupe había vengado, por fin, la muerte de Gumersindo. Feliciano había pensado alguna vez en hacer algo parecido con Martin Goodnam: pegarle un tiro y luego morir en un tiroteo con la ley. Ahora bien, había que pensar en María y en sus hijos. Siempre estaban María y sus hijos.

Juan detuvo la carreta a la altura del cobertizo y se entretuvo en desamarrar al caballo zaino, pero Guálinto se acercó dando grandes zancadas hasta el porche donde estaba sentado Feliciano. El muchacho venía sonriendo.

—¿Sabe si el camión va a ir a la ciudad esta noche?

—¿Quieres regresar esta noche?

—Sí, señor, si es posible. Me gustaría ir a ver al señor Darwin mañana por la mañana.

—¿Al señor Darwin?

—Es el director del instituto.

—Sí, lo acabo de recordar.

—Cuando . . . cuando mis notas empezaron a bajar esta primavera, me aseguró que aun así podía ir a la universidad si quería.

—¿Cómo pudo prometerte algo así?

—Porque mi promedio es bueno; y, además, tiene contactos en la universidad. Me escribirá una carta de recomendación y hará alguna llamada telefónica.

—Debe tenerte en buena estima.

—Sí, más de lo que me merezco, más de lo que me merezco.

—Estoy seguro de que te lo mereces. ¿No es demasiado tarde para matricularte?

—El plazo no se acaba hasta dentro de un par de días. Y estoy convencido de que el señor Darwin me ayudará a hacer la matrícula si voy a verlo pronto.

—Debe de ser un buen hombre, este señor Darwin.

—Lo es. Además me dio clase y le gustó el trabajo que hice. Le gustan los alumnos que no siempre están de acuerdo con los manuales de texto.

—Entiendo.

—Dice que me ayudará a conseguir un trabajo allí para que pueda cubrir mis gastos.

—No te pongas a trabajar. Tengo dinero suficiente; mejor dicho, tú lo tienes.

—Sí, señor.

—Lávate y tómate una taza de café con pan dulce —le indicó Feliciano—. He decidido pasar la noche en Jonesville; puedes venir conmigo.

—Gracias, Tío —dijo Guálinto, y entró en la casa.

Feliciano le dio un par de caladas pensativas a su cigarro. Así que Juan se lo había contado todo. En cualquier caso, está hecho de buena pasta, pensó. Temí que se pusiera sensible y que empezara a llorar y que me pidiera que le perdonara. Se ha comportado bien.

Feliciano le dio una última calada a su cigarro y fue a ayudar a Juan Rubio a descargar la carreta.

Parte V
Líder de su gente

1

Está echado sobre la barriga en lo alto de una colina y mira a través de un catalejo. La batalla de San Jacinto acaba de concluir con la derrota de las fuerzas armadas de Santa Anna y la detención del dictador en calzoncillos. El salvaje grupo de piratas terrestres ha satisfecho, bajo las órdenes de Sam Houston, su hambre de sangre con los mexicanos heridos y ahora está reunido, triunfante. Ha llegado la hora. Da la orden.

Se produce una descarga de fuego mortal desde detrás de la colina y llegan, procedentes del bosque, oleadas de rancheros, magistralmente organizados y armados con sables y revólveres. Los siguen filas enteras de soldados mexicanos vestidos con sencillos uniformes marrones, pero dotados de revólveres y granadas de mano. Ya sabe lo que va a suceder: una carnicería. A Houston lo capturan con facilidad. Santa Anna está alegre por lo que piensa es su liberación. Ahora bien, su alegría no dura mucho; lo cuelgan de inmediato. El traidor yucateco, Lorenzo de Zavala, encuentra un mismo destino poco después. Texas y la zona suroeste serán siempre mexicanas.

Se despertó sobresaltado, asustado por la visión del techo, que no le resultaba familiar. De nuevo, el mismo sueño sobre su querida madre. Era la tercera vez en la misma semana. Resultaba vergonzosamente ridículo que lo asediaran los recuerdos de la infancia. Aquellas fantasías le habían ayudado a aliviar su amargura y su frustración cuando era niño. Nunca se lo había comentado a nadie, ni siquiera a su mejor amigo de sus años de juventud en Jonesville-on-the-Grande, Juan José Alvarado, alias el Colorado. Al volver la vista atrás, una vez alcanzada la madurez, había denominado a aquellas fantasías "De juegos con sus soldaditos de madera".

Se imaginaba que vivía en los tiempos de su bisabuelo, cuando los americanos invadieron por primera vez las provincias del norte de la República de México. En reacción a la ineficacia y corrupción del gobierno, organizaba a los rancheros en milicias y los entrenaba, enseñándoles a exterminar a los Comanches. Más adelante, con la ayuda de generales como Urrea, extendió su influencia al ejército mexicano. Descubrió el revólver antes que Samuel Colt y también la granada de mano y un estilo nuevo de mortero portátil. En sus fantasías construyó una moderna fábrica en Laredo, cuidando hasta el último detalle, y fundó un ejército enorme y bien entrenado en el que se incluían irlandeses y esclavos negros fugados. Por último, vencería no sólo al ejército de tierra de los Estados Unidos sino también a su armada. Reconquistaría todo el territorio al oeste del río Mississippi y también recuperaría Florida.

Le invadía entonces un sentimiento de vacío, de inutilidad. En cierto sentido, le incomodaba el modo en que habían concluido los hechos. Faltaba algo que hacía cualquier final insatisfactorio. Y lo dejaba a medias para empezar desde el principio un par de días más tarde. Pero había olvidado aquellos sueños pueriles hacía ya mucho tiempo. Últimamente, sin embargo, ahora que era un hombre casado y con una carrera exitosa por delante, las escenas de sus ridículas fantasías de juventud le venían a la mente mientras dormía. Siempre se despertaba con un sentimiento de irritación. ¿Por qué?, se preguntaba a sí mismo. ¿Por qué sigo haciendo esto? ¿Por qué sigo participando en batallas que se ganaron y se perdieron hace un montón de tiempo? ¿Ganadas y perdidas por mí? Ahora ya no tienen ningún sentido.

Se dio la vuelta y miró hacia su mujer. Ellen seguía dormida, con la espalda hacia él. Un rayo de sol primaveral se coló por la persiana e impactó contra su pelo rubio. Se lo había rizado justo antes de salir de Washington y a la luz del sol parecía un tesoro de monedas de oro. Le encantaba su pelo; fue una de las primeras cosas que le atrajo de ella. Era bastante normal y tenía torcidos algunos de los dientes de la mandíbula inferior, pero tenía una cabellera preciosa. Y muy buen carácter también. Se puso boca arriba y abrió los ojos. Apoyándose sobre un codo, se acercó para besarla, y con la otra mano le acarició la barriga redonda.

—Buenos días, cariño —saludó—. ¿Cómo se encuentran los dos?

Sonrió.

—Bien, amor. ¿Ya es hora de levantarse?

—Me temo que sí. Hoy tenemos muchas cosas que hacer.

—Déjame ir al baño a mí primero —le pidió, levantándose de la cama a toda prisa.

Se recostó, con los brazos cruzados detrás de la nuca. Él, sería niño, sería rubio y tendría los ojos azules como su madre. La idea le agradó, mucho; también agradaría a su suegro, el viejo cascarrabias. Conoció a Ellen Dell cuando ella era una estudiante llegada desde otro estado, Colorado, para cursar un máster en sociología. Era muy diferente al primer amor de su vida, María Elena Osuna. María Elena era bella, con el pelo negro ondulado y alegre. Pero, escasa de materia gris. El pelo de Ellen era rubio y lo tenía, como no podía ser de otro modo, liso y lacio, y tenía una cara larga, muy anglosajona. Cara de caballo, le había dicho su madre cuando, en una de sus infrecuentes visitas, le habían mostrado una fotografía de Ellen.

Ellen no era guapa, pero era seria, dulce y cariñosa. Era inteligente y, por encima de todo, lo escuchaba hablar. Llegó a saber todo cuanto había que saber de él: sus problemas, sus aspiraciones. Cuando, por fin, se lo había contado todo, pensó que era hora de preguntarle por ella y le sorprendió descubrir que había nacido en Texas.

—¿Dónde? —le preguntó.

—En el mismo lugar en el que naciste tú: San Pedrito.

Su familia se había trasladado a Boulder cuando ella tenía diez años, pero había vuelto a Texas con una beca de posgrado para estudiar sobre el trabajo en los campos agrícolas desempeñado por los mexicanos migrantes en el centro de Texas. En ese momento supo que estaban hechos el uno para el otro.

Cuando empezaron a salir, le pidió que fuera a Boulder para conocer a sus padres, coincidiendo con las vacaciones de Semana Santa. Ella abordó el tren un día antes para preparar a la familia. En la estación, justo antes de que se fuera, le dijo:

—Como nos vamos a casar, hay algo que debo contarte sobre mi vida. Te lo debería haber contado hace mucho tiempo, pero temí que dejarás de amarme si te lo contaba.

—¿Qué? —le preguntó, esperando lo peor.

—Durante los años en que mi familia vivió en San Pedrito, más o menos cuando yo nací, mi padre fue Texas Ranger.

Se echó a reír, aliviado.

—Eso significa entonces que tenemos más o menos la misma edad.

—Era un rinche especial, pero sólo lo fue durante un breve espacio de tiempo, y luego lo dejó. Nunca mató a nadie . . . a nadie. Eso sí, nos solía contar, después de que nos mudáramos de allí, historias horribles sobre lo que los otros hacían. Le apretó la mano.

—Lo que me cuentas no es un gran pecado —le dijo, devolviéndole el apretón de manos.

Eso sí, en su noche de bodas le sorprendió descubrir que era virgen. Sacar al mexicano que llevaba dentro, no era tarea sencilla.

Se levantó y preparó café y pan tostado.

Lo había recogido en la estación y habían conducido, no sin cierto temor, hasta la casa de los padres de ella. Su madre era pequeña, tenía el pelo oscuro y la cara redonda; debió de ser bella en sus tiempos. Fuera como fuese, la rodeaba el aura de dulzura y ecuanimidad que distinguían a Ellen, aunque era evidente que estaba nerviosa. Lo recibió con cariño y trató de hacerlo sentir como si estuviera en casa. El padre era un caso diferente.

—Así que eres el mexicanito de Ellen —dijo sin levantarse siquiera de la butaca.

Él era el que tenía la cara larga y los ojos azules, y debió tener el pelo rubio, si bien ahora era canoso, como su barba de tres días.

—Encantado de conocerlo, señor —saludó George.

—George Washington Go-méis —dijo el padre de Ellen—. Está claro que tus padres querían fregarte, ¿eh, muchacho?

—Frank —lo reprendió su mujer con delicadeza—, no hables así, por favor.

—Pareces blanco, pero eres un maldito mexicanito. Y va tu madre y te pone ese nombre de negro, George Washington Goméis.

—Ya está bien, papi —dijo Ellen, como si estuviera reprendiendo a un niño malo—. No hay nada malo en su nombre. Se lo puso su padre porque admiraba al fundador de nuestro país.

—Sea como fuere —aseguró el viejo—, no suena bien.

Fue entonces cuando decidió cambiarse de nombre y llamarse George G. Gómez, utilizando García, el apellido de soltera de su madre, de segundo nombre.

—Si mi hija quiere casarse contigo —prosiguió Frank Dell—, no me opondré. Debería saber lo que hace. Y, además, siempre se ha salido con la suya, con independencia de lo que yo le dijera que debía hacer. Pero habrá hijos, ¿no?

Lo preguntó de tal manera que parecía que quería que le dijeran que no tendrían hijos.

—Por supuesto —replicó Ellen.

El viejo hizo una mueca.

—¿Y qué pasará si nacen con un toque de alquitrán?

—Vamos, Frank —le riñó la señora Dell—. Ves que es blanco.

—Papá tiene razón —dijo Ellen—. Estoy convencida de que serán café con leche, todos y cada uno de ellos. Mulatitos.

El viejo sonrió de oreja a oreja.

—Ésa es mi niña —le dijo a George— siempre riéndose de su anciano padre.

Luego se dirigió a Ellen:

—Me dijiste que regresabas a Texas para estudiar a los mexicanitos; nunca pensé que los quisieras estudiar tan de cerca.

Volvió a sonreír de oreja a oreja, y durante el resto de tiempo que duró la visita de George se comportó con el suficiente civismo, aunque apenas habló.

De vuelta en Texas, George le prometió a Ellen que la llevaría a Jonesville para presentarle a su familia, pero nunca lo hizo. Dedicaba la mayor parte de su tiempo a licenciarse y a que lo admitieran en la carrera de abogacía. Hacía visitas esporádicas en las que se quedaba a pasar la noche, pero iba solo. Sí que les llevó algunas fotos a su madre y a Carmen, y él trajo fotografías de su familia. Y, luego, cuando concluyó sus estudios, le ofrecieron una gran oportunidad en Washington. Contrajeron matrimonio en una ceremonia privada en casa de Ellen, y no consideró que fuera necesario comunicárselo a su familia hasta después de la boda.

Ellen salió del baño con cara pálida.

—¿Estás mejor? —le preguntó.

—Sí, no ha sido una contracción. Aun así, creo que tomaré más que café, y un poco de pan, tal vez.

—El café está listo. Lo hice mientras estabas en el baño.

—Estaré mejor cuando llegue la hora de irnos.

Mientras se afeitaba, maldijo la ineptitud burocrática de los funcionarios de Washington. Había recibido formación durante tres años para un nombramiento en el sur de California. Y no se les ocurrió mejor idea que enviarlo al único sitio del que debían haberlo mantenido alejado.

2

Después de afeitarse y ducharse, se comió un par de huevos cocidos con un pan tostado, que se preparó él mismo. Hubiera preferido comerse unos huevos fritos con tocino, pero el olor a fritanga tal vez provocara náuseas a Ellen. Además, seguía resultándole complicado quebrar los huevos en la sartén. Ellen estaba sentada enfrente de él, sorbiendo una taza de café y comiéndose un pan sin nada. Era su primer desayuno juntos en Jonesville y confiaba en que no hubiera muchos más; un par de semanas y nada más, después de haberse enterado de que su visita había generado tantas expectativas.

Habían aterrizado la noche anterior, pero la noticia de su llegada los precedió. Su madre le había pedido a Aquiles que informara al hombre a cargo de la edición española del periódico local, y el periódico publicado en inglés también se hizo eco de la noticia. Como era costumbre, los dos rotativos tergiversaron el asunto: "Un reputado abogado regresa desde Washington para ejercer en su ciudad natal". La historia del muchacho que vuelve a casa para hacer el bien. Malditos sean los imbéciles de Washington; o tal vez estuvieran poniéndole a prueba.

Aquiles los esperaba en la diminuta terminal del aeropuerto de Jonesville.

—Ellen —dijo George—, te presento a Aquiles Sierra, mi cuñado; el marido de Carmen.

Aquiles era moreno; más que su hermano pequeño, Orestes. George nunca había reparado en lo moreno que era Aquiles hasta que lo vio junto a Ellen. Es cierto que hacía más de tres años que no veía a su cuñado, pero no se podía haber vuelto más moreno trabajando de gerente en la Sierra Auto Agency. No era de extrañar que los niños de Carmen parecieran indios.

—Es un placer conocerte —le contestó Ellen—. Había visto fotos tuyas, con Carmen y los niños, y de la madre de George, claro. ¿Cómo se encuentran todos?

—Todos están muy bien —aseguró Aquiles, radiante ante las muestras de cordialidad de Ellen—. Están impacientes por conocerte.

—Yo también lo estoy deseando.

—No será esta noche —anunció George—. Estamos muy cansados. Dile a mamá que estaremos allí a primera hora de la mañana, y la llamaré cuando lleguemos al apartamento; si el teléfono funciona.

—Funciona. Vino una persona de fuera para preparar tu llegada. Se encargó incluso de alquilar este coche, que podrás utilizar hasta que el tuyo y el resto de tus objetos personales lleguen por vía ferroviaria. Debías de tener mucho peso en la empresa para la que has estado trabajando hasta ahora.

—Sigo trabajando para ellos, por eso lo han hecho. Pero ha sido un viaje largo y cansado, en especial para Ellen, que está embarazada.

—Ay, vaya, lo siento, Guálinto —se disculpó Aquiles—. Carguemos el equipaje en el maletero y vayamos. Los llevaré hasta el apartamento; allí los espera el hombre de la agencia inmobiliaria, que me podrá llevar a mí en coche hasta casa.

—George —dijo Ellen mientras los tres se subían en el asiento delantero—, paremos un momento para decirle hola a tu madre; nos estará esperando.

—No pasa nada porque vayamos mañana por la mañana, cariño. No quiero que te canses demasiado.

Ellen no insistió más. Viajaba sentada en el medio de los dos y de camino Aquiles se inclinó hacia delante para hablar con George.

—Guálinto, ¿mañana antes de mediodía tendrás tiempo para comer unos tacos y unas cervezas con el grupo de amigos?

—¿Mañana?

—Siento que sea tan apresurado, pero es que pensábamos que llegarías el miércoles; eso decía el periódico. Así que lo planeamos para mañana, que es domingo y que podemos ir todos. Es una reunión importante, y contamos con que puedas venir.

—¿Política?

—Algo así. Algunos de tus viejos amigos simplemente quieren verte. Hemos quedado en casa de Antonio Prieto y tú serás el invitado de honor.

—¿A qué hora?

—Como a las diez. Los domingos Antonio y Elodia no abren hasta la una, así que tenemos el local hasta esa hora.

—¿Qué local?

—Ah, supongo que no te lo han contado. Sabías que Antonio y Elodia se casaron, ¿no?

—Sí, pero qué es eso del local.

—Nos pidieron dinero a mí y a José Alvarado, el Colorado, te acuerdas de él, ¿no? Han abierto un restaurante-cafetería a las afueras de la ciudad, en la carretera que va a la playa. Decorado al estilo mexicano. Antonio formó una orquesta mexicana, cuyos miembros van vestidos con trajes charros, y organizan bailes todas las noches de los sábados. Las noches de entre semana y los domingos, Antonio y un par de ellos más cantan para entretener a los comensales. A los turistas les encanta. Elodia supervisa la cocina y está a cargo de la caja registradora. Les está yendo muy bien.

—Me alegra saber que les va bien.

—¿Y a qué no sabes cómo han llamado al sitio? ¡La Casita Mexicana!

Aquiles se rio.

—La idea tuvo que ser de Elodia —dedujo George—. Tiene sentido del humor.

No le explicó a Ellen por qué el nombre del negocio de Elodia y Antonio resultaba gracioso y ella tampoco preguntó.

—Aquel local en Harlanburg ha perdido más de la mitad de su clientela, que ahora viene a La Casita —le informó Aquiles—. El sitio es mejor, y, además, es auténtico. Espero de verás que puedas venir.

Miró a Ellen.

—Si a la señora le parece bien, desde luego.

—Ah, pues claro —dijo Ellen—. George, deberías ir. Iremos a visitar a tu madre y a Carmen a primera hora de la mañana y yo me quedaré con ellas mientras tú vas a ver a tus amigos.

—Eso sí, no me quedaré mucho tiempo —anunció—. Quiero ir a ver a mi tío a la hacienda por la tarde.

Lo mismo me da tiempo a hacerlo todo en un día, pensó.

—¡Estupendo! —Exclamó Aquiles—. Cuando regreses de visitar a tu tío, nos gustaría que cenaras con nosotros. Por favor, invítalo también a él.

A estas alturas ya habían llegado a la ciudad y ahora se dirigían hacia la zona noroeste.

—Se alojarán en un nuevo bloque de edificios llamado Golden Delta Apartments. La urbanización no existía antes de que te fueras, Guálinto. Se llama Las Anacuas. Es de categoría.

—¿Cuántos pisos tienen los edificios?

—Cuatro, pero te dieron un apartamento en la planta baja, tal y como querías. Tu mujer no tendrá que subir escaleras. Y, de todos modos, están equipados con ascensor. ¿Qué te parece?

—Muy jatón —aseguró Guálinto—. Así es como se dice en español, Ellen; por lo menos, en esta zona.

El edificio resultó ser una sólida construcción de ladrillo rodeada de lo que en Jonesville-on-the-Grande podrían considerarse mansiones. Las Anacuas. Se preguntó a quién se le habría ocurrido el nombre. A un tipo que nunca hubiera visto una anacua, seguro. El apartamento estaba en la planta baja, como había dicho Aquiles.

Salió a recibirlos un joven. Vestía un overol blanco, como los que usan los empleados de los aeropuertos y llevaba el pelo muy corto. Metió las maletas y procedió a enseñarles el apartamento, como si fuera un botones: el salón de estar, los closets de los dormitorios, el baño, la cocina. Encendió los fogones de la cocina para mostrarles que funcionaban y abrió el refrigerador para descubrirles su contenido: leche, fruta, tocino, huevos, mantequilla. Nombró todos los alimentos. Y la despensa, provista de pan, café y azúcar. Té en caso de que la señora lo prefiriera. Vajilla, toallas, papel higiénico. Se dirigió a George de "señor" en todo momento. Finalmente, el muchacho se sintió satisfecho de haber cumplido con su trabajo.

—¿Desea algo más, señor?

—No por esta noche —contestó George—. Todo parece estar bien.

—Gracias, señor. Si necesitara algo, llámeme, por favor. ¿Tiene el número, señor?

—Sí, sí. Claro.

—Entonces, si me disculpa, señor, pediré que estacionen el Ford en el garaje y luego acompañaré a su cuñado a casa.

Por fin, se fue, llevándose a Aquiles con él.

—Qué joven más educado —apuntó Ellen.

—Demasiado educado. El imbécil no ha hecho más que darnos la venia.

Así que a la mañana siguiente condujeron hasta casa de Aquiles y Carmen.

—Siento tener que hacerte pasar por todo esto, cariño —se disculpó—. En especial me sienta mal dejarte sola casi todo el día.

—Qué dices, querido, no estaré sola; estaré con tu familia.

—Probablemente te aburran hasta la muerte. Y querrán venir a visitarte.

—No me importa. Me agradará tener compañía mientras tú trabajas.

—Eres siempre tan comprensiva. En cualquier caso, esto no debería alargarse demasiado. Estoy seguro de que nos iremos pronto a San Diego. Me han formado para trabajar con nuestra gente en Baja.

—Ojalá no te hubieras olvidado de llamar a tu madre anoche —dijo.

—No pasa nada; vamos a verla en un par de minutos.

George conocía bien el barrio. Cuando él era pequeño, allí vivían los anglos de clase media. Zona tranquila, de avenidas amplias, plantada de árboles. Casas sólidas de madera con porches sujetos sobre columnas de ladrillo. El vecindario se situaba al sur del edificio de la prepa. Encontró la casa sin mucha dificultad: una estructura de dos plantas, blanca, con ribete verde y rodeada de una valla de madera blanca. A Aquiles le iba bastante bien, pensó, al estacionar el Ford enfrente de la puerta principal.

Bajó del coche y ayudó a Ellen a salir por el otro lado; al mismo tiempo se escuchó un grito ensordecedor procedente de la casa. Tal y como había temido. Su madre salió corriendo, entre grandes sollozos, con los brazos extendidos y gritando:

—¡Mi bebé! ¡Mi pequeño!

Se apresuró a llegar a la verja antes de que lo hiciera ella, para evitar que saliera gritando a la calle. Se le colgó del cuello, bañándolo de besos mientras sollozaba.

—Ya, mamá —la reprendió—. ¡Ya! Basta ya, ¡por favor! Mamá, tranquilízate. No se ha muerto nadie. Tranquilízate. La gente nos está mirando.

Ellen bajó del coche ella sola y se acercó hasta la verja. María dejó de gritar y dijo, con gran calma:

—Así que ésta es tu *gringa*.

—¿Qué dijo? —preguntó Ellen, con una sonrisa.

El rostro de María reflejó sorpresa y desaparecieron los signos de su ataque de llanto.

—¿Entendió? ¿Habla español?

—Ya te dije que sólo entiende unas pocas palabras —dijo—, pero cualquiera sabe lo que significa gringa.

María abrazó y besó a Ellen, y George se apresuró en entrar a la casa.

—Tienen que tomar café y pan dulce —les insistió María.

—Mamá, acabamos de desayunar.

Pero fue incapaz de convencerla. Después de presentar a Ellen a Carmen y a sus hijos, se sentaron a tomar café y pan dulce. Ellen, Carmen y María de un lado de la mesa, con Carmen en el medio para que hiciera las veces de intérprete; Aquiles y George del otro lado. George enfrente de su madre, ante su insistencia. Había dos conversaciones: María le hablaba a su hijo en español y, de vez en cuando, Aquiles añadía algún breve comentario, mientras que Carmen y Ellen charlaban en inglés.

—Tienes que disculpar a nuestra madre —le pidió Carmen a Ellen—. Lleva tres años sin ver a Gual . . . George, y se emociona.

—Lo entiendo —contestó Ellen, mordiendo un trozo de semita.

—Si no derrama unas lágrimas, piensa que el recibimiento a su hijo no ha sido lo suficientemente caluroso.

—Realicé un trabajo con . . . latinos en San Antonio cuando estudiaba en la universidad —comentó Ellen—. Es el patrón, y entre otras comunidades también.

Hablaron de las costumbres de la gente en distintas partes del mundo mientras que, del otro lado de la mesa, su madre ponía a George al corriente sobre lo que había acontecido en Jonesville desde su última visita, hacía tres años. Estaba al tanto de la mayoría de las novedades por las cartas que le enviaba Carmen. El hermano de Aquiles, Orestes, había concluido sus estudios de farmacia en otro estado y ahora trabajaba como licenciado en Jonesville Drug Store. Eso sí, confiaba en poner su propia farmacia pronto. A José Alvarado le iba bien como contable para Acme Produce Inc. y trabaja, también, como contable en casa. Francisco López-Lebré se había licenciado en odontología en una universidad de Monterrey de la que nadie había oído hablar antes, según aseguraba María. Tuvo problemas para homologar sus estudios y poder ejercer en Texas, pero finalmente lo había conseguido. Don José Alcaraz, dijo Aquiles, ya no trabajaba para don Feliciano. Tenía un trabajo en el centro financiero de la ciudad y se había casado con una chica de campo, mucho más joven que él.

—Pensé que finalmente te pediría matrimonio, mamá —dijo George.

María hizo una mueca.

—¿Por qué iba a querer casarse con una anciana con arrugas como yo? —dijo.

Debía rondar los cuarenta y pocos, pensó, pero parecía mucho mayor. Las mexicanas envejecían pronto.

—Además —añadió su madre—, nunca se lo puse fácil.

Quiso leer un atisbo de arrepentimiento en su voz. Mala suerte; era su culpa, después de todo.

Tras ese comentario se quedó en silencio y George le preguntó a Carmen en inglés por Maruca. Poco después de dar a luz al hijo de Buddy Goodnam, Maruca consiguió un trabajo de responsable de montacargas en el nuevo hotel de Jonesville, que, con ocho pisos, era el edificio más alto de toda la ciudad. Un viudo anglo de mediana edad, que se hospedaba en Jonesville por motivos de negocio, se casó con ella, adoptó al bebé y se los llevó a California. Eso había pasado hacía años.

—Ah, le va muy bien —contestó Carmen, también en inglés—. Acaba de tener otro niño, el tercero. Su marido no para de hacer dinero.

Insistió en que Ellen viera fotos de Maruca y de sus hijos e hizo hincapié en que tenían los ojos azules y el pelo claro.

—*Son* muy lindos —aseguró Carmen.

—También los tuyos —dijo Ellen—. Me encantan sus enormes ojos cafés.

Su madre se inclinó y le preguntó a Carmen:

—¿De qué hablan?

—De los hijos de Maruca.

—Guálinto era un niño adorable, pero siempre estaba metido en problemas. Estoy segura de que a Elena le gustaría que le hablara de él.

—Carmen, por favor —dijo en inglés—, Ellen no tiene ningún interés en escuchar esas historias.

—¿Qué historias? —preguntó Ellen.

—Sobre la infancia de George.

—Claro que me interesan —aseguró Ellen, con una mirada traviesa a George.

Carmen dudó por un momento, pero luego le pidió a Ellen que les contara algo sobre ella. Ellen les habló de sus padres y hermanos. Era la única chica de la familia y la más joven. Les habló del estado de Colorado y de lo bonito que era. No hizo referencia al hecho de que su familia había vivido en Texas y de que ella había nacido en San Pedrito.

Todo esto llevó tiempo, puesto que Carmen tenía que traducir de inglés a español y, de nuevo, a inglés. George estaba tranquilo de momento, pero sabía que en cuanto él y Aquiles se fueran, su madre le contaría a Ellen la vez en que doña Simonita la Ciega lo curó de susto. No dejaba de mirar su reloj de pulsera. Por fin, ponía 09:20.

—Mamá —anunció—, nos tenemos que ir.

—¿Tan pronto? —protestó María —. Acaban de llegar. No he tenido tiempo de conocer a tu esposa.

—Ella se queda; Aquiles y yo nos tenemos que ir a una reunión, pero volveremos a cenar. Y permaneceremos en Jonesville una temporada.

—Ojalá fuera para toda la vida —dijo su madre.

3

Después de salir de la casa, siguió al coche de Aquiles: cruzaron toda la ciudad y condujeron más allá del límite sureste de la localidad. En este punto, Riverside Drive se convertía en la autopista que llegaba hasta la playa. Cuando entró en el estacionamiento, reconoció el lugar: en sus tiempos de prepa, había sido una heladería. Esta era la Casita Mexicana que le hacía la competencia al establecimiento situado en Harlanburg, La Casa

Mexicana. Dejó escapar un gruñido desdeñoso. Era una parodia ridícula del restaurante-discoteca que había en Harlanburg. En cualquier caso, a los turistas parecía gustarles, según había asegurado Aquiles. Nunca se sabía qué podía atraer a los turistas.

Estaban todos allí, esperándolo: Elodia y Antonio Prieto, el Colorado, Arty Cord, la Gata y muchos otros, incluido un hombre llamado Leytón, que estaba seguro de que había visto antes, pero que no fue capaz de ubicar. Se congregaron en torno a la barra, que de lo contrario hubiera estado vacía; comían tacos, preparados por un hombre en la cocina y bebían cerveza embotellada, que servía Elodia desde detrás del mostrador.

Lo recibieron con gran entusiasmo. ¡Aquí está! ¡El hombre al que hemos estado esperando! Un abrazo siguió a otro abrazo, incluido un abrazo de oso de manos del Colorado. A continuación, cerveza y brindis por los viejos tiempos, en una oleada de cariño y nostalgia. Por último, Elodia gritó por encima del barullo:

—¡Última ronda de cervezas y tacos! ¡Pueden acercar los platos y las botellas!

Las mesas de comedor cuadradas se habían dispuesto en una hilera de extremo a extremo sobre la pista de baile para darle el aspecto de una enorme mesa de conferencias. Se sentaron a su alrededor. Eran una veintena. Algunos eran hombres maduros, como Leytón. Pero, la mayoría, como Orestes y el Colorado, eran coetáneos de George, hombres entre los veinticinco y los treinta. Elodia, que era la única mujer presente, presidió la mesa y golpeó un vaso vacío con un cuchillo.

—¡Se abre la sesión! —anunció.

Varios de los presentes le hicieron caso. El resto dividió su atención entre ella y sus tacos y la cerveza. Tenía la sensación de estar presenciando un sketch cómico o una obra de teatro representada por niños. Se sentó a la derecha de Elodia y le sonrió para evitar reírse. Ella le devolvió una sonrisa alegre.

Elodia volvió a elevar el tono de voz.

—Miembros del comité ejecutivo de Latinos a Favor de Osuna. Nos encontramos aquí reunidos hoy para darle la bienvenida a uno de los nuestros, un hombre que, desde niño, ha sido un gran defensor de los derechos de los texanos mexicanos. Y es de justicia que lo recibamos en este lugar, ya que fue en un sitio como éste, La Casa Mexicana de Harlenburg, antaño lugar de culto para los turistas [Varios miembros del comité dejaron escapar una risita], donde Guálinto Gómez defendió por primera vez públicamente los derechos de nuestra gente. Tres de nosotros . . . [La interrumpió una ronda de aplausos y gritos de viva]. Tres de los aquí presentes fuimos testigos de aquel suceso hace ahora nueve años. Por aquel entonces no era más que un estudiante de prepa. Hoy vuelve a casa, convertido en un reputado abogado en Washington, D.C., por lo que propongo brindar por el hombre que nos proporcionará el beneficio de su liderazgo y experiencia.

Los miembros alzaron sus botellas de cerveza y las vaciaron de un trago.

—¡Leandro! —gritó Aquiles al hombre de la cocina—. ¡Otra ronda!

—Gracias, gracias —dijo George—. Les agradezco profundamente semejante bienvenida, pero desconozco el motivo de tanto revuelo.

—Lo que ocurre es que vamos a proponer una moción de censura contra O'Brien —le explicó Elodia—. Mike Osuna es nuestro candidato a alcalde y hay otros dos candidatos mexicanos en la lista: Orestes y Enrique Leytón. Por primera vez los mexicanos tendrán representación en el gobierno municipal.

—¿Mike Osuna? Ah, Miguelito. Bueno, tiene suficiente dinero para emplear en esto. Pero, ¿por qué no está aquí con nosotros?

—Ahora mismo se encuentra al otro lado de la ciudad reunido con unos gringos influyentes que están hartos del dominio de O'Brien. Con su apoyo, tenemos posibilidades de ganar, siempre y cuando consigamos el voto mexicano. No hay que olvidar que representamos el ochenta por ciento de la población total de la localidad.

—¿Cuántos han pagado la capitación?

—Esta vez hemos organizado una campaña de capitación —dijo Orestes— y creo que nos ha ido muy bien.

—No les habrán comprado las capitaciones, ¿no?

—¿Cómo íbamos a hacerlo? —preguntó Leytón—. Los hombres de O'Brien lo tienen todo copado.

—Así que les dieron un par de dólares a cada uno y cruzaron los dedos para que no se los gastaran en cerveza.

—Se ve que confías ciegamente en tu gente —dijo Elodia.

—Está bien, pongamos por caso que sí que han pagado sus capitaciones. Aun así todavía tienen que sacarlos de las cervecerías y arrastrarlos hasta los colegios electorales el día de las elecciones.

—Y ahí es donde entras tú —le anunció Orestes—. Siempre has sido un buen orador, tanto en español como en inglés. Y, después de leer lo que decía sobre ti el periódico la semana pasada, la gente te idolatra. Si das un mitin, los animarás.

—No puedo hacer eso —aseguró—. Estoy aquí porque me ha mandado la empresa para la que trabajo. No les gustará que me involucre en la política local.

—Tu empresa —le dijo Elodia—, ¿qué empresa?

—De todos modos, no tienen ninguna posibilidad —les aseguró—. No lograrán que voten muchos mexicanos. Por supuesto que vendrán a comer su carne asada y a beber cerveza gratis, y se desgañitarán gritando vivas en honor a Miguel Osuna. Pero al final será la misma historia de siempre. La mayoría de los que voten serán los que estén en el censo municipal, ellos y sus familiares. Esos son los que tienen pagada la capitación, un ciento por cien. Sus corazones estarán de su parte, pero no sus barrigas. Votarán a Willie O'Brien.

—Tu empresa —insistió Elodia—. ¿Qué empresa es?

—No te lo puedo decir.

—¿Dónde va a estar tu despacho?

Orestes respondió por él.

—Ya le alquilaron una oficina. En el edificio que hace esquina con Riverside y Main.

—¡Enfrente de la puerta de entrada a Fort Jones! —gritó Elodia.

—¡Está bien! —dijo, exasperado—. Trabajo como abogado para una empresa importante, con base en Washington. Compran y venden grandes parcelas de terreno. Disponen de información confidencial que asegura que Fort Jones, junto con otras de las bases militares situadas a lo largo de la frontera, cerrará sus puertas pronto. Es necesario llevar las tropas a otros sitios; como saben, se libra una guerra en Europa. Mi empresa está interesada en comprar el terreno que quede desalojado. Me han pedido que inspeccione la zona y estudie para qué se puede utilizar y ese tipo de cosas. Con ese motivo, me reuniré con algunos oficiales del ejército, aquí y en zonas río arriba.

—¿Quieres que nos creamos esta historia? —le preguntó Elodia.

—No me importa si se la creen o no. Es la verdad y ya les he dicho más de lo que debería. Me podrían echar por habérselos contado.

Se produjo un momento de silencio que sólo rompió el ronroneo de los motores de los refrigeradores. A continuación Elodia preguntó en tono tranquilo:

—Dínoslo, ¿trabajas para el FBI?

—No —negó—, no trabajo para el FBI.

—¿Me lo juras por mi madre?

—Elodia, es ridículo que me pidas algo así —dijo—. Ya no somos unos niños. Te doy mi palabra de que no trabajo para el FBI.

—¿Y entonces a qué viene todo este secretismo?

—Negocios, Elodia. Habrá otras empresas que quieran comprar el terreno cuando la noticia se extienda.

Se puso de pie.

—Muchas gracias por la fiesta, pero ahora debo marcharme. Quiero ir a visitar a mi tío hoy, antes de que el trabajo me absorba.

—Te damos nuestro permiso, Guálinto —dijo Orestes entre susurros.

—En cualquier caso, es probable que me vaya antes de noviembre e, incluso si me quedara y mi empresa me dejara meterme en política, no trabajaría para Miguel Osuna. Se les avecinan grandes oportunidades si cuentan con un gobierno municipal que sepa sacar provecho de ellas. Osuna es un político ingenuo. Willie O'Brien, por el contrario, cuenta con contactos a nivel estatal y nacional. Será capaz de convertir este pueblo en una verdadera ciudad en los próximos años, haya guerra o no la haya. Y eso generará puestos de trabajo en Jonesville.

—Se repite la historia de siempre —dijo Leytón débilmente, como si hablara para sí mismo—. Buenos trabajos para un tropel de gringos llegados del norte. ¿Y para los nuestros? Limpia de maleza. Abrir más zanjas.

—Si eso es lo único que saben hacer.

Nadie se levantó cuando se fue. Pasó detrás de la amplia espalda del Colorado; el pelirrojo no había participado en la discusión, y, cuando su amigo de toda la vida se marchó, no se dio la media vuelta.

Elodia no fue capaz de articular palabra hasta que estuvo a la altura de la puerta.

—Ge-or-ge —le llamó, exagerando abiertamente el acento gringo.

Volvió la mirada: le caían lágrimas por el rostro, rígido e inexpresivo.

—¡Cabrón! —exclamó—. ¡Vendido sanavabiche!

Abrió la puerta y salió a la claridad del día.

4

Conducía por la estrecha autopista que va a dar a la playa, en dirección a la hacienda de su tío, cuando por fin recordó dónde había visto a Leytón; había sido hacía más de tres años, durante su última visita a Jonesville. Acababa de concluir sus estudios de Derecho y estaba haciendo los preparativos para mudarse a Washington. Necesitaba cortarse el pelo, así que fue a la vieja barbería que había enfrente de la plaza del mercado, a la que solía ir antes de marcharse de Jonesville. Era sábado y el local estaba a rebosar, pero la mayoría era gente que estaba allí platicando. Se apresuró para que lo atendiera uno de los dos peluqueros, el más joven.

Siempre le había gustado ir a cortarse el pelo. El preciso y pausado ritmo de las tijeras le producían un suave y agradable cosquilleo en el cuero cabelludo. Una caricia. Le gustaba el masaje que le daba el barbero, sentir los dientes del peine pasarle por el pelo y el suave roce del metal contra la nuca. Lo relajaba y se sentía bien con el mundo. A menudo se preguntaba si los perros sentían lo mismo cuando les acariciabas las orejas. Eso sí, ellos no tenían que soportar la conversación que les daba el barbero.

—¿Para qué son todas esas banderas? —preguntó el hombre que se sentaba en la silla contigua.

Un manto de espuma blanca le recubría la boca.

—Para el Día de la Hispanidad —le contestó el peluquero más joven—, el día del descubrimiento del Nuevo Mundo.

—Ah, es verdad —dijo un hombre canoso con una enorme panza y un bigote largo—. Mañana es el Día de la Hispanidad.

El peluquero más joven miró de soslayo el calendario que colgaba de la pared que había frente a las sillas, y que ponía 12 de octubre.

—Sí, don Manuel —afirmó—, hoy es el Día de la Hispanidad.

—12 de octubre —añadió el peluquero de más edad con autoridad—. Hoy es 12 de octubre.

Manuel se tiró del bigote.

—¿Hace cuánto fue eso? —preguntó.

—En el año mil . . . ¿cuándo, Licenciado?

—En mil cuatrocientos noventa y dos —respondió George.

—Hace cuatrocientos noventa y dos años —exclamó el hombre que estaba sentado en la otra silla—. ¡Ca . . . racoles! ¡Hace ya unos cuantos años!

—Cualquier bicoca —soltó Manuel en tono de burla—. No son ni siquiera quinientos.

Un hombre de rostro pálido y recién afeitado entró.

—¡Hola! —saludó alegremente a todo el mundo.

Acto seguido:

—¡Ese Leytón!

El hombre que estaba en la otra silla giró la cabeza, arriesgándose a un corte de la navaja de afeitar.

Su rostro oscuro dibujó una sonrisa de oreja a oreja.

—Hola, González, ¿qué tal?

—Bien, pero sigo riéndome —dijo González, tomando asiento.

—Vamos —le pidió Leytón—, cuéntanoslo.

—Estaba en el salón de billares. Conoces perfectamente a la mujer de José Carmona y a Willie O'Brien. Bueno, pues bien, José estaba allí también, con unos cuantos hombres y con el viejo Rocha, borracho y medio dormido encima de uno de los bancos.

—Ese viejo es todo un personaje —aseguró el peluquero de más edad.

—Bueno, señores, nos metimos en una conversación sobre el nacimiento de Cristo. Algunos aseguraban que era ciertamente el hijo de Dios y otros decían que era hijo de San José. La discusión fue acalorada. Entonces Leal dio un puñetazo encima de la mesa:

—Les aseguro —afirmó— que es hijo de San José.

Luego el viejo Rocha se incorporó y se frotó los ojos:

—¿Hijo de José?, ¡una chingada! —exclamó—. Es hijo de Willie O'Brien.

Tras romper a reír a carcajada limpia, la conversación retornó al Día de la Hispanidad.

—Sí —dijo González alegremente.

Le enorgullecía haber causado tal sensación con su historia.

—Ya vi las banderas. Hace mucho de eso, ¿eh?

—Hace quinientos noventa y dos años —aseguró Leytón mientras le elevaban en la silla.

—¡Bah! El Diluvio Universal fue hace más tiempo —aseguró Manuel.

—Eso sí que fue importante —sentenció González.

—Ajá. ¿Qué es una guerra, eh? —dijo Manuel—. Piensa en el Diluvio Universal. Eso sí que fue serio: agua, agua, agua. En una guerra, muchos sobreviven, pero en el Diluvio todo el mundo murió, a excepción de Noé y su familia.

—Nuestro Señor dijo: "Aquí tienen, desagradecidos", y ahogó a todos los habitantes del planeta —murmuró González.

—No fue así —afirmó Leytón—. Los chinos se salvaron.

—Debían de ser unas personas muy buenas —aventuró González.

—Tal vez lo fueran entonces, pero no ahora —dijo Manuel—. Se están matando entre sí con toda la maldad de la que son capaces. Guerras civiles. Invasiones. Caciques que luchan unos contra otros.

—Pero no lo pueden evitar. Se han producido intervenciones por parte de las otras naciones; como Francia y los Estados Unidos con México.

—Sea como fuere, están peleándose y matándose —sentenció Manuel.

—El problema que hay en el mundo —sugirió González— es que somos demasiados. Algunos debemos morir.

—Sí —convino Leytón—, y no cabe duda de que nos veremos envueltos en una nueva gran guerra en un par de años; más devastadora que la última. El mundo se va a terminar como cuando el Diluvio Universal.

—Mejor, será mejor —planteó Manuel—. Surgirá una nueva civilización; ésta no es buena. Por lo que a mí respecta, prefiero ser testigo de una guerra que de un diluvio. Por lo menos, algunos sobreviviremos.

—La ira de Dios —previó González— caerá sobre el mundo sin duda.

—Piensa en ciudades como Nueva York —dijo Manuel—. Convertidas en antros de vicio y perdición. Donde la gente vive en el cielo y debajo de la tierra. Dicen que hay vecindarios enteros residiendo en túneles.

—Como las ratas —aseguró González—. ¡Menuda barbaridad!

—Diez o doce millones de personas apiñadas como sardinas en lata. Debe de ser la ciudad más grande del mundo.

—No —lo corrigió Leytón—, Chicago es la más grande.

—¿Y qué me dices de la ciudad de México? —preguntó Manuel.

—Nueva York es más grande.

—La ciudad de México es ciertamente grande de todos modos —insistió Manuel—. Millones y millones de personas.

Es indudable que Estados Unidos está superpoblado —opinó Leytón—. El país va a necesitar expandirse en breve y hacerse con algo más de territorio.

Manuel frunció el ceño.

—Probablemente traten de expandirse de nuevo hacia el sur, malditos sean.

El peluquero más joven terminó de quitarle los pelos que se le habían pegado a George en la nuca.

—¡Qué va! —aseguró—. Estados Unidos dispone de mucho espacio libre.

—¿Dónde? —preguntó Leytón.

—Basta con ir de Alice a Falfurrias. Ahí hay más terreno del que se necesita para poblar un estado, y en el medio oeste también hay mucho espacio.

Leytón esperó a que George pagara al peluquero.

—Sí —convino—, pero toda esa tierra no sirve para nada. Yo he estado en Nebraska y en Oklahoma, y en otros sitios desiertos porque en verano es un horno y en invierno hiela todos los días.

—Eso es cierto —convino González—. Tenemos suerte de vivir cerca del mar y de tener un clima templado gracias a la brisa marina.

—Si nos dejamos guiar por los periódicos y los vendedores, disfrutamos de un clima maravilloso —dijo Manuel con indignación—. Lo cierto es que en esta ciudad ya hace calor de más. El clima era menos extremo hace veinte años, pero ahora: "¡Uff!"

—Tal vez sea por el asfalto y por la construcción de nuevos edificios —sugirió González.

—El asfalto no tiene la culpa —afirmó Manuel—. Es la falta de aire; ése es el verdadero problema. Hace veinte años no existían los coches y había un montón de aire. Ahora el aire se almacena en las estaciones de servicio para llenar las ruedas de tanto coche. No queda aire suficiente para respirar.

En la autopista, en dirección a la hacienda de su tío, George Gómez sonrió al recordar el chiste de Manuel aquel día en la barbería. ¿Había sido realmente un chiste? Manuel era lo suficientemente estúpido como para creerse lo que había dicho acerca de la falta de aire. Eran todos un puñado de monigotes. Y ahí estaba Leytón, miembro del "comité ejecutivo" constituido por Elodia. ¡Qué ridiculez!

5

Casi se salta la salida de la autopista que conducía hasta la hacienda de su tío. Tenía otro aspecto. Sí, seguía siendo un camino de tierra, pero de más categoría. Su tío y los otros rancheros de la zona debían de haber solicitado al condado que hiciera su trabajo. Siguiendo el proceder habitual: con votos y con contribuciones al candidato correcto. Debía de seguir siendo peligroso conducir con lluvia, pero seguro que ya no quedaba anegado cada vez que caían unas gotas. En cualquier caso, ahora era la época de sequía y la tierra álcali se levantaba en torno al coche de alquiler. A pocas yardas de distancia de la verja, el terreno se elevaba y la tierra aluvial había producido una fértil zona de delta. Vio la casa: ¿era nueva o había reformado la vieja? no supo distinguir. Fuera como fuese, las ventanas tenían cristales y persianas y las paredes estaban pintadas de blanco. Al llegar a la verja, vio que su tío estaba sentado en el porche, en su mecedora.

Feliciano observó la nube distante de polvo hasta que se convirtió en un vehículo. Sabía quién era su visitante. Desde la mecedora vio cómo su sobrino se bajaba del coche para abrir y cerrar la verja y reprimió una sonrisa al ver que Guálinto se limpiaba el polvo de los zapatos con un pañuelo antes de volver a subirse al coche para conducir hasta la casa. Feliciano se levantó y se estrecharon la mano con formalidad. A continuación, se sentó y le hizo un gesto a su sobrino para que éste tomara asiento en una silla de mimbre que había en el porche. Escudriñó a Guálinto de los pies a la cabeza. Los relucientes zapatos en tonos cobrizos y el traje café. Corbata café y un diminuto sombrero del mismo color, colocado hacía atrás.

Por fin, dijo:

—Ya era hora de que regresaras a casa. Estoy seguro de que tu madre se ha alegrado de verte.

—Supongo que sí. Lloró y lloró como si hubiera resucitado de entre los muertos.

Feliciano miró a su sobrino con sagacidad.

—Así son las mujeres.

—Las mexicanas; las gringas son de otra manera.

Su sobrino se movió con inquietud.

—Siento llevar tanto tiempo fuera —dijo—. No parece que hayan pasado tres años. Pero he estado muy ocupado en Washington. Y lo siento, no he vuelto a casa para quedarme. El periódico dio mal la noticia. Estaré aquí unos meses y luego me tendré que volver a marchar.

—¿Adónde te irás está vez? ¿A China? Parece que cada vez que vienes a casa de visita te alejas más y más de donde naciste.

Su sobrino parecía avergonzado.

—La verdad es que no sé adónde me enviará mi empresa cuando me vaya de aquí —le aseguró.

—¿Tu empresa?

—Trabajo de abogado para una compañía que está construyendo nuevas bases militares en distintas partes de Estados Unidos, y tal vez México —dijo su sobrino—. Es posible que reduzcan el tamaño de Fort Jones una vez que termine la guerra en Europa, así que he venido para examinar el terreno. También tendré que viajar a lo largo de la frontera por ese mismo motivo.

Cambió de postura y cruzó las piernas.

—Cuando termine aquí, me asignarán otro proyecto.

Feliciano dijo:

—Pareces incómodo con el traje. ¿Por qué no te quitas la chaqueta?

—No, gracias —respondió su sobrino—. Estoy bien.

Sacó un paquete de cigarrillos del bolsillo interior de la chaqueta, encendió uno y le ofreció a su tío.

—¿Me invitas un cigarro? —dijo Feliciano con brusquedad—. ¿Te olvidaste que soy tu tío?

Con la mirada aturrullada de un niño al que atrapan haciendo una travesura, su sobrino dejó caer el cigarrillo al suelo y lo apagó con la punta del zapato.

—Lo siento —se disculpó.

—No me he creído —dijo Feliciano en tono más informal— ni una palabra de lo que me has contado.

Su sobrino guardó el paquete de cigarrillos en el bolsillo y no dijo nada.

—¿Cuándo te alistaste en el ejército? —preguntó Feliciano—. Y, ¿por qué no vas vestido de militar?

Su sobrino se sobresaltó.

—¿Qué le hace pensar que soy militar?

—Lo he deducido. Caminas como ellos. Hablas como ellos. Lo sé; he conocido a muchos a lo largo de mi vida.

Su sobrino endureció el gesto de la cara.

—Sí, lo sé; a algunos a través de la mirilla de su rifle.

—Hace ya años que estás al tanto de eso.

—Está bien, le contaré la verdad. Estoy en el ejército; soy oficial de los servicios de inteligencia.

—¿Qué quiere decir eso? ¿Eres espía?

—Pertenezco al cuerpo de seguridad de la frontera. Por ello, debo mantener mi trabajo en secreto y vestir de paisano.

—Lo pintes como lo pintes, sigues siendo espía.

—Europa está en guerra —afirmó su sobrino, con algo de impaciencia—. Estados Unidos no tardará en entrar en la contienda. Lo cierto es que ya estamos involucrados en todos los sentidos, salvo que no se ha anunciado.

—No pensarás que se producirá una nueva insurrección, ¿no?

—No, pero tenemos que estar al tanto de posibles sabotajes; y de agentes alemanes y japoneses infiltrados.

—Espero que seas lo suficientemente inteligente como para no confundir a un indio de ojos almendrados del sur de México con un agente japonés. Ya se ha dado el caso, lo sabes.

—Dudo que haya agentes extranjeros en este extremo de la frontera. Si se dan casos de espionaje o sabotaje, ocurrirán entre nuestros propios hombres.

Feliciano sonrió.

—¿Qué me dices de esa organización política encabezada por la esposa de Antonio Prieto? —dijo—. Tal vez deberías vigilarlos de cerca.

—Los están espiando, téngalo por seguro, aunque dudo que sean peligrosos. Puede que la mujer de Prieto lo sea; está lo suficientemente loca.

—¿Lo dices en serio?

—Por supuesto.

—El líder de su gente —dijo Feliciano.

—¿A qué se refiere?

—Eso era lo que se supone que ibas a ser, ¿acaso lo olvidaste? Los Prieto se sentirán decepcionados cuando se enteren de que has cambiado de opinión.

Su sobrino resopló con desdén.

—Me reuní con ellos antes de venir hacia aquí. Son un puñado de monigotes que juegan a la política y están intentando movilizar a indios que lo único que saben hacer es emborracharse, gritar y pelearse.

—Entonces no ves ningún futuro para nosotros.

—Me temo que no. Los mexicanos siempre serán mexicanos. Algunos de ellos, como varios de esos aspirantes a políticos, se harían un gran favor a sí mismos y saldrían adelante si hicieran lo que hice yo: largarse de esta sucia tierra del Delta; irse todo lo lejos que puedan y olvidarse de sus hábitos de sebos.

—Hacer lo que tú hiciste —dijo Feliciano.

—Ah, sé que no lo hice yo solo. Le estoy agradecido por su ayuda. Sin ella, nunca lo hubiera conseguido.

Feliciano, que tenía la mirada puesta en dirección al río, vio a Juan Rubio afuera de su casa.

—Ahí está Juan —anunció—. Tal vez si lo mandáramos a Minnesota o a Alaska conseguiríamos hacerlo blanco y se olvidaría de sus hábitos de sebo.

Su sobrino se encogió de hombros con impaciencia.

—¿Por qué no te acercas a saludarlo? —Le preguntó Feliciano—. Estoy convencido que sabe que estás aquí.

Su sobrino ni siquiera giró la cabeza para mirar.

—Si sabe que estoy aquí, ¿por qué no se acerca él y me saluda?

—Le debes las gracias, sabes. Fue él quien te convenció para que hicieras "lo que hiciste".

—Ya lo sé, ya lo sé. Por favor, salúdelo de mi parte, pero no puedo acercarme hasta ahí abajo ahora. Debo apresurarme en volver a la ciudad.

—Es temprano —dijo Feliciano—. No me has contado nada de tu mujer.

—Se quedó en casa de Carmen, con ella y con mamá.

—Carmen se ha portado bien con su madre. Se habría quedado sola, a excepción mía, si Carmen y Aquiles no le hubieran pedido que fuera a vivir con ellos. Les ayuda. Cuida de los niños, y hablan de todo lo que lee Carmen, como siempre han hecho.

—Es un gesto muy bonito por parte de Carmen y de Aquiles.

—Por supuesto, yo le doy algo de dinero a tu madre todos los meses, como siempre, y les llevó verduras y huevos y otras cosas. Al igual que hacía cuando todos vivíamos juntos en la vieja casa azul. ¿Sabes que José Alcaraz vive en ella ahora?

—Me lo contaron.

—Eso hizo las cosas más fáciles, ¿no?

—¿En qué sentido?

—No tuviste que llevar a tu esposa ahí para presentarle a María. Recuerdo lo mucho que te avergonzabas de la casa, incluso cuando estabas en la prepa.

Su sobrino no respondió.

—¿Habla tu mujer español? —le preguntó Feliciano.

—No, sólo unas pocas palabras. Pero Carmen les traduce a ella y a mamá. Estoy seguro de que se están entendiendo a las mil maravillas.

—¿Está aprendiendo español?

—No, no tiene motivo para hacerlo. No nos vamos a quedar aquí tanto tiempo.

—¿E hijos? ¿Tienen planeado tener alguno?

—Viene uno de camino. Y supongo que tendremos más. Pero, si se refiere a si aprenderán español, no. No hay motivo; crecerán lejos de aquí.

Ahora fue Feliciano el que se quedó en silencio.

—Tiene una hacienda preciosa —dijo su sobrino.

—La he arreglado y le he añadido más acres. Pero ya tengo sesenta y cinco años y empiezo a sentirme muy cansado. Estoy pensando en dejar testamento para que no haya ninguna discusión cuando me muera.

—No quiero el terreno —le aseguró su sobrino—. No soy ranchero y no vendré por aquí a menudo. Además tengo unos buenos ingresos.

—¿Me das tu palabra?

—Sí.

—Eso lo simplifica todo. Quiero dejarle la mitad a tu madre y esa mitad la heredará Carmen una vez que ésta fallezca. Maruca no necesita nada de mí. Como tú, vive una vida acomodada y apenas viene de visita. La otra mitad se la dejaré a Juan, que en los últimos años ha sido como un hijo para mí. Con el acuerdo de que seguirá labrando las dos partes de la hacienda; o le comprará su parte a Carmen si así lo desea ella.

—Me parece estupendo —Su sobrino miró el reloj—. Ahora debo marcharme si quiero llegar a tiempo para cenar en casa de Carmen. Por cierto, me dijo que estaba invitado, si puede venir.

—No, no creo que pueda. Saluda a tu esposa de mi parte.

—Siento que no pueda venir.

—Pero no des muestras de alivio al decirlo; un espía debería aprender a disimular sus sentimientos.

Su sobrino se puso de pie y miró de nuevo el reloj.

—No sé a qué se refiere —dijo.

—Tal vez sea simplemente que te conozco demasiado bien —le aseguró Feliciano.

—Debe guardarme el secreto y no contárselo a mamá, al igual que yo he guardado el suyo. Mi carrera quedaría arruinada si se descubriera en este momento.

—No temas en ese sentido. Me puedes entregar si quieres, si eso te sirve para ganar puntos entre tus jefes.

—No tengo "jefes". Hago lo que hago con el objetivo de servir a mi patria.

—Y a tu carrera, por supuesto.

—¿Qué hay de malo en ello? ¿Preferiría verme en infantería con un rifle de la mano?

—¿Incluye "tu patria" a los mexicanos que viven en ella?

—Preferiría no entrar de nuevo en eso. Tengo que marcharme.

Extendió la mano. Su tío se la estrechó sin levantarse de la mecedora.

—He de admitirte —le reconoció su tío— que ésta es una de esas veces en que preferiría creer en la otra vida, en la vida después de la muerte.

—¿De verdad?

—Sí, en ese caso albergaría la esperanza de encontrarme con tu padre en el purgatorio o en el limbo o a donde quiera que vayan a parar los indios mexicanos. Tendríamos la oportunidad de sentarnos y hablar largo y tendido sobre ti.

George sonrió.

—No sabía que tenía usted sentido del humor—le dijo.

—No lo tengo —contestó su tío.